ハヤカワ文庫 NF

〈NF529〉

大統領の陰謀

〔新版〕

ボブ・ウッドワード＆カール・バーンスタイン

常盤新平訳

早川書房

8249

ALL THE PRESIDENT'S MEN

by

Carl Bernstein and Bob Woodward

Translated by
Shinpei Tokiwa
Published 2018 in Japan by
HAYAKAWA PUBLISHING, INC.
This book is published in Japan by
arrangement with
the original publisher, SIMON & SCHUSTER, INC.
through JAPAN UNI AGENCY, INC., TOKYO.

合衆国大統領

Official White House Photo

リチャード・M・ニクソン

大統領側近

Matthew Lewis, The Washington Post

ドワイト・L・チェーピン

United Press International

アレグザンダー・P・
バターフィールド

ケネス・W・クロースン

Official White House Photo

Official White House Photo

チャールズ・W・コルスン

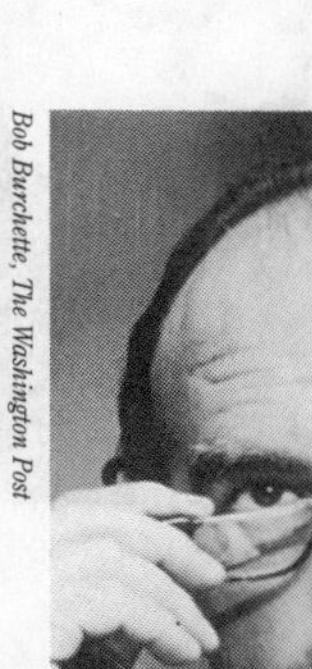

Bob Burchette, The Washington Post

ジョン・D・アーリックマン

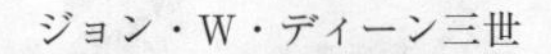

ジョン・W・ディーン三世

Bob Burchette, The Washington Post

James K. W. Atherton, The Washington Post

L・パトリック・グレイ三世

H・R・ホールドマン

Wally McNamee, Newsweek

Official White House Photo

E・ハワード・ハント・ジュニア

Frank Johnston, The Washington Post

ハーバート・W・カームバック

Frank Johnston, The Washington Post

フレデリック・C・ラルー

Frank Johnston, The Washington Post

イーグル・クローグ・ジュニア

Joe Heiberger, The Washington Post

G・ゴードン・リディ

Charles Del Vecchio, The Washington Post

ジェブ・スチュアート・
マグルーダー

Frank Johnston, The Washington Post

ロバート・C・マーディアン

ジョン・N・ミッチェル

James K. W. Atherton, The Washington Post

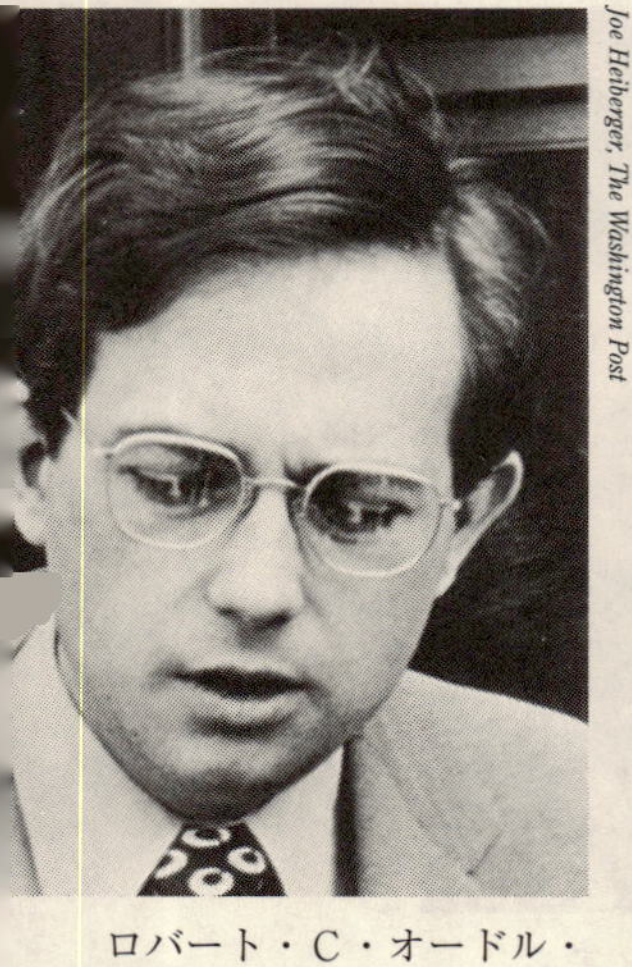

Joe Heiberger, The Washington Post

ロバート・C・オードル・ジュニア

ドナルド・H・セグレッティ

Associated Press

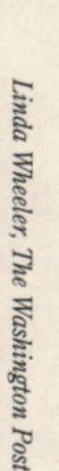

Linda Wheeler, The Washington Post

ハーバート・L・ポーター

James K. W. Atherton, The Washington Post

ヒュー・W・スローン・ジュニアと妻のデボラ

Frank Johnston, The Washington Post

ゴードン・C・ストローン

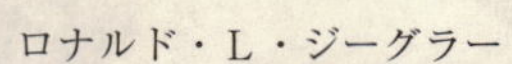

ロナルド・L・ジーグラー

Joe Heiberger, The Washington Post

Official White House Photo

モーリス・H・スタンズ

不法侵入犯

Associated Press

ジェームズ・W・マッコード・ジュニア

検察陣

UPI

ドナルド・E・キャンベル、アール・J・シルバート、セイモア・グランザー

判事

Arthur Ellis, The Washington Post

ジョン・J・シリカ

ワシントン・ポスト

The Washington Post

ベンジャミン・C・ブラッドリー、キャサリン・グレアム

The Washington Post

ハリー・M・ローゼンフェルド

The Washington Post

バリー・サスマン

ハワード・サイモンズ

The Washington Post

上院議員

James K. W. Atherton, The Washington Post

サム・J・アーヴィン・ジュニア

危険をおかして私たちに
極秘情報を提供した
ホワイト・ハウス内外の
諸氏に本書を捧げる。
彼らもまた大統領の側近であり、
彼らがいなければ、ワシントン・ポスト紙による
ウォーターゲート事件の報道はなかった。

そして、私たちの両親に本書を捧げる。

目次

大統領の陰謀〔新版〕

主な登場人物

合衆国大統領

ニクソン(リチャード・M)

大統領側近

アーリックマン(ジョン・D) 大統領内政担当補佐官
ウォーレン(ジェラルド) 大統領副報道官
オードル(ロバート・C) 大統領再選委員会(CRP)総務人事部長、ホワイト・ハウス前顧問
カームバック(ハーバート・W) CRP財務副部長、大統領の個人的顧問弁護士
キッシンジャー(ヘンリー・A) 大統領国家安全保障担当補佐官
クラインディーンスト(リチャード・G) 合衆国司法長官
グレイ(L・パトリック) FBI長官代理
クローグ(イーグル) 大統領内政担当副補佐官、アーリックマン直属
クロースン(ケネス・W) ホワイト・ハウス報道局次長
コルスン(チャールズ・W) 大統領特別顧問
コールフィールド(ジョン・J) アーリックマンの部下

ジーグラー（ロナルド・L）　大統領報道官
シャムウェイ（ディヴァン・L）　CRP報道部長、ホワイト・ハウス前副報道官
スタンズ（モーリス・H）　CRP財務部長、ホールドマン元直属
ストローン（ゴードン・C）　ホールドマンの補佐役
スローン（ヒュー・W）　CRP財務部員、ホールドマン元直属
セグレッティ（ドナルド・H）　弁護士
ダールバーグ（ケネス・H）　CRP中西部財務委員長
チェーピン（ドワイト・L）　大統領副補佐官、日程係秘書官
ディーン（ジョン・W）　大統領法律顧問
パーキンスン（ケネス・W）　CRP顧問弁護士
バターフィールド（アレグザンダー・P）　大統領副補佐官、ホールドマンの部下
ハント（E・ハワード）　ホワイト・ハウス顧問
ポーター（ハーバート・L）　CRP日程部長、ホールドマン元直属
ボールドウィン（アルフレッド・C）　CRP警備員
ホールドマン（ハリー・R）　大統領首席補佐官
マグルーダー（ジェブ・スチュアート）　CRP選挙対策副委員長、ホールドマン元直属、ホワイト・ハウス前報道局次長
マグレガー（クラーク）　CRP委員長、ミッチェルの後任

マーディアン（ロバート・C）CRP政策部長、前司法次官補
ミッチェル（ジョン・N）CRP委員長、前司法長官
ムーア（パウエル）CRP報道副部長、ホワイト・ハウス前副報道官
ヤング（デヴィッド・R）国家安全保障会議事務官、キッシンジャー、アーリックマンの部下
ラルー（フレデリック・C）CRP副委員長、ミッチェル直属
リーツ（ケネス）CRP青年部長
リディ（G・ゴードン）CRP財務問題顧問、アーリックマン元直属

不法侵入犯

ゴンザレス（ヴァージリオ・R）
スタージス（フランク・A）
バーカー（バーナード・L）
マッコード（ジェームズ・W）
マルティネス（ユージェニオ・R）

検察陣

キャンベル（ドナルド・E）連邦検事補

グランザー（セイモア）　連邦検事補
シルバート（アール・J）　コロンビア特別地区連邦検事補、主任検察官
ピーターセン（ヘンリー・E）　司法次官補

判事

シリカ（ジョン・J）　コロンビア特別地区連邦地方裁判所首席判事

ワシントン・ポスト

グレアム（キャサリン）　社主
サイモンズ（ハワード）　編集局長
サスマン（バリー）　市報部長
ブラッドリー（ベンジャミン・C）　編集主幹
ローゼンフェルド（ハリー・M）　首都部長

上院議員

アーヴィン（サム・J）　上院ウォーターゲート調査委員会委員長

本書は一九七四年九月に立風書房より単行本、二〇〇五年九月に文藝春秋より新装版文庫として刊行された『大統領の陰謀——ニクソンを追いつめた300日』を改題・再文庫化したものです。

謝辞

ワシントン・ポスト紙のウォーターゲート取材と同じく、本書はポスト首脳陣、編集者、記者、資料部員、電話交換手、コピー・ボーイなど私たちの仲間との共同作業の所産である。一九七二年六月十七日以来、私たちは彼らの協力と支持と助言を仰いできた。とりわけつぎの方々に感謝したい。キャサリン・グレアム、ベンジャミン・C・ブラッドリー、ハワード・サイモンズ、ハリー・M・ローゼンフェルド、バリー・サスマン、レナード・ダウニー・ジュニア、ローレンス・マイヤー、ラリー・フォックス、ビル・ブラディ、ダグラス・フィーヴァー、エリザベス・ドノヴァン、フィリップ・ガイエリン、メグ・グリーンフィールド、ロジャー・ウィルキンズ、モーリン・ジョイス。

本書の執筆にあたって時間と精力と助言をくださった方はほかにもいる。私たちはつぎの方たちの援助と好意にお礼を申しあげる。テイラー・ブランチ、メアリー・グレアム、エリザベス・ドルー、ヘインズ・ジョンスン、デーヴィッド・オープスト、ノーラ・エフロン、バーバラ・コーイン、リチャード・コーインにとくに感謝し、お礼を申しあげる。

リチャード・スナイダーをはじめサイモン・アンド・シュスター社のスタッフ——とりわ

け出版まで原稿の面倒を見てくださったクリス・スタインメッツ、エリーズ・サックス、ハリエット・リピンスキー、ソフィー・ソーキン——は、なんどか締切りに間に合わず、製作スケジュールが狂い、複雑な技術上の難問を抱えながら、私たちを暖かく見守ってくれた。スタッフのなかで、とくにダン・グリーン、ミリー・マーマー、ヘレン・イングリッシュ、テリー・ミンチェリは熱意と、さらに大切なことだが、友情を示された。

本書はロバート・フィンクの協力がなければ完成できなかったはずである。彼は資料検討の段階で私たちを助け、何かと私たちに知恵を貸し、私たちの原稿を懇切に批評してくれた。そして、終わりに私たちの編集者アリス・メイヒューに感謝と敬意を捧げる。本書の各ページで彼女は考え、案内役を買ってくれたのである。

カール・バーンスタイン
ボブ・ウッドワード
ワシントンDC
一九七四年二月

1　一九七二年六月十七日

一九七二年六月十七日。土曜日の朝九時。電話にはまだ早すぎる。ウッドワードは手さぐりで受話器をとると、いっぺんに眠気がふっとんだ。ワシントン・ポスト市報部長からの電話である。カメラと盗聴装置を持った五人の男が民主党本部不法侵入の現行犯で逮捕された、すぐに出社できるか、というのだった。

ポスト紙に入社してまだ九カ月のウッドワードはかねがねやりがいのある土曜日の仕事を希望していたが、これはどうもそれらしくない。地元の民主党支部の不法侵入では、非衛生な飲食店や小さな警官汚職の取材記事といった、いままでにやってきたことと変りばえがしない。ウッドワードはそんな仕事から足を洗いたいと思っていた。アラバマ州知事ジョージ・ウォーレスの暗殺未遂事件の一連の報道を終えたばかりである。どうやら、元のモクアミになったらしい。

ウッドワードはワシントンの下町にある一室のアパートを出て、六区劃先（ブロック）のポスト紙まで歩いていった。新聞社の巨大な編集室――吸音の絨毯を敷きつめて明るい色調のデスクが何列も並ぶ百五十平方フィート――も土曜日の朝はいつもながらひっそりとしている。土曜日は、のんびりと昼食をとり、遅れた仕事を片づけ、日曜版の付録を読む一日だ。ウッドワードは編集局の入口に足をとめて、自分宛の郵便と電話の伝言メモを手にとるとき、市報部のデスクのいつになくあわただしい動きに注目した。市報部長の前に顔を出すと、犯人が侵入したのはワシントンの小さな民主党支部ではなく、オフィスとアパートからなるウォーターゲート・コンプレックスと呼ばれるビルの民主党全国委員会本部であることを知って驚いた。

民主党員を見つけるのに困るようなところだ。ワシントンの西南部、ポトマック河畔にのぞむ豪華なウォーターゲート・ビルはユニオン・リーグ・クラブと同じように、共和党の色彩が強い。その住人にはつぎのような人たちがいる。前合衆国司法長官で大統領再選委員会の現委員長ジョン・N・ミッチェル、前商務長官で再選委財務部長のモーリス・H・スタンズ、カンザス州選出、共和党全国委員長ロバート・ドール上院議員、ニクソン大統領秘書ローズ・メアリー・ウッズ、空の英雄の未亡人で、共和党の接待係として有名なアンナ・シェノール。そのほかニクソン政権の有力者多数。

いかめしいコンクリートの手すりがついて値段も馬鹿高い（寝室が二つあるアパートの多くは十万ドル）未来派的なこの建物は、リチャード・ニクソンのワシントンで支配階級の象徴になった。二年前、ここはニクソンに反対する一千名のデモ隊の攻撃目標だった。デモ隊は共和党権力の根城に押し寄せてきて、口々に「ブタ」とか「ファシスト」、「総統万歳(イル)」と叫んだのである。厚い壁のようなワシントンの警官隊と衝突したデモ隊は、暴動鎮圧用の催涙ガスと警棒でジョージ・ワシントン大学の構内まで押しもどされた。ウォーターゲートの住人たちは露台からこの揉みあいを心配そうに見物し、デモ隊が撃退され、ポトマック河から吹く西風に乗って砦(とりで)のようなウォーターゲートから催涙ガスが消えてしまうと、上機嫌で乾盃する者もなかにはいた。叩きのめされたデモ隊のなかに、ワシントン・ポスト記者カール・バーンスタインがまじっていた。彼をなぐりたおした警官は首にさげた新聞記者証が眼にはいらなかったのだろう。バーンスタインの長髪しか見なかったのかもしれない。

ウッドワードは、電話で取材をはじめたところ、ポスト紙のヴァージニア州担当政治記者二人のうち、カール・バーンスタインも不法侵入事件に取り組んでいることを知った。

バーンスタインと組むのは願いさげだな、とウッドワードは思った。他人を押しのけてでも特ダネをものにして署名入りの記事にしてしまうバーンスタイン。彼の辣腕(らつわん)ぶりを伝える社内の噂をいくつか思いだしたのだ。

その朝、バーンスタインは現場の取材記者が送稿してきたやつをゼロックスしたのち、自分がさらにくわしくあたってみると市報部長に申し出た。市報部長が肩をすくめて承知すると、バーンスタインは連絡がつくかぎり、ウォーターゲートの管理員や警備員、家政婦室のメイド、レストランのウェイトレスにつぎつぎと電話をかけはじめた。

バーンスタインは編集局に眼をやった。彼のデスクと約二十五フィートはなれたウッドワードのデスクとのあいだに柱がある。バーンスタインは数歩うしろにさがった。ウッドワードの仕事も同じ取材らしい。やっぱりそうか、とバーンスタインは思った。ウッドワードは、社内政治に憂身をやつす食えない男だ。そつがない。イェール大学出身。退役した海軍将校。芝生や庭園、大広間、芝草の茂るテニス・コートをバーンスタインは想像した。でも、ウッドワードが新聞記者として成長していくには力量不足かもしれない。バーンスタインは、ウッドワードの文章があまりよくないことを知っている。社内の噂によれば、英語はウッドワードの母国語ではない。

バーンスタインは大学のドロップアウトだ。十六歳のとき、ワシントン・スター紙のこども（コピー・ボーイ）になり、十九歳で、フル・タイムの記者。一九六六年以降はポスト紙記者である。連載の取材記事を書いたこともあり、裁判所と市庁を担当、首都ワシントンの人間やその周辺について長い、気ままな記事を好んで書いてきた。

ウッドワードは、バーンスタインがときどきポスト紙にロック・ミュージックのことを書いているのを知っていた。うなずけることだ。バーンスタインがクラシック音楽の批評も書くことを知ったときは、どうにも納得がいかなかった。バーンスタインが、ウッドワードの軽蔑する反体制のジャーナリストに見えたのである。

ウッドワードがポスト紙で急速にのしあがってきたのは、その能力よりもおえらがた（エスタブリッシュメント）の引きのおかげだとバーンスタインは思った。

二人は組んで取材したことが一度もない。ウッドワード二十九歳、バーンスタイン二十八歳。

事件の第一報はウォーターゲートの現場にいたアルフレッド・E・ルイスから電話ではいってきた。ルイスはポスト紙で警察まわり(サツ)三十五年というベテラン記者である。ワシントンの新聞記者の世界ではちょっとした伝説的人物だ。警官と記者の兼業で、真鍮(しんちゅう)の六星形のバックルを締め、首都警察の制服である、胸にボタンのついた青いセーターをよく着ている男だった。ルイスは三十五年間ただの一度も記事を「書いた」ことがない。詳細をリライト記者に電話で伝えるので、ワシントン・ポスト紙は久しく警察本部にタイプライターも置いていなかった。

午前二時三十分に逮捕された五人の男はビジネス・スーツを着ていて、いずれもプレイテックス社製の外科用のゴム手袋をはめていた。警察は携帯用無線通話器(ウォーキー・トーキー)一台、未現像フィルム四十本、三五ミリ・カメラ二機、錠前をこじあける道具、万年筆大の催涙ガス銃、電話と室内の会話の両方を傍受できそうな盗聴器を押収した。

「所持金は一人が八一四ドル、一人は八〇〇ドル、一人は二一五ドル、一人は二三四ドル、一人は二三〇ドル」とルイスは伝えてきた。「所持金の大部分は続き番号の百ドル紙幣だ。……犯人は内情に通じていたらしい。少なくとも、一人はよく知っていたにちがいない。五人はホテルの二階と三階の部屋に泊まっている。ホテルのレストランで、昨夜、一堂に会してイセエビを食べた。一人はラレイの店で買った背広を着ている。内ポケットをのぞいて見たやつがいるんだ」

ウッドワードは、容疑者たちが今日の午後、予審で裁判所に出頭することをルイスから知った。行ってみることにした。

ウッドワードは前にも裁判所に顔を出したことがある。予審は市裁判所の裁判の仕組に定着した制度だ。被疑者は迅速に出頭し、判事のほうは客引や売春婦、痴漢の被疑者に対して保釈金を決定する――そして、今日の被疑者はウォーターゲートで逮捕された五人である。

何人かの弁護士――裁判所と法律事務所の所在地から、「五丁目弁護士（フィフス・ストリート・ローヤー）」の名で知られている――が例によって廊下でぶらぶらしながら、貧しい被疑者たちの官選弁護士に任命されるのを待っていた。常連の二人――よれよれのシャークスキンのスーツを着た長身の痩せた弁護士とでっぷりした中年の弁護士は地階の留置場で依頼人になってもらおうと被疑者に泣きついたため、懲罰処分にあったことがある。この二人が不満を洩らしていた。ウォーターゲート不法侵入の被疑者五人の弁護人として暫定的に指名されたところ、被疑者たちからお抱えの弁護士がいると言われたのである。これは珍しいことだった。

ウッドワードは法廷に足を踏みいれた。一人目立つ人物がいる。まんなかの列にすわる、流行の長髪に、やや大きめの襟の高価なスーツを着た若い男が顎をあげて、慣れないところに来たのか、まわりに眼をやっていた。

ウッドワードはとなりにすわって、この男に、ウォーターゲート逮捕事件で裁判所に来たのかと尋ねた。

「そういうことになるかな」と男は言った。「ぼくは正式の弁護人じゃない。個人の資格で来ているんだ」

彼はダグラス・キャディと名乗り、となりにすわる小柄な血色の悪い男を、事件を担当する弁護士ジョゼフ・ラファーティ・ジュニアと紹介した。ラファーティはいま叩き起こされたという顔をしている。ひげも剃らず、光がまぶしいのか、眼を細くしていた。二人の弁護士は法廷を出たり入ったりしていた。ウッドワードはようやく廊下でラファーティをつかまえ、五人の被疑者の名前と住所を聞きだした。四人はマイアミに住み、三人がキューバ系アメリカ人だ。

キャディは話をしたがらなかった。「個人的な関係があるなどと勘ぐらないでくれ」とウッドワードに言った。「そうじゃないんだからね。何も言うことはないよ」

ウッドワードはキャディに依頼者たちのことを訊いた。

「被疑者たちはぼくの依頼者じゃない」とキャディは言った。

でも、あなたは弁護士でしょう？　とウッドワードが訊いた。

「きみと話をするつもりはないよ」

キャディは法廷にもどっていった。ウッドワードは追いかけた。

「たのむよ、何も言うことはないんだ」

あの五人は保釈金を積めるのか？　とウッドワードは訊いた。

さらに数度、言を左右にして答えるのをしぶったのち、キャディは、五人とも雇われの身で家族があると一気に言った。この二つの事実は保釈金を決定するさい、判事が考慮してくれるだろう。キャディはまた廊下に出ていった。

ウッドワードはそのあとにつづいた。あなたご自身のことをおうかがいしたい。あなたはこの事件とどんな関係があるのか？

「ぼくは事件と無関係だ」

なぜここにいるのか？

キャディは言った。「被疑者の一人バーナード・バーカーにパーティか何かで会ったんだ」

どこで？

「DC（ワシントン）さ。陸海軍クラブのカクテル・パーティだった。話が合ってね。……ぼくに言えるのはそれだけだ」

どうしてあなたは事件に関心があるのか？

キャディは回れ右をして法廷にはいった。三十分後、ふたたび廊下に出てきた。

ウッドワードは、どうしてこの事件に関心があるのかと訊いた。

こんどはキャディも、午前三時少し過ぎにバーカーの妻から電話をもらったのだと答えた。

「細君の話では、バーカーが三時までに電話をかけてこなかったら、困っているという可能性もあるので、ぼくに電話しろと言われたそうだ」

バーカーがワシントンで知っている弁護士は自分一人だろうとキャディは語り、ほかの質問に答えないで、これでもしゃべりすぎたかなと言った。

午後三時三十分、まだダーク・スーツを着ているが、ベルトとネクタイをはずした五人の被疑者が執行官の先導で法廷に姿を現わした。彼らはおとなしく一列にすわると、揉み手をしながら、ぼんやりと判事席のほうに眼をやった。落ちつきがなく、まともそうで、したたかに見える。

廷吏によって開廷が告げられると、検察側のアール・シルバートが立ちあがった。ロイド眼鏡をかけてふくろうのような、痩身、職務に勤勉なシルバートは、「五丁目弁護士」たちのあいだで「真珠（パール）のアール」の異名で知られている。裁判では好んでする芝居がかった仕種や派手な語り口がおなじみだった。五名の被疑者は保釈金で釈放すべきではない、とシルバートは主張した。被疑者は偽名を使用し、警察に協力せず、所持金は「現金で二千三百ドル、海外へ高飛びする可能性がある」。彼らは「内密の」目的をもって、「職業的夜盗」の現行犯で逮捕された。シルバートは「内密の」ということばを使った。

ジェームズ・A・ベルゼン判事は被疑者に職業を訊いた。一人が堂々と自分たちは「反共主義者」だと答え、ほかの四人がそれに同調してうなずいた。判事はこの世にありえないような職名を聞くのになれてはいたが、それでも面くらったらしい。被疑者のなかでいちばん長身の、ジェームズ・W・マッコード・ジュニアと名乗った男は、前に出るように言われた。頭は禿げかかり、大きな平べったい鼻、四角張った顎、歯はそろっている。温厚そうな表情はとげとげした顔だちと不釣合いに見えた。

判事は職業を訊いた。

「警備コンサルタントです」とマッコードは答えた。

判事はどこの警備コンサルタントかと尋ねた。マッコードはものやわらかなゆったりした口調で、最近官庁を退職したばかりだと言った。

ウッドワードは最前列の席に移動して、身をのり出した。

「官庁はどこですか？」と判事は訊いた。

「CIAです」とマッコードは小声になった。

判事はかすかにひるみを見せた。

こりゃあ驚いた、とウッドワードは思わず声に出した。CIAか。

タクシーで社にもどり、マッコードの答弁を報告した。アルフレッド・E・ルイスの署名がある記事の作成には、八人の記者が協力した。午後六時半の締切り時刻が近づくと、ポスト編集局長のハワード・サイモンズが編集局の南端にある市報部長の部屋にはいってきた。

「こりゃあすごい記事だ」。彼は市報部長のバリー・サスマンに言って、日曜日の第一面に載せるよう命じた。

記事の冒頭は以下のようなものだ。「昨日午前二時半、逮捕された五人の男のうち、一人は元中央情報局（CIA）職員だったと語っている。捜査当局によれば、五人はワシントンの民主党全国委員会本部を盗聴すべく、周到な計画をめぐらしていたという」

連邦大陪審の調査がすでに決定していたが、それでも、サイモンズは、不法侵入事件には未知の要素が多すぎるので、トップ記事にするわけにはいかないとサスマンに言った。それがサイモンズの意見である。「狂信的なキューバ人だという可能性もある」と言うのだった。

事実、不法侵入は共和党側の工作かもしれないという考え方は成立しないように思われる。民主党全国大会が一カ月たらずにせまった一九七二年六月十七日、大統領は、出馬を表明した民主党の大統領候補全員を合わせたより世論調査で一九パーセントもリードしていた。民主党が半世紀を支配したように、上げ潮の共和党が過半数を制し、今世紀の最後の四分の一を支配しようというリチャード・ニクソンの夢も可能性があるように思われた。一連の凄惨な予備選挙も終わりに近づくころ、民主党は昏迷におちいっていた。サウス・ダコタ州のジョージ・マクガヴァン上院議員は、ホワイト・ハウスと民主党の玄人筋からニクソンの最も御しやすい弱敵と思われながら、民主党大会では、大統領候補の指名をかちとる大本命としてのしあがってきた。

ポスト紙はつぎのように報じた。「なぜ五人の被疑者が民主党全国委員会本部を盗聴しようとしたのか、また第三者、あるいはなんらかの組織のために働いていたのかどうかについては、さしあたってなんの説明も行なわれなかった」

バーンスタインは被疑者たちに関する記事を日曜版にべつに書いている。四人はマイアミからやってきた。バーナード・L・バーカー、フランク・A・スタージス、ヴァージリオ・R・ゴンザレス、ユージェニオ・R・マルティネスの四名だ。バーンスタインはマイアミ・ヘラルド紙記者に電話をかけて、亡命キューバ人の指導者の詳しいリストを入手した。ポスト紙の記者がキー・ビスケーンの大統領記者団からはなれて、マイアミのキューバ人街を取材した。マイアミの被疑者四名はいずれも反カストロ運動に従事し、CIAに関係があるともいわれた。(「主人がCIAの仕事をしていたかどうか、わたしは存じません」とバーカー夫人はバーンスタインに語った。「男の人はそういうことを女にはけっして話してくれません」) 被疑者のなかでただ一人キューバ人ではなく、冒険を夢見るアメリカの職業軍人だったスタージスは、民主党全国大会を牽制しようと、闘争的なキューバ人を狩り集めていた、と語る人が数人いた。キューバ人のある指導者がバーンスタインに語ったところによれば、スタージスほか「元CIA風」の連中は、全国大会の期間中に街頭の反戦デモをつぶそうと、金で雇ったグループを使って、デモ隊を挑発するつもりだったという。

ウッドワードはその土曜日の夜八時ごろ社を出た。社に残って、ジェームズ・マッコードを調べなければならないことはわかっていた。ワシントンやその近郊の電話帳に、ジェームズ・マッコードなる名前が載っているかどうかも、まだあたっていない。

ワシントン・ポスト内報部はめったに警察ダネを扱わない。こうして、サスマンの要請で、バーンスタインとウッドワードの二人は、翌る六月十八日、快晴の日曜日の朝、ふたたび出社して取材を継続することになった。アソシエーテッド・プレス(AP)のテレタイプではいったニュースから、マッコードの取材がさらに必要であることをいやというほど思い知らされた。政府に提出した選挙運動支出報告書によると、ジェームズ・マッコードは大統領再選委員会(CRP)の警備主任である。

二人の記者は編集局のまんなかに立って、顔を見合わせた。どういう意味があると思う?

とウッドワードは訊いた。バーンスタインにはわからなかった。

ロサンゼルスでは、前合衆国司法長官で大統領選挙の最高責任者であるジョン・ミッチェルが声明を発表した。

「問題の人物は警備保障会社の経営者であり、数カ月前、当委員会の警備体制の責任者として協力するよう、当委員会が採用した。当委員会の知るかぎりでは、この人物は多数の得意先を持ち、業務も多岐にわたっており、それらの得意先、業務と当人の関係について、われわれは知らない。この人物及びほかの関係者が当委員会のために、あるいは当委員会の同意を得て活動していたのではないことをわれわれは強調したい。当委員会の選挙運動やその過程において、このような活動を行なう余地はまったくないし、また、われわれもそれを許可、もしくは看過するつもりはない」

ワシントンでは、民主党全国委員長、ローレンス・F・オブライエンが語った。「(不法侵入は)政治の本来のあり方について、私が四半世紀にわたる政治活動で直面した、最もいまわしい問題を提起した。ニクソン氏の選挙責任者ジョン・ミッチェルが事実無根をたんに訴えただけでは、こうした問題は解消しないだろう」

国政にあずかる政治家の発言を集めるには、ミッチェルやオブライエンの声明を伝えた通信社にたよればよかった。ウッドワードとバーンスタインは不法侵入したコソ泥たちに眼を向けた。

電話帳には、マッコードの経営する警備保障会社が載っていた。電話は通じなかった。二人は住所の電話番号が載っている「住所別」の電話帳をあたってみた。マッコードの自宅も会社も応答はなかった。マッコード・アソシエーツがあるメリーランド州ロックヴィルのハンガーフォード・ドライヴ四一四は大きなオフィス・ビルディングで、ロックヴィルの住所別電話帳には居住者の氏名が出ている。二人の記者は手分けして、彼らの自宅に電話をかけた。ある弁護士は、昨年の夏パート・タイムで自分の事務所で働いていた十代の娘がマッコードを知っていたことを思いだしてくれた。もしかしたら、マッコードを知っていたのは、その娘の父親だったかもしれない、と弁護士は言った。ただし、娘の姓の記憶が曖昧である――ウェストールかそんな名前だった。二人が、似たような姓の人たちに電話をかけたのち、ウッドワードは六人目で、マッコードを知っているというハーラン・A・ウェストレルに連絡がついた。

ウェストレルは新聞を読まなかったらしく、なぜウッドワードがマッコードについて知りたいのか、その理由をつかみかねていた。ウッドワードも、記事になりそうな情報をさがしているのだとしか言わなかった。ウェストレルはそう言われてうれしかったのか、マッコードや彼の知人、経歴をある程度教えてくれた。ほかに電話で取材できる人たちの名前もウッドワードに教えた。

マッコードのおぼろげな横顔が徐々にうかんできた。テキサス人、信仰心篤く、ワシントンの第一浸礼教会の熱心な信者、空軍士官学校生徒と知的障害のある娘の父、元FBI捜査官、退役軍人、元CIA保安主任、モントゴメリー短期大学の警備保障科教師、家庭的な男、きわめて実直、温厚、信頼できる。ジョン・ミッチェルがマッコードについて語った内容とは逆に、マッコードを知る人たちは口をそろえて、彼が大統領再選委員会の常勤だと言った。数人がマッコードの誠実な人柄、彼の「巌のように」一徹な性格に触れたが、それだけではない性格の持主でもあった。ウェストレルほか三人の知人はマッコードを完全な「役人」と言った。自発的に行動するのを嫌い、上からの命令に唯々諾々と従ったのである。

ウッドワードはウォーターゲート不法侵入犯人の一人を大統領再選委員会から給料をもらっていた警備主任と断定する記事の冒頭の三段落をタイプして、市報部デスクの編集者に渡した。しばらくして、バーンスタインがその編集者の肩ごしにのぞいていることに、ウッドワードは気がついた。それから、バーンスタインは一枚目の原稿を手にして、自分のデスクにもどっていった。やがて、タイプライターを打ちはじめた。ウッドワードは二枚目を仕上げて、それを編集者にわたした。バーンスタインはすぐにそれをもらうと、またタイプライターにむかった。ウッドワードはどういうことなのか行ってみてやろうと思った。バーンスタインが記事をリライトしていた。ウッドワードは書きなおした原稿を読んでみた。うまく出来ていた。

その夜、ウッドワードはマッコードの家に車で行った。主要幹線道路のルート70―Sから遠からぬ、昔ながらの郊外の袋小路にある煉瓦造りの大きな二階建の家だった。照明はついていたが、誰も出てこなかった。

深夜の十二時を過ぎて、ウッドワードはユージン・バチンスキーから自宅に電話をもらった。ポスト紙では夜間の警察本部詰記者である。夜間の警察担当は同紙では、一般に最悪の職場と考えられている。時間が悪い。午後六時半から午前二時半まで。しかし、ヤギひげをはやした、長身の物静かなバチンスキーはこの仕事が気に入っているらしい。少なくとも、警官が好きらしかった。顔見知りの警官が多く、親しくつきあう警官も三、四人いて、警察本部の各課を夜な夜な気楽に訪ねてまわるのだった。殺人、売春（道徳教育課と大げさに呼ばれている）、交通、情報、性、詐欺、強盗——警察官から見た、これは都会生活便覧である。

バチンスキーは警察のある筋から情報を得たのだ。ウォーターゲートのビルで逮捕されたマイアミ組の二人がそれぞれ住所録を持っていた。その住所録には、ハワード・ハントなる人物の氏名と電話番号、「W・ハウス」と「W・H」という小さな記号のようなものが載っているという。ウッドワードは電話のそばの堅い椅子に腰をおろして、電話帳を調べた。ハワード・ハントの電話番号は、メリーランド州ポトマックの部分に載っていた。モンゴメリー郡の豊かな郊外都市である。電話は通じなかった。

翌日の午前中に、ウッドワードは手がかりとなるものの一覧表を作ってみた。マッコードの近所に住む一人は、空軍将校の制服を着たマッコードを見かけたと言い、マッコードは空軍予備役の中佐だと言う人もいた。あとで五、六回、国防総省に電話をかけたとき、人事担当の幹部からつぎの事実を知らされた。ジェームズ・マッコードは緊急戦備局に付属するワシントンの特別予備隊の中佐だった。この幹部が予備隊の名簿を読みあげたところ、隊員はわずかに十五名だった。ウッドワードは電話をかたっぱしからかけた。四人目のフィリップ・ジョーンズという下士官が何気なく語ったところによると、予備隊の任務は過激派のリストを作成し、戦時にはニュース・メディア、郵便の検閲のため事変対処計画に協力することだったという。

ウッドワードはジェームズ・グリムという人物に電話をかけた。この名前とマイアミの電話番号はユージェニオ・マルティネスの住所録に出ていたとバチンスキーが言ったのである。グリム氏は、自分はマイアミ大学の管理責任者だと言い、つぎのように語った。二週間ほど前マルティネスが電話をかけてきて、八月の共和党全国大会の期間中に、大学で共和党青年部約三千名を収容できるかと訊いた。

ウッドワードはCRP、共和党全国委員会本部や、ワシントン、マイアミで党大会の準備に取り組んでいる党幹部数人に電話をかけた。いずれもマルティネスや、共和党青年部を収容するのに大学を利用する計画などまったく聞いていないという返事である。

しかし、その月曜日の最も重要な目標はハントだった。マイアミの被疑者たちの所持品はバチンスキーが入手した警察の秘密目録に記載されている。「黄色の罫のはいった紙が二枚あって、一枚に『親愛なる友ハワード様』、もう一枚には『親愛なるH・H様』と書いてあり」、またロックヴィルのレークウッド・カントリー・クラブに支払うハントの六ドル三十六セントのパーソナル・チェック、同額の請求書のはいった、まだ郵送していない封筒があった。

ウッドワードは旧友に電話した。ときどき情報を提供してくれる連邦政府の役人で、職場に電話をかけてくるのを好まない。その友人は、不法侵入事件は「熱くなる」だろうが、理由は説明できないと急いで言うなり、電話を切ってしまった。

まもなく、午後三時、ポスト紙の編集者たちが翌日の新聞に載せる記事を「紙面構成案（ニュース・バジェット）」に組み入れる時刻である。火曜日のウォーターゲート事件を書くことになったウッドワードは受話器をとりあげて、456―1414――ホワイト・ハウス――に電話をかけた。ハワード・ハントを呼びだした。交換手は内線につないだ。返事がなかった。ウッドワードが切ろうとすると、交換手がまた電話に出た。「べつのところにいるかもしれません」と彼女は言った。「コルスン氏の部屋です」

「ハント氏はただいまこちらにおりません」。コルスンの秘書はウッドワードにそう言って、ワシントンのPR会社、ロバート・R・マレン社の電話番号を教えてくれた。ハントは同社のコピーライターです、とコルスンの秘書は言った。

ウッドワードは編集局の東端にある内報部デスクまで行って、内報部次長の一人J・D・アレグザンダーに、コルスンとは何者かと訊いた。ひげの濃い三十五、六の、がっしりした体軀のアレグザンダーは笑いだした。チャールズ・W・コルスンは合衆国大統領の特別顧問で、ホワイト・ハウスの「首切り男」だよと言った。

ウッドワードはふたたびホワイト・ハウスに電話をかけて、人事局の女子職員に、ハワード・ハントは勤務しているのかと訊いた。彼女は、記録を調べてみると答えた。まもなく、ハワード・ハントはコルスンの顧問をつとめているという返事がウッドワードにあった。

ウッドワードはPR業のマレン社に電話して、ハワード・ハントを呼び出した。

「ハワード・ハントだが」と声が言った。

ウッドワードは身分を明らかにした。

「それで？　用件は？」。ハントは落ちつきを欠いているようだった。

ウッドワードは、ウォーターゲートで逮捕された犯人の二人の住所録に、なぜあなたの氏名と電話番号が載っていたのか、とハントに質問した。

「こいつは弱った！」とハワード・ハントが言った。それから、あわててつけ加えた。「事件は目下、審理中のため、わたしは発言を控えたい」。ハントは乱暴に電話を切った。

ウッドワードは、記事になる、と思った。とはいえ、住所録にならどんな人物の名前や電話番号だって載っていることもありうる。カントリー・クラブの請求書はハントと犯人たちの関係を明らかにする証拠と思われた。それにしても、どんな関係か？「ホワイト・ハウス顧問、盗聴犯人に関係」という見出しの記事は、ハントに不当な誤解を招く、重大な失敗になりかねない。

ウッドワードはホワイト・ハウス報道局次長のケネス（ケン）・W・クロースンに電話した。クロースンは一月までポスト記者だった。ウッドワードは住所録や警察の押収品目録の内容をクロースンに話してから、ハントはホワイト・ハウスでどんな職務についていたのかと訊いた。クロースンは調べて返事しようと約束した。

一時間後、クロースンはつぎの事実を電話で伝えてきた。ハントはホワイト・ハウスの顧問として、国防総省秘密文書の秘密解除と最近は麻薬情報収集に従事していたという。ハントが顧問として最後の給料をもらったのは三月二十九日で、それ以後はホワイト・ハウスの仕事をしていない、とクロースンは語った。

「わたしは問題を徹底的に調査してみて、確信を得たんだが、コルスン氏はじめホワイト・ハウスの人間は民主党全国委員会本部のあの嘆かわしい事件を知らなかったし、事件に加担してもいない」とクロースンは言った。

この談話は、ウッドワードが引きだしたわけではなく、自発的なものだった。

ウッドワードはPR業のマレン社社長、ロバート・F・ベネットに電話をかけて、ハントのことを尋ねた。ユタ州選出のウォーレス・F・ベネット共和党上院議員の息子であるベネットは言った。「ハワードがCIAに関係していたのは秘密でもなんでもないと思いますね」

ウッドワードにとって、それははじめて知る事実だった。CIAに電話すると、ハントは一九四九年から一九七〇年までCIAに勤務していた、とスポークスマンは言った。

ウッドワードはどう考えたらよいのかわからなかった。政府の友人にもう一度電話をかけて、助言を求めた。友人は困惑しているようすだった。公表しないという条件で、彼がウッドワードに話したかぎりでは、FBIは住所録に名前が載っていたことや郵送しなかった小切手のほかに、多くの理由からハントをウォーターゲート事件の主犯とみていた。この情報は公表してはならないので、ウッドワードは記事に利用するわけにはいかなかった。しかし、住所録とカントリー・クラブの関係を報じても、その記事が公正を欠くことには絶対にならないだろうとその友人はウッドワードに保証した。この保証もまた活字にするわけにはいかない。

市報部長のバリー・サスマンは興味を持った。資料室でコルスンに関するポスト紙の切抜きをあさって、一九七一年二月のつぎのような記事を見つけだした。某筋が語ったところによれば、コルスンは「寝業を得意とする黒幕で、……まとめ役であり、話がこわれたときは調整役にまわり、必要とあれば汚い手も使う男」である。ハントをホワイト・ハウスでコルスンを補佐する顧問と断定したウッドワードの記事には、「最近まで〔ワシントン・ポスト〕記者だった現ホワイト・ハウス報道局次長、ケン・W・クロースン」のことばが引用され、それはクロースンがコルスンの横顔について書いた記事からとったものであることをことわっていた。

ウッドワードの記事にはつぎのような見出しがついた。

「ホワイト・ハウス顧問、盗聴事件容疑者と関係」

その朝、キー・ビスケーンのフロリダ・ホワイト・ハウスでは、ロナルド・L・ジーグラー大統領報道官がウォーターゲート不法侵入事件の質問にそっけなく答えた。「ある種の分子は事件を針小棒大にしようとするかもしれない」。ジーグラーは、事件をこれ以上の論評に値しない「三流のこそ泥事件」と片づけたのである。

翌日、ローレンス・オブライエン民主党全国委員長は大統領再選委員会を相手取って百万ドルの損害賠償を請求する民事訴訟を起こした。オブライエンは不法侵入事件におけるコルスンの「潜在的関係」を挙げて、いくつかの事実が「ホワイト・ハウスとの確実な関係を明らかにする」と主張したのち、つぎのように述べた。「われわれがこの盗聴事件をはじめて知ったのは、盗聴の試みが失敗に終わったからである。これまでにどれだけ盗聴が行なわれてきたのか、誰が関係しているのか？　わずか四年前殊勝にも法と秩序の新時代を約束した現政権の正体がまもなくわかるものとわたしは信じている」

2　「金が事件の鍵だ」

バーンスタインはサスマンに言われて、月曜日と火曜日は休暇をとった。水曜日、チャールズ・W・コルスンをできるかぎり調べてみることから仕事をはじめた。ニクソン政権の元官吏に電話をかけた。この男ならコルスンの経歴について、何か役に立ちそうな資料を提供してくれるかもしれないと思ったのだ。

履歴を教えるかわりに、彼はバーンスタインに言った。「ウォーターゲート侵入事件の黒幕が誰だろうと、政治のことなど知らないくせに、自分は知ってると思っていた人物だったにちがいない。だから、コルスンの名前が出てくるんじゃないのかね。……政治について知ったかぶりをするやつは政治の確実な情報を求めようとしない。彼らが求めるのは別のものだ……スキャンダルやゴシップさ」

その男は、バーンスタインやウッドワードがまったく無知といってもいいホワイト・ハウスの内情を知っていたし、さらに好都合にも昔の同僚とまだつきあいがあった。

バーンスタインは、大統領再選委員会や――可能性は少ないが――ホワイト・ハウスがウォーターゲート侵入のような愚挙を後援する可能性はあるだろうか、と訊いてみた。バーンスタインは、その可能性は皆無だという返事を期待した。

「わたしは大統領を知っているので、よくわかるんだが、もし大統領にこういうことをやる必要が生ずれば、お粗末な結果になるような仕事はぜったいにしないだろうね」と元官吏は言うのだった。しかし、大統領が選挙参謀たちに政治的な情報とゴシップを一つ残らず収集させようとしていたことは、けっしてありえない話ではない。彼は昔の話をしてくれた。ホワイト・ハウスのある顧問は「いつも携帯用無線通話器の話ばかりしていた。こちらが政治の話をすると、彼は情報収集の話をする。ホワイト・ハウスはいつもこういう情報収集ごっこに憂身をやつしてきた。そこに何かあると思う。馬鹿な連中もなかにはいるんだ」

ホワイト・ハウスのこのような現実は、バーンスタインが新聞で読んできた円滑かつ機能的なホワイト・ハウスとは大違いである。かならず「大統領側近」といわれてきた、あの慎重な、規律正しい近衛兵たち。

バーンスタインは側近の一人ロバート・オードルについて質問した。現CRP人事部長で前ホワイト・ハウス顧問である。再選委員会はオードルを、警備主任としてマッコードを採用した人物と認めていた。

「そんなばかな」と元職員は答えた。「ミッチェルがそんな決定を他人にまかせるはずがない。ミッチェルが、警備保障の問題にくわしい誰かの知恵を借りて、決定をくだしたのさ」

マッコードの採用にすくなくとももう一人の人物が関係していることは確実だといってもいいだろう、と彼は言うのだった。彼の語るところによれば、司法長官時代ミッチェルの顧問で、右腕だったフレッド・ラルー（Larue）である。バーンスタインは名前を書きとりながら（LaRoue と綴りをまちがえて）、彼に関する話を聞いた。

「ウォーターゲート不法侵入事件以前にも盗聴が行なわれていたとすれば、ラルーが知っているはずだ。わたしはそうにらんでいる」

元役人はさらに自分の考えを述べた。大統領の旧友マレー・チョティナー*は、ニクソンが現職のジェリー・ヴーアリスやヘレン・ガヘーガン・ダグラスと下院議員選挙で争ったころから、対立候補をおとしめる卑劣な選挙戦術を得意とした。久しく大統領の信任あつかったチョティナーは「得票防衛」といわれる仕事を受け持った。この得票防衛は明確に定義されていないが、目的は、大統領やその側近たち（そして一部の民主党員）が例にあげる一九六〇年の大統領選挙のように、選挙で民主党に敗れるのを阻止することだった。


*チョティナーがウォーターゲート盗聴事件に関係していたという示唆もなんどかあったのに、それを裏づける証拠はついに出てこなかった。チョティナーは一九七四年はじめに死亡している。


その日の午後おそく、ポスト紙内報部の政治担当記者でコラムニストのデーヴィッド・ブローダーがバーンスタインに共和党全国委員会の職員の名前を教えて、連絡をとってみてはどうかとすすめた。ブローダーによると、この職員は「なかなかの硬骨漢」で、もしかしたら、何か知っているかもしれない。彼は共和党全国大会の警備計画を練った一人だったからである。

「じつは、マッコードは党大会で警備の仕事はまったくやっていない」とその職員はバーンスタインに語った。「何をしていたかというと、再選委員会の警備を担当していたのだと思う。あのCRPにとって大事なのはリチャード・M・ニクソンだけだ。共和党なんて、ニクソンにくらべると、大したことはなかった。いざとなれば、党の壊滅も辞さない」

党職員はジョン・ミッチェルのCRPは事実無根という主張を信じたか？

相手は笑いだした。「ボブ・ドールとわたしは逮捕の日に話をして、委員会かホワイト・ハウスにいる側近の一人が黒幕にちがいないという点で意見が一致した。チョティナーかコルスンだ。噂されていた連中だよ」

バーンスタインは、ニクソン政権と密接な関係にあった人間が、大統領の取巻きについてこれほど侮蔑(ぶべつ)と嘲笑をこめて語ると思っていなかった。そのことをサスマンに報告した。市報部長はこの情報に関心を持った。それから面目なさそうに、ウォーターゲートの取材からきみをはずすとバーンスタインに言った。ヴァージニア州担当のデスクは選挙のシーズンを迎えて、二人しかいない政治記者の一人を割くわけにいかなかったのだ。

バーンスタインは内心釈然としなかったが、さりげないようすで自分のデスクにもどった。約四カ月の有給休暇がポスト紙に貸してある。この夏はその休暇を利用して、大陸横断の自転車旅行をするつもりだった。彼はウォーターゲートの取材活動がつづけられるよう、ねばれるだけねばってみようと思った。彼のいう「チョティナー黒幕説」なるものの概略を伝える五ページのメモを書いて、そのコピーを、サスマン、ウッドワード、ポスト紙首都部長のハリー・M・ローゼンフェルドに送った。

「たしかに大胆な仮説である」というのがメモの書き出しだった。「しかし、コルスンはホワイト・ハウスでチョティナーの後釜である。……コルスンは『得票防衛選挙』のある面でチョティナーと組んでいたといえるだろう。それは、チョティナーが提供するいかなる情報も評価することを意味しないだろうか」

翌日、ローゼンフェルドはチョティナー黒幕説を掘りさげて、ほかに何をつかめるかさぐってみるよう、バーンスタインに指示した。

同じ六月二十二日の午後、新聞記者会見で、ニクソン大統領は不法侵入事件に関する初の公式見解を発表した。「ホワイト・ハウスはこの特殊な事件にいっさい関係していない」

バーンスタインとウッドワードは「この特殊な事件」という表現にこだわった。事件を限定するような言いまわしで片づけられない偶然の一致がすでにあまりにも多いのだ。ワシントンのある法律専門家によれば、五月に行なわれた故J・エドガー・フーヴァーFBI長官追悼式の会場の外で国防総省秘密文書（ペンタゴン・ペーパーズ）事件の被告ダニエル・エルズバーグを襲った一味の一人をフランク・スタージスと断定できると言う。ある被疑者の住所録には、民主党大会でマクガヴァン上院議員が本部として使用するはずだったホテルの部屋の略図が載っていた。マイアミのある建築技師は、バーナード・バーカーが大会会場と空気調節設備の青写真を入手しようとしていたと語っている。マレン社でハントのボスにあたるロバート・ベネットは身代り（ダミー）になる百あまりの選挙委員会を組織して、大統領再選で集まる秘密の政治献金を何百万ドルも吸収した。

マッコードは逮捕されたとき、民主党大会に出入りできる大学新聞記者証の申込書を所持していた。彼は最近マイアミ・ビーチに行っている。マイアミから来た被疑者のなかには、逮捕される三週間前からワシントンに来ていた者がいる。その三週間前から、ウォーターゲートのオフィス・ビルディングのほうにある民主党の有力な弁護士の事務所が、いくつか荒らされるようになった。大統領声明から一時間たらずで、記者たちはCRP広報部長のディヴァン・L・シャムウェイから知らされた。ジョン・ミッチェルが民主党本部不法侵入事件の内部的な調査を命じたというのである。

大統領声明から九日後の七月一日、ミッチェルは妻から辞任を迫られたと語って、CRP委員長をやめた。

ウッドワードは、ミッチェル辞任を扱う内報部の数人に、辞任はウォーターゲートに無関係だと思うかと訊いてみた。いずれも、無関係だと思うと答えた。

翌日、首都部長のハリー・ローゼンフェルドがしぶい顔でウッドワードに言った。「ジョン・ミッチェルのような男が女房のためにあの強大な権力を手ばなすものか」

チャールズ・コルスンの名にはじめてバーンスタインが注目してまもなく、同僚の記者が、自分はホワイト・ハウスに勤める若い女とつきあったことがあると言った。

その記者の記憶では、彼女はコルスンのところに勤務していた。バーンスタインは電話でその女性に連絡をとった。彼女はコルスンの直属ではなく、コルスンの部下の下で勤務していた。ハワード・ハントをちょっと知っている。

「あの人たちみんな、とくにコルスンを、わたしは信用できないと思っておりました。コルスンは大統領のこととなると過保護になり、大統領を守ってやろうという態度が露骨でしたから」と彼女は言うのだった。「彼はいつも書類を持ってあたふたしてましたが、なんでも隠しだてする人でしたわ」。けれどもハントは「じつに親切で、朗らかな人だったし、品がありました。自分もこの人の仲間なのだという気持にさせるだけのゆとりがある、珍しいかたで」、ときどき彼女を昼食に誘ってくれた。顧問として勤務していたのだが、「ほとんど毎日やってきて、仕事をしておりました。休暇をとって、フロリダへ行くこともあり、カリフォルニアへもなんどか旅行しているんです」。一九七一年の夏と初秋のことである。ハントもコルスンと同じく秘密主義だと彼女は言ったが、「でも、いっしょに仕事をしているある人から聞いた話だと、ハワードは国防総省秘密文書など、いろんな問題を調査していたそうです」。彼女の印象では、ホワイト・ハウスが言明したように、秘密文書「解除」の仕事をしたわけではなく、新聞に洩れた原因を究明していた。

「同じころ」と彼女は言った。「彼のデスクにのっていたチャパクィディックの本に気がついたので、わたしは訊いてみました。この事件、つまりエドワード・ケネディのことも調べているということでしたわ。どなたも話したがらないんです……わたしはいつも蚊帳の外におかれていたのですわ」

ハントがケネディを調べていることは、誰が教えてくれたのか？

「コルスンの部屋にいたもう一人の秘書です」。彼女はまたケネディ上院議員とチャパクィディックの自動車事故を扱った書類や何冊かの本を見ている。彼女の記憶では、一冊はペーパーバックで、『ケネディとチャパクィディック』とかいう、なんだか簡単な題名のもの」だったらしい。そうした資料の一部はホワイト・ハウスの図書室から借りだしてきたものだ、と彼女は思った。そして、コルスンの補佐役の一人——誰であったかは思いだせない——も、ハントがケネディを調べていると彼女に言った。「それははっきりした事実でしたわ」と彼女は言った。

バーンスタインはホワイト・ハウスに電話をかけて、司書を呼びだした。電話に出たのは副司書のジェーン・F・シュライカーだった。新聞記者と身分を明らかにしてから、ハント氏が借りだしたケネディ上院議員に関する本の題名をおぼえているかと訊いた。

「そういうものでしたら、おぼえていると思います」と副司書は答えた。ケネディ上院議員とチャパクィディックの事件について、「彼は資料を全部持ちだしました」。シュライカー夫人は、「わたしのノートに記録したと思います」と語り、記録を調べて、こちらから電話しようとバーンスタインに言ってくれた。

「たぶん、あなたのおっしゃる本はジャック・オルスンの『チャパクィディックの橋』だと思いますわ」とシュライカー夫人は二度目の電話で言った。バーンスタインは、ハントがいつその本を借りたのかと尋ねた。シュライカー夫人は、電話を切らないで待つように言った。三、四分して、電話にもどった夫人はおろおろしているようだった。「ハントさんが借りだしたときのカードがございません」と言った。「たしかに、わたしはどなたかのためにその本をとりだしたのですが、でも、ハントさんが借りだしたときのカードがないんです」。その本のカードそのものがないのだ。ハントから貸してくれと言われたこともなかった。夫人はバーンスタインに報道局に問いあわせることをすすめた。ハントが何者かも彼女は知らなかった。

そのあと、ウッドワードが夫人に電話して、ケネディの資料について訊いた。「わたしは［バーンスタインに］お知らせする権限はございません」というのが夫人の返事だった。ウッドワードはホワイト・ハウスの交換室にもう一度電話をかけて、パーティで会ったことのある若い大統領側近につないでもらった。二人は一時間話しあった。ウッドワードが名前を出さないと約束すると、その側近は、ハントはケネディの私行調査をホワイト・ハウスから命じられていた、と語った。誰が調査を命じたか、側近は明らかにしなかったけれども、コルスンがその調査を知っていた一人だったのはまちがいないという印象を強くあたえた。その側近は、ハントが議会図書館からケネディに関する資料をもらっていた事実も記憶していた。

バーンスタインとウッドワードはタクシーで議会図書館に行き、ホワイト・ハウスの資料請求を扱う事務局を訪ねた。部屋へ案内せずに廊下で新聞記者に応対した司書は、ホワイト・ハウスの図書貸出しは秘密になっているので、と二人にいんぎんな口調で伝えた。結局、二人はもっと協力的な職員を見つけると、午後いっぱい図書室にこもり、ハントがホワイト

・ハウス勤務になった一九七一年七月以降の貸出しを、何千枚もの貸出票からよりわけた。ウッドワードはホワイト・ハウス報道局次長のケン・クロースンに電話して、バーンスタインと司書との話の内容を伝えた。クロースンが折り返し電話をかけてきて、いまシュライカー夫人と話してきたと言った。「彼女は［バーンスタインと］話をしたことを否定している。二度とも報道局に行ってくれと言ったそうだ」。クロースンによれば、ハントはホワイト・ハウスからケネディ上院議員の調査を命じられた事実はなかったという。「彼なら勝手に調査することもあるだろう」とクロースンは言った。「彼は四十五冊も本を書いているのだからね」。ハントはスパイ小説を書いていた。

バーンスタインはホワイト・ハウスの元職員に電話をかけて、「ホワイト・ハウスはケネディのこととなると、偏執的だった」という返事を得た。大統領とホワイト・ハウスの補佐官H・R・ホールドマンとコルスンは、エドワード・ケネディ出馬の可能性を葬り去る情報を得ようと「躍起」になっていたのである。

バーンスタインとウッドワードは、ハントがホワイト・ハウスの勤務のあいだ、ケネディを調査していたと報ずる記事を書いた。この記事の重要な点は、ハントがホワイト・ハウスのたんなる顧問ではなく、選挙スパイ的な役割をになっていることだと二人は考えていた。ポスト紙の首都部長ハリー・ローゼンフェルドは大喜びで、その記事を編集主幹ベンジャミン・C・ブラッドリーに見せた。ブラッドリーは編集室の一角にあるガラス張りの部屋から出てくると、バーンスタインの席に近い椅子に腰をおろした。原稿を手にして、首をふっている。このとき、二人の記者はウォーターゲート事件でブラッドリーとはじめて顔を合わせたのである。かつてウォール・ストリート・ジャーナル紙は、ブラッドリーを世界を股にかけた宝石泥棒みたいな風貌の持主と書いた。ブラッドリー（五十歳）は故ケネディ大統領の親友であり、ケネディ家の記事には神経を使った。

ブラッドリーは椅子にゆったりとすわって、言った。

「きみたちはわかってないなあ。司書と秘書は、このハントという男は本を見たと言ってるんだ。それだけのことじゃないか」

ホワイト・ハウスのある有力者は、ハントがそのような調査を行なっていることを明言したのだ、とウッドワードはブラッドリーに言った。

締切り時刻が迫っている。ほかの記者たちがこの光景を見ていた。

「どれだけの大物かね？」とブラッドリーが訊いた。

ウッドワードは編集主幹にニュース・ソースを明かす是非について、いささか自信がなかった。ニュース・ソースを知りたいのですか？とウッドワードはあやふやな口調で訊いた。

「大統領補佐官ほどの人物かどうかを教えてくれるだけでいい」とブラッドリーが言った。

ウッドワードは肩書を知らなかった。その人物の地位を説明した。ブラッドリーは納得したようすもなかった。ペンをとりだして、記事の編集をはじめ、前文を書きかえて、たんに、ハントがケネディとチャパクィディックの事件に「特別の興味を示した」と読めるようになおした。ケネディ出馬に対するホワイト・ハウスの態度を書いた部分は消した。

れ」

ローゼンフェルドはブラッドリーに、この記事を第一面にもっていくかと訊いた。

ブラッドリーの返事は、ノーだった。「このつぎはもっと確かな情報をつかんできてくれ」

ところで、ハワード・ハントはウッドワードと電話であわただしい話をした日から、姿を見せなくなった。FBIは捜査に百五十人の捜査官を投入した。ハントとチャパクィディックの記事がポスト紙に載った同じ日の七月七日、ハントは姿を現わした。数日後、バーンスタインはハントの弁護士ウィリアム・O・ビットマンと知り合いのワシントンのある弁護士に面会した。

その弁護士に言わせると、ビットマンは茶封筒にはいった二万五千ドルの現金をもらって、ハントの弁護を引き受けたという。その弁護士は悩んでいた。ビットマンは弁護士会で高く買われている会員であり、有名なホーガン・アンド・ハートサン法律事務所のパートナーであり、元司法省検事だったからである。検事時代には、最大の単産労組ティームスター・ユニオンの前委員長ジミー・ホッファの有罪をかちとってもいる。

「これは確かな情報だよ。きみにはそれしか言えない」とその弁護士は言った。もう一つ、情報があった。CRP運営費の少なくとも十万ドルが「党大会警備」に向けられた、と弁護士は言ったのである。「金がこの事件の鍵だ」

バーンスタインはビットマンに電話をかけた。ビットマンは弁護人になったいきさつを話そうとしなかった。

封筒にはいった二万五千ドルの現金をもらったか、とバーンスタインは尋ねた。ビットマンは自分と事件との関係について話すわけにいかないと言ったが、とくに質問の事実を否定しなかった。

しかし、ウッドワードもバーンスタインも、茶封筒にはいった現金の話を聞いたという人物をほかに探しだすことができなかった。いくら時間をかけても、徒労に終わり、未解決の問題として残った。

ホワイト・ハウスとCRPの職員は雲をつかむような話で二人の記者を煙にまいた。ウォーターゲート不法侵入事件は、民主党がキューバから政治献金をもらっていることを立証しようという反カストロ派のキューバ人の犯行であるとのまことしやかなニュースが流れた。*

*キューバ人の犯行を伝えるそうしたニュースから、七月七日付のワシントン・スター紙はつぎのように報じた。

「捜査当局に近い消息通によれば、カストロに反対するキューバ人の右翼グループがワシントンの民主党本部不法侵入の資金を提供した。……消息通の語るところによると、反カストロのグループは、民主党大統領候補指名党大会の有力候補者がカストロ支持であることを恐れ、民主党を継続的に監視しようとする目的から、ウォーターゲート・コンプレックス不法侵入の資金面を引き受けたのである」

ニューヨーク・タイムズ紙はラテン・アメリカ、スペイン専門の記者タッド・シュルクを取材にあたらせた。一週間にわたって、彼はマイアミの被疑者とつながりのある反カストロ組織について報じた。

しかし、六月二十六日、タイムズ紙はウォルター・ルガバーの署名入りで三千語の総括的な記事を掲載した。この記事は反カストロ計画の可能性をあっさりとしりぞけて、ホワイト・ハウスとCRPが不法侵入に関係している可能性があるにもかかわらず、その謎が明らかにされていない事実を指摘していた。

ウォーターゲート事件は行きづまった。消滅してしまったのかもしれない。二人の記者は理由がわからなかった。バーンスタインと知り合いの、ホワイト・ハウスの元職員も有力な情報を入手できなくて、ホワイト・ハウスは「地下にもぐったんだ」と冗談を言った。いや、バーンスタインは冗談だと思った。

バーンスタインは不本意ながら、ヴァージニア州政担当にもどされた。ウッドワードはミシガン州で休暇を過ごすことにした。

ウッドワードがミシガン湖にむかった七月二十二日、ロング・アイランドの夕刊ニューズデイ紙が以下のニュースを報じた。

再選委員会の弁護士をつとめていたG・ゴードン・リディなるホワイト・ハウスの元補佐官が、ウォーターゲート事件でFBIの質問に答えるのを拒否したため、ミッチェルに解任されたというものである。

リディ（四十二歳）は一九七一年十二月十一日CRPの顧問としてホワイト・ハウスから

出向したのち、財務担当顧問に任命されて、運動資金や政治献金の問題で法律上の相談にのった。マッコードと同じく、リディも元FBI捜査官だったが、CRP報道部長のディヴァン・シャムウェイは、リディの職務は警備や情報収集に無関係だったと述べた。

ホワイト・ハウスではケン・クローソンがつぎの事実を認めた。一九七一年後半、リディは、ニクソン大統領の内政担当補佐官、ジョン・D・アーリックマンのスタッフの一員として、「治安強化」問題に取り組んでいた。

三日後、ヴァージニアの政治的紛糾の取材から一日休暇をとったバーンスタインは自宅でバリー・サスマンから電話をもらった。出社できるか、というのである。ニューヨーク・タイムズ紙が第一面で、不法侵入犯バーカーのマイアミの自宅からCRPに少なくとも十五回の電話がかけられていたことを報じた。その十五回のうち、八回は三月十五日から六月十六日にかけて、リディともう一人の弁護士が共同で使用するオフィスにかけた電話である。

バーンスタインはベル電話会社にいくつかの情報源を持っていた。こうした情報源を利用して電話の情報を入手するのは、いつも気がすすまなかった。個人の電話の私事権を侵すことに倫理的なうしろめたさがあるのだ。どうしても納得できない問題だった。もしも自分が捜査当局から同じような取り調べを受けて、私的な記録や収支の記録が暴露されれば、辱められたという気がするだろう。新聞記者だからといって、なぜ個人の記録に近づける資格があるのか？

バーンスタインは自分の問題を深く考えずに、電話会社の知り合いに電話をかけて、バーカーの電話のリストを欲しいとたのんだ。その日の午後、この知り合いが電話をかけてきて、タイムズ紙が報じた電話の記事は正しかったと断言した。しかし、バーカーの電話記録がマイアミの地方検事に請求されたので、完全なリストは手にはいらないということだった。

FBIか、連邦検事局のことではないのか？

「いや、マイアミの電話会社は、マイアミの地方検事だったと言っている」と電話会社の男は言った。

マイアミの地方検事がなぜそんな記録に興味を持つのか？　タイムズ紙を参考に記事を書く前に、バーンスタインはマイアミの連邦検事に電話をかけた。連邦検事は、そのような請求はしていないと言った。

バーンスタインはマイアミ地区の各地方検事につぎつぎと電話をかけた。連絡のついた三人目はデード郡――州都マイアミがある――地方検事リチャード・E・ガースタインである。ガースタインが記録を請求していた。デード郡地方検事局は不法侵入事件に連座した犯人がフロリダ州の法律に違反したか否かを決定しようとしていたのである。記録がどんなものかをガースタインは知らなかったが、捜査主任のマーティン・ダーディスは知っているはずだった。もし彼の検事局が捜査していることをポスト紙が報じないという条件なら、ガースタインはダーディスにポスト紙の取材に協力することを指示するつもりでいた。その夜、バーンスタインはダーディスから電話をもらった。

ダーディスは急いでいて、電話で話すのは気がすすまないようだった。彼はバーカーの電話と銀行の記録を請求してあるので、バーンスタインがマイアミまで飛んできて協議することを歓迎すると言った。バーンスタインは、合計八万九千ドルの出どころを知っているかと訊いた。その金額は、シルバート連邦検事補が語ったところによれば、その春マイアミのバーカーの銀行口座にふりこまれ、引き出されたのである。*

*シルバートが八万九千ドルにはじめて言及したのは、七月初旬にひらかれたウォーターゲート事件被疑者の保釈金を決定する審理のときだ。その審理で、バーカーの弁護士はつぎのように説明した。八万九千ドルは不動産取引の結果、マイアミの銀行口座が利用された。その取引で、バーカーはチリの投資家グループの代理人をつとめた。投資家の身許は、政治的報復の怖れがあるため、明らかにできない、とバーカーの弁護士は語った。取引が不調に終わり、バーカーは八万九千ドルを投資家たちに返却した、と弁護士は説明した。

「八万九千ドルよりちょっと多い」とダーディスは言った。

十万ドル以上か、とバーンスタインは尋ねた。

「もう少し多い」

その金はどこから来たのか？

「メキシコ・シティだ」とダーディスは答えた。「そこの実業家だ。弁護士だよ」

ダーディスは弁護士の名前をバーンスタインに教えなかったが、しかし、バーンスタインがフロリダに来るなら、話し合おうと言った。すぐにはバーンスタインに会えないので、七月三十一日の月曜日に会うことで話はきまった。サスマンはこの出張を認めた。

バーンスタインが空港に到着したのは、いつもの癖で離陸時刻ぎりぎりだった。搭乗におくれまいと走りながら、ポスト、ニューヨーク・タイムズ両紙をひったくるようにしてニューズスタンドで買うと、ゲートに急いだ。離陸したとき、タイムズの三段抜きの見出しを読んだ。

「不法侵入の資金、出所はメキシコと判明」。バーンスタインはガースタインとダーディスをいまいましく思った。ウォルター・ルガバーの署名のはいったタイムズ紙の記事はメキシコ・シティ発となっている。ルガバーはマイアミで情報を入手したのち、メキシコに飛んで記事を送ったにちがいない、とバーンスタインは思った。記事はFBIや連邦政府、司法省の名をあげずに、「捜査当局に近い消息通」の情報を伝えている。ルガバーはバーカーの銀行口座の八万九千ドルを追って、メキシコ国際銀行でメキシコ・シティの著名な弁護士マヌエル・オガリオ・ダゲーレに振り出された四枚の支配人小切手を突きとめた。*

*四月二十日、八万九千ドル（メキシコ・シティのオガリオに振り出され、オガリオが裏書したのち、マイアミの銀行に預けた四枚の小切手）はマイアミのバーカーの銀行口座に振り込まれた、とタイムズ紙は報じた。四枚の小切手の内訳は一万五千ドル、一万八千ドル、二万四千ドル、三万二千ドルである。のちにバーカーはこの金を引き出した。オガリオの二十八歳の息子がタイムズ紙に語ったところでは、本人も父親もメキシコ国際銀行の四枚の小切手を見ていないし、小切手の署名は父親のにいずれも似ていなかったという。

バーンスタインはマイアミの空港からサスマンに電話した。自分はメキシコ・シティに行き、休暇からもどったウッドワードに電話でダーディスの取材に当たらせるべきか？　サスマンは、少なくともその日はバーンスタインもマイアミに滞在すべきだろうと思った。

三十分後、バーンスタインはマイアミで最高級のホテル、シェラトン・フォア・アンバサダーの宿泊客になった。フロントにウォルター・ルガバーのルーム・ナンバーを訊いた。

「ルガバーさまは週末にお引き払いになりました」とフロントの事務員が言った。

フロリダ州デード郡の州検事局はメトロポリタン・デード・カウンティ・ジャスティスというビルの六階にある。ビルは郡刑務所と、シュロの並木の細い道をへだてた真向いにある。バーンスタインはエレベーターで六階まで行くと、受付でダーディスに面会を求めた。受付の女は、ダーディス氏が事件で外出しなければならなかったので、恐縮していた、とバーンスタインに告げた。いつもどるか、わからないという。バーンスタインは雑誌を読んで待つことにした。

一時間経過した。私服の警官や、獅子ッ鼻（スナブ・ノーズ）の三八口径をホルスターにぶちこんだ半袖のシャツの刑事、被告と検事がぞろぞろやってきた。ルビーという名の受付の女に声をかける者が多く、「ボス」――ガースタイン――は選挙で頑張っているかね、と訊くのだった。十日前、ガースタインはマイアミでは前例のない地方検事の五選に出馬する意向を明らかにした。バーンスタインはルビーにガースタインのことを尋ねた。ガースタインは民主党員で四十八歳、第二次大戦では爆撃機の操縦士であり、州検事選挙史上最高得票の記録保持者だった。

「みんなに好かれるかたよ」とルビーは言った。

バーンスタインは地元の夕刊をぱらぱらとめくってみた。「ガースタイン、他州に及ぶ赤ん坊密売組織を摘発」という見出しが出ている。やるねえ、とバーンスタインはひそかに思った。民主党の予備選挙は九月十二日の予定である。九月十一日の見出しが眼にうかんだ。

「ガースタイン、ウォーターゲート事件を摘発」

さらに三十分経過。バーンスタインはルビーに、カー・ラジオでダーディスに連絡をつけてもらえるかと訊いた。

「いまは無理だけど、まもなく電話があるはずです」とルビーは言った。

バーンスタインは廊下をへだてた郡登記室まで行って、七月中にガースタインの検事局が発行した請求状の複写を全部そろえてくれるよう、女の職員にたのんだ。彼女は日付順に整理したアコーディオン・ファイルを持ってきた。バーンスタインはファイルを調べて、マイアミの電話会社、サザン・ベル社に対する請求状を見つけた。バーナード・L・バーカー、あるいは彼が経営する不動産会社バーカー・アソシエーツに請求書がまわった長距離電話の通話記録いっさいの提出を求めたのである。もう一通はリパブリック・ナショナル銀行にバーカーの銀行口座の記録を請求したものだ。マイアミのウォーターゲート事件被疑者でほかの三名に関連ある「いかなる文書、記録」の提出もほかの銀行や電話会社に求めた、似たような請求状もある。ダーディスの名前がどの請求にも出ていた。バーンスタインはファイルのなかでダーディスの名前がある請求状をすべて書きとった。そのあと、公衆電話からウッドワードに電話をかけた。

ウッドワードはオガリオにまだ連絡がとれず、タイムズ紙の記事をオガリオ以外のところで確認できなかった。ただし、議会議事堂（キャピトル・ヒル）で興味のある情報をつかんだ。マイアミの被疑者たちはマイアミのキューバ人街のカメラ店でカメラ一式を買い、フィルムの現像代を支払っている。

バーンスタインは腰を落ちつけるとマイアミの職業別電話帳を調べてカメラ店に片っぱしから電話をかけた。さらに一時間過ぎた。それでも、ダーディスは姿を見せない。彼の秘書はいるのか？「彼女はダーディスさんといっしょです」と受付の女が答えた。バーンスタインが締切りの問題をルビーに説明しているとき、ガースタインが部下を引き連れて通りかかった。バーンスタインは夕刊の写真でガースタインの顔を知っていた。

ガースタインさんに会えるだろうか？　哀願とも要求ともつかない質問だった。ルビーはバーンスタインの意向を伝えた。バーンスタインはガースタインの応接室に案内された。秘書は、ガースタインが会議中なので、と言った。三十分後、ドアがあいて、ガースタインがバーンスタインを招じ入れた。州検事は身長約六フィート五インチ、涼しそうなトロピカルのチェックのスーツを着ている。

「事件がどういうことになっているのか、話してくれ」とガースタインははじめた。「FBIがわたしに何も教えてくれないのでね」

バーンスタインは、ガースタインとウォーターゲートの話をして、のんびりした午後を過ごすことができればうれしいと言った。が、時刻はまもなく五時で、ポスト紙第一版の締切りまであと二時間しかない（ほんとうは三時間近くあるのだが、バーンスタインのほうはもうぐずぐずしていられなかった）。バーンスタインは今日の取材ができれば、二人で話し合ってもよかった。彼がマイアミまでわざわざやってきたのは、午後早くダーディスに会う約束ができていたからであり、その結果、たぶん記事になる情報が手にはいる可能性もあったからだ。ところが、記事は今朝のニューヨーク・タイムズ紙に載り、そのニュース・ソースがどうもわからない。

「ダーディスが何をにぎっているか、わたしにはわからない」とガースタインが言った。「ダーディスにすべてをまかせてしまったのは、わたしがあんまり忙しいからだ。小切手が何枚かあることは知っているが、それが何を意味するかはわからないんだ。ダーディスから連絡がありしだい、きみに会わせるようにしよう」

バーンスタインはガースタインに礼を言った。州検事の部屋を出るとき、考えこんでしまった。ニュース・ソースと情報交換をするのは、面倒を招きやすい最後の手段であるが、ウッドワードからもらったカメラ店の情報は未確認である。そこで、この情報をガースタインに伝えた。

何かあれば、電話をくれないか、とバーンスタインは言った。

「そうしよう」とガースタインは答えた。

受付の部屋でまた四十五分が過ぎた。バーンスタインは公衆電話からウッドワードに電話をかけた。きみの想像もつかないところにいるんだ、と言った。一日中ここで頑張って、やっとガースタインに会った。いろいろと訊かれたよ。

電話を切ると、バーンスタインは廊下を通って、「入場禁止」と出ているドアをあけたところ、ダーディスの名前が出ているドアが眼についた。秘書が電話に出ていた。「はい、ダーディスさん」と言っている。「わかりました。すぐ持ってまいります」

バーンスタインはなるべく冷静に自己紹介して、ダーディス氏に会うのに午後いっぱい待たされてしまったと説明した。

「ダーディスさんはただいま会議中です」と秘書が言った。「申し訳ありませんが、ここにいらっしゃっては困ります。受付のお部屋におもどりになれば、こちらから連絡します」

バーンスタインは礼を言って、ルビーの部屋にもどった。ドアには鍵がかかっていた。

バーンスタインは「入場禁止」のドアまで引き返し、ダーディスの部屋の前を通り、角をまがって、ガースタインの部屋にはいっていった。ガースタインは出かけるところだった。

バーンスタインは憤慨した。州検事局が何をつかんでいるかを話せないのなら、また、州検事局がにぎっている情報をポスト紙で公開させるわけにいかないのなら、そう言えばいいじゃないか。ところが、州検事局は一日中縛りつけておいた。ダーディスは部屋にいる。何時間も前からいたのじゃないか……。

「すぐに会わせよう」とガースタインが言った。「どうなっているのか、わたしも知らないのでね。申し訳ないと思うよ」。ガースタインはすっかり恐縮しているようだった。バーンスタインは奥の通路を抜けて、鍵のかかった受付の部屋に行った。まもなく、ダーディスがはいってきた。背が低く、赤ら顔で、鼻がさらに赤い。古ぼけた紺のブレザーは肘のあたりがすり切れている。

ダーディスはあわただしく腕時計を見た。「七時の約束があるんだ」と言った。「その十分前にここを出なきゃならん。話は明日じゃいけないのかね……弱ったよ！」

バーンスタインはつとめて冷静を保った。すぐに小切手を調べることができれば、話は明日にのばしてもいい……。

「オーケイ、わかった」ダーディスは苛々していた。「ところで、ニューヨーク・タイムズがガースタインをくだらんことにまきこむのはどういうことだ？　きみはわたしに上司と喧嘩させようというのかね？　きみの話相手はこのわたしであって、彼じゃないだろう。部屋にもどろう。さっさと片づけるんだ」

バーンスタインが捜査主任のデスクの前に腰を落ちつけると、ダーディスはダイヤル錠のファイル・キャビネットをあけ、フォルダー一冊と一つにまとめた電話使用料のスリップをとりだした。その二つをデスクごしにバーンスタインのほうへ投げてよこした。「銀行の資料を出すあいだ、そいつをざっと見てくれ」

バーンスタインは猛烈ないきおいで書きとりはじめた。

「むかしいっしょに仕事をしていた男がワシントンのＦＢＩにいる」とダーディスが言った。「その男を知っているかね？　名前は……」

バーンスタインは走り書きをつづけながら、知らないと首をふった。

ダーディスは銀行の計算書をとりだすと、カード・ゲームで札まき(ディーラー)が自分の手を見るように、その記録をしげしげと見た。彼のいうバーカーの銀行口座なるものから取引の部分を読みあげた。

「弱ったな、これじゃあ、十分前にここを出られやしない」とダーディスは言った。

ゼロックスの機械はあるか、とバーンスタインは訊いた。

ダーディスは、銀行の計算書や小切手をゼロックスするような危険はおかせない、と言った。「ゼロックスしたのがわたしだと突きとめるやつがいるからな」

オーケイ、あなたが電話の記録の残りをゼロックスし、わたしが小切手の複写をとろう、とバーンスタインは提案した。

「そうしよう。でも、たのむから、急いでくれ」とダーディス。

メキシコで振り出された小切手はタイムズ紙が報じたとおりだった。一枚一枚がアメリカのそれぞれ違う銀行で現金化され、「マヌエル・オガリオ・D殿99―026―10」と裏面のタイプした名前の真上に、読みにくい筆蹟で署名してある。

しかし、二万五千ドルという五枚目の小切手があった。ほかの小切手よりやや幅が広く、日付は四月十日になっている。バーンスタインはほかの四枚と同じく、その小切手のコピーをゼロックスでとった。支配人小切手で、フロリダ州ボーカ・ラトーンのファースト・バンク・アンド・トラスト社という銀行で引き出されている。番号は1311138、ケネス・H

・ダールバーグの指示で支払われていた。ダーディスが部屋にもどったとき、バーンスタインはゼロックスの複写を終えた。この二万五千ドルは四月二十日、メキシコの四枚の小切手といっしょに預けられて、預金額の合計が十一万四千ドルになった。四日後、バーカーは二万五千ドルを引き出した。残り八万九千ドルは別個に引き出された。

「このダールバーグという男が何者かを突きとめようとしているんだがね」とダーディスは言った。「きみは知っているか？」

バーンスタインは、知らない、と答えた。

ダーディスはゼロックスした電話記録をバーンスタインにわたして言った。「明日の九時に来てくれると、話ができる。走っていかないといかん」

ありがとう、ご協力に心から感謝します、とバーンスタインは言った。

バーンスタインは廊下を歩いて、角をまがると、エレベーターのボタンを押した。七時だった。ロビーの公衆電話からウッドワードを呼んで、五枚目の小切手のことを話し、すべての番号とほかのこまかなことがらを書きとらせた。そうして、ケネス・H・ダールバーグを探すべく、ホテルに引きあげた。

ボーカ・ラトーンの銀行は、誰も電話に出なかった。ボーカ・ラトーン警察から、緊急の場合に連絡できる銀行幹部の名前と電話番号を教えてもらった。その銀行幹部はダールバーグについて何も知らなかった。小切手に署名したのは、ファースト・ネームがトーマスという幹部である。その幹部の姓のほうは判読できなかった。銀行にはトーマスという名の幹部が二人いたが、二人とも小切手のことを知らなかった。バーンスタインは二人目のトーマスに銀行頭取の名前と電話番号を尋ねた。

頭取はダールバーグをボーカ・ラトーンに冬の別荘を持つ、フォート・ローダーデールのある銀行の重役としてちょっと知っているにすぎなかった。その銀行の頭取がジェームズ・コリンズである。

たしかに、ダールバーグは当行の重役だ、とコリンズは言った。ダールバーグの関係する事業を説明しながら、コリンズは一息入れて言った。「正確な肩書は存じませんが、彼は一九六八年、ニクソン大統領に協力して、中西部の選挙運動の責任者でした。それはわたしも知っていました」

バーンスタインは、この最後のことばをもう一度言ってくれるようにたのんだ。

午後九時、バーンスタインはウッドワードに電話をかけた。サスマンが電話に出た。ウッドワードがいま、ダールバーグと話をしてるところだ、とサスマンは伝えた。バーンスタインは思わず大声をあげた。彼にこう伝えてください、ダールバーグは六八年の大統領選挙でニクソン選挙運動の中西部責任者だったんです。

「彼もそのことは知っていると思う」とサスマンは言った。「折り返しこちらから電話しよう」

ワシントンでは、ウッドワードはボーカ・ラトーンの情報を確かめて、ダールバーグの電話番号を突きとめた。電話がつながらなかった。彼はまた警察に電話をかけて、ダールバーグの家が、それぞれ堂々たる門構えでガードマンがいる住宅地にあることを教えられた。ウッドワードがダールバーグ家に勤務しているガードマンを呼びだすと、そのガードマンは、ダールバーグが冬しかここに滞在しないということ以外、何も言わなかった。

ウッドワードはポスト紙資料室の者に、切抜きのファイルにダールバーグが出ていないかと訊いてみた。何もなかった。サスマンは写真ファイルを調べてみるように言った。しばらくして、サスマンは色あせた新聞の写真をウッドワードのデスクにおいた。ヒューバート・H・ハンフリー上院議員と満面に笑みをうかべた小柄な男が並んでいる写真だった。その小柄な男が写真の説明からケネス・H・ダールバーグとわかった。

ダールバーグは民主党員だったのか？　写真には日付がなかった。もしやと思ってウッドワードはハンフリーの地元の州で最大の都市ミネアポリスに電話をかけ、ケネス・H・ダールバーグなる人物の電話番号を知った。探しているダールバーグかどうか自信がないまま、ウッドワードはその番号をまわした。ダールバーグが電話に出ると、ウッドワードは、はじめフロリダの別荘に電話をかけたとことわった。あれは冬の別荘か？

「そうだ」とダールバーグは答えた。

ウォーターゲート事件被疑者の一人の銀行口座に預けた二万五千ドルの小切手について……。

沈黙。

ご存じのように、その小切手にはあなたの名前が書いてある……。

沈黙。

その記事を書くつもりなので、何か話があれば……。

ダールバーグがようやく口をひらいた。「どういうことなのか、わたしは知らない。まったく心あたりがないのだ。……わたしは委員会にわたしの金を全部わたしている」

ニクソンの再選委員会のことか？

「そうだ」

あなたの小切手がどうしてバーカーの銀行口座にまわってしまったのかをFBIに訊かれなかったか？

「わたしは堅実な市民であり、わたしのすることは堅実だ」とダールバーグは答えた。声が緊張している。それから、ダールバーグは一瞬気がゆるんだらしく、ウッドワードの寛容を求めた。

「わたしはたいへんな試練に遭っている」と説明した。「わたしの親友で近くに住むヴァージニア・パイパーが誘拐されて、二日になる」＊

＊ミネアポリスの名士、パイパー夫人は、夫が百万ドルの身代金を払ったのち、荒野の木に手錠でつながれているところを発見された。この身代金はアメリカ史上最高の額と思われる。

ウッドワードはふたたび小切手のことを尋ねた。

ダールバーグはそれが自分のものであることを認めたが、それ以上の話を断わって電話を切った。数分後、ダールバーグから電話がかかってきた。質問に答えるのをためらったのは、ウッドワードがほんとうにポスト紙の記者かどうかわからなかったからだ、とダールバーグは言った。それから間をおいて、質問を待っているようだった。

あの二万五千ドルは誰の金か、とウッドワードは訊いた。

「わたしが中西部の財務委員長の資格で集めた政治献金だ」

ウッドワードは何も言わなかった。自分の声が上ずって聞こえるのをおそれたのだ。

「こんなことをきみに言うべきじゃない……とはわかっている」とダールバーグはまた言った。

話してくれ、とウッドワードは祈った。話してくれ。

「オーケイ。きみに言ってしまおう。ワシントンでひらかれた〔再選〕委員会の会議で、わたしはあの小切手を委員会の財務部員〔ヒュー・W・スローン・ジュニア〕かモーリス・スタンズ本人のどちらかにわたした」

ウッドワードは電話を切るのももどかしかった。スタンズはニクソンの選挙資金集めの責任者であり、CRPの財務部長である。

時刻は午後九時半。第二版の締切りまであと一時間しかない。ウッドワードはタイプを打ちはじめた。

ニクソン大統領の選挙資金にあてられたらしい二万五千ドルの支配人小切手が四月にバーナード・L・バーカーの銀行口座に振り込まれた。バーカーは六月十七日、民主党全国委員会本部不法侵入と盗聴容疑で逮捕された五人の被疑者の一人である。

原稿の最後の一枚は締切り時刻にサスマンの手にわたった。サスマンはペンとパイプをデスクにおいて、ウッドワードに眼を向けた。「こんな話は聞いたこともない」と言った。「はじめてだよ」

3　ウッドスタイン誕生

CRPがアメリカの選挙制度の伝統に忠実であると主張したジョン・ミッチェルの最初の声明から六週間後に、ウォーターゲートに無関係であるという委員会の主張が崩れてきた。ウッドワードはCRPの責任者としてミッチェルの後任になったクラーク・マグレガーに電話して、ポスト紙が入手した事実を彼に伝えた。

「わたしはそれについて何も知らない」とマグレガーは言った。

「こうした事件は、わたしが来る前に起こった」とマグレガーはことばをつづけた。「ミッチェルやスタンズは知っているかもしれない」。その口調はウッドワードよりもミッチェルやスタンズにうんざりしているように聞こえた。

その夜、これより早く、ジョージ・マクガヴァンは、副大統領候補、ミズーリ州選出のトーマス・F・イーグルトン上院議員が指名を辞退すると発表した。彼の病歴が選挙で問題になった結果である。* リチャード・ニクソンの再選はいっそう確実になったかに思われた。

＊その六日前、イーグルトンは一九六〇年代に精神的過労から電気ショック療法を受けていた事実を明らかにした。この発表があったのは、ナイト系新聞の記者からこの問題について質問されたあ

とである。

翌朝、ウッドワードはもう一度ダールバーグと話をした。

「たしかに、わたしは何かの渦中に巻きこまれてしまった。それが何であるかは、わたしも知らない」とダールバーグは言った。あの二万五千ドルの小切手は四月十一日、モーリス・スタンズ本人に渡したと確信していた。

スタンズの秘書はウッドワードに、いま言うことは何もないと言った。彼女によれば、スタンズは「混沌とした事態を苦慮して」、その実情を説明して、自身の潔白を再度主張することが不可能だというのだった。

ホワイト・ハウスでは、ロン・ジーグラー報道官が、大統領はいぜんとしてスタンズに全幅の信頼を寄せ、二万五千ドルの問題をCRPに一任したと語った。CRP委員長クラーク・マグレガーの名で発表された委員会の声明は、問題が調査中であるため、これ以上の論評は「適当」でないと述べていた。

ウッドワードは、連邦会計監査機関である会計検査院に新しくできた連邦選挙部の部長フィリップ・S・ヒューズに電話をかけた。

行政府に属して大統領にすべてを報告する司法省やFBIとちがい、会計検査院(GAO)は議会の調査機関であり、したがって行政府から独立している。ヒューズに言わせると、ポスト紙のその日の記事は「盗聴事件が選挙運動資金取締法に関係あることをはじめて」明らかにした。……「モーリー〔スタンズ〕の報告書には、あのダールバーグの小切手のようなものを示すものは何もない」

アイゼンハワー政権のとき、スタンズが局長だった予算局につとめていたヒューズはさらにこう言った。「われわれは徹底的な監査を行なって、その実態を突きとめるつもりだ」。監査は連邦選挙運動資金取締法によって行なわれる最初のものになるだろう。献金をいっそう厳しく規制し、すべての支出の届出を義務づけたこの法律は四月七日から実施になった。

GAOのある調査官は、その日の午後ウッドワードに電話で二万五千ドルの小切手に関するさらにくわしい情報を提供してきた。ウッドワードは、われわれはこの件についてわかっていることをすべて書いてきたと言った。

GAO監査の続報を書く前に、ウッドワードはCRP財務部員のヒュー・スローンに連絡をとろうとした。しかし、スローンはもう再選委員会に籍をおいていなかった。市報部のある記者がヴァージニア州の郊外都市にあるスローンの自宅を車で訪ねた。スローンはまだ若く、三十歳ぐらいで、礼儀正しく、ウォーターゲートの話をすることは拒否したが、ただFBIと大陪審に協力してきたと語った。

CRP報道部長ディヴァン・シャムウェイがウッドワードに、スローンはウォーターゲートと関係なく「一身上の都合」で辞任した、と言った。「彼は胃潰瘍の初期で、夫人が妊娠している」

ウッドワードは監査の進行状態を知ろうと連日GAOの調査官に電話をかけた。「わけのわからない現金が何十万ドルとある」とGAOの調査官がある日言った。「秘密資金だ」と翌日言った。「コンピューターで処理した財務報告も見かけはきれいなものだが、一皮むけば、泥棒の巣窟さ」とこれは三日目のことばだった。その間、ウッドワードが記事を書かなかったので、調査官はいっそう大胆に口をきくようになった。こうしたことばとももう一人の調査官の発言をつなぎ合わせるうちに、ウッドワードは、現金の「秘密資金」はバーンスタインが七月初旬に聞いたのと同じ「選挙運動警備資金」だと確信するようになった。総額で少なくとも十万ドルになるこの資金には、調査官によれば、ダールバーグの小切手が振り込まれたバーカーの銀行口座からおろした金もはいっている。

バーンスタインが元政府職員に定期の電話をかけたところ、つぎのように言われた。「ゴードン・リディが管理していた巨額の資金がある。……そうだ、同じやつだ。現在の計画は、リディがみんなにかわって泥をかぶることだ。再選委員会が発表する声明の内容は真相からほど遠い。再選委は党大会の警備を深く憂慮していたのだと言うだろう。また、妨害を確実に排除できるだけの多額の資金を用意したまでだと言うだろう。そういう話が洩れてくるはずだ。ミッチェルはそんな内容の声明を出せと言った。資金のことを知っている連中が多すぎるのだ」

バーンスタインとウッドワードはじっと待った。数日後の八月十六日、クラーク・マグレガーはホワイト・ハウス記者団の代表グループと会見し、はじめて、責任をリディにかぶせる公式の発言をした。マグレガーはつぎのように言ったのである。CRP財務顧問をつとめる間に、リディは、共和党大会で「狂信者のグループが大統領を襲撃したとき、どう対処するかを決定する目的から」、勝手に選挙運動資金を流用した。

その日の午後おそく、マグレガーは電話でもっと十分な説明を求めたウッドワードに腹をたてた。「なぜやめたゴードン・リディが金を欲しがったのか、わたしはまったく知らないのだ」とマグレガーはどなるように言った。「知りようがなかった。……わたしはリディに会ったこともないんだからね。……どういう事件なのか、わたしにはさっぱりわからん」

あなたは自分が指揮をとることになっている選挙と無関係だということを言おうとしているのか――ウッドワードはマグレガーにそういう意味の質問をした。

「それを活字にしたら、われわれの関係はおしまいだ」とマグレガーは言い、さらにつけくわえた。「わたしはきみをおどしているのではない。ただ、どういう結果になるかを言っているのだ」。マグレガーはニクソン政権では数少ない、新聞に友好的で評判のいい一人だった。

マイアミでひらかれた共和党大会二日目の八月二十二日、ポスト紙の第一面はGAO監査の予備監査結果を報じた。もっぱらウッドワードと調査官たちの会話にもとづいたその記事によれば、CRPは選挙運動資金で五十万ドル以上も不正に使用したとの決定をGAOは下したのである。その金額には、明らかに不法な「警備資金」にあてられた少なくとも十万ドルの金も含まれていた。

財務部員としてヒュー・スローンの後任、ポール・E・バリックはCRPを代表して反論した。「委員会が法律に従った献金及び支出の申告を不正に行なった、あるいは申告しなかったという意味のことを報じたワシントン・ポスト紙の記事は全面的に事実誤認である」

しかし、GAO予備監査結果の最も生々しいかんじんな点は、少なくとも五十万ドルが不正に使用されたということではなく、委員会の「警備資金」の暴露だったのである。ホワイト・ハウスから再選委員会入りした元通信社記者のディヴァン・シャムウェイは、五週間以上にわたって、そのような資金は存在しなかったと主張してきた。七月に彼はバーンスタインに語っている。「事実に反するようなことを故意に話すことだけは、わたしは絶対にしないつもりだ」。いま、シャムウェイは、そのような資金が存在していた事実を知っていたと言う。「残念ながら、再選委のなかには、わたしに真実を教えない人もいる」と補足した。

GAOの監査結果は同じ日に公表されるはずだった。発表予定時刻の一時間前に、GAOは報道関係に、発表が遅れることを伝えてきた。

ウッドワードはGAO調査官に電話した。何があったのか？

「信用してもらえないだろうが」と調査官は言った。「スタンズが連邦選挙部のヒューズに電話をかけて、もっと資料が欲しいから、党大会がひらかれるマイアミまできてくれと言ったんだ。……もちろん、［ヒューズは］行かなければならない。監査結果を今日発表されたくないわけだ。わたしはそれを責める気はしないがね」

マイアミではその夜、リチャード・ニクソンが二期目の合衆国大統領候補として共和党大会で指名されることになっていた。

また、同じこの八月二十二日、民主党がおこした百万ドルの民事訴訟を審理していたチャールズ・R・リチー合衆国地方裁判所判事ははじめの裁定をくつがえして、この予審の証言は秘密であり、事件の審理が完了するまで、公表をひかえるとの判断を示した。すなわち、ミッチェル、スタンズなどの宣誓供述は選挙前に公表されないということである。リチーがCRP側の弁護士からの申立てもないのに、みずから下した決定をくつがえしたのは、じつに異例のことだった。審理中の被疑者たちの憲法で認められている権利を考慮した結果のことである、とリチーは判事席から述べた。

この裁定があって数時間後、リチー判事はポスト紙に電話をかけてきて、バーンスタインに言った。「わたしが下した決定の根拠をあなたに理解してもらいたかった」。彼は、刑事裁判前に民事訴訟の証言を公表することの危険性をバーンスタインに説いた。

「リチーはバーンスタインに思いうかばなかった問題を提起した。判事に、CRPに好意的な決定をうながした人物から話があったという可能性である。「わたしはつぎのことをはっきりさせておきたかったのです。わたしが法廷外で何びとともこの事件について話し合わなかったこと、政治的な考慮はまったくなされなかったことの二点です」

バーンスタインは唖然となった。リチー判事とは一度も会ったことがない。この電話は思いがけずかかってきたのである。

ダールバーグの小切手が記事になった八月一日まで、バーンスタインとウッドワードとは仕事の上で何よりもまず競争の関係にあった。どちらも、相手がつぎの取材と執筆の仕事を一人占めしてしまうのではないかと心配した。一方が夜間や週末に第一面を飾るニュースを追いかければ、もう一人も同じことをしなければ気がすまなくなるのだった。八月一日の記事は二人の名前をつなぎ合わせた署名がはいった。その日、ウッドワードは、関連記事や続報にも自分の名前といっしょに、バーンスタインの名前を入れてもいいのではないかとサスマンに訊いた。バーンスタインはまだマイアミにいて、記事を書いていなかったのだ。この日から、ウォーターゲート関係のニュースにはすべて二人の名前がはいることになった。同僚たちは二人の名前を一つにして、愉快なことに「ウッドスタイン」という名前を誕生させた。

バーンスタインとウッドワードの相互不信と疑心暗鬼が徐々に消えていった。とくに、二人の気質に天と地ほどのひらきがあったので、共同作業がいろんな点で得になることを理解した。取材範囲の広さ、取材の危険、必要な警戒――どれをとってみても、ウォーターゲート事件に取り組む二人にとって、有利だったのである。仕事を分担し、情報をプールすることによって、二人の取材源がふえていった。

それぞれ別個に電話番号のマスター・リストを持っていた（ただ、あるニュース・ソースが電話に出ないとか、折り返し電話をかけてこないという事実はしばしば重大な意味があった)。したがって、二人のリストにのった人名を合計すると、数百にふくれあがったが、重複している名前は五十人にみたなかった。当然、おたがいに取材先がかちあった。「きみたちはいっしょに仕事をしてるんじゃないのか?」とある弁護士からウッドワードは訊かれたことがある。「わたしは電話でカールと話していて、たったいまその電話を切ったところだよ」。また、あるとき、ホワイト・ハウス顧問が言った。「われわれのなかでバーンスタインから電話をもらう者と、ウッドワードから電話がかかってくるのと分れているのは、どういうわけなのか、その理由をさぐりだそうと、われわれは調べているところだよ」。理由などなかった。二人の記者はなるべくおたがいの仕事に踏みこむのを避けたかったのである。概して、二人がニュース・ソースを分けておくほうを好んだのは、極秘のニュース・ソースがそうすればいっそう安心するからだった。また、個人的な関係を深めるのに、時間をかけることもできた。

編集局で二人の近くに席がある人たちから見れば、ウッドスタインがかならずしも足並みの揃った二人三脚のジャーナリストでないことはすぐにわかった。二人はよく同僚たちの前で衝突した。たった一つの単語か一つの文章で十五分もはげしく対立することがあった。ことばや文章のニュアンスがきわめて重大だったのだ。強調すべきところをまちがってはならない。記事の書きかたをめぐる議論がしばしば口角泡を飛ばしてつづけられたし、一人が相手のデスクから引きあげてくる光景を見るのも珍しくなかった。しかし、おそかれ早かれ(たいていおそかれのほうだったが)、記事の原稿がタイプライターからたたきだされていった。

どちらも独自の整理方法を編みだした。二人が会った、文字通りあらゆる人の名前のラベルをはったマニラ・フォルダーにきちんと整理して、資料を保存したのは、奇妙なことに、二人のうちで計画性に乏しいほうのバーンスタインである。事項のファイルもまた行きとどいたものだった。ウッドワードの資料保存はもっと大ざっぱなものだったが、二人とも一つの規則を忠実に守った。何一つ破棄することなく、すべてのメモ、事件当初の記事の草稿までとっておいたのである。まもなく四つのファイリング・キャビネットがいっぱいになってしまった。

原稿を書くのが早いウッドワードがたいてい第一稿を受けもち、バーンスタインがリライトにまわった。しばしば、バーンスタインは記事の前半しかリライトしないで、後半のウッドワードの原稿に手を入れなかった。この仕事でほとんど徹夜になることはざらにあった。ウォーターゲート事件の記事の本数がふえるにつれて、二人の記者はそれにとりつかれていった。そして、はじめはテストのつもりで、友だちになった。二人とも時間に縛られることもなかった。ウッドワードは離婚している。バーンスタインは別居していた。よく夜遅くまで編集局に残って、資料にあたり、切抜きに眼を通し、仕事のあらましの段取りをつけ、意見を交換した。バリー・サスマンが仲間入りすることもあった。サスマンは結局、市報部長の職務から解放してもらい、ポスト紙のウォーターゲート取材に全責任を負わされた。サスマン、三十八歳、温厚な物腰で、やや肉がつき、波打つ髪、学者らしい風貌。ヴァージニアとテネシーの州境に近い田舎町の新聞社のデスク・マン、ニューヨーク大学で速読の専任講師、ポスト紙の社交界担当編集者、ついで首都圏担当編集者――ブルックリンの臨時雇いの仕事をやめて、ワシントンにのぼってきた放浪のジャーナリストである。

サスマンは事実を把握して記憶しておく才能にめぐまれ、しかも記憶したことをいつでも即座に用だてることができた。ポスト紙のどの編集者も、またバーンスタインやウッドワードもかなわないほど、サスマンはウォーターゲート事件の生字引になり、資料部がたよりにならないときでも、彼に問い合わせればよかった。締切りまぎわに、彼はこうした事実をさかんに記事に注ぎこんで、示唆に富んだ、まとまりのある情報を提供するのだった。彼の力がなければ、記事は迫力に欠けた暴露になっていただろう。サスマンの頭のなかで、何もかもぴったり合った。ウォーターゲートははめ絵（パズル）であり、サスマンはその断片の収集者だったのだ。

サスマンはじつに理論家である。べつの時代に生まれていたら、タルムード（ユダヤ教法典）学者になっていたかもしれない。ソクラテス式問答法を学んで、バーンスタインとウッドワードに矢継ぎ早に質問を浴びせた。スタンズといっしょに商務省からＣＲＰに移ったのは誰か？　ミッチェルの秘書はどうなのか？　いつリディがホワイト・ハウス入りしたかをなぜ誰も言おうとしないのか？　ホワイト・ハウスで彼といっしょに仕事をしていた者は？　ミッチェルとスタンズが二人でＣＲＰの予算委員会を動かしていたのか？　それは何を意味するか？　それから、サスマンは満足の笑みをうかべて、パイプをくゆらすのだった。

サスマンの大好きなものは歴史と世論調査だ。崇拝する英雄はジェファースンだが、そのつぎに尊敬する人物はジョージ・ギャラップではないか、と二人の記者はかねがね想像していた。反戦運動が最高潮に達したころ、ワシントンで大規模なデモがあると、ほとんどかならず、サスマンは調査票を持った何人かの記者を取材に送りだして、デモ参加者の年齢、政治的立場、出身地、デモに加わった回数を質問させた。毎回、サスマンは、街頭の記者がすでに得たのと同じ結論に達した。反戦運動はますます幅広い層に支持され、しだいにラディカルではなくなってきたという結論である。民主党本部不法侵入事件以来、サスマンはハーディング大統領時代のティーポット・ドーム・スキャンダルを研究していた。彼はウォーターゲート事件について一家言を持っていた。そこがバーンスタインやウッドワードの理解の及ばぬところだった。つまりウォーターゲート事件は歴史的必然性、戦後アメリカのモラル、売らんかな主義(マーチャンダイジング)、そしてリチャード・ニクソンとの関係ぬきでは考えられない……。

サスマンはじめ、ポスト紙の編集者たちは形式張るのを性格的に嫌った。バーンスタインもウッドワードも、ウォーターゲート事件の取材に専念することを正式に命じられたことは一度もない。取材の収穫がこんごもあるかぎりにおいて、問題はないと二人はみていた。取材に失敗して記事が書けなくなれば、ポスト編集局の競争的な雰囲気では、どんな結果になるかわからなかった。ダールバーグの小切手の記事がのってから、首都部長のローゼンフェルドは眼に見えて神経質になってきた。サイモンズとブラッドリーがウォーターゲート事件にますます関心を持ってきたからだ。ポスト紙編集者(やがては編集幹部もそうなるのだが）がからかい半分に二人の記者に発するおきまりの質問は、「今日はわたしのために何をしてくれたかね？」だった。昨日のことは歴史の本に書かれることで、新聞種にならなかったのだ。

ベン・ブラッドリーが一九六五年にまず編集局長として、ついで一九六七年に編集主幹として指揮をとってから、それがポスト紙の倫理として確立した。ブラッドリーは、ニューヨーク・タイムズ紙がアメリカ新聞界で絶対的な優越を誇示する必要はないという考えから抜擢されたのである。

この構想も一九七一年にタイムズ紙が国防総省秘密文書（ペンタゴン・ペーパーズ）を公刊したとき、一頓挫をきたした。ポスト紙もタイムズ紙についで、ベトナム戦争をめぐるこの秘密文書のコピーを入手したけれども、ブラッドリーは、タイムズ紙の記事の「一語一語に血がにじんでいる」と思った。ブラッドリーは、さぼっている記者や編集者にいやみたっぷりの一瞥（いちべつ）で自分の考えを伝えることができた。

マイアミから帰ってくると、バーンスタインは八万九千ドルのメキシコの小切手にとりつかれるようになった。バーナード・バーカーの銀行口座を通過した八万九千ドルである。なぜメキシコなのか？ＧＡＯ調査官によれば、その金はまずテキサスから来た、とスタンズは語ったという。しかし、なぜ政治献金の八万九千ドルがメキシコを経由しているのか、ＧＡＯの誰も理解できなかった。

八月中旬、バーンスタインは大統領再選委員会テキサス支部の全職員に電話をかけてみた。ヒューストン委員会支部の秘書は、FBIが委員会の会計を担当するエメット・ムーアを取り調べに来た、と言った。

「どうやって金をメキシコに回送したのかと訊かれた」とムーアは語った。「FBIは、金はいったんメキシコに送られ、のち、そこから移されたという疑いがある、と言った」

ムーアはすぐバーンスタインにつぎのことを明らかにしようとした。FBIの捜査官たちが関心を持ったのはムーアの行動ではなく、再選委テキサス支部長ロバート・H・アレンの行動であるという。アレンはまたヒューストンのガルフ・リソース・アンド・ケミカル社社長である。捜査官はアレンとメキシコの弁護士、マヌエル・オガリオ・ダゲーレとの関係に特別の興味を示した。ダゲーレはメキシコ国内のガルフ・リソースの利益代表だった。

メキシコとのつながり。それは何を意味するか？

FBIの訪問やバーンスタインの電話にあわてたと語るムーアは、国境を越えて金を動かす理由について何も知らなかった。

バーンスタインはロバート・アレンの自宅と会社に伝言を残すようになった。返事はなかった。モーリス・スタンズがGAOの監査官をマイアミによんだ日の朝、バーンスタインは六時——テキサスは午前五時——に起きて、ようやくヒューストンの自宅にいたアレンを電話でつかまえた。アレンは彼の取材を眠そうな声で断わった。「大陪審をひかえているから」というのである。

バーンスタインは高校時代のおぼつかないスペイン語を使って、オガリオについて電話でさぐりを入れ、このつかまえどころのないメキシコ弁護士に関する情報をつかもうとした。この試みは徐々に、社内の気晴しの対象になった。バーンスタインは教科書で習ったことばをでたらめに並べて、現在形で話すことしかできなかったのだ。バーンスタインと机を並べる、ヴァージニア州担当記者のケン・リングルが、「バーンスタインがまたスペイン語をしゃべってる」と大声で言うと、記者や編集者たちが集まってきて、適切な感想を述べた。電話をかける相手は銀行家、オガリオの親戚、法律事務所の元同僚、依頼者、メキシコの銀行業務監督官、警察、法科大学にまで及んだ。結果はむなしかった。新聞社にありがちの冗談が生まれた。バーンスタインはウォーターゲート事件の真相を聞きながら、それを理解できなかったというのである。

ニクソンの選挙運動とメキシコとの関係が英語で明らかにされたのは、驚くにあたらない。八月二十四日、バーンスタインはマイアミのあのマーティン・ダーディスに電話をかけた。捜査主任のダーディスはメキシコの小切手に関する耳よりな情報を提供しようと言った。じつにもって奇怪な情報なので、電話では話したくないという。マイアミにもう一度飛んでくるだけの値打ちはあるとダーディスから保証されて、バーンスタインは八月二十五日の金曜日、ワシントンから最初の便で飛び、またもルビーとほとんど一日をつぶしてしまった。煮えくりかえる思いで、またカメラ店をさがしに出かけた。マイアミの犯人たちがフィルムを買ったという店である。

高速道路で広告板が眼にはいった。煙草の広告のモデルとも見まごうハンサムな三十がらみの金髪の男の写真がのっている。「デード郡州検事選挙にはニール・ソネットに一票を」とあった。捜査主任に対するバーンスタインの怒りはいっそうはげしくなった。
三、四週間前、ダーディスは電話でバーンスタインの力を借りようとしたのである。「ウォーターゲートに関係はないんだが、われわれがいま取り組んでいる事件なんだ」とダーディスは言った。「きみなら国防総省か軍関係にきっと友だちがいるだろう。記録を調べてくれる人がつかまるんだったら……」。そして、ニール・ソネットなる人物のファイルに、逮捕、精神病、同性愛の前科といった破廉恥な記録はないかと訊いてきたのだった。
国防総省のある大佐がバーンスタインのためにソネットの軍隊時代の記録を手に入れてやろうと言ってくれたので、共和党大会の直前に、バーンスタインはそのむねを電話でダーディスに伝えた。幸いにも、ダーディスはもうその必要がなくなったと言った。

バーンスタインは翌朝六時前にダーディスに電話した。八月二十六日のガースタインの地方検事選挙運動が七時三十分からはじまる予定であることを知っていたのだ。ダーディスは最初のベルで受話器をとった。「カール、あとにしようじゃないか。こっちはかけずりまわらなきゃならないんだ。二、三時間待ってくれ」

バーンスタインは、マイアミのいたるところにはってあるニール・ソネットのすてきなポスターのことを口にした。

「あんなことはたのむべきじゃなかったと思うよ」とダーディスは恥じ入った。

バーンスタインは、メキシコの小切手についてどんなことを知っているのかと尋ねた。

「いわゆる『洗濯』ってやつでね」とダーディスははじめた。「金の出どころをたどれなくするような金のルートを作りあげるわけだ。マフィアがよく使う手だよ。ニクソンも同じ手を使ってるわけだ。少なくとも、ロバート・アレンの弁護士をつとめるその男はこう言ってる。その男に言わせると、スタンズが全部おぜんだてしたそうだ。スタンズの考えだった。ほかでも同じ手を使っているという。スタンズは何がなんでも、金の出どころをつかまれたくなかったんだ、というんだ」

ダーディスは、アレンの弁護士をつとめるテキサスのリチャード・ヘインズからこの話を聞いたのだ、と語った。ヘインズはダーディスにメキシコ経由資金洗濯作戦をつぎのように語ったのである。

新選挙運動資金取締法が実施される日、そして、匿名の政治献金が法的に認められる最後の日、すなわち四月七日より少し前、スタンズは南西部の各州で政治献金をかき集める最後の運動をつづけていた。民主党員が共和党大統領候補の選挙運動に寄与するのをいやがれば、スタンズは匿名であることを絶対に守ると彼らに保証した。必要とあれば、合衆国の捜査当局から銀行口座の記録を請求されないですむメキシコの第三者（ミドルマン）を通じて、献金させることができたのだ。そうした予防措置をとれば、ＣＲＰは、選挙法によって立候補者への献金を禁止されている企業からも寄与をもらうことができた。政府の取締機関の制約を受けている企業幹部や労働組合指導者、特殊な利益団体や、たとえばラスベガスの大賭博場や犯罪組織に牛耳られた労働組合といった、資金豊富な暗黒街からの献金も可能になる。匿名であることを保証するために、「贈物」は小切手、約束手形、証券類であろうと、国境を越えてメキシコに運ばれ、ニクソンの選挙に関係あることが知られていないメキシコ国籍の人物のもうけた銀行口座に預けて、メキシコ・シティで現金化したのち、はじめてワシントンに送金されたのである。唯一の記録はワシントンでスタンズに厳重に保管された。必要なときに献金者の名前を忘れたりしないように保存されたにすぎない。

ヒューストンから、ヘインズはバーンスタインに政治献金のそうしたからくりを明らかにした。テキサス政界の確執や企業間の競合にくわしい弁護士のヘインズは、ダラスからオースティンにいたる各地の裁判所で「競走馬」という異名をもらった、あの歯切れのいい、はったりのきいた口のきき方をした。

「スタンズは何年もニクソンの政治献金を操作してきた」と彼は言うのだった。「べつに悪いところは何一つない。だから、献金も集まってくる」

ヘインズによれば再選委のテキサス支部長だったロバート・アレンは、バーカーの銀行口座にはいった八万九千ドルも含めて、資金をメキシコに移すトンネルみたいな役まわりにすぎなかったという。オガリオは換金係で、アレンからもらう小切手や手形をメキシコ国際銀行の自分の口座から引き出した現金か為替手形でアメリカのドルに換えた。

ヘインズの推測では、スタンズとテキサスの二人の部下が集めた七十五万ドルは四月七日以前の何週間かにわたって、メキシコに移された。

「モーリー（スタンズ）は汽車みたいに、ここを通っていった」とヘインズは言った。「じつは、彼は勝負を賭けていたんだ。一度も共和党を支持してくれたことのない大金持の民主党員にこう言ったものだよ。『ご存じのとおり、東部のあの過激なラッケルズハウス*は有害な煙を出しているあなたの工場をなるべく早く閉鎖させるつもりです。あの男は言いだしたらきかない頑固者で、しかもワシントンでは、ああいう人物は彼一人いるわけじゃない。あんな男を勝手にさせておくと、お役所の官僚主義をくぐり抜けて話を持っていくところが必要になってくる。いや、誤解しないでください。われわれはいかなる約束もいたしません。われわれにできるのは、話がしやすくなるということだけなのです。……』」

*ウィリアム・D・ラッケルズハウス、当時の環境保護庁長官。

しかし、このことばの意味は否定のしようがない、とヘインズは言った。「モーリーは上品ぶった男だからね。人をじっさいにおどかすことはけっしてしない。ところが、メキシコの話で彼一流の説得をはじめて、民主党員や競争相手の会社が寄付のことを見つけだす危険はないんだ、と力説する。メキシコで消えてしまうんだから、と言う。……現金がないと相手が言えば、モーリーは会社の株券か何かの株券で寄付をもらうようにした。彼は十パーセントだと言った。リチャード・ニクソンをワシントンにおいて、いつでも接触できるのなら、大企業経営者は収入の十パーセントを出す値打ちがあると言ったんだ」

それが八月二十六日、土曜日だった。大統領が党大会で再指名されてから四日後のことである。ワシントンでは、ウッドワードが、ようやく日曜版のために発表されたGAOの報告書をもらった。報告書は新法に「違反のおそれある事例」を十一件あげ、告発するか否かの問題を司法省に一任した。報告書はまた、スタンズが少なくとも三十五万ドルにのぼる秘密の政治資金を執務室に保管していたと述べている。この不正資金には、ダールバーグの二万五千ドルの小切手と合計八万九千ドルになる四枚のメキシコの小切手も現金ではいっていたことがある。

ウッドワードはGAOの報告書から記事の前半を書いた。マイアミからは、バーンスタインが、メキシコ経由の資金洗濯、つまり国境を越えて洗濯された金額は八万九千ドルではなく七十五万ドルであるというヘインズの推定に関する記事を送稿してきた。

数度にわたる長い話し合いのあと、バーンスタインとウッドワードは、ヘインズが述べたスタンズの資金集めのほかの方法について触れないことにした。どちらも弁護士のことばを警戒したのだ。ヘインズが語った「スタンズの集金旅行」はさらに取材をつづけることになった。GAOの調査官はウッドワードにメキシコで資金を洗濯するという操作があったと断言した。

三日後の八月二十九日火曜日、大統領はカリフォルニア州サン・クレメンテの、海にのぞむ私邸で新聞記者会見をひらいた。

「選挙運動資金規制の問題について」と大統領は言った。「新しい法律のもとでは、両党に法律違反があったし、現在もその違反があるらしい」

民主党の違反とはどんなものか、とある記者が質問した。

「それは今週中に明らかになるだろう。それについては、司法省から発表があるはずだが、わたしとしては両党に〔違反が〕あったと理解している」とニクソンは冷静だった。

スタンズは「誠実な人であり、じつに神経のこまかい人物である」と大統領は言った。「なぜなら、事実、スタンズは「きわめて徹底的に」問題を調査しているとも大統領は語った。彼は、なんら明確な証拠も求めずに、われわれの側にも法律違反があったことを示唆しているからだ」

大統領は、司法省から独立した特別検査官を任命してはどうか、という提案をしりぞけて、大統領顧問のジョン・W・ディーン三世がウォーターゲート事件の調査を指揮していることを明らかにした。「現在勤務するホワイト・ハウスのスタッフ、政府のなかで、この奇怪きわまる事件に関係している者は一人もいないとわたしは明言できる。じつはこの種の問題で困るのは、選挙運動に熱心なあまり、行きすぎたことをするために、違反事件が発生するという事実だ。それをもみ消そうとすれば、たしかに困ったことである」*

*ニュー・リパブリック誌のニクソン批判で高く評価されたジョン・オズボーンは一週間後に書いた。「ニクソン氏が一九七二年に行なった初の『政治的な記者会見』で、いつまでも私の記憶に残るだろうと思われるのは、選挙運動資金と盗聴問題に対する彼の扱い方と、弱点を持つ候補者と同じようにわれわれが彼を扱えなかったことである。それは大統領の催眠的な権力を知る一つの教訓になった」

ウッドワードはワシントンで、記者会見の速記録から記事を書き、ウォーターゲート事件で調査の対象となっている何人かの人物を挙げた。これらの人物は、大統領が念を入れて指摘したように、政府に「現在勤務」していなかった。ハント、リディ、スタンズ、スローン、ミッチェルである。

バーンスタインはまだマイアミに残って、マイアミの四人を追っていた。その朝、バーカーの元上司だったフロリダ州不動産業者協会会長のエンリク・バレドールに面会した。バーカーは不動産業の免許を失うのではないかと心配して、保釈金で釈放されると、バレドールを訪ねてきたのだった。

バレドールはそのときにかわした会話の内容の一部を語ってくれた。

「わたしはこう言った。『あの百万ドル〔民主党〕の訴訟はどうなるのかね？　困ってるんじゃないのか？』

「心配はしてません。弁護士をたててもらいますから」とバーカーは答えた。

「誰が弁護士をつけてくれるのかね？」

「言えませんよ」

この会話は大統領記者会見の記事に盛りこまれた。これが、不法侵入者に直接金が支払われたという事実をはじめて一般に示唆することになったのである。

六月十七日以降、ＣＲＰは出入禁止になったらしい。秘密のヴェールにとざされた官僚社会のように、はいりこむことが不可能だった。ＣＲＰを訪れる人たちは入口で私服の警備員に迎えられ、報道か保安の係から許可を得たのち、面会先まで案内され、帰りも係員につきそわれた。委員会職員の電話番号簿——一枚の紙に百人以上の名前がのっている——は極秘書類扱いだった。委員会に勤める友人からそのコピーを一部手に入れたワシントン・ポスト紙の調査部員はこう言われた。「わかっているだろうが、ばれると、わたしはクビになるんだ」

委員会の各部門で、新聞や大衆に知られていない、最高幹部につぐ序列の責任者たちはこの電話番号簿では目立つ存在だった。各責任者の名前の下に個人秘書の名前も載っていたからだ。委員会職員の名前と内線番号のとなりに部屋の階数が出ていたので、誰が誰といっしょに仕事をしているか、おおよそのところがわかった。内線番号を番号順に並べかえれば、序列を知ることも可能だった。

電話番号簿を調べるのは、お茶の葉っぱを数えるのに似ていなくもない根気のいる作業になった。電話で連絡がついても、関係者は誰一人話をしようとしなかった。八月中旬、バーンスタインとウッドワードは手分けして、リストに載っていたCRP職員を夜間、自宅に訪ねた。第一版の締切りが午後七時四十五分だったので、毎晩、締切り直後に二人は別個に、あるいはウッドワードの一九七〇年型カルマン・ギアでいっしょに出かけるのだった。バーンスタインは単独で取材するとき、新聞社の車を利用するか、自分の自転車に乗った。バーンスタインが最初に自宅訪問した人物は、「見つからないうちに」帰ってくれと泣きついた。その職員は文字どおり身体をふるわせていた。「わたしにかまわないでください。

あなたがご自分の仕事をしようとしているだけだということはわかっていますが、わたしたちが受けている圧力をご存じないのです」。バーンスタインはねばって話をつづけようとしたが、こう言われた。「手荒なことはしたくありません。どうかお引き取りください」。ドアがしまった。もう一人は「協力したいのですが」と言って泣きだした。「どうか勘弁してください」と言われて、バーンスタインは引きあげざるをえなかった。

夜間訪問は魚釣りに似て手さぐりの取材だった。しかし、どこを訪ねても、たえず探っていた一つの手がかりがあった。それはCRPでゴードン・リディの秘書だったサリー・ハーモニーに関係があることだった。ハーモニー夫人は知っていることがらをFBIや大陪審に全部話していなかったらしいのである。バーンスタインはこのことを八月下旬に他社の記者からはじめて耳にした。この情報を電話のメモ用紙の裏に書きとめると、デスクに山と積んだ紙やごみ、本、くさりかけたコーヒーのカップなどのなかへまぎれこませてしまった。「……ジェブ・マグルーダー……再選委責任者をかばって、偽証」と書いておいたのだ。

司法省のある法律専門家は、ウォーターゲート担当の検察官たちがハーモニー夫人の証言を疑っていると断定したものの、偽証罪で告発するには確証がないというのだった。夫人が真実を語っていないのは再選委では常識らしかった。しかし、彼女がどんな点で嘘をついているのか、誰一人知らなかったし、それを口にするものもいなかった。ただ、「他人をかばっている」という曖昧な言いかたなのである。二人が夜間の取材で集めた情報の断片から、徐々に盗聴事件に関する一つのパターンがうかびあがってきた。委員会の職員数人が、ウォーターゲート事件直後の数日にわたって行なわれた記録類の全面的な破棄を語ってくれた。もっとも、又聞きだがと彼はことわり、確実なことは何も知らなかった。

盗聴活動の詳細を知る立場にあったかもしれない人物たち、とくに、秘書たちはＦＢＩの取調べを受けなかったらしい。ＦＢＩが再選委職員の取調べを行なったところは職員の自宅ではなく、委員会本部だった。自宅であれば、職員ももっと楽な気持でしゃべったかもしれない。取調べはかならず委員会の弁護士かロバート・Ｃ・マーディアンの立会いのもとで行なわれた。マーディアンは委員会の政策担当部長で、司法省国内治安部担当の前次官補であり、ＦＢＩの取調べに立会うことが多かった。マーディアンとほかの何人かはＦＢＩの取調べを受ける職員に対し、とくに委員会の財政については、言い抜けできない具体的な質問をされない限り、捜査官に情報を自発的に提供してはならないと言っていた。このことを教えてくれた者が二、三人いる。

この時点で二人の記者が入手していた情報は、取材に応じようとしない人たちからきまって、断片的にはいってきた。何よりもまず、彼らの恐怖から、当初考えていた以上に危険が大きいことをウッドワードとバーンスタインは納得するようになった。事実、二人にしても訪問先の反応に不安を感じた。

しかし、相手のアパートや家のなかでこそ、取材も可能になってくる。部屋のなかなら、話をすることもできるし、良心に訴えることもでき、二人の記者は一個の人間としての立場をとろうとすることもできた。二人はかならずワシントン・ポスト紙の記者であると身分を明らかにしたが、たとえば、つぎのようなぐあいに、あまり、ばか正直にいかないほうが、仕事はやりやすいようだった。委員会の友人から聞いた話だが、あなたは仕事中に見聞きしたことで困っているそうですね。あなたとなら、安心してお話ができそうです。……あなたは間違ったことの嫌いな、誠実な方だから、どうしていいのかよくわからない。お察ししますよ――あなたは大統領を信じているから、裏切りになるようなことはいっさいしたくないでしょう。

ウッドワードは、自分は正式の共和党員であると言うことができた。バーンスタインは両党の政治に対する怒りをぶちまけることができた。

それが効を奏することもあった。委員会の誰が記者に自分の名前を教えたのかと訊く職員がいたのである。そうなれば、しめたものだ。ウッドワードもバーンスタインも、ニュース・ソースの秘密を守る必要性を説きながら、誰と話をしようとも、同様にその秘密を守ると保証してやることができたからだ。いったん室内にはいると、ノートはけっして使用しなかった。

そうすると、事態もわずかながら好転してくる。……FBIから何か訊かれましたか？「それがわからないんです。一度も取り調べられなかったんです」。ジョン・ミッチェルがいなくなってから、よくなってきたんじゃありませんか？「いなくなった、ですって？　彼は辞任したのかもしれませんが、週に三度、顔を出して、フレッド・ラルーとボブ・マーディアンにあれこれ指示してますよ」。断片的情報。「ジェブ〔マグルーダー〕は何をするにもおどおどしている。まるで明日、彼の頭に屋根が落ちてくるみたいだ」……「ある人から聞いた話だが、マグレガーは報告書を書いて、知っていることを洗いざらいぶちまけたかったんだが、ホワイト・ハウスからだめだと言われた」……「検事たちはほかの、たとえばマクガヴァン本部の盗聴事件について知らないかとしつこくわたしに尋ねている」……「〈トップ・コピー〉――これがかならず訊かれるせりふだ。ホワイト・ハウスにわたった〔盗聴記録の〕トップ・コピーについて何か聞いているか?」……「FBIは、誰かがシュレッダーを使っているところを見たかとわたしに訊いてきた」……「財務部の人から聞いたのだが、帳簿類を見ようと思えば、どこにでもころがっていたんで、焼却したそうだ」……「サリー〔ハーモニー〕は、ゴードン〔リディ〕がぜったいにしゃべらないし、自分も記憶力が悪いので、しゃべらない、と言っている」……「わたしが聞いたかぎりでは、みんなが監視され、つけまわされている」……「もう電話をかけないでください――とくに仕事中は困りますが、ここもいけません。どんな目に遭うかわかりませんからね。彼らは必死なのです」

九月はじめのあるできごとから、二人の記者は、彼らの恐怖に根拠がないわけではないことを知らされた。

委員会のいちばん新しい支出報告書の写しを手に入れたところ、有給職員全員の名前が載っていた。バーンスタインは以前に会ったことのある女子職員の名前を見つけると、電話でその女性を昼食に誘った。会っても人目につかない店の名前をあげたのだが、彼女はニクソンの選挙運動員が集まるサンドウィッチ・ショップを指定してゆずらなかった。二人がその店の席に落ちつくと、彼女は弁解した。「わたしは尾行されているんです。ここならみんなが来るので、隠しごとをしているようには見えないでしょう。電話では話をしないの。ひどいものだわ」

バーンスタインは彼女を落ちつかせようとした。芝居じみていると思ったのだ。

「そうだといいんだけど」と彼女は言った。「委員会は何もかも知っているのよ。今週中に起訴されることも、起訴されるのが七人だけだということもわかっているわ。FBIの取り調べが見当違いだったというので、地方検事のところへ行った女性がいるんです。その夜のうちに彼女の上司がこのことを知ってしまったの。わたしには信用している捜査機関があったわ。FBIよ。もう信用しません。

「わたしは善良な市民としての義務を果たしてきたつもりです。だから、地方検事のところへも行ったわ。でも、わたしはいま、運命論者ね。真相はけっして明らかにならないでしょう。真実なんて絶対にわかりっこないわ。善良な人たちから取材するだけの新聞記者から、真相は得られないわ。あなたがたが毎晩、取材してまわっていることは知っているのよ。報道部の人が今日わたしたちの部屋にやってきて、こう言ったわ。『この委員会で誰がカール・バーンスタインやボブ・ウッドワードとつながりがあるのか、それがわかったらなあ』って。

「FBIは、不法侵入事件のあった週末にわたしが委員会に出ていたかなんて一度も訊かなかったわ。わたしはいつもいたんです。オードルは知っていることを全部話していないわね。

記録の破棄をつづけていたわ。彼がやったのかどうかはわからないけど。みんなに部屋から出るように言って、ドアを閉めてしまうの。それから、記録を持って部屋から出ていくんです。

「そのほかにわたしが知っているのは、みんな又聞きよ」と彼女は言った。「わたしは自分の義務を果たしたわ。地方検事に話しました。……万事うまくもみ消されて、何があったかなんて結局わからないでしょう」

小さな地方都市の警察でもまだFBIより行き届いた捜査ができたであろう。彼女は大統領の政治にすっかり愛想をつかしていた。人目をはばかっているように見えるのを避けようと、彼女は職場までいっしょに来てくれとバーンスタインにたのんだ。十七丁目とペンシルヴァニア・アヴェニューの交差点をわたろうと、二人が待っているとき、道をへだてた一七〇一番地に、モーリス・スタンズがリムジンで乗りつけた。

「彼は、この事件が起こるまで、正直な人だったわ」と彼女は言った。「いまは、彼も嘘をついているのよ」

バーンスタインはビルにはいっていくスタンズを道の反対側から観察した。

「ねえ」と彼女は言った。「わたしが話しても、どうせ無駄なことよ。それから、二度とわたしに電話をかけたりしないで。会いにきたり、わたしが知っていることについて質問したりしないで。ラルー、ポーター、マグルーダー。この三人はみんな盗聴のことを知っているわ。少なくとも大陪審では、知っているくせに、知らないとシラを切っている。それから、ミッチェル。でも、ミッチェルは推測の域を出ないわ。三人についてはわたしのことばを信用していいわ。わたし、知ってるの」

フレデリック・C・ラルー、ハーバート・L・ポーター、ジェブ・スチュアート・マグルーダーはいずれもホワイト・ハウスを去って、CRPに加わった。

五時ごろ、昼食をともにした女子職員がバーンスタインに電話をかけてきた。ヒステリーに近い声だった。「公衆電話からかけているの。お食事からもどったら、ある人の部屋に呼びつけられて、ポスト紙の記者に会っているところを見たと言われたの。なんでも知りたがる人たちだわ。すごいものよ。そのことだけ知らせておくわ。尾行されてるって言ったでしょう。二度と電話をかけたり、面会に来たりしないでね」

その夜おそく、バーンスタインは彼女のアパートを訪ねて、ドアをノックした。

「帰ってちょうだい」彼女がそう言うと、バーンスタインとウッドワードはほかの取材も諦めた。

同じころ、CRP委員長クラーク・マグレガーはポスト編集主幹のベン・ブラッドリーに電話をかけ、夜間取材の苦情を伝えた。ブラッドリーは二人の記者にこの話をその後何カ月も伏せておくのだが、マグレガーから、社主のキャサリン・グレアムといっしょに会わないかと言われたことを思いだした。会う日取りは翌日になっていたが、マグレガーはこの約束を取り消した。

「彼はきみたちの行き過ぎのことを言いたかったんだ。彼の話だと、CRPには女が五人いて、きみたち二人に困っているそうだ。だから、わたしは言ってやったよ。『それはわが社の記者とちがうんじゃないかな』って。すると、彼は記者の名前を教えてくれた。……『じゃあ、どんないやがらせをしているんだ？』って訊いたら、マグレガーは言うんだ。『夜ふけに彼女たちのアパートを訪ねたり、ロビーから電話をかける』とね。で、わたしも言ってやった。『その二人について、そんなお褒めのことばをいただいたのは久しぶりだ』って」

九月十四日の夜、バーンスタインはワシントン郊外の小ぢんまりした家の玄関のドアをノックした。CRPの女子職員と昼食をともにしたときから、この家の持主が検事のところへ行った人物ではないかという気がしていたのである。バーンスタインはあちこちで訊いてまわった。「彼女はだいぶ知っている」ということだった。その女はモーリス・スタンズのもとで仕事をしていた。

婦人がドアをあけて、バーンスタインをなかに入れた。「わたしじゃなくて、妹にご用なのでしょう」と彼女は言った。妹が部屋にはいってきた。五十がらみで、白髪の多い女ではないかと思っていた。それが経理事務員についてバーンスタインの描くイメージだった。彼が会おうとした女は経理事務員である。しかし、だいぶ若かった。

「困ったわ」と経理事務員は言った。「ワシントン・ポストの方でしょ。悪いけれど、お帰りになってください」

バーンスタインはここで踏みとどまるあの手この手を考えてみた。この妹は煙草を吸っている。バーンスタインは小さな食卓にのった煙草の包みに眼をとめた。煙草をねだった。「自分でとります」。妹が包みを手にとろうとすると、バーンスタインはそう言った。「ご心配なく」。これで家のなかへ十フィートはいりこんだ。バーンスタインは図々しく出た。あなたがこわがっているのはよくわかる、とこの経理事務員に言ったのだ。委員会には、あなたのように、真実を話したいと思っている人がたくさんいるのだが、それに耳をかたむけようとしない人もなかにはいる。FBIや検事のところに行って、情報を提供した人たちが一部にいることをわたしは知っている。……バーンスタインはためらった。「そこ

「あなたたち新聞記者はどこで情報を手に入れるのですか？」と彼女が訊いてきた。「そこが委員会の誰にもわからないところなんです」

バーンスタインは、すわって煙草を吸ってもいいかと尋ねた。

「どうぞ。でも、そうしたらお帰りになってください。じつは申しあげることが何もないのですから」。彼女はコーヒーを飲んでいた。姉がバーンスタインに、コーヒーを飲むかと訊いた。妹の経理事務員は迷惑そうな顔をしたが、後の祭りだった。バーンスタインはゆっくりとコーヒーをすすった。

彼女は好奇心を示した。「わたしがわざわざ検事のところへ行ったのをご存じなら、どなたかあなたに確かな情報を提供した人がいるんでしょう」。それから、早口で三、四人の名前をあげたので、バーンスタインはそれを記憶した。もし彼女がニュース・ソースになってくれそうな人物として、名前をあげたのであれば、その人たちは、なんらかの情報を持って

いるか、さもなければ、委員会のやりかたを快く思っていない人物にまちがいあるまい。バーンスタインはひとりごとを言うように、自分とウッドワードが会った、たのもしい人たちの話をした。彼らは協力したいのだが、確実な情報を持っていない。三番手、四番手に聞いた情報にすぎないのだ。

「こつこつ取材をつづければ」と彼女は言った。「もう少しで核心にたどりつくでしょう」

どうしてそれがわかるのか？

「わたしはみんなの経理を担当していたのよ。計算機があるし、手も器用だわ」。からかっているような口調だった。TVドラマの『裸の町』を見すぎたことが自分でもわかっているみたいだ。「笑ったらいいのか、泣いたらいいのか、自分でもわからないときがあるの。わたしは経理の職員だわ。政治には無関心ね。悪いことは何もしてないわ。でも、ある意味で、再選委には腐敗したところがあるし、わたしもその一味なの」。そしてまた、ニュース・ソースになりそうな名前をあげたので、バーンスタインは名前を頭にたたきこむようにした。

彼女は、コーヒー茶碗にちらりと眼をやった。バーンスタインは緊張を顔に出すまいとして、彼女の犬をからかってみた。彼女は知っていることを話したそうだった。しかしワシントン・ポスト紙に？　敵に話すだろうか？　バーンスタインは、いますぐここから出ていくことになるか、彼女がいっさいを話してくれるまでいすわるだろうという気がした。

「わたしはモーリス・スタンズと大統領の再選と真実にだけ忠実でありたいんです」と彼女は言った。

バーンスタインは、スタンズ夫人が病気で入院しているということを聞いていた。スタンズ夫人の具合を訊いてから、スタンズはあくまでもジョン・ミッチェルの身代りになるつもりだろうかと尋ねた。

「ジョン・ミッチェルを引き出すことができれば、結構なことだわ。でも、彼が知っていることを法廷でも裏づけられる確かな証拠がないの。たぶん、彼の部下が証拠を始末したんでしょう、彼に近い人たちが」

どんな連中か？

彼女の手がふるえていた。姉さんのほうに眼をやると、姉は興味がなさそうに肩をすくめた。バーンスタインは、味方ができたと思った。姉はもう一杯コーヒーを飲もうと立ちあがった。バーンスタインはコーヒーをひと飲みして、カップを彼女にわたした。姉はコーヒーをついでくれた。バーンスタインは失敗を覚悟でやってみることにした。上着の内ポケットからノートと鉛筆をとりだしたのだ。経理事務員は彼を凝視した。知らないことは言わなくてもいいのだ、とバーンスタインは彼女に言った。また、よそで確認がとれないようなことは絶対に新聞に掲載しないとも言った。

「不明朗なことがだいぶあるし、委員会に不正な点がたくさんあるわ」と経理事務員は言った。「わたしははじめのころに大陪審に呼びだされたけれど、どんな質問をしたらいいのか、誰も知らなかったんです。すでに大陪審で偽証している人たちもいたわ」

サリー・ハーモニーは？

「彼女とはその話をしたことがないんです。……だけど、サリーも――ほかの人たちも――嘘を言ったわ」。経理事務員はヒュー・スローンの下で働いていた。スローンが辞任すると、昇進してスタンズのところで勤務するようになった。「わたしたち二、三人が昇進して、それを心配している人がいました。

「スローンはいけにえの羊なんです。もし彼が男らしく正しいことをしなければ、夫人は別れるつもりでした。彼が辞めたのは、事実を知って、それにかかわりあいたくなかったからだわ。六月十七日以前は、わたしたちは知らなかったけれど、六月十九日にあれこれ考えてみた結果、わかってしまったんです」

彼女は話題を変えた。二、三日前、ポスト紙は盗聴事件に共犯者がもう一人いると報じたが、犯人の身許は明らかにされなかった。その犯人は検察側の不起訴とひきかえに供述することになったという。

経理事務員は自分の推測を言ってみた。「ボールドウィンかしら？ 彼は再選委の人間じゃないけど」

彼女はさらに二人の名前をあげた。

バーンスタインは首をふった（誰であるか、彼にも心当りはなかった）。

「その三人のうちの一人にまちがいないわ」と彼女は言った。「ボールドウィンだという確信があるの」

バーンスタインは、誰が会話の盗聴記録をもらっているかを知っているかと尋ねた。

「そのスパイ活動がどんなふうに行なわれているのか、わたしは存じません」と彼女は言った。「誰がお金をもらい、誰がその支払いを認めるのかは知ってるけれど。わたしの見るところ、あなたは名前を全部ご存じね。財務委員会はやめて、ちょっと上の人たちを調べてごらんなさい」と助言した。「政策部門の人たちよ。……大したことじゃないでしょう。ただ、法律に触れないようにすることね。あの七人は起訴されるのよ。政治家の力が強すぎるわ」

金をもらっていた人の数は？

「再選委からもらっていたのは十三人か十四人だけど、事件に関係しているのは六人か七人というところ。大陪審は違法の金が支払われたかどうかなんて訊かなかったわ」

誰がそういう違法の支払いを受けていたか、スタンズは知っていたか？

「彼はわたしほど知らないわ。わたしはヒューとスタンズさんに義理があります」と彼女は強調した。「ある理由から、スタンズさんは、わたしたちがしばらく我慢しなければならないという気持なんです」。その朝、彼女がスローンと話をしたとき、スローンはニューヨーク・デイリー・ニューズ紙の記事に触れた。その記事は、スローンが盗聴活動を知っていたことをにおわしていた。「告訴すべきだとわたしは言ったんだけど、こう言っただけだったわ。『ぼくはおりたい』って。大陪審は彼にも適切な質問をしなかったんじゃないかしら」

その適切な質問に、誰が全部答えられるのか？

「リディとサリー・ハーモニーだわ。彼女はわたし以上に情報を持っているの。でも、知っていることがらをわたしには一度も話してくれなかった。正しいことをすべきだってときどきすすめてみました。サリーも昇進したのよ」。サリー・ハーモニーは現在、ロバート・オードルのもとで仕事をしている。

オードルは事件に関係しているのか？

「もちろん、盗聴については何も知らないでしょう。彼はお気に入りの給仕さんよ。マグルーダーの走り使い。ジェブ（マグルーダー）はもちろん、絶対に関係しているわ。すべて政策部門でやったことよ。それは常識になっているわ。関係者はみんな、財務部ではなく、政策部門の人たちね」。しかし、それが誰であるか、マグルーダーのほかに名前をあげなかった。マグルーダーはCRPでナンバー2の存在である。バーンスタインは推理をはじめ、GAOリストで記憶している名前をあげていった。ラング・ウォッシュバーンか？　ウォッシュバーンが政策委員会ではなく財務委員会に属していたことをバーンスタインは忘れていたのだ。

「冗談でしょう？　ラングは無能だから、盗聴事件があったあとの月曜日に、財務委員会の全員を集めて、われわれは事件に無関係だって言ったのよ。しかも、若い人たちにちょっと説明してやってくれとゴードン・リディにたのんでいるわ。それで、ゴードンは立ちあがって、演説をしたの。マッコードという、たった一つのくさったリンゴのために、樽のりんご全部をだめにしてはいけないというお説教」

バーンスタインは姉さんにコーヒーのおかわりをたのんでから、もう一人の名前をあげた。

「絶対にちがいます。ホワイト・ハウスが彼を追いだしたのは、彼はたのまれても、あんな気ちがいじみたことをしたくなかったからよ」

　では誰が？

「ミッチェル直系の人よ」と経理事務員はヒントをあたえてくれた。

　バーンスタインはラルーとポーターの名前をあげた。彼女は返事しなかった。もう一度言ってみた。黙秘。

　ミッチェルの部下が関係しているという、どんな証拠があるのか？

「わたしは証拠を持っていたのだけれど、記録はすべて破棄されてしまいました。……誰が破棄したかはわからないけれど、ゴードンが一部をシュレッダーに入れたにちがいないわ」

　断言できるか？

「彼らが盗聴を計画したことを断定できるまでにはいたらないでしょう。また、事件に連座させるとはかぎらないでしょうが、かなりきわどいところまで行くはずだわ」

　それが彼らを盗聴に結びつけるとどうしてわかるのか？

「四月七日以前に特別会計があったのよ。それ以後、わたしの知るかぎり、支出だけになってしまったわ。いったいどういうことなのか、そのときはわたしもわからなかった。でも、六月十七日以後は、べつに天才じゃなくても、そのわけがわかったのよ。わたしは数字を見たし、あらゆる人に会ったわ。おまけに領収証がなかったのよ」。リディはその金をもらった人たちの一人だ、と彼女は言った。「ゴードンは大統領の忠臣のお手本ね。彼はけっして口を割らないでしょう。一人で罪をかぶるつもりよ」

経理事務員は気が変わったか、バーンスタインのコーヒー茶碗をまた見ていた。「わたしを見張っている人がたくさんいるんです」と言った。「わたしが内情に通じていることを知っているから、タカみたいにわたしを監視しているわ」。電話に盗聴装置がしかけられていると彼女は確信していた。

支払われた金額は？

「たくさんよ」

五十万ドル以上か？

「あなたの新聞に出ていたわ」

やっとうまくいった。

おれは信じられないほど血のめぐりが悪くなるときがある、とバーンスタインは思った。スタンズの金庫に保管された秘密資金だったのだ。

「『警備資金』だとかいうことは知らなかったわ」と彼女は言った。「六月十七日までは知らなかったの。あなたがたが問題にしない一般的な政治資金だと思っていました——たとえば、晩餐会をひらいて金持から集めた献金だけど、すべて合法的なお金だと思っていたの」

晩餐会で三十五万ドルも集まるだろうか？　どんなかたちでその金が支払われたのだろう？　「一回にごっそりというわけじゃなかったわ。お金がどうなったかはわかっているの、わたしが金額の足し算をしたから」。その帳簿は一枚の紙につけられていた。それが唯一の記録なのに、破棄されてしまったのだ。「罫のはいった紙で、上半分に人名が並んでいたわ。

約十五人の名前といっしょに、その一人ひとりに配られた金額が名前のとなりに記入されていたの。それをわたしはなんども見ているんです。金額はふえる一方でした」。支払いがあるたびに、彼女はその紙に記入した。スローンもすべて知っている。彼が金を渡していたのだから。

バーンスタインは名前のことをふたたび訊いてみた。頭が混乱していたのだ。その帳簿にはおよそ十五人の名前が出ていたのに、事件に関係しているのは六人しかいない、と彼女が考えていたからである。どの六人なのか？

「GAOの報告書を思い出してごらんなさい。みんな大陪審に出たと思います。かんたんに目星がつくはずよ。二、三人の名前が新聞にのったけど、こんどの事件と関連して新聞に名前が出たとはかぎりません」

資金はどのようにして配られたのか？

電話がその受け渡しとなんらかの関係があった。ただ、実際に金を受けとったのは、六人のうちの三人にすぎない。「残りの三人はかかってきた電話に出たということで、事件に関係しているわけね」と彼女は言った。電話は金を渡す方法と関係があったのだ。

その六人の名前は？　バーンスタインはもう一度尋ねた。

「ミッチェルの主だった部下たちですわ……上層部です。マグルーダーもその一人でした」

バーンスタインはつぎつぎに名前をあげてみた。だめだった。頭文字を言ってみた。頭文字を教えたところで、彼女は、一度もバーンスタインに名前を教えたことはないと堂々と言えるわけであり、バーンスタインのほうも少なくとも該当者の範囲をせばめることができる。先刻、ラルーとポーターが関係しているかと訊いたとき、彼女は答えなかった。バーンスタインは、Lは、と言ってみた。

「LとMとP。申しあげられるのはそれだけです」と経理事務員は言った。

バーンスタインはコーヒーを飲みおえた。そろそろ引きあげようと思った。図々しくやりすぎた。玄関で礼を言ってから、委員会で事情をある程度知っていて、話してくれそうな人は誰だろうかと訊いてみた。彼女は、バーンスタインとの昼食を監視されていた女の名前をあげた。ベルトウェイにむかう途中、バーンスタインは公衆電話のブースの前で車をとめて、ウッドワードの自宅に電話をかけた。コーヒーと陶酔感と、正確に記憶しておくつもりの情報とで、バーンスタインは異常に興奮した口調になっているような気がした。また、電話ではあまり話したくなかった。

ウッドワードはバーンスタインがメモを読みあげるのをタイプして、書きこみをした。これの原稿の意味ははっきりしているように思われた。スタンズの金庫にあった金は盗聴活動に関係がある。リディはその金の一部を受けとった。しかし、何よりも重大なのは、ミッチェルの協力者——マグルーダーを含む——もまたその金をもらい、このスパイ活動を知っていたということである。

ウッドワードはステレオを音量いっぱいにして聞きながら、ページの上のほうに「Xとのインタビュー、九月十四日」とタイプした。

それからバーンスタインに紙をわたして、この情報の出どころを尋ねた。バーンスタインは紙に経理事務員の名前を書いた。

翌九月十五日夕刻、大陪審は起訴を答申した。予想通り、ハント、リディほか六月十七日に逮捕された五人の男が起訴されたのである。七人は各自八つの訴因で起訴になった。いずれも共同謀議、不法侵入、会話の盗聴を禁じた連邦盗聴禁止法に関連している。ポスト紙はつぎのように報道した。起訴はいわゆるスパイ活動の目的と首謀者に関する根本的な問題に触れていない、と。

リチャード・クラインディーンスト司法長官は、この起訴が「合衆国の各都市ばかりか、海外諸国にも及ぶ、最も意欲的かつ客観的な、徹底した捜査」の結果であると述べた。

ポスト紙では、バーンスタインやウッドワード、編集者たちが司法省の捜査にますます懐疑的になっていった。メキシコの八万九千ドルの小切手や二万五千ドルのダールバーグの小切手、スタンズの秘密資金になぜ起訴状は触れていないのか？　政府がポスト紙と同じ情報をつかんでいるとすれば、どうして起訴をこのように限定できるのか？

バーンスタインは、ときどき取材に協力してもらう司法省の役人に電話をかけて、起訴状が経理事務員の証言と一致したいきさつを訊いた。彼女が語ったことがらは、すべてスローンによって裏づけられたのではないか？　たしかに政府側は、スタンズの金庫にはいっていた資金が盗聴に関係があったこと、その金はジョン・ミッチェルの部下たちに管理されていたことを少なくともこの二人を通じて立証した。

司法省の役人もはじめは不機嫌で逃げ腰だった。そして、守勢にまわった役人は、スローンと経理事務員の証言も含めて、そういう情報があると断定した。

バーンスタインは、なぜポスト紙が証拠を無視する政府非難の記事を載せてはいけないのかと憤慨して訊いた。スタンズの金庫の資金が盗聴に関係があるという証拠があるし、委員会の上層部が関係していたことを知っていた証人もいる。

「きみは間違った仮説をたてている。ウォーターゲート事件に使われた資金について証言できる人物がいるという記事をきみの署名入りで掲載すれば、信用するがね」

バーンスタインは経理事務員のことばを思いうかべた。資金がウォーターゲート事件にまわったことを立証する証拠はないと言ったのである。バーンスタインは表現を変えてみた。ほかの人物が盗聴活動を知っていたこと、資金が他の人物の連座に重要であったことを示す相当量の証拠があるのではないか？

司法省の役人は躊躇した。「きみの言うことが事実だとすれば、調査中にそれが判明するだろう。ただ、新しい事実は裁判で出てくるだろう」

FBIや検事たちにわざわざ新しい情報を提供した人たちはどうなのか？

「捜査ではかならずあることだ」と役人は言い、つぎのように補足した。「われわれが知らないことできみが知っている事実は何もない。こちらはあらゆる事実をつかんでいる。きみのほうからおそわることは何一つないんだ」

では、事件はこれで終わりになるのか？

「目下のところ、捜査は休み、休止状態にあるといってもいいだろう。捜査が再開されるのは望みうすだね」

バーンスタインは常識を無視した。政府は助っ人にディック・ガースタインと優秀な捜査官、マーティン・ダーディスをワシントンに連れてきてはどうか、と言ったのだ。

「ガースタインが弁護士会の一員だというのが気に食わないね」と役人が言った。「われわれは事実を知っているんだ——ガースタインやきみはちがう」

4 ディープ・スロート

ウッドワードは、CRPとホワイト・ハウスの両方で情報を入手できるニュース・ソースを行政府に持っていた。このニュース・ソースの正体はほかの誰にも知られていない。ただ、きわめて重大な場合にしか接触できなかった。ウッドワードはこの人物について、地位について誰にも口外しないと約束していた。さらに、匿名のニュース・ソースとしても、この人のことばをそのままけっして引用しないことに同意していた。二人の話は、よそで得た情報の確認と視野を拡大することに限定された。

新聞用語でいうなら、それは、話が「背景説明」になることを意味した。ウッドワードはある日この取決めを編集局長のハワード・サイモンズに説明した。彼はこのニュース・ソースを「ぼくの友人」と呼んでいたが、サイモンズは有名なポルノ映画の題名をとって、「ディープ・スロート」と名づけた。この名前が定着した。

当初、ウッドワードとディープ・スロートは電話で話をしたが、しかしウォーターゲート事件の緊張が増すにつれて、ディープ・スロートが神経質になってきた。彼は、電話では話したくないが、必要に応じてどこかで会おうと言った。

ディープ・スロートは会う約束をするにも、電話を使いたがらなかった。ウッドワードが合図にアパートのカーテンをあけることを提案した。ディープ・スロートは毎日点検できるのだった。もしカーテンがあいていたら、二人はその夜会うのである。しかし、ウッドワードはときどき部屋に日光を入れるのが好きだったので、べつの合図を提案した。

数年前、ウッドワードは赤旗が道に落ちているのを見つけた。棒についた、わずか一フィート四方の赤旗は、車体からとびだした荷物を運ぶトラックの後部に注意信号がわりに用いるものだった。ウッドワードがその旗をアパートに持って帰ると、友人の一人がバルコニーの古い花瓶にさした。それがまだそのままになっている。

ウッドワードは急用ができると、赤旗をさした花瓶をバルコニーの奥に移した。その日のうちに、ディープ・スロートは花瓶の位置が動いているかどうかをかならず見るはずだった。花瓶が動かしてあれば、ディープ・スロートとウッドワードは前もって決めてある地下の駐車場で午前二時ごろに会う。ウッドワードは六階のアパートを出ると、裏の階段をおりて、路地に出るのだった。

徒歩と二回かそれ以上タクシーを乗りかえて、駐車場に行けば、尾行されていないことを確かめることができた。駐車場では、人に見られないで、一時間かそこいらは話ができる。夜ふけによくあるように、タクシーがなかなか見つからなければ、ウッドワードは歩いて駐車場まで行くのに二時間もかかった。会う約束ができて、相手が現われなかったことが二度ある――気の滅入る、いやな経験だった。ウッドワードは真夜中に地下の駐車場で一時間以上も一人で待ったのである。一度は尾行されていると思った。身なりのいい二人の男に五、六ブロックのあいだつきまとわれたが、路地に逃げこむと、そのあとは二人の姿を見かけなかった。

ディープ・スロートのほうが会見を希望すれば——めったになかったが——違った手続きを踏んだ。毎朝、ウッドワードは、七時前にアパートへ配達されるニューヨーク・タイムズ紙の二十ページに眼を通した。ディープ・スロートが会いたいというときは、ページの番号（ノンブル）が円でかこんであり、ページの下すみに、会う時刻を指定した時計の針がかいてある。ディープ・スロートがどうやって新聞にそんなことができるのか、ウッドワードは知らなかった。

行政府におけるディープ・スロートの立場はきわめて微妙だった。ウッドワードには不正確なことをけっして言わなかった。ハワード・ハントがウォーターゲート事件に間違いなく関係していると六月十九日にウッドワードに助言したのは、ディープ・スロートである。夏のあいだに、彼はウッドワードに、ポスト紙がどこで情報を入手しているのかをＦＢＩが必死に突きとめようとしていると語った。バーンスタインとウッドワードが尾行されているかもしれないと考えて、電話を使用するときは、慎重を期するようにと注意した。この前に会ったとき、ディープ・スロートはつぎのように言った。ホワイト・ハウスはウォーターゲートの危険性が、外部の人間が感じているよりもはるかに大きいと見ている。ＦＢＩもどんな事態になりつつあるのか、その現状を把握していない。しかし、その点になると、ディープ・スロートは故意に話をぼかし、ＣＩＡや国家安全保障会議に漠然と触れるので、ウッドワードにはわからなかった。

起訴が答申された翌日、ウッドワードは電話連絡の規則を破った。ディープ・スロートは迷惑そうだったが、記事の草稿を読みあげるのを聞いてくれた。政府の捜査官がニクソンの選挙運動員から得た情報によれば、大統領再選委員会の上層部がウォーターゲート事件の資金調達に関係しているとその記事は伝えていた。

「弱すぎるね」とディープ・スロートは言った。「もっともっと強く出てもいいんだよ」

経理事務員がスタンズの金庫の金について語ったことは事実だったのである。その金でウォーターゲート盗聴や「その他の情報収集活動」がまかなわれた、とディープ・スロートは言った。ジョン・ミッチェルの部下は資金を管理した「者たち」の一部にすぎない。前司法長官が盗聴計画を事前に知っていたかどうかは、ディープ・スロートも明言しなかった。盗聴記録はスパイ活動資金を出した同じミッチェルの部下の手にわたった、とディープ・スロートは言った。

電話のあと、ウッドワードが書きなぐったメモを読みあげると、バーンスタインは新しい前文をタイプした。

ウォーターゲートのスパイ活動に使われた資金はニクソン大統領の選挙の元責任者、ジョン・N・ミッチェルの主だった部下七人に管理され、大統領再選委員会の特別会計にはいっていた。ワシントン・ポスト紙は以上の事実をつかんだ。

記事はまた次のようにも報じた。三十万ドル以上もあった資金は微妙な政治的な目的の達成にあてられた。ゴードン・リディはその資金の一部をもらった一人である。特別会計の記録は破棄された。ヒュー・スローンの辞任は、ウォーターゲート事件に彼が疑惑を抱いた結果である。記事の一つひとつの事実よりもおそらく重要だったのは、この記事のもつもっと大きな意味だろう。つまり、ウォーターゲート事件被疑者の起訴は共同謀議を明らかにしていないということである。しかも、CRPの選挙運動員のなかには、まだ残る疑問の数々に答えられる者が多くいるのだ。

日曜版の六時三十分の締切りが近づくと、ウッドワードはディヴァン・シャムウェイに電話して、CRPの見解を求めた。三十分後、シャムウェイが電話で声明を伝えてきた。

旅費立替えの返済といった、さまざまの合法的な目的のために使用される資金が当委員会にあったし、現在もまたある。しかしながら、現在のところ、違法の、もしくは不当な〔目的のために〕資金を流用した職員は当委員会には一人もいない。

この声明は、字義通りに解釈すれば、報道の内容をはっきり否定するものではなかった。

その日の午後、民主党のジョージ・マクガヴァン上院議員が新聞記者会見をして、ウォーターゲート事件の捜査をつぎのように言った。「まやかしである。……合衆国にとって道義感を高めるのが焦眉(しょうび)の急であるとき、この事件が何を意味するかといえば、それはこの国家の政治生命のみならず、わが指導者たちの道義そのものが問われていることだ。だからこそ、わたしはこの事件を全国的な規模で追及していくつもりでいる」

　翌日の九月十七日、二人の記者は経理事務員の家を訪ねた。日曜日の午後だった。ポスト紙第一面の記事が、彼女のほか再選委の二、三人しか知らない事実を盛りこんでいたので、彼女は話をしたがらなかった。

　しかし、彼女にしても玄関より、記者たちと人目につかないところで会うほうが得策だった。二人が入手した情報について聞いてもらうのは、玄関でもよかったのだ。彼女は二人の記者をなかに入れた。二人は「L」と「M」と「P」が誰をさしているかをはっきり教えてもらいたいと言った。リディか、それともラルーなのか？　マッコードか？　ミッチェルは？　マグルーダー？　ポーターか？　支払われた金額は？　リストにのっていたほかの者たちはどうなのか？

　経理事務員はこわがって、考えを変えようとしていた。しかし、バーンスタインをファースト・ネームで呼んだ。

　ウッドワードははじめは黙っていた。バーンスタインは金額をつぎつぎに言ってみた。七十万ドルでやめた。

「少なくとも、三十五万ドルは残っていますね」

　氷がとけてきたらしい。金をもらった「L」はリディか、ラルーか、それとも同じ頭文字のべつの人物か？

彼女は答えなかった。

資金のうちから金をもらった「L」はリディしかいないことを知っている、と二人は言った。

彼女はそれを確認した。

暗黙の了解ができかけていた。記者がさりげなくかまえて、情報ではなく確認をたんに必要としている印象をあたえれば、彼女は自発的に確認したり否定したりするようだった。二人は彼女に言った。スローンとスタンズが無実であると人びとが信ずるなら、ポスト紙の報道は正確であることが重要になってくる。その点で彼女に協力してもらえまいか。

「財務部門の士気はひどいものです」と彼女は言った。「事情を知っているわたしたちは、疑いの眼で見られることにうんざりしているんです。いつも冗談にならないような冗談が言われてるんです。たとえば、『あの二万五千ドルでどうするの、おばさん？』といったようなな」

それがリディがもらった金額だろうか？

彼女は首をふって否定した。

五万ドル以上か、とウッドワードが訊いた。

彼女はうなずいた。

マグルーダーもまた少なくともその額の金をもらっているんじゃないか？

ふたたび彼女はうなずいた。

金をもらったMはマグルーダー一人しかいない。そうではないか？

またうなずいた。しかし、マグルーダーについては不明の部分がある、と彼女は言った。

「こう申しあげておきましょう。とくに本人に関することとなると、わたしは彼をまったく信用してません」と彼女は言った。「彼はへこたれないでしょう。この三週間、気味が悪いほど、わたしにお愛想をふりまいているんです」

では、ラルーは？　たとえ金をもらっていなくても、関係していることは知っている、と二人の記者は言った。

「じつにつかまえどころのない人で、しっぽをつかませないんです」と彼女は言った。「彼とミッチェルはこんな関係です」——彼女は二本の指をからませた。しかし、ラルーが何を知っているかは話そうとしなかった。

「P」はバート・ポーターだ。それに間違いあるまい、と二人の記者が言った。

「彼はお金をたくさんもらってます。百ドル紙幣でしたわ。みんな百ドル札でもらったんです」

バーンスタインは、彼女が言った冗談を口にした。——「われわれは共和党員だ。大金を扱う」

ポーターも五万ドル以上もらっている、と彼女は言った。

経理事務員は起訴の範囲のせまさにがっかりしていた。「わたしは正直に大陪審に行って証言したのに、結果はだめだったようですわ。FBIは情報を洩らして、上層部につつ抜けなんじゃないかという気がしてるんです。……わたしもいまはやめたいですわ。ヒュー・スローンはいちばん賢明な判断をくだしました。彼はやめてしまいましたから。スタンズさんは言っていました。『慰留したのだが、彼は聞いてくれなかった』って」

大陪審で証人になった人たちは質問を巧みに切り抜けたと彼女は言った。「ボブ・オードルは大陪審からもどると、わたしにこう言いました。『きみはぎりぎりしぼりあげられているような気がしなかったかね？』。それで、わたしは言ってやったのです。『いいえ。真実を話せば、悪い気はしないものですわ』って」。オードルが何をかくそうとしていたかについて、彼女は語ろうとしなかった。

「不法侵入事件以来、お題目は一つだったんです。『われわれは事件と無関係なのだから、きみたちは胸を張っていればいい』」。二人の記者が帰るとき、彼女はそう言った。

社にもどると、ウッドワードは編集室に行って、ディープ・スロートに電話をかけた。バーンスタインは、自分にもそんなニュース・ソースがあればと思った。どんな分野でも、該博な知識を有しているニュース・ソースをバーンスタインは一人しか知らない。ジョージタウン自転車運動具店を営むマイク・シュヴェリングである。自転車のことなら――とくに自転車泥棒のことなら――シュヴェリングの知らないことはなかった。バーンスタインも自転車泥棒についてはいくらか知っている。ウォーターゲート事件の起訴が答申された夜、何者かが駐車場から彼の十段変速のラレイを盗んだのだ。ウッドワードは、ニクソンの側近が何

をたくらんでいるかを教えてくれるニュース・ソースに会うべく、地下駐車場にはいってい
くのに、バーンスタインが駐車場にはいっていくと、八ポンドのチェインがきれいに二つに
ちぎられて、自転車が消えている。そこがウッドワードとちがうところだった。

その日曜日の午後、話に不吉なひびきがあった。ディープ・スロートがウッドワードの声を聞いたあと、長い沈黙があった。電話で話すのはこれで最後にしよう、とディープ・スロートはそっけなかった。FBIもホワイト・ハウスも、ポスト紙がどんな方法で情報を得ているのかを突きとめて、それに待ったをかけようとしているのだった。情況はウッドワードが想像しているよりもはるかに重大である。ミッチェルの部下に関する記事はホワイト・ハウスを激怒させた。

電話をかけたのは明らかにまずい。ディープ・スロートはご機嫌ななめで、ウッドワードに腹をたてていた。しかし、ウッドワードを驚かせたのは、ディープ・スロートがいやにびくびくしていたことである。不安が現実のものになっていたのに、ウッドワードはいままでそれに気がつかなかった。ただ、ディープ・スロートが抱く恐怖にも個人的な面があった。むしろ、それは情況や事実、ディープ・スロートが知っていることがらの意味にかかわりがある。ウッドワードはディープ・スロートのこれほど警戒的で真剣な声を聞くのは、はじめてだった。先日会ったとき、意気消沈しているように見えた。ウッドワードのこの読みが正しいとすれば、この友人に何かたいそう具合の悪いことがあったのだ。

ウッドワードは、マグルーダーとポーターについて経理事務員から、バーンスタインとい

っしょに聞いたことをディープ・スロートに伝えた。

「二人ともウォーターゲートに深く関係している」とディープ・スロートは言った。がっくりきているあきらめの口調だった。

ウッドワードはもっと正確に話してくれとたのんだ。

「ウォーターゲートだ」とディープ・スロートはくりかえした。それから間をおいて補足した。「すべてそうなんだ」

マグルーダーとポーターがスタンズの金庫から少なくとも五万ドルもらっている、とディープ・スロートは断言した。そして、ウッドワードのほうは、その金が合法的な目的に使用されたのではないと確信できた。根拠のない主張ではなく、事実なのだ。それだけしか申しあげられない、とディープ・スロートは言った。今後しばらくは、ウッドワードもバーンスタインも独自に取材をすすめるつもりだった。

ディープ・スロートらしい、いつもの機嫌のよさが少しもどってきた。「時期が来れば、わたしはよろこんできみのために、ひとはだぬぐつもりだ、と申しあげておこう」。しかし、吐きすてるような言い方だった。

バーンスタインはすでにタイプライターと格闘中だった。ウッドワードは前文をのぞいてみた。

ウォーターゲート事件捜査当局に近い消息通によれば、ニクソン大統領の選挙対策委員会の幹部二人がそれぞれ、民主党本部盗聴の資金をまかなった秘密資金から五万ドル以上も引き出した。

ウッドワードはCRP報道副部長のパウェル・ムーアに電話をかけて、ポスト紙が月曜日の版で報道するはずの内容の概要を伝えた。ムーアはジョージア州出身、三十四歳の陽気な男で、選挙がはじまる前はホワイト・ハウスの報道局に勤務していた。

「どうも有難う」とムーアは言った。「そういうものが、ぼくは日曜日に必要なんだ」。記事が事実誤認であるとムーアは思っている——バーンスタインとウッドワードは間違った情報をどこかで入手しているのだ。どこで手に入れているかはわからないが、こんな摘発はやめて、新聞に掲載する前に、記事を検討してもらいたい、とムーアは言うのだった。

ウッドワードは反撃した。われわれがつかんだ事実については自信をもっている、とムーアに言った。十分な数のニュース・ソースにあたって、情報を確認したのだ。しかし、われわれの知らない、釈明の根拠があるという可能性はつねに存在する。もしマグルーダーがポスト紙に電話をかけてきて、記事の内容に関して話し合いをするようにとりはからってくれるなら、ウッドワードも、マグルーダーの発言を聞くまで、記事をおさえることに同意するつもりだった。そして、記事が全面的に間違っているか、なんらかの誤解にもとづくものであることを二人の記者に、マグルーダーが納得させることができれば、記事の再検討がすむまで、ひきつづき記事をおさえておくつもりだった。

ムーアは同意した。二人の記者は、これで敵陣を突破したという気がした。責任の所在が不明で曖昧きわまる声明という委員会の煙幕をくぐり抜ける好機だ。

マグルーダーは約三十分後に電話をかけてきて、自分が秘密資金のうちから金を受けとったというのは、「根も葉もない嘘だ」と言った。「わたしは給料と必要経費しかもらっていない」とウッドワードに語った。

では、スタンズの金庫の資金から少なくとも五万ドル受けとったと政府の捜査機関が断定している事実をどのように説明するか？

「わたしはそのことで訊かれたものの、結局、不問になったし……事実に反するという点で意見は一致していた」。FBIは広範囲にわたって彼を取り調べた。「これは背景説明だよ」とマグルーダーは補足した。

ウッドワードは、そう言ったあとで背景説明にするなんて、そんな馬鹿な話はないと言った。マグルーダーはCRP副委員長に就任する前、ホワイト・ハウス報道局でナンバー2の地位にあった。

「しかし、わたしを助けてくれよ」とマグルーダーは哀願した。「わたしの発言が新聞にのれば、困ることになるんだ」

ウッドワードは、この発言もまた新聞にのせるかもしれないと言ってやった。そのあと、マグルーダーの要請で、背景説明ということになった。マグルーダーが記事をおさえるだけの説得力がある根拠を提示できなければ、ポスト紙は記事を掲載するつもりだ、とウッドワードは言った。マグルーダーは抗弁しなかった。しかし、FBIよりもむしろ、「政府の捜査官」がマグルーダーに彼の容疑を伝えてきたと書くようにウッドワードにたのんだ。「せめてそのところで、わたしを助けてもらいたい」

それは小さなことだった。マグルーダーは、FBIから被疑者扱いされるほうが「政府の捜査官」の場合より重大だと思っているらしい。マグルーダーのたのみも理不尽に思われなかった。ウッドワードは承知した。マグルーダーの声が彼のことばよりも、ウッドワードにとって印象的だった。彼はCRP副委員長である。ホワイト・ハウスでの彼の仕事は新聞担当だった。しかし、ウッドワードと話すマグルーダーの声はふるえていた。

記事の一部はヒュー・スローンに触れていた。スローンは盗聴や資金の使途を事前に知っていた、とディープ・スロートは語った。盗聴事件後まもなく、CRP財務部員を辞めたのは、「事態の進行を知って、それにかかわりたくなかった」からである。記事には経理事務員のことばが匿名でのっていた。「彼は事件に関係したくなかったのです。もし彼が男らしく正しいことをしなければ、夫人は別れるつもりでした」

この記事を書くにあたって、問題が一つあった。ディープ・スロートはウォーターゲート盗聴で資金が引き出されたと断定した。しかし、経理事務員もやはり疑っていたのだが、それを確認できなかった。二人の記者がサスマン、ローゼンフェルドと協議した結果、慎重を期して、金は広汎な「対民主党情報収集活動」に使用されたと書くことになった。徐々に不文律ができあがってきた。すなわち、二つのニュース・ソースが、犯罪と考えうる活動に関係した容疑を確認しなければ、新聞で具体的な主張を行なわない。

翌朝、ニューヨーク・タイムズ紙は秘密資金に触れなかった。ホワイト・ハウスでも、ロン・ジーグラーはその点に関する質問をうけなかった。ラジオ、TVもこのニュースを伝えなかったし、大部分の新聞が報道しなかった。議会では、上院の共和党院内総務、ペンシルヴァニア州選出のヒュー・スコットが朝の非公式の新聞記者会見でつぎのように語った。ウォーターゲート事件は一般選挙民にとって問題ではなく、「たんにマクガヴァン上院議員と報道機関（メディア）」に関係があるのだ。「誰も諸君が書くものに注意を払わない」とスコットは語った。編集局で、バーンスタインとウッドワードは夕刊のワシントン・スター・ニューズ紙の第一版が届くのを待っていた。同紙に載ったウォーターゲート関係のニュースは、ジョージ・ワシントン大学の法学部教授が連邦裁判所にこの事件の特別検察官の任命を要求する申立てをしたという記事にすぎなかった。

その日の午後おそく、バーンスタインは社の車を借りて、ヴァージニア州郊外のマクリーンに行った。CRPの前財務部員ヒュー・スローンを訪ねるためである。ふだんなら三十分のドライブですむのに、この日は雨で一時間十五分以上もかかった。スローンは新しく造成された住宅地に住んでいたので、バーンスタインは見つけるのに手間どった。

その新開地は、コンクリートと草地の小さな歩道に沿ったチュードル王朝風をまねた住宅からなっている。幼い子供のいる家庭のためにできた住宅地である。車の往来する道と駐車区域が住宅地から安全な距離にあり、どの家も芝生に三輪車か木馬のようなものがひっくりかえっているように思われる。バーンスタインは歩いて、ずぶ濡れになりながら、スローンの家を探しあてた。

スローン夫人がドアをあけた。すばらしい美貌の持主で、妊娠している。バーンスタインは自己紹介して、スローンに会いたいと言った。スローンはワシントンに出かけて、七時半ごろまで帰らないそうだった。夫人は好意的で、バーンスタインの連絡先を尋ねた。バーンスタインはせめてしばらくのあいだ夫人と話をしたくて、その手だてを思案した。彼の知るかぎり、彼女はホワイト・ハウスで社交秘書をつとめていたし、夫のCRP辞職の決意に大きな影響をあたえている。

夫人の年齢は三十歳ぐらいだろう、とバーンスタインはふんだ。その美貌には、母親となるにふさわしく思われる優しさがあった。大きな茶色の瞳。スローン夫妻にとって辛い毎日だったにちがいない、とバーンスタインは思った。大統領側近の元補佐役で、失業中、疑惑の目で見られ、しかも妻は初産をひかえている。二人が幸福の絶頂にあるべきとき、夫の名前がギャングなみに連日、新聞紙上に現われ……妻は夫が大陪審から帰るのをひたすら待ち……FBI捜査官が二人の知人や近所の人たちに聞込みをする……新聞記者がのべつに玄関のドアをたたく……。

バーンスタインは夫人と同じ思いにかられて、仕事からはなれようと思った。

夫人はバーンスタインのいたたまれない気持を察してくれた。あなたがお仕事に忠実であろうとしているだけだということはわかります、と彼女は言った。主人と同じですわ。「うちは正直な家です」。誇らかな、凛々しさにあふれた宣言だった。

ポスト紙の記事を読んだか？　スローン夫人はうなずいた。よろこんでいる。知っていたことを活字で見ると、気持がはれた。ポスト紙記者は先入観をまったく持っていない、とバーンスタインは言った。真実に関心を持たず、ましてご主人の身の上を心配しない人たちもいる、とつけ加えた。

「存じております」と夫人は答えた。その口調がかなしみに沈んでいた。彼女の夫は信じた人たちに裏切られたのだ。二人が思想も価値観も同じだと思った人たちである。けれども、その人たちの多くが持っていた価値観に中身がなかった。夫人がそう言うとき、一瞬、怒りを見せたが、悲しみのほうが深かった。

バーンスタインは一般的なことから話題を変えたいと思った。二人のあいだには、考え方で共通の場ができあがっていたし、おたがいに好意を持っているように見えたのである。

バーンスタインはたしかに夫人に好感を持った。

ご主人がどんな目的から金をわたすように依頼されているのかを知ったとき、どんなようすでしたか？　バーンスタインはゆっくり一線をこえるつもりでいたが、夫人のほうはすぐに気がついた。

バーンスタインが彼女の夫と話してみたかったのは、そのことである。わたくしからそれを申しあげるのは、当を得てないでしょう。夫人がまた電話番号を訊いたので、バーンスタインは手帳を破いた紙に書いた。今夜、マクリーンでもう一つ用事があるのだと彼は嘘をついた。用事が早くすんだら、こちらにもどって、ご主人に面会できるだろうか？ バーンスタインは、どうぞお出でくださいと言われたが、彼女は、夫が取材に応じるかどうかわからなかった。

奥さんのほうから説得していただけまいか？ バーンスタインは善意の悪だくみを提案して、微笑をうかべた。

夫人は笑いだした。「ではまた」と言った。

マクリーンにりっぱな自転車店があったので、バーンスタインはそこへ車で行き、愛車のラレイのかわりをぼんやりと探して、二、三時間つぶした。しかし、ジェブ・マグルーダーのことで頭がいっぱいだった。その日、気になる情報をつかんでいたのだ。マグルーダーが自転車フリークだというのである。自転車狂がウォーターゲートの盗聴犯人の可能性があるとの情報はなかなか信じられなかった。しかも、マグルーダーはじつは、毎日ホワイト・ハウスへ十段変速の自転車で出勤する、れっきとした自転車フリークである。ジェブ・マグルーダーの自転車を少なくともホワイト・ハウスから盗んでいった者はいない。バーンスタインがそれを知っているのは、七月十四日、自転車――ラレイではなく、ロンドンで組み立てたホールズワースである――でホワイト・ハウスに行ったからである。そして、ゲートを通ったとき、誰も自転車に近づかないのを知ったのだ。

そこで、バーンスタインは入口の小さな警衛所の壁に自転車をたてかけて、鍵をかけようともしなかった。ホワイト・ハウスへ来たのは、アグニュー副大統領の演説を聞くためだった。副大統領はアグネス台風による大洪水の犠牲者の救援にはお役所主義を排したいと述べた。そのあと、バーンスタインは廊下で報道局のケン・クロースンと偶然顔を合わせた。

「きみたちポスト紙の連中はウォーターゲート事件でしつこいほど見当違いの攻撃をしてるんだね」とクロースンは言った。


数時間後、マネージメント・インターン・ニューズ誌のページから抜けだしてきたように見えるヒュー・スローンがドアをあけた。三十代、痩身、髪をほどよい長さにきちんと刈り、紺のブレザー、うすいブルーのシャツに赤いネクタイ、じつにハンサムだが、やせすぎかもしれない。

「あなたが来るかもしれないと家内から言われていた」と言い、雨に濡れるバーンスタインを玄関に入れた。ドアをあけたままにしておいた。「ご存じのように、新聞社の方とはお話ししません」。詫びを言うような口調。こいつは脈がある。あいたドアを片目で見ながら、バーンスタインは当たってくだけろと思った。今朝の記事で状況が変わったと言った。いまや、スローンがウォーターゲート事件に無関係だったことを人びとは知っている。しかし、スローンは真犯人が誰であるかを知っている。犯人につながる事実を少なくとも知っている。事件の一部が明らかにされた現在、スローンは不明の部分を公表し、汚名をはらし、真相を知らせるべきだ。リディやジョン・ミッチェルの部下に資金がわたった正当な理由があるのかもしれない。正当な理由があるなら、そしてそれが真相であるなら、それでもいいではないか。あるいは、今日の記事が示唆しているよりはるかに悪質な事件かもしれない。もし悪質なものなら……「悪質だ」とスローンはさえぎった。「だから、わたしは辞任した。最悪を覚悟していたからだ」。とつぜん、傷つけられた顔になった。報復することもできず、ただ心に傷が残ったらしい。

では、なぜ知っていることを話さないのか？　いま。堂々と。他人を傷つけないためか。結局、それはニクソンを助けることになるだろう、とバーンスタインは迫った。もしもみ消し工作がこのまま長つづきすれば、深傷(ふかで)を負うのは大統領なのだから。

スローンはうなずいた。そうしたいと言った。じつはそのつもりだった。しかし、弁護士たちがそれに反対した。スローンの公的な発言はすべて、CRP財務部員だった役割から民事訴訟では不利な証拠として利用されるおそれがあるかもしれない。

バーンスタインはスローンに弁護士をかえろと忠告したい誘惑とたたかった。かりに自分が潔白で、スローンの立場にあったら、そうするだろう――新しい弁護士を雇って、CRPを訴えるのだ。

スローンはまた、ウォーターゲート事件裁判前にいかなることも公表しない、と検察陣に約束していた。したがって、わたしは二重に沈黙しなければならないと言うのだった。

スローンは、検察陣が味方してくれると信じているのか？　味方だと思うが、人をあまり信用しなくなった、という返事である。起訴されたのがたった七人だったからか？

「すべての事情からだ」

バーンスタインは経理事務員のことばを思いだした。ＦＢＩがＣＲＰ職員を取り調べるとき、委員会の弁護士がかならず立ち会った、と経理事務員は言っていた。

そのとおりだ、とスローンは肯定した。

弁護士はスローンになんと答えたらいいかを教えてくれたのか、それともある領域に触れるなと言ったのか？

「われわれは『しゃべるな』ということをことこまかに言われたわけじゃない」とスローンは言った。「しかし、意味ははっきりしていた。いつも、『列を乱すな』とか、『力を合わせてやっていこう』だった」

それは偽証せよという意味か？

バーンスタインには自分なりの結論が引き出せるだろう、とスローンは言った。しかし、それは理屈に合わない仮説ではない。

誰がそういうことを言ったのか？　弁護士か？　マーディアンか？　ラルーか？

とにかく、マーディアンとラルーは、ウォーターゲート盗聴事件に委員会が対処するため、ジョン・ミッチェルによって選ばれた。だから、二人はたしかに知っているはずだ、とスローンは言った。あの二人は「対応策の指揮にあたった」のだ。

それは「もみ消し」を意味する、もう一つのことばか？

たしかに、それは自発的に真実を語る手段を講ずるという意味ではない、とスローンは答えた。

ミッチェルは事前に盗聴を知っていたのか？ ラルーはどうか？ マーディアンは？ ミッチェルは事件発生前に、盗聴その他の事実をよく知っていた、とスローンは語ったけれども、その決定的な証拠はなかった。問題の金と又聞きの情報と事件の関係者や委員会の実態に関する知識だけにすぎない。「ミッチェルはあの資金のことを知っていたはずだ。選挙の責任者がなんのための金かを知らずに、そんな金をわたさない。まして、自分の部下がその金をもらうときに」

ラルーはミッチェルの腹心の部下だった、とスローンは説明した。ラルーもまたおそらくすべてに関係しているだろう。マーディアンについては、スローンも確信はなかった。マーディアンは司法省から五月一日に再選委員会入りした。問題の金がわたされたあとである。しかし、六月十七日以後、CRP政策部長だったマーディアンが必要な事実はすべて知るようになった。これは間違いない。そして、マーディアンとラルーがミッチェルと協議して、芝居をはじめた。

証拠書類の破棄もそのなかにはいるのか？

それもその一つだ。

経理事務員によれば、スタンズの金庫にあった特別会計の記録は、新しい選挙資金取締法が四月七日に発効した直後に破棄されたという意味のことを洩らしたのではなかったか。しかし、スローンに言わせると、ウォーターゲート事件の犯人が逮捕された直後に、それは多数の帳簿類といっしょに破棄された。そうした記録のなかに、一冊が厚さ半インチの帳簿が六冊か七冊まじっていた。新選挙資金取締法が発効する前に集めた政治献金をいろいろ記録した帳簿である。盗聴事件の前に大掃除があった。

二人はまだ玄関に立っていた。スローンはたえずあいたドアのほうを見ていたし、バーンスタインのほうは気がつかないふりをしていた。スローンは落ちつかないようすだった。じっくり考えてみる時間がなかったのに、バーンスタインとは思った以上にウマが合いそうだとなんども言った。

バーンスタインはスローンの思慮深さに感心した。スローンは大統領の再選を心からねがっていたし、六月十七日以前にあったことについて、大統領は何も知らなかった、と確信していた。しかし、盗聴事件が起こる前、大統領が側近に食い物にされ、事件後ますます危険な立場に追いこまれている、とも思っている。検察官は誠実な人間であり、真相を知ろうという覚悟でいるが、検察側には克服できない障害がある、とスローンは信じていた。FBIがたんに手ぬるいのか、それとも、効果的な捜査を妨害されているのか、彼にはどちらともわからなかった。新聞は新聞としての機能を果たしているにすぎないが、委員会が率直さを欠いた結果、新聞は一部の人たちについて不当な結論に達した、とスローンは思った。スローン自身がいい例だ。彼は恨んではいなかった。やりきれない思いだったにすぎない。

いまはただ、法的な義務――裁判と民事訴訟の証言――を果たして、永久にワシントンを去りたいだけだ。産業界に管理職の就職口を探していたが、これはむずかしかった。名前が新聞に載りすぎた。たとえもどってこいと言われても、二度とホワイト・ハウスに勤めるつもりはなかった。無理な話だが、バーンスタインの立場に立って、記事を書くことができたらと思った。そうすれば、これまで考えてきたことを表現できるかもしれない。かならずしもウォーターゲートの冷厳な事実に限定しない――それは、実のところ、大したことではないのだ。それにしても、若い男女が何かを信じたためにワシントンにやってきて、政治の実態に触れ、その内実を見るにつけて、自分の理想が崩れていくのを実感する――これはいたましい経験である。

スローン夫妻はワシントンに来る前、同じものを信じていた。ホワイト・ハウスの友人にも夫妻と同じ考えの人たちが多かった。しかし、そうした友人たちは、なおも同じものを信じながら、適応できると思ったのである。結局、ゴールは少しも変わっていないし、いまもなお信念にしたがって働いているのだ、そうだろう？　ホワイト・ハウスの人間はルールを無視して、別行動をとっても許されると信じていた。使命を遂行しているのだから。使命というやつがただ一つ大事なものだ。かんたんに見通しを失ってしまう、とスローンは言った。その例を見てきた。スローン夫妻はそうならないうちに、ワシントンから逃げだしたかった。

ホワイト・ハウスが盗聴と真相のもみ消し工作に関係しているとスローンが確信しているのでなければ、彼がこんなことを口にするはずがない、とバーンスタインは思った。

「道のむこう〔ホワイト・ハウスの意味〕で何があったか、確定的なことは何も知らない」とスローンは言った。「でも、誰が委員会にはいっているかということから判断すれば、何があっても、わたしは驚かないだろうね」

いずれにせよ、もっぱら表現の問題なのだ、とスローンは言った。盗聴事件以来、ホワイト・ハウスと大統領本人は、まるでCRPがリチャード・ニクソンの支持者によって設立された私企業みたいな口ぶりだった。ニクソンは再選に意欲的で、選挙はコンサルタント会社に請負わせたつもりでいる。しかし、大統領再選委員会はホワイト・ハウスであり、ホワイト・ハウスがつくったものであり、職員もホワイト・ハウスの人間であり、ひたすらホワイト・ハウスの言いなりだった。

スタンズの金庫から引き出した金額が記録してあるあの一枚の紙に現在もホワイト・ハウスに勤務する人物の名前が載っているか、とバーンスタインは尋ねた。スローンは答えなかった。しかし、リディとポーターを「同じ穴のムジナと見るのは筋が通る」し、この二人に匹敵するほどの金をもらった人物はほかにいない。

バーンスタインは、経理事務員が語ったことから考えてみた。リディとポーターはそれぞれ五万ドルをはるかに上まわる金をもらっているのではないか。五万ドルは、彼女が推理ゲームを打ち切ったときの額にすぎない。

スローンは、バーンスタインの疑惑は正しいと認めた。総額は三十万ドルに近い。資金は十八カ月以上にわたって存在し、その内容はニクソンの選挙で集まった現金による献金である。委員会の本部にはいってきた現金はすべてスタンズの金庫におさめられた。金庫にはいつでもおそらく七十万ドルの現金があった。

六月十七日以前に、この資金の用途を自分に教えてくれた人間は一人もいない、とスローンは補足した。

「党大会保安警備」とか「警備資金」ということばはどうなのか？

スローンがこのことばを耳にしたのは、ウォーターゲート事件が発生したあとである。そして、リディ、ポーター、マグルーダーの引き出した金が党大会の保安警備のためだったこと、リディが自分の取り分を横領して、盗聴の資金にまわしたことといった噂がCRPの内部で流れた。しかし、それがスローンには納得できなかった。正当な保安警備費なら慎重な予算を組んで、小切手で支払われ、GAOに提出する報告書にその明細が書きこまれる、とスローンは言うのだった。それが支出の理由であれば、報告書が作成されるとき、スローンは知らされるはずだ。ヒュー・スローンは財務部員である。

バーンスタインはわかりきった質問をした。しかし、スローンは、誰が彼に秘密の支払いを命じたのかを言おうとしなかった。公式に発言してはどうかというバーンスタインの提案について、考える時間がもっと欲しかった。ポスト紙はスローンに原則を決めてもらってもいいのだ、とバーンスタインは言った。会話をテープに録音するのはどうか？　もしスローンが弁護士の立会いを希望するなら、それも結構である。スローンが会話を記録した写しを検討して、弁護士が法的に支障をきたすと考えるような個所は、事実を歪曲しないかぎり、削除してもいい。

バーンスタインはウッドワードともう一度来てみたかった。スローンの気持をやわらげて、彼の信頼をかちえることができれば、ざっくばらんに話してくれる可能性も大きくなる。スローンの発言は曖昧ではっきりしない部分が多いけれども、それはいまの時点で彼が話せる以上の大がかりな共同謀議があったことを示唆していた。

スローンは明日電話をくれとバーンスタインに言った。そのとき、取材の件で回答しよう。そして、それが不可能なら、たぶん三人がべつの方法で協力しあえるかもしれない。

二人はそれから数分、赤ん坊——今日にも生まれるかもしれない、とスローンは言った——や選挙、新聞のことを気軽に話しあった。新聞はいささか偽善的で、新聞に都合のいい基準を勝手に決めているのではないかとスローンは言った。新聞記者はたった一行の文章で人を傷つけてしまうことをはたして知っているだろうか、とスローンは疑問を呈した。自分のことはそれほど考えていない、と言った。しかし、妻や両親——新聞は彼らをずいぶん苦しめた。

社へ車で帰る途中、バーンスタインは、スローンが最後に言ったことをしきりに考えた。*ウッドワードとこのことを話し合ってみた。かりにマグルーダーやポーターが犠牲者にすぎなかったら？　委員会かホワイト・ハウスの何者かが、ポスト紙を攻撃できるように、この記事が新聞に載るのを望んでいたとしたら？　あるいは、マグルーダーとポーターがほかの人物を守るために、いけにえになるとしたら？

＊スローンはポスト紙の記事では一度も名前を明らかにされなかった。匿名を保証されたのである。本書のためにはじめて名前を公表することを承知した。

バーンスタインはウォーターゲート事件担当のFBI捜査官に電話をかけた。ほんの顔見知り程度だったので、この捜査官はバーンスタインの電話をよろこばなかった。秘密資金やバート・ポーターとジェブ・マグルーダーのことを報じた週末の記事でFBIは困っている、と捜査官は言った。FBI長官代理のL・パトリック・グレイ三世はじきじきワシントン支局長に電話して、捜査官からポスト紙に情報を入手させてはならないと厳命した。「どんな方法で情報を手に入れているのかは知らないが、きみたちは302sを見たんだ」と捜査官が言った。「われわれからそれを手に入れていると思っている人もいる」。FBIの302方式は、証人を取り調べたのちただちに捜査官が提出する調書である。「こんどは交換台を通して、交換手にきみの名前を言ってから、わたしを呼んでくれ。ご苦労さま」と捜査官は言った。

バーンスタインは捜査官に提案した。新聞記者とは話をしないと大声で言ってから、折り返し電話をくれないか、とためしてみたのだ。捜査官は電話をかけてきた。

バーンスタインは捜査官にメモを読んできかせた。ロバート・オードルは、ウォーターゲート事件の犯人が逮捕された週末に、証拠書類を持ち去り、おそらくその一部を破棄したのだろう。オードルとはかぎらないが、何者かが、民主党職員の盗聴会話を記録したメモを始末した。ロバート・マーディアンとフレッド・ラルーは六月十九日以降、盗聴事件の対策の指揮にあたり、証拠書類の破棄を知っていた。それも対策の一つだったのだ。ラルーとマーディアンはCRP職員に、捜査官から質問された場合——とくに、質問が破棄された可能性のある記録に関係あるときは——回答を避けるようにと言った。ミッチェルはマーディアンとラルーを選んで、CRPの対策にあたらせていた。

捜査官は憤慨した。この情報の出所は一つしかなく、それは302sだ、と捜査官は言った。バーンスタインがその書類、ないしは写しを入手したとすれば、法律違反であり、もしポスト紙が302sにもとづいていることが明々白々な記事を掲載したとすれば、捜査官のほうもバーンスタインとウッドワードの召喚の手続きをとるつもりであり、政府に属するすべての記録の返還を命じる。

これは、情報の奇妙な確認になってしまったが、まさに、事実はその通りだったのである。いま伝えたことがらはどの程度確実なのか？

捜査官は答えなかった。

その点が302sの厄介なところであることは、バーンスタインも知っている。正規の報告書ではなく、検討がすんでいないし、未確認である。FBIに誰でも何を言ってもよく、事実や確度のうすい情報、個人的な疑惑、不平不満がそのまま記録される。記事の唯一の拠りどころとして302sを利用するのはまず無理だ。

オードルやマーディアン、ラルー、また証拠書類一般の破棄に関する捜査官の間接的な「確認」は、FBIもまた記者が得たのと同じ生な情報を入手したということを意味するにすぎない。それでは十分ではなかった。

バーンスタインはスローンに電話をかけたが、スローンのほうは忙しすぎて、二人に会えなかったし、電話で話すわけにもいかなかった。バーンスタインは後刻スローンを電話でつかまえることができた。

ウッドワードはその日かけた電話の通話内容を調べた。これはしばしば何時間もかかる仕事になった。その間に、バーンスタインは記事の執筆にとりかかった。確実な会計内容を集めることができるだろう、とバーンスタインは確信するようになっていた。それは、ウォーターゲートの事実を隠そうとする組織的な試みが行なわれたことを立証するはずだった。ウッドワードのほうは懐疑的だった。

ウッドワード一人ではない。二、三日前、ローゼンフェルドはウッドワードを自分の部屋に招いて、バーンスタインがしばしば事実より一歩先のことを考えてしまう、と言ったのだ。バーンスタインの推理はよく当たるが、と言うローゼンフェルドは、かといってバーンスタインの闘志をそこないたくもなかった。「しかし、きみたちは、十分な根拠がないかぎり、絶対に記事に書いてくれるなよ」とローゼンフェルドは念を押すのだった。

バーンスタインの原稿はつぎのように報じていた。CRPでジョン・ミッチェルの腹心だったマーディアンとラルーが「大がかりな大掃除」を指揮し、ウォーターゲート事件の対策として、証拠書類が破棄され、職員は「列を乱さない」ように指示された。「大掃除」は、ミッチェルが委員会のウォーターゲート事件対策の責任者として、みずからラルーとマーディアンを選んだ直後に行なわれた。

原稿は、ウォーターゲート事件後の何日間かにわたるCRPの動きにも触れている。盗聴メモ、秘密資金のたった一枚の帳簿（ポーター、マグルーダー、リディがもらった金を含む）、四月七日以前にはいった選挙献金や支出を書いた数冊の帳簿類など証拠書類の大規模な破棄が行なわれた。六月十九日、マーディアンとラルーは犯罪になる証拠の捜索をはじめたので、FBIがCRPの書類の調査を開始したころには、事件に関係ある記録はもはや存在しなかった。ロバート・オードルはウォーターゲート不法侵入事件後の週末をつぶして、委員会の書類を調べ、証拠書類を始末した。書類を破棄したのち、オードルはCRPの指示にしたがい、FBIが請求した記録類を提出した。

さらに、マーディアンとラルーと委員会の弁護士は一部の職員に対し、FBIや検事、大陪審から質問された場合、「ある領域からはなれている」ようにと忠告した。スローンの談話が匿名で載っていた。委員会の職員は『しゃべるな』ということをことこまかに言われたわけじゃない。……いつも『列を乱すな』とか『力を合わせてやっていこう』だった」ということばが引用されている。また、他の職員が語ったところによれば、彼らの上司は捜査官が尋ねる質問に対する特定の回答を示唆した。FBIの取調べは委員会の弁護士かマーディアンの立会いのもとで行なわれた。委員会に不利な情報を知っている数人の職員は、ウォーターゲート事件後まもなく突如として昇進した。委員会の職員は特別の許可がなければ、新聞記者の取材に応じたり、仕事の担当を教えることも禁じられた。ある職員が語ったところでは、新聞記者と約束した昼食に外出したとき、尾行された上に、新聞記者とかわした話の内容についてあとで訊かれた。

バーンスタインは原稿を仕上げると、スローンに電話をかけて、原稿を読んできかせた。スローンは事実上、記事全体を確認してくれた。

バーンスタインは二、三補足して、不法侵入事件後の月曜日にリディが職員に対して行なった「くさったリンゴ」の演説をつけ加えた。

ウッドワードとバーンスタインは原稿をローゼンフェルドのところへ持っていった。ローゼンフェルド（四十四歳）はニューヨーク・ヘラルド・トリビューン紙とワシントン・ポスト紙の外報部長をつとめた。ときに向う見ずでしぶとくなるローゼンフェルドは部下の記者が書いた記事の欠陥を見つけだすのがじつにうまかった。ウォーターゲート事件以来、彼は押しの一手で押しまくり、（みずからも確認したのち）ブラッドリーはじめ他の幹部たちを説得して、ウッドワード、バーンスタイン両記者に取材と執筆をまかせるようにした。外報部デスクから首都部長になった一九七〇年から、ローゼンフェルドは首都部の記者をポスト紙で二流の地位から引き上げるのを使命としてきた。ウォーターゲート事件の可能性を見抜いたローゼンフェルドは、内報部編集者が引き継ごうとする動きに抵抗し、あくまでも首都部で担当しようと奮闘し、結局、彼の主張が通ったのである。

ローゼンフェルドはポスト紙で最大の首都部の所帯をフットボールの監督のように動かす。選手にハッパをかけ、上層部に成功を約束したと伝え、泣き落し、叱責、甘言で部下を働かせ、顔の表情を怒り、満足、心配に刻々と変えながら、編集局内をとびまわるのだった。

ローゼンフェルドはナチ以前のベルリンに生まれ、十歳のとき、ニューヨーク市に来た。努力がみのり、ドイツ語を忘れて、少しのなまりもなく英語を話すようになった。シラキューズ大学卒業後、ヘラルド・トリビューン紙にはいり、つねに編集者の道を歩んだ。取材記者であったことは一度もない。ローゼンフェルドは、首都部に無能な記者が多すぎるのではないかと心配しがちで、どんなに優秀な記者でも自滅から救ってやれるのは、編集者しかいないとまで考えた。もって生まれた彼の記者不信は、危険がきわめて大きいウォーターゲート事件でとくに顕著になり、しかも、どんな記者よりもバーンスタインとウッドワードを信頼しなければならないという面白くない立場にあった。自分の手におえない記事が多いことを知るローゼンフェルドは、できるだけ監督にあたろうとした。二人の記者が記事を書いている席のまわりをうろつき、二人が電話で取材しているときに、質問事項をつぎつぎに伝え、電話を切ったあとや、取材から帰ると、いちいち報告させた。いま、胸焼けをとめる錠剤を飲んで、ローゼンフェルドはバーンスタインとウッドワードに質問して、この記事にどの程度の裏づけがあるかをさぐりだそうとした。バーンスタインとFBI捜査官との会話で安心した。少なくともFBIは同じ容疑を書類にしているのだ。たとえ入手不可能であろうとも、記事の裏づけとなりうる紙が一枚でもどこかにあることを知れば、ローゼンフェルドはいつも安心するのだった。

そして、たしかに危険な記事だったのである。ポスト紙は事実上、CRPの職員ばかりか、FBIや大陪審の調査の不徹底ぶりを独自に告発しようとしている。その告発は四日前に起訴状に盛りこまれたものより、ある意味ではるかに重大だった。

質問がすむと、ローゼンフェルドは記事の掲載を認めた。バーンスタインはCRPに電話で慣例の論評を求めた。「否認挿入」の記号は二段落と三段落のあいだに入れた――マーディアンとラルーを大掃除の責任者だったと述べたあとに入れたのだ。

委員会報道部からは一時間半以上も連絡がなかった。二人の記者は、フレッド・ラルーとロバート・マーディアンが大統領再選に努力する人物だったという主張が少なくともあるのではないかと思っていた。

バーンスタインはマーディアンを怖れていた時期があった。数年にわたって、彼は新左翼、反戦運動、デモ、暴動、ホモセクシュアル、フラワー・チルドレン、麻薬大学生（ドラッギー）、狂信者、新旧のラディカルを取材したのである。当時、マーディアンは司法省国内治安局の局長だった。政府の盗聴を担当していた局である。そして、マーディアンは行政府の有名な陰謀、すなわち数多い「政治」裁判で検察側を指揮したが、失敗に終わった。そうした事件では、被告も弁護士も盗聴によって監視されていたのだ。

ようやく、ヴァン・シャムウェイが記事に対するCRPの反論を電話で伝えてきた。「ワシントン・ポスト紙の取材は誤報にもとづいている」と彼は言った。

バーンスタインは待った。それで反論はおしまいだった。

記事が意味しているのは、起訴状の内容と正反対のものだったので、バーンスタインとウッドワードは相当の反響があるものと期待していた。ところが、全米の大きな新聞はたいがい無視するか、ポスト紙の取材に応じなかったマーディアンの否認に力点をおいた。

ロサンゼルス・タイムズ紙はポスト紙の記事について、「わたしが生まれてはじめて聞いた最も悪質なデマ」というマーディアンの談話を掲載していた。ワシントンのイーヴニング・スター・ニューズ紙はウォーターゲート事件のべつの記事の終わりに三段落つけたして、ポスト紙の記事を「嘘」と決めつけたマーディアンの発言と、彼をはじめ選挙運動員が記録類を破棄するために、「大掃除」の監督にあたった事実はないという否認のことばを引用していた。

クラーク・マグレガーはニュー・ハンプシャーの視聴者に対して、「新聞が裁判に偏見を持たせるほど詳細にこれ〔ウォーターゲート〕を論じないのは重要な」ことであると述べた。公共テレビジョンの『政府に訊く三十分』では、リチャード・クラインディーンスト司法長官がポスト紙の記事について、アトランティック誌のワシントン通信員、エリザベス・ドルーの質問を受けた。司法長官は、記録が破棄されたか否かを知らなかった。CRPの人物がなぜ証拠書類を破棄したいのか、その理由を知らなかった。マーディアンとラルーが記録を破棄したとすれば、司法妨害罪が成立するかもしれない、と彼は言った。

5　ミッチェルの伝言

バーンスタインとウッドワードは、いくつかの徴候がまぎれもなく前合衆国司法長官、ジョン・ミッチェルのほうを示していると思った。六月十八日に、ミッチェルがCRPは関知せずと断定したときから、二人の記者の執拗な調査対象になった。ミッチェルは関係しているというのが委員会内部の有力な意見であることも二人は知っていた。

再選委の委員長をやめたのちも、ミッチェルは相変わらず再選運動の指揮に手を貸していた。CRPのある職員は記者に、ミッチェルは、公式に発表される否定にならない否定の声明の原稿作成になんどか協力した、と語った。ミッチェルは大陪審で召喚された。

そして、ミッチェルの妻がいた。六月二十二日、マーサ・ミッチェルがUPI通信のヘレン・トーマスに電話をかけて、「運動そのものがいやになった」と言い、はては夫と別れるとおどかした。それ以来、彼女のおしゃべりはウォーターゲート事件の奇怪な一面になった。この電話から三日後に、彼女はふたたび電話をかけて、自分は政治犯であると言ってのけた。「あんなきたないことがつづくなんて、わたしは我慢できません。わたしに会っても、信じられないでしょう。わたしは暗い憂鬱な気持よ」

ミッチェル夫妻はニューヨークに戻って、セントラル・パーク・サウスのエセックス・ハウスに住んでいた。ウッドワードは九月二十一日、夜の最終便でニューヨークに飛んだ。翌朝、ミッチェルがマッジ・ローズ・ガスリー・アンド・アレグザンダー法律事務所へ出かけたあと、ミッチェル夫人を自宅でつかまえるつもりだった。ちなみに、ミッチェルもリチャード・ニクソンもこの法律事務所のパートナーだった。

翌朝の九時、ウッドワードはJ・N・ミッチェルのルーム・ナンバーを管理員に訊いた。その名前の住人はいなかった。

ウッドワードは南へ少し行った公衆電話のブースまで行き、エセックス・ハウスに電話した。「ミッチェル夫妻が滞在している部屋に急いでつないでくれ。急ぐんだ」と言った。「七一〇号室です」と交換手は言って、内線につないだ。男が電話に出た。名前を訊かれたので、ウッドワードはポスト紙の記者だと身分を明らかにした。ミッチェル夫人は電話に出られないと男は言って、電話を切った。

三、四分後、ウッドワードはエレベーターで七階に行き、七一〇号室の前まで来た。白いドアについた真鍮のプレートにマリオット・スイートと出ている。廊下の突きあたりまで行って、ドアをノックした。誰も出ない——ウッドワードが望んだとおりだった。ドアをあけてくれるのを待っているみたいに、必要とあれば、一日中ドアの前に立っていることもできる。

ミッチェル夫人とは一九七一年にことばをかわしたことがある。ウォーターゲート周辺の大気を汚染させる発電所の煙突を記事にしたあとで、ウッドワードに電話をかけてきたのだ。市の記録を調べるうちに、ウッドワードは、ウォーターゲートの住人であるマーサ・ミッチェルも正式に苦情を申し立てていたことを知った。彼は記事を書く前に、電話をかけて、公害を出す煙突が、ホワイト・ハウスと司法省に電力を供給する巨大エンジンから出ていることを知っているかと訊いてみたかった。しかし、電話では連絡がつかなかった。ミッチェル夫人は、その記事が出た日に電話をかけてきて、ウッドワードは夫人がよろこんでいることを知った。

　彼女はつぎのように言った。うちのジョンや大統領閣下が蠟燭の火で仕事をしなきゃならなくなっても、わたしは平気ですよ。アーカンソー州のパイン・ブラッフで、わたしは身にしみて知ったんです。人間は泣き寝入りしてはいけないってことを。

　もう一年前のことだ。彼女はちょっとうるさいところがあるかもしれないが、ワシントンでは嘘を言わない女とみられていた。ウォーターゲート事件をギリシャ劇に見たてれば、マーサ・ミッチェルはウォーターゲート劇のコーラスになりつつある、とウッドワードは思った。聞く耳を持つすべての人に警告を発しているのだ。

　ウッドワードが廊下で二十分ばかり待っていると、ミッチェル家を警備する大柄な黒人が部屋を出て、エレベーターで下におりていった。ウッドワードは下のロビーまでおりて、公衆電話のブースから七一〇号室を呼びだした。マーサ・ミッチェルが電話に出た。おしゃべりできるのがいかにもうれしそうな声だった。二人はワシントンや政治、目前に迫った選挙、マンハッタンのことを話題にした。交換手が電話に割りこんできて、通話をつづけるなら、また五セント入れてくださいと言った。

「ケティ・グレアムに、わたしのことでまた五セントを使わせたくないわ」とミッチェル夫人が言った。

ウッドワードは公衆電話に二十五セント硬貨を入れた。しかし、ミッチェル夫人は気ぜわしそうな声になって、急ぐ用事があるのでと言った。ウッドワードはエレベーターで七階にもどった。

三、四分して、ホテルのメイドが何人か七一〇号室のドアをノックした。マーサ・ミッチェルがメイドたちをなかに入れた。ウッドワードはしまったドアまで走ってノックした。ミッチェル夫人はメイドがもう一人来たと思ったのか、ドアをあけた。プリントのブラウスに、ブルーのスラックス、白のサンダルをはいている。

「困ったわ」と夫人は言った。「顔に油を塗ったところをあなたにつかまるなんて」。十五分の雑談のあいだ、電気掃除機が奥で音をたてていた。ミッチェル夫人は、ワシントンの生活を本に書くつもりだし、「家族を政治と無縁にしておくほうが」わたしははるかに幸福だ、と言った。ウォーターゲートを話題にすると、みるみる神経質になった。ウッドワードがウォーターゲートのことを尋ねるたびに、夫人は答えるのだった。「存じません」「あなたのほうでご存じでしょう」「それは、わたしが書く本に出てくるわ」。それから、そわそわしはじめた。真夜中に新聞記者に電話をかけて、「汚ない政治」や「あんな泥棒ごっこ」といったような歯に衣をきせぬ意見を言おうとはしなかった。

けれども、目前に迫った選挙の話をした。彼女はニクソン大統領の再選を予言した。「史上空前の圧勝になるでしょう……得票率が九九・九パーセントになるわ」

「わたし、選挙なんていらないと思うの。じつをいえば、大統領は任期を七年にすべきね。そして、追い出すのよ。二年間、大統領をつとめたら、その結果を国民に問うわけね。どちらの党でもかまわないわ」

ウッドワードはポスト紙の「スタイル」欄に短い記事を書いた。しかし、無駄な旅行だった。

スローンの娘、メリッサ・マディスン・スローンはワシントンのジョージタウン病院で九月二十五日に生まれた。バーンスタインは翌日ヒュー・スローンと電話で話した。スローンは安心したらしく、ウォーターゲートやCRPの問題も頭にないようだった。バーンスタインは何日も前からスローンにもう一度会おうとしてきた。けれども、娘が生まれた翌日の朝は、ウォーターゲートのことを口にするのもはばかられるような気がした。二人はしばらく赤ん坊や母親――妻ははた目にもわかるほど有頂天になっている、とスローンは言った――や今週ワシントンにやってくる祖父母の話をした。

いずれ新聞記者たちと落ちついて話ができる時間をつくってくれないか、とバーンスタインはそれとなくスローンに言った。スローンは、なんとかしようと約束し、二、三日したらまた電話をくれないか、と彼に言った。

その日の午後、バーンスタインはだいぶ迷ったあげく、花屋に電話して、ジョージタウン病院に花を送らせた。この行為が誤解されるのではないかと心配だった。動機が私利私欲につながるのは否定できなかったのだ。しかし、スローン夫妻、とりわけスローン夫人に好意を持っていたことも事実である。モーリス・スタンズや夫妻の友人が病院に見舞いに来ているとき、花が届かないことをバーンスタインは祈った。

二日後、バーンスタインはスローンに電話した。明朝なら時間があるかもしれないが、どの程度役に立てるのか、じつはスローンにもわからなかった。……スローンが確認できる情報や、修正できる情報を二人の記者が持っていれば、いいのだが。そういうことで信頼を裏切るつもりはなかった。明日の午前中にいっしょに検討できるか？

バーンスタインは八時前に電話をかけた。

スローンは電話で言った。親戚の者が来る前に、家のなかを掃除しなければならないが、もしバーンスタインとウッドワードが早くマクリーンに来てくれるなら、ちょっと立ち寄ってくれてもいい。

スポーティな服装のスローンは、手にしたほうきを除けば、かつて在籍していたプリンストンの大学院生らしく見える。スローンと握手したウッドワードはすぐに家の掃除の手伝いを申し出た。スローンはその申し出を断わって、コーヒーをすすめた。ホワイト・ハウスでくつろぐ大統領夫妻を撮影したクリスマス・カードの額がキチンの食卓の近くにかかっていた。大統領とファースト・レディの直筆による挨拶が書いてある。

居間は記念品がもっと多かった。クリスマス・カード、大統領の紋章がはいったホワイト・ハウスの紙マッチ（バーンスタインはそれで煙草に火をつけて、一個ポケットに入れた）、一九六八年大統領選挙の思い出の品々。

スローンは背の高い布張りの椅子にすわり、話をしながら、コーヒー茶碗をスプーンでかるくたたき、顔をしかめたまま、ほとんどコーヒーを飲まなかった。

三人はモーリス・スタンズを話題にした。その下にどんな人物がいるか？　命令系統は？スローンはスタンズに忠実だった。スタンズがそれと知りながら、政治的陰謀に関係していたと考える人はスタンズをほんとうに知らない、とスローンは言った。スタンズは苦しんでいる。彼は政策部門の人たちをかばうために、甘んじて新聞の攻撃の矢面に立ったのだ。リディやポーターやマグルーダーが引き出した金の使途をスタンズは知らなかった。

それは、スタンズが前もってそうした支出を知っていたということなのか？

スローンはためらいを見せた。スタンズを弁護しようとして、かえってのっぴきならない立場におちいった。

経理事務員は、金庫から金が引き出されたとき、スタンズがその事実を知っていたかどうかを答えてくれなかった。バーンスタインは難癖をつけるつもりで、もしスタンズが金庫から支払われる金について、かならず報告するように言っておかなかったとすれば、職務怠慢になるのではないだろうか、と言ってみた。スローンは、そのとおりだと言った。そして、リディやポーター、マグルーダーが資金から金を引出す権限をあたえられる前は、スタンズが金の支出を認めてきた、とスローンは言った。しかし、委員会の政策部門の責任者たちから、金を出してもらいたいという言質を得るまで、スタンズは許可をあたえたわけではなかった。

政策部門の責任者とは誰々のことか？

スローンはこの質問にいやな顔をした。スタンズの独断専行でないことがわかっただけで十分だろう、と言った。

ウッドワードはこの機会を逃がさなかった。言いかえれば、委員会の政策部門にいる何人かの人物が秘密資金の支出を承認する最高の権限をにぎっていたのか？

そのとおりだ、とスローンは答えたが、くわしく話そうとしなかった。

名前をさぐりだせば、すべて片づくだろう、とバーンスタインは考えていた。

スローンはCRPの大掃除に関するマーディアンとラルーの記事の話のほうに興味を持った。二人の記者がいかにして情報を入手したか、その間の事情を知りたがった。それはスローン自身の推理と合致していたが、直接知る立場にある人物がこれほどはっきり話すことに驚いた。

バーンスタインは恐慌をきたして、胃がゆっくり踊っているような気がしてきた。スローンが推理ではなく、直接得た知識にもとづいてほとんど全面的に確認しているという印象をうけたのだ。なるほど、ほかのニュース・ソースは記事の土台となるものを確認してくれたが、もっぱらスローンの発言がたよりだった。ところが、いま、スローンは後退しようとしているらしい。二人は新聞を持ってこなかったが、記憶をたよりに記事を組みたてていった。一つひとつたどっていくうちに、ウッドワードとバーンスタインは少しばかり安心した。どちらかといえば、スローンが前に言ったのは、推理ではない。「大掃除」の証拠として、記事に出ている具体的な事実をすべて列挙したかどうか、スローンは自信がなかったけれども、それは記者の判断の問題である。スローンはオードルについてあまり知らなかった。しかし、この情報はべつの人物から得たので、オードルのことは大して重要ではない。記事のなかで、自分が真実だと思っていることと矛盾している点は何もない、とスローンはようやく言った。

　話は秘密資金をめぐってつづいた。金の支出が正当な活動のために認められたという可能性はあるか？　型通りの情報収集活動、たとえば、対立候補の演説を記録するとか新聞の切抜きをつくるといった毒にも薬にもならない作業のような？　資金に関連したどんな質問に対しても、スローンは、「最悪を覚悟し」なければならない事情に迫られたと答え、記者たちに、きみたちはどう思うかと尋ねた。自分はホワイト・ハウスやCRPに在籍し、以前にも選挙運動で働いたが、自分の考え方を修正してくれるようなことをきみたちは知っているかもしれない。

　そういうことは、二人とも知らなかった。二人が考えていたのは、委員会の政治的な面だった。とくに、ジョン・N・ミッチェル。バーンスタインは、ミッチェルが秘密資金からの支出をほぼ確実に知っていたというスローンのことばを持ちだした。スローンがほんの数分前に使った表現を借りるなら、ミッチェルは、支出を許可する「権限」をあたえられた一人なのか？

「もちろん、そうだ」とスローンは答えた。資金を自由にできる権限を認められた人物は五人いて、ミッチェルはその一人だった。スタンズもそのうちにはいる。

ミッチェルは、マグルーダーやポーター、リディに支払われた金のことを知っていたのか？

スローンはうなずいた。しかし、それは、ミッチェルが盗聴を知っていたという証拠にならない。三人が勝手に行動して、委員会が認めていない計画にその金を使ったという可能性もわずかにある。もっとも、スローンはその可能性を疑っていた。彼は慎重になっていた。

その間の事情は？　ミッチェルはどんなかたちで資金支出の権限を行使したのか？　保証人になったのか？

ごく普通のやり方だった、とスローンは言った。五千万ドルをこえる予算がある選挙では、当時はとるにたらないことに思われた。スローンがはじめて金を要求されたとき、電話で司法省のミッチェルを呼びだしただけである。わずか数秒ですんでしまった。ミッチェルは金をわたすようにとスローンに言った。そういう電話が一九七一年から無数にあった。

二人の記者はおたがいに眼が合うのを避けた。ジョン・ミッチェルが司法長官だったころ、彼は対立候補をおとしめる不法活動らしきものに選挙資金の流用を認めていたのだ。二人はスローンの発言を正確に聞きとっておきたかった。

その点で間違いはなかった。ミッチェルは資金を管理する五人のうちにはいっていたばかりか、しばしばその権限を行使した。じつは、何よりもまず、ミッチェルが支出を許可する唯一の人物だったのだ。あとになって、その権限が何人かに委譲された。マグルーダーもその一人だった、とスローンは語った。

資金について経理事務員の話したことがわかりかけてきた。約六人が関係している、と彼女は言った。しかし、彼女が知るかぎりでは、ポーター、リディ、マグルーダーの三人しか金をもらっていない。ほかは電話をもらっただけだ、と彼女は言っている。それですべて辻褄が合う。ほかの人物は支払いを許可できる権限があったのだ。金の受けわたしの前には、彼らのところにスローンから電話がかかってきた。マグルーダーがまずミッチェルの許可を得て資金から金を引出した。その後、マグルーダーも支払いを認める権限をあたえられたのである。

ミッチェル、スタンズ、マグルーダー――スローンの話から、支払いに権限を持っていたのはあと二人ということになる。その二人もCRPの政策面を担当していたのか？

どちらも再選委員会に所属していない、とスローンは言ったが、それ以上の言明を避けた。名前はしばらくおくとしても、二人の記者は資金の使用目的がまだ十分にわからなかった。ほかに誰がスタンズの金庫から現金をもらったのか？　その二人は盗聴のことを行きがかりで知っていたのか？

ほかの二人が盗聴に関係していたとか、二人の受けとった金が違法の、あるいは不当な行為に使われたと信ずべき理由をスローンは知らなかった。ただ、ポーターとリディとマグルーダーは多額の金をもらっている。ほかの二人に支払われた額とは比較にならない。かりに残りの金の使途が正当だったとして、この三人に支払われた金が違法な、あるいは不当な目的のために使われたということにスローンはどの程度の確信があるのか？ またも、スローンは、最悪を覚悟していたと答えた。しかし、それはたんなるあて推量ではない。スローン自身、見聞きしたことがだいぶある。

スローンと初対面のウッドワードは彼の慎重な言動、悪事をはたらいたと考えるべき根拠のない人物の名前を言おうとしない態度に感心した。ニュース・ソースとしてスローンを無条件で信用できるように思われた。彼はリチャード・ニクソンの再選に専念し、大統領が選挙運動の職員による軽率な行為に関知しなかったと信じている。

そして、スローンはどうしてこんなことになったのかを理解しているらしい。度をこえた勤勉実直、大統領再選に全力をつくすひたむきな姿——スローンはホワイト・ハウスでそうした例を見ている。大統領に仕えると、人は純粋になる。そして、スローンは、ホワイト・ハウスが盗聴に関係しているかもしれない、と思った。

選挙資金からの金の引き出しを許可できる権限がある、ほかの二人の人物——彼らはホワイト・ハウスの人間か？

一人だけだ、とスローンは答えた。もう一人は再選委員会や政府の職員でもなく、ワシントン在住者でもない。

資金管理の権限を持っていそうなのは、ホワイト・ハウスには三人しかいないのではないか、と二人の記者は言ってみた。H・R・ホールドマン、チャールズ・コルスン、ジョン・アーリックマン。金はコルスンにまかされていた。

スローンは首をふった。コルスンならあんなやり方はしない、とスローンは言った。チャックはじつに抜け目がなく、用心深いから危い橋はわたらない。もしコルスンだとすれば、身代りの人物を経由させるだろうし、そういうことはなかったのである。

二人の記者がアーリックマンの名前をあげたのは、ホワイト・ハウスで高い地位にいたからにすぎない。もしスタンズとミッチェルが、金をわたす前に協議しなければならなかったとすれば、ホワイト・ハウスで似たような地位にあった人物が関係していたはずだ。バーンスタインとウッドワードが知るかぎり、アーリックマンは大統領選挙とさしたる関係もない。ホールドマンなら、CRPを監督する立場にあり、しかもその評判のゆえに、アーリックマンより論理的に可能性のある人物に思われた。

ホワイト・ハウスのスタッフに独裁的な権力をふるっていたという評判以外に、二人の記者はホールドマンについてはほとんど知らなかった。スローンは、ホールドマンこそ選挙では大統領の目であり耳であった、と断言した。政治顧問のゴードン・ストローンを通じて、ホールドマンはCRPで行なわれる重大な決定を逐一知らされていた。マグルーダーはホールドマンがCRPに送りこんだ男であり、ホワイト・ハウスの適切な支援がなければ、ジョン・ミッチェルが委員会を動かせないように、派遣されたのである。

それでも、スローンははっきり答えなかった。しかし、コルスンの場合と同じく、記者たちの眼をホールドマンから外すようなことは何も言わなかった。二人は、ホールドマンにほぼ間違いないと思った。

残るはあと一人——ホワイト・ハウスにもCRPにも勤務していない人物である。

マレー・チョティナーか？

いや、とスローンは否定した。

バーンスタインは、ウッドワードが耳にしたことのない名前をあげた。ハーバート・カームバック、ニクソン大統領の顧問弁護士である。あてずっぽうだった。スローンは愕然とした。

バーンスタインは二月ごろに読んだニューヨーク・タイムズ紙の記事を思いだしたのだ。その記事によれば、カームバックは「西海岸でニクソンの個人的な弁護士」をつとめ、政府からにらまれている人物は、一万ドル以下ではとても彼に弁護を引受けてもらえないということだった。カームバックの弁護士事務所は繁昌し、彼自身、ニクソン再選の募金運動ではモーリス・スタンズにつぐ実力者だと同紙は伝えていた。ニクソン図書館を計画しているニクソン基金の事務局長をつとめていた。タイムズ紙はまた、カームバックが大統領やホワイト・ハウスの秘密の計画にしばしば関与してきたと報じていた。

スローンは、根拠のない推理はしたくないと言った。カームバックがまぐれで当ったからなのか、それともへたな推理だったからなのか、二人の記者にはその理由がつかめなかった。

待ってみよう。ホールドマンなら大物だ――もしホールドマンだったとすれば。ウッドワードとバーンスタインは勝手にコーヒーを三杯も飲んでしまい、キチンに行って四杯目のコーヒーをついだ。スローンは時計をちらりと見て、部屋の掃除をしなければならないと言った。二人はもう二時間以上もがんばっているのだ。長居しすぎて嫌われては意味がない。二人はもう一度ホールドマンを出してみた。

ホールドマンでないのなら、なぜそう言わないのか？

「そのことには立ち入りたくない」とスローンは答え、狙いは正しいという二人の記者の確信をくつがえすようなことは口にしなかった。

選挙について一般的な話をしばらくしてから、三人は玄関のドアまで行った。

「いつか、あなたが大統領になるかもしれない」とウッドワードはスローンに言った。

バーンスタインはこのことばに驚いた。軽い気持で言ったようには聞こえなかったのである。ウッドワードはお世辞のつもりで言ったが、敬意がこもっていた。また――スローンがこのいまわしい事件から生きのびてくれることをねがう切なる気持もこめられていた。

正午を過ぎたころ、二人の記者は社にもどった。ウッドワードは政府の捜査機関に勤務するニュース・ソースにさっそく電話をかけた。そのころになると、二人の記者は司法省やFBIの数人に電話で定期的に問い合わせていた。司法省やFBIは、二人がよそで得た情報を確認してくれることもあったのである。そうしたニュース・ソースがくわしく話してくれることはめったになく、けんもほろろの挨拶をされることもよくあった。

今日はウッドワードもついていた。スローンは捜査官に資金の全貌を語っていた。あの経理事務員も同様だった。ミッチェル、スタンズ、マグルーダー。そのとおりだ。ニュース・ソースは、資金を管理していたほかの二人の名前を打明けてくれなかった。金が対民主党スパイ活動のために支払われたのは確かである。その金がウォーターゲートの盗聴にあてられたかどうかは不明で、問題は誰を信用するかということである。資金の使途の詳細はスローンやあの経理事務員が語ったとおりだ、と彼は言った。

ホールドマンは？

ニュース・ソースは答えなかった。

数分後、二人はブラッドリーの部屋でブラッドリー、サイモンズ、ローゼンフェルド、サスマンと会った。編集局を見わたせるピクチャー・ウインドーがあって、絨毯を敷きつめた快適なオフィスである。デスクのかわりに楕円形のモダーンなローズウッドのテーブルと黒い革張りのソファーがある。この部屋で協議中に、ブラッドリーはしきりにテーブルから小さなスポンジゴムのバスケットボールを手にとって、ピクチャー・ウインドーに吸引盤でとりつけたバスケットのなかへ投げていた。編集主幹が落ちつかず、わざわざくだけた雰囲気を出そうとしていることが見てとれた。ブラッドリーには貴族と平民の渾然とした魅力がある。ボストンの名門の出、ハーヴァード、第二次大戦の海軍、パリのアメリカ大使館員として報道担当、警察回り記者、ニューズ・マガジンの政治記者、ニューズウィーク誌ワシントン支局長。

ブラッドリーは礼儀知らずのやんちゃ坊主になることもあった。自制心に富んだサイモンズは、ブラッドリーが固苦しい晩餐会でデミタスのカップに煙草を押しつぶしているところを見ている。彼は好んでその話をした。ブラッドリーはそんなことをしても、パーティの女主人からなんてチャーミングな人かしらと言われる、数少ない一人だったのだ。

ブラッドリーは自分のイメージを知らずに、かえってこのイメージを強調するようなことをするのだった。好んで、隠語の知識をひけらかして、記者にくだらんことはやめ、机にふんぞりかえってる警部や警視なんかの相手にならないで、現場の警官と話してみろと言った。また、ル・モンド紙やレクスプレス誌の幹部が訪ねてきたときは、折目正しい完璧なフランス語で迎え、その歓迎の仕上げに相手の頬にかるくキスをした。

ブラッドリーはウッドワードの話に耳をかたむけた。ウッドワードは、バーンスタインといっしょに秘密資金について得た情報、ミッチェルとスタンズがその資金を管理していたこと、ホールドマンも資金に権限を持っていた可能性があることを語った。ブラッドリーはミッチェルに狙いをつけ、スローンの語った、ミッチェルが資金に関係しているという話を重視した。

バーンスタインとウッドワードは、秘密資金を管理した五人全員の氏名をまもなく突き止め、おそらくは各自の役割についてもっとくわしいことがわかるのではないかとみていた。そうすれば、決定的な記事を書くつもりでいた。誰が金を管理し、ウォーターゲートとどんな関連があったのか？

二人はこの計画をブラッドリーに説明しかけて、ブラッドリーがデスクで紙にいたずら書きをしていることに気がついた。ブラッドリーが少し苛立っている証拠だ。彼は手をふって制し、核心に触れた。

「きみたち、ミッチェルには自信があるのか？」。間。「絶対に確かなのかね？」。ブラッドリーが二人を見くらべると、二人はうなずいた。「いますぐ書けるか？」

二人は一瞬ひるんだが、書いてみると言った。二人の記者はブラッドリーの持論を理解していた。日刊新聞は事実の決定的な解明を待つわけにいかないのだ。

ブラッドリーは立ちあがった。「では、はじめようか」

そして、ブラッドリーは自分の意見を述べた。二人の記者は、こうした記事がどんな意味を持つかを知っているはずだ。ジョン・ミッチェルは与しやすい相手ではない。真剣勝負をするつもりだね？ ブラッドリーは二人に質問しているのではなかった。覚悟のほどを披瀝したのだ。

二人はどちらもかつてなかったほど大きく飛躍しようとしていることを意識して、うなずいた。

「いい記事をたのむ、いい記事を」。サイモンズが社内のきまり文句を口にすると、みんなが笑いだした。

「はじめよう」とブラッドリーは言い、手をふって、部屋からみんなを退出させた。

バーンスタインは会議が終わったことに失望した。ブラッドリーがシャツの左袖をたくしあげると、おんどりの刺青がバーンスタインの眼にはいった。バーンスタインは一瞬ウォーターゲートのことを忘れてしまった。彼はブラッドリーを、敬意と恐怖と怒りとわが身の情なさがアンバランスに入りまじった不健康な気持で見ていたのだ（ブラッドリーはおれをわかってくれないと、とうの昔に決めてしまった）。ブラッドリーはいつも彼を驚かしてきた。バーンスタインは刺青をもっとよく見たいと思った。

記事を書くのは、びっくりするほど少しの時間ですんだ。原稿はバーンスタインのタイプライターからウッドワードへ、ついでローゼンフェルドとサスマンへ、そして最後にブラッドリーからサイモンズにわたった。ごくわずかな書きかえだけですんだ。午後六時には、活版部にまわっていた。

ウォーターゲート事件捜査に関係ある消息通によれば、ジョン・N・ミッチェルは司法長官当時、共和党の秘密資金をみずから管理し、その資金は民主党に関する情報の収集に使用された。

ミッチェルは司法省を去って、三月一日にニクソン大統領の選挙責任者になるほぼ一年前の一九七一年の春から、資金の引き出しに本人みずから許可をあたえていた、といくつかの信頼すべき筋がワシントン・ポスト紙に語った。

ミッチェルのほかに、秘密資金からの支払いを許可する権限をのちにあたえられた人物が四人いた、と同筋は語った。

そのうちの二人は現在大統領再選委員会の財務委員長をつとめるモーリス・H・スタンズ前商務長官と、ミッチェルが来るまで再選委の責任者をつとめ、現在は再選委副委員長のジェブ・スチュアート・マグルーダーである。ほかの二人は、同筋によれば、選挙運動に関係あるホワイト・ハウスの高官とワシントンに在住しない選挙協力者である。

そのあとにつづく記事は、資金をいかに動かしていたかを報じていた。スローンからミッチェルにかける電話、リディ、ポーター、マグルーダーによる資金の引出し。また、支出の報告がなかった以上、そのような資金の存在は明らかに違法であるとするGAOの判断。大陪審によるウォーターゲート事件の調査は、「情報収集用の資金が直接、違法の盗聴活動に流れたことを立証しなかった」と記事は伝えている。「ポスト紙が取材したところによれば、秘密資金の主な使用目的は民主党に対する広汎な情報収集活動を行なうことだった」

バーンスタインは否定のことばを聞こうとCRPに電話をかけ、パウエル・ムーアに連絡した。三十分後、ムーアは委員会の意見を伝えてきた。「わたしはポスト紙の取材に事実誤認があると思う。間違った情報を伝えている。われわれはこれ以上の論評をくだすつもりはない」とムーアは言った。具体的なことがらに反駁しようとしなかった。

バーンスタインはその夜ポスト紙の編集局に残って、ホールドマンの関係を洗い、ハーバート・カームバックに関する切抜きを読んだ。午後十一時ごろ、ムーアから電話がかかってきた。ムーアはジョン・ミッチェルと協議して、新しい声明を用意したのだ。

ポスト紙の非難はまったく真実に反する。ミッチェル氏もスタンズ氏も、ポスト紙の言う資金の支出に関知せず、また両氏とも政府の閣僚をつとめていた期間に委員会の経費の管理にあたったことはない。

バーンスタインは声明を検討して、表現の甘い部分にアンダーラインした。ポスト紙の非難、どんな非難か？　ポスト紙の言う資金の支出。資金の存在や、その金が使われたことを否定してはいない。両氏とも委員会の経費の管理にあたったことはない。法的にはそのとおりだ。スローンが経費の管理にあたった。ミッチェルとスタンズは経費を認めたにすぎない。巧妙きわまる否定だ、とバーンスタインはムーアに言って、突っこんだ話をしようとした。ムーアはのってこなかった。

新しい声明はムーアの否定の談話の補足として当然掲載する、とバーンスタインはムーアに伝えた。再選委が反論しなければ、ミッチェルがそうするかもしれない、とバーンスタインはつけ加えてから、司法長官をつかまえてみる、とムーアに言った。

新しい声明の挿入を指定してから、ニューヨークのエセックス・ハウスに電話をかけた。七一〇号に電話をつないでもらった。ミッチェルが出た。バーンスタインは声でわかって、急いでノートをとりはじめた。こちらの質問も含めて、一つも書きもらしたくなかった。電話がすんでまもなく、バーンスタインはそれをタイプに打ちはじめた。興奮状態では、キーを間違いなくたたくのがむずかしかった。

ミッチェル　はい。

バーンスタイン（自己紹介したのち）こんな時刻に電話で恐縮ですが、じつは明日の新聞で、あなたが司法長官だった当時、委員会の秘密資金を管理していたという記事を掲載します。

ミッチェル　**ば、ば、ば、ば、ばかな。**まさか？　どういうことかね？

バーンスタイン　冒頭のところを読んでみます。（三段落まで読む。ミッチェルはしきりに「ば、ば、ばかな」を連発する）

ミッチェル　みんなでたらめだ。きみはそれを新聞に載せるのか？　みんな嘘にきまってる。もしそんなものが新聞に載ったら、ケティ・グレアムのおっぱいをでっかい乳しぼりで締めあげてやる。あきれたね！　こんないやな話ははじめて聞いた。

バーンスタイン　二、三お訊きしたいことが――

ミッチェル　いま何時かね？

バーンスタイン　十一時半です。こんな夜おそく電話して申し訳ありません。

ミッチェル　十一時半。いつの十一時半だ？

バーンスタイン　夜の十一時半です。

ミッチェル　そうか。

バーンスタイン 委員会はこの記事について声明を出しましたが、わたしは記事に出ている具体的なことがらについて、二、三お訊きしたいのです。

ミッチェル 委員会は勝手にその記事を新聞に載せろ、ときみに言ったのかね? きみたちはとんでもないことをはじめたものだ。きみの新聞がエド・ウィリアムズ*やほかの弁護士に金を払うのをやめたらすぐにでも、おれたちはおまえたちのことを書きたててやる。

*エドワード・ベネット・ウィリアムズ、ワシントン・ポスト紙の主任弁護士。

バーンスタイン 記事について——

ミッチェル 明朝、わたしの法律事務所に電話をくれ。

ミッチェルは電話を切った。

バーンスタインにとって、電話中にたえず頭にあったのは、野獣の悲鳴にも似た、ミッチェルの最初の「ば、ば、ば、ばかな」ということばではじまる根源的な感情である。「ば、ば、ば、ばかな」という叫びを聞くたびに、バーンスタインはミッチェルの耐えがたいまでの傷の深さを肌で感じた。一瞬、ミッチェルが受話器をにぎったまま頓死してしまうのではないかと心配した。はじめてミッチェルが生身の人間になったのだ。ニクソンの選挙責任者や、ケント州立大学の黒い影や、カーズウェル判事の支持者や、法と秩序の総元締や、ウォーターゲートのふてぶてしい悪役ではなかった。バーンスタインは皮膚がひりひりするような気がした。ミッチェルは大陪審の起訴を逃れて、彼の秘密は守られたが、二人の記者はその秘密を公開したのだ。二人は新聞記者らしい中立的な表現を用いたけれども、ジョン・ミッチェルを悪人と決めつけたのである。バーンスタインは余裕がなかった。ミッチェルの口調がはげしい憎悪にみちていたので、バーンスタインは脅迫されているような気がした。ミッチェルのことば、その浅ましさに衝撃をうけた。委員会は勝手にその記事を新聞に載せろ、ときみに言ったのかね？ おれたちはおまえたちのことを書きたててやる。ミッチェルは「おれたち」と言った。選挙が終われば、その「おれたち」は好き勝手なことができる。何をやっても許されるのだ。

バーンスタインはミッチェルのことばを新聞に載せようと心に決めた。

バーンスタインはタイプしおわると、首都部深夜デスクのビル・ブラディに概要を話して、二段落の挿入原稿を提案した。旧ワシントン・タイムズ・ヘラルド紙がポスト紙に買収された一九五四年当時、整理記者だったブラディはポスト紙編集局きっての冷静な人物かもしれない。しかし、こんな話ははじめて聞くので、たしかにジョン・ミッチェルと話したのか、とバーンスタインに念を押した。そうだとバーンスタインが言うと、ブラディは首をふった。バーンスタインが予期したとおり、ブラディはミッチェルの発言をどう扱うかについて決定を下さなかった。

バーンスタインは自宅で寝ているブラッドリーに連絡をとった。

ブラッドリーは仰天した。「ジョン・ミッチェルがどんなことを言ったと思う？」と夫人に訊いた。

ミッチェルは酔っていたか？

バーンスタインはわからないと答えた。

バーンスタインは正直に身分を明らかにしたのか？

した。

ミッチェルは記者と話していることがわかっていたか？

もちろん。

で、バーンスタインは完全にメモをとったのか？

そのとおり。

ブラッドリーは挿入したいという記事をバーンスタインに三度も読みあげさせ、その間、グレアム夫人に電話をかけることを考慮した。電話の必要はない、とブラッドリーは判断した。

『彼女のおっぱい』ははぶいて、あとは全部載せるんだ」とブラッドリーは指示した。「デスクには、わたしがOKしていると伝えてくれ」。省略せずに全文を掲載したいというバーンスタインの遠慮がちな希望をブラッドリーははねつけた。読者は意味がわかる、と彼は言うのだった。

電話が約五分後に鳴った。パウェル・ムーアが、委員会の二番目の声明が新聞に載るかどうかを知りたくて、電話をかけてきたのだ。

バーンスタインは、その声明もミッチェルの補足的な談話も載る、と答えた。ムーアの声に不安があった。司法長官はどんなことを言ったのか？

バーンスタインはその全文を読んでやり、すでに原稿は活版部にまわった、と言った。
「そうか」とムーアは言った。
バーンスタインは帰宅した。いやなことばかり頭にうかんでしかたがなかった。家に帰って二、三分とたたないうちに、電話がかかってきた。ムーアだった。バーンスタインはさっそくメモをとった。
ムーア　カール、きみはまずいときに、ミッチェル氏をつかまえたんじゃないのか？
バーンスタイン　さあ、ぼくにはわからないね。
ムーア　きみは相手の油断につけこんだのだ。彼は閣僚だったし、だから、ああいうものは活字にしてもらいたくないという気持なんだ。
バーンスタイン　ぼくは彼が言ったことを記事にしただけだ。
ムーア　彼が冷静を欠いていたとすれば、自分の発言に釈明の機会をあたえるのが当然だろう？　それでも彼に公平だろうかという気がする。彼は早寝する人だ。眠そうな声ではなかったかね？
バーンスタイン　どうかな。しかし、きみたちは、ぼくが書くものや話すことに釈明の機会をあたえてくれる。だから、ミッチェル氏がそれを期待するのも筋の通らない話ではないと思う。新聞とつきあいがある人だからね。
ムーア　カール、普通の人間が真夜中に起こされて、まだはっきり眼がさめてないときにしゃべったことなど、わたしは活字にしてもらいたくない。

バーンスタイン　あなたはいつ彼と話したのですか？
ムーア　しばらく前だ、九時ごろだったろうか——カール、新聞にのせないようにするのは、もう手遅れか？
バーンスタイン　無理だと思うね。あれをけずるには、編集担当者に話をつけるしかない。掲載に決まったのは、彼らの判断で、ぼくも同意見なんだ。
ムーア　誰に話せば、けずってもらえるのか？　ビル・ブラディはいるか？
バーンスタイン　いや。記事差止めにしてもらうには、ブラッドリーと話をしなければならない。
ムーア　こちらだけの判断でベン・ブラッドリーと話をしたくない。あとでまた電話しよう。
五分後、ムーアがもう一度電話をかけてきて、ブラッドリーに連絡をとるのはどうしたらいいかと訊いた。バーンスタインは、五分後にムーアがポスト紙の交換台に電話をかけてくれれば、自分がブラッドリー本人に電話して、ムーアから電話があることを伝えておこうと言った。
つねに南部紳士のムーアは数分すると、電話をかけてきて、ブラッドリーは記事の削除を拒否したと語った。
ブラッドリーは後刻ムーアの間のびした話し方を真似してみせた。ムーアから「こちらが朝っぱらから司法長官を起こしたのだから、こんなことをするのは賢明だと思うか」と訊かれたという。ムーアの考え方が一貫してないと編集主幹は言った。さらにブラッドリーはこう言ったという。

「つまり、ムーアさん、問題は彼が言ったか言わなかったか、またワシントン・ポスト紙の記者が新聞記者として身分を明らかにしたか否かということで、記者が身分を明らかにしていれば、当方としては記事にする条件が充たされたことになる」

翌朝、ポスト紙では、グレアム夫人がバーンスタインに、ミッチェルからのメッセージはもうないのかと尋ねた。

十月四日の夜、ウッドワードは十一時ごろ帰宅した。部屋に足を踏み入れたとき、電話が鳴っていた。「エース――」。ビル・ブラディだ。深夜デスクは若い記者をみんな「エース」と呼ぶ（ブラディは、ウッドワードがポスト紙入りして二度目の夜勤のときに、彼を「エース」と呼んだので、ウッドワードは数時間そう呼ばれた感激にひたったが、そのあと、ブラディが悪名高い無能記者をも同じく「エース」と呼ぶのを耳にした）。

「エース」とブラディは言った。「ロサンゼルス・タイムズがボールドウィンという男との長い会見記事を載せている」

ウッドワードはことばにならぬ声を発してから、すぐ社にもどろうと言った。

アルフレッド・C・ボールドウィン三世は一時ウォーターゲート事件の鍵をにぎる一人だったらしい。二人の記者は取材中に彼のことを知った。バーンスタインは元ＦＢＩ捜査官がウォーターゲート事件に加わっていたという話を聞いた。民主党本部は犯人逮捕の約三週間前から盗聴されていた、とその捜査官は取調べに際して語ったという。また、盗聴した会話の記録は、そのコピーが直接CRPに送られた。この男はまた、マッコードからの命令でベトナム反戦復員軍人会に潜入したと語った。九月十一日、バーンスタインとウッドワードは、この元FBI捜査官が事件に加わっていたとの記事を書いている。

それから一週間後、経理事務員の協力を得て、彼がボールドウィンであることを確認した。ボールドウィンは三十五歳、大学法学部の出身で、運送会社の警備保安主任をつとめたのち、百ドル紙幣の束で給料をもらうCRP職員になったのである。ボールドウィンは政府側の重要証人であり、全貌を暴露する内部の人間だった。想像もできないような秘密をにぎっているらしく、各紙の記者がその秘密を聞きだそうと群がった。ウッドワードも仲間に加わった。ボールドウィンの弁護士ジョン・カシデントに定期的に電話をかけてみた。カシデントはコネティカット州ニュー・ヘヴンの民主党州議員である。

「会わせて欲しいという申し込みが何百と来ている。何百もだ」とカシデントはウッドワードに語った。「みんなアルに会って話をしたい人ばかりだ。ロサンゼルス・タイムズ紙の記者が二人もがんばっている。アルは落ちついた生活ができない。つけまわされている……いやらしい連中だよ、きみたち新聞記者は。おたくたちに悩まされないだけでもわれわれは助かる」

ウッドワードは相手の意思を尊重して、自分とバーンスタインは新聞記者の大群に仲間入りするつもりはないと言った。

「ありがたい」とカシデントは安心した。「アルが話す気になれば、きみに知らせるよ。真っ先にきみに知らせよう」

数日後、カシデントがウッドワードに電話をかけてきた。「アルは金がいる。……みんな、アルの話に金を出そうと申し出ている。おたくがその入札に加わりたいかどうか知りたい」。噂によれば、大きな雑誌がボールドウィンの手記に五千ドルの値をつけたそうである。

ポスト紙がニュースに金を支払った例は一度もない、とウッドワードは言った。

「わかった。この話に興味がないとは残念だ」とカシデントは言った。「申し込みがほかにいくらでもあるんだ」

ウッドワードは、ポスト紙はぜひ欲しいと思っていると言いかけたけれども、カシデントは電話を切ってしまった。

ウッドワードとバーンスタインは、ボールドウィンの手記の入札をすすめられた件について編集者たちに報告した。

「入札に加わろう……」。ブラッドリーはそう言い、右手の中指をあげてみせた。

二週間後の十月四日、ロサンゼルス・タイムズ紙が一セントも払わずに、ボールドウィンとの会見記事を載せて、その夜ウッドワードを社に逆もどりさせた。タイムズ記者のジャック・ネルスンが話をまとめたボールドウィンの盗聴活動の告白は、民主党全国委員会本部侵入の模様やその犯人たちの姿を生き生きと伝えていた。

ボールドウィンはウォーターゲートと道をへだてたハワード・ジョンスン・モーター・ホテルから、民主党の電話を傍受していた。マッコードは、マイアミの民主党大会でも同じことをやれとボールドウィンに指示した。CRP入りしたとき、フレッド・ラルーが所持していた拳銃をわたされた。ボールドウィンはマクガヴァンの本部に潜入、盗聴しようとした試みが失敗したことを語った。ゴードン・リディは潜入しやすいように街灯を拳銃で撃とうかと提案した。ボールドウィンはマーサ・ミッチェル護衛の仕事を手短かに語り、ハワード・ハントのあわてぶりを伝えた。六月十七日の午前二時半、ハントはハワード・ジョンスンにとびこんできて、警察が彼の部下五人をウォーターゲートから連行していくのを見送った。

バーンスタインとウッドワードは、抜かれた、と思った。その記事が大きなニュースになったのは、新しい情報が大量にあったばかりでなく、ウォーターゲート事件とその背後にあるものを生々しく見せたからだ。

「あれはうちで載せたかった」とブラッドリーが翌日言った。口惜しがってはいなかったが、渋い顔をし、話をしながら腕組みして、疾走するハーフバックのように、その腕を左右に忙しく動かした。*

＊「うぬぼれってやつは、この世界ではこわれやすいものだ」とブラッドリーは何ヵ月後かに言った。「うぬぼれを大事にして、そいつをつぶしたりすることはしない。……わたしが出ていって、部下にかわって、取材するわけにもいかない。わたしは現場からはなれているから、欲求不満になるときがある。……他社に抜かれたからといって、ぼやくわけにもいかないが、ただ、気持が滅入っ

てくるし、そうなるのが嫌いだということをわかっておいてもらいたい。そういう気持になるのが、わたしはいやなのだ。わたしがいやだということを忘れないでくれ」

五時間にわたってテープにとったジャック・ネルスンとの会見で、ボールドウィンは盗聴メモを見た可能性のある人物の名前を一人も明かさなかった。しかし、ロサンゼルス・タイムズ紙に会見記事が載る二週間前、バーンスタインは、ボールドウィンが二人の人物の名前を明らかにしたという話を民主党の調査員から聞いた。ボールドウィンはその二人がメモを受けとったと思ったのだ。ホワイト・ハウスとCRPでジェブ・マグルーダーのきわめて神経質な補佐役だったロバート・オードルと、議会担当の大統領補佐官で、共和党全国大会ではホワイト・ハウスとCRPの連絡責任者だったウィリアム・E・ティモンズの二人である。

ボールドウィンは、マッコードがメモを提出するところを見ていた。

メモを見た第三の人物がいる、とボールドウィンは言ったといわれる。ファースト・ネームが姓と同じような人物である。政府の捜査官からCRP職員の一覧表を見せられて、ボールドウィンはJ・グレン・セダムの名前を選びだした。ゴードン・リディと同室だった男である。しかし、バーンスタインが聞いたかぎりでは、ボールドウィンはセダムについて確信がなかったとのことだった。

バーンスタインは、ボールドウィンがオードルとティモンズの名前をあげ、さらにセダムの名前をあげたいきさつを記事にしよう、とウッドワードに言った。バーンスタインは司法省のニュース・ソースに電話して、間違いのないことを確認した。ウッドワードは記事にすることを同意した。

その記事はロサンゼルス・タイムズ紙の記事にもとづく大胆な推測だった。掲載は十月六日。CRPやホワイト・ハウスからは否定の声明がなかった。

しかし、記事は不正確であり、急遽記事にした判断は間違いだった。何週間かして、ウッドワードとバーンスタインはつぎの事実を知った。FBIの第一次報告書では、ボールドウィンの見たメモが盗聴会話のであったか、たんに普通の警備保安メモであったかを明確にしていなかったのである。結局、二人の記者は、それが盗聴と無関係の普通のメモであると確信するにいたった。

三人は人違いだった。彼らは家族や隣人、友人の住む町の新聞、ワシントン・ポスト紙の第一面で不当な非難を受けたのだ。オードルは検事たちに苦情を訴えた。「いまにも泣きそうだった」と検事の一人はあとで語った。その記事のためばかりではなかったけれども、ウォーターゲートの汚名が彼につきまとい、就職に難渋した。一九七三年、オードルは農務省から顧問として採用されたものの、捜査線上からいぜんとして名前が消えないと、まもなく解任されてしまった。

ティモンズはポスト紙の記事に元気をなくし、夫人はホワイト・ハウスの仕事を夫にやめさせようと思った。ただ、大統領の執拗な慰留で、彼は職にとどまることを決意した。

6 ラットファッキング

バーンスタインには、夜おそく自分の記事に手を入れたり、書き変えたりする癖があった。九月二十八日の夜、バーンスタインはこの悪癖について、整理デスクの親切な苦言を拝聴していた。デスクの説教が電話で中断されても、電話を恨む気持はなかった。

電話をかけてきた相手は、ウォーターゲート事件の捜査となんの関係もない政府の職員だと自己紹介した。その男は、バーンスタインとウッドワードが書いているものと関係があるともいえるし、ないともいえるような情報がある、と言った。

こうした電話は頻繁にかかってくるようになった。もっとも、記者たちがもらう「助言」の大部分は、ジョン・ケネディやメアリー・ジョー・コペクニ、マーティン・ルーサー・キングなどの死をポスト紙は追跡せよという要求だった。

ウォーターゲートに関する情報では、二人が取材した結果、たいてい無関係であるか、根拠がなかった。*

*二人は未知の人から郵便や電話で届く情報に、第一級のものがないことに失望した。ジャック・アンダースンが官僚組織に張りめぐらした、おびただしい数にのぼる匿名のニュース・ソースは信

じがたいほどである。進行中の大きな事件——とくにスキャンダル——では、政府内部から密告者が続出して、自発的に新聞社に情報を「洩らし」た。ウォーターゲートは例外だったらしい。FBIやCRPの職員で、バーンスタインやウッドワードのもとにやってきて、情報を提供した不満分子は一人もいなかった。二人の記者がこうした情報源に近づくことをえたのは、起訴が答申されて一週間ほど経過したころである。その電話の主が語ったところによれば、彼女は司法省に勤務していて、ジェブ・マグルーダーとバート・ポーターがほかの証人とともに大陪審で偽証したことを示す書類を見たという。捜査担当者は彼らが偽証したことを知っている。そして、捜査全体に異常な政治的圧力が、とくにホワイト・ハウスからかけられたと彼女は言った。しかし、二人の記者は電話でそれ以上のことを聞きだせなかった。女は恐怖におびえていたのだ。彼女からは二度と電話がかかってこなかった。

その電話の法律専門家はつぎのように語った。ある友人が「ニクソンの選挙運動できわめて異例の応援を……たのまれた」というのである。

バーンスタインはタイプライターに紙を入れて、相手の話を記録することにした。

その友人はアレックス・シプリーといい、テネシー州の司法次官補で、ナッシュヴィルに住んでいる、と電話の主は言った。一九七一年夏、シプリーは昔の軍隊時代の仲間から、ニクソンの選挙運動に協力しないかと言われた。

「もともと、この計画では、予備選挙の期間中に民主党の選挙運動の攪乱を目的としたグループを編成するはずだった。その男はシプリーに、使える資金が文字通り無尽蔵にあると言った」

電話の主はシプリーに接近した男の名前を知らなかった。「その男は弁護士だった。全国をまわる仕事で、地方の都市に行って待機する。たとえば、この仕事を引きうけた男が機会をうかがっているうちに、民主党の候補者が集会をひらこうと会場を借りる。すると、その男は会場の持主に電話をかけて、予定が変更になったと言う。この男の仕事は演説会をお流れにすることなのだ」

シプリーは「ピクニックで酒を飲みながら、その話をした」と語ったが、電話の主もほかのことはあまり記憶していなかった。シプリーが誘われた当時、まだ軍隊にいて、ワシントンに滞在していた。シプリーはテネシー州選出のアルバート・ゴア前上院議員のもとで働いていた人たちの意見を聞いた。「その男を泳がせて、どんな仕事なのかを探りだすようにすべきだ、と忠告された」という電話の主は、その後どんなことになったかを知らなかった。

彼は情報源として自分の名前をけっして出さないことを条件に、バーンスタインにしぶしぶ名前と電話番号を教えた。バーンスタインは礼を言って、今後の協力を要請した。

バーンスタインはナッシュヴィルの電話局で、アレックス・シプリーの電話番号を知ったが、電話をかけても通じなかった。

翌日、バーンスタインはハワード・サイモンズにメモを見せ、この情報——たしかにあまりにも漠然としているが——は重要だと思うと言った。ウォーターゲート盗聴事件そのものは、とくにニクソンの選挙運動が最高潮に達したころに発生したので、大した意味がない。

しかし、かりにそれが氷山の一角だとすれば、ことは重大ではないか、とバーンスタインは言った。そして、大がかりな陰謀の証拠はある。ただし、情報は確定的ではないけれども。彼らがつかんだ事実がいくつかある。マクガヴァン選挙本部盗聴の試み、ハントが指揮したテディ・ケネディの調査、マッコードによるジャック・アンダースンの調査、ベトナム反戦復員軍人会にボールドウィンを潜入させようとした計画、ハントによる機密漏洩の調査、マスキーの選挙本部のとなりにマッコードが借りた事務所。おそらくホワイト・ハウスは、大部分の人が考えるよりもはるかに大きな規模で、長期間にわたり政治的な情報収集を行なってきたのではないか。大統領再選がかなり有望になる前から、ウォーターゲートが予定に組みこまれていた可能性があり、たぶん誰かがこの計画の中止を忘れてしまったのだろう。

サイモンズは興味を示して、早急にシプリーにあたるよう、バーンスタインをうながした。この編集局長もバーンスタインと同じく、漠然とした情報から大胆な仮説をたてるのが好きだった。同時に、その結果を活字にする場合については慎重だった。一度ならず彼はバーンスタインとウッドワードに、必要とあれば、記事の掲載をおくらせてはどうか、あるいは少しでも疑問があれば、ぎりぎりまで待て、と注意したことがある。「たった一つの単語、字句、文章、段落、記事全体、あるいは何回かつづく記事であろうと」、サイモンズはそう言った。「疑問があれば、けずるか、掲載をとりやめることだ」

科学記者として受賞したこともあるサイモンズは一年前にポスト紙でナンバー2の編集者になった。鼻が大きく、細面で、眼のおちくぼんだ男である。意欲的で、繊細な神経の持主だ。ベルトに計算尺をはさんだハーヴァード大学の助手らしく見える。しかし、人間の弱さになれていて、ブラッドリーとまったく対照的な人物だ。ブラッドリーはウッドワードのほうに似ている。まず確実な情報を求め、仮説をよろこばない。バーンスタインはシプリーの話にウッドワードの興味をかきたてようと努力したが、ウッドワードは懐疑的だった。

その夜、バーンスタインはシプリーの自宅に電話をかけた。シプリーの声は屈託がなく、自分がニクソンの選挙の応援をたのまれたことに新聞記者が興味を示したので、驚いていた。「言われた仕事は巧妙だった」とシプリーは言った。「表向きは、民主党の誰某の選挙運動をしているが、じつはニクソンのために働いている。いいかね、たとえば、わたしの仕事はケネディの集会に出席することだ。わたしはケネディの運動員の一人にこう言う。『ぼくもきみたちの仲間だ。われわれとしては、きみにはマスキーの選挙事務所で働いてもらいたい。そして、何かわかったら、そいつを知らせてくれ。そうすればわれわれのほうからケネディに報告しよう』」

CIAがこの種のことを海外でやっていたという話をバーンスタインはどこかで聞いたおぼえがある。「マインドファック」と呼ばれていたと聞いたが、CIAは「ブラック・オペレーション」と称していた。

シプリーは話をつづけた。「必要なだけの金はあるそうだった。わたしは濡手(ぬれて)にアワみたいな仕事を約束された。必要経費プラス給料。わたしは彼のもとで働くところだった」。シプリーは、その男の名前を教えるのは、何もかも話すかどうかを決めてからにしたい、と言った。

「わたしは誰かに相談しようかと思っていた。六カ月ばかり前、メモをつくっておいたので、それが司法省のわたしの部屋においてある――日記をつけたのだ。それから、おぼえていることはみんな話してあげよう」

しかし、新聞に話す前に、とりあえずシプリーは上司にあたる司法長官の許可を得ておきたかった。司法長官は許可するだろうと思っていた。テネシー州司法長官は民主党員で、シプリーもそうだ。シプリーに言わせれば、そこがこの勧誘の世にも不思議なところである。

「その男はわたしを訪ねてきた。わたしはこう言ってやったんだ。『わたしは子供のころから、フランクリン・ルーズヴェルトの写真がかざってある家で育った男だよ。よりによって、なぜわたしにそんな話をもってきたんだ？』。彼は言ったよ。『こちらのまったく気まぐれな理由からかもしれない――きみのためにいいことなんだ』。わたしはますます民主党びいきになって、くわしい話は聞かなかった」

その男のことばのほかに、仕事がリチャード・ニクソンの再選運動に関連があるという証拠をシプリーは持っていない。男とは軍隊で知りあった。「わたしの印象では、あいつはスパイの仕事があまり得意じゃなさそうだった。でも、ニクソンの選挙運動をしてるんだ、と言っていた」

バーンスタインは勧誘にきた男の名前を無理に聞きだすつもりはなかった。まだ早い。

翌晩、シプリーに電話した。民主党員のテネシー州司法長官から、正しいと思うことをやれと言われたので、シプリーはメモを整理した。シプリーを誘った男はドナルド・セグレッティという。

「はじめて電話をもらったのは一九七一年の六月二十六日だった。ワシントンに行くと伝えてきて、六月二十六日、わたしのアパートでひらいた晩餐会にやってきた。その夜は何も言われなかった。六月二十七日、朝食で彼と顔を合わせた。そのときはじめて仕事の話が出たんだ。やる気があるか、と訊かれた。というのも、わたしが除隊になるからだった。二人ともまもなく除隊することになっていた。わたしたちは陸軍法務部の大尉だった。どちらも将来の方針がきまっていなかったんだ。彼の話では、ワシントンに来たのは財務省の面接を受けるためだった」

バーンスタインはノートをとった。「財務省――リディ」。ゴードン・リディはホワイト・ハウス入りする前、財務省に勤務している。シプリーが話していたころである。しかし、シプリーはウォーターゲート事件までリディの名を聞いたことがなかったと言う。

シプリーは一九七一年六月二十七日の朝、ジョージタウン・インへセグレッティを迎えに行き、ダレス空港まで車で送った。「ダレス空港へ行く途中で彼は言った。『ちょっとした選挙スパイの仕事をやってみる気はないか？』。わたしが『なんの話だ？』と言うと、こういう話だった。『たとえば、われわれがケネディの集会に行って、ケネディの熱心な運動員を見つける。そこで、きみは、自分もケネディの運動員だが、いわば舞台裏で仕事をしている人間だ、と言う。つまり、きみの仕事に協力させるわけだ。きみはそういう連中をマスキーの陣営に送りこんで、郵便の発送の手伝いをさせたりしながら、きみのほうに情報を流させる。彼らは、自分たちがケネディのために、マスキーの選挙を妨害してるのだ、と思うだろう。しかし、じつをいえば、きみはそうして得た情報をほかの人のために利用する』。じつに奇妙な話だった。空港まで四分の三ほど来たとき、わたしは言った。『じゃあ、われわれは誰のために働くのかね？』。彼は、ニクソンだ、と言ったよ。わたしは正直な話、あいたロがふさがらなかった。彼が話していたことが民主党の予備選挙で実際に起こっていたからだ。

『党内で足を引っぱりあう予備選挙のあとで、民主党から陣容をたてなおす力を奪ってしまおうというのが第一目的だ』と彼は言った。『こちらの狙いは大混乱をひきおこすことで、そうすれば、民主党も団結できなくなる』。わたしはつぎのように返事した。『面白そうな話なんで、考えさせてくれ』

翌週、セグレッティがカリフォルニア州フォート・オードから電話で催促してきた。

「七月一日の木曜日」とシプリーはつづけた。「わたしはアルバート・ゴア上院議員の行政顧問の下で働いている友人に面会して、どうしたらいいか相談した。自分にやる気はないと言ったんだが、先方の話に乗ってやれば、民主党を応援することになるのじゃないかという気がしていた。それとも、すぐにこの話を断わるべきか。その友人の意見は、『危い橋を渡るのはよせ。でも、はっきり断わるな。成り行きを見まもるんだ』。

「七月十九日、セグレッティが電話してきて、わたしの知り合いで〔この仕事ができる〕人の名前を五人あげてくれないかと言った。わたしが教えたかどうかは記憶にない。七月二十五日、日曜日の午前中に、セグレッティはシカゴから電話をかけてきて……シカゴの陸軍大尉に似たような話をもちかけた、と言った。セグレッティはワシントンまで飛んで、わたしと話し合いたいと言った。……このときの話の要点は、『やるのか、やらないのか？』ということだった。「わたしは、どんなことをすればいいのかとセグレッティに訊いた。『人を集めろ——想像力を働かせるんだ』と言ってたね。

「彼が一つ強調していたのは、かなり自由に飛びまわれる人たちに仕事をたのむということだった。本人は口をすっぱくして、違法なことはしたくないと言っていたので、弁護士に相談していた。厳密には暴力組織といったものじゃない。楽しみの多い仕事だということを強調していたよ。……」

シプリーの話によれば、ある町の体育館で集会が午後七時からひらかれるとすると、「その体育館に、電話をかけて、つぎのようなことを言う。自分は候補者の集会責任者だが、よた者やヒッピーなどが集会をぶちこわしにするという情報がはいっている。ついては、集会を前に予定した七時から九時に延期してくれないか、と体育館の責任者にたのむ。そして、候補者がやってくるまで、体育館の責任者に会場を閉鎖させておくわけだ」

七月二十八日、ふたたびセグレッティはシプリーに電話をかけてきて、元陸軍大尉ケネス

・グリフィスの勧誘に、アトランタまで飛行機で来てくれないかと依頼した。シプリーは行かなかった。

シプリーが最後にセグレッティから電話をもらったのは一九七一年十月二十三日である。「カリフォルニアから電話をかけてきて、テネシーでマスキーの陣営にはいりこめ、と言ってきた。……こういう仕事をたのんでくるたびに、わたしの返事はきまっていた。『わかった』。でも、わたしは結局何もしなかった」

どこかでセグレッティと連絡がとれるか、セグレッティがどこに住んでいるか、シプリーは知っているか？

「二週間ばかり前、ロサンゼルスの彼の電話番号を調べてみたが、電話帳には載っていなかった。彼の話では、ヤング・アンド・セグレッティという名の法律事務所にはいるそうだった。――かくれみのだということで、彼の仕事は政治だと言っていた」

シプリーはメモの内容を全部語りおえた。バーンスタインはセグレッティとの会話をもっとくわしく話してくれないかと言った。

「一時、セグレッティは偽の身分証明書で旅行すれば便利じゃないかと言ってた。そうすると、こちらの正体を見抜くのがいっそうむずかしくなるからだ。セグレッティは、自分はビル・ムーニーという偽名を使うかもしれないと言っていた。そのとき、こうも言った。『きみもいい名前を考えて、身分証明書をつくったらどうかね？』。わたしの返事は、『わたしはそういうことがあまり得意じゃないんだ』。ニクソンが再選されれば、わたしたちは面倒を見てもらえる、ともわたしに話した。政府でいい地位につけるそうだった。だから、訊いてみた。『われわれがしていることを誰も知らなければ、どうやって面倒を見てもらうんだ?』。すると、セグレッティは言った。『ニクソンは何かやっているということを知っている』。典型的な手口さ。何も言うな、こっちも知らない、というわけさ」

セグレッティがニクソンの選挙運動をしていたのは、どの程度確かなのか?

「ニクソンの運動をしていたかどうかは、わたしも知らない」とシプリーは答えた。「証拠はないんだ。わたしの知るかぎりでは、ケネディやマスキー、あるいはサム・ヨーティの選挙運動をしていたともいえる」。しかし、この仕事をつづければ、行政府に永久就職できるようになる、とセグレッティはシプリーに語っている。

バーンスタインは、セグレッティがほかに誰を勧誘したかを知っているか、とシプリーに尋ねた。

ピーター・ディクスン。サンフランシスコの弁護士だ。

「わたしが名前を書いておいた者はみんな一九六八年と六九年に陸軍法務部の大尉としていっしょにベトナムに従軍した。ニクストはアイオワ州デニスンの法律事務所で働いているはずだ。グリフィスはまだアトランタにいる」

ほかにおぼえていることは?

「この仕事の話をセグレッティにもちかけたのはロサンゼルスの人たちだ、と彼は言っていた。大学の法学部時代の仲間だとか、家族の古い知り合いだろうか。わたしは知らない。名前はけっして教えてくれなかった。それがおれたちのやり方なんだって言っていた。わたしも自分の手足になってくれる工作員の名前を彼に教えてはならない。……全国でこの仕事をやりたいと言っていた。正直な話、彼にそれができるとは思わなかった。そういうタイプの男じゃないんだ。この仕事に向いた性格ではなかったよ。小柄な男で、いつも笑顔をたやさない――純情だった」

バーンスタインはセグレッティの人相を訊いた。

「ちびで、童顔で、五フィート八インチない。体重は一五〇ポンドというところかな」

シプリーはセグレッティの政治的な立場についてあまり知らなかった。「かなりリベラルだ、とわたしはいつも思っていた。政治の話をしたことはなかったと思う」

セグレッティは、「全国のこうした活動の責任者のような立場にある」と言ったけれども、彼がやろうとしていたことはさほど破壊的に思われなかった。「マサチューセッツ州安全運転委員会の名義で郵便局の私書箱を借りたり、テディ・ケネディに勲章をおくることもできる」とセグレッティは言っていた。

「わたしが一つびっくりしたのは、金まわりがよさそうなことだった。いつも飛行機で全国を飛びまわっていた。金は問題じゃない、われわれに仕事をさせている人たちが望んでいることは、使った金に見合う結果だ、と語っていたね」

シプリーは資金の出どころを訊いてみたが、セグレッティは言った。『『どうせきみに教えるつもりはないから、名前を訊くな』。わたしは、気前よく金を出す人間がいるんじゃないかという気がした。政府の人間じゃなかった」

バーンスタインはこの話を口外しないでもらいたいとシプリーに念を押してから、ウッドワードの自宅に電話をかけた。先が見えてきた、とバーンスタインは言った。あと二、三日かかるだろうが、記事になりそうだ。こんどはウッドワードも乗り気だった。

ケネス・グリフィス、ロジャー・リー・ニクスト、ピーター・ディクスンはいずれも、電話番号がわかった。

ニクストは話したがらなかった。「ドンとはその話をたった一度したきりだ。彼は友人だから、彼の立場を考えて、この話をするつもりはない。……わたしは何もしなかった。……そうだ、ニクソンの選挙でスパイみたいな仕事をしないかと言ってきたが、その話はしたくない」

アトランタのグリフィス宅は、返事がなかった。残るはサンフランシスコのディクスンだ。秘書は、選挙運動で出張中だが、今日の午後ネバダ州レノの友人、ポール・バイブルの家に行くはずだ、と言った。

上院議員の息子か、とバーンスタインは訊いた。

そうです。

それは好都合だ。ネバダ州のアラン・バイブル一家はメリーランド州シルヴァー・スプリングで十年以上もバーンスタインの家と隣り同士だったのである。ポールはバーンスタインより二つか三つ年上だが、おたがいに親しく、いっしょに道でフットボールをして遊んだ仲である。ポールが一九五八年型のシヴォレーのインパラを手に入れたときのことをバーンスタインはおぼえていた。黒塗りで、エンジンの音が低く、排気筒とスピナーが二つずつついていた。バーンスタインは羨ましく思ったものだ。

レノのバイブルに電話すると、いま担当している仕事について話した。ポールなら協力してくれると思った。

バイブルは仰天した。セグレッティが？　彼には想像できなかった。バイブルもまたセグレッティと軍隊でいっしょだったし、ドンはそんな物騒なことができるタイプの男ではない。ポールは、ディクスンから電話をかけさせようと言い、セグレッティの部隊に所属していた他の将校の名前をバーンスタインに教えた。

ディクスンはバイブルの家から電話をかけてきた。わたしはこう答えた。「ドンは電話してきて、大統領再選の運動を手伝う気はないかと訊いた。わたしはこう答えた。『ドン、ぼくは政治問題に関心がない。とにかく、ぼくは共和党員じゃないんだ』。セグレッティはそれ以上くどく言わなかった」

二人の確認。バーンスタインはさらに二度電話をかけたのち、グリフィスをつかまえた。彼もセグレッティとの交渉の経過を話したがらなかった。二人はいっしょに昼食をとって、選挙の話をした。セグレッティは大統領選挙に協力してもらおうと、グリフィスを誘った。「スパイ活動」だとか「地下工作」ということばが出てきた――そのどちらだったかはグリフィスの記憶にない。「わたしは、大統領のお手伝いをしたいが、とても時間がないので、せいぜい金を寄付することぐらいしかできない、と言った」

グリフィスに連絡をとろうとしていたあいだに、バーンスタインはドナルド・セグレッティの電話番号を調べてみた。ロサンゼルスの電話帳には彼の番号が載っていなかった。しかし、セグレッティ姓は数人いる。数回の電話でバーンスタインはカルヴァー・シティのA・H・セグレッティに連絡がついた。夫人は、ドンの母だと言った。

バーンスタインは新聞社の規則をちょっと曲げた。ポスト紙には、記者は身分を偽ってはならないという厳しい社則がある。だが、バーンスタインはセグレッティ夫人にワシントン・ポスト紙の記者と身分を明らかにしなかった。名前と電話番号を言ったが、電話は自宅とウッドワードのアパートの番号だった。バーンスタインはこの電話のことをウッドワードに伝えるのを怠った。

その日の午後、ウッドワードがアパートで友人とスクラブルをやっていると、電話が鳴った。

「カール・バーンスタインはいるか?」

ウッドワードは、バーンスタインはいないと言って、相手の名を訊いた。

「ドン・セグレッティだが」

ウッドワードは緊張した。なぜセグレッティはおれのアパートに電話してきて、バーンスタインを呼んだのか? バーンスタインはシプリーとの会話の要点を話してくれたにすぎない。ウッドワードは相手から強引に話を聞き出すほどの知識がなかった。

長い沈黙があって、ウッドワードは言った。「おお」

「カール・バーンスタインとは何者かね？」とセグレッティが尋ねた。

ウッドワードは罠にかかったような気がして、冷静になろうとつとめた。二人ともワシントン・ポスト紙の記者だと言い、セグレッティに何も言わせずに、ニクソンの選挙運動であなたが行なっていた政治的なスパイ活動に関する重大な容疑についてお訊きしたいとつけ加えた。

「ワシントン・ポストだって？」とセグレッティが訊いた。ウッドワードがなんの話をしているのかわからない、と彼は言った。おまけに、とても忙しいので、話なんかできないと言って、電話を切ってしまった。

ウッドワードは社のバーンスタインに電話して、どうしたのだと訊いた。バーンスタインは、自分に腹がたってしかたがなかった。好機を逸したのだ。

ウッドワードとバーンスタインはつぎに打つべき手を考えた。二人のうちのどちらか、あるいはべつの記者がすぐにセグレッティをつかまえなければならぬ。二人は自宅のサスマンに電話した。サスマンはポスト紙の西海岸の通信員か、内報部デスクが推薦する特約通信員（ストリンジャー）の起用をすすめた。ニューズウィーク誌の元特約通信員——特別の取材で新聞社が採用する取材記者のことだ——で二十九歳のロバート・マイヤーズがセグレッティを追うことになった。マイヤーズは新聞記者よりも大学教授という感じが強い。パイプをくわえ、うすいやぎひげをはやし、縁なしの眼鏡をかけている。バーンスタインが自宅に電話したとき、マイヤーズは入浴中だった。マイヤーズはポスト紙のウォーターゲート事件のニュースは丹念に読んでいたので、バーンスタインはセグレッティのことを話した。

その日の午後はほかに電話を二つかけた。ジョージタウン・インの女が説得されて、一九七一年六月二十一日前後一週間のホテルの記録を調べて、ドナルド・セグレッティ、またの名ビル・ムーニーの記録を探してくれた。もう一つはゴードン・リディの家にかけた電話である。

バーンスタインは編集局に近い無人の部屋にはいった。こんどはほんとうに規則を破る覚悟だったので、席までやってきたブラッドリーか誰かに、電話をかけているところを聞かれたくなかったのだ。それに、この電話の秘密はほかに知られたくなかった。

バーンスタインはドアをしめて、台詞の稽古をした。

「ゴードン……ドン・セグレッティだ。えらく面倒なことになったよ。……」。バーンスタインの狙いは、二人の関係を認めるような、たとえば「面倒なことってなんだ、ドン」といったことばである。

運悪く、バーンスタインは、リディ夫人が電話に出て、どなたですかと訊いた場合のシナリオを用意していなかった。リディ夫人はドナルド・セグレッティを知っていたとしても、そんな素振りを見せなかった。そして、彼女の夫がセグレッティを知っていれば、カリフォルニアに電話して、偽電話だということを知るだろう。今日、セグレッティと彼の母親に電話してきたワシントン・ポスト紙の記者かもしれない。バーンスタインはあわてて受話器をおいた。

万策つきた。日曜日の午後、ジョージタウン・インからかかってきた電話は、ドナルド・H・セグレッティが一九七一年六月二十五日にやってきて、二十七日に引き払ったことを確認した。彼が電話をかけた記録は残っていない。バーンスタインは六月に取材したところへふたたび連絡をとった。そのころ、ウォーターゲートで逮捕された五人の行動を追っていた。あるクレジット・カードの会社の社員に電話すると、その女子社員は名前を出さないと約束してくれれば、関係記録を見せよう、と言ったのである。

クレジット・カードにはホテル、レストランの料金、航空券の日付、回数、場所、料金、売買の記録が残る。FBIはたいていまずこの記録を押収することから捜査をはじめる。

姓のSegrettiがイタリア語で「秘密」を意味するセグレッティは、クレジット・カードの記録によれば、一九七一年の後半に十回以上も全国を飛びまわり、一都市に滞在したのはせいぜい一晩か二晩である。つぎの都市に宿泊した。マイアミ、ヒューストン、マンチェスター、ニュー・ハンプシャー、ノックスヴィル、ロサンゼルス、シカゴ、ポートランド、サンフランシスコ、ニューヨーク、フレズノ、ツーソン、アルバカーキ。そして、ワシントンは頻繁に行っている。これらの都市の多くは一九七二年の大統領選挙で政治的に重要だった州にあり、予備選挙の行なわれた州が大半である。ニュー・ハンプシャー、フロリダ、イリノイの三州、とくにカリフォルニア州では、セグレッティは都市から都市へ、州内をくまなくまわっている。この四州で、民主党の予備選挙の運動が激甚(げきじん)をきわめた。旅行の記録はシプリーの話を裏書きしたのである。

バーンスタインはセグレッティについて得た情報をマイヤーズに伝えた。マイヤーズはセグレッティのアパートに張りこみ、近所で聞き込みをした。セグレッティが住むマリーナ・デル・レイは海にのぞみ、広告を信用するならば、魅力的な独身者にとって最高のアパートだという。楽しみにこと欠かない。ヨット、サウナ、混合ダブルスのテニス、プール、パーティ、蠟燭の灯、シャンペン、シーザー・サラダ、陽焼けした肉体、性の狂宴。

マイヤーズはセグレッティのバルコニーにのぼって室内をのぞいた。カウンターに汚れた皿がある。住み心地のよさそうなアパートだ――部屋いっぱいに敷きつめられた厚い真白な絨毯、模型の薪をおいたガスの煖炉、ステレオ、テーブルに積んだ本と雑誌とレコード。寝室に通じているらしい廊下には、十段変速の自転車がみえる。

セグレッティの隣人二人が語るところによれば、セグレッティは土曜日の午後、二、三日帰らないかもしれないと言って、白のメルセデス・スポーツ・クーペで急にアパートを出たという。その二人は、彼が弁護士で旅行が多いということのほか、彼の仕事の内容を知らなかった。セグレッティは政治の話はあまりしなかった。

セグレッティのアパートの下にある車庫はスポーツカーの展示室とレーストラックのピッ

ト・ショップをまぜあわせたようだった。昼夜を問わず、車をいじる者がいるらしい。マイヤーズはこの車庫でだいぶ時間をつぶした。セグレッティの280‐SLがもどってないかとのぞいたり、セグレッティがちょっともどったのをつかまえそこなったのではないかと、車を駐める空間にオイルがたれていないかどうかを調べたのだ。しかし、車庫の床は濡れていなかったし、セグレッティの郵便箱には郵便物がたまっていた。

木曜日の朝、マイヤーズがセグレッティの玄関のドアのすき間にさしこんでおいたマッチ棒が床に落ちていた。しかし、マイヤーズがノックすると、返事はなく、車庫にセグレッティの車がなかった。マイヤーズは待った。セグレッティは午後に帰ってきて、ドアのノックに姿を現わした。マイヤーズはポスト紙の記者だと名のった。ポスト紙は、セグレッティ氏がテディ・ケネディか、おそらくヒューバート・ハンフリーの選挙運動をしていたという情報を入手した、とマイヤーズは言った。お話をうかがえるか？

セグレッティは玄関で黙っていた。三十一という年齢より若く見える。まだ二十代のはじめか二十五、六といっても通りそうだった。笑ってはいないのだが、人なつこい顔である。

マイヤーズは、ケネディかハンフリーと関係があるのか、と訊いた。

いや。

マイヤーズはなかにはいりたかった。ポスト紙は、セグレッティが民主党の予備選挙で果たした役割について、相当の情報をつかんでいる、とマイヤーズは言った。セグレッティは彼をなかに入れた。

アレックス・シプリーを知っているか？

「なぜだ？」

ポスト紙は、セグレッティがシプリーに選挙スパイの仕事をさせようとしたという情報をにぎっているからだ。

「まさか」とセグレッティは言った。

事実、セグレッティはハンフリーかマスキーの予備選挙で仕事を手伝ってもらおうと、一九七一年の六月二十七日、ダレス空港へ車で行く途中、シプリーを勧誘したのではないか？

「おぼえていない」

アレックス・シプリーを知ってるか？

「何も言いたくない」

シプリーにシカゴから電話して、仕事の件で話し合いたい、と言ったのではないか？

「おぼえていないね」

そのあと、またシプリーに電話して、ケネス・グリフィスを勧誘するため、アトランタまで来てもらいたいと言ったのではないか？

「おぼえていない」

たしかにシプリーを知っていますね？

「何も言うことはない」

十月二十三日、カリフォルニアからシプリーに電話して、テネシー州におけるマスキーの選挙運動を調査してくれとたのんだか？

セグレッティの態度はおだやかで、愛想がいいといってもよかった。「ばかばかしい話だ」とマイヤーズに言った。「わたしは何も知らない。まるでジェームズ・ボンドの小説じゃないか」

マイヤーズはディクスンやニクストのことを尋ね、財務省が彼の勘定を払ってくれたかどうかを訊き、さらに弁護士としての仕事、旅行について質問し、あらためてシプリーのことを問いただした。

ビル・ムーニーという名前はどうか、セグレッティが使うかもしれないといった偽の身分証明書は？　思いあたることがあるか？

「ばかばかしい」

セグレッティはドアのほうへ行った。マイヤーズはジャケットの内側にかくした三五ミリのカメラをとりだしながら、帰る前に写真を一枚とらしてもらいたいと言って、シャッターを切った。セグレッティは廊下にとびだしてどなった。「写真はだめだ！」。まもなくもどってきたので、マイヤーズはレンズを顔に向けた。もう一枚とマイヤーズは言って、ふたたび写真をとろうとした。セグレッティがカメラを奪いとろうとして失敗すると、マイヤーズの左腕をつかんで、あけたドアのほうへシャッターを切りつづける彼を押していった。

マイヤーズは公衆電話にむかって走った。バーンスタインは市報部長室でサスマンと話しているところだった。糸がほぐれてきたのだ。今朝、バーンスタインは司法省の役人に電話して、型通りの取材をはじめ、ドナルド・セグレッティという名前を聞いたことがあるかと尋ねてみた。答えをあてにしない質問だった。

「その質問には答えられない。捜査中なのだ」と司法省の役人は言った。

バーンスタインはびっくりした。ウッドワードと自分の二人だけがセグレッティを追っているとばかり思ったからだ。

ウォーターゲート事件の捜査に関係があるので、セグレッティのことを話せないのか？まさにそのとおりだった。司法省の役人はセグレッティに関連した質問をもはや聞こうとしなかった。バーンスタインは問い合わすべき事項をつぎつぎに読みあげ、項目を一つひとつ消しながら、余白に「否」とか「だめ」と書きいれていった。

ハーバート・W・カームバックは？

「それも捜査中だから、わたしから話すわけにいかない」と役人は言った。

スローンは、カームバックがスタンズの金庫から金を渡した人物の一人であるか否かを言おうとしなかった。しかし、資金が「情報収集」のためだったからには、セグレッティはここから金をもらっていたのかもしれない。シプリーは、セグレッティが政府と無関係の人物――「大金を出す人物」――から金をもらっていたという印象をうけた。とすれば、ニクソン大統領個人の弁護士カームバックがあてはまる。

セグレッティとカームバックとのあいだに関係はあるのか？

司法省の役人は答えなかった。

サスマンとバーンスタインがこの件で話し合っているとき、こども（コピー・ボーイ）が市報部長の部屋にとびこんできた。マイヤーズが息せき切ったような声で電話をかけてきて、いま待っていると言う。

「まいったよ。写真＊をとろうとして、ぶんなぐられるところだった」とバーンスタインに言った。それから一息ついて、取材の結果を要領よく語った。

＊写真は一枚もうつっていなかった。カメラにフィルムははいっていたが、その入れ方が間違っていたのだ。

バーンスタインはマイヤーズに、司法省はセグレッティのことを知っている、と伝えた。サスマンもやってきて、マイヤーズと話した。マイヤーズがセグレッティの知人をあたってみるということで意見が一致した。セグレッティの知り合いにFBIが接触してきたか、どんな質問をうけたか、セグレッティについてどんなことを知っているかといったことをマイヤーズはさぐりだすのだ。セグレッティが学んだバークリーのサザーン・カリフォルニア大学（USC）とボールト・ホールの法学部が取材に好都合の場所に思われた。

翌日、マイヤーズはつぎの事実を電話で知らせた。USCの学生だった当時、セグレッティはニクソンのホワイト・ハウスをのちに形成する数人と親しかったという。ホワイト・ハウスのUSC出身者のなかには、大統領報道官のロナルド（ロン）・ジーグラー、大統領日程係秘書官ドワイト・チェーピンのほか、以下の人物がいる。ホワイト・ハウスの元日程準備担当補佐官で、スタンズの金庫から金をもらったCRP遊説日程部長のバート・ポーター、ジーグラーの報道官としての職務をたすけたティム・エルボーン、ヘンリー・キッシンジャーの国家安全保障会議の一員だったマイク・グーヒン、ホールドマンの政治問題補佐役でホワイト・ハウスとCRPの連絡係だったゴードン・ストローン。

バーンスタインとウッドワードはポスト編集局で探りを入れ、ホワイト・ハウスのスタッフとお座なり以上の接触のある人物を物色した。ニクソン政権とワシントン・ポスト紙の関係を考えれば、二人も高望みをしたわけではない。友好的な時代には、記者たちはジョージタウンやクリーヴランド・パークのタッチ・フットボールや蠟燭をともした庭園でケネディ大統領の側近たちと親しくつきあったものだが、それは過去のものになってしまった。

しかし、ウッドワードの入社と同じ日に市報部入りした元UPI通信の記者、カーリン・バーカーは、彼女の友人がホワイト・ハウス入りした者たちとUSCの同窓で、卒業後も親密な関係にある、と言ってきた。二、三時間たらずで、バーカーは「USCグループ覚書」と題するメモをバーンスタインにわたした。

バーカーの友人はカレッジの時代からセグレッティ、チェーピン、ティム・エルボーンを知っていた。その友人は彼らをホワイト・ハウスの「USCマフィア」と呼び、セグレッティとエルボーンは同窓のドワイト・チェーピンとロン・ジーグラーに呼ばれて、ニクソンの選挙運動に協力することになったのだ、と言った。

いずれも代議政治の「トロイアンズ」と称する学内の政党に属していた。トロイアンズは自分たちの選挙運動のやり方を「ラットファッキング」と言っていた。不正投票を仕組んだり、対立候補の陣営にスパイを送りこんだり、怪文書をばらまいたのだ。ジーグラーとチェーピンは一九六二年のカリフォルニア州知事選挙でリチャード・ニクソン候補の選挙運動を応援した。この選挙運動の采配をふるったのがボブ・ホールドマンである。卒業後、ジーグラーとチェーピンとエルボーンは、ホールドマンが副社長だったJ・ウォルター・トンプスン広告代理店のロサンゼルス支社にはいった。カーリン・バーカーの友人によれば、セグレッティはワシントンに呼ばれて、大統領選挙戦の訓練を受けたという。

バーンスタインは司法省の職員に電話した。セグレッティがウォーターゲート事件に関連して調査中であることをはじめて明らかにした役人である。十月七日、土曜日だった。

「いや、彼のことは話すわけにいかない」と役人はもう一度言った。「たとえ彼がウォーターゲート不法侵入に直接に関係していなくても、そういうわけだ。……もちろん、捜査線上に彼がうかんできた。……そうだ、選挙の妨害行為はセグレッティと関係がある。『ラットファッキング』ということばは聞いた。きわめて有力な情報がある。とくに、それが十一月七日前に公表されればね」。十一月七日は大統領選挙の投票日である。

その有力な情報にはドワイト・チェーピンが含まれているだろうか？　彼がセグレッティを雇ったのか？　ジーグラーか？　それとも……

「ジーグラーやチェーピンについては、わたしは発言をひかえるよ」

バーンスタインは、チェーピンではないかと思った。その役人は、ポスト紙が追及していることをけっして阻止したくない、と言った。

二人のあいだにできていた暗黙の了解で、バーンスタインはこのことばを、セグレッティとチェーピンのあいだにつながりがあることを確認したものと解釈した。

セグレッティはカナック投書*と関係があるのか？

職員はこの手紙の件についても話せない、と答えた。それも捜査中である。

*いわゆる「カナック投書」は、マスキーの選挙をたすけた一部の協力者に関するかぎり、大統領候補としてのマスキー脱落の端緒になった。マスキーがニュー・ハンプシャー州マンチェスターへ遊説におもむく予定だった二日前の二月二十四日、ウィリアム・レーブの右翼的なマンチェスター・ユニオン・リーダー紙は第一面にマスキー排撃の論説を掲載した。「マスキー上院議員フランス系アメリカ人を侮辱」と題したその論説は、黒人を支持しながら、「カナック」ということばに寛大なマスキーの偽善性を非難した。カナックとはフランス系カナダ人の血をひくアメリカ人の蔑称であり、ニュー・ハンプシャー州には、そうした有権者が何万人もいた。

その「証拠」はフロリダ州ディアフィールド・ビーチからレーブに郵送されたように思われる稚拙な手紙である。この投書は、論説と同じ日にユニオン・リーダー紙に掲載された。投書の差出人が述べるところによれば、マスキーの選挙運動員はフォート・ローダーデールの集会で、「われわれの味方に黒人はいないが、カノック（原文のまま）がいる」と言い、マスキー上院議員も「ニュー・イングランドに来てごらんなさい」とこの発言を認めて笑ったという。マスキー側は、手紙はインチキだと主張して、調査を開始したが、投書の筆者を突きとめることができなかった。

二月二十五日、レーブはマスキー夫人に関する二カ月前のニューズウィーク誌の記事をそのまま掲載した。「大旦那の愛するジェーン」と題したその記事は、マスキー夫人が記者団の乗った機内でこっそり煙草を吸い、酒を飲み、下品なことばを使ったと報じていた。

雪降りしきる翌朝、マスキーはトラックの荷台に立ち、用意した演説原稿をやめて、レーブを「腰抜けの卑劣漢」と攻撃した。そして、夫人を弁護している間に泣きくずれた。マスキー支持者、対立候補の陣営、新聞から、この事件がマスキーの致命傷になったという意見は出なかった。事件は、有権者の心をとらえるマスキーにとって最も大切だった、冷静沈着で理性的なイメージをぶちこわし、民主党予備選挙では有権者のなかでも恐るべき少数派であるフランス系カナダ人を侮辱したということに、どたん場でニュー・ハンプシャー州有権者の関心を集めたのである。

バーンスタインは自分のデスクにたまった書類の山をあさって、「電話」と書いたマニラ封筒のファイルをとりだした。六月から、取材で接触した人たちの電話番号を書きとめ、タイプ用紙に記入していたのだ。そのページをめくって、ドナルド・セグレッティやラットファッキング、ドワイト・チェーピン、USCマフィア、カナック投書を知っていそうな人たちを探した。

バーンスタインは予備選挙で悪辣な手段を弄した例はないかと新聞の切抜きを読みあさったことがある。

ついにある電話で探しあてた。

「ラットファッキングだって？」。このことばは司法省の法律専門家の神経を逆撫でしたのである。「トップまでみなそうなんだ。それがわかったとき、わたしはショックを受けた。信じられなかったよ。これが公僕かね？　ひどい話さ。吐き気がしてくる。あの連中はアメリカで最高の大学を出てるんだ。政府を動かしている男たちだ！」

バーンスタインは「トップまで」とはどういう意味なのかと不審に思った。しかし、問いただすいとまもなかった。この法律専門家は怒りを爆発させたのだ。

「もし司法省がそれを取締まる法律を見つけることができれば、凡人の陪審員も彼らを有罪にするだろう。卑劣きわまりない行為だ。セグレッティか？　なんともいえない男だよ。こういう行為を新聞に書いてくれたら、有益だろう。わたしはひどいショックを受けた。理解できないことだった。まったくもって破廉恥だ。あの連中が——信じられないよ。たとえば、ハントだ。彼がラットファッキングに関係しているとは思わない。しかし、どんなことでもやる男だよ。しかも、ホワイト・ハウスに出入りできた。

「新聞はまだそれを書いてない。きみたちが相手にしている連中は、ここがアメリカ合衆国の首都ではなく、無法時代のダッジ・シティみたいにのさばっている。ハントはホワイト・ハウスに拳銃を持ちこんでいた！*」

*ＦＢＩがホワイト・ハウスのハントの部屋から拳銃を一丁発見したことを報じた新聞があった。

バーンスタインは感動した。こんなに怒った人間を見たことがなかったのだ。

チェーピンとセグレッティの関係は？

「きみのつかんでいる事実が正確かどうか、よく調べてみるんだね」と法律専門家は忠告した。

秘密資金は？——ラットファッキングはこれでまかなわれたのか？

「仕事のやりがいのあるところだね」。一瞬、冷静にもどったが、やがてまた怒りだした。

「どうしてあの金を使わないでとっておくかね？　スキャンダルだよ。しかし、裁判ですべてがはっきりするだろう。……」

カナック投書は？

「マスキーの手紙もその一つだ」

カームバックは？

「名前は言えない。あんまりいろんなことがあるので、何があっても驚かなくなっている。裁判ですべてが明らかになるのは、いちばんいいことさ。それが真相であることを人びとが知るからだ。検察側は真実をにぎっている。彼らはその真実を明らかにする機会が欲しい。犯人たちは証人席にすわるのだからね」

ジョン・ミッチェルは？

「ミッチェルか？　彼は呼ばれないだろう。しかし、真相はそのへんにある。彼は、自分の知らなかったことだとは言えない。戦略だったからだ。トップまでつづいている基本的な戦略だった。彼よりももっと上の」

法律専門家はしゃべりすぎたことに気づいた。ミッチェルよりもっと上の？　ドワイト・チェーピンは小役人で、尖兵であり、肩書きが立派なだけの小使であって、リチャード・ニクソンとH・R・ホールドマンの下僕だった。ジョン・ミッチェルより上の人物は、せいぜい三人しかいない。ジョン・アーリックマン（推測）、ホールドマン、リチャード・M・ニクソンだ。

トップまでつづいている基本的な戦略。このことばはバーンスタインの気力をそいだ。彼は、合衆国大統領がラットファッキングの首謀者ではないかという可能性をはじめて考えた。

「わたしが候補者であるときは、わたしが選挙運動の指揮をとる」。側近が一九七〇年の中間選挙戦に采配をふるってボロを出すと、リチャード・ニクソンは、そう言ったのだった。バーンスタインはデスクにむかいながら、このことばを思い出し、ウッドワードがいてくれたらと思ったが、ウッドワードは週末をニューヨークで過ごしている。四カ月にわたる共同作業の結果、ウッドワードとバーンスタインのあいだには、一種の連帯意識ができあがった。社内では、二人は大統領をつかまえようとしている、とからかわれたことがある。現実に、そんな事態にたちいたったとしたら、どうなるか——大統領をつかまえるのではなく、大統領が関係しているという有力な証拠をつかまえなければならなくなったら？

バーンスタインはウッドワードと同じ考え方をしてみた。どんな証拠があるか？　三人の弁護士はともに、セグレッティの勧誘を受けたと語っている。司法省の法律専門家が憤慨のあまり口走ったことば以外に、証拠はない。旅行の記録がある——状況証拠にすぎない。法律に違反したという証拠はどこにもない。

二人がにぎっている事実はたよりないものだが、記事を書くだけの断片的な事実がある。要は、事実を一つひとつ整理して、確実だとわかっていることを書くのだ。全貌はやがてわかるはずだ。

バーンスタインは前文を書いてみた。

三人の弁護士がワシントン・ポスト紙に語ったところでは、この三人は、ウォーターゲート盗聴事件に関連して、目下FBIの取り調べを受けている人物から、ニクソン大統領を再選させるために、課報活動と妨業（サボタージュ）を行なうよう依頼されたという。

「課報活動」や「妨業」ということばは軽がるしく使えない。軍事用語である。バーンスタインとウッドワードはその話をしたことがある。ホワイト・ハウスとCRPは大統領の再選運動を聖戦とみていたのだ。

バーンスタインは夜おそくまで原稿を書いて、日曜日の朝早々に出社すると、サスマンの自宅に電話した。原稿はサスマンに眼を通してもらうので、昼までにできあがるはずだ。サスマンは二時ごろ出社すると、原稿を読み、それからニューヨークのウッドワードに電話で読んで聞かせた。

サスマンとバーンスタインは記事を新聞に載せたかった。ウッドワードは、妨害活動に関する事実が不足していること、妨害の規模と目的が不明であることの二点を指摘した。さらに、もっと確実な情報をつかむまで、記事でにおわせるべきではない。ウッドワードの主張が勝った。さっそく飛行機でワシントンに帰り、ディープ・スロートと接触することになった。

イースタン航空の最終便でニューヨークを発ち、ナショナル空港の公衆電話からディープ・スロートの自宅に電話した。二人は、ウッドワードのほうで名前を告げなくても、地下駐車場で会うことを電話でたのめる方法を最近編みだしていた。ウッドワードはスーツケースをロッカーに入れて、ハンバーガーを食べた。下町のホテルまでタクシーで行き、そこで十分待ってから、べつのタクシーに乗り、最後は歩いて、午前一時半、駐車場に着いた。

ディープ・スロートはすでに来ていて、煙草を吸っていた。ウッドワードに会ったことをよろこんで握手した。ウッドワードは、自分とバーンスタインが助けがいると言った。こんどこそ、ほんとうに助けがいる。ディープ・スロートとの友情は、意識的なものではなく、自然に生まれたものである。ウォーターゲート事件のだいぶ前から、二人はワシントンや政府や権力の話をして夜を過ごしたことがなんどもある。

そうした夜、ディープ・スロートは政治権力が政府のあらゆる分野に浸透していった過程を語った。ニクソンのホワイト・ハウスが強引に政府各機関を乗っ取ったのだ。ホワイト・ハウスの若造(ジュニア)の補佐官たちは官僚組織の最高レベルに命令をくだしていた。ディープ・スロートはそれを「飛び出しナイフ的な知性」と呼んだことがある。そして、そのナイフをふりまわすことが政府と国家にどんな結果を招こうとおかまいなく、大統領の側近たちが卑劣な手段を用いて戦い、いったん手に入れた権力にしがみつくあさましさを語った。ディープ・スロートに恨みがましい気持はほとんどなかった。ウッドワードは数々の戦闘で戦い疲れた人間の諦めを感じた。ディープ・スロートはけっして自分の知識を自慢したり、自分の重要性をひけらかしたりはしなかったのである。彼が話すのは、いつも知っていることがらの一部だった。ウッドワードはディープ・スロートを賢者だと思った。冷静で、入手できる最高の真実しか信用しないような人である。

ニクソンのホワイト・ハウスに彼は心を痛めていた。

「みんな秘密主義で、とても理解できない連中だ」と口癖のように言うのだ。ディープ・スロートはまた新聞を信用していなかった。「新聞は好きじゃない」とにべもなかった。不正確で浅薄なところが大嫌いだった。

自分の弱さを知るディープ・スロートは自分の欠点をすなおに認めた。柄にもなく、救いがたいほどのゴシップ好きで、噂はしょせん噂にすぎないと用心しながらも、その噂が好きだった。古今の文学に通じすぎていたし、そうした過去の誘惑に本能的に背を向けていた。挑戦的になり、深酒をして、無理をすることもあった。感情を顔に出さないようにするのは得手ではなく、彼のような地位にある人間にとって、それは好ましくないことだった。最近、行政府の将来を懸念していた。ディープ・スロートは行政府を観察できる特異な立場にあったのだ。ウォーターゲートはその弔鐘を鳴らした。ディープ・スロートが煙草をくわえたとき、ウッドワードは駐車場の物陰でも、はっきりとわかった。ディープ・スロートは前よりもやせて、その眼は赤かったのである。

その夜、ディープ・スロートはふだんより多弁になっていたらしい。「ウォーターゲート事件というもつれた糸を解きほぐす方法が一つある」とはじめた。「わたしは新しい人名を教えるわけにはいかないし、教えるつもりもないが、すべてはいわゆる『犯罪的安全保障』の方向を示している。……きみは〔FBIの〕一千五百人の事情聴取*をやらないし、たった一件の不法侵入事件以外に、きみのところには何もない。しかし、すべてを秤にかけ、記者諸君を動員して調べてみたまえ。〔CRPの〕課報活動は型通りのものが多かったからだ。

頭の切れる連中じゃないんで、手にあまってきた」とディープ・スロートは言った。「ここが重要なところだ。手にあまったという気持。……CRPの情報収集はCRPの献金者を対象にしたのが多く、また民主党員の献金者を調べる場合もあった。調べた結果、弱みを見つければ、脅迫じみたことをする……じつに高圧的な、きたない手口だった」

*ホワイト・ハウスと司法省は、ウォーターゲート事件捜査が万全であった証拠として、おびただしい数にのぼる参考人の事情聴取を指摘した。

ディープ・スロートはホワイト・ハウスをはじめ、司法省、FBI、CRPからはいってくる情報に接する地位にあった。こうしたところを出入りする確実な情報を総合したものが、ディープ・スロートの知識になっていた。彼はついにしぶしぶつぎのことを認めた。ウォーターゲート不法侵入事件などの不法活動に上層部が関係していたとするウッドワードとバーンスタインの見方が正しいことを認めたのである。

「ミッチェルは？

「ミッチェルは関係していた」

どの程度か？

「大統領とミッチェルしか知らないことだ」。ディープ・スロートはそう言った。

「ミッチェルは六月十七日から十日ほどたって、彼の言うところの捜査の指揮をはじめた。そして、頭がおかしくなってくる。さまざまの新事実を知って、ミッチェルほどの人でも仰天した。ある時点では、まったく皮肉なことに、ハワード・ハントが情報を得るために、ミッチェルの補佐役をふりあてられた。たちまち、彼は正体がばれて、クビになり、荷物をまとめて、ワシントンから永久に出ていけと言われる。ほかならぬジョン・アーリックマンにそう言われた」

ウッドワードはショックを受けたが、一方では、そのショックと同じ程度に懐疑的だった。アーリックマンは善玉で、ホワイト・ハウスの計画立案者であり、立法、政治的戦略、国内危機を担当する。政治はホールドマンとミッチェルのしま（ターフ）である。ウッドワードは「大統領とミッチェルしか知らないことだ」というディープ・スロートのことばの重大さを指摘した。しかし、ディープ・スロートはくわしく語ろうとしなかった。

ウッドワードは質問した。ウォーターゲートの盗聴とスパイ行為は別個のものなのか、それとも、この二つの事件は、ディープ・スロートが言及した他の活動と同じ工作の一部なのか？

「あらゆる手がかりを調べてみたまえ」とディープ・スロートは忠告した。「地図いっぱいにひろがる。そこが大切なところだ。きみはこれからクリスマスまで、いやクリスマスを過ぎても、記事を書こうと思えば、いくらでも書けるだろう。……ゲーム〔地下工作の意味で使ったディープ・スロートのことば〕のどれ一つとして独立（フリー・ランス）したものではない。これは重大だよ。一つひとつがみんな結びついている」

しかし、セグレッティの仕事を具体的に語ろうとしなかった。ウッドワードはそのわけを理解できなかった。

「わたしの話すことを忘れないように。何もかも関連がある。独立した工作など一つもない。わたしは、自分が何を言っているか、わかっているつもりだ」

ラットファッキングは？

「そのことばは聞いたことがある。裏切りの意味で、ニクソンの陣営が使い、民主党への浸透工作を意味していた」

ディープ・スロートは勝手に話題をミッチェルにもどした。「あの男はウォーターゲート事件から十日のうちに、いくつかの事実をはっきり知った。彼が病気になると、みんなはこう言うようになった。自分の部下、とくにマーディアンとラルーがやった仕事、そしてホワイト・ハウスの動きで、あの男は身を滅ぼした、と。すると、ミッチェルは言った。『これがすべて明るみに出れば、政府はつぶれてしまうだろう。ほんとうにつぶれてしまう』。ミッチェルは自分が個人的に破滅したことを知って、逃げだすつもりだった」

ウッドワードはホワイト・ハウスのことを訊いた。

「地下工作専門の人員はもともと四グループに分かれていた」とディープ・スロートは言った。CRPの広告を扱う「十一月グループ」、共和、民主両党の大会で諜報と妨害の活動を行なった「党大会グループ」、両党の予備選挙で同じような活動をした「予備選挙グループ」、そして、「まぎれもない威嚇活動の一味」だったハワード・ハントのグループ。

「ハワード・ハントのグループはチャック・コルスンに報告していた。コルスンはもしかしたら盗聴を具体的に知らなかったかもしれない。証拠はないけれども、コルスンは毎日、グループの活動とその成果について最新の情報をもらっていた」。ディープ・スロートは首をふった。「このワシントンでいろんな情報が乱れ飛んでいる。残らずあたってみたまえ。どれも役に立つ」

マーサ・ミッチェルはどうか？

「彼女は何も知らないらしい。でも、それは彼女がしゃべらないということじゃない」。ディープ・スロートは笑わなかった。

先刻、地図いっぱいに「ゲーム」が進行していると言った。たとえば、どんなことか？

「わたしはイリノイ州、ニューヨーク州、ニュー・ハンプシャー州、マサチューセッツ州、カリフォルニア州、テキサス州、フロリダ州、ワシントンで行なわれた情報収集とゲームのことは知っている」

大統領陣営は、民主党ばかりか与党内のニクソンの対立候補者――カリフォルニア州のポール・マクロスキー下院議員やオハイオ州のジョン・アッシュブルック下院議員――の選挙運動まで粉砕しようとしたのである。

ウッドワードはハワード・ハントやホワイト・ハウスの情報漏洩防止工作について尋ねた。

「この工作は新聞への情報漏れを調べるだけでなく、新聞向けの情報を製造する仕事だった。コルスン、ハントの連携工作だった。つくられた情報をつかまされたなかに、きみたちみんなが含まれている。ジャック・アンダースン、エヴァンズ、ノヴァック、それにポスト紙とニューヨーク・タイムズ紙とシカゴ・トリビューン紙だ。イーグルトンの酔っぱらい運転や精神病治療の記録が暴露されたのは、わたしの知るかぎりでは、ホワイト・ハウスとハントがどうやら関係している。完全な言論操作――誰もが彼らの言いなりになるのが目標だった。新聞も例外ではない」

ディープ・スロートは、記者たちのニュース・ソースがにおわせたことを確認した。FBIの捜査と大陪審の調査はウォーターゲート事件に限定されて、他の諜報、妨害活動を無視してきた。「ワシントン以外のゲームは一つも調査されていない」とディープ・スロートは言った。「ウォーターゲートだけに限定しなかったら、いつまでたっても取調べが終わらなかったはずだ。大陪審では、みんなに偽証を強制したという証言がある。それを裏付ける証拠はないがね」

サリー・ハーモニーか？

サリーとほかの何人かだ。

ディープ・スロートはここではっきりと警告した。「彼らとしてはポスト紙を狙い撃ちしたい。きみたちのニュース・ソースを知るために、裁判に持ちこみたいところだ」

午前三時。二人はホワイト・ハウスの空気や戦争の気配について一般的なことをなおも話し合った。ウッドワードとディープ・スロートは駐車場の床に腰をおろした。どちらも話をやめたくない気持だった。頭と背中を駐車場の壁にあずけた。疲労で二人ともぐったりしている。ウッドワードは、彼とバーンスタインが持っている情報があまりにも漠然としているので、これ以上先にすすめない、と言った。ウォーターゲートはホワイト・ハウスの行為を暴露することにならないだろう――もっと具体的な情報がなければ。

ディープ・スロートはあらためてウッドワードに言った。民主党本部の不法侵入ではなく、ほかの「ゲーム」に全力をつくすことだ。

それでも、わたしたちは助けがいる、とウッドワードは言った。ゲームは、ホワイト・ハウスが黒幕だと書いてもかまわないのか？

「もちろん、もちろんだとも。きみはわたしの言ったことがわからないのか？」。ディープ・スロートは激昂した。立ちあがった。

どんなゲームか、とウッドワードは訊いた。上層部に関する漠然とした言及や、ハワード・ハントが新聞に洩らしたかどうかもわからない情報をもとに記事を書くわけにいかない。

たとえば、イーグルトンの記録が「どうやらハントとホワイト・ハウスに関係がある」といって、それをそのまま記事にできない。

「これ以上、わたしは言えない」とディープ・スロートは答えて、歩きかけた。ウッドワードは、自分もバーンスタインも概括的な情報以上のものが必要なのだとねばってみた。カナック投書はどうなのか？

ディープ・スロートは立ちどまってふりかえった。「ホワイト・ハウスと行政府の内部で行なわれた。これで十分かね？」

まだ足りなかった。情報収集、ゲームの規模を知る必要がある。そうしたゲームの大半は実行に移されたのか、それともたんなる計画にとどまったのか？　ウッドワードはディープ・スロートの腕をつかんだ。ぎりぎりのところまで押してみるときが来たのだ。ウッドワードはいつのまにか怒っていた。二人ともじつにむなしいことをやっているんだ、とディープ・スロートに言った。ディープ・スロートはウッドワードに確実な情報を絶対に提供しなかったふりをして、自分自身をだまし、ウッドワードのほうは、ご馳走を食おうという度胸もなく、こそこそしているねずみよろしく、屑みたいな情報をあさっている。

ディープ・スロートも怒っていたが、ウッドワードに対する怒りではなかった。

「オーケイ」とおだやかに言った。「真面目この上ない話だよ。五十人の人間がホワイト・ハウスとCRPに勤務して、ゲームとスパイと妨害、情報収集を行なった、と言っても大丈夫だろう。およそ想像もつかない方法で反対派を蹴おとすという、信じられないような事件もある。きみもそのうちのいくつかはすでに知っている」

ウッドワードが、彼とバーンスタインが聞きこんでいる政敵に対して用いられた戦術を一つひとつあげていくと、ディープ・スロートはいちいちうなずいて確認した。盗聴、尾行、新聞に洩らしたにせの情報、にせの手紙、選挙演説会の中止、選挙運動員の私生活の調査、スパイの配置、記録類の不正取得、政治デモへの挑発者の潜入。

「それはみんな調書になっている」とディープ・スロートは言った。「司法省とFBIは追及しないまでも、承知している」

ウッドワードは啞然とした。五十人の人間がホワイト・ハウスとCRPの指示で政敵の破滅をはかったのに、それを阻止する動きは皆無だったのか？

ディープ・スロートはうなずいた。

ホワイト・ハウスは選挙制度全体をみずから破壊しようとしたのか？「破壊」ということばは適切だろうか？ ホワイト・ハウスは実際にそうしたのか？

ディープ・スロートはまたうなずいた。気分が悪そうだった。

そして、それをやるために、五十人の工作員を採用したのか？

「五十人以上と言ってもいい」とディープ・スロートは言った。それから背を向けると、ランプをあがって、姿を消した。午前六時に近かった。

7　一九七二年十月十日

ウッドワードは四時間遅れて出社すると、ディープ・スロートとの会見のメモをタイプした。バーンスタインが三十分後に出社すると、彼のタイプライターにカーボンがはさんであった。ウッドワード、バーンスタイン、サスマン、ローゼンフェルドの四人は短い打合わせをした。記事は三本になりそうだった。バーンスタインが前文を書き、ウッドワードは、少なくとも五十人の工作員による「ラットファッキング」や諜報、妨害活動の概略を執筆する。セグレッティに関するバーンスタインの記事、ウッドワードによる、ホワイト・ハウスとカナック投書の関係を扱った記事。

ウッドワードがカナック投書の記事を書いているあいだ、バーンスタインは選挙の諜報、妨害活動を指示したホワイト・ハウスについて、総合的な記事を書くのに苦労した。概括的なことが多すぎて、ほかの二つの記事のほうが内容は豊富なのだ。

バーンスタインは記事を書くのに難渋すると、よくそうするように、編集局を抜けて、ウォーター・クーラーのところまで行った。国務省担当の内報部記者、マリリン・バージャーが、掲示板を眺めているバーンスタインのもとへやってきた。彼女は、バーンスタインとウ明日載せるんで、いま書いているところだ、とバーンスタインは答えた。

水をもう一口飲んで、意外な質問であることに気がついた。ウッドワードは今朝の六時にようやくカナック投書のことを知ったばかりだ。バーンスタインとウッドワードは現在担当している仕事の話を社内でしないように気をつけていた。二人が投書の話をした相手は、サスマン、ローゼンフェルド、サイモンズ、ブラッドリー、ポスト紙の政治記者デーヴィッド・ブローダーの五人にすぎない。

どうしてマリリンはそれを知っているのか？

「デーヴ［ブローダー］があなたたちに話さなかった？」と彼女が訊いた。

話したって何を？

「ケン・クロースンがカナック投書を書いたこと」とマリリンが言った。

バーンスタインの声が大きかったので、編集局のその一角にいる者がいっせいに二人を見たほどである。

バージャーは事情を説明してくれた。ポスト紙でかつて二人の同僚だったクロースンがカナック投書を書いたことを酒の席で何気なくしゃべったのである。彼はそれを数度口にした。あまりにも出来すぎた話に思われた。バーンスタインはワナではないかと疑ってみた。二人の記者が、カナック投書はホワイト・ハウスの仕業だということを知った朝に、マリリン・バージャーが編集局に舞いこんできて、ケン・クロースンが書いた、と言うのは？

しかし、クロースンからこの話を聞いたのは、二週間以上も前だ、とバージャーは言った。バーンスタインがセグレッティのことを知る以前である。しかも、クロースンはそんなことで人をかつごうと考えるような男じゃない、とバーンスタインは思った。

バーンスタインはバージャーの腕を引っぱって、いま言ったことをウッドワードの前でもう一度話してくれとたのんだ。ウッドワードは、クロースンがポスト紙を去って、大統領の側近になる早々、卑劣な地下工作に関係したことに疑念を抱いた。カナック投書がばらまかれたのは、クロースンがホワイト・ハウス入りしてから三週間とたっていない。ウッドワードのことばに説得力があった。そのときウッドワードはあることを思い出した。ホワイト・ハウスのある知人からかつて聞いた話では、大統領の側近に加えられる新人は、まずホワイト・ハウスの敵を攻撃することで、勇気を示すように命じられたという。それが新人の就任式だった。カナック投書はクロースンの就任式であり、その結果、新しいUSCマフィアの兄弟から大統領の紋章のはいった友情の櫂をもらったのかもしれない。

ブラッドリー、サイモンズ、ローゼンフェルド、サスマンの四人はウッドワードのタイプライターをかこんで、話に加わった。秘密保持の建て前は放棄されて、ニュースは編集局にひろがった。クロースンがカナック投書の筆者だった。ホワイト・ハウスを通じてどんどんニュースがはいってくるだろう。今日の午後、バージャーがクロースンと昼食をともにして、クロースンが前言を訂正しないかどうかを確かめることにきまった。

バージャーはとりあえずクロースンとの話の内容をメモにまとめた。

M・バージャーのメモ（読後破棄のこと）一九七二年九月二十五日夜の八時三十分ごろ、ケン・クロースンが私のアパートに電話してきて、酒を飲もうと私を誘った。私はもう夕食をすませたし、とても疲れているので外出できないが、こちらまで来るなら、つきあおうと言った。私のほうで彼を招待したのは、何週間も前からなんども誘われていたのに、いつも断わっていたからである。ケンがアパートにやってくると、私は酒を出した。彼はスコッチを飲んだ、水割りであったか、ハイボールだったか忘れたけれど、彼のスコッチに氷がはいっていたことはおぼえている。私たちはすわって話をした。私はサンカを飲んだ。話の途中で（十分ほど経過していたと思う）、新聞記者と役人の違いが問題になった。新聞記者は現実の断片的な事実しか知らない、と彼は言った。私は、彼がホワイト・ハウスにいるので、ホワイト・ハウスをやめるときは、前よりも優秀な記者になるのではないか、と訊いてみた。彼は、かつてホワイト・ハウスを取材したが、ほんとうに取材できるのはいまだ、と言った。どこに死体が埋められているか、を知っているという意味のことを言ったかもしれないが、その点についてはあまり自信がない。

そのあとで、彼は言ったのだ。「ぼくが……投書を書いた」カナック投書と言ったと思うが、とにかく、あの「マスキー」投書を書いた、とはっきり言った。私はショックが大きかったので、気分が悪くなったほどである。私は理由を尋ねた。マスキーは最強の政敵になりそうな候補者だったので、排除したかったと彼は言った。マスキーは予想以上の抵抗を示したのではないかと私が言ったところ、彼は「そのとおりだ」と言った。そこで、私は、あなたは新聞記者だったころ、そういうこと、つまりそういった破廉恥なことをしたか、と彼に訊いた。あんな手紙を書くようなことがどうしてできるのかと訊くと、それが政治だ、政治の世界だと答えた。その夜の会話では、ニクソンを手ばなしでほめちぎり、人間として偉大であるとか、心やさしい人であるとか、軽口の名人であるとか言い、大統領は彼とジョン・スカーリ〔現国連大使〕にいつも慎重な行動を望んでいると語った。……以上が当夜、カナック投書とそれに関連することがらに触れた会話の一部である。当然、私たちはほかの問題についてもかなり話し合った。

ニューズデイ紙の元記者で三十七歳のバージャーは外交問題の専門家である。自分が事件の渦中に巻きこまれようとしていることは知っていたし、それは新聞記者にとって迷惑しごくな事態だったが、彼女はウォーターゲート事件という興奮の渦にとつぜん巻きこまれても、冷静に対処した。

クロースンは一時の昼食の招待に応じた。バージャーは三時ごろ帰社して、メモを提出した。

サン・スーシで昼食（彼のおごり）。私はつぎの事実をケンに話した。ウッドワードとバーンスタインが重大な事実をつかんで、カナック投書もその一つであること、この手紙とホワイト・ハウスとの関係を突きとめたこと、「それは珍しいことじゃなく、ケンが自分が書いたと打明けた」と私が話したこと。ケンは食事のあいだ、じつに深刻な顔をしていた。ルカシュ博士〔ニクソン大統領主治医〕から数日前、彼は血圧が高いので、食事と飲物に気をつけなければならないと注意されたばかりだった。禁酒して体重を減らそうと決心しているようなようすだった。シーザー・サラダを注文したが、全部は食べなかった。

彼はまた役人、とくに政府の役人に「カツを入れ」なければならないときは、たいへん辛いとも言った。実際に政府の役人にカツを入れるのか、と私が訊いたところ、そうだという返事だった。カナック投書については、私が同僚にしゃべらなければよかったのに、と言った。私はべつに耳新しいことでもないと思ったからだ、と答えた。彼はつぎのように言った。ウッドワードとバーンスタインは、「あれがホワイト・ハウスに関係があることなど突きとめられるはずがないんだ」、あるいは、「あれからホワイト・ハウスとの関係を突きとめるなんてできっこないよ」。私に対しては「おふくろの墓の上に積みかさねた聖書に誓って断乎否定するつもりだ」と彼は言った。ここでその話を打切ったが、またむしかえして、記者たちはどんな情報をにぎっているのかと尋ねた。私は、はっきりしたことはわからないと言ったが、投書の件ではマスキー問題でフロリダに行ったニュー・イングランドの男を突きとめたといったことは話した。私はあいまいなことしか言わなかったのだ。彼のほうは、自分は否定するつもりだ、と言った。

あとで彼は話をむしかえして、この件で自分の言い分を私に書きとってもらえるか、彼ら〔ウッドワードとバーンスタイン〕が電話をくれるようにとりはからってくれるか、と私に訊いた。そして、二人から電話をもらいたい、と言った。

ブラッドリーと編集者、それにバーンスタインとウッドワードはバージャーのメモを検討した。クロースンは、投書を書いたと洩らしたことを否定してはいない。ウッドワードはホワイト・ハウスのクロースンに電話した。クロースンは、まず投書を書いたと認めなかったこと、すべては誤解であることの二点を強調した。

ウッドワードは言った。編集局はバージャーを信用し、ポスト紙は彼女が伝えたことを記事にするだろう。

クロースンは言った。「それはきみたちの勝手だ。ただ、わたしの否定の談話を載せることを希望したい。マリリンは誤解したのだ。彼女はプロフェッショナルだし、プロフェッショナルにもとるようなことを故意にしたわけではない。わたしたちは選挙の話をしていただけだ。インタビューといった雰囲気ではなかった」

どこでその話をしたのか、とウッドワードが訊いた。クロースンは記憶にないと答えた。

ウッドワードは質問をした。クロースンは、バージャーが事実誤認の記事を書いたり、発言の引用を誤ったりした例を知っているのか？　クロースンはしだいに苛立ってきて、どなりつける口調になった。「そんな愚にもつかないことを訊くもんじゃない。くだらんことは言うな。とんだお門違いだ。彼女が書くものは外交問題だし、わたしは外交面をあまり読まない。返事のしようがないじゃないか」

クロースンは、カナック投書のことをはじめて知ったのは、マスキーが二月二十六日に登場した「テレビジョンでそれを見た」ときだった、と主張した。そのほかには、「わたしは何も知らない」とつっぱねた。

クロースンの電話があってまもなく、バージャーがウッドワードのデスクにとんできた。

「ケン・クロースンが電話をかけてきたの。どうしたらいいかしら？」

ウッドワードは、たぶんクロースンがバージャーにじきじき記事の取りさげを訴えるのではないかと思った。ポスト紙では、クロースンがバージャーに、手紙を書いたと語ったことを疑う者は一人もいなかった。しかし、クロースンが自慢話をして放言したとみんな思っているところがあった。彼がちょっと手を貸しただけなのではないか、その手がらを横どりしてしまったのではないか。どちらの可能性もクロースンならと思われた。クロースンがポスト紙の内報部記者だったころ、いっしょに仕事をした記者の署名を省いてしまったものだ。

バージャーがクロースンとの話を引きのばしている間に、秘書が会話をテープにとった。クロースンはカナック投書よりも、バージャーと話をした場所にこだわっているようだった。

「いま気がついたんだが――ぼくたちそういう話をしたとき、どこにいたのかね？」とクロースンはバージャーに訊いた。

「そういう話って？　あなたは否定するの……？」

「あれは誤解だったと言ったんだ。ぼくは、きみが優秀な記者だから、ぼくたちのあいだに誤解があったのだろう、と言ったんだ」

バージャーが酒のことで何やら言った。

「レストランじゃなかったのか？」とクロースンが訊いた。

いいえ、とバージャーは答えた。場所は彼女のアパートだったのだ。

「きみは本気なのか？　まさか。嘘だ！　きみはそれを話すつもりなのか？」

「もう話してしまったわ」

「それを言っちゃったの？」

「あなたは酒を飲みにいらっしゃったのよ」

「弱ったな」

「酒を飲みに来たことがどうしていけないの？」

「きみはからかってるのか？」

「いいえ」とバージャーは言った。

「ぼくはきみのアパートに行ったんだ」

「ええ……」

「もうそれを話してしまったのか？」とクロースンが訊いた。「なんてことだ。きみはぼくの一生をだめにしてしまった。ぼくがきみの家で酒を飲んでいたなんてことが新聞に出たら……どんな結果になるかわかるかい？」

「新聞に出てはいけないのかしら？」

「わからないか？」

「ええ。わたしは疚(やま)しいところがありませんから」

「やれやれ。誰に話したんだ？」

「みなさんに話したわ」

「信じられない。とんでもない話だ」

「どこがそんなにいけないのかしら」

「マリリン、ぼくは妻子がいて、犬も猫もいる」

「わたしの家には、たくさんの人が酒を飲みに来るわ」

「ああ、弱った。それこそ止めの一撃だ」

「べつにいけないことじゃないでしょう」

「いや、そうじゃない」

「いけないことじゃないわ」とバージャーは主張した。

「信じられない。とても信じられない」

「べつのことがほんとうは大切なときに、あなたがこんなことでさわぐほうが信じられないわ」とバージャーはクロースンに言った。

長い沈黙があった。「オーケイ。驚いたよ」

「わたしはべつに困ることなんかありません」とバージャーは言った。

「そこがいちばん困るところなんだ」。クロースンは電話を切った。

数分後、クロースンがブラッドリーに電話をかけてきて、彼がマリリン・バージャーのアパートで彼女と話をしたことをポスト紙は書かないでもらいたいとたのんだ。

ブラッドリーは、どこで話をしたかということなどに興味がなかった。ただ、そのおかげで、クロースンより優位に立ったのである。彼は記事の会話の内容をにおわせるつもりもなかった。

クロースンはブラッドリーに対しても、投書の筆者であること、手紙となんらかの関係があることの二点を否定した。

午後六時ごろ、編集幹部、バーンスタイン、ウッドワードは記事についてブラッドリーと最終的な打合わせをした。

「どんな情報を持っているか、そして、それをいかに書くか?」とブラッドリーが訊いた。

二人の記者は三本の記事を書くというはじめの計画を放棄した。かわりに、ウッドワードが、クロースンが果たしたと思われる役割も含めて、カナック投書の解説を書き、バーンスタインがセグレッティの諜報、妨害活動について書くことになった。半分出来あがった原稿のコピーがブラッドリーにわたされた。

ブラッドリーは自分の椅子を楕円形のテーブル・デスクに引き寄せ、手をあげて、静粛を求めると、原稿を読みはじめた。サイモンズがもう一組のカーボン・コピーの原稿を読んでいた。ときどき、意見をかわす小声が聞こえた。サスマンは足を組んですわったまま、黙っていた。

「諸君」――ブラッドリーは沈黙を破った――「これは一本の記事になる。一つにまとめよう、いっしょにするんだ。二つとも同じものだ」

ブラッドリーは椅子を一八〇度回転させて、楕円形のテーブルと反対側の棚においた自分のタイプライターにむかい、引出しをあけて、ノーカーボン紙をとりだした。

「冒頭の部分はいい」とブラッドリーは言った。「きみたちが書け」。彼はクロースンと投書に関する部分にとりかかった。長い二段落をたたきだすと、その原稿をウッドワードのほうへテーブルごしに投げてやった。その間、バーンスタインはデスクにもどって、原稿を書いた。

FBIが得た確証によれば、ウォーターゲート盗聴事件は、ホワイト・ハウスと大統領再選委員会の上層部の指示で、ニクソン大統領再選のために行なわれた大々的な選挙スパイ及び妨害工作の一環をなすものだ。

FBIと司法省の調査資料から得た情報によれば、こうした活動は民主党の有力な大統領候補全員を狙ったものであり――一九七一年以降――ニクソン再選工作の基本的な戦略であった。

バーンスタインは原稿をまずウッドワードにわたし、ついでデスクに集まった編集幹部に見せた。全員がこの原稿を承認した。一語も変更されなかったのは、とくに原稿に眼を通した編集者の数を考えれば、この種の微妙な記事では異例のことである。

ウッドワードは第三段落を書き加えた。

ウォーターゲート事件捜査中に、政府の捜査官はつぎの事実を突きとめた。ニクソンの選挙で集められた数十万ドルの献金が、民主党の大統領候補の信用失墜と、その選挙運動の攪乱を目的とした、広範囲にわたる地下工作の資金として用意された。

そして、まずサスマンの示唆で、第四段落が以下のようになった。

「情報収集活動」は選挙では常識であり、両党によって行なわれるという。しかし、政府の捜査官が語ったところによれば、摘発されたニクソン陣営のそれは、その規模とその熱意において空前のものである。

具体的な事実を欠いてはいたが、決め手となる第五段落と第六段落はスパイ活動と妨害活動を述べていた。

民主党候補者の家族の尾行、彼らの私生活の記録の収集、候補者の用箋を使用した手紙の偽造と配布、新聞に流す情報の捏造(ねつぞう)、遊説日程の攪乱、選挙運動の極秘資料の没収と民主党選挙運動員数十人の素行調査。

また、捜査官の語ったところによれば、つぎのような工作も行なわれた。共和党、民主党の大会で示威運動を行なうべく、各団体に挑発分子を潜入させた。さらに、献金を強要する前に、ニクソンの選挙運動に献金できる人物を調査した。

ウッドワードはCRPのスポークスマン、シャムウェイを電話に呼びだして、最初の六段落を読みあげたのち、セグレッティの活動とクロースンがカナック投書の筆者であるとする容疑事実を簡単に伝えた。

「もう一度読んでくれ」。シャムウェイは愕然としたようすで、そう言った。

ウッドワードは繰り返した。

「いま読んでもらった点については、あとでこちらからきみに電話しよう」とシャムウェイは言った。「そこで確かめておきたい。明日掲載するんだね？……まったく驚いた話だ」

シャムウェイは一時間後に電話をかけてきた。「いいかね？　声明が用意してある。『ポスト紙の記事は作り話であるばかりか、筋の通らぬばかげた話でできあがっている』」

ウッドワードはその先を待った。

「それでおしまいだ」とシャムウェイが言った。

ウッドワードは具体的な内容について、一つひとつ質問した。「いまのところ、言うことはそれだけなんだ。すべて当局の手にゆだねているのだからね」

ウッドワードとバーンスタインにとって、記事を否定していないこの声明は二人の記事を確認しているように思われた。

大統領再選の基本的戦略の一つとして、ホワイト・ハウスが指示した大々的な選挙スパイ活動と妨害行為をざっと述べた前文の三段落はもともと一つの解釈であり――したがって危険がともなった。それが政府の捜査官が語った結論であると二人の記者に明言したニュース・ソースは一つもない。しかし、FBIや司法省の調査資料には、二人が出した結論を裏づける情報があることを知っていた。一連の証拠、無数のニュース・ソースの証言、推論、ホワイト・ハウスの黒幕的な活動に関する断片的な知識、大統領側近の「飛び出しナイフ的な性格」に対する二人の記者の認識、記者たちが何カ月にもわたって蓄積したさまざまの情報――それらをもとにして、記事は書かれたのだ。ホワイト・ハウスの連中は前文の解釈に反論するかもしれない。「選挙スパイ活動や妨害行為」という字句を「政治的情報収集や悪戯」にすりかえられるのではないか。しかし、事実がこの挑戦的な表現を支えている。五段落と六段落であげた戦術の具体例はなかったが、しかし確実な証拠がカナック投書とセグレッティの活動にあった。記事はかくされた事実を明るみに出す可能性がある。

シャムウェイの言明は記事の論評を拒否したホワイト・ハウスの談話とともに、第七段落に入れられた。つぎの段落はカナック投書を報じていた。ケン・クロースンが九月二十五日マリリン・バージャーに、投書の筆者であると語ったことを伝え、クロースンの否定の談話を入れた。

セグレッティの記事は第二面の第十八段落からはじまっていた。第十九段落ではじめて、「ニクソンの少なくとも五十人の秘密工作員が全国をまわって、民主党陣営の分裂をはかり、スパイ活動を行なったこと」が触れられていた。六十五段落にわたる記事はそのあと、セグレッティの旅行、就職勧誘、ボブ・マイヤーズとの会話、経歴を報じている。

第一面の上半分を占める二行にわたる四段抜きの記事の見出しは、つぎのようなものだった。「民主党妨害の犯人はニクソンの部下とFBI断定」

記事は午後七時ごろワシントン・ポスト―ロサンゼルス・タイムズのニュース・サービス加盟各紙に流された。国内の特約二百二十紙の半数以上がこの記事を利用し、数紙が第一面に掲載し、この記事を紹介した非特約の新聞も多かった。

ポスト紙から五ブロックとはなれていないニューヨーク・タイムズ紙ワシントン支局の編集室では、深夜デスクがニューヨークの編集次長クラスやワシントン支局のスタッフへあわただしくつぎつぎに電話をかけた。二時間たらずでタイムズ紙はシプリー、ディクスン、ニクストに接触した。三人はいずれもセグレッティから勧誘されたことを確認した。十月十日付のタイムズ最終版は第一面のいちばん下に、シプリーの話ではじまる記事を載せ、全国的な規模のスパイ、妨害行為をホワイト・ハウスとCRPが指示したというポスト紙の主張を要約していた。

ホワイト・ハウスではその日の正午、ロン・ジーグラーが疑惑を深める一方の記者団と相対した。記者団はウォーターゲート事件の問題に触れまいとする政府の態度に業を煮やして、あくまでも食いさがろうと肚を決めていた。記者会見の三十分のあいだ、見るからに不機嫌そうな報道官はポスト紙の記事について話し合うことを二十九回も拒否した。CRPとクロースンが「適切に」回答したので、ホワイト・ハウスは何も言うことはないというのが、ジーグラーの意見だった。

ジーグラーがホワイト・ハウスの西館で意地の悪い質問をかわしているとき、ブラッドリーがポスト紙編集局のウッドワードのデスクにやってきて、椅子に腰をおろした。

「きみとカールとわたしの三人で今日の午後、昼飯を食べながら、ちょっと相談しよう」と言った。

しかし、バーンスタインは知人の告別式でワシントンにいなかった。かつての上司の夫人が亡くなったのである。

「じゃあ、きみ一人だ」とブラッドリーは言った。「話があるんだ」

二人は十五丁目を横切って、マディスン・ホテルのモンペリエ・ルームに行った。うまいものを食べさせるフランス料理店だった。ブラッドリーは隅の席をたのむと、さっそく話をはじめた。「最新のところまで話してくれ……」。ブラッドリーは顔を動かして、完璧なフランス語で料理を注文すると、またウッドワードのほうに向きなおった。「……というのも、獲物がマナイタにのったんで、もう少しくわしく知っておきたいんだ」

ブラッドリーは、ニュース・ソースたちが何者であるか、大体のところはあたりがついていたけれども、「しかし、サスマンとローゼンフェルドから得た間接的なものなのでね」とウッドワードに言った。「これからは直接に知らせてもらいたい――どうやって記事をまとめたか、どこから情報を仕入れたかといったことを知っておきたい」。ブラッドリーは育ちからいっても素質からいっても新聞記者である。編集者も含めて他人とニュース・ソースの話をしたくないという気持を彼はわかっていた。

「どんなことができるか、きみの感じを話してくれ」とブラッドリーは言った。「ニュース・ソースの地位をちょっと教えてくれ。それから、きみも自信があること、カールも自信があることをあらためて言ってもらいたい。また、この人たちがワシントン・ポスト紙の第一面で一儲けしようという人たちじゃないってことをはっきりさせてくれ」

ブラッドリーは落ちつきがなかった。どんな取材をしたか、記者たちがニュース・ソースをどのように扱ったか、どんな事情からニュース・ソースと知り合って、ことばを交わすようになったかといったことをウッドワードと話し合った。バーンスタインもウッドワードもニュース・ソースの秘密を守るという約束を果たして、取材の限度を越していなかったことはブラッドリーの新聞記者的な直感で判断できたし、おかげで編集者としての責任から解放された。

一時間以上にわたる話合いののち、ブラッドリーは言った。「オーケイ、安心したよ。ところで、明日はどんなネタがあるのかね？」

ブラッドリーは好んで記者にハッパをかけるのだった。

二つの大きな分野をあたっている、とウッドワードは答えた。ホワイト・ハウスとセグレッティの関係と、マスキー陣営を苦しめた卑劣な地下工作の実態である。しかし、どちらも明日に間に合わない。

午後三時、編集者たちが毎日ひらかれる編集会議でブラッドリーの部屋に入ってくると、第一面の関連記事の候補として二つのニュースを考慮した。ロン・ジーグラーが発表したホワイト・ハウスの反応（あるいは反応の欠如）、そして、マスキー上院議員の要求。ホワイト・ハウスの職員による犯罪行為が事実とすれば、ことは重大であるから、ニクソン大統領みずから新聞の報道に答えるべきである、とマスキーは要求してきたのである。マスキーは、事件の調査は司法省をまじえずに行なわれるべきであると主張し、「大統領の法律専門家たち」が大統領側近の腐敗を客観的に調査できるとはとても考えられない、と語った。

どちらのニュースも、さして歓迎されなかった。ローゼンフェルドはウッドワードに、編集者たちは憂慮している、と言った。追いかける強力な記事がなければ、ポスト紙が後退したとみられるおそれがある。ローゼンフェルドはウッドワードに取材の続行をうながした。

六時ごろ、マクガヴァン陣営では海千山千のフランク・マンキヴィッツがウッドワードに電話をかけてきた。彼はマクガヴァンの選挙運動を妨害したと思われる行為を十件列挙し、これらの妨害行為が「あまりにも巧妙にはこばれたので、犯人は共和党から送りこまれたにちがいない」と言った。

妨害行為は、多岐にわたっていた。マクガヴァン陣営のある責任者の声色を使って、マクガヴァンとAFL－CIOの会長ジョージ・ミーニーとの会談を取り決めたと偽の情報を流すような、重大な妨害行為から、マクガヴァン選挙本部の交換台にかかってくる電話を混乱させるといった妨害行為もあった。*

*たとえば、マンキヴィッツによると、彼の声をまねて、CBSテレビジョンのニュースキャスター、ウォルター・クロンカイトに電話をかけた人物がいる。その男は、「CBS夜のニュース」では時間をマクガヴァンに八〇パーセント割き、ニクソンは残り二〇パーセントという案にクロンカイトが同意したとの話をもちだした。マンキヴィッツの声をまねたその人物はクロンカイトに言った（クロンカイトはこのような電話をもらったことを確認している）。「でも、みんなが怪しいと思うだろう――ニクソンにもっと時間をあげなさい」。マンキヴィッツが語ったところによれば、「その男は絶対にいたずら電話をかけてよろこぶようなやつじゃなかった。じつにうまく声色をまねていた」とのちにクロンカイトは言ったという。

ウッドワードは、こうした行為をホワイト・ハウスかニクソン再選委員会に結びつける証拠はあるのかと質問した。それはないが、ポスト紙の今朝の記事に出ていたのと同じ地下工作らしく思われる、とマンキヴィッツは答えた。

ローゼンフェルドはマンキヴィッツの訴えを第一面に載せることを望んだ。ウッドワードは、事件がCRPの広範囲にわたる作戦の一部であるという証拠をポスト紙は欠いていると強硬に主張した。マクガヴァン陣営がさっそく妨害行為を選挙に利用するだろうと読者が当然考えることをウッドワードは心配した。なぜマクガヴァン側はもっと早くこうした事実を訴えなかったのか？　ジーグラーの反応のほうが筋の通ったニュースになる。しかし、ウッドワードの意見はローゼンフェルドをはじめとする編集幹部によってしりぞけられた。

ウッドワードは、マンキヴィッツが選挙妨害とニクソン陣営の運動を結びつける証拠を提出できなかったことをはっきり述べた記事を書いたあとも、自説をまげなかった。

記事の見出しは「民主党、妨害行為を非難」となった。それは、ポスト紙とマクガヴァン陣営が大統領選挙のどたん場で手を結ぼうとしているとのホワイト・ハウスの主張に根拠をあたえたにすぎない。

ワシントンにもどったバーンスタインは、ウッドワードと編集幹部が論議しているところに顔を出して、二重に口惜しがった。二、三本の電話をかけなかったために、マスキー陣営に対して行なわれた数々の選挙妨害のうち最後のものを確認していなかったのだ。

アレックス・シプリーと話した翌日から、バーンスタインはマスキーの選挙運動員に電話をかけていた。運動員たちは一人ひとり選挙妨害の恐怖を語った。組織的な勢力による妨害としか思われないような、説明のつかない事件によって、彼らの選挙運動は再三妨害されたのである。記録盗難、怪文書、集会中止、マスキー側運動員の名前をかたって有権者にかけたにせ電話、運動予定の妨害。もちろん、カナック投書がある。

とはいえ、マスキーの優柔不断といわゆる不穏当な言動のために、マスキー陣営は自滅したという見方にほとんど異議は出なかった。彼らはいっこうに終わらない悪辣(あくらつ)な事件の犯人が何者かを知らなかった。しかし、犯人が誰であろうと、目にあまる妨害行為だった。ヒューバート・ハンフリー陣営の仕業ではないかと見る向きもあったし、ジョージ・ウォーレス側の犯行ではないかと推測する向きもあった。

バーンスタインは一九六八年の大統領選挙で一週間、新聞記者としてマスキーに同行したことがある。そのときは、マスキーは民主党の副大統領候補で、バーンスタインをかすかにおぼえているはずだった。バーンスタインとしては、大統領の椅子を狙ったマスキーが妨害行為の犠牲になったことをポスト紙で示唆する前に、マスキーに会っておきたかった。

ウッドワードがポスト紙論説委員ロジャー・ウィルキンズ*から聞いた話では、マスキーは選挙中に家人が尾行調査されているのではないかと疑って、弁護士の助言を求めたという。


*ウィルキンズはポスト紙のウォーターゲート事件関係の論説をもっぱら執筆した。


ラムゼー・クラーク司法長官のもとで司法省の地方自治体関係連絡局の局長をつとめ、NAACP（全米黒人向上協会）会長ロイ・ウィルキンズの甥にあたるウィルキンズはつぎのように言った。「マスキーが弁護士に相談したのは、彼の子供が尾行されたり、その子供の学校でいろんなことを訊きまわる人物がいたからだった」

議会議事堂で行なわれたバーンスタインとマスキーの会談は一時間以上にわたった。マスキーは、ニクソン陣営が彼の選挙運動を混乱させる「組織的な妨害行為」の黒幕ではないかと久しく疑っていたことを問わず語りに言った。

「われわれの選挙は機密漏洩、内ゲバ、デマにたえず悩まされた。……われわれを待ち伏せている者がいた。ニクソン側の仕業ではないかとわれわれが思ったのは、それが現政権の体質だったからだ。政治におけるプライバシーや礼節の感覚を持ち合わせていない。しかし、われわれには、彼らだという証拠がなかった」

マスキーは、運動員があげた例と似たような妨害事件の例を十数件も列挙した。マスキーはつぎの事実を一九七〇年に知っていた。その年の四月二十二日、地球の日に彼は演説したのだったが、FBIの捜査官はその演説の報告を指示された。だから、マスキーは言ったのである。「わたしは共和党員に尾行されているのではないかと思った」

家人は尾行されたか？

「尾行されていると思ったが、共和党のスパイ活動とのつながりをついに立証できなかった」。マスキーは尾行された子供について、もっと具体的に話そうとしなかった。

「わたしの家族の者に起こったことは私事だから」と言っただけである。

怒りにみちた激しい口調は心の痛手を物語っていた。バーンスタインはその背後に何がひそんでいるかをさぐりつづけた。マスキーに尋ねた。その子供について具体的なことがら、たとえばマリワナを吸っていたかどうかを知ろうとした人物がいたのではないか？　「その件について話すつもりはない」とマスキーは答えた。

十月十二日、バーンスタインは十月十日の記事を書く以前にマスキーや彼の選挙運動員から得たメモやインタビューをもとに、マスキー陣営が受けた妨害工作を書いた。以下の事実を確認できたのである。

一九七一年の七月、マスキーの上院用箋を複写したものを利用して、エドワード・ケネディ上院議員とチャパクィディック事件に関するハリス世論調査の写しが民主党議会議員に郵送された。その結果、選挙倫理にもとる運動として、マスキーに苦情が殺到した。

一九七二年四月十七日、ワシントンのヒルトン・ホテルでひらかれたマスキーの募金晩餐会は失敗だった。注文しない酒、花束、ピッツァ、ケーキが代金引換えで届けられ、さらに呼ばなかった芸人もやってきたのだ。

フロリダ州予備選挙の数日前、偽のマスキー用箋を使った怪文書がばらまかれ、ハンフリー上院議員とヘンリー・ジャクスン上院議員の違法な性行為を非難した。

ニュー・ハンプシャー州予備選挙では、有権者は、マスキー委員会ハーレム支部の運動員と名乗る者からかかってくる深夜の電話に悩まされた。電話の主は、「マスキーが黒人に好意的だから」、ニュー・ハンプシャーの有権者がマスキーに投票するよう説得した。

一九七一年に、マスキー選挙本部の責任者の机から未整理の投票データが二度も紛失した。この事件で、マスキーは何者かが送り込んだスパイが潜入していると確信するにいたり、また、マスキー陣営の運動員はその後、政治評論家のローランド・エヴァンズから、スパイがいることを警告されたと語った。

その朝、ウッドワードが十月十二日付のポスト紙に載ったマスキーの記事を読んでいると、ロバート・マイヤーズがロサンゼルスから電話してきた。USC在学当時、セグレッティと同じ学生クラブに所属していたラリー・ヤングをさがしだしたのである。すなわち、ヤング・アンド・セグレッティという法律事務所のヤングである。セグレッティはニクソンの選挙運動との関係をかなりくわしくヤングに話していた。ウッドワードはタイプを打ちはじめた。

「セグレッティは［ヤングに］つぎのことを語った。FBIはE・ハワード・ハントの電話記録から彼について知ったこと。ハントからかけた電話が多く、セグレッティの場合はすべてハントからかけた電話であること。……ハントが彼に指示をあたえたが、ヤングはどの指示がどの事件と関係があるかを知らないこと。……盗聴ではなかったこと。……」

ウッドワードは驚いた。セグレッティの活動がハントの計画に関係があるとは、二人の記者も考えていなかったのだ。

「セグレッティはヤングに言った。『ぼくは金持ちの共和党員で、政府に顔のきくカリフォルニアの弁護士の下で仕事をしていて、ある弁護士の信託資金から金をもらっている』

カームバックだ。ウッドワードはマイヤーズに、大統領個人の弁護士の名前をヤングに言ってみたかと尋ねた。ヤングはカームバックが何であるかを知らなかったとマイヤーズは答えた。

「ヤングは、セグレッティがドワイト・チェーピンやハントに会ったと思っている。なぜなら、セグレッティは、マイアミに行く理由を、いつも電話で協議していた『要人』全員に会うためだと話したからだ。しかも、その前にセグレッティはヤングに、ハントだと言っている。チェーピンはオルガナイザーの責任者だった。セグレッティはいつもこう言っていた。『ぼくはDC（ディストリクト・オブ・コロンビア）に相談しなければならない。DCに会わなければならない』。はじめのうち、ヤングはワシントンのことだと思った。そのうちに、DCがドワイト・チェーピンだと確信するようになった。……ヤングもまたUSC出身の共和党マフィアの親友で、たえず接触があるといわれている。……

「ヤングは次のように考えている。マイアミで、セグレッティはハントやチェーピンに会い、ドラル・ビーチ・ホテル襲撃のキューバ人を集めて、チームを編成し、いかにもマクガヴァンの運動員のように見せかけるよう依頼されたのだ。依頼主が誰であるかはヤングも知らない。セグレッティがこの依頼を断わったのは、明らかに違法の暴力行為だったからだ」

何カ月も前から、ウッドワードとバーンスタインのところには、ニクソン陣営がデモでかならず挑発者を利用し、そうした手段が党大会でも計画されたことを示唆する情報が集まってきていた。しかし、ウォーターゲート以後すべて中止されたと思った。にもかかわらず、ドラル・ビーチ・ホテルは襲撃され、群衆のなかに挑発者がいたという証拠もあがった。ウッドワードは、ディープ・スロートが四日前の夜に言ったことばを思いだした。「頭の切れる連中じゃない」。拙劣なやり方はなんとなく安心できそうに思われる――それは、ニクソンの陣営が目的を達成するためなら、どんなことも辞さないのではないかと推測する恐しさを軽減してくれた。かりにウォーターゲート事件の犯人たちがあの六月十七日に階段のドアにテープをはりつけて、警備員に警官を呼ばせてしまうような、およそ信じられないほどの頓馬でなかったら、彼らの活動ははたして中止されていただろうか？　あるいは、一流のスパイといわれたハワード・ハントが公衆電話を使用するというスパイの初歩的な用心を怠らなかったら？

ウッドワードはサスマンの部屋にはいっていった。市報部長とバーンスタインは、セグレッティとチェーピンの接触の立証にどこまで肉薄しているかわからないで困っていた。マイヤーズがヤングから得た情報は両者の関係を裏づけた。しかし、ヤングはまだ取材に協力しようとしていない。二人はウッドワードのメモを調べた。

その日の午後、バーンスタインはロサンゼルスの事務所にいるヤングをつかまえた。二人は一時間以上も話し合った。ヤングはバーンスタインに語った。「セグレッティは八月に電話をかけてきたとき、おろおろしていた。共和党大会の二週間ほど前のことだった。ＦＢＩが訪ねてきたと言って、ぼくに相談したかったのだが、ひどくあわてていた。セグレッティが心配したのは、ＦＢＩが訪ねていくという警告を前もって受けていなかったからだ。彼のほうは、そういう予告があって、なんと答えたらいいか、それについての指示もあるという気でいた。誰が指示してくるかは言おうとしなかったが、セグレッティの上にいる連中だったことは間違いない。彼は自分一人危い目にあって、保護も援助もなく犠牲になるのがこわかった。今後のことについて助言が欲しかったのだ。……

「ドン（セグレッティ）の話では、弁護士名義の信託資金から給料をもらっていたそうだ。その弁護士は大統領の友人で実力者だから、名前はけっして言うなと命令されている、とドンは話していた。……彼は絶対に名前を洩らさなかった」

バーンスタインは、ヤングがその弁護士について記憶していることはないかとさらにねばってみた。ヤングは考えた。

「ああ、そうだ、弁護士はニューポート・ビーチあたりに住んでいる、とドンがしゃべったことがある」

カームバックはニューポート・ビーチに住み、事務所もそこにあった。

大統領の友人で実力者、弁護士、ニューポート・ビーチ……

セグレッティは自分の政治活動の特徴をヤングにどんなふうに話したのか？

「セグレッティは、『政治的なお祭り騒ぎ』と称する仕事に従事しているんだ、とわたしに言った。これは大統領再選運動の一つで、民主党の各候補を苦境に追いこむ仕事だそうだ……

「大陪審に呼ばれたあと、彼はマイアミに〔党大会で〕来ていた人たちに連絡をとろうとした。すっかり怖気（おじけ）づいてしまって、FBIがはじめて訪ねてきたときよりも心配していた。予告があってしかるべきだという気持だったのだ。チェーピンを電話でつかまえようとした。わたしはこう言った。『この件でドワイトに相談したか？』と。セグレッティはことばをにごして、誰もつかまらないんだと言った。ドワイトの名前にひどくこだわっていた。

「それから、わたしは夜中の十二時ごろにセグレッティから電話をもらった。マイアミに行く途中で、連絡がとれた、と言っていた。誰に連絡がとれたのかは言わなかったが、マイアミに来いと言われたんだそうだ。マイアミでは、彼を取り調べたＦＢＩの報告書を見せられたという。そして、〔大陪審では〕偽証なんかしないで、あとのことは心配せずに、真実を話せ、と言われた。

「セグレッティはＦＢＩにしゃべったとおりのことを言うつもりだった。べつに話しても困ることじゃない。ハントからかかってきた電話や、セグレッティ自身が従事していたささやかな活動だ。選挙運動に関係ある地味な活動で、結局それは新聞に載らなかった。セグレッティが大陪審に出頭しても、連邦検事は自室で事前に尋問して、何もかも完全に知ってしまっていた。

「でも、大陪審では、質問はきわめて安易なものだった。毒にも薬にもならないことや、ハントに関することを訊いただけだ。弁護士については質問しなかった。セグレッティを利用していた人物については何一つ訊いてない。しかし、セグレッティの話では、女の陪審員が質問した。誰から金をもらっていたかとか、ホワイト・ハウスの職員のなかで誰を知っていたか、とか。そして、名前をあげたそうだ。とくにチェーピンの名前をあげた、とセグレッティは言っている。彼はほかの名前を〔ヤングに〕教えなかった。セグレッティは大陪審で、自分に金を出してくれた西海岸の弁護士の名前を言ったと語っている」

もはや決定的だった。司法省は、大統領日程係秘書官と大統領の個人的な弁護士が連座しているとの情報を入手しながら、さらに追及することをまったくしなかったのだ。検察側はカイライと化して上層部の決定をうけいれてしまったのだろうか、とバーンスタインはまた不思議に思った。「彼は知っていることをすべてありのまま検事に話した」とヤングは言った。バーンスタインはセグレッティの話の具体的な内容をヤングに尋ねた。

「カリフォルニア州の民主党州中央委員会の全員に郵送した文書かパンフレットのことを話した――ハンフリー攻撃の悪口を書いたもので、戦争責任を彼に押しつけ、大統領選挙で二度敗れた男と決めつけて、マクガヴァン陣営がばらまいたような印象をあたえた。ほかの方法でも同じことをやった、と彼は言っている。こう言っていたよ。『ぼくは雑魚だ。歯車の一つでね。同じようなことをやってるその他大勢の一人なんだ』」

で、チェーピンは？

「わたしの印象では、ドンとドワイトは密接な関係にあった。親友みたいに親密だった。何年も前から接触がある。こんどの件ではドワイトの自宅に電話したと言っていた。でも、わたしにはなんとなく隠しだてしているようだった」

ハワード・ハントについては、どの程度しゃべったのか？

「ＦＢＩがはじめて事情聴取にきたとき、ハワード・ハントという個人の電話料金請求書に自分の電話番号が出ていたことを彼は知った。べつの名前――仮名か偽名――でハントを知っていたが、ハントであることはわかっていた、とドンは言った。ハントはいつも陰謀をたくらむような小声でこそこそ話すそうで、だから、ハントをじつにおかしな男だとドンは思っていた。ハントはことさら陰謀を強調しているようだ、と彼は話していた」

この会話は公表しない約束になっていたけれども、ヤングは、弁護士・依頼者間の証言免除の特権を犯すことにならなければ、公表してもよいと言った。セグレッティから弁護士としてたのまれたことはなかったし、たんに友人としてたよりにされてきたにすぎない、とヤングは言うのだった。ヤングとバーンスタイン、ウッドワード、マイヤーズは毎日、連絡をとることになった。

十月十三日金曜日、ヤングは公表に同意した。ウッドワードはヤングと最終的に会話の内容を検討し、ヤングがセグレッティとハント、チェーピンの関係で間違っていたり誇張したりしている可能性はないかと念を押した。それはないという返事があった。

マイヤーズ、バーンスタイン、ウッドワードとの会見記事の内容は、セグレッティから聞いた話の正確な復元であることを確認したヤングの宣誓供述書をもらうべく、マイヤーズが出向いた。

ニュース・ソースを公表できる発言をほぼ全面的に盛りこんだ記事がついにできるのだ。これなら、匿名のニュース・ソースによるものとしてホワイト・ハウスから攻撃されることもあるまい。

二日間、ウッドワードはホワイト・ハウスのチェーピンの部屋に電話をかけつづけた。チェーピンのオフィスは大統領執務室から近い。ウッドワードの電話ははじめて交換台で邪魔がはいり、名前と電話番号を訊かれた。約二十秒後、電話をつないでもらったが、チェーピンの部屋に通じても、秘書からチェーピンは忙しいので、伝言を聞いておこうと言われた。チェーピンから電話はかかってこなかった。

一つ大きな障害があった。マイヤーズがラリー・ヤングを「過激派と警官殺し」の弁護人と書いたことである。まさにハリー・ローゼンフェルドの部屋で赤旗をかかげたような表現である。首都部長は、「ヒッピー弁護士」などということばで自分の評判やワシントン・ポスト紙の評判を落すようなことはごめんだ、とにべもなく言った。

幸いにも、ラリー・ヤングの信用は調べがついた。ウッドワードは西海岸の十カ所ばかりに電話して、法曹界の人たちを何時間も取材した結果、ヤングが弁護士界の立派な責任ある代表としての地位にあるという保証を得た。ウッドワードはヤングが着用している服（流行のものだが、趣味はいい）や髪の長さ（バーンスタインより短い）まで突きとめた。ローゼンフェルドは納得した。

バーンスタインは記事の執筆にとりかかり、ウッドワードは司法省を取材してまわった。数カ所で空振りの三振に終わったあと、この事件にくわしい法律専門家を訪ねた。一人で部屋にいた。ウッドワードは部屋に入れてもらって、椅子に腰を落ちつけた。金曜日のおそい午後の打ちとけた雰囲気が生まれた。火曜日の記事から話がはじまった。予備選挙のスパイ活動と妨害行為である。

「そうだ、ハントの電話記録からセグレッティがうかんだ」。法律専門家は言った。「FBIはハントの電話を広範囲にわたって任意に調べてみた——かけた電話は七百回をこえている。そのなかに、セグレッティにかけた電話があったのだ。念のために言っておくが、スパイや妨害といった卑怯な手段を用いたといっても、おそらく違法ではないだろうし、司法省では捜査をウォーターゲート盗聴事件に限定している。……しかし、わたしは事件の成り行きを心配している。ＦＢＩのやることがおかしい……上層部が関心を持っている」。どのへんの上層部であるかを彼は言わなかった。

これで前にもましてはっきりした事実がある。ウォーターゲート事件の捜査があまりにも局部的に限定されてしまったからこそ、ほかの犯罪が盗聴に結びつかないかぎり――明らかな犯罪であっても――検事たちは追及しなかったのである。

ウッドワードはチェーピン、セグレッティの関係を記したメモを読みあげ、これで上層部が関心を示す理由の説明がつくのではないかと相手の反応を見た。法律専門家が驚いたかどうか、その顔からはわからなかった。

しばらくためらったのち、法律専門家は言った。

「そういう話はわれわれも聞いている」

ウッドワードは言った。記事についてちょっと心配しているのは、ホワイト・ハウスに直接つながるからだ――大統領執務室の番人に関係があるからだ。番人はチェーピンの職務でもある。

相手は微笑をうかべた。「きみがなぜチェーピンのことをそんなに気にするのか、わたしはなんども不思議に思ったものだ。チェーピンはミッチェルやスタンズよりはるかに小物だ。

きみがセグレッティやチェーピンについて聞いたことは、われわれも聞いている。その件なら、わたしもいくらか自由に話ができる。というのも、じつはウォーターゲート事件となんら関係がないからだ。捜査中のもので、法律上は現在もそうだが、別個の事件だから、われわれはそれを追及していない。……」

午後五時ごろ、二人の記者と編集幹部がチェーピンの記事を協議するために顔を合わせた。長すぎて、とても二、三時間ではすまない。日曜日までおさえることにした。司法省はウォーターゲート事件の核心である共同謀議の捜査から手を引いてしまった。氷山の一角ともいうべき民主党本部の不法侵入と盗聴――FBIがいうところのIOC（会話盗聴）――にのみ捜査を限定、大統領側近たちが選挙制度の破壊を指示した大規模な謀議に眼をつぶったのである。

ウッドワードはチェーピンの横顔を知るために、ホワイト・ハウスの知り合いに電話した。「彼はホールドマンやパット・ブキャナン〔大統領の演説起草者の一人であり、ホワイト・ハウスが毎日発表するニュース要約の執筆者〕と同じく、だいぶ早くからおやじさんのバスに乗りこんで、苦楽を共にしてきた」という。「チェーピンは遊説中におやじさんの背広がクリーニング屋から届いているかどうかを確かめる役だ。……みんなにコーヒーを出したり、大統領が遅れるときは、詫びを言ったり、ニクソン夫人や娘さんに電話をかける役だった。六八年の大統領選挙のときなんか、必要とあれば、大統領の背中を揉んでやったかもしれないね。……ドワイトは誰にでも親切で、挨拶を忘れない」

金曜日にウッドワードがホワイト・ハウスに電話して論評を求めたのち、日曜日までニュースをおさえる決定がくだされた。記事の裏づけとなる話を司法省で聞いた三時間後の午後八時ごろ、ジェラルド・ウォーレン副報道官が電話をかけてきた。「ドワイト・チェーピンの声明がある」と言った。

ワシントン・ポスト紙の記者が書いた記事はまったく伝聞にもとづいており、根本的に不正確である。たとえば、私はE・ハワード・ハントを知らず、会ったことも見たこともなく、口をきいたこともない。ドナルド・セグレッティとは大学時代から知り合いだが、記事が示唆しているように、私はフロリダで彼と会ったことはなく、また、ウォーターゲート事件に関する大陪審の調査中に、彼と協議したことは絶対になかった。ほかに言うことは何もない。

チェーピンは自分に向けられたわけでもない非難の応戦に忙しく、大事な点を忘れてしまった。セグレッティの接触者(コンタクト)だったということだ。「根本的に不正確」は、「矛盾の集積」がセグレッティのスパイ、妨害活動を報じた最初の記事に反論したときと同じ意味で使われたのだ。「伝聞」と決めつけて、矛先(ほこさき)をかわすのも古い手である。ポスト紙はラリー・ヤングから宣誓供述書を得ている。「伝聞」という非難にひっかかるものがあった。

午後九時、バーンスタインが記事の執筆にとりかかろうとしたとき、ヤングのインタビューは、彼自身、ウッドワード、マイヤーズがそれぞれ取材した三通りのものがあった。デスクがどうにもならないほど取り散らかしてあったので、バーンスタインは自分の席に近い三つのあいたデスクに移動して、五ヤードもつづくメモをひろげた。午前七時には、ヤングのことばを大幅に引用した十五ページの原稿を書きあげていた。残るは、チェーピンの経歴を書くばかりだった。

運動部のソファに倒れこんで落ちつかない仮眠をとったが、二時間もたたないうちに、こども（コピー・ボーイ）に起こされてしまった。バーンスタインは記事を一刻も早く書きあげておきたかった。そうすれば、ローゼンフェルドやサイモンズ、ブラッドリーに検討してもらえるし、締切りまぎわにもめることもない。チェーピンの経歴をもっとくわしく知るために、ポスト紙の資料室をあさってみた。一九六八年の大統領選挙でニクソン陣営が出した半ページの印刷物しかなかった。それによれば、チェーピンはUSCを卒業。ボブ・ホールドマンが副社長をつとめたウォルター・トンプスン広告代理店に入社している。バーンスタインはマイヤーズのメモで補足した。

午前九時半ごろ、ウォーターゲート事件犯人の逮捕から一週間後に取材した政府の元職員に電話した。チェーピンをよく知っている人物だった。「もしドワイトが関係しているとすれば、それはホールドマンだということになる」と彼は言った。「チェーピンは自分でことをはじめる男ではない。『二人の人間からやれと言われたことをやる男だ。その二人とはホールドマンとニクソンだ」

ウッドワードとサスマンはその土曜日の午前十時ごろに出社して、バーンスタインの原稿の検討をはじめた。前文に問題はなかった。ホワイト・ハウスにかけた電話で読みあげたのと同じ内容である。

ウォーターゲート盗聴事件で起訴されたニクソン大統領日程係秘書官とホワイト・ハウス元顧問は対民主党スパイ、妨害工作において「接触者（コンタクト）」をつとめたと、カリフォルニアの弁護士は宣誓供述書で語った。

サスマンは、原稿の冒頭がホワイト・ハウスにおけるチェーピンの地位を十分に強調していないこと、日程を調整するだけでへっぴり腰の秘書にすぎないという印象をあたえることの二点を心配した。彼は第二段落を新しくタイプした。

日程係秘書官のドワイト・L・チェーピン（三十一歳）はほとんど毎日、大統領と顔を合わせる。大統領の旅行の全般的な調整も含めて、ニクソン氏の予定、計画を担当する人物として、チェーピンは大統領と親しく会えるホワイト・ハウス職員のごく少数の一人である。

バーンスタインはこの加筆に満足した。しかし、チェーピンをホールドマンの命令に従う部下と説明したつぎの一段落が、原稿からけずられると、バーンスタインは抗議した。

そのつぎの段落もけずられると、怒りは苦痛に変った。セグレッティに金を出していたと思われるニューポート・ビーチの弁護士に関する説明が、「大統領の個人的な弁護士で再選委の前財務副部長だったハーバート・W・カームバックに合致するようだ」というくだりである。

ウッドワードは金曜日にカームバックをつかまえようとして、カームバックの秘書から当法律事務所の所員は新聞記者に何も答えないことになっている、と言われた。いまバーンスタインは削除にあくまでも反対する覚悟だったのだが、ウッドワードは編集幹部の肩を持って、カームバックに連絡がつくか、あるいはもう一つのニュース・ソースがカームバックをセグレッティの金づるとしてとくに確認するまで、問題の部分の削除に賛成した。バーンスタインも譲歩した。二、三日以内にカームバックとセグレッティの結びつきを確認できるばかりか、スパイ、妨害作戦をまかなった秘密資金を全面的に管理する五人の一人が、大統領の弁護士と断定できるのだ。

新たに加筆されて、ヤングの発言が引用された。年俸二万ドルを含むセグレッティの活動資金は「弁護士名義の信託資金」から支払われた。……その弁護士は「大統領の友人で実力者であり、［セグレッティは］その名前の秘密を厳守するように指示された」

部分的な削除が行なわれても、「ニクソンの側近、『選挙妨害』の接触者と指摘さる」の見出しの記事で新しい局面を迎えた。民主党本部不法侵入事件からおよそ四ヵ月経過して、ウォーターゲートの火の手はひろがり、ついにホワイト・ハウスにも及んだのである。

8　ホワイト・ハウスの反撃

バーンスタインは乗馬を楽しむつもりで、ヴァージニアの田舎で週末を過ごそうと、土曜日の夜ワシントンを発った。ウッドワードが日曜日に眼をさましたとき、ラジオのニュースがポスト紙の記事を伝え、セグレッティ、チェーピンの関係を扱ったタイム誌の記事予告(プレス・リリース)を報じていた。タイム誌の記事はいくつかの点でポスト紙を抜いていた。政府側の匿名のニュース・ソースにもとづいた記事で、ヤングの談話のような個人の証言はなかったが、新しい事実をいくつか提供していた。チェーピンはセグレッティを起用したが、セグレッティはたんにチェーピンの「接触者」をつとめただけではない。もう一人USCの出身で、ホールドマンの政治顧問をつとめるゴードン・ストローンもまた、かつての同窓生を起用することに手を貸している。セグレッティは大統領の弁護士ハーバート・カームバックから三万五千ドル以上の支払いを受けた。

ウッドワードはせっかくの日曜日もタイム誌につぶされて――これが最初にして最後になるとは思わなかった――出社し、さっそく電話で取材をはじめた。

その日の午後おそく、司法省の法律専門家に連絡がついた。その法律専門家はテレビジョンでフットボールの試合を見るのに夢中で、ほかのことなど眼中になかったらしい。カームバックがセグレッティの秘密行動の金づるに間違いないことを急いで確認してくれたのである。ウッドワードはゴードン・ストローンについて訊くいとまもなかった。

ヒュー・スローンに電話した。二人は選挙におけるカームバックの役割をやや突っこんで数分間話し合った。カームバックは四月七日に財務副部長を辞任している。選挙資金の公開をさだめた新しい法律が発効した日である。モーリス・スタンズが商務長官を辞めるまで、カームバックが大統領再選の資金集めを担当した。もっとも、スタンズは商務長官をつとめていたときも、選挙を応援してはいた。ニクソンの選挙の財政面について、カームバックが副部長の椅子からしりぞいたあとも、彼が知らなかったことは皆無といっていい、とスローンは語った。

とすれば、カームバックは秘密資金の支出を認める権限を持った五人のうちの一人でなければならない、とウッドワードは言ってみた。その秘密資金はスタンズの金庫におさまっていた。

「まあ、そうだ」とスローンは答えた。「しかし、彼はカリフォルニアにその資金の一部をおいておいた」

スタンズの金庫にあった金か？

カリフォルニアにあろうと、ワシントンにあろうと、じつはみんな同じ資金なのだ、とスローンは言った。焼却した帳簿にみな載っている。「特別計画」用の資金だった。

スパイ活動と選挙妨害のための？

「そのとおりだが、わたしは当時は知らなかった」とスローンは答えた。精神科医に悪夢について四回目の話をする患者のように、諦めの気持でむぞうさに言ったのだ。

カームバックはほかにも秘密資金から金を出していて、その金はセグレッティが受けとった額をはるかにこえている、とスローンは述べた。しかし、その正確な額と、金をもらった人物の名前を明らかにしなかった。「資金がこんどの事件の核心にあたるらしい」としか言わなかった。

ウッドワードは休暇中のバーンスタインに電話して、スローンとの話を伝えた。カームバックが資金を管理していた事実はセグレッティが金をもらっていたことなどより重要であり、ウッドワードが書く記事の柱にすべきだという点で、バーンスタインも同意見だった。また、この記事には、ウッドワードが確認できなかったタイム誌の報道を加えることになった。

こんどはホワイト・ハウスも論評せず、翌日のワシントン・ポスト紙の第一面には、ハーバート・カームバックの写真の上に二段の見出しを載せた。「ニクソンの弁護士、共和党スパイ活動資金を使用」

ウッドワードは時間をつくって、ジョン・D・アーリックマンが出演するABC－TVの『争点と回答』を見た。TVではアーリックマンは片方の眉を上げ、もう一方を下げて、口うるさい気取り屋に似ている、と思った。ニクソン陣営の選挙スパイ、妨害活動の計画について新聞に出ていることはすべて「非難するばかりで、証拠はあまりない、いや何一つない。

……」とアーリックマンは語っていた。人びとが新聞で読んだりTVで見て知っている容疑をでっちあげているのはマクガヴァン陣営ではないのかと示唆した。

アーリックマンは、選挙まであとわずか三週間だと視聴者に訴え、いまは選挙についてあらぬ噂がとびかう「泥仕合の月」だと言った。政府の内外の共和党員が行なった選挙情報収集の活動について個人的に知らない、とアーリックマンは語った。ウォーターゲートの盗聴を事前に知っていた人物は、ホワイト・ハウスには絶対に一人もいない。アーリックマンは、チェーピンがセグレッティと結びついていたという容疑を「肯定も否定も」できなかった。

しかし、と彼はつぎのことばをつけ加えた。「犯罪行為を含む」ウォーターゲート盗聴事件と「相手の予定がどんなものであるかを探りだす」といった活動を区別することは重要である。この種の政治的ないたずらは、「わたしの記憶するかぎり、アメリカの政治につきものだった」とアーリックマンは語った。

アーリックマンはおそらく、TVカメラの前でも平然としていられる、ウォーターゲート事件では潔白の、ホワイト・ハウスではただ一人の側近だろう、とウッドワードやバーンスタインは思った。チェーピンの記事が出たあとでは、ホールドマンはTVカメラの前に立てまい。アーリックマンの表情は潔白だというしるしだ、と二人の記者は確信した。たぶん、ディープ・スロートは、ハントにワシントンから去ることを命じたのはアーリックマンとホールドマンだったと言ったとき、間違っていたのかもしれない。

テレビジョンに出演したアーリックマンの発言はほんの前座だった。チェーピンが関係していることはウォーターゲートを大統領執務室のドアまで近づけたのだ。ホワイト・ハウスが反撃に転ずるときだった。タイム誌もワシントン・ポスト紙にまさるとも劣らぬ破壊的なニュースを伝えたのに、ポスト紙が攻撃目標に選ばれた。

それは翌十月十六日の朝、ホワイト・ハウスにおけるジーグラーの記者会見からはじまった。

「チェーピン氏がそれについて意見を述べているので、わたしからさらに申しあげることは何もない」とジーグラーはセグレッティとの関係を追及する第一問に答えた。

質問　大統領はこんどのニュースを心配しているか？

ジーグラー　大統領は新聞で反対派が採用した手段を心配している。大統領が憂慮しているのは、伝聞、中傷、捏造をもとにした記事が新聞に掲載されている事実だということをわたしから申しあげておこう。

質問　反対派とは誰のことか？

ジーグラー　反対派は明らかだと思う。ご承知のとおり、ウォーターゲート事件が起きてから、人びとは事件をホワイト・ハウスに結びつけようとしてきた……そして、その関係は立証されなかった……関係など存在しないからだ。ウォーターゲート事件以降、反対派は根拠のない非難をはじめ、新聞は根拠のない記事を書くようになった。伝聞や、名前を明かさない人物の話をもとに、記事が書かれ、それらの記事にはいずれも、反対派が指摘するように政府が腐敗しているという非難がこめられている。……わたしはこう申しあげるだけで、この種のニュースに論評をくだすつもりはない。

質問　なぜそうした非難を否定しないのか？

ジーグラー　この種の記事は論評に値しないからだ。……いうまでもなく、政府は選挙妨害やスパイ行為、個人の監視を許していないが、また個人の人格に対して徹底的な攻撃を行なう誹謗(ひぼう)や中傷も許していない。

大統領側近の行為ではなく、新聞の報道こそ問題である、とホワイト・ハウスは主張した。

「大統領はチェーピン氏を信頼している」とジーグラーはしめくくった。

この日の午後、ワシントンのダウンタウンのあるホテルでひらかれた黒人共和党員の集会で、共和党全国委員長のボブ・ドール上院議員は演説し、ポスト紙の捜査記事を落ち目のマクガヴァンの選挙と結びつけた三ページの原稿を読みあげた。ドールはジーグラーほど遠慮せず、要点に触れた。

先週、共和党はジョージ・マクガヴァンと組んだワシントン・ポスト紙の卑劣な中傷によって、根拠も実体もない非難にさらされた。マクガヴァン陣営がとりつつある進路を考えれば、マクガヴァン氏はワシントン・ポスト紙に言論攻撃作戦の専売特許権を売り渡したらしい。ポスト紙はマクガヴァン氏と同じくこの低劣な作戦を着実に遂行している。

ミッチェルの後任として再選委の指揮者になったクラーク・マグレガーが午後五時、新聞記者会見をひらいて、こんどの選挙スパイ妨害活動の容疑について語る予定であることを知らされた。二人の記者は記者会見が苦手で、めったに出席しなかったが、バーンスタインは今日の記者会見には出ようと思った。マグレガーに会ったことがなかったので、新聞記者に率直だという彼の評判が、その通りであるかどうかを確かめたかった。バーンスタインが五時少しすぎCRP本部の広い会議室に着くと、百人ばかりの新聞記者の大群が待っていた。

マグレガーは後方から会議室にはいり、中央の通路をやってきた。身長六フィート三インチ、体重二一〇ポンドの巨漢である。テーブルまで来ると、その両端をつかんで、作り笑いをうかべた。「数日来の異常事態」のために、いかなる質問にも回答できない、とマグレガーは言った。

デ・モインズ・レジスター・アンド・トリビューン・シンジケートのワシントン支局長で、六フィート四インチ、二三〇ポンドのクラーク・モレンホフが怒りに顔をゆがめて立った。特別取材活動でピュリッツァー賞を得たモレンホフは、廉直(れんちょく)すぎると非難された官吏として短期間ホワイト・ハウスにつとめたことがある。マグレガーとモレンホフは棍棒をふりまわそうとする二人の巨人に見えた。

「確実な証拠でもあるのですか?」とモレンホフは声をはりあげた。声が会議室にひびきわたると、記者たちは沈黙した。「どんな記録を見たのですか?」。モレンホフは迫った。「話ができないなら、そこに立つ権利はないはずだ」

マグレガーが会議室に来たとき、用意した声明の写しを配ったので、記者たちは内容を知っていた。ほかの記者たちもいまは口々に叫んでいたが、モレンホフほどはげしい声はなかった。「なぜわれわれはここにすわって、あなたの話を聞かなければならないんだ? なぜ印刷物を配ったりするんです?」とモレンホフは執拗だった。

「それは諸君が編集長と協議して決定しなければならない問題だろう」とマグレガーは答えた。それから、テレビジョンのカメラを凝視して、声明文を読みあげた。

ギャラップ、ハリス、シンドリンジャー、ヤンケロヴィッチの各世論調査によれば、マクガヴァニズムなる政治エリート的運動はアメリカ国民から圧倒的に否決されようとしている。当然の結果である。世論調査で二六ポイントの差をつけられて野望をくじかれたジョージ・マクガヴァンとその一味はあと三週間しかない現在、「死物狂いの選挙」を行なっている。われわれはアメリカの大統領選挙でも例をみない、卑劣きわまる戦術を目撃し、最も悪質な中傷を耳にしている。

荒れ狂ったジョージ・マクガヴァンは合衆国大統領をアドルフ・ヒトラーになぞらえ、共和党をキュー・クラックス・クランにたとえ、合衆国政府をナチ・ドイツの第三帝国にみたてた。……

そしていま、ワシントン・ポスト紙はジョージ・マクガヴァン以上にその信用を失墜してしまった。

誹謗、第三者の伝聞、根も葉もない非難、匿名の取材源、誇大なおどしの見出しを利用して、ポスト紙はホワイト・ハウスがウォーターゲート事件に直接関係あるがごとき印象をあたえようと悪意にみちた記事を掲載してきた。そうした非難は、事実無根であることをポスト紙は知っており、五つ以上の捜査機関も事実無根であることを突きとめている。

ポスト紙のキャンペインの本質は偽善である――そして、同紙の有名な「二枚舌（ダブル・スタンダード）」は今日、誰の眼にも明らかだ。

六カ月以上も前に選挙運動の分裂をはかったとの、マクガヴァン陣営による、いわれのない非難は通常、宣戦布告と同じ扱いをかならず受ける――一方、反対派が煽動した大統領陣営の攪乱作戦というれっきとした事実は報道されない。大統領に反対する筋金入りの反戦の闘士を集めるべく、カリフォルニアのマクガヴァン本部が会場として使用されたとき――それは某新聞にとってニュースではなかったらしい。その新聞社は、何者かがこの春マスキーの集会に二百個のピッツァを送った事件を調査するため、記者団を派遣したのである。

バーンスタインはうめいた。大統領の代弁者たちが「ピッツァ」に触れたのは、今日これで二度目である。ウッドワードといっしょにマスキー陣営の受難について書いた記事から、ピッツァの部分をけずろうとバーンスタインは思った。とるにたらない事件に思われるかもしれなかったからだ。しかし、二人はマスキー派が選挙資金集めにひらいた晩餐会の攪乱を意図した戦術の一つにそれをあげておいた。晩餐会の時間に合わせて、代金引換払いでさまざまの品物を配達させた事件である。

マクガヴァン陣営が犯人であることをにおわせながら、マグレガーは、なぜワシントン・ポスト紙が以下の各事件を調査しなかったのか、その理由の説明を要求していた。……

十月八日、カリフォルニア州ニューホールのニクソン本部の入口で発見された火炎びんは？

九月十七日、カリフォルニア州ハリウッドのニクソン本部がうけた大火による被害は？

アリゾナ州フェニックスのニクソン本部に十万ドル以上の被害をあたえた九月二十五日の放火は？

ニューヨーク市やマサチューセッツ州アーリントン、ロサンゼルス郡*のニクソン選挙事務所の窓ガラスがこの秋、大量にこわされるといった破壊行為は？

*ポスト紙の記者は、二日間にわたってこれらの事件を調査した。事件とマクガヴァン陣営の関係を物語る証拠は地元警察もＦＢＩもつかんでいないことが判明した。

マグレガーはさらに数分もかけて、「ダニエル・エルズバーグが連邦刑務所で百十五年の刑に服する結果になりそうな行動をとるようマクガヴァンが示唆したこと」や、ワシントン・ポスト紙の偽善を攻撃した。声明文を読みおえるころには、顔を紅潮させ、身体をふるわせていた。最後にふたたび「異常事態」のために、質問を楽しむわけにいかないと述べて、会議室から大股に出ていった。多数の激昂した記者が質問をつぎつぎに浴びせ、ここへ来たときより落ちつきをなくしたバーンスタインもこの騒ぎに加わった。マグレガーが通りすぎるとき、バーンスタインは大声で言った。「あんたはチェーピンの記事を否定するのか？」。しかし、マグレガーはぼんやりと彼に眼を向けただけで行ってしまった。

バーンスタインが帰社したとき、ベン・ブラッドリーはジーグラー、ドール、マグレガーの発言を検討して、三人とも同じことを強調し、似たようなことばを使っている点に注目した。攻撃が三者の連繫作戦であり、大統領の命令がなかったにせよ、大統領が承知し、承認したものであることはほとんど疑う余地がない。

各新聞社の記者たちが電話でブラッドリーの反論を求めてきた。彼はタイプライターにノーカーボン紙をはさんで、声明文を叩きだした。

クラーク・マグレガーの声明とワシントン・ポスト紙のCRPのさまざまな活動に関する報道のどちらが正しいかは、時が決定するだろう。現在のところ、これらの活動について本紙が捜査報道した事実はただの一つもくつがえされていないと申しあげるだけで十分である。マグレガーをはじめとする高官たちは、本紙の報道を「矛盾の集積」と呼び、ポスト紙が「悪意をもって」報道したと決めつけたが、報道した事実をくつがえす反証は公表されていないのである。

ブラッドリーは一戦を覚悟した。「(ホワイト・ハウスやCRPの)否定は筋が通らない」という気がしたのだ。何週間か前、彼はバーンスタインとウッドワードに、守勢に立つつもりはないと言い、よりいっそう慎重を期すように注意した。

いま、ブラッドリーは自室で声明の原稿を二人に見せて、苦言を呈した。「前にも控えめに言ったとおり」と言った。「これはワシントンでは空前の真剣勝負だ。われわれは社の内外でいやが上にも慎重でなければならない。きみたちの私生活について、わたしは何も知りたくない。それはきみたちの問題だ」。しかし、二人の記者が他人に知られたくないことを現在しているなら、「すぐにやめろ」とブラッドリーは忠告した。話す相手や、つきあう相手に用心しろ。電話に気をつけろ。所得税の申告に領収証を保存しておくようにして、こみいった税金の問題は弁護士にたのんで処理してもらえ。きみたちの家には絶対に麻薬を持ちこませたりするな。大統領や政府について他人に話すのは慎しめ。

ブラッドリーが忠告したことは、すでに二人の記者のあいだで話し合っていたし、二人ともそうした警戒をしている。

「いいな、きみたち?」。ブラッドリーは気取ってそういうと、拳をかためて、眼にもとまらぬ速さのアッパーカットを宙に放った。そのパンチをもう一方の手で受けとめた。

編集局のブラッドリーの部屋を出たところで、ハリー・ローゼンフェルドがいらいらしながら、歩きまわっていた。バーンスタインとウッドワードはホワイト・ハウスとCRPの反撃を第一面で書くことになっていた。編集者をいても立ってもいられない気持にするのは、新聞や記者が主役になっている記事だ。ローゼンフェルドは記事が政府に対して絶対に公正であることを期したかった。バーンスタインやウッドワードにしても思いは同じだったが、同時に自分たちの報道に対しても公正でありたいと主張した。

二人の記者は、ホワイト・ハウスやCRPがポスト紙を攻撃しても、ポスト紙の主張をくつがえすにはいたらなかったと書いた。ローゼンフェルドはこの部分をけずった——「論争的」だったからだ。ホワイト・ハウスに公正でなければならないが、ローゼンフェルドは二人の仕事とポスト紙に対して不当である、と二人の記者は言った。ローゼンフェルドのほうは、挑発的な文章は偏見を持っているような印象をあたえると主張してゆずらなかった。彼は腹を立てていた。

第一版の記事は意見の相違から非常に短いものになった。第二版の記事を書くとき、バーンスタインとウッドワードは論争をむしかえし、ドール、ジーグラー、マグレガーの三人はポスト紙の主張の内容に触れていないと主張した。

この問題を解消してくれたのはバーンスタインが締切り時間に追われていたことである。

ウッドワードとローゼンフェルドはバーンスタインを督促していた。ウッドワードが書き、ローゼンフェルドが承認した原稿にバーンスタインは手を入れた。みんな苛立っていた。なんとか満足できる記事ができるまでに四時間かかった——五十二インチの長さになった記事は声明文の引用がはてしなくつづいて、読者が非難とその反論を理解する助けとはならなかった。さんざんな夜だった。

全米各紙は翌日、大統領側近の怒りを報じた。ホワイト・ハウスがワシントン・ポスト紙の信憑性を攻撃した結果、同紙の主張がいっそう広く知れわたったのである。

十月十八日、ニューヨーク・タイムズ紙はホワイト・ハウスの立場をきわめて不利にする記事を掲載した。タイムズ紙が入手した電話記録によれば、ドナルド・セグレッティの電話やクレジット・カードが少なくとも六回ホワイト・ハウスやメリーランド州ベセズダのドワイト・チェーピン邸にかけた電話に使用されている。しかも、セグレッティの電話とクレジット・カードはハワード・ハントの家や事務所にかけた少なくとも二十一回の電話に使用された。

ホワイト・ハウスはこの記録を伝聞、誹謗、誤報と一蹴するのに苦労した。十七日夜の十一時ごろ、バーンスタインとウッドワードがポスト紙の編集局にいると、タイムズ第一面の電送写真がUPIを経てはいってきた。[*] 二人は有頂天になり、競争本能を捨てて、感謝した。

＊ポスト紙は毎夜十一時ごろ翌日のニューヨーク・タイムズ紙第一面の電送写真を受けとっている。

翌十月十八日正午のホワイト・ハウスでは、ロン・ジーグラーが敵意をもった喧嘩腰の記者団を相手にしていた。十月十日以降、ポスト、タイムズ両紙、タイム誌があげてきた容疑や証拠を具体的に否定するのかと再三訊かれて、ジーグラーはのらりくらりとかわし、そのつどウォーターゲート不法侵入事件に話をもどすのだった。

「それ〔ニューヨーク・タイムズ紙の記事〕を読んだわたしの感想は、ウォーターゲート事件を暗にチェーピン氏に結びつけているということだ。……今日ふたたび繰り返して申しあげるが、現在ホワイト・ハウスに勤務していて、ウォーターゲート事件に関係していたとか、事件を知っていたとか、事件の共犯だったという者は一人もいない」

六月十七日のウォーターゲート不法侵入事件はひとまずおくとして、選挙スパイ、妨害行為はどうなのか？

「昨日と一昨日の記者会見で、わたしはつぎのことをはっきり申しあげたはずだ。妨害、スパイ、攪乱のほか、個人の尾行や個人に関する資料収集といった活動を指示した人間はホワイト・ハウスに一人もいなかった」

記者たちはもっと明確な回答をひきだそうと、鋭く迫った。ジーグラーはどの質問にも同じ回答をし、用心深く「指示した」ということばを用いて、「関係している」ということばを避けた。

ある記者は執拗にこの報道官を追いつめようとした。

「三度あなたは『指示した』ということばを使われた。ホワイト・ハウスは事情を知っていたのか？」

「『指示した』できわめて明快であると思う。前にも言ったように、あのような活動に関係した人物はホワイト・ハウスにはもう一人もいない」

「しかし、ホワイト・ハウスでは誰一人これに関係していない、とあなたは断言しますか？」

「わたしはこう申しあげている。わたしが言及したこの種の活動に関係していた人物がいたとしても、それらの人物はここに勤務していない」

何に関係しているのか？　記者団のなかには、ジーグラーの話術の才能が大学の暑中休暇中にディズニーランドの客寄せのアルバイトで、密林探検の客を集めたときに試験ずみであることを記憶している者がいた。「ご乗船ありがとうございます、みなさん。ぼくの名前はロン。ぼくが船長で、冒険の川をこれからくだります。……ワニに気をつけてください。船から手を出さないでください。ワニどもはいつも人間の手を狙っています。港をごらんなさい。ひょっとすると、見おさめになるかもしれませんよ。川岸の原住民に用心してください。彼らはいつも首を狙っていますからね」

いま、ジーグラーは大統領の「密林探検」を案内しているのだった。

ニクソン氏は側近にかけられている疑惑を心配しているのか？

「大統領が心配しているのは、伝聞、誹謗、中傷にもとづいた記事が新聞に出ているという事実だ」……

ジーグラーの答弁とセグレッティの電話記録の発見を報じたタイムズ紙の記事は翌日のワシントン・ポスト紙の第一面に掲載された。

ニューヨーク・タイムズ紙はなおも攻撃の手をゆるめず、タイムズ紙ホワイト・ハウス担当記者ロバート・B・センプル・ジュニアによるホワイト・ハウスの動きを分析する解説を掲載した。

ニクソン大統領側近の一部が組織的な選挙スパイ、攪乱を試みたか、少なくともそれらを認めたとの非難に対する政府の最近の反撃の真意は、具体的に論ずることなく記事にした新聞を告発することだった。こうした戦略の裏には、二つの考え方がある。そこから、政府が有権者と、有権者に奉仕する新聞をどのように理解しているかがよくわかる。最近ニクソン氏の側近と会見したことから判断すれば、この二つの考え方は氏の側近のあいだでひろく共通しているように思われる。まず現在のところ、ホワイト・ハウスはつぎのように見ている。新聞で言われている共同謀議は一般大衆の大多数から、大統領執務室と無縁に近い、異国の、しろうとくさい陰謀と受けとられており、したがって、ホワイト・ハウスがそうした非難を否定したり、問題にしたりすれば、新聞による非難に大衆を注目させる逆効果があるだろう。

もう一つの考え方は、アグニュー副大統領の三年にわたる説得で軟化した大衆が彼らの眼にし耳にするもの——とりわけいわゆる東部の指導的言論界——が真実であり、政治的偏見に左右されていないということに以前ほど全面的な信頼をおいていない点である。だからこそ、政府はワシントン・ポスト紙を攻撃する。ポスト紙は政府の腐敗を第一面で主張してきたのだ。

……いまのところ、ホワイト・ハウスの高官連に事件の全貌を再三要求しても、回答はない。回答する役目のジーグラー氏は、チェーピン氏とセグレッティ氏に関する質問にますます不快な表情を見せている。

「われわれがなぜ新聞やスパイ騒動に神経をとがらせないか、きみは知っているか？」とホワイト・ハウスの高官――ジーグラー氏ではない――が先日大げさに訊いた。「東部の新聞はたしかにアグニューが言ったとおりで、お高く、反ニクソンで、あくまでもマクガヴァン支持だと思っていることをわれわれは知っているからだ」

9　大統領代理ホールドマン

ヒュー・スローンから、二人の記者は、秘密資金を管理していた第五の人物がホワイト・ハウスの高官であることを知った。それがホワイト・ハウスの側近でも大物であるH・R・ホールドマンであると信ずべき理由が数多くあった。事実、ウォーターゲート事件の黒幕としてハリー・ロビンズ・ホールドマンがひかえているのではないかと疑える相当な理由があったのである。

身だしなみがよく、クルー・カットで、四十六歳の権力者ホールドマンは、J・ウォルター・トンプスン広告代理店のロサンゼルス支社の副社長から合衆国大統領の補佐役にまで出世した。

一九七二年の大統領選挙では、ジョン・ミッチェルがニクソン陣営の責任者だったけれども、CRPの生みの親はボブ・ホールドマンと言っても過言ではなく、ホワイト・ハウスからCRPを遠隔操作していた。一九七一年三月にCRPが組織されたとき、ホールドマンはジェブ・マグルーダーとヒュー・スローンを選んで、当面の選挙運動と経理業務を担当させた。二人とも「ビーヴァー・パトロール」の一員だった。ホールドマンが広告業界やマーケティングの世界からホワイト・ハウスに引き抜いた優秀な、忠誠心に燃える若者たちによって組織されたのが、ビーヴァー・パトロールである。

ドワイト・チェーピンがホールドマンの仕事熱心なビーヴァーたちの中で最も信頼が篤かった。ドナルド・セグレッティの起用にも一役買っているゴードン・ストローンは、ホールドマンのCRP連絡係をつとめたビーヴァーである。もう一人のビーヴァー・パトロール隊員バート・ポーターはホワイト・ハウスの日程秘書官の地位を去って、CRPの日程部長におさまった。

ジョン・ミッチェルと二人の部下、フレッド・ラルーとロバート・マーディアンを除けば、ウォーターゲート事件の進展で浮かびあがったニクソンの側近たちは大統領とホールドマンにのみ忠誠を誓っていた（モーリス・スタンズは大統領に対してのみ責任をとる立場にあったが、前回の大統領選挙ではホールドマンに協力して、ニクソンの選挙運動をすすめた）。

ハーバート・W・カームバックは一九五〇年代のなかばにホールドマンからリチャード・ニクソン副大統領に紹介された。大統領の個人的な法律問題と資金集めを担当したとき、カームバックはもっぱらホールドマンを通じて仕事を処理した。

チャールズ・W・コルスンは一九六九年、三十七歳でホワイト・ハウス入りした。政府と外部の政治的な特定のグループとの連絡係として、またホワイト・ハウス常勤の政治的な策士として、ホールドマンと大統領につかえたのである。

何人かのホワイト・ハウスで中堅どころの職員は、セグレッティ、チェーピンの作戦がホールドマンの承認を得たことは大統領官邸でほとんど誰も疑っていないとバーンスタイン、ウッドワードの二人に断言した。

何週間も前から、スローンは、秘密資金を管理していた第五の人物の確認をかたくなに拒否して、これが話に出るとそのつど、それが「最悪を覚悟する」理由の一つなのだと繰り返してきた。

ホールドマンは政府内でおそれられていた。彼の名前が出ると、政府閣僚も畏縮するほどだった。わけ知り顔で彼について語るごく少数の人たちは、これがホールドマンに知れたら、自分はクビになるかもしれないと言った。非情……活動家……酷薄……リチャード・ニクソン一人に忠誠を誓う男……不屈の人……こうした形容はしばしば似たり寄ったりで、ホールドマンが自分について語ったことばがよく引用された。「わたしは大統領にいかれた野郎(サン・オブ・ア・ビッチ)だ」。しかし、ホールドマンはこうした性格描写ではすまない、はるかに複雑な人間だった。

ホールドマンに対する人びとの態度から、ウッドワードは軍隊を連想し、自分の海軍時代のことを思いだした。ホールドマンは副艦長、副司令官のような存在であり、つねに野心満々で、艦長のためなら生命も投げだす熱血漢である。

ホールドマンの仕事のやり方は、「否定権留保(デニアビリティ)」が特徴になっていることを二人の記者は知っていた。そうすれば、部下を通じて決定を下すことによって、その決定に問題が生じた場合でも、当の本人だけは責任を免れることができたし、その関係も否認できるのだった。

だから、二人の記者も、ホールドマンがハワード・ハントのような人物をホワイト・ハウスの顧問として採用するはずがないと確信した。誰か身代り、たとえばコルスンかアーリックマンを記録上の使用者にしたてるだろう。ホールドマンがセグレッティの活動の黒幕だったとしても、セグレッティと直接に接触することはあるまい。

二人の記者はスローンをはじめ、ほかの取材源から、ホールドマンがめったにCRPとの直接の交渉にあたらなかったことを知った。それはゴードン・ストローンの仕事である。否定権留保はホワイト・ハウスの補佐官制度にゆきわたっているルールだった。ボスたちは難攻不落のビーヴァー・ダムの奥にいる。ホールドマンがウォーターゲートの黒幕だったとしても、彼が足跡を残しているとはまず考えられない。彼が地下工作資金の管理をみずから行なうなど、ホールドマンらしくないのである。事実、ホールドマンが直接に管理していたとすれば、誰もその事実を記者たちに告げないだろう。それでも司法省やＦＢＩの取材源はそれを否定しないはずだ。過去の経験に照らして、バーンスタインとウッドワードはこの沈黙を、自分たちの疑惑が正しかった証拠と解釈していた。

十月十九日、ウッドワードはディープ・スロートに知らせるため、バルコニーの花瓶を奥にひっこめた。翌日の午前一時ごろ、アパートを出て、遠い地下駐車場にむかった。午前二時半ごろに着いた。ディープ・スロートはまだ来ていなかった。十五分過ぎた。さらに三十分経過。一時間。ウッドワードは心配になってきた。

ディープ・スロートはめったに約束をすっぽかさない。暗い冷えびえとした駐車場で、ウッドワードは途方もないことを考えはじめた。記者たちが訊きまわっていることをホールドマンマンがかぎつけるのは造作もないことだ。ディープ・スロートが眼をつけられたのか？ウッドワードは尾行されたのか？ゴードン・リディやハワード・ハントを雇うほど気ちがいじみた連中なら、どんなことでもやってのけるだろう。ウッドワードは理路整然とした考え方のできない自分に腹を立てて、ディープ・スロートの暗殺を策す殺し屋たちの姿を頭から追い払おうとした。殺し屋たちはナイフを突き刺した黒い手袋を、ディープ・スロートの車に残していくだろうか？一九七二年に雇われた殺し屋たちは、とくにホワイト・ハウスの手先になっていた場合、何をするだろうか？ウッドワードは外に出て、あたりに眼をやると、またランプをおりて暗い駐車場にもどった。それから、三十分ほど待つ間にますますこわくなってきて——なぜこわいのか、はっきりわからなかったが——駐車場からとびだすと、走ってアパートに帰った。ディープ・スロートは来なかった、と後刻バーンスタインに言った。現われなかった理由の説明はいくらでもありそうだが、二人とも心配でならなかった。

翌朝、ウッドワードのアパートに配達されたニューヨーク・タイムズ紙は20というページ数が円でかこんであり、時計の針は午前三時の会見を指定していた。ウッドワードは通いなれた道を選んで、十五分ほど早く着いた。地下駐車場までおりてみると、ディープ・スロートがそこで煙草を吸っていた。ウッドワードは安心すると同時に腹が立ってきて、昨夜どんなに心配したかわからないのかと言った。ディープ・スロートは、昨日バルコニーを見る機会がなかったし、事態もますます切迫してきたので、電話をかけなかったのだと答えた。ウッドワードはこれでホールドマンの情報を引き出せるかもしれないと思って、わざと不満そうにうめいてみせた。

事実ではなかったけれども、ウッドワードは、ホールドマンが秘密資金の引出しを管理していた第五の人物であるとの記事を来週書くつもりだ、とディープ・スロートに言った。

「きみの判断でそうしたらよかろう」とディープ・スロートは言った。

ウッドワードは質問の角度を変えた。もしこの情報が間違っていたら、ディープ・スロートはそれを注意する気になるか、と訊いたのだ。

「いや。きみは自分の判断でやったのだからね」

表現がどちらともとれる、あまりにも微妙な言い方に思われた。

「わたしをニュース・ソースとして利用することはできないよ」とディープ・スロートは言った。「わたしはホールドマンの件でニュース・ソースになるつもりはない」。例によって、ホールドマンの名前が出ると、話がややこしくなったようである。

「チェーピンが危くなってきたので、だいぶ緊張している」とディープ・スロートは説明した。「おだやかに言えば、ホールドマンの周囲は緊張している。用心したまえ」

ディープ・スロートは疲れて、しかも急いでいた。なるべく記者たちに迷惑がかからないようにするつもりだ、と言った。

われわれはホールドマンの問題で困ったことになるのか、とウッドワードが訊いた。

「きみを困らせたくない」

ホールドマンのことで警告した例がなかったので、ディープ・スロートは事実上ウッドワードの情報を確認していた。ウッドワードは後退しなければならぬ理由があるのか、ディープ・スロートからなんらかの手がかりを得たくて、そのことを口にした。

ウッドワードに間違ったことを書くなと警告しなければ、「われわれの友情に水をさすことになるだろう」とディープ・スロートはウッドワードと握手して去った。ウッドワードは二つの点でいっそう確信を深めた。ホールドマンこそ第五の人物であり、ホールドマンは恐るべき権力をにぎっていた。ディープ・スロートはかんたんにしっぽを巻く男ではない。

十月二十三日月曜日、ウッドワードはディープ・スロートとの会見の模様をバーンスタインに語った。バーンスタインはこの「確認」に不満だった。確かに最終的な確認だったのか？　イエスでありノーでもある、とウッドワードは答えた。

その夜、二人の記者はヒュー・スローンを訪ねた。二人が行ったとき、小雨が降っていた。ウッドワードは大きな真鍮のドアノックを二度か三度打ちつけた。スローンが玄関に出てきて、外に顔を出した。「今夜はお話しできない」と言った。その口調はおだやかで、親しみがこもっていた。

二人の記者は、入手した情報について二、三質問したいだけだと言った。スローンなら確認できるかもしれない。二人はスローンの好意につけこんでいることに気づいた。ヒュー・スローンはけっして門前払いをくわせない。しかし、ホールドマンは重要である。

秘密資金を話題にすると、スローンは使用した金額を言うつもりはないと繰り返した。支出を認める権限を持った人物が五人いたというのは事実か、とバーンスタインは訊いた。

「そう、五人だった」とスローンが言った。

マグルーダー、スタンズ、ミッチェル、カームバック、そしてホワイト・ハウスの某人物、とウッドワードは繰り返した。

「そうだ」とドアによりかかったスローンは答えた。

あなたは大陪審で名前をあげたか？　とウッドワードは尋ねた。

スローンは数秒考えた。「ええ」

ホールドマンということをわれわれは知っている、とバーンスタインは言った。そう言うことによって、抜きさしならないところまで来ていることを伝えたつもりだった。確認しても何一つ失うものはないとスローンに考えてもらいたかった。ホールドマンか？　とバーンスタインは繰り返した。

スローンは肩をすくめた。「そうかもしれないが、わたしはそのニュース・ソースになりませんよ」

必要なのは確認だけだ、とバーンスタインは迫った。名前を言う必要はない。ただ、イエスと言うだけでいい。

「ここではいやだ」とスローンは答えた。

ウッドワードはジョン・アーリックマンかと訊いた。

「いや」とスローンは言った。「アーリックマンじゃないことは断言できる」

コルスンか、とバーンスタインが訊いた。

「ちがう」

その二人ではないとすれば、残るのはホールドマンと大統領しかいない、とバーンスタインは言った。大統領でないことは確かだ。

「いや、大統領じゃない」とスローンは言った。

とすれば、ホールドマンでなければならない、とバーンスタインは食いさがった。われわれは記事にするつもりなので、間違いがあれば、あなたの協力が必要なのだ、と言った。

スローンはしばらく思案した。「では、こう申しあげておこう。きみたちがそのような記事を書いても、わたしのほうはべつに問題はない、と」

じゃあ、正しいわけですね、とウッドワードは訊いた。

「そうだ」とスローンは言った。

二人の記者は興奮を抑えようとした。さらに二つ三つ形式的な質問をしたが、二人はほとんど返事を聞いていなかった。やがて、二人はスローンと握手して、ウッドワードの車まで小道を歩いていった。

これでほぼ十分だ、とバーンスタインが言った。とはいえまだ不安は消えなかった。ウッドワードのほうは自信があったけれども、もう一カ所で確認をとる必要があるという点で二人の意見は一致した。

二人の記者は午後十時ごろ社にもどった。ホールドマンが第五の人物であることを肯定、ないしは否定できる立場にある人たちのリストを作成した。二人が接触していない人物は二人しかいなかった。

一人は、バーンスタインが十月の第一週に取材したことのあるＦＢＩの捜査官だった。奇妙な取材だった。バーンスタインはその捜査官の部屋に電話した。捜査官は新聞記者に話すことは何もないと言って、電話を切った。十分ばかりして、捜査官は電話をかけてきて、ポスト紙から八ブロックほどはなれたドラッグストアで会おうとバーンスタインに言った。彼はそのドラッグストアのカウンターにすわって、新聞を読んでいた。

バーンスタインはとなりの席にすべりこんだ。捜査官は株式市場の話をちょっとしてから、コーヒーを飲みおえた。「そろそろ出よう」と言った。二人はドラッグストアを出て、西のほうに歩いていった。

「きみたちにはえらく迷惑しているよ」と捜査官が言った。「われわれの報告書がほとんどそっくりそのまま新聞に出ている」

バーンスタインは勇気を得た。一般にはＦＢＩが取材源だと信じられていたものの、バーンスタインとウッドワードは、自分たちの情報がＦＢＩと同じものであるという自信がかならずしもなかったのである。

「きみたちは百発百中に近い――ただし、ミッチェルはべつだ。われわれは、彼が資金を管理していたという情報を手に入れてない。しかし、あれは大陪審で出てきたことなのかもしれないな。そうだとしても、われわれは突っこんで調べなかった。……ところで、われわれは、何か見落としてないかを知っておきたいんだ」

バーンスタインは混乱した。彼もウッドワードも、ＦＢＩは知っているとばかり思っていたのだ。ミッチェルの情報はＦＢＩのファイルにあると思っていた、とバーンスタインは言った。

「そこが困るところなんだ」と捜査官が言った。「われわれがファイルを全部持っているかどうかわからない。捜査官はみんな頑張ってきたが、何もかも調べるわけにはいかないだろう」

ＦＢＩ捜査官はミッチェルについて質問をつぎつぎに浴びせてきた。バーンスタインは相手の目的がわからなかった。捜査官はバーンスタインに質問しながら、ＦＢＩの捜査に疑惑を表明し（「起訴された七人で事件のけりがつくとは誰も思っていない。問題は、なぜ七人の起訴で終わってしまったかということだ」）、それから記者に怒りをぶちまけた。二人はホワイト・ハウスのほうへ歩いていった。

「ところで」と捜査官は言った。「わたしがきみといっしょだということを知っているのは、わたしの上司だけだ。われわれは仕事に愛着がある。左遷されたくはない。われわれが朝、役所に行ってみると、おたくの新聞にわれわれの調べたことがまるまる出ているというのは、まずいよ」

捜査官は、ＦＢＩが選挙スパイ、妨害活動に関する情報を入手しながら、何もしなかったことを認めた。「司法省にきみからこの話をしてもいい。情報はいろんな筋を経て司法省に行ったんだが、行ったきりだった」

二人はイースト・エグゼクティヴ・アヴェニューで北にむかい、ホワイト・ハウス東館をへだてた道の財務省側の歩道を歩いていった。捜査官は靴紐をしめなおすために立ちどまり、身体のバランスをとろうと、財務省の鉄柵に片足をのせた。バーンスタインはあたりに眼をやった。観光客の長い列ができて、ホワイト・ハウスにはいる番を待っていた。カメラを持った観光客が多い。捜査官は靴紐を結びおえた。もしかしたら、バーンスタインは偏執狂になりかかっているのかもしれないが、ここで足を止めたのは自分の写真をとらせる目的があったのではないかと考えはじめていた。場所は申し分ない。カメラを持った観光客。でも、なぜわざわざ？　誰でもポスト紙のファイルから彼の写真を手に入れることができる。捜査官の行動も不安を追い払ってくれなかった。このGメンはさらに三十秒かそこいら足をとめ、さりげなく鉄柵に片手をおいて、ミッチェルのことを尋ねた。ようやく、二人はラファイエット・スクエアのほうへ歩いていき、別れる前に数分ベンチにすわって、話をした。

バーンスタインがホールドマンについて訊くため、郊外のその捜査官の自宅に電話をかけると、ウッドワードは内線の受話器をとりあげた。

バーンスタインは、質問するだけではけっして情報が手にはいらないことを知っていた。FBIの捜査がずさんをきわめているとの記事を書いているところだと言って、捜査官を怒らせることにした。たぶん、それなりの事情を説明してくれるのではないかと思ったので、電話をした、とバーンスタインは言った。

ウッドワードは電話を聞きながら、ノートをとった。

捜査官　われわれに手落ちはありなかった。

バーンスタイン　では、ホールドマンが秘密資金を管理していたことから、ホールドマンの名前を知ったんですか？

捜査官　そうだ。

バーンスタイン　しかし、彼の名前は大陪審でも出たでしょう？

捜査官　もちろんさ。

バーンスタイン　とすると、FBIがスローンを取調べたときと、スローンが大陪審で証言したときに、出たわけですね？

捜査官　そうだ。

バーンスタイン　こちらがその点を確かめておきたかったのは、大陪審でしか名前が出なくて、FBIは突きとめられなかったと聞いたからです。

捜査官　われわれもそれは知っていた。金に関係ある者は一人残らずあたってみたんだ。……おたくの情報の九〇パーセントはFBIのファイルから出ていることはわかっている。きみが直接それに眼を通したか、さもなければ、何者かがそいつを読んで、電話できみに教えたんだ。

バーンスタインは、ニュース・ソースについては話したくないと言った。ホールドマンの質問にもどり、ホールドマンは秘密資金を自由にできた第五の人物なのかとふたたび訊いた。

「そう、ホールドマンだ。ジョン・ホールドマンだ」

バーンスタインは電話を切ると、ウッドワードに親指をあげてみせた。ついで、捜査官がボブと言わずにジョン・ホールドマンと言ったことに思いあたった。ワシントンではみなボブ・ホールドマンとジョン・アーリックマンを混同することがあったらしい。二人は「ジャーマン・シェパード」、「プロシャ人」、「ベルリンの壁」と呼ばれていた。といって、この混同をそのままにしておくわけにはいかない。バーンスタインは捜査官にもう一度電話した。「そうだ、ホールドマン、ボブ・ホールドマンだよ」と捜査官は答えた。「わたしはファースト・ネームがどうしても思い出せないんだ」

ディープ・スロート、スローン、FBI捜査官。やっと確実な記事が書ける、と二人の記者は思った。二人とも大丈夫だという気持で、十二時前に帰宅した。

翌朝、サスマンに確認を得たことを報告し、歓(よろこ)びをかくさなかった。この記事は秘密資金に触れた従来のものと違うものになるだろう。匿名のニュース・ソースにかわって、CRPの前財務部員であり、ホワイト・ハウスでH・R・ホールドマンの元顧問だったヒュー・スローンの秘密大陪審における証言を公表できるのだ。

ウォーターゲートの賭金は数カ月にわたって着実に、上昇をつづけてきた。ホールドマンで、この賭金は空恐しいほど高くなった。H・R・ホールドマンは合衆国大統領の代理である。彼は大統領の名において行動した。リチャード・ニクソンとの関係の性質を考えれば、ホールドマンが大統領の暗黙の、あるいは明確な承認なしに、地下工作資金の管理に関係していたとは思われない。とくに、こうした地下工作が再選の基本的な戦略の具体化であったとすれば。

バーンスタインは前夜ほとんど一睡もせずに、二人で書いた記事やこれから書く記事の持つ意味を考えたのだった。もし二人が合衆国大統領を不当に扱い、大統領ばかりか大統領制にまで打撃をあたえたとすれば、どうなるか？　そして、ひいては国家にまで？　かりに二人の記者の判断が間違っていたとしたら。なぜか二人が致命的な事実誤認をしていたとしよう。国家を手玉にとった二人の新米記者はどうなるか？　スタンズの金庫にあった札束が誰も自由に使えた金で、職務に忠実すぎたごく少数の部下が浪費したということはありえるだろうか？　それとも、二人の記者とそのニュース・ソースがたがいに疑心暗鬼になっていたということがあるだろうか？　二人が罠にかけられているのだとしても、やはり恐しい。ホワイト・ハウスがワシントン・ポスト紙をつぶし、さらに新聞の信用を落とす機会をうかがっていたとしたら、どうか？　ホールドマンが資金管理の権限を要求したこともなく、その権限を行使しなかったとしたら、どうなるか？

こうした恐怖はすべて誇大な、根拠のないものかもしれない。どっちみち、ニクソンはこんな新聞を読んだことなんかないのかもしれない。誰一人、気にもとめていないかもしれない（世論調査で、ウォーターゲート事件がさしたる衝撃をあたえていないという結果が出ると、安堵に近い気持になることもあった）。

翌朝、出社したバーンスタインは幽鬼のようだった。睡眠不足、頭のなかは疑問だらけで、小心になっていた。ウッドワードにすべてを打明けた。二人のうちのどちらかが臆病風に吹かれたのは、これがはじめてではない。役柄が逆転することはざらにあった。ウッドワードのほうがバーンスタインより用心深く慎重だという評判だった。ウォーターゲート事件当初のころは、そうだったかもしれない。しかし、この何カ月かのあいだ、おたがいに相手のブレーキ役を果たしてきた。もしどちらかが疑問に思えば、二人のあいだでどんなに意見が合わなくても、編集幹部たちには、記事差し止めで意見が一致したと伝えた。そうでなければ、編集者たちには何も言わないで、記事をひっこめてしまった。

ウッドワードもまた、二人の報道の根底をなすもの——その大部分は読者の眼にうつらない——がはたして眼に見える記事の意見を支えるだけ強力であるかという疑問で、不安な時期をなんどか経験している。ホールドマンの関係を確実に固めたとサスマンに報告する前に、二人はあらためてその根拠となるものを検討した。結果は安心できるものだった——宇宙飛行士が上昇に先だって計器を点検し、グリーンのライトが一つずつ点滅するのを見守るときに経験するにちがいない、そんな感じに似ていた。

十月二十四日の午後、二人はホールドマンの記事を書いた。もともと、この記事には新事実が一つしかなかった。選挙妨害、スパイ活動の選挙資金を管理していた第五の人物は大統領補佐官のなかでも最大の実力者であるという事実。

「数がどんどんふえる一方だな」とベン・ブラッドリーが言った。これを大エスカレーションとブラッドリーは呼んでいた。ブラッドリーはサイモンズ、ローゼンフェルド、サスマン、バーンスタイン、ウッドワードを部屋に召集した。

「ホールドマンがいなくては、こういうことはどうしてもありえなかったという絶対の確信がわたしの心にあった」とあとで二人の記者に語った。「しかし、われわれが彼を仕留めるまでに偏見がなかったことを確かめておくためなら、わたしの力の及ぶかぎり、あらゆる手段をつくしてみるつもりだった。われわれの狙いがだんだん高くなっていく気がしていたし、わたしは、ひょっとしたらきみたちが……まだ的をしぼるべきでないときから、彼を狙っていたのではないかと疑っていた。たぶん、きみたちにはわかっていたのかもしれないが、証明できなかった。わたしは、きみたちがそれを立証できるまで、新聞に載せまいと決心した」

締切り直前の午後七時の会議で、ブラッドリーは検事役をつとめ、ニュース・ソースの一人ひとりが語ったことばを逐一知ろうとした。

「FBIの男はなんと言った?」とブラッドリーは訊いた。

二人の記者は捜査官の発言のあらましを伝えた。

「だめだ」とブラッドリーは言った。「きみがどんな質問をしたか、相手がどう答えたかを正確に知っておきたいんだ」

ディープ・スロートや玄関先で取材したスローンの場合も同じだった。

「わたしはやるべきだと思う」。ローゼンフェルドが言った。

サスマンも賛意を表した。

サイモンズはうなずいて賛成した。

部屋を出るとき、サイモンズは、第四のニュース・ソースが確認してくれれば、もっと安心するんだが、と二人の記者に言った。七時半を過ぎていた。記事をおさえておけるのは七時五十分までだ。バーンスタインは可能性が一つあると言った。司法省の法律専門家なら積極的に確認してくれるかもしれない。ローゼンフェルドの部屋に近い電話からその法律専門家を呼びだした。ウッドワード、サイモンズ、サスマンの三人は記事の最終的な検討にはいっていた。

バーンスタインは、ヒュー・スローンのリストから落ちている、秘密資金を管理していた人物はホールドマンか、と単刀直入に訊いた。

相手は答えなかった。

バーンスタインはそれを記事にするつもりだと言った。すでに三人から確認を得ている。スローンが大陪審で証言したことを知っている、とも言った。ただ、こちらとしては、記事をおさえる理由があるか、あなたの意見をうかがうだけだ。

「きみに協力したい。ほんとうにそう思っている」と法律専門家は言った。「でも、わたしからは何も言えない」

バーンスタインはしばし考えてから、なぜ何も言えないか、理由は了解している、と法律専門家に言った。だから、方法を変えよう。バーンスタインが十かぞえよう。記者のほうで記事をおさえる理由があれば、十までかぞえないうちに、法律専門家は電話を切ってしまうのだ。もし十かぞえたあとも、電話を切らなかったら、記事掲載は心配ないという意味になる。

「電話を切ればいいのだね?」と法律専門家は訊いた。

そのとおりだとバーンスタインは答えて、数をかぞえはじめた。十までかぞえた。オーケイ、とバーンスタインは言い、胸がつまるほどの感謝の気持で礼を述べた。

「ちゃんとわかったかな?」と法律専門家が訊いた。

ええ。バーンスタインはもう一度、礼を言って、電話を切った。

編集幹部とウッドワードに、四人目の確認を得たと言い、われながらじつにうまい方法だったと思った。

サイモンズはまだ不安だった。煙草を吸いながら、編集局を通って、ウッドワードのタイプライターのむこうにすわった。

「どう思うかね?」と訊いた。「なんらかの理由があれば、いつだってもう一日おさえておけるんだ。……」

ウッドワードは、記事は固いものだと思うとサイモンズに言った。

ついでローゼンフェルドがウッドワードのデスクにやってきて、疑問があるかと尋ねた。まったくない、とウッドワードは答えた。

ローゼンフェルドは前文の書きかえを提案した。ホールドマンが資金を管理していたとの事実は「ウォーターゲート事件の大陪審における証言」のほか、連邦捜査官から判明した、としたかったのである。ウッドワードも異存はなかった。ＦＢＩの捜査官はそれを確認し、ディープ・スロートもまた、捜査当局は知っていたと明言している。前文は書きかえられた。同じ二つのニュース・ソースが、資金を管理した五名全員がＦＢＩの取調べを受けたと語った補足記事の土台となった。

締切りまぎわに、原稿は活版部に送られた。ホワイト・ハウス恒例の否認を伝える挿入原稿がはいるはずだった。

ウッドワードはホワイト・ハウス報道局に電話して、ジェラルド・ウォーレン副報道官に原稿を読みあげ、肯定するか否定するかを訊いた。

一時間後、ウォーレンが電話をかけてきた。「問合せの件は、ボブ・ホールドマンに関することがらが事実に反するため、誤報である」

一体それはどういう意味か、とウッドワードは尋ねた。

「申しあげることはそれだけだ」とウォーレンは答えた。

ウッドワードとバーンスタインはこの声明文をしばらく検討した。冷淡な、説得力のない論評であると判断した。それを記事に挿入した。

九時少し前、ウッドワードはマクガヴァン陣営の報道担当秘書カービー・ジョーンズから電話をもらった。「明日の新聞にすごい記事が載ると聞いたんだが」とジョーンズは言った。「一部こちらに送ってもらえまいか？」

ウッドワードは腹をたてて言った。ポスト紙のウォーターゲート事件関係の記事は民主党やマクガヴァンや特定の誰のためにも書かれたわけではないし、そういうたのみは困る。ジョーンズはぎょっとしたらしい。新聞があと数時間で出るからには、べつに無理な注文とは思わなかったのである。

ウッドワードは、自分もバーンスタインもすでに癒着(ゆちゃく)の非難をうけて、だいぶ迷惑している、と言った。読者と同じく、新聞売場で自分で一部買うように言って、電話を切った。

二人が退社する前に、首都圏担当の深夜デスクからメリーランド州のAP支局が打ってきた長文の電報を見せられた。ロバート・ドール上院議員がボルティモアでメリーランド州中央委員会の人たちを前にして二十分にわたりポスト紙を攻撃したのである。演説は五十七回もポスト紙に言及していた。*

＊以下のような言及があった。「このたびの選挙における最大の政治スキャンダルは、教会の承認もなく、ワシントン・ポスト紙がマクガヴァン陣営と新家庭を構えた破廉恥なやり方である。マクガヴァン氏の運動が崩壊すると、氏は数週間前からアメリカ政治史上、新聞による最も大規模な救援活動の恩恵を受けることになった。

「ポスト紙が維持してきた、不偏不党で信頼できるという評価は地におち、大新聞の座から姿を消しかけている。

「マクガヴァン派とポスト紙幹部と編集者には文化的社会的血縁関係がある。彼らは同じエリートに属している。彼らが同じ排他的な高級住宅地に仲よく住み、同じジョージタウンのパーティで親しく交際している姿を見ることができよう。

「合衆国大統領その人やその政治的幸運に対して、ポスト紙には、昔から敵対意識がある。この敵対意識はアルジャー・ヒスの時代からのものであるが、ヒス事件では大統領の潔白が明らかになり、ポスト紙はだまされやすいお人好しであることをみずから暴露した。「ウォーターゲート事件のごとく、違法の非道義的な事件と、わたしが政界入りしたときから、選挙で悪ふざけをするやからの常套手段だった悪戯とを故意に混同するのは、ただ一つワシントン・ポスト紙である。

「さて、かつてケネディの信奉者だったブラッドリー氏の見解は当然である。しかしながら、ポスト紙がマクガヴァン派の政治的な道具として利用されるのを氏が黙認するとき、また氏がけちなマクガヴァンの代理として全国をまわるとき、氏と氏の新聞は当然の結果を覚悟すべきだ。それはかならずや受ける報いである」

記者たちがようやく新聞から解放されたとき、ヒュー・スローンに儀礼的な電話をかけて、問題の記事が明日に出ることをひとこと注意するのを忘れてしまった。他社の記者が押しかけていくだろうから、予測される事態を伝えておくべきだった。しかし、彼らはウォーターゲートに関する著書の概要をまとめなければならなかった。その原稿は翌日の昼食のとき渡すはずになっていた。

二人の記者は夜明けごろまでかかって書きあげ、翌朝の九時マディスン・ホテルの喫茶室で顔を合わせた。朝食をとりながら、ポスト最終版のホールドマンの記事に急いで眼を通し、十時三十分ごろ十五丁目を横切って、ポスト紙の社屋までぶらぶら歩き、ホールドマンの記事の今後について、大筋のところを協議するため、サスマンの部屋に行った。心はずむ一刻だった。こんどこそ確かにホワイト・ハウスをつかまえたのだ。大陪審におけるスローンの証言は、ジーグラーもかわせないものになるだろう。伝聞ではなかった。ヒュー・スローンは資金を扱った人物であり、宣誓した上で証言した男である。

バーンスタインとウッドワードは午後から誰に会おうかと、それぞれデスクでノートを調べた。教育担当記者のエリック・ウェントワースがウッドワードのところにやってきた。

「おい」とウェントワースが言った。「スローンの弁護士がしゃべったことを聞いているか？」

ウッドワードは知らなかった。

「スローンは大陪審でホールドマンの名前をあげなかった、とスローンの弁護士は言っているよ。はっきりそう言ったんだ」

ウッドワードは愕然となった。

ウェントワースは同じことをもう一度言うと、自分の席にもどり、記憶をたよりに出社する途中CBSラジオで聞いたニュースのメモをタイプした。ウッドワードはウェントワースの席に行った。ウェントワースからタイプしたメモをもらったウッドワードは席にもどった。立っていられなかったのだ。

スローンに電話。返事はなかった。ついで、スローンの弁護士ジェームズ・ストーナーに電話をかけてみた。ストーナーは弁護士事務所にいなかった。ストーナーから連絡がありしだい、こちらに電話をくれるよう、秘書にたのみこんだ。

ウッドワードはバーンスタインの席まで行って、かるく肩をたたいた。厄介なことになるかもしれない、と小声で言って、ウェントワースのメモをバーンスタインにわたした。バーンスタインは急に気分が悪くなって、吐くのではないかと思った。吐き気がなくなるまで、顔をまっかにして、すわっていた。

それからウッドワードといっしょにサスマンの部屋に行って、メモをわたした。三人そろってローゼンフェルドの部屋に行き、テレビジョンのスイッチを入れた。スクリーンにうったのは、彼らが一生忘れられないような光景だった。スローンと弁護士のストーナーが法律事務所にはいっていくところだった。そこでスローンは宣誓証書をわたすのだ。CBSのベテラン放送記者ダニエル・ショーがカメラ班と待っていた。ショーはスローンに近づくと、大陪審のスローンの証言を報じたポスト紙の記事について質問した。スローンは、弁護士が意見を述べるだろうと言った。ショーはマイクロホンをストーナーに近づけた。

「われわれの答えは絶対にノーだ」と弁護士は言った。「われわれは――スローン氏はあの証言でホールドマン氏にまったく触れなかった」

サスマン、ウッドワード、バーンスタインの三人はたがいに顔を見合わせた。どこで間違ったのか？ あれだけ自信があったのに。

数分後、バーンスタイン、ウッドワード、サスマン、ローゼンフェルド、サイモンズはブラッドリーの部屋に集まった。ブラッドリーはCBSのインタビューを見ていた。

あとで彼は述懐した。「きみたちはみんなウォーターゲートのわが最悪の時を知りたいか？　ダン・ショーがあの翌朝スローンと、それから弁護士との前にマイクを突きだしたときだよ。ダンは言ったね。ワシントン・ポスト紙によると、あなたは大陪審で、ホールドマンがあの資金を管理していたと証言したそうだが、それは事実ですかと。スローンの弁護士はノーと言った。……TVのカメラ班は道に出て、右の裁判所のほうへまがると、そこにダンがいる。三十年前に知り合った、でっかい、物騒なダン・ショーがあの二人にマイクを押しつけて、仕上げにおれたちを料理した」

バーンスタインもウッドワードもサイモン・アンド・シュスター社の編集者ディック・スナイダーとの昼食を取消すつもりはなかったが、用件は急いで片づけることにした。ヘイ・アダムズ・ホテルまで歩いていくとき、問題の大きさがこたえてきた。重大な失敗をおかしたのだ――ヒュー・スローンは嘘を言うはずがない。しかし、どうして？　どこで間違ったのか？　スローンがホールドマンを資金管理者の第五の人物と確認した点に疑問はない。FBI捜査官も同様である。そして、ディープ・スロートも。証言の帰属に関係があるのだ。大陪審でスローンが行なった証言に。そこで、二人は恐しい失敗をおかした。この過失の理由をあれこれ考えながら、二人はホワイト・ハウスとラファイエット・スクエアをへだてたまむかいの旧ヘイ・アダムズ・ハウスの敷地に建つ歴史上有名なホテルまで四ブロック歩いた。

二人がホテルにむかっているとき、ロン・ジーグラーはホワイト・ハウスで定例の記者会見をはじめた。午前十一時四十八分にはじまった。十分ばかりの質疑応答と、大統領の遊説日程発表が終わって、一人の記者が質問した。「ロン、FBIは選挙妨害活動の隠し金を管理していた容疑でボブ・ホールドマンを取り調べたのか？」

こうしてポスト紙を痛罵する三十分がはじまった。

ジーグラー　きみの質問に対する回答は、ノーだ。取り調べはなかった。……わたし個人としては、ワシントン・ポスト紙のお粗末きわまる報道だという気がする。……ポスト紙の報道はたしかにでたらめなものだ……。

記事と見出し〔「ニクソン側近の大物、秘密資金に関係」と証言〕は秘密資金なるものに言及しているが、秘密資金ということばはワシントン・ポスト一紙によって独占的に、文字通り独占的に使用されており、これまた伝聞にもとづいたものであり、さらにまたここでも身分を明らかにしようとしない個人、すなわち匿名のニュース・ソースから得た情報にもとづいている。わたしは〔ジョン・ディーン三世から〕そのような秘密資金は存在しないと聞いている。……この報道も否定したが、それでも今朝、まったく伝聞と中傷にもとづく歪曲(わいきょく)した見出しのもとに、ポスト紙は大きく扱っている。……

……大統領選挙史上あまり例がなかったと思われる人身攻撃のみえすいた試みである。……

……

……わたしは新聞を攻撃しているのではない。報道官という立場でそのようなことをしたことはなく、わたしはワシントン・ポスト紙について忌憚(きたん)のない意見を申しあげ、これは政治的なものではないのかと言っておきたい――つまり、政府とその関係者をおとしめるために、巧妙に演出されたワシントン・ポスト紙の政治的な策謀であると言いたい。

……さて、われわれはこの新聞のこの種の記事に長期間にわたってつきあわされてきた。かつては偉大な新聞と言われたものだが、わたしが前に申しあげたように、この新聞が用いている報道戦術は見かけだおしの卑劣なものであり、言論の悪しき濫用である。

……わたしは、これまで申しあげてきた以外に、この種の記事に対して発言する意志はまったくないし、言われている容疑に対してははっきり否定するものである……

ジーグラーがポスト紙のウォーターゲート事件の記事をこのようにはっきりと否定したことは一度もなかった、とある記者は言ってから、こうつけ加えた。「あなたがいま述べたのは、ホワイト・ハウスの報道担当秘書官がくだしたいちばん長い論評ではないかと思う」

質問　もしホールドマン、チェーピン、コルスンの三人が潔白で、無実であるとすれば、なぜ彼らに質問に答えさせないのか？　具体的に彼らに訊いてみたいことをあなたに訊いたところで、直接の回答が得られない。

ジーグラー　……われわれはそんなことをして、ワシントン・ポスト紙の術中におちいりたくないし、またこんなことでポスト紙の相手になるつもりもない。……

質問　どちらかといえば、概括的な否定になっていて、チェーピン氏の場合、「本質的に、根本的に、不正確」だったが、あなたの立場から疑いをはらすことがあるのなら、なぜあなたはそれを言わないのか？

ジーグラー　今朝申しあげたと思う。
質問　その点に関するかぎり、ドナルド・セグレッティ氏は選挙妨害を行なうために、ホワイト・ハウスか委員会から起用されたのか？　そして、彼の接触者はドワイト・チェーピンだったのか？
ジーグラー　今朝、その質問を処理したと思う。
質問　でも、あなたはそれに答えなかった。
ジーグラー　……わたしがかりにニュース・ソースのすべて、又聞きの話をすべて検討し、それらの一つひとつに反論したところで、歪曲され誇張され事件の本質をたどることはむずかしいので、それは無駄な努力であるばかりか、……言論が悪用されたために……無益なことだ。
質問　ロン、タイム誌やニューヨーク・タイムズ紙もいわゆる事件について何回となく報道している。あなたが卑劣なジャーナリズムとして非難しているもののなかには、タイム誌やタイムズ紙も含まれているのか？
ジーグラー　率直に申しあげるなら、それらの新聞雑誌とワシントン・ポスト紙をいっしょくたにするつもりはない。同日に論じようとは思わない。……」
ついで、ジーグラーはポスト紙が報道する理由を訊かれた。
ジーグラー　彼らの動機がいかなるものか、わたしにはわからない。その動機がなんであるかについて、わたしなりの個人的な意見はある。ベン・ブラッドリーという名の編集者がワシントン・ポスト紙を支配している。彼の政治的信念が何であるかを知りたいとねがう人なら、彼がニクソン大統領の支援者ではないという結論にたちまち達するのではないかと思う。

わたしは先日、ブラッドリー氏がどこで演説をしていたかを知った。氏に言わせると、ニクソン政権はわれわれ——つまり新聞のことだが——の破壊に専念しているそうだ。政府は言論の自由を破壊しているという。

わたしが報道担当秘書官であったあいだに、われわれが言論の自由の破壊活動に従事したことは絶対になかった。われわれは言論の自由を尊重する。わたしは言論の自由を尊重する。わたしが尊重しないのは、ワシントン・ポスト紙が行なっているような卑劣な報道であって、その見解はみなさんに申しあげた。

昼食は神経を苛々させる苦役だった。ウッドワードとバーンスタインはうわの空で、まとまった話もできず、まして本を書くなど思いもよらなかった。二人が危惧するほど事態が悪化の一途をたどれば、おそらく退職を申し出ることになるだろう。新聞の世界でも出版界でも、信用を失った記者などにほとんど用はない。食事にろくろく口をつけずに、コーヒーばかりがぶ飲みした。

編集者との話がすむと、二人はホテルの古いオーク材のエレベーターに乗りこんだ。ホワイト・ハウスの報道局長ハーバート・クラインと乗り合わせた。三人とも無言で床を見ている間に、エレベーターは降下した。ロビーのある階で、クラインは足早に出ると、ドライヴウェイで待つホワイト・ハウスの車のほうへ急いでいった。

バーンスタインとウッドワードはポスト紙を頭にのせて、雨のなかを社に歩いてもどった。通信社によるジーグラーの記者会見の要約が二人のタイプライターのキャリジにはいっていた。ジーグラーの自信にみちた残忍なまでの攻撃と、ホールドマンに関する記事の断乎とした否定は、とりかえしのつかぬ失敗をしたことを雄弁に物語るものだった。

肉体的にも精神的にも二人の記者はこの危機に首尾よく対処できる状態になかった。二人とも疲労し、狼狽し、混乱していた。

雨に濡れ、ぶるぶる震えながら、ウッドワードはもう一度スローンの弁護士に電話をかけた。こんどは連絡がついたので、否定の真意を聞かせて欲しいと弁護士にたのんだ。

「おたくの記事は間違っている」とストーナーは冷たかった。「大陪審のところが間違っていた」

ウッドワードに勝ち目はない。スローンの信頼を裏切って、あなたの依頼者が、ニュース・ソースだったとストーナーに言うわけにいかなかった。

スローンが大陪審でホールドマンの名前をあげなかったことは確かなのか? ウッドワードはそうした意味のことを婉曲(えんきょく)に言ってみた。

「そうだ」とストーナーは答えた。「絶対に確かだ」。つぎの質問を先取りして言った。「おたくの記事をとくに否定した。いや、彼はFBIにその話をしなかった。政府の捜査官にはしゃべっていない」

ウッドワードは急に冷汗が出てきた。すべてはでっちあげだったのか？　ヒュー・スローンの弁護士を敵にまわすとは思っていなかった。

ウッドワードはもう一度食いさがってみた。スローンが誰に洩らしたかという問題はひとまずおいて、記事の根本的な事実は正確なのか？　ホールドマンはほんとうに資金を管理していたのか？

「何も言いたくない」

これは重大な質問ではないか？

「発言はひかえる。わたしはただ、自分の依頼者が知っていたかもしれない、あるいは知らなかったかもしれない情報については話したくない」

椅子のなかで身をよじりながら、ウッドワードは誓約を考えた。いったいどうしたらいいのか？　この難局を打開できるような指示をあたえてもらえないか、と訊いた。しかし、ストーナーは何も言わなかった。

ウッドワードは、スローンがウォーターゲートの犯罪に無関係であることをポスト紙が再三にわたって認めてきた事実をストーナーに指摘した。それを認めた新聞はポスト紙がはじめてである。ポスト紙は、スローンが硬骨漢だったから、辞任したのだと断言した。

ストーナーはそのことを感謝していると言ったものの、ウッドワードのほうは弁護士が苛立ってきているように感じた。ウッドワードは考える時間が欲しいと思った。ことばにつまってしまった。

ストーナーの依頼者が大陪審で証言したことを誤って報道した点で、ポスト紙は彼に謝罪すべきだろうか？

ストーナーは、謝罪の必要はないと言った。

ウッドワードは間をおいた。ホールドマンに謝罪したほうがいいかどうかを訊いておくべきかもしれない。しかし、かりにストーナーが謝罪をすすめたら。たぶん新聞紙上で謝罪しなければならないだろう。考えるだけでもいやだった。

相手の答えから辛い立場に追いこまれるかもしれなかったが、ウッドワードは、ホールドマンに謝罪するのが筋道だろうかと訊いてみた。ほかに質問が思いつかなかったのだ。

「ノー・コメント」

ウッドワードは、ポスト紙には誤りを訂正する責任がある、と言った。

ノー・コメント。

謝罪を要求されれば、そうするだろう。

ウッドワードは声を大きくして、新聞の誤報がどんなに重大であるかをストーナーに強調した。

ようやく、ストーナーは言った。ボブ・ホールドマンに謝罪することをわたしはすすめない。

スローンの弁護士が否定したことをラジオが報じて以来はじめて、ウッドワードはいささかほっとした。

スローンは、ホールドマンが資金を管理していたか否かを大陪審か捜査官に訊かれたのか、とウッドワードは訊いた。

ノー・コメント。

ウッドワードは自分の疑問をぶつけてみた。

FBIの捜査があまりにもずさんで、しかも大陪審の調査が不十分だったから、スローンはホールドマンのことを一度も訊かれなかったのか？

ノー・コメント。

これでは、ぼくたちは宙吊りのままだ、とウッドワードは言った。

ストーナーは、二人の不安定な立場に同情する、と言った。

ウッドワードはそこにつけこむことができなかった。何も言うことがなかったのだ。

二人の記者は冷静を欠いていた。ウッドワードは早くとも夜までディープ・スロートに連絡がつかなかった。バーンスタインはスローンがつかまらなかった。社内全体が沈滞していた。編集局に沈痛な空気がみなぎっていた。ほかの記者たちは、社内がしだいに緊迫していくなかで、声もなく見まもっていた。ときおりブラッドリーとサイモンズが部屋から出て来て、二人の記者をはげました。落ちつけ。あわてるな。サスマンの表情に苦渋のいろがあった。ローゼンフェルドは自室と二人の記者の席をなんども往復しながら、二人がつづけているニュース・ソースとの会話を逐一報告するように申しわたしていた。

午後三時、バーンスタインとウッドワードは、二日前の夜ホールドマンのことを確認してくれたFBI捜査官に会おうと社を出た。その捜査官の部屋を出た廊下で彼を見つけた。バーンスタインは近づいて、われわれのほうで誤解したのかと訊いた。「きみたちとは話をしない」。捜査官は逃げ腰でそう言った。

バーンスタインが追いかけると、捜査官は廊下をあとずさりした。なぜか、捜査官はにやにやしているように見えた。冗談じゃないんだ、とバーンスタインは言った。捜査官は回れ右をすると、足早に廊下の突きあたりまで行って、なおも話に応じようとしなかった。

バーンスタインとウッドワードは腹をきめていた。もし捜査官が前言をひるがえすなら、二人は捜査官の上司に話して、釈明を要求するつもりだった。スローンがホールドマンについてFBIにも大陪審にも話さなかったのは、いまや明らかに思われた。

バーンスタインはしばらく待ってから、捜査官のあとを追い、出口で彼をつかまえた。重大なことなんだ、とバーンスタインは言った。Gメンのかくれんぼうじゃない。回答が欲しいんだ——いますぐに。ウッドワードがやってきて、話に加わった。バーンスタインと捜査官との会話をタイプしたメモの折りたたんだ写しを持っている。はっきりした回答が得られなければ、きみの上司に相談するまでだとウッドワードは捜査官に言った。

捜査官はもう笑っていなかった。あわてているようすだった。「いったいなんの話だ?」と言った。「わたしはすべて否定するよ。何もかも否定する」

ウッドワードはメモの写しをひらいて、捜査官に見せた。他人に迷惑はかけたくない、と言った。こちらがどんな間違いをしたかを知る必要があるのだ。しかも、すぐに知る必要がある。

「ホールドマンの話なんか、おまえたちとはしないよ」と捜査官は言った。「おまえたち二人と話しているところを見られてもまずいんだ」

バーンスタインは捜査官を落ちつかせようとした。どこかおかしなところがあったので、それが何かを知らなければならない。相手をだましたとか、信義にもとる行為をしたと疑う理由はどこにもない。

捜査官は手をふるわせ、汗をかいていた。「勝手にしろ(ファック・ユー)」と言って、自分の部屋にはいっていった。

二人の記者は廊下で上司の一人を見つけた。二人がつぎにとった行動は、二人にとってははじめて、最もむずかしい、職を賭けた——じつはプロらしくない——決断だった。ニュース・ソースの秘密を明らかにするのだ。そういう経験は一度もなかった。それが間違っていることを二人は肌で知っていた。しかし、やむをえないと判断したのである。ハメられたのではないかと疑っていた。怒りは正当なものであり、どたん場まで追いこまれてしまった、と二人で話しあった。

バーンスタインとウッドワードは捜査官の上司のところへ行って握手した。三人でどこかで話をしたい、とウッドワードが言った。

どんな話か？

二人の記者は、バーンスタインがホールドマンの件で捜査官と電話で話しあったことを伝えた。二人とも電話を聞いていた。ウッドワードはタイプしたメモを見せた。

上司は急いで眼を通した。腹をたてているのが二人にもわかった。「わかっているだろうが、州境を越える電話を傍受するのは法律違反なのだよ」と言った。

法に違反したとすれば、その結果を甘んじて受けいれるつもりだ、と二人の記者は言った。しかし、さしあたって重要な問題はホールドマンであり、自分たちが間違っていたか否かである。

上司は何も言わずに行ってしまった。
二、三分すると、捜査官が廊下を二人の記者のほうへふっとんできた。「きみたち二人はこの建物から出るな。命令だ」と指さし、その指をふってみせた。「ここから出るな」
捜査官が行ってしまうと、バーンスタインとウッドワードの意見は一致した。捜査官には二人を逮捕しなければ、この建物に残れと命令する権限などないのだ。サスマンに電話して、知恵を借りようということになった。ウッドワードは弁護士を同道するのがいいかもしれないと思った。

二人はFBIの建物から出ると、道をへだてた公衆電話まで行って、サスマンに電話をかけた。サスマンは、捜査官が命令するのは筋違いだと言って、社にもどってはどうかとすすめた。「きみたちを逮捕したのか？」とサスマンは訊いた。バーンスタインは否定した。ローゼンフェルドも電話に出ていて、捜査官を痛罵し、ワシントン・ポスト紙に嘘をつかないようにさせろ、と二人に言った。

二人の記者はこの忠告を無視することに決めて、捜査官の上司をふたたび訪ねた。決着をつける手だてがあるかもしれない。上司は部屋にいた。秘書が二人をすぐ部屋に通してくれた。上司は大きなデスクのむこうにすわっている。捜査官はそのとなりに立っていた。上司は席をはずしてくれと捜査官に言った。「さて、いったいどういうことなのかね？」。ドアがしまると、上司はそう訊いた。

ホールドマンの記事が正確か不正確かを決定できなければ、故意に誤報を流したニュース・ソースの名前を公表しなければならない。二人の記者は釈明しなければならぬ。捜査官がわざと誤報を二人に流したのかどうかを知りたい。

さらに重要なのは、とバーンスタインは言った。どうしてこのような間違いをおかしたのか、その間の事情を知らなければならない。また、その事情がわからない。ホールドマンは五人のうちの一人なのか、そうではないのか？　スローンはそう言ったのか、言わなかったのか？　問題は記事の内容ではなく、スローンの大陪審の証言に触れたことだ、と二人は思った。

「その話はしたくない」と上司は言った。

二人の記者はもう一度押してみた。二人が間違っていたとすれば、訂正と謝罪が必要である。誰に謝罪すべきか？　なんと言うべきか？

「ここで回答は得られないよ」と上司は言った。

三十分後、二人の記者はまたブラッドリーの部屋にいた。サスマン、ローゼンフェルド、サイモンズの三人も集まった。

「どうだった？」とブラッドリーは訊き、デスクに身をのりだして、バーンスタインとウッドワードのほうへ手のひらを上にして、手をのばしてきた。まだわからない、と二人は答えた。

ニュース・ソースが間違った情報をくれたとすれば、約束が破られたことになるので、ニュース・ソースの名前を公表する自由がある、とウッドワードは言った。ローゼンフェルドは自信がなかった。バーンスタインは公表に反対した。

ブラッドリーは静粛を手まねで命じた。「きみたちは正しいのか間違っているのかもまだわかっていない」。動揺してはいたが、怒りは見せなかった。「かりにニュース・ソースの名前を明らかにしたとしよう――ニュース・ソースは言下に否定するだろう。すると、どうなるか？　いいか、われわれはニュース・ソースの名前を公表しない。そういうことをはじめるつもりはないんだ」

バーンスタインはほっとした。ローゼンフェルドは落胆したらしいが、冷静を失わなかった。ディープ・スロートやスローンなど、連絡のつく相手ともう一度話し合ってみてはどうかと提案した。一日か二日すれば、事態ははっきりするだろう。

スローンが大陪審でホールドマンについて証言しなかったことは間違いないと思う、と二人の記者は言った。ウッドワードは、少なくともそれだけは書いて、間違いを認めようと提案した。

ブラッドリーは顔をしかめた。「きみたちは自分の立場を知らない。事実をつかんでないんだよ。しばらく我慢しろ。われわれがスローンの弁護士を信用すべきかどうかも、わたしは決しかねている。成りゆきを見てみよう」

それから、ブラッドリーは全報道機関に発表する声明文を作成しようとタイプライターにむかった。午後から論評を求められていたのだ。マルクス兄弟の映画の一場面のように、用紙がタイプライターから飛んで、床に落ちた。なんども書き出しに失敗したのち、つぎのような一文を用意した。「われわれはわれわれの記事を支持する」＊

＊ブラッドリーはのちに述懐した。「わたしはあの一年で二つの声明を出した――どちらもウォーターゲート事件に関係があった。……正直な話、わたしに選択の道があっただろうか？　あのとき、わたしは二人の記者といっしょに刑務所行きになるところだった。いまでもおぼえているが、わたしはタイプライターを前にして、三十通りもの声明文を書いた。『われわれの記者を信じよう』といった意味のものばかりだった」

バーンスタインとウッドワードは翌日、席をはなれず、原稿も書かなかった。ホールドマンの記事を掲載しなかった新聞の多くはホワイト・ハウスの否定を大きく扱っていた。後日、コロンビア・ジャーナリズム・レビュー誌にベン・バグディキアンはつぎのように書いた。

「シカゴ・トリビューン紙の読者がポスト紙のホールドマンの記事について知った最初の情報は、トリビューン紙が報じた朝ではなく……翌日の七ページ、『ジーグラー、ポスト紙のスパイ報道を非難、関係を否定』の見出しをかかげた記事である」

ポスト特派員として最近ベトナムからワシントンにもどったばかりのピーター・オスノスは、スローンの弁護士の発言とホワイト・ハウスの否定を扱った第一面の記事をまとめあげた。

午後八時四十五分、バーンスタインはようやく電話でヒュー・スローンに連絡がついた。バーンスタインは二人の苦境を訴えた。間違ったことは認めるが、どこで間違えたのかがわからない、と。

スローンは同情的だった。「要するに、きみたちの書いた記事の結論にわたしは同意しかねるということだ」

ホールドマンは確かに資金を管理していたが、その件は大陪審で問題にならなかったということか？

「大陪審でわたしが調べられたとき、ボブ・ホールドマンの名前は出てこなかった。われわれが否定したのは、おたくの記事にかぎってのことだ。事実に反している。わたしは大陪審で絶対に言わなかった。訊かれなかったのだ。わたしはきみたちの取材に干渉するつもりはない。否定は限定的なものだった、わざと限定した」

スローンの言わんとするところは、判然とはしなくても、明らかに思われた。ホールドマンは資金を管理していた。ただ、それは大陪審では出なかった。スローンが今週はじめに大陪審について語ったことを二人の記者が誤解したか、スローンが二人の質問の解釈を間違えたのだ。

電話によるスローンとの会話は少なくとも明るい材料だった。ホールドマンが資金を管理していた事実を疑問の余地なく二人の記者が立証し、誤解の釈明ができるなら、二人の信用が地に落ちるということもあるまい。バーンスタインとウッドワードは疲労困憊していた。二人はこのようなとんでもない大失敗を演ずるまでの経過を分析してみた。

推理に走りすぎた。ホールドマンが「ウォーターゲート」の黒幕だというニュース・ソースの情報と推論に負けて、秘密資金というかぼそい一本の糸をつかんでしまった。この判断には相当の根拠があった。ニクソンの選挙資金は秘密工作の謎を解く有力な鍵になった。しかし、二人はホールドマンが資金をにぎっていたと確信するにいたるや、結論を急いだのだ。二人は自分たちが聞きたいと思うことにしか耳を傾けなかった。ホールドマンが五人のうちの一人であるとスローンが確認した夜、二人は、ホールドマンがその権限を行使したか、彼は実際に金の支払いを認めたかといったことも訊かなかった。大陪審でどんな質問をうけたか、彼がどんな答弁をしたか、と具体的にスローンに尋ねなかった。スローンが魔法の呪文をとなえると、二人はさっさとひきあげて、あとで電話をかけることをしなかった。おたがいに了解しあっていることを確かめるために、彼にもう一度言わせようとしなかった。FBI捜査官との話合いでも、失敗を重ねてしまった。バーンスタインの質問は上っつらをなでたものだった。捜査官の口から名前を言わせるようにしむけるべきだった。もし捜査官がそうしなくても、確認の方法があったかもしれない。ホールドマンとアーリックマンの混同は、捜査官が知らないことまでしゃべっているおそれがあるとみるべきだったのだ。捜査官を怒らせるためにFBIの無能ぶりを非難するというバーンスタインの策略は悪判断だった。捜査官がどの程度信用できるか、どんな反応を見せるかといったことがわかるほど、バーンスタインと捜査官のつきあいは深くない。

二人は、捜査官の上司に直訴したのがその場ですぐ職業的倫理に反することを思い知らされた。捜査官の将来をおびやかし、彼の信頼を裏切り、他のニュース・ソースの信用をも危くしたのである。

誤算はほかにもあった。バーンスタインは司法省の法律専門家に対して、電話を切らなければ無言の確認になるという方法を用いるべきではなかった。この方法はどんな意味にもとれる結果を招く(事実、法律専門家は意味を逆にとって、彼の真意が記事からけずれという警告であったことを二人はあとで知った)。ディープ・スロートの場合にしても、ウッドワードはただ明確な発言だけを採用するかわりに、言外の確認を信用しすぎたきらいがある。

翌十月二十六日、ヘンリー・キッシンジャーは、ホワイト・ハウスで記者会見し、東南アジアの「和平が近い」と言明した。その数時間後の午後、クラーク・マグレガーはテレビジョンに出演するため、公共テレビジョン・センターのワシントンのスタジオにはいった。政府の立場から、政府の一般的な姿勢をきびしい現実に対応させ、後日ホワイト・ハウスを苦しめそうな声明の誤りを訂正する絶好の機会だった。とくにマグレガーのどんな発言もキッシンジャーの談話で影がうすくなるおそれがあったのだ。

マグレガーはCRPに秘密工作の資金が存在したことを認めたが、「秘密」ということばに異議をとなえ、この資金から出た金は違法活動を認めた上で使用されたのではないと主張した。スタンズの金庫にあった現金は、ニクソンの予備選挙を妨害する組織的な活動の有無を突きとめるために使われたのだ、と述べた。彼は、支払いの権限を持ち、支払いを受けていた五人の名前をあげた。ミッチェル、スタンズ、マグルーダー、ポーター、リディである。

マグレガーの発言は、二人の記者がホールドマン騒動で失った信用をいくらか回復してくれるように思われた。前日、ジーグラーは資金の存在を否定しているのだ。

ブラッドリーはすでに第一面にウォーターゲート関係の記事が決まっていたので、マグレガーの発言は第一面からはずした。「こうすると、和平が近いという日に、われわれが握りつぶしているみたいなものだ」とブラッドリーはウッドワードに言った。ウッドワードは第一面の記事を書いていた。

ニューヨーク・タイムズ紙はマグレガーの記事を第一面に掲載し、重大な事実を一つつけ加えていた。ニクソン再選委に関係ある何人かの証言によれば、資金から九十万ドルの現金が出されていた、とタイムズは報じたのである。

その朝、ウッドワードは赤旗を入れた花瓶をバルコニーにおいた。ディープ・スロートとの会見はこれまでになく憂鬱なものになることは覚悟していた。

午後九時ごろ帰宅すると、ウッドワードは自分でオバルチン入りのミルクセーキをつくり、本を読みながら眠ってしまった。眼をさましたのは午前一時半だった。寝坊したことに腹がたって、車で行こうかと思ったが、危険すぎるので諦めた。ウッドワードもバーンスタインも危い橋をもういやというほどわたりすぎた。

ウッドワードは暖かい服を着ると、非常階段をおりて、路地に出た。十五ブロック歩いて、タクシーをつかまえ、午前三時少し前、駐車場に着いた。ディープ・スロートは暗い片隅で壁によりかかっていた。

どうしても助けがいる、とウッドワードは彼に言い、つもりつもった不安、混乱、後悔、怒りの感情をぶちまけた。十五分か二十分しゃべりまくった。

ディープ・スロートはただ一度質問を発しただけで、深く憂慮しているらしかった――後悔しているよりも悲しんでいるのだった。ウッドワードは二人の記者がぎりぎりまで追いつめられていることを知ってもらいたかった。この失策は二人が書いてきたこれまでの記事の信憑性を疑わしいものにした、とウッドワードは思った。記事は事実を積みかさねてきた。いずれはホワイト・ハウスも降参せざるをえないところだった。いまや、証拠という重荷がポスト紙に逆に押しつけられたので、ホワイト・ハウスはその重圧から逃れることができた。

「とにかく、ホールドマンはきみの手からすり抜けてしまった」とディープ・スロートは言った。駐車場の壁を靴のかかとで蹴って、失望を隠そうともしなかった。全貌はついに知られることがないだろう。ホールドマンで失敗したことが真相にフタをしてしまった。

ディープ・スロートがウッドワードに歩みよった。「わたしに話をさせてくれ」と言った。

「ホールドマンのような人物を相手にするときは、確実この上ない事実を絶対につかんでいなければならない。じつにひどいポカをやったものだ！」

ディープ・スロートはさらに身を寄せて、小声で話した。「わたしはきみの知らないことを話すつもりはないが、きみがにぎっている根本的な事実は正しい。何から何まで、こんどのことはすべてホールドマンの工作だ。彼が金を動かした。周囲の職員を手足のように使って、本人は手を汚さなかった。わかるかね？」

ディープ・スロートはホールドマンの行動を話してくれた。「あの男は利口で、必要とあれば、人あたりもよくなる……でも、ふだんは人あたりがよくない。彼は大統領代理（アシスタント・プレジデント）で、誰でも彼に会いたいと思えば、会うことができる。彼が命令を出すんだ。その点ではじつにいやな男にもなる」

ホールドマンには腹心の部下が四人いて、その四人に命令を出していたが、権限はあたえなかった。ローレンス・ヒグビー――「言われた通りにやる無能な若造」。チェーピン――「ヒグビーより利口で都会的で、やはり従順なイエス・マン」。ストローン――「度胸があって有能」。アレグザンダー・バターフィールド――「書類と人間の扱い方を知っている元空軍大佐」

「きみたちがやったようなヘマをすれば、誰しも臆病になる」とディープ・スロートはつづけた。「それが、ホールドマンは無敵だ、要塞だという神話を生む。ホールドマンはきみの眼の前でこの神話を実演し、ワシントン・ポスト紙までもやっつけてやろうと、陰でいろいろと工作したらしい」

あの記事は「最悪の敗北になる可能性がある。きみたちはホールドマンに同情を向けさせる結果を招いた。わたしはそんな結果になると思っていなかった」

ディープ・スロートは足を踏みならした。「このような謀議……謀議の調査は……みんなの首をじっくりと締めあげていかなければならない。外濠からがっちりと固めていくんだ。ハントやリディの場合より十倍の証拠がいる。そうすれば、もうだめだという気持になる――すぐにはしゃべらないかもしれないが、首根っこをつかまれているんだ。そして、つぎの段階でもやはり同じことをやる。こちらの狙いが高すぎて、的をはずせば、相手は安心だという気持になる。弁護士ならそうするところだ。利口な新聞記者でもきっとそうにちがいない。きみは捜査を何カ月も逆もどりさせてしまった。その結果、みんなで受け身にまわる――編集者もFBI捜査官もみんな萎縮せざるをえなくなる」

ウッドワードはぐっとこらえた。説教されてもしかたがないのだった。

その日の午後、ウッドワードはディープ・スロートが語ったことをバーンスタインに伝えた。つぎのような記事を書くべきだということで、二人の意見はまとまった。スローンは大陪審でホールドマンの名前をあげなかったが、しかし信頼すべき筋によれば、ホールドマンが秘密資金の権限を持っていたことは確実である。

ブラッドリーはじめ編集幹部はこの記事の掲載を望まなかった。火がおさまりかけているのに、あおることはしたくなかった。

日曜日、マクガヴァン上院議員はNBCの『新聞に答える』に出演し、この機会を利用してウォーターゲート事件に関する意見を述べた。すべて事実だ、とマクガヴァンは言った。なぜなら、ワシントン・ポスト紙の二人の優秀な記者がそう言ったからだ、と。*

*マクガヴァンはつぎのように語った。「大陪審における大統領再選委員会の財務部員の証言を伝える、優秀な記者の書いた報告によれば、用意された七十万ドルの資金は、まずミッチェル氏が、ついでアーリックマン氏、大統領補佐官のなかで実力者のホールドマン氏が管理した。また、その資金は選挙スパイ、選挙妨害など民主主義の制度を攪乱すべく行なわれた卑劣な工作の目的のために保管されていた」

同じ日の午後、スピロ・アグニューはABCの『争点と回答』で違った意見を開陳した。「新聞として不埒（ふらち）だ」とポスト紙の取材全般にわたって批判し、ホールドマンの記事を「これを大統領に結びつけんがために、二つの事実誤認から捏造した記事」と片づけた。

この番組のあとまもなく、サイモンズはローゼンフェルドに電話した。ポスト紙はいまやホールドマンの記事を訂正するしかない。全国を駆けまわっている民主党の大統領候補にワシントン・ポスト紙の不正確な情報を引用されるのは耐えがたいことだった。

バーンスタインとウッドワードは問題を整理する記事を書くように言われた。二人がバーンスタインのデスクにいると、通信室の者がタイム誌のプレス・リリースを持ってきた。プレス・リリースの内容は以下のようなものだった。タイム誌がFBIのファイルから得た情報によれば、ドワイト・チェーピンは民主党の選挙運動を攪乱するために、ドナルド・セグレッティを「雇った事実をFBI捜査官に認め、セグレッティに支払われた金はニクソンの個人的な弁護士でカリフォルニアの弁護士ハーバート・カームバックが用意したと語った」。さらに、カームバックはセグレッティに金を出していた事実を認めた、という。

しかし、タイム誌の解説はなおもつづき、「ホワイト・ハウスの首席補佐官H・R・ホールドマンが、スパイ、妨害活動に使われた資金を管理する一人だったというワシントン・ポスト紙の主張を裏づけるだけの確実な証拠はなかった」のである。

タイム誌がFBIのファイルを見たのは疑問の余地がない、とウッドワードもバーンスタインも判断した。二人はタイム誌のチェーピン、カームバックの関係を突きとめた情報とホールドマンに関する同誌の見解ではじまる、型通りの記事を書いた。ついで、たとえスローンが大陪審で情報を提供しなかったとしても、ホールドマンが資金からの支払いを認める権限を持った一人であったか、とポスト紙がスローンに訊いたことを報じた。記事はスローンのことばを引用していた。「われわれの否定はきわめて限定的なものだ」。そして、つぎのように記事がつづいた。

ポスト紙記者がふたたび政府捜査機関の消息通を取材したところ、ホールドマンを資金に結びつける情報の出所を大陪審におけるスローンの証言と断定したのはポスト紙の事実誤認であるとのことだった。

しかしながら、ウォーターゲート事件の捜査に関し詳細な情報を提供してきたこれらの消息通は、ホールドマンが資金の支出に権限を有していたことをふたたび確認した。ある消息通は、「これはホールドマンの工作」であり、ホールドマンは部下を通じて資金を操作し、本人は「手を汚さなかった」とまで言い切った。

10 鉛管工グループ

バーンスタインとウッドワードは何週間も前から大統領選挙の投票日を待ちかねていた。選挙の大詰めは、二人が六月十七日以来はじめて経験する挫折の連続だった。ホールドマン騒動に加えて、つぎつぎに大きな障害に遭遇しはじめたのである。セグレッティの活動とチェーピン、カームバックの関係をスクープしたことで自己満足と熱狂にひたったのち、ポスト紙はサスマンの指揮のもと、大々的な取材を行なった。十人以上の取材記者が随時動員された――調査、選挙戦の分析、中心人物紹介の原稿執筆、裁判所、議会、ホワイト・ハウスの動静取材。新しい情報はごくわずかしかなかった。セグレッティが接触した人物、ニクソン陣営による散発的な妨害事件、FBIと連邦検事たちが捜査を縮小した例。

バーンスタインとウッドワードは夜間の取材を再開した。収穫皆無。選挙は目前に迫っている。ニクソンが勝てば、みんな話すようになるのではないか、と示唆する人が数人いた。十一月七日が過ぎれば、情報入手がもっと楽になるという見込みは、二人の記者が早く選挙が終るのを望んだ唯一の理由ではない。ニクソンが再選されれば、ホワイト・ハウスは、ポスト紙がマクガヴァンの選挙を応援しているとの主張を放棄せざるをえないだろう。

ウッドワードは投票日を社でぼんやりとすごし、世論調査を楽しそうに調べているサスマンにときどき眼をやった。パイプをくゆらしながら、サスマンは世論調査に間違いがあるかどうかを調べていたのである。ジョージ・マクガヴァンが勝つとすれば、何百万という票がマクガヴァン側に流れなければならないと計算していた。最新の調査が机上に散らばっている――割算、掛算、足し算、そしてサスマンにしかわからない記号を書き散らした紙きれ。サスマンの結論は、ニクソンが敗れるのは数学的に不可能だということだった。

共和党員のウッドワードは棄権した。マクガヴァン陣営の足並みの乱れや幼稚な理想主義とリチャード・ニクソンの言動のどちらに危惧を抱いているのか、自分でも決めかねた。そして、棄権するほうがウォーターゲートの報道でより客観的になれると信じた。バーンスタインはこの考えを一笑に付した。バーンスタインは冷静に、ためらうことなくマクガヴァンに投票したのち、社内の賭けでニクソンが五十四パーセントの得票で勝つほうに賭けた。*

＊ニクソンは六十一パーセントの得票で当選した。

選挙の翌日、ブラッドリーとサイモンズは、バーンスタインとウッドワードの取材の方法と、二人が重点的に取材すべき分野に関する意見を述べたメモの提出をサスマンに求めた。サスマンはどうしても記事が欲しいと二人の記者に伝えた。いい記事ならなんでもいい。ポスト紙に圧力をかけるのをやめさせ、ポスト紙がジョージ・マクガヴァンを応援していたとの印象を一掃するような記事が欲しい。

ウッドワードはこの指示を聞き、怒りを顔に出した。いささか憤然として、ウッドワードとバーンスタインはサスマンに注文した。編集幹部に自説をはっきりと主張するメモを書いたらどうか、と。

サスマンは一ページのメモを書き、つぎのようにしめくくった。「ウッドワードとバーンスタインは文字通りこれまでのニュース・ソースをすべてもう一度取材し、また選挙が終わった現在、自発的に話してくれそうな新しいニュース・ソースを開拓する。現在までのところ、われわれの最良の記事はかなり予想外のものもあり、特定の取材網から得られたものではないので、今後も同じ結果になる可能性大である」

十一月十一日の午前五時、ポスト紙の交換手は友人宅にいたバーンスタインをようやくつかまえた。十二時ごろからいろんなところに電話して、バーンスタインを探していた、と交換手は言った。

すまなかった、とバーンスタインは言い、交換手がどうやって自分を見つけたのか、誰に電話をかけさせようと電話をかけてきたのか、と訊いた。

「ニュース・ソースは明かせないわ」と彼女は答えた。

すぐにサスマンの自宅へ電話しなければならなかった。バーンスタインは以前にも深夜に社から電話をもらったことがある。例によって惨事か悲劇の前兆だった。ロバート・ケネディ暗殺、国防総省爆破、議会問題。

サスマンが電話に出た。「セグレッティが帰っている。ボブ・マイヤーズがちょっと話をした」

サスマンとしてはバーンスタインに一番早い便でロサンゼルスに飛び、セグレッティを取材してもらいたかった。もっともセグレッティが話す気になれば、という条件がつく。セグレッティは十月十日の記事が出た直後、姿を消してしまった。

バーンスタインは懐中二十ドルたらずで、離陸五分前、ダレス空港に着いた。

マイヤーズはロサンゼルスの空港までバーンスタインを出迎え、二十分ほどの距離にあるマリーナ・デル・レイのセグレッティのアパートへさっそく車でむかった。セグレッティが留守だったので、マイヤーズはまたドアにマッチ棒をはさんだ。

バーンスタインはその日の午後おそく電話でセグレッティに連絡がついた。「やあ、カール」と彼は言った。「いつ顔を合わせるのかなあと思っていたんだ」。口調は快活だったが、浮わついたところがない。バーンスタインとマイヤーズの来訪を承知した。「具体的なことは話さないし、すべてオフレコだよ」

二人が行ったとき、セグレッティはコーデュロイ・ジーンズにバルキーセーターを着て、微笑をうかべていた。バーンスタインと心のこもった握手をした。「お元気ですか」と挨拶した。バーンスタインは、相手の身長が五フィート四インチ程度しかないことに驚いた。これがスパイの名人なのか？　ホワイト・ハウスの紋章をつけた課報員なのか？　セグレッティはベビー・フェイスで、ちょっと人のよさそうな微笑をうかべ、額にかかる髪が乱れていた。

セグレッティはバーンスタインとマイヤーズを招じ入れて、居間のソファにすわらせると、ハイファイ装置の自慢話をした。

「じつは、ぼく、文無しに近いんだよ」。しばらくしてセグレッティはそう言った。「失業中で、車の支払いがまだすんでない――おまけに裁判で金がかかるだろう」

セグレッティは、彼自身のことばによれば、混乱し、恐怖におびえ、憤慨し、友だちがいなかった。バーンスタインはこの男に好意をおぼえ、その境遇に同情した。

「ぼくは正直なところ何もかもぶちまけて、こんなことから抜けだしたい」とセグレッティは言った。「どうして関係してしまったのか自分でもわからない。内情を知らなかった。彼らはぼくの役割以外に何も話してくれなかった。ぼくは新聞を読んではじめて知る始末だった」

彼らとは？

「ホワイト・ハウスさ」

セグレッティは、家族や友人知人が新聞やエドワード・ケネディ上院議員の小委員会の調査員からいろいろと訊かれたことに動揺していた。*

＊ポスト紙の十月十日付の記事が出て二日後、ケネディ上院議員が行政調査小委員会を組織して、ホワイト・ハウスの指導による妨害、スパイ行為容疑の調査を開始した。

「ケネディは血に飢えていて、ぼくは水中であっぷあっぷしながら、血を流している人間だ」とセグレッティが言った。「ケネディはぼくを八つ裂きにするだろう。ぼくがアーサー

・ブリマーを知っているんじゃないか、とぼくの友人に訊いたやつもいる」。セグレッティは眼に涙をうかべていた。「よくもそんなことが訊けたものだ！ 恐しい。恐しいことだよ。ぼくはそういうことはしなかった。ぼくを誰だと思っているんだろう？ ケネディがもしそんなことに首をつっこんでいるのなら、そのときは、ぼくも『クソくらえ』と言って、さっさと失礼する。ぼくを監獄に入れたいのなら、はいってやる。……ぼくは悪人呼ばわりされて、泥のなかをひきずりまわされた――ぼくは爆弾か何かを作っていると思われた。違法なこと、いやそんなひどいことは何もやってない。ぼくの友だちは困っている。両親やガールフレンドもそうだ。ぼくのプライバシーも侵害された。電話はいつも盗聴されているし、尾行されている。ぼくが電話をかければ、かけられた相手に迷惑が及ぶ」

*アーサー・ブリマーはアラバマ州知事のジョージ・ウォーレスを暗殺しようとした男である。

セグレッティの純真さには感心するほどだった。自分の苦境をもっぱら新聞のせいにした。とりわけ、電話記録を入手し家人を悩ませたニューヨーク・タイムズ紙とニューズウィーク誌を恨んでいた。そこで、マイヤーズとバーンスタインは計画的に反対の立場をとった。

取材は遅々としてすすまなかった。セグレッティは自発的に情報を提供しようとしなかったし、自分の活動については漠然と語るにとどまった。

「ぼくがやったことはたいてい五セントか十セントの値打ちしかなかった」とセグレッティは言った。「十五セントか二十五セントの値打ちがあることもあったかな」

ついに、セグレッティはチェーピンに雇われたことを認めた。ストローンもまた彼と仕事の話をした。カームバックが金を出した。最初にドワイト・チェーピンからセグレッティに接近してきたので、セグレッティからチェーピンに接近した事実はない。

「ぼくは仕事の口を探していたわけじゃなかった」とセグレッティの口調は悲痛だった。「まもなく除隊するというとき、きみならどうするかね。四年間も実社会から遠ざかってて、法律関係の仕事をしたくても、見当がつかない。そんなとき、合衆国大統領のもとで仕事をしないかという電話をもらったら、どうするかね？　じつにいやなことが実際にあったとしても、ドワイトはそういうことを知らなかったと思う」とセグレッティは言った。「ドワイトは言われたとおりにやっただけなのだからね」

誰に言われて？

「そうだね。ぼくはホールドマンに会いたい」とセグレッティは意味ありげに言った。

セグレッティは、それがホールドマンだったという確実な証拠でもにぎっているのか？

チェーピンがそう言ったのか？

「いや。でも、ぼくが知るかぎりでは、チェーピンは大体において何ごともホールドマンから命令を受けている」

セグレッティはハワード・ハントにも、マイアミでゴードン・リディと思われる人物にも会ったことを認めた。ハントは、マクガヴァンを窮地におとしいれようと、ニクソン排撃のデモ隊の組織をセグレッティに依頼した。が、計画がどんなものであったかを言おうとしなかった。「でも、ぼくには違法行為に思われたし、暴力的なことや法律違反になるようなことはぼくもやりたくなかった」

セグレッティが認めたところによれば、FBIの取調べを受けるたびに、チェーピンに電話で相談した。しかし、大陪審に出頭する前、誰が相談にのってくれたのか、彼はその人物の名前を言わなかった。大陪審における彼の証言が前もって指示された内容であるとか、前もって稽古したとおりの内容であること、FBIの調書を見せられたことの二点を否定した。「それこそ新聞が書きたてた嘘の一例だ」とセグレッティが言った。「ウォーターゲート盗聴事件に劣らず悪質なデマだ」。セグレッティはホワイト・ハウスから来たある人物と証言すべき内容を「協議」した。二人の意見は一致し、大陪審でどんな質問をされても正直に答弁しようということになった。バーンスタインは、この相談相手がジョン・ディーンではないかという印象を持った。セグレッティは「ディーン調査機関」と思われるものの取調べをうけたと語った。しかし、この取調べがディーンみずから行なったものか、ディーンの部下によるものか、また大陪審出頭の直前に取調べがあったのか、それらの点については言わなかった。「ジョン・ディーンの話はよそう」と言い、ディーンに会ったのかとの質問にも答えなかった。

セグレッティは、ホワイト・ハウスの人質になるのはやめた、と言った。「ホワイト・ハウスがぼくをこのアパートから引っぱり出すには、ドアをたたきこわして、ひきずっていかなきゃならんだろう。ぼくは生活が正常にもどるのをねがうだけだ。昔のガールフレンドの母親から、もう娘には会わないで欲しいと言われたときは、まったくひどいことになったと思ったよ。人間ってほんとに残酷になれるんだなあ」

またセグレッティの眼が光って、涙があふれた。「どいつもこいつもぼくをばらばらにしてはりつけにするつもりなんだ――ケネディ、ホワイト・ハウス、新聞。ぼくはしばらくここに落ちついて遊びたい――ヨットに乗ったり、泳いだり、身体を焼いたり、女の子に会ったりして」

数時間にわたったこの取材のあいだ、バーンスタインがセグレッティはどの程度知っているかということに興味を持ったように、セグレッティのほうは、バーンスタインがどの程度知っているかをさぐりだそうとした。これですんだと思ってはいけない、とバーンスタインは言った。もし早いうちに事実を公表しなければ、きみは破滅するかもしれない、とセグレッティにはっきり注意した。きみの上司たちとちがい、きみはホワイト・ハウスの保護が得られない。セグレッティも同じ見方をしていたが、もっと時間が欲しいと言うのだった。三人は明日もう一度話し合うことになった。

バーンスタインはモテルから社に電話した。ウッドワード、サスマン、ローゼンフェルド、ブラッドリーの四人はみんな内線の電話にしがみついていた。「公表させるんだ」とブラッドリーは言った。セグレッティが提供した乏しい情報だけでも、ホワイト・ハウスの冤罪(えんざい)の主張をくつがえさせるものがあった。

バーンスタインはマリーナ・デル・レイにさらに五日がんばった。セグレッティが「転向」して、事実を公表するはずだ、とポスト紙の仲間を説得し、自分もそう信じた。しかし、うまくいかなかった。

「まあ、こんどは三振だったな」。バーンスタインが社にもどったとき、ブラッドリーはそう言った。バーンスタインはセグレッティとの会見の模様を詳細に伝える十二ページのメモをシングル・スペースでタイプした。

ブラッドリーはこのメモにざっと眼を通してから、手をひろげて腕をつきだした。「自分を責めるのはよせ、坊や」とバーンスタインに言った。「情報をつかむんだ」

ブラッドリーの欲求不満は理解できた。選挙が終わってもホワイト・ハウスの砲撃はやまなかった。選挙の勝利から生まれた自信が大統領側近たちを大胆にした。選挙後はチャールズ・ウェンデル・コルスンが指揮をとった。四十一歳、元海兵隊大尉で、政争ではホワイト・ハウスの指揮官である。

選挙の一週間後、コルスンはメイン州のケネバンクポート——エドマンド・マスキーの夏の別荘にごく近い——におもむいて、ニュー・イングランド新聞編集者協会で演説した。その演説の冒頭で、彼の出身地であるマサチューセッツ州がジョージ・マクガヴァンの勝っただ一つの州であると述べた。大統領はマサチューセッツの地盤を固め、ハーヴァード・スクエアに核廃棄物処理センターといった連邦政府の施設の新設を決意した、と冗談を言った。

信教、言論、集会などの自由を保障した「憲法の修正第一条はワシントンで遵守(じゅんしゅ)されている」と聴衆を安心させたのち、コルスンはポスト紙をマッカーシズムと非難し、かつてボストンのテディ・ホワイトが評した「アメリカの健全な言論の主流に独特の世界観で影響をあたえる尊大なエリートたちの反主流少数派の指導を自任する男……」とブラッドリーを決めつけた。*

*セオドア・ホワイト、『大統領選挙』シリーズの著者。

「ブラッドリーが同僚とともに又聞きの情報やゴシップ、噂をあさるジョージタウンのカクテル・パーティなどから卒業すれば、ここで真のアメリカを発見するかもしれない。そうして、すべての真実、すべての知識、すべての英知がジョージタウンのあの少数の無力な徒党からしか伝えられるものではないこと……、またアメリカは彼らの考えを聞くためにぼんやりすわっているわけではないことをブラッドリーは学びとるかもしれない」

ブラッドリーは自室でコルスンの演説を読むと、ウッドワードの席まで行った。「本気でわたしを攻撃している」と言った。「じつにきたない個人的な中傷だ」

ウッドワードはブラッドリーが怒っていると思った。

「ちゃんとわかっているんだ」とブラッドリー。

ウッドワードはもっと取材に力を入れよというしごきのことばと受けとった。

「ちゃんとわかっているんだ」とブラッドリーは同じことを繰り返した。

後日、ブラッドリーは某紙の記者に語った。「ウッドワードとバーンスタインが新しい事実をつかんでくるまで、二人に取材をつづけさせるつもりだ。情報がなかった時期は辛かった。辛い時期だった」

選挙後の四週間にわたり、二人の記者は、必死になって取材をつづけた。いろんな事実をつかんでいたが、入手した情報から有力な記事を書くことができなかった。……マグルーダーの秘書は、なぜ自分がFBIから事情を聴取されなかったのか、納得がいかないとバーンスタインに語った。……ジョン・ディーンがFBIによるホワイト・ハウス職員の事情聴取にかならず同席したと司法省の法律専門家は述べた。検察側はそのことで憤慨していた。ディーンはまたウォーターゲート事件の捜査報告書をFBIからもらっていた。マレン社の秘書はウッドワードに語った。ハワード・ハントの妻ドロシー・ハントが、「ハワードはいけにえのヒツジにされかかっている」と言った、と。……ホワイト・ハウスの中堅どころの職員は言った。「ドワイト・チェーピンは荷物をまとめたみたいに、うろうろしている」。……選挙の大勝利も帳消しらしいとホワイト・ハウスのある職員は言った。ウォーターゲートは大統領、ホールドマン、アーリックマン、コルスンにとって目の上のたんこぶだ。……内情に通じているはずの大統領の側近は、何がなんだかわからないと言っている。……ホワイト・ハウスでウォーターゲート事件に関する報告書を出すかどうかの協議が行なわれた。事実を列記した「白書（ホワイト・ペーパー）」だが、あまりにも危険だとして沙汰やみになった。……政界実力者に顔のきくワシントンの有力な弁護士はウッドワードに語った。「誰かがCRPかホワイト・ハウスを通じてハントとマッコードの面倒をみるとわたしは聞いている。ホワイト・ハウスの某人物がひそかにリチー判事を訪ねて、政府への協力をとりつけた。共和党の某州知事が、自分ならリチーにたのめると言ったところ、もうその必要はない、話はついてるという返事があった」。……ジョン・ミッチェルの親しい知人は前司法長官を評して、「ホールドマンやコルスンなどが夢見たような子供だましの工作に用のない、もともとたいそうまともな人間」であると言った。*

*ディーン、ミッチェル、ホールドマンの三人がのちに証言したところによれば、ワシントンの弁護士レーマー・マクフィーがリチー判事と民事事件の件でひそかに会談した。マクフィーは民事訴訟で政府側に好意的な結果を得ようとして、判事との秘密会談を行なった、とディーンは証言した。ミッチェルは一九七二年の夏のあいだに少なくとも九回マクフィーに会った事実を認めた。マクフィーは多年にわたりリチーの個人的な友人だったのである。しかし、ミッチェルは、マクフィーが判事へ不当に接近したとは「信じられない」と語った。リチー判事は不正行為を強く否定し、マクフィーとは事件について具体的に話しあったことは一度もないと述べた。

……大統領の前補佐官の一人はつぎのように語った。ホールドマンが大統領のために選挙の情報を集める工作をはじめなかったら、「職務怠慢になるところだった」。……司法省のある高官は言った。「わたしの聞いたかぎりでは、わたしの親友の何人かが刑務所入りしてもしかたがない」……ある司法次官補は、ディーンの調査が「ごまかしで、ホールドマンに筒抜け」だと信じて疑わなかった。……グレアム女史は、政府とつながりのある友人から、ポスト紙の数人の記者と編集幹部の電話が傍受されていると打明けられた。五千ドルの経費をかけて盗聴技術の専門家が行なった調査も収穫はゼロだった。……政府はなぜか逮捕した五人の窃盗犯の家宅捜査の令状を執行しなかった。主税局の元役人は大統領の知人の税金が調査されたことにホワイト・ハウスが大きな関心を払った、と語った。「わたしは徹底的に摘発できなかったが、命令が出ていた」。……CRPに幻滅した運動員は、「もみ消し工作（カヴァー・ストーリー）」を検事たちに語った。……ハントとリディは「鉛管工」、つまりニュース・メディアへの情報漏洩を調べるホワイト・ハウスの秘密調査グループのメンバーだった（夏にタイム誌がそのような組織の存在を報じたとき、ホワイト・ハウスは論評を避けた）。

　十一月下旬の土曜日の夜、ポスト紙のある編集者が編集局でも人影のない一劃へウッドワードを誘った。近所に住むある男から、叔母さんが大陪審に出ている、とその編集者は聞いたのだ。近所の男はウォーターゲートの陪審員になるのだと思った。彼女は、そのことならなんでも知っているという意味のことを言った。「彼女は共和党びいきだが、ニクソンはもう大嫌いだと言っている。うちの近所に住むその人は、彼女ならすすんで話してくれるだろうと思っている」

　二、三日後、編集者は婦人の氏名と住所を書いた紙片をウッドワードにわたした。バーンスタインとウッドワードがローゼンフェルドに相談したところ、ローゼンフェルドはこの女性を訪ねることに賛成らしかったが、ポスト紙の方針をブラッドリーと検討するまで、最終的な判断をひかえた。ブラッドリーはポスト紙の顧問弁護士に相談した。

　バーンスタインとウッドワードはポスト紙資料室で連邦刑事訴訟規則にあたってみた。大陪審の陪審員は宣誓して、陪審員の審議や大陪審の証言の秘密を厳守する。しかし、秘密厳守は陪審員にとって重荷らしい。第三者が質問することを禁じた条文はどこにもないようだった。弁護士たちも同意見だったが、取材にあたっては細心の注意を払うようにということだった。話をする気があるのかと訊くだけでいい、と弁護士たちは二人の記者に忠告した。

ブラッドリーは不安だった。「暴力を用いたり、圧力をかけたり、だましたりしてはいかん」とウッドワード、バーンスタインの二人を戒めた。デスクのむこうで立ちあがると、指を突きだした。「わたしは真剣なんだ。バーンスタイン、とくにきみは一生に一度でいいから巧妙にやれ」

婦人に会ったあとですぐに連絡をとるよう、二人に指示した。「公衆電話からわたしに電話をくれ――どんなことがあってもだ」

二人は車でその家に行った。彼女は留守だった。ウッドワードはサスマンの部屋に電話して、ブラッドリーに伝言を依頼した。

翌朝、二人はワシントンを車で横断して、婦人の家を訪ね、身分を明らかにした。彼女は二人をなかに招じ入れた。二人の記者は大陪審に触れないで、彼女がウォーターゲート事件を知っていることを聞いたので、としか言わなかった。

「ひどいものですよ。わたしは知っているんです」と婦人は言った。「でも、新聞で読んだこと以外に何も知らないのよ」。婦人が確かに大陪審に出ていたことが判明するまでに十分ばかりかかったが、ウォーターゲート事件の大陪審ではなかった。二人は礼を言って辞去した。

この訪問は二人の興味をそそった。二人は必要とする情報の輪郭を知っていた。二人に欠けているのは、大陪審の協力的な陪審員ならおそらく提供してくれそうな具体的な事実だ。その日の午後、バーンスタインは主任検事のアール・シルバートに電話して、二十三人の陪審員の名簿を請求した。シルバートはにべもなく断わり、陪審員の名簿は公文書であるとのバーンスタインの主張をしりぞけた。

ウッドワードは、ウォーターゲート事件大陪審の陪審員名簿を入手できないかと書記局の知人に尋ねた。「とても無理だ」と言われた。「記録類は秘密だからね」

翌朝、ウッドワードはタクシーで裁判所に行った。

書記局の職員は約九十人だった。ウッドワードは資料室の集まった大きなビルの一端からはじめて、三十分後に親切な職員に出会い、かなりはなれた一室へ案内してもらった。その資料室には公判や大陪審の一覧表が保管されていた。ウッドワードはべつの職員にポスト紙記者と名乗って、ファイルを閲覧したいと言った。職員は疑わしそうな顔でウッドワードを見た。「どうぞ」と言った。「でも、コピーをとるのはいけません。名前を書きとるのもだめです。ノートをとるのも禁じます。わたしが見張ってますからね」

ウッドワードはファイルの引出しを一つひとつあたって、ようやく一九七二年の大陪審の原簿を見つけた。二組の大陪審の陪審員が六月五日に任命されていた。ウッドワードは、ウォーターゲート事件大陪審の陪審長が東ヨーロッパ系の名前で、経済専門家かそれに類した肩書で政府の仕事をしていたことを思いだした。その名前を一九七二年六月五日にひらかれた大陪審第一号で見つけた。

各陪審員は小さなオレンジ色のカードに氏名、年齢、職業、住所、自宅と勤務先の電話を書きこんでいた。ウッドワードはカードをめくりながら、肩ごしに眼を走らせた。職員は約十五フィートはなれた席にいて、ウッドワードをにらんでいる。ウッドワードは最初の四枚のカードをとりだし、ファイルの引出しの底に並べて、氏名、年齢、住所、電話番号、職業を記憶してしまおうとした。全部暗記するまでに十分ほどかかった。職員に男子用の洗面所はどこかと訊いた。

洗面室にはいると、上着のポケットから手帳を出して、記憶したことを書きとめた。プリシラ・ウッドラフ、二十八歳、無職。陪審員の一人ひとりの風貌を想像すると、記憶をたどる役に立った。ネーオミ・R・ウィリアムズ、五十六歳、退職教師、エレベーター係。ジュリアン・L・ホワイト、三十七歳、ジョージ・ワシントン大学守衛。

ウッドワードは王位を守る一対の交差した短剣の下に彫ってあるホールドマンの名前と紋章を頭に描いてみた。ジョージ・W・ストックトン、と手帳に書いた。陸軍省紋章学研究所、技術者、五十三歳。ズボンをたくしあげた。四人終わり、あと十九人。

ウッドワードは次の五人のカードを暗記した。うしろめたさを顔に出すまいとして、職員に首席判事の部屋はどこかと訊いた。

職員はいやな顔をした。「あのファイルでだいぶ時間を食ってますね。あんたはここに来ちゃいけないんじゃないんですか」

ウッドワードはまたもどってくると言った。――首席判事にあることを問い合わせたらすぐにもどってくる。三階まであがると、洗面室にはいって、五人の名前など暗記したことを書きとめた。これで残るは十四人だ。この調子でいくと、仕事は午前中いっぱいかかるだろう。

三回目で六枚のカードを暗記できた。洗面室から資料室にもどると、職員にいつ昼食に出るのかと訊いた。「外で昼食はとりません」と職員は無愛想に言った。模範的な役人だとウッドワードはがっかりした。食事のときも職場をはなれない。職員が神経質になっていたので、こんどで残りを片づけなければならなかった。最後の八人の名前と年齢・職業などを記憶するのに四十五分近くかかった。

社にもどると、ウッドワードは陪審員のリストと付随事項をタイプした。ブラッドリーの部屋で、編集幹部とバーンスタイン、ウッドワードは陪審員の半数近くをあまりに危険と見て消した。下級官吏――たとえば、とくに年配の役人――は官僚主義にこりかたまっていて、上司におうかがいをたて、自分の判断ではめったに行動しない。軍人も同じである。検察側に記者の来訪をおよそ報告しそうにない少数の人物をさがした。候補者は陪審制度がウォーターゲート事件で崩れたのではないかと疑って、証拠のニュアンスを理解できる程度に聡明でなければならない。理想的には、その陪審員はホワイト・ハウスか検察陣、あるいは両者に憤慨している人が望ましい。規則をまげることになれた人物、手続きよりも実質を重んずるタイプの人物。バーンスタイン、ウッドワード、そして編集幹部たちは氏名、住所、年齢、職業、人種、宗教、所得をもとに未知の人たちをさぐる作業をつづけた。最終的な選択は二人の記者にまかされた。

部屋の全員はこのような窮余の一策にそれぞれ疑念を抱いていた。弁護士の保証を得たブラッドリーは記事が欲しいばかりに、自分の疑念をねじふせた。サイモンズはこの取材方法の正当性に疑念を表明し、ポスト紙の将来を心配した。ローゼンフェルドは記者が逮捕されない対策を最も心配した。サスマンは、記者の一人、おそらくバーンスタインが強引すぎて法律違反に問われるのではないかと懸念した。ウッドワードは、記者自身が安全地帯に立っていて、他人に違法行為をさせることが正しいといえるだろうかと思った。バーンスタインは市民がみずからの意志で法に背くことを漠然と認めていたので、抽象的な法律違反は心配していなかった。どの法律かという問題があったし、バーンスタインは、大陪審制度は神聖なるものと信じていた。しかし不安の材料はほとんど話題にならなかった。取材の手順は、まず身分を明かし、名前は言えないが、相互の知り合いから、彼あるいは彼女がウォーターゲートについて知っていることを聞いたとその陪審員に打明けたのち、彼あるいは彼女が事件について話してくれるかと訊いてみるのである。二人の記者は、陪審員が自発的に発言しようとしないならば、引きあげてくる。陪審員が大陪審に触れてこないかぎり、そのことはけっして口にしない。

ブラッドリーは二人に出陣前の最後の訓示をあたえ、取材の心得を繰り返した。「ごり押しはだめだぞ、きみたち。わかったな？」

十二月の第一週はウッドワードとバーンスタインも別行動をとり、陪審員の約半数とへたな腹のさぐりあいをした。情報は得られず、検事が新聞記者証をちらつかせる人種に気をつけろと陪審員に警告している印象をはっきりと受けた。ただ一人、陪審員をつとめたと自発的に言った人物がいる。その男は、ウッドワードに、自分はエルク会（慈善・愛国団体）と大陪審で二度、秘密厳守の宣誓をしており、二つの宣誓は神聖な義務である、と述べた。ほかの陪審員は、ウォーターゲートについては新聞放送で知った以外に何も知らないと言った。ある陪審員はバーンスタインに言った。

「ウォーターゲートですか？　ああ、フォギー・ボトムにあるあのしゃれたアパートですな。……テレビジョンで知ってますよ、あの不法侵入事件のことは。この町には安全なところなんてありませんね」

バーンスタインはエルク会のことを聞くまで、記憶力抜群の同僚が間違ったリストで無駄をしているのではないかと心配した。

月曜日、ブラッドリーは記者たちを部屋に呼んで、緊急会議をひらいた。部屋のドアを閉めた。微妙な問題を協議するときに、よくそうするのだった。「来るものが来た」と言った。少なくとも陪審員の一人が検察官に、ワシントン・ポスト記者の訪問を受けたことを報告したのである。検察官の一人がポスト紙の顧問弁護士エドワード・ベネット・ウィリアムズに電話をかけてきた。検察側がシリカ判事に陪審員の苦情を伝えたため、ウィリアムズは二人の記者の謹慎をブラッドリーにすすめた。

二人は、ウィリアムズがどの程度の問題と考えているのか、とブラッドリーに訊いた。「賞はもらえないだろうな」とブラッドリーは答えた。「ウィリアムズは判事しだいだと言う」。しかし、ブラッドリーは心配していた。コロンビア特別地区合衆国地方裁判所首席判事のジョン・シリカは厳しい刑を科すので、「最高刑のジョン」の異名で知られている。

その日の午後おそく、ブラッドリーは二人の記者に、明朝九時ウィリアムズの事務所へ行くように伝えた。「事態は少し好転しているようだ」とブラッドリーは言った。「ウィリアムズはシリカや検察官と話しあった。きみたちをそっとしておけると思っている」

翌朝、ウィリアムズは瀟洒な事務所のなかを歩きまわっていた。「ジョン・シリカはきみたちにだいぶ腹を立てていた」と言った。

「きみたちが拘留されたりしないよう、こちらは説得するのに骨が折れたよ」。ウィリアムズは今後ポスト紙は大陪審の陪審員に接触しないことを誓約した。検察側も二人の記者のためにとりなしてくれて、情報を提供した陪審員が一人もいなかったため、いかなる措置もとらないことをシリカにすすめた。しかし、ウィリアムズによれば、シリカはまだ憤慨していたので、おそらく最低でも説諭ぐらいはするだろうということだった。「いつでも連絡がとれるようにしておいて、用心することだ」とウィリアムズは警告した。判事はおよそ予想もつかないことをするからだった。

記者たちはふたたび常套的な取材をはじめた。二、三日後の夜、バーンスタインは社の駐車場からポスト紙の車を借りだして、数マイルはなれたアパートまで車を走らせた。八時ごろ、そのアパートのドアをノックした。彼の探していた婦人が出てきたけれども、バーンスタインが名前を告げると、彼女はドアをあけなかった。婦人は電話帳にのっていない電話番号を書いた紙片をドアの下からよこした。「今夜おそく電話をください」と婦人は言ってから、つけ加えた。「お書きになったもの、立派ですわ」

この婦人はホワイト・ハウスとCRPの秘密活動がかなりわかる立場にあった。バーンスタインは以前にも彼女に接触を試みたが、そのつど断わられてきた。社にもどると、紙片の番号に電話した。婦人の声は不安そうで落ちつきを欠いていた。「現在、わたしは人を信用しません」と言った。「でも、あなたのお仕事は立派だと思っております」。安全な電話からかけているのかとバーンスタインに尋ねた。彼はメリーランド州担当の記者の席にいた。バーンスタインはそう思うといった。

「わたしはベン・ブラッドリーに百パーセント賛成せざるを得ません。真相は明らかにされていないのですよ」と婦人は言った。

バーンスタインは青いメモ用紙にZという文字を書いた。Xは経理事務員とともに用ずみになった。「わたしの上司は完敗だと言っています」とZは言った。「二年前だったら、わたしはこんなことを信じなかったでしょうけれど、事実に圧倒されてしまいます」。二人の記者が書いた記事を丹念に再読することをすすめた。「あなたが思っている以上の真実が記事のなかにあるのですよ――手がかりがたくさんあるんです。あなたはじつによくやっていらっしゃるけれど、もっとできるはずですわ。問題はもっと突っこんでみることです」

婦人は質問されるのを断わって、取材のルールを決めた。彼女は記者たちに正しい方向を指示して、関係者の役割を間違えないように協力する。すなわち、ヒントをあたえ、取材に重要な方向を示唆する。質問には答えるにしても、きわめて概括的に答える。彼女が言うところの「メッセージ」は漠然とした内容のものが多いかもしれない。一つには、彼女にも事情が完全に理解できないからであり、また情報の選別がむずかしいからだ。

「あなたのねばり強さには感心しています」と婦人は言った。「そのねばり強さをわたしが申しあげることにも発揮してください」

バーンスタインはこれからどうなるのか見当がつかなかったので、彼女を神秘主義者ではないかと思った。

婦人はホールドマンからはじめた。「かげで糸を引いていた人物がいたはずでしょう。それがホールドマンだと考えるあなたの仲間がたくさんいましたね。……ジョン・ディーンは非常に面白いわ。ディーンの調査の実態を知るのは面白いでしょう。彼が関係していたのは間違いありません。……マグルーダーとミッチェルが関係しているのはきわめて確実ですね。……ミッチェルの場合はもっとねばり強くいかないといけないでしょう」

バーンスタインは彼女の話を数度さえぎったが、それでも婦人は具体的に語ろうとしなかった。何に関係していたのか？　地下工作か？　盗聴行為か？

彼女はホールドマン、アーリックマン、コルスン、マーディアンを一つのグループとして考えることをすすめた。「暴露は共通の糸なのです」と言った。「そう、盗聴による情報の」

彼らがウォーターゲートの盗聴から情報を得ていたという意味か？

「暴露は」と同じことを繰り返した。「共通の糸なのです。高い地位にある人たちが職を失うということになれば、あくまでも身の安全をはかるでしょう。共通の問題はいまでも『暴露するな』ということです。彼らは六月十七日よりいまのほうが、よくまとまっています。優秀なオルガナイザーだけれど、それもある程度までで、ひどく間の抜けたところもあるの。財政面を調べるのが、誰が関係していたかを知るいちばん大切な方法ね。セグレッティのような人物を探してごらんなさい。カームバックは金の支出を担当していました。『鉛管工事』からいろんな活動が生まれています。国防総省秘密文書事件（ペンタゴン・ペイパーズ）よりもっと大がかりなものですよ。鉛管工のグループは関係があります。そのうちの二人は起訴されましたね。わたしは鉛管工が何人いたか知りたいと思っているんです」

バーンスタインはもっと聞きだそうとした。

Zは、メッセージはほかにないと言った。バーンスタインは電話をかけることを禁じられた。

翌日の夜、ウッドワードとバーンスタインは通いなれた道を通って、ヒュー・スローンの家へ車を走らせた。たぶん、スローンならZのメッセージの解読を手伝ってくれるかもしれない。スローンがいつも二人にあまり会いたがらないのを知っていたので、前もって電話をかけなかった。例によって、人あたりのよすぎるスローンは二人に門前払いをくわせることができなかった。顔色が悪く、元気がないように見えた。体重が減っていた。スローンは二人を玄関に入れた。就職運動はだめだった、と言った。ウォーターゲート事件の結果である。同じように困るのは、スローンが一日約二十ドルで職業的な証人をつとめる裁判や民事訴訟がいつ終わるかわからないことだった。二人の記者はなんと言ってよいものやら途方にくれるばかりだった。スローンを訪ねると、二人はいつもハゲタカになったような気持になる。

二人の記者はZから聞いた話のあらましを語ったが、スローンは自分にもやはり理解できないと言った。ついでホールドマン騒動について謝罪したので、あの雨の夜のことがようやく痛いほどはっきりしてきた。スローンはウッドワードの質問を誤解したのだ。もしスローンが大陪審で訊かれたとすれば、ホールドマンの名前をあげただろうか、とウッドワードから質問されたように思ったのである。

スローンはホールドマンと資金やCRPとの関係について、前よりも話してくれた。

「ボブ（ホールドマン）は、ミッチェルとスタンズ長官が七二年のはじめに委員会入りするまで、マグルーダーを通じて、委員会を動かしていた。ジェブ（マグルーダー）はリディへの第一回の支払いを許可した。リディはその当時、つまり七一年の夏にはまだホワイト・ハウスに勤務していたと思う。実際のところ、ホールドマンは資金から多額の金を引出していた四人の黒幕だった。カームバック、リディ、マグルーダー、ポーターの四人だ」

ホールドマンは資金と無関係の立場をとっていた。マグルーダー、カームバック、スタンズ、そしてミッチェルまでが事実上ホールドマンの代理をつとめた、とスローンは説明した。ホールドマンが金を出すことをみずからスローンに命じたことは一度もない。しかし、金を使う権限はホールドマンのものだった。「モーリー〔スタンズ〕は金が〔資金から〕出すぎるとよくこぼしたものだ」とスローンは言った。

ウッドワードはホールドマンの執務室の機構についてくわしく訊いた。チェーピンは大統領日程係秘書官であり、ストローンは政治顧問、ラリー・ヒグビーは事務長で、家令。アレグザンダー・バターフィールドは「国内治安と大統領への書類送付」を監督した。その夜、メモをタイプしながら、ウッドワードは「国内治安」ということばの下に線を引いた。それは政府の盗聴を担当した司法省の一部門の名称であり、ロバート・マーディアンがかつてその責任者だったのである。

ウッドワードがメモをタイプしているとき、バーンスタインは「未調査」と書いた三インチの厚さのファイル・フォルダーをとりだした。数日前、連邦裁判所担当の市報部記者ローレンス・マイヤーが、一月八日に公判がはじまるウォーターゲート事件の七名の被告人について、検察側と弁護側とのあいだでまとまった法的な合意の極秘文書を入手した。バーンスタインは十二ページの「同意書」に眼を通した。これには、検察側と弁護側が正確な事実と認めた電話、旅行、銀行の記録が記入されている。すでに二人の記者が知っている事実が大部分だった。しかし、二人の興味をひく問題が二つあった。ゴードン・リディとハワード・ハントが一九七一年九月四日、一九七二年一月七日、そして一九七二年の二月十七日にどちらも偽名でロサンゼルスに旅行しているのだ。これは両者がホワイト・ハウスに勤務していた時期であり、ウォーターゲート不法侵入事件の何カ月も前のことである。二人はまたつぎの事実を発見した。電話が「一九七一年八月十六日、ワシントンD・C、十七丁目とペンシルヴァニア・アヴェニューN・Wに所在する行政府ビル第十六号室にとりつけられ、……一九七二年三月五日にとりはずされた」のである。ヴァージニア州アレキサンドリアのキャスリーン・シェノーの名前と住所で登録されている。

電話帳にキャスリーン・シェノーの名はなかったが、住所別電話帳にあたってみると、かつて同じアパートに住んでいた女性が見つかった。その女性は、ミス・シェノーがミルウォーキーに移ったとバーンスタインに教えてくれた。バーンスタインはミルウォーキーに電話して彼女をつかまえた。キャスリーン・シェノーが「鉛管工グループ」の秘書であったことを突きとめるまでに数分とかからなかった。話すのをためらっているようすはなかった。バーンスタインは最近、協力的なニュース・ソースに会った記憶がなかったので、何から訊いたらよいかとまどった。ようやく鉛管工グループのメンバーの名前と役割を尋ねた。彼女は率直に答えた。鉛管工はハワード・ハント、ゴードン・リディ、デヴィッド・ヤング、イーグル（バッド）・クローグの四人である。彼らはニュース・メディアへの「情報漏洩」を調査して、ジョン・アーリックマンに報告した。彼らの部屋はホワイト・ハウスとまむかいの行政府の地階にあった。名目上は、キャスリーン・シェノーはデヴィッド・ヤングの秘書だった。そして、ヤングはヘンリー・キッシンジャー博士のオフィスからアーリックマンのところへ出向いていることになっていた。ヤングは鉛管工グループの調査の進行状況についてアーリックマンに定期的に報告していた。クローグはアーリックマンの腹心の一人だった。

「もともと、政府はニューヨーク・タイムズ版の国防総省秘密文書が実際の記録にどの程度近いかに関する調査報告書を欲しがっていました」と彼女は語った。「それによって、国防総省秘密文書がどうして洩れたのかを突きとめようとしたわけです。それが発端でした。情報漏洩を調査する仕事がはじまったのです。しばらくのあいだ、国務省の機密漏洩事件を調査していました。大使館の電報を調べて、電報が誰のデスクから誰のデスクにわたったかといった簡単なことをさぐろうとしたのです。わたしが見たかぎりでは、ハント氏の仕事はたいてい国防総省秘密文書の内容に関連した国務省の電報の調査でした」

具体的にどんな機密漏洩事件を調査したかを記憶しているか、とバーンスタインは尋ねた。

「もちろん、国防総省秘密文書です。それから、十二月ごろ、ジャック・アンダースンが政府の内幕を暴露していた時期がありましたね。その情報洩れも調べていました。マーディアン氏が司法省からやってきて、そのころ二度か三度地階へおりていきましたわ。

「また、マーディアン氏がクローグ氏の部屋でリディ、ハント、それにわたしの知らない三人か四人の人と大きな会議をひらいたことがあります」とシェノーが言った。「それから、デヴィッド〔ヤング〕がよくジョン・ミッチェルと話をしていましたわ……どんな話だったかはわかりません。よく話していたってどの程度かといわれると困るんですけど」

バーンスタインは「同意書」にのっていた電話のことを訊いた。

「あれはハント氏の電話でした。この電話に出て、ハント氏への伝言をもらうのがわたしの役目だったんです。バーカー氏はかならずこの電話にかけてきました。電話をかけてきたのは彼一人だったのじゃないかしら。平均して週に一度でしたが、一週間に二度か三度だったこともあります」。ハントとバーナード・バーカーは「いつも電話で仲がよかったんです。ハント氏はたいていこう言うんです。『元気か？　どうしたんだ？』って。……バーカー氏と話すときは、スペイン語を使うこともありました。なぜか好んでスペイン語を話すようでしたわ。……いいえ、わたしはスペイン語を話しません。……ハント氏がバーカー氏や彼〔バーカー〕の奥さんに電話していたのをおぼえています――間違いありません。リディ氏がこの電話を使って、ハント氏が電話した相手と話すこともありました。バーカー氏じゃないかと思うわ。電話を使ったのはもっぱら八月から十一月にかけてでした。電話は三月十五日にとりはずされています。そのころになると使われていなかったんです」

バーンスタインはわかりきった質問をした。世界で最もすすんだ通信機関の恩恵に浴しているホワイト・ハウスが、なぜアレキサンドリアに住む個人の名義で電話をとりつけたりしたのか？

「それはいい質問ね」と彼女は答えた。「わたしの名義にしたかったのは、ホワイト・ハウ

ス と無関係にみせたかったからでしょう――その理由はわたしにはわかりません」

電話料金の請求書は彼女の自宅へ郵送されたので、彼女はそれをアーリックマンのもう一人の部下ジョン・キャンベルに送りつけた――「だから、ホワイト・ハウスが払ってくれていたんです。どうやら――ハント氏とヤング氏とリディ氏とのあいだでそうするように決めていたようですね。三人がキャンベル氏に話してあったので、キャンベル氏が処理したんでしょう」

シェノーは一九七二年三月三十日付でホワイト・ハウスの勤務をやめ、ウォーターゲート事件の犯人が逮捕されたときは、ヨーロッパ旅行中だった。二週間後、彼女はイギリスのバーミンガムでジョン・ディーンの部下フレッド・フィールディングにつかまった。

「彼はわたしを迎えにヨーロッパまで飛んできたんです」と彼女は言った。「彼の話だと、ホワイト・ハウスとFBIが協議した結果、彼ら――ホワイト・ハウスとFBIです――が調査をすることになったんだそうです。FBIはディーン氏にわたしを見つけだしてくれと依頼したようでした。フィールディング氏はわたしに帰国をうながして、わたしの仕事を思いだしてくれと言いました。電話の件でいろいろと訊くだろうから、思いだしてもらいたいと言ったのです。……帰りの飛行機のなかで、フィールディング氏はわたしにタイム誌を見せて、わたしの記憶力を試しました。こんな質問を受けました。『〈不法侵入事件の〉記事のなかで知っている人はいるか？』。それで、わたしは答えたんです。『もちろん――ハント氏です』」

屋に顔を出した。フィールディングとデヴィッド・ヤングもそこに来ていた。「ディーン氏からつぎのように言われました。わたしは九時からFBIに事情を聴取されること、わたしの役目がどんなものであったか、盗聴について知っていたかなどと訊かれること、正直に答えるよう精いっぱいの努力をすること」。約四十分つづいた事情聴取のあいだ、同席したディーン、フィールディング、ヤングの三人は無言だった。「ディーン氏は一度も質問しなかったし、ノートをとることもありませんでした」

そのあと、彼女はヤングと少し話をした。

「彼はあんな〔盗聴〕事件が起きたことに驚いているようすでしたわ。電話に関係があったことを彼は知っていました。事件が明るみに出たあとで、いろいろ考えたんだと思います」。

同じ週、シェノーはウォーターゲート事件の検察官と会い、ウォーターゲートの大陪審で証言した。「シルバートはアーリックマンのことを一度も訊きませんでした」と彼女は言った──「ハントとリディとヤングのほかは、コルスンのことだけです」。バーンスタインとシェノーの会話は一時間半をこえた。

翌る十二月八日の朝、ウッドワードはチェサピーク&ポトマック電話会社の社員でホワイト・ハウス係のジャック・ハリングトンに電話をかけた。ハリングトンは、アーリックマンのオフィスが電話のとりつけをたのんだこと、異例の支払い方法をとったことの二点を確認した。このような支払い方法は在社二十五年のハリングトンにとってはじめての経験だった。

ところで、二人の記者はホワイト・ハウスの取材網から、ジョン・キャンベルがアーリックマンの部屋の責任者であった事実を知った。電話がアーリックマンの許可なしにとりつけられる見込みはない、ということだった。

夕方近くには、バーンスタインは秘密電話のとりつけ、鉛管工グループに関するシェノーの話、彼女とジョン・ディーンとの会話を伝える二千語の記事を書きあげていた。大統領副報道官のジェラルド・ウォーレンはウッドワードに、ホワイト・ハウスの論評はないと述べた。来たるべき裁判に影響するかもしれないので、というのがその理由だった。「論評しないことによって」とバーンスタインは第五段落に書きいれた。「ホワイト・ハウスは、どうしてハントが公務で偽装の電話をとりつけることができたのか、またなぜアーリックマンのオフィスがそうした電話のとりつけを承認したのか、これらの疑問に答えなかったのだ」

残念ながら、この記事に満足していたのはバーンスタイン一人だった。鉛管工グループが実在したこと、アーリックマンのオフィスが彼らの活動に関係していたこと、ハントをはじめとする大統領側近たちが「情報漏洩」を調査したこと——このような事実を堂々と語る人物がはじめて登場したのである。

ローゼンフェルドはこの記事にあまり興味を示さないで、サスマンにまわした。サスマンとウッドワードも冷淡で、「何一つ立証していない」と思った。ブラッドリーはほかの誰よりも安堵の色を見せた。記事に物足りない点がいくつかあっても、ホールドマンの記事以後、ポスト紙としてはウォーターゲート事件関係の強力な記事はこれがはじめてだった。Bの下と採点したいところだったが、主要な取材源が実名で出ているので、合格点をあたえた。ホワイト・ハウスはその意味するところに反論できても、事実を否定できない。ブラッドリーはこの記事を第一面に掲載したかった――ジョージ・マクガヴァン敗北の五週間後も、ポスト紙がウォーターゲート事件にとりくんでいることを誇示する以外に理由はなかったにしても。

その夜、バーンスタインとウッドワードはボーイング747に搭乗してロサンゼルスにむかった。うまくいけばバーンスタインがこの前訪問したときよりも、ドナルド・セグレッティが積極的に話すのではないかと期待していた。ハントとリディの旅行記録の写しが二人のスーツケースにはいっていた。ウッドワードはハーバート・カームバックの法律事務所の秘書と電話で話したところ、秘書はこちらに好意を持っているように思われた。

バーンスタインは747のラウンジで賭金の高いポーカー・ゲームに仲間入りした。三十ドルばかり勝ったころ、ウッドワードがもどってきて、仲間にはいりたいと言ったので、バーンスタインの保護本能が頭をもたげてきた。この相棒は危険から身を避けるおとなの知恵が足りないのではないか、とバーンスタインは気をもむのだった（ウッドワードは逆に、バーンスタインが知り合ったばかりの相手とあまり親しくすることをしきりに心配した）。しかし、ウッドワードは大きく賭けてくる相手と互角にわたりあって、損はしなかった。バーンスタインは五ドルの勝負で三十五ドル勝った（バーンスタインは知らなかったのだが、ウッドワードはサン・ディエゴの海軍基地に配属されていたころ、ラスベガスで週末をなんども過ごしている）。その夜、二人はマリーナ・デル・レイの一泊九ドルの安宿に泊った。ドナルド・セグレッティの高級なヨット・ハーバーにあるホテルはいずれも満員だったのだ。しかも、セグレッティは留守だった。

翌日、車でビヴァリー・ウィルシャー・ホテルに行った。ハントとリディが一九七一年九月に泊った、大理石と赤いベルベットの豪華なホテルである。二人の記者はホテルの警備主任を訪ねた。初老のこの元警察署長は、ホテルの電話記録がどこに保管してあるかを知らなかった。

ホテルの会計主任も協力的ではなかった。奥の雑然とした事務室で伝票と帳簿の山にかこまれながら、会計主任は、ハントとリディの滞在を口外しないとＦＢＩに約束したことを二人の記者にきっぱりした口調で伝えた。廊下に出ると、バーンスタインは会計主任の秘書にいまか、もっとあとでバーで、いっしょに酒を飲まないかと誘った。「冗談でしょう」と秘書は言い、ゆっくり去っていった。

バーンスタインは、からかっているんじゃない、と言った。

ウッドワードはそのあと、セグレッティが接触したといわれる人物の一人に電話で連絡をとり、訪問の意志を伝えた。「訪ねてきたら、おまえを撃ち殺してやる」と相手は言った。

ウッドワードはニューポート・ビーチのカームバックの法律事務所まで、南へ車を走らせた。大統領の個人的な弁護士は外出していた。ウッドワードが電話でことばをかわした秘書はコーヒーをご馳走して、自分の意見を言った。「カームバックさんはわたしの知るかぎり世界一すてきな方ですわ。誠実な方ですし、こんどのことが落着すれば、あなたもそのことがおわかりになるでしょう」。秘書はそれ以上何も言わなかった。

カームバックの家では、ちょっと時間をさいていただきたいと言うと、婦人が玄関でにべもなかった。「お断わりします」。彼女はウッドワードを中庭のゲートまでついてきて追いだした。

二人の記者はラリー・ヤングと昼食をともにした。十月に取材に協力を惜しまなかったセグレッティの旧友である。ヤングには新しい情報がなかった。四日後ようやく電話でセグレッティに連絡がつき、先方は近くのハワード・ジョンスンの店で会うことを承知した。ミルクセーキとバナナ・スプリットで一時間ばかり話した。近い将来、公表を前提としてポスト紙に話すことで、セグレッティはなおもしぶっていた。

記者たちは十二月十一日、ワシントンに帰った。翌日の正午、ホワイト・ハウスの記者会見で、ロン・ジーグラーはハワード・ハントの秘密電話と鉛管工グループの問題を再度追及されて、鉛管工グループがニュース・メディアへの情報漏洩を調査していたことをホワイト・ハウスとしてははじめて認めた。しかし、ハワード・ハントとゴードン・リディも「鉛管工」であることを否定するような口ぶりだった。「わたしの知るかぎり」、リディはグループに加わったことはない、とジーグラーは言った。ハントは？「わたしたちは信じられない。絶対に違う」

バーンスタインもウッドワードもジーグラーの記者会見に出席しなかった。ほかで取材すれば、もっと収穫があると思ったし、また二人が出席すれば、ジーグラーの答弁が個人攻撃になることを怖れたので、慣例としてホワイト・ハウスの記者会見室を敬遠した。*

＊その日の午後、バーンスタインとウッドワードはポスト紙のホワイト・ハウス詰めのベテラン記者、キャロル・キルパトリックが記者会見で書きとったノートをもとにジーグラー発言の記事を書いた。二人の記者はキルパトリックに格別の好意を寄せていた。六十歳になるキルパトリックは三十年以上もワシントンで記者生活をつづけ、ケネディ政権以来ホワイト・ハウスを担当してきた。ポスト紙のウォーターゲート事件報道の結果、同紙からその受難者が出たとすれば、それはキルパトリックである。ニクソン政権に関する従来の取材源は、ポスト紙がニクソン政権を敵にまわすようになった十一月七日以後、キルパトリックの取材を拒否してきた。大統領選挙後もまだキルパトリックにことばをかける人もわずかながらいたのだが、キルパトリックは誰を信用したらいいのかわからなかった。取材源と信頼関係を結んできた記者にとっては苦々しい経験である。キルパトリックもホワイト・ハウス記者団の仲間と同じく、バーンスタインやウッドワードが書くものにだいぶ懐疑的だった。しかし、二人の記事に自分の判断を押しつけたことは一度もない。キャスリン・シェノーや鉛管工グループを伝えた記事はキルパトリックのこれまでの懐疑的な考え方を修正するように思われた。「あの記事にはもっと大きな深い意味があるはずだ」とキルパトリックは言った。

そのころからホワイト・ハウスは、ホワイト・ハウスの社交的な行事の取材からポスト紙を除外するようになった。手はじめが盛大な共和党の晩餐会だった。つぎが前閣僚、現閣僚、新任の閣僚を招いた晩餐会。日曜日の礼拝。最後は各国外交官の子供たちを集めたクリスマス・パーティ。取材拒否の直撃をうけたのは、ワシントン記者団のなかでも慈母的存在である六十八歳のポスト紙記者ドロシー・マッカードルだった。彼女は五つの政権にわたってホワイト・ハウスの社交的な行事を取材してきたのである。

マッカードル夫人がホワイト・ハウスの礼拝式から締めだされた当日、バーンスタインは友人たちと夕食をともにした。そのなかにワシントン・スター紙の取材記者が一人いた。スター紙の記者は十一月七日の二、三日前、コルスンとかわした会話について面白い話をした。

「選挙が終わりしだい、われわれは実のところポスト紙を締めあげるつもりだ」とコルスンが語ったという。「細かな点はまだきまってないが、基本的な方針は決定している――大統領とは協議ずみなんだ」。コルスンは「パンかごを持ってくる」ことをスター紙の記者にすすめた。なぜなら、「われわれはそのかごにニュースをいっぱい入れてやるからだ」。ポスト紙を締めだしながら、どうしてもスター紙を読まなければ損をするようにするつもりなのである。「そして、これはほんの序の口でね。そのあと、われわれは荒療治をしてやる。Lストリート〔ポスト紙の所在地〕で、ウォーターゲートのことなんか知らなきゃよかったんだと後悔させてやる」

まもなく、フロリダ州に二つのTV放送局を持つポスト紙に対する挑戦状が連邦通信委員会FCCに提出された。アメリカン株式取引所ではポスト紙の株価が五〇パーセント近く値下がりした。ポスト紙の挑戦者のなかには――新しくFCCの免許を得ようという「市民」

団体を組織して——大統領と長いつきあいのある人物が数人いた。

11　最高刑(マキシマム)のジョン

シリカ判事は十二月十九日午前十時、バーンスタインとウッドワードに法廷を傍聴するようにいった。この判事のもとで新聞に関係あるもう一つの事件——ロサンゼルス・タイムズ紙にアルフレッド・C・ボールドウィンとのインタビューのテープと速記録の提出を求める弁護側の申立て——の審理がすでにこの時刻に予定されていた。

二人の記者は小ざっぱりした服装で出かけた。ウッドワードは散髪してもらった。満員の法廷は、テープをめぐる攻防を取材にきたニュース・メディア関係者が大部分だった。バーンスタインとウッドワードは傍聴席の二列目にすわった。

二人は十時かっきりにわかったのだが、シリカは硬骨漢の名に恥じず額に深いしわをきざんで不満を表現できる人だった。彼は二人の記者からはじめることにしていた。陪審員が法廷にはいっている。傍聴人は「全員起立」の命令にしたがった。判事のしわがいっそう深くなった。「やれやれ」。ウッドワードがバーンスタインに小声で言いながら爪先で床をたたき、息を吸いこんだ。すると、「やれやれ」ということばが、馬に停止を命じているように聞こえた。バーンスタインはどちらの運命を選ぼうかと考えていた。ばかげた行為のために新聞記者仲間の面前ですっぱだかにされる辱めを甘受するか、「最高刑のジョン」に処分される有難くない名誉をうけるか。

「最近、わたしの関心をひいたことだが……」。シリカは不幸な事実を述べはじめた。十二月の第一週に、情報を得ようとの意図から陪審員に接近した者があった。しかし、その後、検察側と陪審員との協議の結果から判断すれば、情報が洩れた形跡はまったくない。したがって、大陪審の調査に支障はきたさなかった。陪審員の沈黙は賞賛に値する。いま一度、陪審員が彼らの審議を「神聖にして秘密に」する宣誓を想起するだけで、その決意はいっそう強固なものたりうるだろう。

判事は傍聴人に厳しい視線をむけた。「さて、わたしは当大陪審の陪審員に近づいた人物につぎのことを理解してもらいたい。当法廷は問題をきわめて重視しているということを」

二人の記者は判事のことばをひとことも聞きもらすまいと耳をかたむけた。エド・ウィリアムズと検察側のあいだで話合いがついたということに前ほど自信が持てなくなっていた。

シリカの表情は厳しかった。大陪審制度の尊厳を傷つけようとした人物は被疑者でも弁護人でもなく……「ニュース・メディアの代表」であると思わせぶりな言い方をした。記者団のあいだにざわめきが起こった。誰なのか？　バーンスタインとウッドワードは、判事が二人の正体を暴露するのを覚悟した。両名は情状酌量を希望するかと訊かれるのではないか。

しかし、シリカは何よりもまず法的な問題を指摘して、陪審員から情報を入手しようとする行為は「少なくとも潜在的に」破廉恥罪であることを記者団に申しわたしておきたかったのである。そして、判事は陪審員を退廷させたのち、法廷から去った。廷吏は休憩を宣した。二人の記者は事情を理解するまでに数分かかった。一件落着だった。二人は自由の身なのだ。

バーンスタインとウッドワードは、記者仲間から犯人は誰だと思うかと訊かれて、冷静にかまえてみせた。あてずっぽうなことは言えなかった。あやしいとにらんだCBSのドン・ショーがまず、バーンスタインとウッドワードが犯人ではないかと二人に言った。伝聞、中傷、名誉棄損とバーンスタインは抗議した。ショーは返事のかわりに意味ありげな微笑をうかべた。二人の記者は出口へ急ぐあいだに、結局あくまでも容疑を否定するしかないだろうと不本意ながらも心を決めた。たぶん憤然とした態度と巧みなフットワークでうまく切り抜けられるのではないか。

出口が混雑していたために、考える余裕がなくなった。二十人以上の記者が犯人探しで勝手な推理を大声で話し、おたがいに相手を疑っているのだった。きみたちではないかとまた言われて、ウッドワードは口から出まかせを言った。陪審員に接触したというのは十二月第一週のことだ。ウッドワードとバーンスタインが大きな記事を書いてから六週間後である。このめちゃくちゃな三段論法がなぜかうまくいった。

バーンスタインはやましい気持で、べつの報道人の話に耳をかたむけていた。その男は犯人が新聞記者ではなくラジオかTVの放送記者ではないかという説を披露していた。「シリカはとくに『ニュース・メディアの代表』という表現を用いた。これは、彼がラジオやテレビジョンの放送記者をさして言うときに、かならず使うことばなんだ。新聞記者のときは『新聞』と言うよ」。そうだ、ぼくもそうじゃないかと思ったんだ、とバーンスタインは言った。

ウッドワードとバーンスタインはシリカの発言について二人から出口で話を聞こうとする新聞記者を避けようとしていた。その記者はエレベーターの近くでウッドワードに追いつくと、判事はきみかバーンスタインのことを言っていたのではないかと単刀直入に訊いてきた。うるさいな、何を考えているんだ、とウッドワードは腹を立てた。

相手はしつこかった。でも、きみたちのどちらかだろう。そうじゃないのか？　どっちなんだ。

おい、とウッドワードもひらきなおった。ネタが欲しいのか？　新聞に載せるつもりなのか？　本気なのかね？　本気なら、いいネタをやるぜ。

その新聞記者は驚いたらしい。「悪かったよ、ボブ、きみがむきになるとは思わなかったんだ」とウッドワードに言った。

危機は過ぎた。二人を終日悩ましつづけた悪夢のような光景が消えた。傲然とかまえたロン・ジーグラーが政府側で二人を徹底的に追及するといったたぐいのことを要求する光景である。二人は、ジーグラーがどんな名台詞（「陪審員買収」か？）を吐くかを想像してみて、そんな気持になれないことがわかった。後味が悪かった。陪審員を訪ねたとき、二人は法律に違反したわけではない。それだけは確かに思われた。しかし、それに近いことをして、第三者を危険にさらしたのである。目的のために手段を選ばなかったことが発覚し、二人の果たした役割はうやむやにされてしまった。たとえみえすいた嘘をつかなかったにしても、二人は人をあざむき、法の網目をくぐり、誤解を招き、人を教唆し脅迫したのである。

その日の午後、ウッドワードはロサンゼルス・タイムズ紙とボールドウィン事件の大陪審を傍聴すべく、シリカ判事の法廷に引返した。ジャック・ネルスン、ロナルド・オストロウ両記者のノート、テープなどの関係記録がウォーターゲート事件被疑者の弁護側から請求されていた。

タイムズ紙のボールドウィンの会見記事はウォーターゲート事件報道で最も生彩を放った記事であって、「三流の泥棒の仕事」と大統領の部下たちが行なった選挙戦争との差を決定的に浮きぼりにしていた。ウッドワードはアルフレッド・ボールドウィンの弁護士と交渉したことを思いだして、テープやノートをタイムズ紙が所有するという保証がなければ、会見記事はなかったのではないかと思った。バーンスタインやウッドワードが書いた記事は確かに、そうした保証がなければ書けなかったはずである。

判事はロサンゼルス・タイムズのワシントン支局長ジョン・F・ローレンスにテープの提出を命じた。同紙はローレンスにテープを保管させていたのである。

「お断わりします」と三十代後半のやせた男ローレンスはおだやかに言った。

シリカは法廷侮辱罪で拘置を命じた。

ローレンスの弁護士は、憲法修正第一条違反で控訴を考慮している間に拘置するのは無効であると強く主張した。また、クリスマス近いことでもあり、ローレンスには妻と幼い子供たちがいることを指摘した。しかし、シリカは動じなかったので、保安官が妻に別れを告げることすら許可せずに、ローレンスを拘置所へ連れていった。*

＊ローレンスは連邦控訴裁判所の地下拘置所で数時間過ごしたのち、控訴中という理由で釈放された。三日後、アルフレッド・ボールドウィンの弁護士は、ロサンゼルス・タイムズ紙とかわした、テープの秘密を守るとの協定を自発的に破棄すると発表した。テープは法廷に提出された。

ウッドワードがこれほど動揺したのをバーンスタインはめったに見たことがなかった。二人とも対照的な立場を痛いほど意識した。新聞記者として行動し自分の良心にしたがった罪を問われたにすぎないローレンスは拘置された。二人のほうは説諭されただけで放免になり、その秘密は守られたのである。

大陪審の事件は二人の記者がシリカ判事や検察官と顔を合わせる最後とはならなかった。法廷に出た数日後、ウッドワードはロサンゼルスの弁護士モートン・B・ジャクスンの事務所の元秘書に電話をかけた。ハントはウォーターゲート事件後の一週間、ジャクスンのところに滞在している。ウッドワードは身分を明らかにしたのち、彼女がFBIから事情を聴取されたことを知っている、と言った。

「ほっといてください」と元秘書は言った。「わたしにも自分の生活があります。困りますわ。どうしてわたしを困らせるの?」ウッドワードは、情報を確認しているのだと言った。その情報によれば、彼女はハワード・ハントとゴードン・リディが西海岸に旅行した目的をある程度知っていた。

「わたしはだめです。ほんとに困るわ。……そっとしておいてください」。彼女は泣いていた。ウッドワードは電話を切った。

翌日、ブラッドリーは二人の記者を部屋に呼んだ。「ウィリアムズが検察官からまた電話をもらった。……きみたちの一人が電話をかけて、FBI捜査官だと言ったことをカリフォルニアから訴えてきた女がいる」

バーンスタインは、ウッドワードがFBI捜査官になりすましたと考えただけで、げらげら笑いだした。しかし、ブラッドリーは真面目だった。ボールドウィンのテープの件を審理しているとき、シリカは、事件の潜在的な証人は裁判がすむまで新聞記者の取材に応じてはいけないと指示したのである。

「またシリカとつきあうことになる」とブラッドリーは言った。「検察側は判事のところまで出向かなきゃならなかった。検察側もきみがFBI捜査官を装ったとは考えていない。しかし、証人の規則に違反した可能性があると考えている」

エド・ウィリアムズはもう一度シリカを訪ねるだろう、とブラッドリーは言った。バーンスタインは、自分もウッドワードも証人と話ができなければ、取材の続行は不可能になると不満を述べた。ブラッドリーは納得した。「問題が片づくまで」と言うのだった。「証人から完全に遠ざかるんだね」

誰が証人であるかということなどを、どうやって知るのかと二人の記者は訊いた。知る手だてはない、とブラッドリーは言った。だから、きみたちは取材と報道を中止するんだ。つまり、この問題が解決するまで、新しい分野をさぐるのはやめることだ。

この六ヵ月ではじめて、バーンスタインとウッドワードは仕事を中止させられた。

二日後、ブラッドリーが新しい取材規則を文書にした。その写しがローゼンフェルド、サスマン、ウッドワード、バーンスタインに配られた。「ウィリアムズは今朝シリカと協議した。われわれが証人を取材するのは自由である。……ただし、以下の条件がつく。証人が、法廷から当方の取材に応じることを禁じられていると言った場合、ただちにわれわれは取材を中止する。そして、それは、証人がそう言った場合、ただちにという意味である。換言すれば、その証人が記者の取材に応じてはならぬとの規則を口にした場合、当方は取材に応じるよう証人を説得しようとすることはできない。われわれはこの取材規則の真意にしたがって、行動しなければならない」

その週の終わりに、二人は取材の限度を協議するため、アール・シルバートを訪ねた。午後九時ごろで、裁判所に人影がなかった。シルバートは機嫌がよさそうだった。こうした場合、例によってシルバートは事件そのものに触れようとしなかったので、三人は大統領選挙について雑談した。この主任検察官は民主党員で、画家の夫人はマクガヴァン陣営に投じて、選挙運動を手伝った。夫人は結婚前の旧姓を名乗っていた。夫人の政治運動とウォーターゲート事件の訴追とに不当な誤解を招かないための配慮だった。

シルバートのほとんどすべてがそうであるように、彼の部屋まで整然としていた（シルバートの母がかつてある新聞記者に語ったところによれば、アールは大変きれい好きで、靴箱の自分の靴のかかとをそろえて並べているほどだった）。室内の利用できる空間をくまなく埋めたファイル・フォルダーと書類が少しの乱れもなく積み重ねられている。ウッドワードはシルバートのデスクにのった一通の手紙に気づいて、差出人（レターヘッド）に眼をとめた。メリーランド州ロックヴィルのワトキンズ・ジョンスン社である。マッコードがこの会社からウォーターゲート盗聴に使用する道具の一部を買ったことをウッドワードは知っていた。

タクシーでポスト紙に帰る途中、ウッドワードは手紙の件をバーンスタインに話した。それがどうした、とバーンスタインが言った。ウッドワードはわからなかったが、翌朝同社に電話をかけて、マッコードが盗聴用具を購入し、百ドル紙幣――三十五枚――で支払ったとき、CRPの名刺をおいていった事実を知った。

ウッドワードが書いたこの売買に関する短い記事は十二月二十三日付のポスト紙に掲載された。

つぎの月曜日、バーンスタインはシルバートから、すぐにオフィスで二人の記者に会いたいという電話をもらった。バーンスタインは、シルバートが何の用なのか、心あたりがなかった。ウッドワードは見当がついた。シルバートは三千五百ドルの無線機に関する情報から、二人がデスクの手紙を見たと思ったのだろう。バーンスタインのほうは、すでに二人がマッコードの買物について記録を入手しているのに、こんなつまらない問題でシルバートが自分たちを呼びつけるとは、とても信じられなかった。

二人が行くと、シルバートと同僚のセイモア・グランザーがいやに厳しい表情をうかべていた。シルバートは無線機の記事のニュース・ソースを知りたいと言った。手紙がデスクの元の位置においてある。ウッドワードは、ウッドワードの坐っているところからはっきり見える。左側の向こうすみだった。ウッドワードは、手紙を見たので、二人の知らない、盗聴用具に関する新事実が明らかになったのかとワトキンズ・ジョンスンに電話したのだ、と答えた。

「わたしを信用させたかったら」とシルバートは言った。「きみたちの本当の情報源を言いたまえ」

二人は拒否した。

二人の情報源が手紙以外になかったことをシルバートもついに認めるにいたった。連邦検事たちに回状をまわして、ウッドワードやバーンスタインの取材を断わるようにすすめるつもりだとおどした。法的な措置をとることも考慮中である。自分が口をすべらせたことがを二人の記者が利用するのはかまわない、とシルバートは言った。しかし、他人のデスクから情報を得るのは「卑怯で言語道断」である。グランザーは背信行為だと言った。

バーンスタインは、下から逆に読む技術は新聞記者にとって貴重な技能になりうることを何年も前から知っていたが、検察官たちの主張に強いて異をとなえず、すなおに謝罪した。ウッドワードも謝罪したが、シルバートもグランザーも筋が通らないと思ったので、それを指摘した。

シルバートは二人の記者を信用していいのかどうかわからなくなったと言った。検察官たちがこの問題でなんらかの措置をとったかどうか、ウッドワードもバーンスタインも知らずじまいだった。


ウォーターゲート七人組の裁判がはじまる二、三週間前の十二月のある日、ウッドワードはサスマン、ローゼンフェルドの二人とジェファースン・ホテルで昼食をとった。サスマンとローゼンフェルドは——やさしく、しかし執拗に——ポスト紙のウォーターゲート事件調査がどこまですすんでいるかを知りたがった。

ウッドワードはウォーターゲート事件の将来について空想していることがあった。その一つは、ゴードン・リディが一夜バーンスタインとウッドワードを自宅に招待し、酒を出して事件の全貌を語り、その間二人がテープにとるというものだった。

編集幹部はウッドワードの空想などに興味を示さなかった。もっと丹念な取材を希望した。

ウッドワードは、ポスト紙の誰が裁判の取材を担当するのかと訊いた。ローゼンフェルドはまだ決めてないと答えた。ウッドワードは、自分とバーンスタインが担当すべきだという気がしていた。ローゼンフェルドは不賛成だった。ポスト紙が非の打ちどころのない客観的な報道をすることが、いままでにもまして重要である、とローゼンフェルドは言った。ウォーターゲート事件の取材からはずされてきた他の記者に担当させるべきだろう。ウッドワードは、このチャンスは二人が得たものだとがんばった。ローゼンフェルドはウッドワードをにらみつけて、まだ決定していないのだと言った。

数日後、ローゼンフェルドは、連邦裁判所担当のローレンス・マイヤーに決定したと二人の記者に伝えてきた。ウッドワードとバーンスタインは調査を今後もつづける。どちらかがかならず裁判に出て、証言から手がかりを探しだす。

ローゼンフェルドの決定は正しかったのだが、そのときは二人の記者もその正しさがわからなかった。二人は憤慨した。事件は新しい局面にはいりつつある。ポスト紙はウォーターゲート事件についてこれまで報道してきたことを若手の先走りとしてこんご無視するのではないか、と二人は懸念した。

裁判の直前、バーンスタインとウッドワードが長文の「ニュース分析」の原稿を書いたとき、二人の懸念はさらに増した。司法省官吏をつぎつぎに長時間にわたって取材し、何日にもわたった調査にもとづくこの解説記事は、政府側がウォーターゲート盗聴事件の資金援助や黒幕の存在に関して数々の疑問を残したまま、選挙妨害、スパイの広汎な活動を黙殺していることを指摘していた。ローゼンフェルドはこの原稿をボツにした。「成りゆきを見守って、その上で記事にしよう」

公判開始の二日前、バーンスタインは、マイアミ組（侵入犯）が家族や弁護士とヴァージニア州アーリントンの高級アパートに滞在していることを聞きこんだ。その夜、被告の一人を訪問したところ、被告側は全員無罪を主張する意志があることを知らされた。被告側はウォーターゲート侵入が政府の高官から承認されていたので、秘密裡に正当な使命を果たしていたと主張するつもりである。一つ障害がある、とバーンスタインは聞いた。ハワード・ハントは共同弁護を望んでいたけれども、七人の被告以外にまでひろがる共同謀議を示唆するような法廷戦術にはげしく反対した。

公判第一日の一月八日の朝、顔色の悪いやつれの見えるハントが、ちょっとくたびれてはいるが、小さな貴族的な襟の黒いトップコートを着て、裁判所に姿を現わした。パイプをふかし、廊下を行ったり来たりしながら、仲間のゴードン・リディとしきりに密談をかわすのだった。二人はことばをかわしながら、廊下を歩いていった。二、三週間前に飛行機事故で妻をうしなったハントは、支えてもらおうとするかのように腕をリディの首にまわしている。リディは大きな葉巻をくわえてやってくると、自信たっぷりに手をふり、気取って歩いた。後刻、陪審員に予定されている人たちに紹介されると、リディはいきおいよく立ちあがり、群衆に挨拶する政治家よろしく、勝ち誇ったように右手をふってみせた。マイアミの四人組は緊張した面持で、弁護士のヘンリー・B・ロスブラットにともなわれて姿を見せた。ロスブラットはかつらをつけ、眉墨で濃くしたように見える小さな口ひげをはやしていた。マッコードが深刻な顔をして、二、三分おくれて登場した。新聞記者に何を訊かれても、「言うことは何もない」で逃げた。

検察側のアール・シルバート（三十六歳）、セイモア・グランザー（四十六歳）、ドナルド・E・キャンベル（三十五歳）の三人は、身だしなみがよかった。いずれも高さ一フィートもあるファイルを持ってきた。三人がエレベーターからおりると、記者たちがわっと押し寄せた。「きみたちの質問には全部答えるから」とグランザーが言った。「ちょっと待ってくれ」

みずから審理にあたるジョン・J・シリカ連邦地方裁判所首席判事は、裁判長席に威儀を正してすわると、波打つ黒い髪で六十八歳の年齢よりはるかに若く見えた。十二月の公判前の審理で、判事は意向を明らかにした。「当陪審は以下のことを知りたい。犯人たちは何のためにあの本部に不法侵入したのか？　目的はたんに選挙スパイ活動だったのか？　金をもらったのか？　金銭的な利得があったのか？　誰に雇われたのか？　誰がこんなことをはじめたのか？」

シリカの批判者——検察官などどうるさ方のそろっている法曹界に多数いた——は、裁判は調査を行なう場でないと主張した。調査の仕事は当然、大陪審に属する分野だというのである。

ウッドワードもバーンスタインも公判第一日を傍聴し、シルバートが二時間にわたる冒頭陳述を行なうのを聞いた。主任検察官は、百ドル紙幣でゴードン・リディの手に渡った大統領選挙資金の一部である二十三万五千ドルのうち、わずか五万ドルしか解明できないと述べたとき、かなり激昂しているように思われた。もっぱらジェブ・マグルーダーとハーバート・L・ポーターの供述を根拠に論告するシルバートは、リディが合法的な情報収集活動を行なうために資金をもらったと主張した。だが、リディは勝手にことを運び、違法のウォーターゲート盗聴を計画、実行した、と述べた。これは、二人の記者が何カ月も前に夜間の取材をしていたときに聞かされたCRPの「公式声明（カヴァー・ストーリー）」である。シルバートが下部組織謀議説を長々と展開するあいだ、ウッドワードはほかの記者たちにまじって、怒り狂ったようにノートをとった。原稿を書く必要はないので、シルバートの論告を考えることができた。

イェール大学の新入生時代に学んだ教訓を思いだした。講師が学生たちに中世の記録を読ませたのである。グレゴリオ法王の宥（ゆる）しを求めるヘンリー四世の有名な一〇七七年のカノッサ訪問を伝える記録だったが、内容にどういうわけか食い違いがあった。この記録によれば、国王は何日もヴァチカン宮殿の外で雪のなかにはだしで待ったという。ウッドワードは記録を熟読し、ノートをとり、説明が一致する事実を書きだしてみた。それを総合すれば、ヘンリー四世ははだしのまま雪のなかにいた。講師はウッドワードに合格点をくれなかった。ウッドワードが常識にしたがわなかったからだ。何日もはだしで雪のなかに立っていたら、足が凍傷で千切れてしまうものだ、と講師は言った。「王権神授説は自然の法則や常識をくつがえすほどのものではなかったのだ」

シルバートがゴードン・リディに怒りをぶちまけているとき――活動全体の首領（ボス）、とシルバートは言った――ウッドワードは、シルバートがハーヴァード大学で新入生時代に歴史の名講義をうけたのだろうかと思った。優秀な成績でハーヴァードを卒業したシルバートは証拠をすべてそろえた。六十人の証人。弁護側に乗ずる隙のない事件である。ただ、間違いが一つある。筋が通らないのだ。CRPはFBIや警察から簡単に入手できるつまらない情報に二十三万五千ドルも金を出すはずがない。CRPの責任者たちは資金の正確な使途と正確な結果を知りたかったのだ。

シルバートはバーンスタインとウッドワードに、ウォーターゲート事件捜査で人をよろこばすつもりはないと言った。彼のことだから成功するだろう。これははっきりしているようだ。逮捕された七人以外に起訴できる証拠はないと重ねて力説した。「司法省には不文律があります——上層部へ行けば行くほど、いっそう確実な証拠が必要になる。そして、これはなるほどもっともなルールだと考えるものです」

冒頭陳述のあと、ハワード・ハントは有罪申立てに変更した。法廷を出たところで記者たちに、「わたし個人の知るかぎり」上層部は一人も謀議に関係していないと語った。

その前日、バーンスタインはマイアミ組の一人から、ハントが有罪申立てをすれば、マイアミの四人も有罪申立てをするかもしれないということを聞いていた。その噂は消えなかった。金曜日の午後の閉廷後、バーンスタインとウッドワードは裁判所の前で、ポスト紙のコラムニスト、ニコラス・フォン・ホフマン、ポスト紙論説委員ロジャー・ウィルキンズの二人と立っていた。マイアミ組の弁護士ヘンリー・ロスブラットがタクシーを呼びとめようと、依頼者たちと交差点にいた。

おれたちのうち誰かが追いかけないと、逃げられてしまう、とバーンスタインが言った。ウッドワードはバーンスタインに同調した。おれが行きたい、とバーンスタインが言った。

ウッドワードは彼に二十ドルわたした。バーンスタインが走りだしたとき、ちょうどロスブラットと依頼者たちがタクシーを見つけた。弁護士とずんぐりしたフランク・スタージスとほかの三人でタクシーはいっぱいになったのに、招かれざるバーンスタインがとにかく強引に乗りこむと、ドアがしまった。フォン・ホフマンとウィルキンズは笑いすぎて、歩道から落っこちそうになった。ウッドワードはバーンスタインに二十ドル貸したことを忘れまいと思った。

バーンスタインが土曜日おそく社にもどったときは、眼にくまができて憔悴していた。ロスブラットや依頼者たちと空港まで同行し、彼らのうちの一人が搭乗する便の航空券を買い、スーツケースを持ってやったり気やすく冗談を言ったりして割りこむと、隣りの席にすべりこんだ。じつは、バーンスタインがごり押しするまでもなく、話題は裁判のほうへ移っていった。ジェット・エンジンの回転がのどかに聞こえるなかで、のんびりと会話をつづけるうちに、裁判の話が出たのである。このインタビューでポスト紙は一分に一ドル以上もかけていることになるだろう、とバーンスタインは思った。

搭乗したその男によれば、ハントは一週間にわたりマイアミの四人を訪ねて、無罪の中立てを有罪申立てに変更するように申し入れたという。経済的に家族の面倒はみてやるし、二、三カ月服役すれば大統領特赦を期待できる。老練な指揮官のハントは身についたCIA的な仲間意識から、またも下部の工作員たちに命令をくだしていたのだ。ハントが四人をキューバ侵攻作戦に参加させたのちも、十年以上にわたって、彼らはハントを盲目的に信頼してきた。ハントは彼らの指導者であり、彼ら自身の目的とアメリカ人の祖国愛を結びつける絆だった。ロスブラットが激怒して、「あんなハントみたいな奴と手を切るよう」依頼者たちに指示したが、手おくれだったことをバーンスタインは知ったのである。有罪申立ては来週に持ちこされるだろう。

ウッドワードが電話をかけると、ハントの弁護士ウィリアム・ビットマンは、彼の依頼者がマイアミ組に圧力をかけていたことを否定した。「その言いがかりはありえないと思う。……わたしには考えられないことだ」と言った。

二人の記者とポスト紙の編集局長ハワード・サイモンズはこの記事について協議した。この掲載に神経をとがらせていたのだ。シリカ判事はふたたび記者たちを法廷に呼びつけるかもしれない。こんどは二人のニュース・ソースをさぐりだし、司法妨害なるものの調査をはじめるだろう。サイモンズは、シリカがニュース・ソースの公表を命じるかどうかをポスト紙の顧問弁護士の何人かに問いあわせた。締切りが近づいても、弁護士たちの意見は分れていた。用心するにこしたことはないという慎重策がとられて、ハントに関する記事は翌日検討するため掲載中止になった。確実なことが一つあった。もし掲載するとすれば、一人の記者の署名しかのせないのである。シリカがニュース・ソースを明らかにすることを要求しても、ニュース・ソースを明らかにしなかった結果、二人の記者のうちの一人が拘置されるだけですむだろう。

その夜、バーンスタインとウッドワードの自宅に電話がかかった。ニューヨーク・タイムズ紙が、マイアミの四人は氏名不詳の人物たちからまだ金をもらっていると報じたのである。セイモア・M・ハーシュによるその記事はまた、ウォーターゲート事件の犯人の一人のスタージスがつぎの事実を認めたと伝えている。スタージスは、ジョン・ミッチェルがウォーターゲート盗聴計画を知っていて、事実犯人グループを激励したことを聞いたのである。翌日、タイム誌はプレス・リリースを送ってきた。それによれば、マイアミの四人組は服役期間中、毎月一千ドルの手当を約束されたという。ジャック・アンダースンのコラムはさらに大胆に解説していた。「被告たちにわたる金の大半は、ハントの手を経たもので、ハントはその現金の一部をバーナード・バーカーにわたしている」とコラムニストは述べた。

これらの記事はサイモンズの不安をやわらげた。「シリカはきみたちといっしょに、タイム誌やニューヨーク・タイムズ紙の記者とジャック・アンダースンまでも刑務所にぶちこまないといけないな」と言った。

翌日の月曜日の朝、ハントの策略を伝える記事がポスト紙に載った。その朝の法廷では、マイアミ四人組がロスブラットをクビにして、新しい弁護士を選んでもらった。その弁護士はさっそく被告にかわって有罪を申し立てた。

シリカは憤然としていた。新しい申し立てを認めたのち、マイアミの四人組を前に呼んだ。四人は裁判長席の前に立った。バーカー被告は背中で手を組みながら、爪先で床をたたいていた。不安でたまらないのか、嘆願するように膝を折っていた。判事の質問に答えるとき、首がゴムになったみたいに、頭を忙しく前後左右にふった。

シリカ判事は「クーポン券のように通用していたあの百ドル紙幣」について尋ねた。

バーカーは、その金がどこから来たのか知らないと答えた。ほかの被告もうなずいた。

「金は何も書いてない封筒にはいって郵送されてきたんです」とバーカーは言った。

「残念ながら」とシリカは言った。「わたしはあなたの話を信じません」

シリカは一時間ばかり被告たちに質問した。四人の被告の頭は同じ糸でつながれているようだった。同時に頭を上げたり下げたりするのだ。ええ、有罪を申し立てる決心をしたのはいかなる圧力とも無関係です、と四被告は言った。大統領特赦のことを話した人物がいるかとの質問に、彼らは、いいえ、裁判長、と答えた。

判事のしわが深くなった。CIAに勤務した者はいるか？

「わたしは知りません」と、ウォーターゲートで逮捕された翌日までCIAから毎月百ドルもらっていたマルティネス被告が答えた。大声で笑いだした者のなかに、ゴードン・リディがいた。リディは、シリカが被告たちに質問をはじめると、被告席でのうたた寝から目をさましたのである。「なぜウォーターゲートにしのびこんだのか？」とシリカは訊いた。

「キューバ問題と関係があったんです」とマルティネスは答えた。「キューバのことや、合衆国に関係する共産主義者の陰謀のこととなりますと、わたしは共産主義者の陰謀からこの国を守るためなら、どんなことでもやるつもりです」

シリカは不信の眼で見た。民主党本部がキューバや共産主義者の陰謀とどんな関係があったのか？

と言った。

「知りません」とマルティネスは答え、ついで、これはバーカーやハントから聞いたことだ

四人はいずれも金をもらったことを否定した。「ここにいるのは、金で身を売る男たちで

はありません」とバーカーは誇らしげに言った。

「あなたはこの仕事をするとき、ハント氏の指示で、それともほかの人たちの指示で動いた

のか？」とシリカはバーカーに訊いた。

「わたしはハントさんといっしょに仕事をしました。そして、わたしはハントさんとは一体

だったと申しあげたいのです。……わたしにとって最高の名誉であり、彼を尊敬するもので

す」とバーカーは言った。

シリカが被告に質問するあいだ、シルバート主任検察官は愛想がつきたように首をふり、

眼の前の黄色のメモ用紙を見ていた。グランザーは椅子の背によりかかって、頬をなでてい

た。裁判で事件の全容が明らかになるという検察側の自信も、被告たちが有罪申立てという

煙幕に逃げこむと、すっかり消え失せてしまった。

シリカはニクソンの選挙資金のうち、マイアミの銀行に振りこまれた十一万四千ドルの小

切手についてバーカーに尋ねた。バーカーは、その金がどこから来たのか知らない、と答え

た。

それはおかしいではないか、とシリカは訊いた。

「おかしいとは思いません、裁判長」とバーカーは答えた。「わたしに関するかぎり、以前

にもおかしなことのある活動に関係しています」

　マイアミの四人組は拘置された。

　その日の正午、ウッドワードはキャサリン・グレアムやハワード・サイモンズと会食するため、タクシーでポスト社にもどった。「キャサリンが記事の一部を調べて、ニュース・ソースについて訊きたいそうだ」とサイモンズが言ったのだ。

　社主のグレアム夫人は、一九三三年にポスト紙を買収したユージン・マイヤーの娘である。ポスト紙社主だった夫のフィリップ・グレアムが一九六三年に自殺すると、彼女が采配をふるうことになった。

　ウッドワードは、ウォーターゲート事件を大々的に報道していた無我夢中の時期が過ぎ、秋のホワイト・ハウスの攻撃がすむまでグレアム夫人が待ってくれた上で、会いたいと言ってきたことに感激した。エレベーターで八階まで行くと、ガラス張りの二重ドアを抜け、厚い純白の絨毯を踏みしめて、夫人の部屋に行った。サイモンズはすでに来ていて、グラスを手にしていた。三人はすみのテーブルについた。

「今日の裁判はどうなの？」とグレアム夫人が訊いた。

　ウッドワードはマイアミ四人組の有罪申立てとシリカの質問について話した。裁判はますます滑稽なものになる、とウッドワードは言い、四人の被告が同じことをしゃべり同時にうなずくさまを語った。

グレアム夫人はこの裁判の意味と今後の見通しについていろいろと尋ねた。「すべてがはっきりするのかしら？」といくらか不安そうに訊いた。「つまり、わたしたちは事件の全貌を知ることができるの？」

これほど見事な質問のしかたはあるまい、とウッドワードは思った。あなたたちはわたしの新聞をどうするの、というのが質問の真意だ。自分もバーンスタインも、全貌が明らかになるかどうか、まだわからないとウッドワードは答えた。

沈痛な表情が夫人の顔にうかんだかに思われた。グレアム夫人は首をふった。「絶対に無理かしら？」と訊いた。「絶対に無理だなんて言わないでね」。グレアム夫人は顔をあげて、明るい微笑をうかべた。「さあ、お食事にしましょう」と言って立ちあがり、部屋のまうしろにあるダイニング・ルームへ二人を案内した。

白と黒の古風なメイドの制服を着た婦人がエッグ・ベネディクトをはこんできた。ハワード・サイモンズはこの会食の目的を簡単に話した。ウォーターゲート事件のニュース・ソースをめぐる秘密協議である。*ウッドワードはエッグ・ベネディクトを二口だけ食べると、独演会をはじめなければならなくなった。フロリダ州のマーティン・ダーディス、司法省の数人の法律専門家、FBI捜査官、ホワイト・ハウス職員、経理事務員、ヒュー・スローンのことを語った。グレアム夫人は名前より地位に興味があると言った。

*何カ月かたって、ハワード・サイモンズは、裁判中のポスト紙の立場について彼個人の感慨をつぎのようにまとめた。「わたしは、ウォーターゲート事件が旧ドイツ共和国の連邦議会下院の火事

みたいなことになるんじゃないかという、天邪鬼（あまのじゃく）の気持を棄てきれなかった。いまから四十年たっても、人々はやはり訊くだろう。あの男がやったのか？　それとも、頭のおかしいオランダ人か？　ドイツ人か？　……風呂にはいっているみたいなものだ。つまり科学的にいえば、一時お湯をほんのちょっぴり熱くすると、自分でもわからずに、火傷して死んでしまう。というのもほんのちょっぴり熱くしただけだったから、身体のほうがわからないし感じない。……そこがウォーターゲート事件と国防総省秘密文書事件の違うところだ。国防総省秘密文書の場合、最初から弁護士に相談できた……弁護士の助言を得て、キャサリン・グレアムは掲載に踏みきる決断を実際にくだした。そういうことはウォーターゲート事件にはなかった。われわれは弁護士に電話して、大丈夫だろうか、法律的に見るとどうなのだろうといったことを訊かなかった。われわれははまりこんでいたのだと思う。いつのまにかそうなってしまった」

ウッドワードは、ディープ・スロートの本名を誰にも明かしていないと言った。

グレアム夫人は考えるように間をおいた。

「わたしには教えてください」と言った。

ウッドワードはぎくりとした。ぜひというなら、名前を教えようと言った。夫人が強要しないことをねがっていた。グレアム夫人は笑いだして、いまのは冗談だと言った。じつは、そんな重荷を背負いたくない。ウッドワードは冷たくなったエッグ・ベネディクトを一口食べた。

「さて、ホールドマンの問題ですけれど」とグレアム夫人は言ったが、その話を聞きたいのか自分でもわからないようだった。

ウッドワードはフォークをおいて、彼とバーンスタインがスローンの大陪審の証言でおかした失敗を話した。

「でも、こちらが正しいという自信はあるの？」。この質問には、これまでの会話に欠けていた熱気がこもっていた。「ヘンリー・キッシンジャーと話したことを忘れません」と夫人はつづけた。「彼はわたしのところにやってきて、こう言いました。『どうしたんですか、われわれが再選されないとでもお考えですか？　ホールドマンについてはあなたがたの間違いですよ』って。それから、彼は腹をたてたのか、じつにひどい濡れ衣だといった意味のことを口にしました」

人違いじゃない人物がいるとすれば、それはボブ・ホールドマンだ、とウッドワードは言った。昼食のあいだにウッドワードが口にした、最も断定的なことばだった。

「そうなの」とグレアム夫人が言った。「それを聞いて安心しました。心配していましたからね」。間。「あなたのおかげでほっとしました。ほんとうにそうなのよ」。夫人はウッドワードを見た。彼女の顔がこう言っていた。もっとうまくやりなさい。

裁判はさらに二週間つづいた。ウッドワードとバーンスタインも傍聴をつづけ、法廷に提出された証拠品や書類をふるいにかけた。ウッドワードは証拠となった被告たちの住所録の電話番号を写しとり、ある晩、そのいくつかの番号に電話をかけた。「ＦＢＩだって？」とある男は訊きかえした。「たった一度だって訪ねてこなかったよ。こちらもFBIに話したことは一度もない」

ウッドワードは受話器をたたきつけた。ケネディ大統領暗殺以来最大の、最も広範囲にわたる捜査で、FBIは電話帳にのっていた番号にも電話をかけていないのか？

証人のリストを調べているうちに、ウッドワードはハントをきわめてよく知っている人物を見つけた。その男の職場に電話をかけて、どんな証言をするつもりかと訊いた。証人は言った。

「わたしが証言できることをお話ししましょう。でも、シルバートは訊かないでしょう。もし判事か弁護士が質問したら、わたしはしゃべりますよ」

ウッドワードはデスクの大きな青い椅子にすわりなおすと、その証言がどんな内容のものになるかを尋ねた。

「ハワードは仕事の話をするとき、かならず『彼ら』とか『ホワイト・ハウス』を持ちだした。しかし、いまでもおぼえているが、ある日、ハントはアーリックマンのことでぼやいていた。アーリックマンはどうしようもないしろうとだと言ってたよ。アーリックマンは、ハワードが従事している、いろんな秘密情報収集活動といった仕事に権限を持っていたからだ。その仕事は、アーリックマンが金を出さないために、二週間か三週間遅れてしまった」

アーリックマン。ウッドワードは指にはさんだ鉛筆を二つに折った。

「そして、ハワードは、だからコルスンが好きなんだと言っていた。コルスンは、そういうことは必要だと理解してくれたからだ。コルスンは現場に通じていて、話のわかる人間だった。予算も通してくれた」

コルスン——これはわかるが、アーリックマンは？　証人が話をつづけるあいだ、ウッドワードは机の上にペーパー・クリップを何列にもきちんと並べた。

「ハワードの話から察すると、ミッチェルは盗聴記録の写しをもらっていたようだ」なるほど、これもわかる、とウッドワードは思った。

「ウォーターゲート事件のあと、ハワードがワシントンから姿を消して、弁護士を必要としていたころ、ハワードはジョン・ディーンを探していて、彼からわたしに弁護士をつけさせるようにはからってくれ、と言った」

ウッドワードの手が、整然としたペーパー・クリップの列に思わずのびて、めちゃめちゃにしてしまった。「ジョン・ディーンだって？」と訊いた。

「わたしがシルバートに話したときも、ちょうどそんな声を出しましたよ」と証人は言った。「シルバートはこう言った。『この事件で彼の足跡がはじめて見つかった』」

ウッドワードは大きなペーパー・クリップの一つを手にとって、ノートに眼を通しながら、それを大きなL字型に折り曲げ、手のなかでくるくるまわしはじめた。そのとき、ブラッドリーがデスクのそばを通りかかって、何ごとかと訊いた。大漁かもしれないし、不漁かもしれないとウッドワードは言ったが、ミッチェルやコルスン、アーリックマン、ジョン・ディーンに相当の打撃をあたえることのできる証人が少なくとも一人いるのだ。ブラッドリーは眼を輝かせた。腰にタオルを巻きつけ、それを前後に動かしているつもりで、ちょっと踊ってみせると、デスクからはなれていった。

ウッドワードは、シリカ判事か書記に連絡して、この証人が重大な質問に答弁できることをなんとか知らせようかと一瞬考えた。この考えは棄てた。

証人はそうした質問を受けなかったが、ウッドワードとの会話では、ハントが上層部との関係に沈黙している理由を説明した。「ハワードの価値観では」と証人が言った。「彼は英雄的な行為をしているつもりだ。天国に行ける望みをもって、高いところで瞑想にふける中世の修道士みたいなものさ。……ハワードは右翼のアルジャー・ヒスになりたいんだ」

裁判が長びいた。休憩時間中のリディとマッコードは逃げずに、廊下で記者たちとよく雑談した。リディは好んでちょっとした奇談を披露した。たとえば、爆撃機がメキシコ国境の町の赤線地帯を誤爆したという話。「そこで、町の役人たちが軍事基地を訪れた」とリディはある朝、十人ばかりの記者に言った。「そして、赤線爆撃をやめるなら、町のほうで赤線を廃止すると基地司令官に訴えた」。リディは自分の話に大笑いした。顔が真赤になるほど笑いころげた。

あるとき、リディの弁護士ピーター・マルーリスの再三の異議申立てがまたもシリカに却下されたあと、リディは廊下でウッドワードをわきへ呼んだ。「チェスのやり方を知っているか？」とリディは意味ありげに訊いた。ウッドワードは知っていたので、リディにそう言った。「ピーターがクイーンをとったんだ」とリディが言った。どういう意味か、とウッドワードは尋ねた。「わたしに言えるのはそれだけだ。彼はクイーンをとったのさ」。判事が間違いを一つしたので、高裁がシリカの判決をくつがえさざるをえないという意味なのか、とウッドワードは訊いた。「きみのチェスの腕前は大したものだ」とリディは言い、にっこりしながら、ポケットに入れた手をちょっとばたばたさせた。

一月二十三日は、ニクソン再選委員会の証人ばかり証言する予定だった。ジェブ・マグルーダー、バート・ポーター、ロブ・オードル、ヒュー・スローンである。ウッドワードが裁判所に行くと、廊下を行ったり来たりするマグルーダーの姿が眼についた。長身、三十八歳。化粧品、パフ、婦人用ストッキングを宣伝で売りまくったマグルーダーは地味なスーツの襟にアメリカ国旗をかざっていた。彼は腕時計を見て、シルバートに近づいた。「アール」と言った。「いつまで待たされるのかね?」。シルバートはへりくだった微笑をうかべて、予定通りに証人を出廷させることができないと弁解した。マグルーダーは怒っていた。そのとき、ゴードン・リディが通りかかり、満面に笑みをうかべて挨拶した。廊下にいた記者たちがどっと笑った。マグルーダーはいっそう憤然として、踵(きびす)を返すと、廊下を歩いていった。

ウッドワードは、マグルーダーに会う時がきたと判断した。追いついて自己紹介した。マグルーダーは思ったより友好的だった。「きみとあのバーンスタインという男のやったことに、一つだけ文句がある。それは、きみたちが夜間にわたしの部下を訪ね、夜おそくドアを乱暴にたたき、身分を明らかにしなかった点だ」。ウッドワードは、自分もバーンスタインもかならず身分を明らかにしたし、いつだって失礼はなかったはずだと言った。

「きたない取材だ」とマグルーダーは言った。「きみではなかったかもしれない。バーンスタインだったんだ。わかっている」

やっぱり策士だ、とウッドワードは思った。マグルーダーはおれとやりあうつもりがなくて、この場にいないバーンスタインに罪をきせた。ウッドワードは反論した。勤務時間後に人を訪ねるのはべつにきたない取材ではないし、マグルーダーをはじめ何十人もの人間がウォーターゲート事件に関する疑問に答えようとしない以上、やむをえない手段だった。マグルーダーは歩いていってしまったが、ふりかえってウッドワードを見た。「きみに関係のないことだ」と言った。CRPの見解を要約したのである。

シルバートはマグルーダーに三十三分間退屈な尋問を丁重につづけた。マグルーダーはつぎのように証言した。ミッチェルの補佐役として、彼は二十五人の選挙運動支部長と二百五十名の専任職員の監督、三千万ドルから三千五百万ドルの運動資金の使用に、多忙をきわめたので、ゴードン・リディのことを心配する余裕もなかった。リディとの関係は円滑ではなかったという。リディとは管理の方法が違っていた。マグルーダーは、管理方法の不一致が二人のあいだにわだかまる最も重大な障害であるかのように、そう言ったのである。マグルーダーが証言するあいだ、リディは椅子を前後に揺らしていた。

再選委の財務部員だったヒュー・スローンは周囲を気にしながら、法廷にはいってくると、証人席についた。前よりもやせて見えた――「彼は骨と皮ばかりになってしまいました」と母親はニューヨーク・タイムズ記者に語っている。シルバートのお座なりな尋問は冷たくよそよそしかった。スローンは、およそ十九万九千ドルを現金でリディにわたしたと証言した。シルバートは、誰が金の支払いをスローンに命じたかを訊かなかった。

シルバートが尋問を終えると、シリカは陪審員を退廷させて、スローンにみずから四十一項目にわたる質問をした。ある質問に対し、スローンはリディに多額の金がわたったことを心配した、と言った。そこで、スローンがモーリス・スタンズに相談したところ、スタンズはジョン・ミッチェルと支出を調べ、ミッチェルはリディに現金をわたすことを命じた。

「あなたは誰に相談したのですか?」とシリカが尋ねた。スローンは答弁を繰り返した。

質問を終える前に、シリカは、現金の使途を尋ねることなく、これほど多額の金をわたしていたというスローンの証言を信用するわけにいかないとはっきり言った。スローンの純朴そうな性格に驚いて、シリカは訊いた。「あなたは大学(カレッジ)を出ていますね?」*

*数週間後、公判後の聴取で、シリカは、スローンが真実を語ったとは思われないとはっきり言った。しかし、シリカは人違いをしたのだ。スローンは捜査に全面的に協力したCRPの証人だった。シリカは、マグルーダーやCRP日程部長のバート・ポーターに対しては何一つ訊かなかった。二人は後日、裁判で偽証したことを認める。

シルバートの最終論告のあいだ、リディはゆっくりと椅子を揺り動かしながら、微笑をうかべていた。シルバートは悠然とかまえるリディをウォーターゲートの「大物氏(ミスター・ビッグ)」として扱った。リディ——元FBI捜査官、元検事。警官が泥棒を追っかけて出世したのである。

こんどは、その警官が泥棒になった。シルバートは自分の論告に酔ったらしく、しばし沈黙した。リディは裁判の第一日にやったように、陪審員にむかってさっそうと手を振ってみせた。

陪審がすべての訴因でリディとマッコードの有罪を決定するまでに、九十分とかからなかった。書記が陪審の評決を読みあげ、「有罪」を六回繰り返すあいだ、リディは傲然と腕を組んで立ち、顔色一つ変えなかった。マッコードのほうは、各訴因について一度ずつ合計八回「有罪」と言われるあいだ、じっと立ちつくしていた。シリカは両名に保釈金未定の拘置を命じた。法廷から連れ去られる前に、リディは弁護士のピーター・マルーリスを抱いて、感謝するように背中をたたくと、傍聴人や記者団に手を振って、最後の挨拶をした。

バーンスタインとウッドワードは裁判を概括する長文の解説を書いた。「いまだに謎。誰がスパイを雇ったのか。なぜか」という見出しで、十六日間の審理で目立ったのは、疑問が解明されず、謎を解く答弁もなく、証言すべき証人は喚問されず、喚問された証人に記憶の欠落があったことである、と二人は指摘した。

二人の記者は、検察側が事件を投げたわけではないと信じた。むしろだまされたという可能性が強い。ホワイト・ハウスや司法省がかけてきた微妙な圧力の犠牲となった可能性がある。検察側は何よりもまずCRPやホワイト・ハウスの力と大統領側近の性格を理解できなかった。

評決の三日後、シリカ判事はリディ、マッコードの保釈金を各十万ドルと決定した。彼はシルバートを厳しく批判した。「入手可能の——入手可能の、ということです——適切な事実がすべて陪審員の前に提出されたとは、わたしは思っていなかったし、いまも納得していません」

シリカは自分の言動について釈明した。「わたしは、ばかみたいにただここにすわっていてはいけないと思う。つぎのように申しあげよう——スローン氏がこの事件ですべての真実を語ったかという点に、大きな疑問がある。わたしは今後もそれを申しあげるし、裁判中にも指摘した。

「あなたがたのどちらも——政府側も弁護側も——スローン氏に何も訊かなかったような気がする。すべての事実を明らかにするためには、わたしには彼に質問する権利があった。

「この事件で議会の調査があることはどなたも知っている。一判事としてばかりでなく、偉大な国の一市民として、正しい答えを求める何百万のアメリカ人の一人として、わたしは率直に希望したい。上院の委員会が議会より権限をあたえられて、この事件の真相を徹底的に追及されんことをわたしは希望する。わたしはそうねがっている。わたしが申しあげるのはそれだけだ」

12

「社主(レディ)は刑務所にはいる」

　ウッドワードはディープ・スロートに密会の合図を送る必要が生じた。大統領選挙後まもなく、便利だが窮屈なアパートから、ポスト紙まで二ブロックという改築したビルのアパートに移った。寝室が二つある。ディープ・スロートには最後に会ったとき、新しいアパートに花瓶や旗をおくバルコニーがないことを話しておいた。なお困ったことに、隣人の話によると、新聞は昔から各アパートに配達されているのだという。ウッドワードは裏階段、非常口、窓がまちなど建物のあまり眼につかぬ設備を十分に点検したあとではじめてこのアパートを借りた。ホールドマンの件で不本意な会見をしたあと、新しい連絡方法がとられた。ウッドワードのほうが合図する一方的な連絡方法で、非常階段にキチンの黄色のごみバケツをさかさにしておくのだった。

　しかし、この方法を試してみないうちに、重大な問題が発生した。ウッドワードの上の階の住人がダンスが好きで、よく午前一時ごろから四時ごろまで踊っていた。彼はほうきの柄でうすい天井をたたき、他人の迷惑も考えて欲しいとたのんだが、夜中に踊り狂う連中を元気づかせたにすぎない。ウッドワードは迷信を信じなかったが、人の一生には運に見はなされる時期があって、そういう不幸からはいくらあがいても逃げられないと思っていた。彼の転落はホールドマンのニュースではじまった。十一月から十二月にかけて挫折感が深まった。漫然と運命に従うよりも、引越そう。だから、ごみバケツをさかさにしたのも、ようやく十二月末になってからで、また引越しすることをディープ・スロートにただ伝えたかったのである。ディープ・スロートはこの短い会見では口数が少なく、腰をすえてウォーターゲート裁判の進展を見るべきだとウッドワードに忠告した。

ウッドワードは、ポトマック河に近いサウスウェスト・ワシントンの、家賃の高い豪奢なビルの最上階に新しいアパートを見つけた。新しい花瓶を手に入れ、元の連絡方法を復活させた。

ウッドワードは静かな新居でいたって快適な夜をすごした。それから数日後の一月二十四日、合図を出した。その夜、地階の出口を通って裏庭を抜け、塀をのりこえて横町に出た。張り込みに気をつけるようにというグレアム夫人の警告と、ディープ・スロートのつのる不安が気になったのだ。三十分かかってタクシーを見つけ、駐車場から半マイル手前でおりたところ、運転手は十ドル札のお釣りを持ち合わせていなかった。腹だちまぎれに、釣りはいらないと運転手に言った。

ディープ・スロートは待っていた。疲れきっているようだったが、微笑をうかべていた。

「何ごとかね?」と小馬鹿にしたように訊いた。煙草の煙を吸いこんだ。ただ一度でいい、とウッドワードは思った。ディープ・スロートが「すべて」を洗いざらい教えてくれるといいのだが。質問したり食いさがったりしなくても、全貌を伝える完全な報告書をくれないかなあ。二人の記者は、なぜディープ・スロートが情報を小出しにしかしないのか、その理由を推測した。いくつかの仮説をたててみた。もしディープ・スロートが知っていることをすべて一度に話してしまえば、優秀な「鉛管工」が情報漏れを突きとめるかもしれない。彼があたえた情報の空白の部分を埋めるべく、二人の記者をよそへ走らせることによって、危険を最小限にとどめる。そうかもしれない。しかし、大きなニュースの一つや二つでは、それがどんなに破壊的なものであろうと、ホワイト・ハウスによってその効果がゼロにされる可能性もあった。それとも、賭金を徐々にあげているつもりで、自分一人ゲームを楽しんでいたにすぎないのか？　彼のような地位にある人物にしてはリチャード・ニクソンや大統領制を左右する問題にあまりにも無神経なのではないかと二人の記者はいぶかった。ディープ・スロートが、何もかもだめにならないうちに、ホワイト・ハウスを守り、内部を一新しようとしていることも十分に考えられる、と二人は思った。ウッドワードがそのことを尋ねるたびに、ディープ・スロートは重々しい口調で言うのだった。「わたしはわたしなりにこうしなければならない」

その夜もいつもと変わらなかった。ディープ・スロートは新しい情報にしか答えなかった。鉛管工グループや裁判での有罪申立て、Zの謎について語ろうとしなかった。手ぶらで駐車場を引きあげたくなかったので、ウッドワードは、バーンスタインといっしょに書こうとしていることに話題を転じた。ミッチェルとコルスンの問題である。この二人の人物を謀議に結びつけると思われる情況証拠をつぎつぎにあげた。

ディープ・スロートは二人の記者の地道な取材に感心したらしい。突然、駐車場に何台もある車の前まで行って、そこに直立すると、車のボンネットが演壇であるかのように、もったいぶって手袋をはめた手をボンネットにおいた。「この席から、わたしは温厚なコルスンや高潔なミッチェルに関する質問を誹謗、中傷、伝聞、卑劣な報道として非難したい。質問それ自体、捏造であり、作り事であり、でたらめであり、情報の誤りから生れたものである」

ウッドワードは非常に疲れていたが、笑いだして、その笑いがとまらなかった。ジーグラー気取りのディープ・スロートは非難をつづけた。「……大衆の不信感をみずから代表するジョージタウンのグループが民意の破壊を狙って――」

演説が物音に中断された。ディープ・スロートは車のかげにかくれた。ウッドワードは警戒してランプをあがっていった。へべれけに酔った老人が壁によりかかって、震えている。ウッドワードはたんなる酔っぱらいの老人に間違いないことを確かめてから、十ドル札を一枚あたえて、ホテルを見つけるように言った。おそろしく寒かった。ウッドワードは駐車場にもどった。

邪魔がはいっても、ディープ・スロートはひるまなかった。「コルスンとミッチェルはウォーターゲート盗聴の黒幕だった」と急いで言った。「グレイ〔FBI長官代行のL・パトリック・グレイ〕をはじめ、FBIの連中は確信している。コルスンは積極的に動いた。ミッチェルの立場は『道義的には無関係』で、コルスンほど積極的ではなかった——許可はあたえたが、計画をたてたわけではない。

「情況証拠ほど弱体なものはないように思われる。しかし、疑う余地はない。『隔離』というのは、なぜ証拠が出てこないかを理解する重要なことばだよ」

ディープ・スロートはミッチェルとコルスンが謀議の黒幕であるとの「必然的な結論」にいたる四つの要素をざっと語った。「一、両者の性格と過去の言動。こういう生き方は二人にとってはじめてのものではなかった。二、決定的なときに会合や電話があった——会合も電話もほかの問題に関係したことだ、とコルスンもミッチェルも主張しているがね。三、とくにミッチェルが、金を厳重に管理していた。ミッチェルは鉛筆や消しゴムの出費にいたるまで経理内容を知っていた。四、七人の被告が面倒を見てもらえると信じていた、明白な事実がある。これができるのは上層部の人間しかいないし、そして確かにそうしたのだ」

コルスンとミッチェルが関係していたということはどの程度広く信じられているのか？

「どこでも否定しない」とディープ・スロートが言った。「ホワイト・ハウスも知っているし、FBIの首脳部も知っている」。彼は首をなでてから、ひげの濃い顎の下から上のほうへ手のひらを動かした。「こんなに上のところまで関係している」。手を高くあげてみせた。

「しかし、まだそれが立証されていない。もしFBIが立証できなければ、わたしはワシントン・ポストには無理だと思うね」

明らかにこれがミッチェル—コルスンの工作であるとみられるのは、リディとハントを雇ったことだ。これが鍵になる。ミッチェルとコルスンは彼らの雇主だった。そして、調べてみれば、リディとハントの評判が最低だということがわかるだろう。最低もいいところさ。この二人を雇ったことが不道徳なんだ。二人はまさに欲しいものを手に入れた。リディはニューヨーク・タイムズ紙を盗聴したかったし、それは周知の事実だった。* そして、みんながそれを冗談ととったわけじゃない。なかでも、ミッチェルはこの計画に乗気だった。

*ロサンゼルス・タイムズ紙が以前に報じたところによれば、リディは、ニューヨーク・タイムズがいかにして国防総省秘密文書を入手したかを知るために、同紙の盗聴をホワイト・ハウスの同僚に提案したという。ロサンゼルス・タイムズ紙によれば、リディの提案は、彼が気がちがったか冗談を言っているのだという理由でしりぞけられた。

ディープ・スロートは批判的になった。「リディとマッコードは誰も助けてくれる者がいないことを知るべきだろう。あまりにも明白な事実なのだからね。議会が調査するにしても、仲間割れして内部から告発する人間が出てこなければ、暗礁にのりあげるだろう。内部告発者がいなくても、多額の資金や地下工作の計画の情報はつかめるが、上層部で何があったかを明らかにする直接の情報は得られない」。ディープ・スロートによれば、ホワイト・ハウスは議会の調査が成果をあげずに終わるような計画をすすめているという。その戦略には、行政特権を広範囲にわたり発動して、捜査当局にホワイト・ハウスや司法省の記録を請求させないといった手段もある。

ウォーターゲート事件の調査を巧妙に妨害したということは?

「ウォーターゲート事件とスパイ妨害行為を分離しようとの試みは愚劣きわまることだ」とディープ・スロートは言った。「同一のものなんだよ。〔セグレッティのような〕ほかの事実も追及されていたら、違法行為を数多く突きとめたはずだ」

われわれ二人がミッチェルとコルスンについて書くだけ情報を得ていると思うか、とウッドワードは訊いた。

「それは、わたしでなく新聞社が決めることだ」とディープ・スロートが答えた。「でも、やるなら、早いほうがいい。きみのほうで待てば待つほど、敵は攻撃をかけても安全だという自信を深めるようになるだろう」

ディープ・スロートとのこの日の会見は、バーンスタインとウッドワードのあいだに、七カ月前から共同作業をはじめて以来、最も深刻な意見の相違を生んだ。ミッチェルとコルスンの役割について説得力のある、十分に具体的な記事が書けるかどうかという問題である。ウッドワードは以下の前文につづく下書きを書いた。

信頼すべき筋によれば、連邦捜査当局は前司法長官ジョン・N・ミッチェルと大統領特別顧問チャールズ・W・コルスンが、ウォーターゲート事件で起訴されている七人が行なった選挙スパイ活動の全容を直接に知っていたと断定するにいたった。

バーンスタインは三度原稿を書きなおし、ミッチェル、コルスン、そして捜査当局の捜査内容について、この七カ月に知った、文字通りあらゆることを記事に盛りこんだ。その記事はミッチェルとコルスンを攻撃していた。前司法長官と大統領特別顧問が謀議の容疑者として起訴されるのを免れたのは、二人が自分の隔離地帯を設けたからであり、捜査が最も狭い意味で共同議題を定義するように限定されたからである。

バーンスタインが原稿を書きあげるたびに、ウッドワードは、もっと有力な証拠をつかむまで、掲載しないほうがいいと思うと言った。バーンスタインは反論した。記事は正当であり、新聞は決定的な証拠を提供する必要はなく、この場合はL・パトリック・グレイのような高官につながる捜査当局の結論を報道すればいい。

論争があまりにも白熱してくると、二人はなんどか編集局を出た自動販売機のところまで行って、どなりあった。バーンスタインは、記事をおさえることによって、ホワイト・ハウスに手を貸しているとウッドワードを非難した。ウッドワードのほうは、ホワイト・ハウスの猛攻を食いそうな記事を新聞に載せることによって、ホワイト・ハウスに手を貸している、とバーンスタインを非難した。しかし、従来の規則が適用された。もしどちらかが記事に反対すれば、掲載しないという規則である。

ディープ・スロートと会ってまもなく、ウッドワードはノース・カロライナ州選出のサム・J・アーヴィン上院議員の事務所から電話をもらった。アーヴィンは七十六歳の憲法学者であり、議会の恐るべき実力者である。ウォーターゲート事件について、アーヴィンがお話をうかがいたいと言っている、と秘書が言った。

一月十一日、アーヴィンは、ウォーターゲートと一九七二年大統領選挙の徹底的な調査機関の委員長をつとめてもらいたいとの上院院内総務マイク・マンスフィールドの要請を受けいれた。この合意は、一九七二年十月以来エドワード・M・ケネディ上院議員の行政司法小委員会が行なってきた予備的な調査のほかに、調査機関が議会内に組織されることを意味した。

セグレッティの記事が出た直後のインタビューで、ケネディはバーンスタインにつぎのように語った。連邦捜査当局が無視していると思われる分野で、議会の小委員会が記録、証拠類を入手できる権限を早急に行使しなければ、徹底的な調査を行なう好機はおそらくシュレッダーにかけられてずたずたにされるだろう。ケネディは調査に着手することを決意した。上院議員は、どちらかといえば、新聞で読んだ以上のことはほとんど知らないと告白した。「しかし、わたしはニクソンを取巻く人たちを知っている」と言った。「それで十分だ。彼らはごろつきだ」

ホワイト・ハウスは、ケネディが昔の恨みをはらして一九七六年大統領選挙の運動をはじめるつもりだという情報を流していた。日焼けした顔の、髪が襟にかぶさるほど伸びたケネディは反論した。調査は「継続的な活動」になるだろう。予備的な調査は院内多数派と少数派で構成される委員によって秘密裡に行なわれる。魔女狩りやケネディ色の強い改革運動は厳につつしむだろう。自分にとって、この調査はなんの利益もない、とケネディは主張した。

ホワイト・ハウスはケネディをおとしめるためなら手段を選ばないだろう。チャパクィディックをいつまでも持ちだしてくる。大統領の側近たちがチャパクィディック以外の情報をも流そうと思えば、いつでも流せるだろうとケネディは確信していた。「愚にもつかない情報だ」とケネディは苦々しそうに言った。「彼らは新しい情報を何一つつかんでいない」

ケネディの小委員会が正式に調査を開始すると、二人の記者はつとめて上院議員たちやそのスタッフと接触を持つようにした。しかし、ケネディの小委員会（シップ）からは何も洩れてこなかった。二人の記者は何一つつかめなかった。

ウッドワードはアーヴィン上院議員から話を聞きだしたかったのだが、上院議員は、ウッドワードやバーンスタインが知っていることを探りだすのに熱心だった。

アーヴィンの部屋に行く途中、ウッドワードは秘書の机にのった一枚の紙に眼をとめた。上院議員のその日の面会予定をタイプした紙がある。ニューヨーク・タイムズ紙のセイモア・ハーシュが数時間前にここへ来た。ハーシュはこの場合どんなふうに処理するだろう、とウッドワードは思った。新聞記者が調査委員会に情報を提供してもさしつかえないのは、どんなときか？　また、どんなとき上院議員に意見を具申してもいいのか？　もし新聞記者がある貴重な情報を利用できないとわかれば、それを取引の材料にしてもいいのだろうか？　バーンスタインもおれも息切れしているようだ。二人の情報で他人の調査に協力してもいいのか？

アーヴィン上院議員は部屋の中央で、どっしりした木製のテーブルのむこうに腰をすえていた。風采を気にせぬ肥満漢で、顔がばかにでかい。いますわっている標準型の回転椅子よりもテラスの揺り椅子のほうがすわり心地よさそうに思える。書類の束がデスクに散乱していた。アーヴィン上院議員は椅子の背によりかかり、顔を動かし、顎をふるわせ、太い眉を上下させて、話をはじめた。まるで大きな鳥が獲物をつかんで飛び立とうとしているようだった。

ねぎらいのことばが二言三言あって本題にはいった。

「あなたがわれわれに提供される情報のどんな手がかりや出所も絶対に尊重するし、極秘にします。そのことは、わたしが確約する。ご協力いただければ、たいへんありがたい」とアーヴィンは言った。

ディープ・スロートやZから得た情報やほかの断片的な情報は調査の役に立つかもしれない。調査を軌道に乗せてやることができるのではないか、とウッドワードは思った。しかし、ウッドワードはそれができなかった。彼にできるのは、せいぜい調査を可能にするさまざまな線を示唆することだった。

ニュース・ソースを明らかにするのは問題外だ、と上院議員に言った。かならずしもニュース・ソースではないが、正規の調査に協力してくれる人物が一人いる、とウッドワードはヒュー・スローンの名を教えた。職員がそれを書きとめた。われわれの書いた記事にはさらに検討を要する人名や事実が数多く含まれている、とウッドワードはつづけた。鍵は秘密選挙資金であり、それを追及すべきである。すべてはホールドマンの大がかりな地下工作という一点に要約される。ウォーターゲート侵入事件も七二年大統領予備選挙の卑劣な戦術も、この地下工作の一環をなすにすぎない。共同謀議で有罪を宣言された七人のうち、誰か一人が上院の調査委員会に協力を決意しなければ、全貌らしきものはけっして明らかにならないだろう。われわれが書いた記事はその全貌の上っつらをひっかいてみたにすぎない。何があったのか、そして現在何が起こりつつあるのか、その実情をわれわれは完全に理解していないが、しかし大統領側近が犯した大罪は極悪非道に思われる。

「マグルーダー氏の役割がわかれば、わたしは満足なのだ」とアーヴィンは疲れた口調になった。この上院議員は、政府による国民の権利、とくに私事権の侵害問題の権威である。アーヴィンは権力の分離を説いた憲法のある個条、ある部分は、議会の権力について正確に規定しているという信念を吐露した。それがウォーターゲートを調査する動機なのだ、と言った。特別委員会に最大の権限を認める決議案を可決させることによって。そうすれば、委員会は行政府でもどこでも必要な記録を請求し、人間を召喚できる。

たとえば、誰を、とウッドワードは訊いた。

「あなたやバーンスタイン氏の記事に名前の出た人物は誰でも委員会に出て、申し開きの機会をあたえるべきだと思う」とアーヴィンは言った。「そして、もし彼らが拒否すれば、われわれは、汚名をそそぐ機会があることを保証した上で、彼らを召喚するだろう」。眉を動かしながら、なんとか自制しようと微笑をうかべた。

ＣＩＡも？

肱を椅子の腕木にのせて、アーヴィンは大きく、断定するようにうなずいた。

そして、ホワイト・ハウスは？　ホールドマンは？　これはたいへんなことですよ。本人があれほどばかにしていた議会に、ホワイト・ハウス補佐官のなかでもいちばんの大物をひっぱりだすのですからね。

「ホールドマン氏だろうとどんな大物だろうと」とアーヴィンは言った。「大統領以外は誰でも喚問する」

上院議員は真剣だった。ウッドワードは、ホワイト・ハウスもやはり真剣になるだろうと思った。第一問は、そうした権限を認める決議案が可決されるか否かということだった。アーヴィンは可能だと考えていた。ウッドワードは、上院議員が大統領の一部の補佐官を喚問する計画があることを書いてもいいかと尋ねた。

「名前を出さずに、わたしの考えをあなたが知っているということを書くだけなら、わたしは反対しない」とアーヴィンは言った。「わたしの発言を直接に引用しないでくださいよ」*

*ウッドワードとのこの会話は背景説明だったのだが、アーヴィン上院議員はその後、本書に引用する許可をあたえた。

ウッドワードは、大統領側近を召喚し、行政特権の主張に挑戦しようとするアーヴィンの意図を略述する記事を書いた。

二月五日、アーヴィン上院議員はウォーターゲート不法侵入事件などの容疑を調査する大統領選挙上院特別調査委員会に五十万ドルの予算を認める決議案を提出した。強力な上院民主党政策委員会が決議案を無条件で支持したので、ただ一つの障害はホワイト・ハウスと共和党のどたん場の巻き返しだった。採決当日の二月七日、ウッドワードは成りゆきを見ようと、午前八時半ごろ議事堂に着いた。上院のカフェテリアで、ある共和党上院議員の行政担当秘書と雑談した。

ホワイト・ハウスの作戦は？　とウッドワードが訊いた。

「なぜそんなものがあると考えるのかね？」と秘書は訊いた。「誰が考えたことか知らないが、一九六四年と六八年の大統領選挙まで対象にして、調査範囲をひろげる修正案が出るはずだ」

なるほど。はじめてのことではなく、「恒例の駆引き」がホワイト・ハウスの対抗策なのだ。

「懸命にがんばっているよ」とべつの共和党議員の秘書が言った。「大々的に攻勢をかけるという噂も出ていた」

ウッドワードは新聞記者席の公衆電話からホワイト・ハウスに電話した。「もちろん、われわれはやるつもりだよ」とそのニュース・ソースは言った。「議会のばかどもが自分たちでできる才覚があるときみは思っているだろうが、連中は手を借りなければ、便所に行く道がわからないんだ。ホールドマンはここのスタッフを半数ほど集めて、対策を協議した。命令が出ている。われわれはみんな、上院の知り合いに電話をかけることになっているんだ」

共和党院内総務、ペンシルヴァニア州選出のヒュー・スコットは、アーヴィンが「わたしの知るかぎり最も露骨な決議案」を提出したと断言した。この決議案を「無法な、信じがたい」ものと決めつけ、さらに決議案は上院ウォーターゲート委員会の委員によって「脅迫」にもなりうると言った。一九六八年の選挙では「共和党に対して行なった大規模な盗聴の証拠があった」とスコットは主張したが、その具体例をあげなかった。テキサス州のジョン・タワーとアリゾナ州のバリー・ゴールドウォーターもこれに同調したが、どちらも具体的な事実をあげなかったし、特定の容疑を主張することもなかった。

民主党は、共和党側が提案したアーヴィンの決議案のいかなる修正も否決した。最終採決に付されると、共和党は民主党議員に仲間入りして、決議案は満場一致の七七対〇で可決された。上院担当の長い記者たちはウッドワードに、満場一致は、共和党が多数派の力を認めたことにすぎないと教えてくれた。ウッドワードにはそうとばかりは思えなかった。代議士たちは政治の風向きをいちはやく見抜くものだ。

ウッドワードは元気づけられる思いだった。上院が動きだす気配を見せている。議事堂を去るとき、修正案の審議中、議場の近くにいた男のことをある共和党上院議員に尋ねた。あ、あれは修正案を作成するためにホワイト・ハウスが送りこんだ司法省の法律専門家だよ、と上院議員は答えた。

裁判やZの発言、ディープ・スロートとの先日の会見から、ウッドワードとバーンスタインはあらためてリディとハントを考えてみた。ハントとリディがホワイト・ハウスで何をしたかを探り、そして鉛管工グループの任務がどんな結果をもたらしたかを正確に突きとめることができれば、なぜハントとリディがすすんで服役するのか、その理由をおそらく理解できるだろう。

上院の採決から七日後、ウッドワードはハワード・ハントの友人と約束の昼食をともにするつもりでヘイ・アダムズ・ホテルに行った。ロビーで落ちあうと、メイン・ダイニング・ルームに行った。やっとのことで会えたのだから、あまり性急に話を聞きだそうとすれば、かえって失敗するだろう。ニュース・ソースとしての彼の価値はいまやはかり知れない。

ウッドワードはビールとハンバーガーを注文した。

ハントの小説の登場人物は、ウッドワードが聞いたこともない料理をかならず注文し、その作り方を料理人に伝授するのだった。ハントの友人もそうした美食趣味を持ちあわせているらしく、ヘイ・アダムズではオムレツをどうやって作るのかと給仕に訊いた。「卵で作ります」と答えたいのをウッドワードはこらえた。給仕は調理場に問いあわせてから返事した。その返事が物足りなかった。ハントの友人はオランダソースつきのブレイズド・ラムとブロッコリーを注文した。ただし、どちらも新鮮であるという条件で。

そして、彼はまずハワード・ハントをとんでもない男だと思うとはっきり言った。「フロリダ州の予備選挙のころ、ハワードはニューヨークの〔ジョン・V・〕リンゼー市長が集会をひらいて、ビールを無料で飲ませるという内容のビラを印刷させた。ハワードはこのビラを黒人街にばらまいたんだが、もちろん集会もないしビールもない。ビールを飲みにやってきた黒人はリンゼー嫌いになって帰っていくわけだ。ハワードはこれぞ世界一の大発明だと思った」

ひつじの肉がはこばれてくると、まあまあだねのひとことが聞かれた。「ところで、われわれは、ハワードの盗聴工作隊がどんなものだったか、その実態を知っている。まったくのしろうとだった。とにかく、彼は盗聴活動のできる、じつに優秀な人間を集めた、とわたしに言った。百ヤードはなれたところからでも声が聞こえる盗聴器をとりつけることができるそうだった。知ってるだろうが、ウォーターゲート盗聴は懐中電灯の電池を入れた鉱石受信機でやったようなものだ――優秀なチームが聞いてあきれるよ。このオランダソースは新鮮じゃないね」。怒ってフォークをテーブルに投げだすと、給仕に合図した。「六月十七日以後、ハワードはホワイト・ハウスやウォーターゲートの話をするとき、かならず『彼ら』と言うんだ。『彼らがわたしにワシントンから姿を消せと命令してきた』とか、『彼らはこの計画に乗気だった』とか、『彼らからワシントンにもどれと命令されたんでね』といったぐあいでね。ハワードは言いなりだった。しかし、ドロシー〔ハントの事故死した妻〕は憤慨して、こう言っていた。『彼らがああしろと命令をくだしたのに、その人たちが主人を裁くなんて間違っているわ』」

ハントはホワイト・ハウスでどんな計画に関与していたのか、とウッドワードは訊いた。

「ウォーターゲート以外にかね？　そういえば、ハワードはどこかへ行くとかいうことを漠然と言ったよ――どこだったかな？　ITT（国際電信電話会社）事件のあの女はどこにいたのかね？　ディタ・ビアードさ。どこへ行ったのかな？」

デンヴァーだ、とウッドワードは答えた。

「そう、デンヴァーだ。ハワードはデンヴァーに行ったよ。ITTのメモは偽造だとしてしまうことがまずホワイト・ハウスの計画の一つだった。ディタ・ビアードがデンヴァーの病院にはいっていたんで、ハワードは会いに行ったわけだ」

ほかにどんな計画が？

「ホワイト・ハウスに勤務するようになってまもなく、ハワードは、コルスンたちがエド・マスキーを大統領選挙から脱落させる大がかりな計画を練っていたので、彼もこの仕事に加わるつもりだという話をしてくれた」

ハントの友人は少し落ちつきを失っていた。情報を提供する前に、もっと肚をうちわって話そうではないかと提案した。

テディ・ケネディの調査はどうなのか、とウッドワードは尋ねた。記者たちは七月にこのことを書いている。「そうだ。ハワードの話では、ホワイト・ハウスに勤務してすぐマサチューセッツ州に行ったそうだ。たしかボストンのあたりだったよ。で、ケネディを知っているという男に会った。その男の名前はちょっと思い出せない。ハワードが訪ねていったところ、その男はケネディの浮気の数々をある程度知っていたらしい。わたしもおぼえているが、ハワードはエド・ウォーレンという変名を使い、この男とのインタビューをテープに録音した」

ハントの友人はカスタードを注文して、メニューを給仕にわたすとき、グラスの水をこぼしてしまった。彼は給仕の罪であるかのように給仕をにらみつけ、ヘイ・アダムズがこんなオランダソースでどうするつもりかと言った。

コーヒーをすすりながら、指を鳴らした。「クリフ・デモットだよ」と言った。「ボストンでハワードが会った男だ。ボストンの連邦政府の役所に勤めている。何かの支局だ。つづりはD、E、M、O、T、T、Eだよ」

ウッドワードはそのあと二時間も社の電話でクリフ・デモットをつかまえようとした。ボストンの交換手に二度電話帳を調べてもらい、連邦政府の出先機関の人事課にかたっぱしから電話をかけた。GSA人事課の女性が見つけてくれた。クリフトン・デモット、GS—12*はロード・アイランド州デーヴィスヴィルの海軍大隊構成本部に勤務していた。ウッドワードは翌日の朝、勤務中のデモットをつかまえてみると、思ったとおりだった。FBIはハントの長距離電話記録からデモットの番号を見つけたのち、彼から事情聴取を行なっていたのだ。

＊文官勤務の序列。GS—1からGS—18までの等級がある。

「あれは秘密の事情聴取だった」とデモットは言い、ちょっとこわがっているようすだった。「新聞にしゃべっちゃいけないことになっているんだが」

ウッドワードは言った。すでにその情報はあらかた入手しているし、FBIの捜査があまりにもずさんだったので、それを批判したかった。

「そのときはハントだとわたしも知らなかった」とデモットは言った。「エド・ウォーレンという名前を使っていた。FBIが来て写真を見せてくれるまで、ハントだと知らなかった。たしかにエド・ウォーレンだったが、FBIはハントだと言った」。デモット（四十一歳）は一九六〇年当時ハイアニス・ポートのヨッツマン・モーター・インの広報主任だった。その年、大統領候補のジョン・ケネディは選挙運動の報道と運動員の本部としてこのホテルを使用していた。「ハントは、ケネディ兄弟の浮気の噂をわたしが聞いているか、知りたいと言った……スキャンダルになりそうな材料を知っているかと訊いてきた。チャパクィディックの事件をわたしに調べさせようとした。思いだすのに役立つだろうと、本を一冊わたしにくれて、読んでみろと言った。だめだった」。その本はジャック・オルスンの『チャパクィディックの橋』で、ハントがホワイト・ハウスの図書室から借りだしたのと同じ本である。ハントはホワイト・ハウスに勤務して二週間もたたない一九七一年の七月にデモットを訪ねた。

デモットはケネディの運動員がひらいた乱痴気パーティについて「あくまでも伝聞の」情報をハントに提供した。

「昔の話ですよ。一九五六年ごろのことだった」とデモットは言った。「〔ジョン・〕ケネディは乱痴気パーティをひらいて、客をはこぶのに州警察の車を利用した。酒の補充に警察の車を使ったこともある。

「わたしは時間の無駄だということをハントに納得させようとした。……ところが、彼は、名前は言えないけれども、あるグループを代表して来たのだと言った。自分は作家だと言ってたね。わたしは、ジェームズ・ボンドみたいな超人だと思っていた。わたしたちはモテルで夕食をとり酒を飲んだ。何かに一身を捧げているという感じだった。国家か、グループか自分自身に……わたしは不安な一夜を送ったあと、朝のコーヒーでもいっしょに飲もうかと彼を探したんだが、引きはらったあとだった」

二月十日付のポスト紙は、ホワイト・ハウスがケネディの出馬を最も怖れていたころに、ハワード・ハントがエドワード・ケネディの私生活を調査したことを報じた。こんどはブラッドリーもこの記事を第一面に掲載するのを躊躇しなかった。*

＊ニクソン陣営がケネディ出馬の脅威を深刻に受けとめていたことを示すもう一つの証拠らしき情報は、その一月ほど前、二人の記者にはいっていた。ウッドワードがある女性からもらった電話によれば、彼女と友人は、ハワード・ハントがウォーターゲートのビルのなかで逮捕されたかどうかということで高級レストランの夕食を賭けた。ハントはウォーターゲートで逮捕されたわけではなかったので、その女性は賭けに勝った。彼女はウッドワードをその夕食に招待した。ウッドワードは断わった。

十日ほどして、その女性が社に彼を訪ねてきた。退役した陸軍少佐からつぎのような話を聞いたというのである。一九七二年の三月、ワシントン地区の共和党選挙本部で、「彼はテディ・ケネディが豊かな乳房の金髪娘を膝にのせている選挙のコマーシャル・スポットを見た」。この女性が言うには、退役陸軍少佐はエリスン・J・ホスリーといい、ニューヨーク州北部に雑貨店を持っていた。

翌日、ウッドワードはホスリーに電話した。「そう、七カ月ばかり前にそんなフィルムを見た。もしケネディが候補になったら、選挙の最後の十日間に放送する予定のものだった。……フィルムには音がはいっているようだった。本当らしさがなかったね。六四年のゴールドウォーター反対の広告のように頭のなかで組み合わせてみないといけなかった。ゴールドウォーターの場合は、草原を歩いている子供を写してから核爆発に切りかえるフィルムだったね。ケネディが演説していて、それからあの大きなおっぱいの女がスクリーンに登場するというフィルムだった。上出来のTV広告になっただろうな。……しかし、わたしはそんなものを共和党本部で見たかどうかは言いたくない。きみも諦めなさい」

数日後、ウッドワードがもう一度電話すると、こう言われた。「わたしはきみなんかと話をしたこともないと言うつもりだよ。でっちあげたフィルムがあるなどと言ったのは、このわたしじゃない。きみの情報源は水が涸れてしまったのだよ」

そこでバーンスタインが彼にあたってみた。

「わたしが見たものなんて昔の話だ」とホスリーは言った。「そのフィルムは見たが、そういう情報はきみに知らせたくないな」

デモットの記事は、ハントとリディがホワイト・ハウスで何をしたかを立証するささやかな一歩にすぎなかった。二人の記者は、ハントがディタ・ビアードに会うべくデンヴァーまで行ったことのほうに興味をおぼえた。彼女は、共和党大会に協力する名目でITTが数十万ドルの寄付を約束したこととITTに有利な反トラストの決定に関係があることを示す有名なメモを書いた本人である。

ハントの友人と会食した数日後、ウッドワードはコーヒーを飲みながら、ウォーターゲートの話を聞くために司法省へ出向いた。一時間後、ウッドワードはハントのデンヴァー旅行について質問した。事件の背景はすでにかなり明らかになっていた。ロング・アイランドのニューズディ紙が最近報じたところによれば、一九七二年、ITT事件がクライマックスに達したころ、チャック・コルスンがハントをデンヴァーに派遣して、入院中のビアード夫人に会わせた。

司法省の役人は部屋のむこうのファイル・キャビネットまで行くと、一冊のフォルダーをとりだした。それをひらいて読みはじめた。コルスンは宣誓した上でウォーターゲート事件担当の検察官に、一九七二年三月十七日より少し前にハントをデンヴァーに出張させて、ディタ・ビアードを訪ねさせた事実を認めた。司法省の役人は、検察官がコルスンからひそかにとった宣誓調書を読んでいた。大陪審に出頭させるような迷惑を大統領特別顧問にかけたくなかったからだ、と役人は言った。

ウッドワードは驚きを隠そうとつとめた。幸いにも、司法省の役人は宣誓調書のべつの部分を調べている。彼は顔をあげ、おだやかな眼でウッドワードを見た。「コルスンはハントを彼女に会いに行かせた理由をただの一度も訊かれなかった。ウォーターゲートとは無関係だとコルスンが言ったので、不問に付されてしまった。しかし、ハントは入院中の彼女に会ったとき、ウォーターゲート事件で使用したのと同じ、エドワード・ハミルトンなる偽名を使った。おまけに、彼は――きみは信じないだろうがね……」。役人はかすかに苦笑を洩らした。「安っぽい、十セント・ストアで売っているような赤みがかったかつらをかぶっていた。逮捕の翌日、ウォーターゲート・ホテルで発見されたかつらと同じものらしいね」

その夜、ウッドワードは社でITT事件の新聞の切抜きに眼を通した。一九七二年二月二十九日、コラムニストのジャック・アンダースンはディタ・ビアードのメモを発表して、ニクソン大統領が中国訪問中のホワイト・ハウスに政治的な衝撃をあたえた。コルスンがハントをデンヴァーに派遣させた直後の三月十七日、ビアード夫人はデンヴァーのロッキー・マウンテン整骨病院の病床から声明を発表して、メモを「偽造」であり「偽作」であると否認した。その夜の声明は、メモが本物でないことをはじめて示唆したものだったが、なぜ三週間近く経過してから否定したのか、その理由の説明はなかった。この間に、リチャード・クラインディーンストの司法長官任命が疑惑を招いてしまったのである。ビアード夫人はアンダースンの助手ブリット・ヒュームに一行一行、メモの真実性をすでに認めていた。

ウッドワードはディタ・ビアードの否認をべつの角度からみている三人の人物を見つけた。ホワイト・ハウスの職員、ホワイト・ハウスと緊密な関係にある共和党代議士、私立探偵社インターテルの幹部である。三人の語ることは本質的に同じだった。

コルスンはホワイト・ハウスとITTの連携作戦を推進した。まず政府と企業はディタ・ビアードを酒呑みの狂人と決めつけ、ジャック・アンダースンの信用を失墜させようとした。

この試みは失敗した。ＩＴＴはハワード・ヒューズの事業の仕事もしていたインターテルにメモの専門的な調査を依頼した。インターテルは、メモがおそらくビアード夫人のワシントンの職場のタイプライターで打たれたものであろうが、その立証は不可能であることを明らかにした。ワシントンでハワード・ヒューズの代理人だったロバート・ベネットはコルスンに伝えてもらうつもりで、この情報を社員のハワード・ハントに流した。

またも例の『隔離』である。インターテルの調査はメモを偽造と断ずる根拠をあたえた。ハントのもう一人の上司コルスンはハントをデンヴァーに行かせた。ビアード夫人はメモを書いたことを否定する声明を発表した（「わたしと――そして、もっと大きな意味でアメリカ政府――は無残な詐欺行為の犠牲者です。……」）。彼女の発言はホワイト・ハウスにもたらされた。ハントからベネットを経てコルスンへ。そこでコルスンはこの吉報をヒュー・スコットに伝えると、スコットはその日、上院でビアード夫人の否定の声明を読みあげたのである。

ウッドワードに背景をもっとくわしく話せるはずの人物がほかにもう一人いた。しかし、ディタ・ビアードは行方が知れなかった。ウッドワードが彼女の弁護士に連絡すると、弁護士は質問の内容をビアード夫人に伝えようと言った。二、三時間後、弁護士は電話をかけてきて、最近ビアード夫人は心臓病が再発したと言った。この病気で、彼女はＩＴＴ事件のさなかに入院したのである。ウッドワードは、一九七二年に上院司法委員会の上院議員たちから病床で取調べを受けたときも、夫人の病気がぶりかえしたことを思いだした。

弁護士の電話があってまもなく、ウッドワードはデンヴァーに住むビアード夫人の二十四歳の息子ロバートに連絡をとった。ウッドワードは、母親がハワード・ハントの訪問を受けたことを記憶しているかと訊いた。ビアードは、安っぽいかつらをつけて変装した「謎の」男が、あの声明を発表する直前に母を病院に訪ねてきた、と答えた。

「ぼくが見た写真から判断すると、ハワード・ハントだったかもしれないが、ぼくは断定できません。その男は身分を明らかにしようとしませんでした。今後のことについて秘密の情報を持っているようでしたね。じつに不気味な男でしたよ。黒塗りの車のなかで変装したみたいに、赤いかつらをつけて、斜視だった。ぼくの弟があんな変装をすれば、弟だとわからないでしょうね」。ビアードは電話をくれというウッドワードの伝言を母に伝えようと言った。ロバート・ビアードが新たな「再発」を知っていたかどうか、そのことには触れなかった。

翌晩の締切り少し前に、ウッドワードはジェラルド・ウォーレンに連絡し、新情報にもとづいてディタ・ビアード事件を再検討した二段落の記事を読みあげた。ホワイト・ハウスがとうの昔に落着したと思ったITT事件の再燃は一瞬、大統領の側近たちを一様に沈黙させてしまった。ウォーレンは三時間後に「ノー・コメント」を伝えてきた。コルスンは貿易使節団と訪ソ中である。翌日、ポスト紙のモスクワ通信員ロバート・G・カイザーがコルスンに会って、記事の内容を伝えた。「結構な記事だよ」とコルスンは言い、にやりとして行ってしまった。

二人の記者が、ホワイト・ハウスでハントとリディがほかに何をしたかを知ろうとすれば、鉛管工グループの情報をもっと集める必要があった。その第一歩はイーグル（バッド）・クローグを調べることだ。バーンスタインはある祝賀会で一度クローグに会っている。クローグは当時、内政問題の大統領顧問だった。朝出勤する前に、かならずトレイニング・スタイルで競技場を歩いて汗を流した。バーンスタインは、なぜ政府がワシントン特別地区予算でサイクリングや散歩の道を建設できないのかとクローグに尋ねた。クローグは「優先」するものについて官僚が同情的に言うような答え方をした。いかにも好漢という感じがした。気持のいい男だ、とバーンスタインは思った。二人の記者は、クローグがなぜハントやリディのような連中とつきあったりしたのか、その理由を突きとめようとしているあいだ、「好漢」でも評価が低すぎることを知った。イーグル・クローグはホワイト・ハウスの堅物（ミスター・クリーン）であり、あまりの硬骨ぶりに友人たちは冗談に「悪玉（エヴィル）クローグ」と呼んだほどである。シアトルでジョン・アーリックマンの法律事務所の一員だったのち、ホワイト・ハウス内政協議会に加わり、ニクソン政権の世界各国に及ぶ麻薬密輸取締りを指揮した。三十三歳のクローグはニクソン政権で最年少の次官になった。一九七三年の二月、運輸次官に就任したのである。

ウッドワードは議事堂に電話をかけて、クローグの証言記録から手がかりをつかめるかを知ろうとした。手がかりはなかった。しかし、聴聞会に加わっていた議会関係者がクローグの友人や知人の名前をウッドワードにある程度教えてくれた。

二人の記者は電話で取材をはじめた。まもなく、手ごたえがあった。「バッドの話によると、……ハントとリディは国家安全保障会議の盗聴から情報をまわされていた」とウッドワードは聞いたのである。ホワイト・ハウスの前職員と現職員が、どこからハントとリディに情報が流されたかについて同じような解釈をしてみせた。ヘンリー・キッシンジャー博士の前日程係秘書で、鉛管工グループの計画ではクローグの部下だったデヴィッド・ヤングが一九七一年と一九七二年、盗聴会話記録を定期的にハントとリディにまわしている。この前職員と現職員の二人は、記者たちも、また記者に情報を洩らしたと疑われた者も盗聴されているのではないかと思っていた。

ウッドワードは鉛管工グループの元秘書キャスリーン・シェノーに電話して、ヤングがハントとリディに流した盗聴記録を尋ねた。「その話はできません」と彼女は言った。

ニクソン政権の盗聴活動——事実と容疑——はつねに論議を呼んできた。ミッチェル・ドクトリンともいわれる政府の「国家安全保障会議」の盗聴政策によって、大統領側近たちは盗聴を行なう空前の権限を要求してきた。ウォーターゲート事件の犯人逮捕二日後の一九七二年六月十九日、最高裁が盗聴を違法と決定するまで、司法省は国内の「破壊」活動の容疑者に対して裁判所の許可なく盗聴を行なっていたのである。過激派や公民権運動家は、「破壊」ということばが、ニクソン政権の政策にはげしく反対する人たちと同義語であると以前から主張していた。二人の記者は、司法省が盗聴の権利を要求した「破壊活動家」のなかには、ニュース・メディアの仲間もはいってはいないか、その事実を突きとめようとした。彼らの質問に対する反応から判断すれば、その可能性は強かった。否定にあまり自信のない役人もいたし、質問に回答しない役人もいたし、また二人の記者が抱いている疑惑をやはり感じていると認めた役人もいる。記者たちは袋小路に突きあたった。

ウッドワードは情報を羅列した記事の下書きを書いた。以下の情報を伝える記事だった。ハントとリディが国家安全保障会議の盗聴から情報を得ていたこと、その情報はキッシンジャー博士の助手で鉛管工の一人であったデヴィッド・ヤングによって伝えられたこと。記事は鉛管工グループが新たな情報洩れの調査に従事していたことを指摘した。結論をくだすのは読者にまかせる書き方だった。

こんどもジェラルド・ウォーレンは二、三時間経過してから、ホワイト・ハウスの否定をたった一行伝えてきた。

「十分な検討の結果、われわれはこの記事に根拠がないと断言できる」

こうしたやりとりにうんざりしたウッドワードは、これは全面的な否定なのかと訊いた。

このような場合よそよそしい態度をとるウォーレンは、「わたしからはほかに何も言えない」と語り、理解を求めた。記事は、ウォーレンが全面的に否定したことを伝えた。

二週間後、タイム誌は新聞記者や政府職員の電話傍受によるニクソン政府の猛烈な情報漏洩調査の実態をはじめて詳細に報じた。タイム誌の報道によれば、数名の記者やその倍のホワイト・ハウス、政府の役人の電話が国内の「安全保障」という理由からＦＢＩに傍受されていた。この電話盗聴は盗聴に反対だったJ・エドガー・フーヴァーのもとで、一九六九年にはじめられ、一九七二年六月九日の最高裁の決定まで、後任のFBI長官代理L・パトリック・グレイ三世のもとでもつづけられた。フーヴァーは、ジョン・ミッチェルが書面で盗聴を許可したときにかぎり、捜査官に盗聴装置の設置を許可した、とタイム誌は伝えた。一九七一年、政府がフーヴァーに辞任を迫ると、ブルドッグのような顔の老長官は盗聴作戦の詳細を暴露すると巧みに反撃に転じて留任した、とタイム誌は報じた。

タイム誌発売の日の二月二十六日、バーンスタインは事実を確認するつもりで、午前中に司法省で取材をつづけた。タイム誌の報道を確認するために、司法省内をかけめぐるのはあまり愉快なことではなかった。バーンスタインは無駄骨を折っただけで、タクシーで社にもどった。落胆して、ポスト紙のロビーでエレベーターに乗ると、急に腕をつかまれて、身体ごとロビーに押しだされた。あばれると、女の声が聞こえた。

「会えてよかったわ!」。ローラ・カーナンだった。最近、市報部記者に昇進したばかりの若い通信員である。「あなたとあなたのノートの召喚状を持った男が編集局に来ているのよ。ブラッドリーはあなたに召喚状を受けとってもらいたくないんですって。ここから出るようにって言ってるわ、いますぐ」

バーンスタインはロビーの突きあたりの階段まで走り、七階まで階段をかけあがって、経理部に行った。デスクに計算機がのった部屋のドアをしめると、ブラッドリーの部屋に電話した。ウッドワードはカリブ海で二、三日の休暇を過していたが、召喚された場合の対策はだいぶ前から二人のあいだで取り決めてあった。大陪審や裁判でノートを提出したり、ニュース・ソースを明らかにするのは問題外だった。法廷で争う時間はたっぷりある。第一にすべきことは資料を安全な場所に移すことだ。バーンスタインはブラッドリーに、ファイルはどこにあるかと訊いた。ただちに移してもらいたい、と言った。

CRPはポスト紙の五人に召喚状を出した。バーンスタイン、ウッドワード、ジム・マン（ウォーターゲート事件当初の記事執筆に加わっていた）、ハワード・サイモンズ、キャサリン・グレアムの五人である。またスター・ニューズ、ニューヨーク・タイムズ両紙、タイム誌の記者にも召喚状が出ていた。CRPのリストでは、記者ではないサイモンズとグレアム夫人の二人はすでに召喚に応じていた。召喚状は、召喚に応じた者がCRPの民事訴訟で宣誓、証言し、ウォーターゲート事件に関するいっさいのノート、テープ、原稿の提出を要求している。ブラッドリーはバーンスタインに、ポスト紙の顧問弁護士がつかまらないし、弁護士の意見を聞くまで召喚に応じてもらいたくない、と言った。「社から出るんだ」と言った。「映画を見て、五時に電話をくれ」

バーンスタインは『ディープ・スロート』を見に行った。これは映画である。五時に電話すると、ブラッドリーは社にもどれと言い、対策を説明した。バーンスタインは召喚に応ずる。少なくとも二人の記者のノートの一部はグレアム夫人に保管を依頼する。

「もちろん、こちらはあくまでも戦うつもりだし、もし判事が誰かを刑務所に送るとすれば、グレアム夫人を送らねばならなくなるだろう。しかも、驚いたことに、あの社主（レディ）は刑務所にはいると言ってるんだ！　だから、判事も良心にかけて拘置できる。あのおばさん（アワー・ギャル）は憲法が保障する言論の自由を守るために、リムジンで女子拘置所に乗りつけて拘置される。こういう光景が想像できないか。その写真が全世界の新聞に載るんだ。革命が起こるかもしれないぞ」

その夜、バーンスタインがデスクでタイプをたたいていると、CRPのお使い（ページ）が腕をひろげて、まんなかの通路を急ぎ足でやってくるのが眼にはいった。バーンスタインはタイプを打ちつづけた。

「カール・バーンスタインですか？」

下を向いたまま、バーンスタインは手をあげて、召喚状を受けとった。しかし、CRPの使いの若者は無言で立っていた。ようやくバーンスタインがタイプライターから眼をあげた。年齢は二十一というところだろうか。金髪がくしゃくしゃで、Vネックのセーターを着て、いかにも大学生らしかった。

「こんなことをするの、ほんとうにいやな気持なんですけど」と若者は言った。「ぼくが選ばれたのは、学生らしい恰好の人間ならここへ簡単に通してもらえるだろう、と思われたからなんです」。CRPの主任弁護士ケネス・ウェルズ・パーキンスンの法律事務所にパート・タイムで働いている法学部の学生だった。彼はポスト紙の役に立ちそうな情報に注意しようと約束して、バーンスタインに自宅の電話番号を教えた。

13 三百日の憤怒と怨念

ウッドワードがその週の後半にカリブ海からもどってくると、うすいひげが顔をかこみ、小さなぶあつい眼鏡をかけた、小柄ながっしりとした体軀の青年がデスクの前にやってきた。「ティム・バッツです」と意味ありげに名乗った。陸軍の情報部に勤務していたことがあると言った。現在は、国内のスパイ活動に関係ある人物を調査する元情報員の有志グループと行動を共にしていた。

「ぼくらはCRPのためにスパイをしていたジョージ・ワシントン大学の学生を見つけたんです」とバッツは言った。「もっとはっきりさせる必要があるんです」。彼はウッドワードにとりとめのない話をした。ウッドワードが調査をつづけるようにすすめたので、それから数日のあいだに、進行状況を伝える電話が十回以上もかかってきた。約一週間後、バッツが電話してきて、この学生スパイの仲間を見つけたと言った。その青年が何もかも話してくれるという。その夜、マディスン・ホテルの喫茶室で会食する約束ができた。ウッドワードが行ってみると、バッツが若い男とロビーを行ったり来たりしていた。この青年が「ニュース・ソース」だとバッツは紹介した。クレーグ・ヒレガスという長身の神経質そうな学生である。三人は個室へ行った。

ヒレガスは、ジョージ・ワシントン大学の〝カッパ・シグマ友愛会〟の仲間であるシオドー・F・ブリルのスパイ活動をくわしく語ってくれた。ブリルはCRPから百五十ドルの週給をもらって、クエーカー教徒のデモ隊に潜入したことをヒレガスに語った。クエーカー教徒は数カ月にわたりホワイト・ハウスの前で坐りこみをつづけていたのである。ブリルの任務は、デモ隊の私生活や計画をCRPに定期的に報告し、麻薬犯罪の容疑で逮捕させるための罠をしかける手伝いをすることだったという。その結果、ワシントンの警察は手入れをしたのだが、証拠は皆無だった。

ブリル、二十歳、ジョージ・ワシントン大学青年共和党議長。ウォーターゲート事件の二日後にCRPから解雇された。「目的は」とヒレガスは言いながら、興奮してテーブルを水のはいったグラスでたたいた。「民主党を困らせてやることでした。というのも、過激派を困らせることは、リベラルな政策に反対し、マクガヴァン上院議員を困らせることになると考えられたからなんです」

話すのが楽しくてたまらなさそうに、彼は、ブリルがジェームズ・ボンドばりに金をもらっていた事情を語りつづけた。「テッド（ブリル）の話では、あるとき、赤いドレスに白いカーネーションをかざり、新聞を持った女に会えと言われたそうなんです。彼は自分が書いた報告書と、給料のはいった封筒を交換しました。また、テッドから聞いたんですが、十七丁目とペンシルヴァニア〔アヴェニュー〕の角にある書店に行って、ある人から給料をなかにはさんだ本を渡されたそうです。でも、これは氷山の一角にすぎなかったんです。少なくともほかに二十五人はいた、とテッドが言ってました。そして、情報はCRPのかなりの上層部のほうに集められたんです」

ウッドワードは、十月十日のセグレッティの記事で触れた五十人のスパイを一人でも多く見つけだしてくれというハリー・ローゼンフェルドの訴えを忘れていなかった。

「ほかの四十九人はどこにいる？」とローゼンフェルドは一、二週間おきに尋ねた。もっとも、このころには二十五人ばかり判明していたが。シオドー・ブリルは大物のスパイらしく思われなかったが、しかし——もしヒレガスが真実を語っているとすれば——ブリルはスパイ組織の一員だったのである。

ホワイト・ハウスから五ブロックはなれたジョージ・ワシントン大学は春休みにはいっていた。翌日の夜、ウッドワードはニュージャージー州リヴァー・エッジにあるシオドー・ブリルの自宅に電話した。二十歳の史学専攻の学生の敵役を演ずるのは、ウッドワードも気がすすまなかったが、ブリルはもっと大きなものの意外な突破口になるかもしれない。結局、ブリルはヒレガスの話を肯定して、さらに二、三の事実を語ってくれた。彼はCRPの全国大学委員長ジョージ・K・ゴートン（二十五歳）から採用されて金をもらっていた。「ぼくは五月と六月に五週間の給料をもらいました。一回は現金、四回はゴートンのパーソナル・チェックです。あとでわかったのですが、小切手でもらったのは失敗でした。証拠になるようなものを残しておいてはいけなかったからです。同じ仕事をしているのがほかにも二、三人いるんじゃないかという印象をゴートンから受けました……それから、ゴートンは、かなり上の人が知っていると言ってました。ぼくは過激派グループに潜入するため、マイアミの共和党大会に行くことになっていたんです」

なぜ行かなかったのか、とウッドワードは訊いた。

「ウォーターゲート盗聴が発覚して二日後に、ぼくの仕事がなくなってしまったんです。ゴートンはぼくに昼飯をおごってくれて、ウォーターゲートのためにやめてもらうことになった、と言ったんです。この活動は極秘にしなければならないと言ってました。ホワイト・ハウスの人たちはあわてていたそうですよ」とブリルは言い、ホワイト・ハウスやCRPではウォーターゲートと他のスパイ妨害活動の関連を誰一人知らなかったという両者の主張をきれいにくつがえしたのである。

ブリルは自分の仕事の倫理性について考えたことがあったか？

「倫理性ですか？」とブリルは繰り返した。質問にびっくりしたらしい声だった。「そりゃあ、違法ではないけれど、ちょっと非倫理的かもしれませんね」

ウッドワードはいささか偽善者的な気分になって、礼を言うと電話を切った。ジョージ・ゴートンの自宅の電話番号を見つけだして電話した。ロック・ミュージックがうるさいほどで、若い者の声がゴートンは留守だと言った。ウッドワードは帰宅すると、もう一度かけてみた。午前一時に近かった。さらに騒々しいロック・ミュージック。ゴートンが電話に出ると、ウッドワードは事情を説明した。

のか」

「嘘だ！」とゴートンは大声を出した。「ポスト紙の記者が午前一時に電話をかけてくるも

ウッドワードはちょっぴり傷つけられた気がした。バーンスタインが午前中いっぱい電話をかけていたときに、人びとはなぜそれを彼に言わなかったのか？　ウッドワードは名前の綴りを言い、自宅と新聞社の電話番号を教えた。

「あとにしてくれ」とゴートンがどなった。「こっちは先約があるんだ」。ゴートンは乱暴に電話を切った。

ウッドワードはデスクの前にすわり、九階の窓から首都の灯を眺めた。「うじむしたち」とポスト紙の偶像破壊のコラムニスト、ニコラス・フォン・ホフマンは連中を呼んだ。ウッドワードは怒りがしずまるまで、窓の外をじっと眺めた。

翌朝、電話のベルで眼をさました。「ジョージ・ゴートンだ」と声が言った。「あんたが真夜中に電話してきたなんてとても信じられなかったんだ」

ウッドワードはいくつかの質問をした。

「ああ、確かにテッド・ブリルはぼくの仕事をちょっと手伝ってくれた。……スパイ行為というのはおかしな表現だな。ぼくがブリルに指示したのは、過激派が何をしているのか探りだしてくれということだけだった。若い人たちが何を考えているかを知るのが、ぼくの仕事の一つだったんでねえ」

社会学的な調査をするにしては、そいつはおかしなやり方じゃないか、とウッドワードは

言った。スパイを潜入させたわけだが、もともとそのスパイは相手を挑発しているのだ。ゴートンはクエーカー教徒の手入れに協力した事実を否定し、ブリルの解雇がウォーターゲート事件の二日後だったのは「偶然の一致」だと主張した。大統領就任式で青年舞踏会の会長をつとめたゴートンは、三十八州で過激派の情報を集めてくれる人物がいると自慢してみせた。

「ぼくの考えたことだった」とゴートンは言ったが、さほど断定的ではなかった。彼はCRP青年部の責任者だったケネス・リーツに報告を送っていた。「過激派が何を考えているかについてなら、ぼくがその情報を提供できることをリーツは知っていた。ぼくは情報を提供したが、リーツは、ぼくがどこで情報を仕入れたかなんて訊かなかった」。それから、前言をひるがえして、ブリルがただ一人の部下だったと主張した。

ケン・リーツ（三十二歳）はホールドマンから次期共和党全国委員長に選ばれた。CRPからはなれて、一九七四年の下院議員選挙の運動を指揮するため全国委員会入りした。

ブリルの百五十ドルの週給は選挙資金公開を義務づけた新法にもとづく申告がなかった。ブリルの記事が出ると、会計検査院はCRPの帳簿をあらためて監査した。この監査によって、リーツが大統領のために若いスパイたちの「キディ・コープス」を指揮していたことが明らかになった。

そのころ、ウッドワードはCRPの某幹部を訪ねていった。この人物は不満があるらしく、ホワイト・ハウスに愛想をつかし、大統領を再選させるために用いた戦術にあきれていた。

「何かをするにあたって、正直なやり方と不正直なやり方とがあるとすれば」と彼は言った。

「そして、どちらのやり方でも同じ結果が得られるとすれば、われわれは不正直なやり方を選んでしまった。……ところで、なぜそんなことをする人間がいるのか、教えてくれないか」

たとえば？

「具体例が思いつかないね」とCRPの幹部は言った。またしばらく思案した。「選挙の五カ月ばかり前に大統領が下したハイフォン封鎖の決断をおぼえているかね？　この決断は大統領選挙で勝敗の岐路になるかもしれないと感じた者がわれわれのなかにいた。大統領の決断が支持されたと見せかけるために、われわれは偽電報や広告に八千四百ドル使った。ホワイト・ハウス宛の電報代に金が使われた。偉大な決断であるということを大統領に伝えるためだった。そうすれば、ジーグラーも電報による支持は大統領を支持する何よりの証拠だと見得を切ることもできる。ニューヨーク・タイムズ紙のインチキ広告にも金が使われた」

CRPの幹部はデスクからその広告のコピーをとりだして、ウッドワードに渡した。「国民対ニューヨーク・タイムズ」という見出しで、広告は機雷封鎖に反対したタイムズ紙の論説を批判している。

「気がついたかね」と彼は言った。「いちおう個人の署名が十人ばかり並んでいるので、市民が論説反対に立ちあがり、自分たちの意見を表明するためなら、自腹を切って数千ドルの金を出すのかという印象をあたえる。とんでもない。この広告料金は、スタンズの金庫にあったあの百ドル紙幣の中から四十枚出して、CRPが支払ったんだ」

広告につぎの一行があった。「あなたは誰を信じることができますか——ニューヨーク・タイムズですか？　アメリカ国民ですか？」

社にもどると、ウッドワードはもう一人のCRP職員に電話した。彼によれば、ハイフォン封鎖支持を促進する試みは「二週間というもの全職員をきりきり舞いさせた。……仕事は、陳情の依頼、集会の組織、それから、バスを仕立ててワシントンに人びとを送りこんだり、ホワイト・ハウスに電話攻撃をかけたり、有権者から議会議員に電話をかけてもらうことだった」

バーンスタインはこれに類したことを思い出した。一九七二年五月、バーカーとスタージスはマイアミでひらかれたキューバ亡命者の集会に飛び入りの来賓として出席し、機雷封鎖支持のデモを組織する計画に便乗したのである。スタージスはこのデモ隊の先頭のトラックを運転した。

サスマンはハイフォン問題をめぐる擬装工作を記事にすることを二人の記者にすすめた。「こいつは急所を一撃することになる」とサスマンは言った。「人びとは世論操作のからくりがわかる」

この記事が掲載された日に、ジェームズ・ドゥーリーという十九歳の、CRP郵便室の前責任者がポスト紙編集局にやってきて、ハイフォン封鎖について話したいことがあると言った。ウッドワードは青年をサスマンの部屋に連れていった。

「ハイフォン事件のことはあまりご存じないでしょう」とドゥーリーが言った。「ぼくたちは、人びとが大統領の決定を支持するかどうかでWTTGの世論調査を操作したんです」ワシントンのWTTGというTV局が大統領の決定に賛成か不賛成かを葉書で知らせてくれることを視聴者に求めた。投票券はポスト紙とスター紙の広告に出た。

「新聞担当の人間がこの計画をすすめたんです」とドゥーリーは言った。「そして、ほかの仕事は中断しました。全員が十五枚の葉書に書きこむんです。十人の人が何日もかかりきりで種類の違う切手や葉書を買ったり、筆蹟を変えて文書偽造をしました。……何千部という新聞をニューススタンドから買いこんできて、投票券を切り抜いて、葉書にはったんです」

最低にみても、ニクソンの決定を支持する四千票がCRPから発送された、とドゥーリーは言った。WTTGの発表では、五、一五七人が大統領を支持し、一、一五八人が反対した。CRPの葉書が送られなかったら、結局、大統領は一、一五八票対一、一五七票と一票差で敗れたところである。

「投票券を切り抜くとき」とドゥーリーが言った。「みんなは、新聞が証拠になるんじゃないか、と心配するようになったので、『シュレッダーを使え』と言った人がいました。マッコードがシュレッダーの係だったので、シュレッダー室いっぱいに山積みになった一トンもの新聞紙を見て困っていました。……でも、新聞紙は全部指示通り始末されたんです」

ウッドワードはCRPのスポークスマン、ディヴァン・シャムウェイに電話をかけて、投票の操作が行なわれたかどうかを問いただした。

「選挙の仕事をすれば、誰だって全力をつ

くすだろう」とシャムウェイは答えた。「われわれは相手方もやるんじゃないかと思った。そういう想定のもとに、われわれはやったんだ。相手方が同じことをしたかどうかは、わたしは知らない」

シャムウェイの言う相手方とは北ベトナムのことか、とウッドワードは訊いた。

いや、マクガヴァン陣営のことだ、とシャムウェイは答えた。

ウッドワードはこの事件を追って最後はマクガヴァンの選挙を応援したフランク・マンキウィッツに電話した。「われわれはそんなことをしなかった」。信じられないといった声でそう言った。「正直のところ、思いつかなかったよ。あの連中は悪だ。彼らは、われわれも彼らと同じ薄っぺらな倫理観の持主だと思っているんだ」

ウォーターゲート事件に影響した大統領の決定のうち、J・エドガー・フーヴァーの後任としてL・パトリック・グレイの承認を上院に求めた二月のホワイト・ハウスの発表ほど思慮を欠き、二人の記者を混乱させたものはない。グレイはすでにFBI長官代理である。承認をめぐる上院の審理では、ほとんど間違いなくウォーターゲート事件捜査におけるFBIの態度を議会は追及するだろう。グレイの地位を恒久的なものにしようとして、なぜ上院の追及を招きそうな危険をおかすのか？　二人の記者からこの疑問を突きつけられた政府の役人たちもやはり当惑しているようだった。数人の消息通は、ニクソン側近のあいだで激烈な主導権争いがあったことしか知らないと告白した。ジョン・アーリックマンはグレイの任命に極力反対したのだが、大統領は最終的にアーリックマンの助言をしりぞけたといわれる。グレイが任命されたのは、その能力を買われたからであるとか、ホワイト・ハウスが上院の審査をウォーターゲート事件の記録をただす好機とみたからだと示唆した人は一人もいない。

上院の審査がはじまる少し前に、二人の記者は、ウッドワードがバルコニーに花瓶をおく時期だと判断した。その夜、ウッドワードは徒歩とタクシーで駐車場に行った。ディープ・スロートは来ていなかった。ディープ・スロートは、約束を果たせないときは、駐車場の棚に置手紙をする、と言っていた。五フィート十インチのウッドワードはその棚に手が届かなかった。古い水道管を見つけると、それで棚を探した。

ディープ・スロートがタイプした小さな紙片が見つかった。ウッドワードが聞いたこともない酒場で明晩会おうと書いてある。酒場。ディープ・スロートは気でも違ったか、とウッドワードは思った。何かあったにちがいない。帰宅すると、電話帳でその酒場を調べた。そんな酒場はなかった。アパートのビルの公衆電話から、番号案内に電話をかけた。交換手は市のはずれの所在地を教えてくれた。

翌晩の九時、ウッドワードは二、三ブロック歩いてから、タクシーを拾って、酒場の反対の方角にむかった。そのタクシーをおりると、また十五分ばかり歩き、酒場の二、三ブロック手前までタクシーで行った。じつは居酒屋だった。古い木造家屋をトラック運転手や建設作業員相手の飲み屋にしたのだ。普段着のウッドワードはなかにはいった。彼に注意を払う人間など一人もいないらしい。壁ぎわのテーブルにすわったディープ・スロートを見つけると、あわてでむかいあわせに腰をおろした。

なぜこんな店で、と訊いた。

「河岸を変えたのさ」とディープ・スロートが答えた。「わたしの知り合いや、きみの知り合いは誰もこんなところに来ない。うらぶれた陰気な酒場だもの」。給仕が来て、二人ともスコッチを注文した。

会う場所を変えたのは、何かわけがあるのだろう、とウッドワードは言った。

「ちょっぴり気のきいた雰囲気が欲しかったんだ」とディープ・スロート。「尾行された気配はないな？　タクシー二台とあとは歩きだね？」

ウッドワードはうなずいた。

「ポスト紙は召喚状をどう見ているのかね？」

受けて立つでしょう、とウッドワードは言った。

「あれはほんの小手調べでね。わが大統領はウォーターゲート事件の情報洩れでご乱心だ。側近の者にこう言ったよ。『どんなことをしても』情報洩れを防止せよ、とね。彼がそう言うときは、本気なんだ。情報を洩らした内部の人間を調査するほかに、法廷も利用したい。刑事問題にするか、はじめは民事訴訟にするかで協議が行なわれた。ある会議で、ニクソンは選挙資金のあまった金が五百万ドルばかりあるので、ワシントン・ポスト紙に一泡吹かせるためなら、その金を使ってもいい、とまで言った。そこで、きみやほかの人たちを召喚する。会議では、大陪審による調査をはじめようかという案も出たが、これはもっと先のことだ。

「ニクソンはたけり狂ってどなりちらした。『もう我慢できない。われわれがやめさせるんだ。どんなに金がかかろうとかまわない』。彼の考え方は、ニュース・メディアが暴走しているから、その傾向に歯止めをかけなければいけないということだ――国費の無駄使いを抑えよと言うのと同じ考え方だ。彼は目標を決めると、どんなに時間がかかろうが意に介しない。とことんまでやらないと気がすまない男なのだ。彼にとって、問題は政府の安泰と素朴な忠誠心につきる。彼の考え方によれば、新聞は彼を狙っているから、したがって不忠である。新聞に情報を流す人間はもっと悪い――獅子身中の虫みたいな存在だ」

ウッドワードは息を呑んだ。ディープ・スロートは慎重にスコッチを一口飲んでから、手の甲で乱暴に口をぬぐった。

心配ですか？

「心配？」。ディープ・スロートは椅子の背にもたれ、椅子のうしろに腕を投げだした。「だめさ。彼らにつかまる人間なんて一人もいないだろう。いままで一人もつかまっていないじゃないか。彼らがいま隠していることはいずれ明らかになって、情報洩れを防ぐ対策まで信用されなくなるだろう。洪水が来るんだ。だから、ホワイト・ハウスはワシントン・ポストをつぶしたい。それで、どうなる？　きみもその影響をうけるだろうが、先は見えている。終わりが近い。彼らは終わりが近いことを見抜いていて、真相が明らかになるのをもう止められないことを知っている。だからこそ、彼らはあんなにも必死なんだ。気をつけたまえ、きみ自身も新聞も。じっと待つんだ。早とちりはいかん。十分に気をつけて、あまりあせってはいけない」

ウッドワードはこの友人の推測だけでは安心できなかった。こちらがメニューにのっていても食べられる心配はないということをポスト紙の仲間に伝えるには、もっとくわしく知る必要があるのだ、とウッドワードは言った。ディープ・スロートはそれ以上何も言えないと言うかわりに首をふった。

グレイの任命はどうなのか、とウッドワードは訊いた。これは意味がわからない。もっとも、大きな意味がじつによくわかるじゃないか、とディープ・スロートが言った。もっとも、大きな賭けではあるが。「二月初旬、グレイはホワイト・ハウスに行って、こう言った。『わたしはウォーターゲート事件で非難されている』。グレイは非常に立腹して、つぎのように言った。わたしはあたえられた任務を果たして、捜査を判断よろしく牽制したのに、わたし一人犠牲になるのは公平じゃない、と。もしわたしが恒久的に現職にとどまって、捜査を限定しておくことができなければ、一大事になるかもしれないという意味のことを暗に言った。ニクソンがこれを恫喝ととったということもありうる。もっとも、グレイはそんな男じゃないがね。理由はなんであれ、大統領はあわてふためいてグレイの希望を呑み、さっそくグレイ任命の承認を上院に求めた。ホワイト・ハウス上層部の一部は猛烈に反対したが、思いとどまらせるまでにはいたらなかった」

すると、好人物のパット・グレイは大統領を脅迫したわけか。*

「そうは言ってない」とディープ・スロートは笑った。眼をあげて、無邪気な表情をうかべた。

＊グレイの弁護士スティーヴン・サックスは一九七四年はじめに、グレイが大統領に圧力をかけたとか大統領を脅迫したといった示唆は「嘘もはなはだしい」とウッドワードに語った。「彼〔グレイ〕は仕事を引き受けないつもりでホワイト・ハウスに行った」とサックスは言った。「ニクソンは、情報漏洩の防止にはフーヴァーのように辣腕をふるい、積極的にポリグラフ〔嘘発見機〕を使用すべきだ、とグレイに言った。……」。サックスに言わせれば、ホワイト・ハウスに圧力をかけることは「グレイがあの連中を相手にするときに使う手段ではなかった。恐怖が支配していたのだ。……あの連中が圧力をかけることもできると考えるほうが完全に納得できる。なぜなら、それが彼らの常套手段なので、グレイのやり方ではないからだ」

タイム誌の記事はどうか？　グレイは新聞記者やホワイト・ハウス職員の盗聴を知っていたのか？

「もちろんだ」とディープ・スロートは言い、この問題で知っておかなければならないことを自分も全部知っているわけではないと注意した。「自警団的な盗聴工作グループのやったことだ。国防総省秘密文書公刊後は、ニューヨーク・タイムズ紙のヘドリック・スミスとニール・シーハンの盗聴も彼らが行なった。しかし、これはその前からはじまっている。記録はすべて破棄されたことになっているがね」。盗聴は正規のルートを通さずに雇われた元FBI捜査官や元CIA職員によって行なわれた。マーディアンはホワイト・ハウスにかわって、司法省のこの方面の活動を指揮した。ウォーターゲートは政府にとって事新しいものではない、とディープ・スロートは言った。

ホールドマンは選挙戦術として、ミッチェルを突きあげ、選挙のための盗聴活動を実行に移させようとした。ミッチェルは乗気ではなかったけれども、ホールドマンは諦めなかった。ミッチェルはホールドマンの指示にしたがい、盗聴工作グループの一部をホワイト・ハウスから選挙にまわした。それがハントとリディだったのである。

「一九六九年にまず大々的な盗聴作戦の目標になったのは、新聞記者や忠誠心に欠けると思われた政府職員だった」とディープ・スロートは言った。「そのあと、反戦運動が盛んになると、過激な政敵が重視された。選挙間近になれば、民主党を盗聴するのはごく当然の成りゆきだった。ウォーターゲート事件であわてたのは、この事件で計画全体が発覚するおそれがあったからだ」

ディープ・スロートとウッドワードはスコッチをもう一杯ずつ飲んで、はじめての会合場所の気楽な雰囲気を楽しんだ。この友人は発見される危険をわざわざ味わっているのだろうか、とウッドワードは思った。ディープ・スロートは自由に堂々と発言できるように、逮捕されることを希望しているのか？　役人生活に愛情と憎しみを同時に抱いているのか？　ウッドワードは質問しかけて口ごもった。ディープ・スロートに一度もだまされたことがないことを知っているだけで十分ではないか。いつか話してくれるだろう。

スコッチの勘定は安かった。ウッドワードは五ドル札を一枚テーブルにおいて、先に店を出た。

翌朝、記者たちはウッドワードのメモを検討した。二人は記者の立場から考えていた。大規模なスパイ作戦を報じた十月十日の記事のように、それはウォーターゲート事件を展望する試みだった。ウォーターゲート不法侵入事件が大統領選挙の年の大規模なスパイ妨害作戦の小さな一部分にすぎなかったころ、大統領を再選させようとする地下工作全体は、政府の脅威になると思われた人たちに対する、当初から大統領側近が指示したさらに大がかりな計画の一部だったのである。

それにしても、記者たちは事実や具体例、実態を確認できる証人をもっと必要とした。

パット・グレイ承認の公聴会は二月二十八日からと決定した。

その前夜、バーンスタインはウェスト・ヴァージニア州選出のロバート・バード上院議員の若い助手トム・ハートと話した。バードは上院の民主党院内幹事であり、司法委員会の一員である。ハートは新聞雑誌の記事のカード索引を作り、これをもとにウォーターゲート事件の矛盾や未解決のリストをルーズリーフのノートに書きこんだ。

質問状が委員会の各委員にまわされていた。質疑に答え、FBIのウォーターゲート捜査資料からの証拠によって裏づけられるまで、グレイは証人席をはなれることはないだろう、とハートは言った。たとえ司法委員会が承認の勧告を行なっても、ウォーターゲートの疑惑がはれなければ、バードは相当な影響力を行使して、上院の指名に反対するはずだ。

二月二十八日にはじまった公聴会では、グレイは咽喉薬のドロップをなめながら、ウォーターゲート事件の捜査は「いかなる干渉もなく」、「徹底的な捜査」であり、「十分な成果」をあげたと主張した。それから、訊かれもせぬのに、捜査資料はジョン・ディーンにわたしたこと、ディーンがそれをドナルド・セグレッティに見せなかったとは保証できないことをグレイは自発的に述べたのである。

上院議員たちは驚いた。バーンスタインがグレイの証言を聞きにきていなくてほっとした。ウッドワードは、バーンスタインは、ディーンが捜査資料を受けとっていたことを記事にすべきだと何ヵ月も前から主張していたからだ。ウッドワードはそれを重要と思わなかった。グレイはまさにその事実を語っていたのだが、逆効果になってしまった。彼はFBIのウォーターゲート捜査資料を上院議員に利用してもらおうと申し出ていた。しかし、パット・グレイが二十歳も若いジョン・ディーンの走り使いをつとめたという印象が強すぎた。グレイの公聴会はディーンの公聴会にもなろうとしていた。それは確実だった。

翌日の木曜日、バーンスタインはジョン・ディーンに関する自分の資料を読んだ。六月十七日以後、ハワード・ハントの金庫の中身をあずかったディーンは少なくとも七日待ってから、それをFBIに渡した。ある記録によれば、ハントの所持していた二冊の手帳がディーンの渡していたもののなかにはいっていなかった。司法省の某法律専門家は、検察側は十月十一日にこのことをはじめて知った、とバーンスタインに語った。その日、ハントはホワイト・ハウスの部屋に残してきた所持品の返還を要求する申立てをしたのである。

「ホワイト・ハウス側は、手帳など見たこともないと主張した」とバーンスタインは聞いた。「われわれはどう考えたらよいのかわからなかった。いまでもわからない」バーンスタインはハントの弁護士ウィリアム・ビットマンに電話した。ビットマンは手帳の存在を確認し、手帳には名前と住所が書いてある、とバーンスタインに言った。検察側がビットマンに語ったところによると、この手帳があれば、ウォーターゲート事件に連座する人物がほかにも出てきたはずだという。「われわれは、FBIが持っていて、捜査に活用したと思っていた。わたしは検察側の非を指摘するつもりだった。検察側の情報は違法の捜査によって得た資料〔手帳〕からのものだからね。わたしはディーンやホワイト・ハウスの人たちに電話して、ハントは六月にはまだホワイト・ハウスの部屋を使用しており、所持品をホワイト・ハウスに委託しなかったということを言ってやるつもりだった。「FBIが手帳を持っていないことをわれわれは知って、事件全体が不可解になってきた」とビットマンは言った。「わたしに言えるのは……すべてが複雑怪奇だということだ。手帳がどこに行ったのか、わたしはわからない」

上層部が事件に関係していたことを立証するのに、ハントは二冊の手帳がきわめて有効だと思っていたのか、とバーンスタインは訊いた。

「ご想像にまかせるよ」とビットマンは答えた。「誰かにとっては、消えてなくなってもらいたいほど貴重なものだった」

三月二日金曜日、臨時記者会見で、ニクソン大統領は、グレイ指名の審査でディーンに証言させよとの要求には行政特権を行使すると発表した。消失した手帳とディーンがハントの金庫の中身をFBIに渡したことを報ずる記事は大統領の発言の紹介とともに掲載された。四日後、グレイは上院議員たちに述べた。ディーンがハワード・ハントの金庫からすべて持ちだしたと「わたしは絶対に確信して」いる。ほぼ同じころ、ホワイト・ハウスは、ディーンが金庫のものをすべて渡したと主張する声明を発表した。*しかし、この問題も、上院の審査のさらに驚くべき発展によって、影がうすくなってしまった。

＊一九七三年の後半にいたって、ジョン・ディーンは手帳を破棄したことを認めた。ディーンはこの年の一月に、大統領個人の資産資料から手帳を発見したのである。「大統領は手帳が資産資料にはいっていたことを知らなかった」とホワイト・ハウスは述べただけで、くわしい論評を避けた。

その日の午後、ウッドワードをはじめ記者団はトム・ハートの控室に押しかけて、グレイがバード上院議員の先刻の質問に対する回答として用意した記録の写しを手に入れたのである。「ハーバート・W・カームバックより事情聴取」と題した記録もまじっていた。「カームバック氏の語るところによれば、一九七一年の八月か九月に、ドワイト・チェーピン氏から連絡があり、ドナルド・H・セグレッティ大尉がまもなく除隊になるので、共和党の役に立つかもしれないと言われた」

ここにあったのだ。カームバックは、チェーピンの指示にしたがい、セグレッティに地下工作の資金を支給していたことをこの事情聴取で認めている。とりかえしのつかないところで、パトリック・グレイはホワイト・ハウスの無実の主張の根拠をくつがえしてしまった。

同時にグレイはかならずもワシントン・ポスト紙の正しさを証明したのである。

バーンスタインとウッドワードは締切りまでにグレイの記事を書きあげるのに苦労した。新聞社、通信社、ラジオTV局が電話でポスト紙の「名誉挽回」に意見を求めていた。電話をかけてきたところはほとんどどこもこのことばを使った。

バーンスタインとウッドワードの記事には三百日のあいだこらえにこらえてきた憤怒と怨念がにじんでいた。二人は大統領の側近たちにむかってホワイト・ハウスの否定の談話を一つひとつ投げかえすように、つぎつぎに引用した。しかし、記事には無意識のうちに必殺の力がこめられていた。第一面に三段抜きの見出しがおどっていた。「FBI責任者、ニクソン側近がセグレッティに金を出したと証言」。記事はチェーピンやカームバック、セグレッティの特大の写真と並べて掲載された。第一面を威圧する三人の写真とその下の説明文の組合わせは、警察の殺人課から送られてきた顔写真のように見えた。「セグレッティの起用を伝えたチェーピン。……支払係カームバック。……ニクソン側近と関係があったセグレッティ」。狂喜するポスト紙の内部では、こうした効果に誰も気づかなかった。しかし、ホワイト・ハウスはちがう。記事の扱い方が何にもましてポスト紙に対する憎悪をいっそうかきたてたことを、両記者はホワイト・ハウスの職員や政府の役人から知らされた。

こういうことにいつも神経質なブラッドリーもうれしさのあまり気がつかなかった。インタビューを申しこむ電話のあいまに、ブラッドリーは社内をかけまわり、ローゼンフェルドの肩を叩き、サスマン（パイプをなくしかけた）と力いっぱい握手しようとしたり、パット

・グレイは言論の自由を救ったと放言した。

その後の二週間、二人の記者は、グレイが連日にわたりFBIの捜査の監督不行届きぶり――犯罪的な過失ではないにせよ――をみずから証言するのを驚きの眼で見まもった。ニクソンが脅迫されてグレイを指名するにいたったというディープ・スロートの暗示的なことばはますます説得力が出てきた。この指名がホワイト・ハウスにとって危険なグレイの愚直ぶりを明らかにしたからだ。

三月二十二日、グレイは証言した。ハワード・ハントがホワイト・ハウスに部屋を持っていたかどうか知らなかったとジョン・ディーンが六月二十二日にFBIに語ったとき、ディーンは「おそらく」嘘をついたのだろう、と。ホワイト・ハウスはグレイの発言を「言下に」否定する声明を出し、ディーンは「訂正」を要求した。

その前日、ポスト紙の記者と幹部を召喚しようとするCRPの申請は裁判所から却下された。

14 大統領の手は震えた

翌三月二十三日の朝、ウッドワードが論説委員室に近い廊下を歩いていると、ポスト紙の漫画家ハーブロックに呼びとめられた。「マッコードが判事に送った手紙のことを聞いてるか？ ラジオで聞いたんだ」

ウォーターゲートに関するラジオのニュースを最後に知らされたときは、ホールドマンの記事がさんざんな結果になった。いや、聞いてませんね、とウッドワードは言って、相手の話を待った。

「そう、マッコードは偽証も行なわれたし、口止めの圧力もかかったと言っている。ほかの被告も知ってるそうだ」

ウッドワードが編集局にとびこむと、内報部デスクの近くにいたハワード・サイモンズがテレタイプのコピーをふって、何やらどなっていた。

マッコードからシリカ判事に宛てた手紙の全文である。

「私の家族は、私がこの問題で知っている事実を明らかにすれば、私の生命が危ないのではないかと心配しました。……正義のために……刑事裁判制度に対する信頼を回復するために……」、マッコードは知っている事実を話そうと申し出た。ウッドワードは手紙の内容を検討した。被告たちに有罪申立てを行なわせ、沈黙を守らせるように、政治的な圧力がかけられた。裁判で偽証があった。ウォーターゲート事件に関係した人物はほかにもいたのに、証人として喚問されなかった。

マッコードは判決後、シリカに面会を求めていた。「……と申しますのも、FBI捜査官に話したり、司法省勤務の連邦検事が検察官をつとめる大陪審で証言したり、他の政府代表と話す場合、心を許せないという気がするからです」

ウッドワードは、はたしてマッコードは主張を立証できるのかと思った。連邦保安官に連れ去られるジョン・ミッチェルの姿が一瞬脳裡をよぎった。

歓喜するサイモンズはウッドワードに言った。「彼が何をしゃべっているかを探りだすんだ――誰が偽証したか、ほかに誰が関係しているか、誰が圧力をかけたか」。サイモンズはシンガポール滞在中のグレアム夫人に電話をかけた。

ブラッドリーは気持を抑えていた。手紙で局面が大きく変わるかもしれないが、漠然としている。

「名前だ。諸君、名前が欲しいな」とブラッドリーは言った。

その日曜日、社内にいた両記者は、ハワード・サイモンズの指示は口で言うよりも取材がむずかしいことを知った。マッコードが心中を打ち明けたとしても、それは外部に洩れない秘密なのである。検察側はマッコードがあまり知らないと思っていた。ホワイト・ハウスは口を固く閉じている。折り返し電話をくれたごく少数の大統領側近は何も知らなかった。彼らが電話をかけてきたのは、二人の記者から何か聞きだそうと思ったからにほかならない。

昼さがり、ウッドワードは、上院ウォーターゲート調査委員会の主任法律顧問サミュエル・ダッシュが一時間後に新聞記者会見をひらくことを知らされた。バーンスタインがタクシーで議事堂に行った。ダッシュは自室のスチールグレイのデスクにすわり、カメラマンたちがそろうのを待ってからはじめた。メモを見ながら、彼は週末に二回、長時間にわたってマッコードと話し、会話をテープに録音したことを明らかにした。マッコードは「いちいち名前をあげ」、ウォーターゲート事件の「全面的かつ正確な説明」をはじめたのだ。バーンスタインはなぜダッシュが記者会見をひらくのか理解に苦しんだ。具体的な事実を語らずに、マッコードの発言に期待を持たせたにすぎない。ウォーターゲート調査委員会による公聴会がひらかれれば、マッコードはその席で確実に証言するだろう。もしマッコードの発言内容が洩れて、しかもそれが根拠のないものであるならば、新聞はウォーターゲート調査委員会の調査に水をさすこともできるのだ。

社にもどって、マッコードの言ったことを話してくれそうな人物が委員会のなかにいないかと気乗りしない取材をはじめた。五、六カ所に電話しても、結果が思わしくないところへ、ロサンゼルス・タイムズ紙の記事がテレタイプではいってきた。マッコードがダッシュに語ったところによれば、ジェブ・マグルーダーとジョン・ディーンがウォーターゲート盗聴を事前に知っていて、その計画に関与していたという。その記事にロン・オストロウとロバート・ジャクスンの署名がはいっていた。この二人の記者は、ニュース・ソースが確実に信用できなければ、軽々しく記事にしないことをバーンスタインは知っている。

マグルーダーに関する情報は驚くにあたらないが、しかしディーンが盗聴計画に加担していたことを示唆した人物はこれまで一人もいなかった。もし大統領から盗聴事件調査を指名された人物が当の計画者の一味であったとすれば、結果はあてにならないのではないか。すでにホワイト・ハウスはディーンの容疑を頭から否定する声明を出している。声明はマグルーダーに触れていなかった。ニクソン側は彼を見はなしたのだ。

サイモンズはハイキング用のブーツをはいて出社した。六月十七日にウォーターゲート不法侵入事件の第一報を受けとってから、事件の推移にほとんど一日の休みもなくつきあってきた編集幹部だった。

夕刻までにバーンスタインは四十人以上に電話をかけた。上院議員、ウォーターゲート調査委員会関係者、CRP及びホワイト・ハウスのニュース・ソース、司法省の役人、マッコードの知人。マッコードの行く教会の牧師にも電話した。収穫ゼロ。バーンスタインとサイモンズはロサンゼルス・タイムズ紙をもとにした記事を書き、マッコードの発言をポスト紙が確認できなかったと伝えることに決めた。そのとき、サイモンズはジョン・ディーンの代理と称する弁護士から電話をもらった。弁護士は、もしポスト紙がディーンに関するマッコードの主張を記事にするならば、名誉棄損で訴えるだろうとおどした。サイモンズはこの脅迫的な言辞を記事に引用し、弁護士の名前もあげておくようバーンスタインに指示した。

「サイモンズはこの日おくれをとったバーンスタインの敗北感を察知していた。他社に抜かれても平気な顔をしているんだ、となぐさめた。ポスト紙がウォーターゲート事件の報道で独走していた時代は終わったのだ。

翌朝、バーンスタインとウッドワードはロサンゼルス・タイムズ紙の記事の確認を急ぎ、ようやく議会で三人の人物からタイムズの記事は正しいとの確認を得た。その一人、共和党の代議士は、マッコードの主張が「説得力があり、容易ならぬ内容で、証拠による裏づけがある」と言った。

ホワイト・ハウスでは、ロン・ジーグラーが、大統領みずからディーンに電話をかけ、「絶対の全面的な信頼」を表明した、と語った。

水門(ウォーターゲート)は決潰(けつかい)しようとしていた。マッコードの告白は、ディープ・スロートが語ったダムをおびやかす圧力の一部にすぎなかった。奔流はまだ遠かったが、水量は刻々と増していた。ディーン、マグルーダー、マーディアン、ミッチェル、そして——最大の実力者——H・R・ホールドマンがこの洪水に呑みこまれようとしている。

ウッドワードは副報道官のジェラルド・ウォーレンに大統領との会見を申し込むことにした。難事であり、至難の業に近いのだが、ウッドワードはリチャード・ニクソンの意表をつく行動にいつも驚かされてきた。中国との交渉をはじめた大統領なら、ワシントン・ポスト紙ともそれができるはずではないか。

　ウッドワードはウォーレンに電話して、こちらから出向いて話をしたいのだがと言った。ウォーレンはしばらくためらったのち、「どうぞ」と言った。ウッドワードはホワイト・ハウスの記者証を持っていない。ウォーレンはウッドワードの名前をゲートに伝えておこうと言ってくれた。

　三月二十七日は快晴の暖かい一日で、ウッドワードはホワイト・ハウスまで五ブロック歩いていくあいだに、身体が汗ばんできた。西棟(ウエスト・ウィング)の記者室に人影がなかった。背の固い椅子で待った。約十分後、ウォーレンが奥の長い廊下から姿を現わして、ウッドワードを自分の部屋に案内した。衣裳部屋とほぼ同じ広さのその部屋はウォーレンのデスクと椅子、それに来客用の椅子でいっぱいだった。長身、眼鏡をかけ、身だしなみのいいウォーレンは風貌物腰から一見学者ふうだった。

「メモをとってもかまわないかね?」。ウォーレンは眼鏡の位置をなおしながら、そう言い、黄色いメモ用紙のきれいなページを指ではじいた。

　もちろん、ウッドワードは反対しなかった。彼とバーンスタインは、ウォーターゲートがこれまで公表されてきた以上の広範囲にわたる陰謀であることを物語る情報を入手している、と言った。その情報はいずれ報道されるだろうし、それを公開する報道機関はポスト一紙ではない、とウッドワードは伝えた。たぶんホワイト・ハウスはその結果を緩和する対策を承知しているだろう。ポスト紙はそうした事実を知っておきたい。事態は重大局面にさしかかっているので、被害を食いとめるには、大統領が直接乗り出すしかないかもしれない。ウォーレンはときおりメモ用紙から顔をあげて、具体的な事実を求めた。彼もバーンスタインも具体的な事実は大統領にしか話したくないし、ウォーレンがこれを会見の正式の要請と考えてくれることを希望する、とウッドワードは言った。ウォーレンは、考慮するが、この要請は蹴られると思うと言った。

「いいかね」と彼は言った。「決定をくだすのはわたしじゃない。要請はわたしから上のほうに伝えておこう」。ウッドワードは、ジーグラーまではこちらの要請が伝えられるのではないかと思った。ジーグラーにはわざと電話をしなかった。ウッドワードはもうひと押しした。

情報を検討した結果から判断すれば、大統領は近い将来においてウォーターゲート号という船から脱走しなければならなくなるだろう、とウッドワードは言った。ポスト紙はそうなる前に具体的な問題を話し合いたいと切望している。盗聴、不法侵入などの秘密活動について、ほかにも情報を入手している、とウッドワードは言った。それらのすべてがいずれ報道されるだろう。

ウォーレンはかすかにひるみを見せてから、懐疑的な眼でウッドワードを見た。「もっと具体的に話してくれると、助かるのだがねえ」と言った。

ウッドワードは、現在のところ具体的にくわしく語るつもりはないが、もし大統領が会見に同意すれば、事前に質問状を提出するだろうと言った。大統領を驚かすようなことはしないだろう。

ウッドワードはどうしようもない焦燥感を味わった。これじゃあだめだ、と思った。また、大統領の地位に対する畏怖の念が彼をとらえてはなさなかった。だからこそ、ここに来て、こんな物置みたいな部屋にいるのだ、と思った。警告をあたえるためだった。ウォーレンもそれを理解している。しかし、威嚇ではないことをウッドワードははっきりさせておきたかった。不思議ではあるが、それは好意であり、敬意と脱出の可能性を伝えようとするものだった。ウッドワードは休戦を求めていた。新聞が事実とすぐれた報道によって説得することを望んではいたが、敵意の壁を築く意志はなかった。

ウォーレンの微笑はこう言っているようだった。それじゃだめだ。情報を活字にするかしないかのどちらかしかない。しかし、共感を示すこともあった。デスクから書類を払いのけて、よしこの問題を話し合おうではないかと言いたそうだった。それはウッドワードの想像であり、ウォーレンがおだやかにふるまっていただけなのかもしれない。

ウッドワードが自分の希望を伝えおわると、ウォーレンはそっとペンをおき、立ちあがって手を伸ばした。「あとで連絡しよう」と言った。

ウッドワードはべつに急がないと言い、返事はわかっていると言わんばかりに肩をすくめてみせた。狭苦しい部屋を出て、明るい日ざしの下に出ると、気分的に解放された。やるだけのことはやったのだ。

バーンスタインとウッドワードは、以前より事件の取材がぐんと減ることを覚悟していた。

はるかに大きな力が確実にとってかわったのだ。政府の調査が進行中であり、生存本能から大統領側近の一部の者を密告者に転向させる可能性も出てきた。

三月二十八日水曜日、マッコードが非公開のウォーターゲート委員会で七人の上院議員を前に宣誓証言を行なうことになっていた。バーンスタインは何十人もの記者とともに委員会議場の外で待機していた。記者たちはかならずあるはずの「情報洩れ」について話し合い、委員会の調査内容を取材する危険性をいずれも認めた。もはや情報を評価し、パズルの断片をつなぎあわせ、曖昧な部分を明らかにするといった「特別取材」報道の問題ではなかった。ただ、公開の席で証言するはずの証人の発言内容を事前に探りだそうとするだろう。どの証言が伝聞であり、どれが直接の情報であるかを判断し整理するのは厄介な作業である。人騒がせな主張や関係者が意図的に流す情報は、評価がむずかしい。一部の新聞社や通信社が情報あさりをすれば、記者はみな取材合戦をせざるをえない気持になるだろう。

マッコードが登場した委員会は四時間半にわたった。後刻、テネシー州選出の共和党上院議員で、ウォーターゲート調査委員会の副委員長ハワード・ベーカーは、マッコードが「多くの分野にわたる……貴重な情報」を提供したと語った。

バーンスタインとウッドワードは上院議員を手はじめに電話による取材をはじめた。「よろしい、こんどはきみに協力しよう」と、ある上院議員はウッドワードに言った。「マッコードの証言によれば、ウォーターゲート盗聴の計画と予算は二月にミッチェルの承認を得ている、とリディがマッコードに言った。二月といえば、ミッチェルはまだ司法長官だった。それから、コルスンもウォーターゲートを事前に知っていた、とマッコードは証言している」

しかし、ウッドワードの質問に答えて、マッコードの主張は、ディーンやマグルーダーが事前に知っていたという最初の申立てと同様、その根拠が間接的に得た情報にもとづいたものにすぎない、と彼は言った。

「しかし」と上院議員は言うのだった。「彼の証言は非常に説得力があった」

ブラッドリーはもう一人の上院議員にこの発言を裏づけてもらうことができたし、バーンスタインは、ある委員会関係者から同じ話を聞いた。

翌日の新聞はマッコードの証言の伝聞証拠的な一面を指摘しながらも、某上院議員の意見を載せていた。

「マッコードは語る」式の記事がつづいた。マッコードは木曜日にふたたび委員会に登場し、二人の記者は前と同じ取材をした。マッコードの述べたところによれば、リディは、ウォーターゲート盗聴の概略を記した書類を二月にミッチェルに見せたと語った。三人の人物が、この証言にまったく同じ見解を述べた。

この時点で、ロン・ジーグラー報道官はつぎの発表を行なった。「われわれがもみ消しをしようとしている……との作り話を一掃する」ために、大統領が職員に、もし召喚されれば大陪審に出頭して証言せよと命令した。スター・ニューズ紙はこれを方針の変更と解釈し、

「行政特権によって部下をかくまうニクソンの鉄則の意味深い緩和に思われる」と報じた。

ポスト紙が同じ失策を犯すのを懸念して、バーンスタインとウッドワードは内報部長ディック・ハーウッドのところへ行った。ジーグラー自身は、方針の変更はまったくないと語った。ホワイト・ハウスの数人の職員は、すでに大陪審で証言しているか、宣誓供述書を大陪審に提出している。大統領は部下を「犯罪」の捜査で証言させないために行政特権を主張したことはまだないが、ただ議会の調査委員会は例外である。

二人の記者はこの記事を書いているポスト内報部記者のルー・キャノンに、ジーグラーの発表は方針の変更を示すものではないと強く示唆した。キャノンの共和党関係の取材網は相当なもので、ウォーターゲート事件がホワイト・ハウスと共和党にあたえた影響についてポスト紙でも最高の記事を書いている。いま、キャノンは憤然とした。彼はこの問題をホワイト・ハウス記者団のベテランたちと話し合った結果、大統領は行政特権の行使に柔軟な立場をとるようになったという点で意見が一致したのである。

ウォーターゲートは何カ月ものあいだ、ポスト紙市報部と内報部のあまり心安くない関係のひずみになってきた。バーンスタインとウッドワードは、キャノンの記事の内容が翌日の新聞の第一面をかざることに激怒した。

翌日、両記者のホワイト・ハウスのニュース・ソースは、ジーグラーの発言がPR的なポーズにすぎないことを確認した。しかしそれにしても、上院の調査における大統領の行政特権の主張から眼をそらすための発言ではないかと上院委員会と関係者が非難した点がもっと重要なのだ。上院のニュース・ソースは、大統領が捜査当局の調査に協力しても、上院の調査に協力しない理由をもう一つ指摘した。大陪審の調査は秘密にし、司法省の監督下におくというものである。上院の調査は公開であり、行政府から独立した性質になるはずだった。ウォーターゲートから九カ月後に、ホワイト・ハウスはニュース・メディアがホワイト・ハウスについて知っている以上に、ホワイト・ハウスがニュース・メディアを知っていることをふたたび誇示したのである。

ホワイト・ハウスの詐術に踊りそうもない記者がワシントンにいるとすれば、バーンスタインもウッドワードも、ニューヨーク・タイムズ紙のセイモア・ハーシュだと思った。共通の知人のはからいで、バーンスタインとウッドワードは四月八日の夕刻にハーシュと会食することになった。

三十六歳、ロイド眼鏡をかけて、ややずんぐりしたハーシュは、古いテニス・シューズ、大学にはいりたてのころはとっておきのものだったかもしれないおんぼろの縞のシャツ、色のさめたよれよれの軍服といった姿で夕食の席にやってきた。二人が会ったどんな記者とも違っていた。ハーシュはためらうことなくヘンリー・キッシンジャーを公然と戦争犯罪人と決めつけ、ニューヨーク・タイムズ紙の権力に惹かれていることをかくさなかったし、同じその権力に憎悪を抱いていた。ハーシュはソンミ事件のもみ消しをすっぱ抜き、多年にわたって軍と国家安全保障会議の官僚主義を報道してきた。迷路のようなウォーターゲート事件を独自の立場から理解できる人物だった。「わたしはあの連中を知っている」とハーシュは言った。「現政府の体質は嘘をつくということだ」

ニューヨーク・タイムズ紙に対しても辛辣だった。「嘘だ。嘘ばっかり書いている」とある同僚の書いた記事をこきおろした。

夕食のあいだに、バーンスタインとウッドワードはウォーターゲート事件の容疑者となった大統領側近の一人を話題にした。

「わたしだってあの野郎をとっちめてやりたくてたまらないんだ。ウォーターゲート以前からあの男を知っている」とハーシュが言った。「お粗末な攻撃じゃ、あの男は受けつけない。こちらが事実と確実な情報と証拠と真相を突きつけて追いつめるしかない。そうでなければ、わたしは敬遠するね」

三人は手の内を見せないように用心しながら、ウォーターゲート事件の証人と犯人について意見を交換した。食後、バーンスタインは冗談のつもりでハーシュに尋ねた。明日のタイムズにウォーターゲート事件の何を書いたのか？　そのタイムズ第一面は今夜のうちにポスト紙に電送されてくる。

「ちょっとしたものだよ」とハーシュは答えた。

バーンスタインもウッドワードも、冗談なのかどうかわからなかった。ウッドワードは社に電話した。ハーシュは冗談を言ったのではなかった。彼の「ちょっとしたもの」とはマッコードの証言のスクープだった。ウォーターゲートの犯人にはＣＲＰからじかに金が支払われた、とマッコードは語ったのだ。この関係は、二人の記者が待ちのぞんでいた手がかりの一つである。一月以来、誰もがCRPが犯人たちの沈黙を金で買ったと思っていたが、いまになってようやく内部からそれを裏づける人物が出てきた。

何カ月か前に、ヒュー・スローンが両記者に語ったところによれば、かの有名な秘密資金はウォーターゲート事件後も存在しつづけた。バーンスタインとウッドワードは驚いたものだった。その資金はスタンズの金庫から、フレッド・ラルーのところへ移されたとスローンは二人に語っている。二人がそれを記事にしなかったのは、それを確認できなかったからであり、また隠し金の使途を知らなかったからである。スローンはその金額を言おうとしなかった。いま、その金で被告の沈黙を買った可能性が出てきたのである。ラルーはジョン・ミッチェルの腹心であり、ウォーターゲート事件もみ消しの共同責任者だった。ラルーとマーディアンはケネス・パーキンスンなど委員会顧問弁護士の監督にあたるCRPの職員だった。マッコードの証言は、パーキンスンとハワード・ハントの妻、故ドロシー・ハントが犯人に金を渡すパイプ役であったことを裏づけたのだ。

ウッドワードはCRPのある職員に電話をかけた。この職員は友好的だったが、話が具体的にわたることを避けてきた。彼はマッコード証言後の醜態を電話でまくしたてた。

「ジョン・ミッチェルはまだCRPにがんばっていて、パイプをふかしながら、あまりものを言わない。……ぼくは知恵者だからと思ったんだが――口をきかないということだ――、いま、それが無能だからだとわかった。……じつのところ、きみたちのやったことは悪くないなんて、ぼくの口からきみたちに言おうとは夢にも思わなかった。大統領の地位をけがしたのは、ホワイト・ハウスがこの事件を処理するそのやり方だ。……いまや友だちはぼくに会うと、こう言う。『どうして誇りを持って、まだCRPの仕事ができるのかね？』。ぼくはうんざりしたよ」

意外な好機とみてとって、ウッドワードは、自分もバーンスタインもラルーが犯人への口止め料の支払いに関係していたことを知っていると言った。ウッドワードはラルーの写真しか見ていない。丸い眼鏡をかけて、頭のはげかかった小男である。ラスベガスの賭博場を一時所有していたこともあり、石油成金だった。典型的な金集めの使い走りだとウッドワードはかねがね思っていた。

「質問に答えるわけにいかないが、とても信じられないようなことを一つ話してやるよ」とCRPの男は言った。「フレッド・ラルーは宣誓すれば、嘘をつかない。質問されれば、犯人に金を支払って解雇する仕事を手伝ったと言うだろう」

ウッドワードはヒュー・スローンに電話した。ラルーは犯人たちに手切金をわたした、とウッドワードは言ってから、なんてばかなことを言ったのだろうとくやんだ。スローンはそれを聞いても驚かなかった。つねに最悪を覚悟していたのだ。その最悪が何であろうと。秘密資金からわたった金額は？　ウッドワードは大体の数字を知りたかった。

スローンは答えなかった。

二人は、しばらくリングから遠ざかっていたスパーリング・パートナー同士のように、問答をはじめた。十万ドル以上か？　五万ドル以上？　五万ドルと十万ドルのあいだか？　七万五千ドルのどちら側か？

「それより五千ドルこえない程度だ」とスローンは言った。

それで十分だった。おそらく八万ドルだろうが、使うのは七万ドルではないか。

ウォーターゲート事件後、ＣＲＰはどうやって秘密資金を管理し、よそへ移したのか？

「それ〔資金の移し替え〕は七月に行なわれた」とスローンは言った。「その金についてはまだ何一つ明らかになっていないが、スタンズ長官が〔それを〕承認した。金を動かすのも仕事のうちだった」。スローンは、スタンズにそうすることを指示した人物がいると想像したけれども、誰であるかはわからなかった。その点でもまた、彼は最悪を想定していた。

検察側はこれを知っているのか、とウッドワードは訊いた。

「知らないだろう」とスローンの返事だった。「わたしは一度も訊かれなかった」*

＊しかし、スローンはつぎのように言った。国際的な金融業者で詐欺師といわれるロバート・Ｌ・ヴェスコがＣＲＰにおくった政治献金を調査していたニューヨーク市の連邦大陪審で、二、三週間前に証言したとき、秘密資金に関連した質問をうけた。ヴェスコが百ドル紙幣で献金した二十万ドルは黒いアタッシェ・ケースに入れられて委員会に運ばれた。その金はスタンズの金庫に納められ、ウォーターゲート盗聴などの地下工作の資金に使われたのである。

ウッドワードは司法省の役人に電話した。ウォーターゲート事件後に、ラルーがスタンズの金庫から出した七万ドルを犯人たちがもらったかどうか——この問題を検察側は突きとめようとしたか？

「検察側は委員会の金が犯人たちへの支払いに使われたかどうかを知るために、委員会の金を一セント残らず調べている」

スタンズの金庫にあった金も？

「そのとおり」

これで二つの使途がはっきりした。秘密資金を追及していくうちに、二人の記者はふりだしにもどった。秘密資金はまず盗聴工作に、ついでもみ消しに使われたのだ。

ホワイト・ハウス記者協会の年次晩餐会はニュース・メディアと政府の実力者――あるいは権力志向者――すべてが出席する固苦しい、大げさな、アルコール入りの行事である。四月十四日、ワシントン・ヒルトンでひらかれたこの晩餐会にはホールドマン、アーリックマン、キッシンジャーのほかに、大統領（ベトナムから帰国した捕虜たちをしたがえて、晩餐後に来たが）も姿を見せ、ウォーターゲート事件をサカナにした露骨な冗談がとびかう一夜の楽しみに最後までつきあった。

バーンスタインとウッドワードはジャーナリズムの二つの賞をもらったので、この会に招待されていた。この夜はもっぱら、ニュース・ソースであるところの政府の高官たちとまったく面識がないような顔をした。いつもなかなか連絡がつかず、話をしぶる人たちもいた。いまや、その多くが何も知らされていなかったので、二人の記者から事情を聞こうとしている。「どうなっているんだ？」、「ひどいって、どの程度かね？」、「大統領は何をすべきだと思うかね？」と記者たちに訊くのだった。

晩餐後にロビーで、二人の記者は、謁見式を行なっているクラインディーンスト司法長官を見かけた。クラインディーンストの発言は政府がウォーターゲート事件の捜査を弁護する骨子になってきた。ウッドワードとバーンスタインは一度も彼に面会できなかった。二人は近づいて自己紹介した。

「きみたち二人は勇気をもって信ずるところを堂々と主張したまえ」とクラインディーンストは言った。

どうなるんですか、とウッドワードは訊いた。

「ウォーターゲート事件は爆発するよ」とクラインディーンストはあっさり言った。

ウッドワードは、話しあいたいと言った。明日ではどうか――日曜日だが？

「教会へ行かなければならない」とクラインディーンストが言った。

バーンスタインとウッドワードは、ぜひ話し合いたいのだ、と言った。

「オーケイ」とクラインディーンストは言った。「きみたちも明朝いっしょに教会へ行こう。そのあと、わたしの家にもどって、朝食にしよう」

パーティ用の部屋を借りている新聞社もあって、そこに行くと日の出近くまで酒にありつけた。ウッドワードは午前二時ごろウォール・ストリート・ジャーナル紙のパーティに顔を出した。約二百人がグラスを手にして片隅に集まり、聞きおぼえのある声がその集まりのなかからひびいてきた。「この野郎！」。まぎれもなくブラッドリーだ。元社員で現在はホワイト・ハウス顧問のケン・クロースンと論争中なのだ。原因はカナック投書を書いたことを告白するような意味のクロースンの発言だった。しかし、議論は古戦場にまで及んだ。新聞対政府。ワシントン・ポスト対ニクソン。クロースンはかつて友人たちに、ブラッドリーこそ敬愛してやまぬ人物であると言ったことがある。いまや彼はブラッドリーを軽蔑し、カナック投書の報道でブラッドリーを個人的に責めているのだった。

酒の力もあって、議論は白熱し、人身攻撃になっていった。タキシードを着た二人は仲裁にはいろうとする人を手をふって寄せつけなかった。とうとう、滑稽にも頭を冷やそうと、二人は衣裳部屋にはいり、ドアをあけたままにしておいた。

「もうなぐりあいをしたの？」と期待をこめて尋ねる女がいた。

バーでもウォーターゲート紛争があった。ポスト紙の顧問弁護士で、ニクソン大統領ごひいきのフットボール・チーム、ワシントン・レッドスキンズの会長エドワード・ベネット・ウィリアムズがホワイト・ハウスの演説起草者パトリック・J・ブキャナンと対立していた。ウィリアムズの事務所はまた民主党を代表している。彼は一九七二年の大統領選挙を痛烈に批判していた。

「きみは哀れな敗者なんだよ、エド」とブキャナンが言っている。

「しかし、きみのほうはきたない手を使ったんだ。パット」とウィリアムズは言い、巨体をずらした。「きたない手を使わなければならなかった。きみは勝ったが、泥棒みたいなことをしなければ勝てなかったんだ」

「ウォーターゲート事件だけじゃないか」とブキャナンも負けていなかった。「キューバ人がラリー・オブライエンの郵便を見にはいったんだよ。……きみのほうはそれを針小棒大にした」

「きたないよ、パット、きたない選挙だった」とウィリアムズが言った。「恥ずかしくないのか？ きみは保守的な人間のくせに、法破りをする。そして、ワシントン・ポストはそのことをきみに突きつけているんだ。まあ、これはさぞかし痛かっただろう」。ウィリアムズはウッドワードに腕をまわした。「ワシントン・ポストはその証拠をきみに突きつけているんだ」

「六一パーセントだ、エド」とブキャナンは応じた。「六一パーセントだよ。史上まれに見る地すべり的大勝利だ。もしウォーターゲートがなかったら、その差はもっと大きかっただろうな」

「きたない手を使ったんだ」

「ささやかなスパイ活動じゃないか、エド。それが政治だよ。きっときみたちは人のあげ足とりばかりやってて、自陣のほうをお留守にしてたから、とても勝てるものじゃなかった」

「まあいい、きみの勝ちだ。パット。そして、いまはみんながじつにお粗末な勝利だったことを見抜いている」。ウィリアムズは両手でグラスをつかんで、ちょっとよろよろした。

「きみの依頼人はどうなんだ。エド？」とブキャナンが言った。おそらく、前ティームスター会長のジェームズ・ホッファや元上院議員の部下であるボビー・ベーカーをさして言ったのだろう。「まったく、きみのお客さんはじつにご立派な人たちだよ」

「パット」とウィリアムズは言い、ブキャナンの眼の前に巨体をはこんだ。「きみには驚いたよ、パット。大きな違いが一つある――」

「きみが弁護した悪人たちはどうなんだ？」とブキャナンは挑発した。

「大きな違いがあるんだ」とウィリアムズはどなった。「じつに大きな違いがあるんだよ」。うつむいて、バーによりかかると、静かに顔をあげた。

「その大きな違いとは何だね、エド？」

「おれは依頼人を大統領に立候補させなかった」

翌朝、ウッドワードとバーンスタインは寝坊して教会に間に合わず、約束の朝食にヴァージニアのクラインディーンスト邸へ車を走らせた。

クラインディーンスト夫人がドアをあけた。「主人はホワイト・ハウスに呼ばれましたので、ウォーターゲート事件についてお話しできません」と言った。「礼拝式に出たあと、会議で時間がかかるそうで。悪しからずと申しておりました」

その日曜日の夕方、ウッドワードは友人とジョージタウンのモントローズ公園の芝生に腰をおろしていた。ウッドワードは少し先をこちらへやってくる一組の男女を見た。そのカップルは話に夢中だった。

「ホールドマンだ」とウッドワードの友人が言った。たしかにホールドマンである。明るい色のスニーカーをはき、カジュアルなスラックスに薄茶のウィンドブレーカーを着ていた。ポケットに両手を入れて、ゆっくりと歩いている。やはりカジュアルな服装の夫人は熱っぽく確信ありげに話しかけていた。ホールドマンは無言で、ときどき顔を夫人のほうに向けた。太陽が沈みかけている。

ウッドワードは壁を乗りこえるチャンスと見た。この公園には護衛も警官もいない。ホワイト・ハウスのリムジンも待っていなかった。ホールドマンは元気なく見えた。ウッドワードは、もし自己紹介したら、ホールドマンはなぐりかかってくるだろうかと思いながら、立ちあがりかけた。

「そっとしておいてやれよ」とウッドワードの友人が小声で言った。話に夢中の夫妻は行ってしまった。ウッドワードは動かなかった。

クラインディーンストは月曜日の朝、出社していた二人の記者に電話をかけてきて、朝食の約束を破ったことをあやまった。ホワイト・ハウスで緊急会議があったのだ、と意味ありげに言った。二、三日したら発表されるだろう。

その夜、ポスト紙の市報部深夜デスクがウッドワードの自宅に電話をかけてきた。ロサンゼルス・タイムズは、ホワイト・ハウスが二、三日中にウォーターゲート事件との関係を認める劇的な発表を行なうだろうとの予想記事を第一面に掲載するという。記事では氏名不詳の一人、ないし複数の高官が大統領の許可なく、選挙スパイ、妨害活動を指揮、ないし黙認したとして、ホワイト・ハウスはその名前を明らかにするだろう。

ウッドワードはディープ・スロートに緊急の電話をかけた。この場合、前もって決めた公衆電話のブースから電話をかけ、何も言わずに、十秒経過したら電話を切る。ウッドワードがそのブースで一時間近く待っていると、ようやく電話がかかった。

今夜は会えない、とディープ・スロートは言った。「わたしに電話をかけた理由は言わなくてもいい」

ワシントン全体が大揺れに揺れている。いったいどうしたのか、とウッドワードは訊いた。

「こいつはものにしたまえ」とディープ・スロートが言った。「ディーンとホールドマンはくびだ（アウト）──間違いない」

くびだって？　ウッドワードは呆然とした。

「くびだ。二人は辞任する。大統領もこれを回避するわけにいかない」

ポスト紙はそれを記事にしていいのか？

「どうぞ。確実なんだ」とディープ・スロートが言った。

どうしたらいいか、とウッドワードが訊いた。

「話す人間がいる。数人がしゃべっている。見つけだすことだ。これで失礼する。いいか──

―見つけだすんだ」。ディープ・スロートは電話を切った。

翌四月十七日の午前十一時ごろ、ウッドワードが編集局に顔を出すと、バーンスタイン、サスマン、ローゼンフェルド、サイモンズ、ブラッドリーが今後の方針をブラッドリーの部屋で協議していた。バーンスタインはたったいまホワイト・ハウスの役人と話して、ホワイト・ハウスが混乱をきたしていることを聞いたのだが、これからの動きや予定を誰一人知らないらしい。

ウッドワードはブラッドリーの部屋にとびこんで、ディープ・スロートのことばを伝えた。五人は啞然となった。

間違いない、とウッドワードは言った。ディープ・スロートは断言した。ウォーターゲートという砂上の楼閣が音をたてて崩れかけているのを全員が知った。

「やってみるか？」。ブラッドリーは窓から外を見やりながら、そう言った。

そうしましょう、とウッドワード。しかし、記事が辞任を遅らせるのではないかと心配した。

バーンスタインは、ポスト紙の記事が決定を逆転させることを懸念した。

ローゼンフェルドは、記者もポスト紙も力を過信しているのではないかと控え目に言った。ディーンとホールドマンが辞任しなければならないとすれば、ポスト紙がしてやったりとこの特ダネを報道するか否かということより、大統領には憂慮すべきもっと大きな不安材料があるのではないか。

ブラッドリーはかつて辞任記事で大火傷した経験を思い出していた。この苦い経験から辞任記事を警戒する後遺症があった。

「わたしはニューズウィーク誌でJ・エドガー・フーヴァーのカヴァー・ストーリーを書いた。FBIの彼の後継者捜しがようやくはじまったことを伝えるものだった」とブラッドリーは言った。「モイヤーズ〔リンドン・ジョンソンの報道係秘書官ビル・D・モイヤーズ〕が言ったんだ。『とうとう奴の首根っ子をつかまえた。リンドンは後任捜しをわたしに指示した』。だから、モイヤーズの名前を出さずに、それが前文になった。『J・エドガー・フーヴァーの後任捜しついにはじまる』。ジョンソン――その翌日だったと思う――が記者会見をひらいて、フーヴァーを終身のFBI長官に指名した。そして、テレビジョンのカメラからひっこんだとき、モイヤーズに言った。『ベン・ブラッドリーに電話して、「ざまあ見ろ（ファック・ユー）」と言ってやれ』とね。おかげで、何年も言われたよ。『おまえの責任だぞ、ブラッドリー。おまえがやったから、おまえが彼を終身の長官に任命したんだ』って」

こんどのホールドマンとディーンの件についてはどうすべきか、自分もわからない、とブラッドリーは言った。記事にしたいところだが、心配だった。

その決定は差し当り不必要になった。ブラッドリーの部屋にテレタイプのコピーが届いたのだ。大統領がホワイト・ハウス記者会見室で今日の午後、発表を行なうという。

大統領が質問に答えることに同意した場合にそなえて、バーンスタインが行くべきだ、と両記者は思った。バーンスタインはジーグラーのオフィスに電話した。彼もホワイト・ハウス記者証を持っていなかったのである。

バーンスタインが着いたとき、記者会見室はすでに満員だった。老若のホワイト・ハウス記者団のようすが違うことに驚いた。憤慨している記者が多い。意地の悪い冗談がとびかっていた。大統領の到着が遅れていた。

「パット（ニクソン夫人）にコッカスパニエルとコートをおくるつもりなんだろう」*とベテラン記者が言った。

*副大統領候補に立候補していた一九五二年のニクソンの有名なチェッカーズ・スピーチに触れた冗談。この演説で、ニクソンは選挙運動の経理と秘密資金の釈明を行なった。

「ニクソンはマノーロの行政特権を撤回して、結局おおかみの餌食にしてしまうだろう」とべつの記者が言った。マノーロ・サンチェスは大統領の世話係である。

政府の刑務所改善計画を聞くことになるのじゃないかと言う記者もいた。「そうだよ」ともう一人が相槌を打つ。「ホワイト・ハウスをレヴンワース（刑務所）に移すんだ」

記者団のなかでも、UPIのヘレン・トーマスなど二、三人の記者は、大統領がボブ・ホールドマンの辞任を発表するのではないかと思っていた。一時間が経過して、テレビジョンのライトが消えた。ジェリー・ウォーレンが姿を現わして、大統領はやむをえず遅れていると弁解した。ウォーレンは深刻な表情だった。

ウォーレンの登場が話題になった。ジーグラーがご用済みになって更迭されることを意味するのか？　もしホワイト・ハウスがウォーターゲート事件に関係していた事実を大統領が認めるなら、ジーグラーは当然辞任すべきだ、と誰かが言った。とにかく辞任が当然だ、ともう一人が尻馬に乗ると、爆笑が起こった。

ヘレン・トーマスはつぎのように考えた。大統領はこれから発表しなければならないことに思い悩むあまり、発表を終えるまで冷静を保っていることができないのではないか。そういうことであれば、遅れているのもうなずける、と彼女は言うのだった。

ウォーレンがふたたびやってきて、あとしばらくと言った。ライトがまたつけられた。午後四時四十分、ウォーレンより深刻な顔をしたジーグラーが西館の入口から姿を見せた。

「みなさん、合衆国大統領です」

大統領はよく日焼けしていたが、写真より老けて見えた。手が震えていることにバーンスタインは気づいた。

「三月二十一日」と大統領は言った。「その一部はすでに報道されている、私の関心をひいた重大な嫌疑について、私はこの事件の徹底的な調査を新たに開始した。……本日、私から報告できるのは、その調査に大きな進展があったということであるが、いま具体的な発表を行なうのは不適当なので、真相究明に実質的な進展が見られたということを申しあげるにとどめておきたい」

その日は辞任の発表がなかった。そのかわり、大統領は、事件で起訴された「行政府並びに政府のいかなる人物といえども」停職にするだろうと述べた。

大統領は、他人のなしえなかった正義を行なう捜査官になったのだ。これが大きく報道された「大きな進展」である。ニクソンは日曜日にクラインディーンスト司法長官、ヘンリー・E・ピーターセン司法次官補と会談し、「私の調査で明らかになった事実を検討し、あわせて司法省調査の進行状況を検討した」。なるほど、クラインディーンストが日曜日に朝食をとることができなかったわけである。

リチャード・ニクソンはいまや検察官でもあって、「過去、現在を問わず、政府の要職を占めるいかなる個人にも訴追の免除をあたえてはならないとの私の見解を関係当局」に表明した。

大統領は当初の立場から一転して、下僚が上院ウォーターゲート委員会で宣誓証言することに同意するつもりである、と述べた。もっとも、証人たちは特定の質問に行政特権をやはり主張するかもしれない。ジョン・アーリックマンが委員会と詳細を打ち合わせ中である。

大統領の発表は約三分で終わった。その間、手の震えがとまらなかった。大統領の眼は記者団を素通りして、部屋の奥のTVカメラか、読みあげる原稿に注がれていた。

やがて無理に笑顔をつくり――渋面に近かったが――記者室から急いで出ていった。バーンスタインは、大統領の手はいつもあんなふうに震えるのか、とホワイト・ハウス詰めの記者に訊いてみた。つい最近のことだ、という答えが返ってきた。

大統領が去ると、記者室の空気が険悪になった。記者たちはジーグラーをつるしあげるつもりだった。

はじめはジーグラーの抵抗が頑強だった。大統領の今日の発言とこれまで述べてきたことは矛盾するものではない、とジーグラーは主張した。ホワイト・ハウスの従来の発表は、「大統領の決断に先だつ調査」や、「過去の捜査」、「そのとき入手できた情報」にもとづいたものである。そして、「新しい情報」が今日の「一貫した態度表明」につながった。

しかし、記者団はさらに食いさがった。ジーグラーもついに屈服した。

「これは有効（オペラティヴ）な発言である」と言った。「そのほかの発言は無効である」。一瞬、深い沈黙が訪れた。

六時すぎ、バーンスタインは社にもどって、原稿を書きはじめた。ホールドマンとディーンの辞任に関する記事は確認を待たなければならない。この質問をかわしたジーグラーの弁解で数ページ分の原稿になった。しかし、ウッドワードは大統領声明の真意の理解に役立つ挿入原稿をすでに書きあげていた。司法省とホワイト・ハウスの役人たちから、大統領側近の数人がウォーターゲート大陪審で起訴されると聞いたのだ。ミッチェル、マグルーダー、ディーンがその最も有力な候補者だった。三人の名前は記事に出さなかった。

原稿を一読したハリー・ローゼンフェルドは「もっと勉強しろよ」と言うような機嫌のいい顔をして、大統領の手の震えに触れた部分を消した。

二人の記者は大統領が急に方向転換した正確な理由をさぐりはじめた。翌四月十八日の朝、ウッドワードはCRPの男に電話して、誰が検察官に話すのかと訊いた。

「午後四時ごろ、わたしの部屋に来てみたらどうかね？　ご馳走にありつけるかもしれないよ」と相手が言った。

長い、暑い歩き。地下鉄の建設工事で途中の車道や歩道がいたるところで掘り起こされていたので、あまり愉快ではなかった。穿岩機や杭打機の音がうるさかった。CRPの職員とデスクをはさんで椅子に腰を落ちつけたときも、屋外の騒音がウッドワードの耳についてはなれなかった。

「マグルーダーが第二のマッコードになる」と彼は言った。「彼は先週の土曜日〔四月十三日〕検事を訪ねて、ディーンとミッチェルに罪をなすりつけた」

ウッドワードは驚いた。マグルーダーを忠誠心のかたまりと見ていたのだ。じつにひどい話だ、とウッドワードは言った。

「ひどいなんてものじゃない」と相手は言った。「彼は追いつめられている――八方ふさがりなんだ」。強調するために、両腕を投げだした。

マグルーダーはディーンとミッチェルに何を押しつけたのか、とウッドワードは訊いた。

「事件の全責任だよ」とCRPの男が言った。「盗聴計画や口止め料の支払い予定……例の会議。ミッチェルの部屋でひらかれたある会議では、盗聴前にリディをまじえて、全般的な協議が行なわれた」

ウッドワードはタクシーで社にもどり、ホワイト・ハウスの職員に電話した。

マグルーダーが自白していることを知っている、とウッドワードは言った。

「じゃあ、すばらしい情報をつかんだわけだ」と職員は答えた。

マグルーダーが検事にしゃべった内容はどの程度の範囲にわたっているのか？

「地下工作――盗聴計画や妨害活動、口止め料など洗いざらいさ……これはマッコードのように伝聞じゃない。ディーンとミッチェルは監獄行きだよ」

ウッドワードはマグルーダーの弁護士ジェームズ・J・ビアバウアーに電話をかけて、ポスト紙は彼の依頼者が検事のところへ行った事実を知っていると言った。

「ちょっと待ってくれ」とビアバウアーが言った。「わたしは、彼が依頼者であることを確認するつもりはありませんよ」

マグルーダーの告白によれば、ディーンとミッチェルが盗聴ともみ消し工作の責任者であったということをポスト紙は記事にするだろう、とウッドワードは伝えた。

「十五分後にこちらから電話しよう」とビアバウアーが言った。

三十分後、弁護士はウッドワードに言った。「召喚されれば、彼が大陪審で証言することをわたしははっきり申しあげておこう」

ウッドワードは司法省の役人に電話して、彼が得た情報を伝えた。

「それだけじゃないよ」とその役人は自信満々のようすだった。「ミッチェルとディーンが口止め料の取決めに加わっていたことを証言する人間はほかにもいるんだ」

バーンスタインが電話で取材したホワイト・ハウスの消息通は、ホールドマンとディーンが用済みであるとのディープ・スロートの情報を確認した。ディーンの辞任は既定の事実であり、ホールドマンも辞任が内定している。

ウッドワードが一枚目の原稿を書き終えるころ、ブラッドリーが彼の席にやってきた。自分のノーカーボン紙を持参していて、ウッドワードの背後のタイプライターにむかった。二人は背中合わせになった。ウッドワードは、ブラッドリーが「待望の記事だ」と言うのを聞いた。やがて、ウッドワードの耳にタイプライターの音が伝わってきた。ブラッドリーは第一段落を約一分で打ちおわるや、これを見てくれとウッドワードに言った。

ウッドワードは、ブラッドリーの記事からニュース・ソースがまったく欠けていることにいささか異議をとなえた。まるでマグルーダーの主張が無から生まれて、ポスト紙へ伝わったかのように読めるのだ。

ブラッドリーは意に介さなかった。「あとで書けばいいんだよ」。そう言って、またタイプライターをたたきはじめた。第三段落まで書きあげたときには、ニュース・ソースの問題を解決して、紙数がつきた。

肩書やミドル・ネーム、頭文字を除けば、三段落からなる前文はブラッドリーらしいものだった。

ニクソン大統領の前特別顧問ジェブ・マグルーダーによれば、ジョン・N・ミッチェル前司法長官とジョン・W・ディーン三世ホワイト・ハウス顧問はウォーターゲート盗聴工作を承認し、その計画に荷担(かたん)したという。

ミッチェルとディーンはその後ウォーターゲート事件で有罪となった七人の口止め料を手配した、とマグルーダーは述べている。

再選委副委員長のマグルーダーは、ホワイト・ハウスと大統領再選委員会の三人の消息通によれば、土曜日、連邦検察官に以上の供述を行なった。

この記事は第一面の半分を占めた。ウォーターゲートの記事としては最大の紙面を占領したのである。

同じ四月十九日付のニューヨーク・タイムズ紙はウォーターゲートで五段の見出しをのせた。クラインディーンスト司法長官は、同僚の三人ないし、それ以上が起訴されるだろうとの「執拗な報道」のために、事件を担当することから身を引いたのである。セイモア・ハーシュが書いた記事によれば、大陪審の審理はウォーターゲート盗聴より、もみ消し工作に関係したと考えられる政府職員の司法妨害を重視するようになっていた。ジョン・ディーンは、もし起訴されれば、ほかの人物を道連れにするつもりだという。

その朝、バーンスタインはディーンのオフィスに電話した。ディーンの秘書は泣いていた。ボスがどこにいるか、ホワイト・ハウスで仕事をしているかどうかも知らなかった。彼女は、役に立ちそうなディーンの数人の友人と知人の名前をバーンスタインに教えた。いずれも連絡がつかなかった。

15　いけにえのヒツジ

昼近く、落ちつきをとりもどしたディーンの秘書が電話をかけてきて、ディーンの名前で出された声明をバーンスタインに読んで聞かせた。

現在まで私はウォーターゲート事件に関していかなる発言も差しひかえてきた。将来もこの方針を堅持するだろう。……しかしながら、正しい裁きが行なわれることを……心から願う人たちがいかなる人物の罪や共犯にいかなる推断をくだす場合でも、慎重であることを私は希望するものである。……結局、私がウォーターゲート事件においていけにえのヒツジになることを希望する人もいるだろうし、そのように考える人もいるだろう。この考えを持つ人は私を知らず、真相を知らず、われわれの裁判制度を理解していないのである。

バーンスタインは声明文を二度読んだ。居直った挑戦的なジョン・ディーンのような人物は珍しい存在である。この声明の反響を見るために、ホワイト・ハウス報道局に電話した。

ホワイト・ハウスは「未確認」のジョン・ディーンの声明に論評を避けた。ポスト紙のホワイト・ハウス詰め記者キャロル・キルパトリックがホワイト・ハウス記者室からバーンスタインに電話をかけてきた。ジーグラーが今日の記者会見でなんらディーンを擁護しようとしなかった。大統領の顧問は「彼のオフィスで……ある種の仕事に従事していた」、大統領は「いけにえのヒツジではなく、真相」を求めている。

バーンスタインは、以前に話をしたことのあるディーンの友人に連絡をとった。この前の短い、非友好的な会話は忘れたらしい。いま、バーンスタインはつぎの話を聞いた。「事件の真相はかなり深く広い。そして、行ったり来たり、上がったり下がったりしている。……ジョン・ミッチェルとジョン・ディーンだけの事件と見るわけにいかない。ジョン・ディーンが盗聴を事前に知っていたとジェブが言っても、ジョンには自分の言い分があるんだ。ジョンは大陪審でそれを話す機会を歓迎するはずだ。彼は他人のやったことで火の粉をかぶるつもりはないよ」

その友人は、この他人が誰であるかを言わなかった。しかし、大声で断定的に話す彼のことばは、かつてリチャード・ニクソンに仕えて一致団結し、厳正なホワイト・ハウスの風紀と克己の精神を培った人たちが公然と相争っていることを確認した。

バーンスタインはディーンの秘書から教えてもらった仕事の上での知り合いに連絡をとった。バーンスタインが自己紹介すると、相手はこちらに好意を持っているようだった。バーンスタインは思いきって提案した。

ポスト紙はジョン・ディーンに過酷だったけれども、事実がそれもやむをえなかったことを証明した、とバーンスタインが言った。事件はいっきょに明るみに出る。ディーンはウォーターゲート事件全体を理解できる特異な立場にあった。ホワイト・ハウスの内も外もはっきり彼に狙いを定めている。今日のジーグラーがそうであり、昨日はマグルーダーだった。そして、ディーンが彼らにそれ以上の被害をあたえないうちに、ディーンの信用を失墜させようとしている。もしポスト紙がディーンの発言内容をあらかじめ知っておけば——もしディーンが両記者に話し、そして、彼が真実を語っていると両記者が判断すれば——ポスト紙は敵の攻撃の裏をかくこともできよう。二人の記者にはディーンの主張を検討し実証できるだけの取材網がある。これはディーンに有利にはたらくのではないか。彼が嘘をついているのでなければ。

ディーンはポスト紙のウォーターゲート事件報道に敬服していた、と相手は言った。必要なのはジョン・ディーンの裏書きだけだ、とバーンスタインは思った。

「(ディーンは)きみたちが彼に対して不当であったとは考えていない。彼が個人的に恨む理由は何もないのだからね。この事件では、彼に命令をくだす人間がいなかったら、彼は乗りだささなかった。きみたちをやっつけようという決断はくださなかった。彼はそれに反対したんだ。きみたちと膝をまじえて、全貌を話してくれるはずだ。でも、彼がいま必要としているのはそういうことじゃない。彼が証言するとすれば、最初に新聞にしゃべらなかったと証言できなければならない。それは、きみとわたしがちょっと会うこともできないという意味じゃない。きみが二、三のことがらを調べてみて、双方に信頼しあう気持が生まれてくれば、今後のためにも結構なことじゃないか」

　どんな結果になるかもわからないまま、バーンスタインはどこから話をはじめようかと訊いた。

「Pの発表からはじめたらいい」とディーンの知り合いが言った（バーンスタインは「P」が大統領（プレジデント）であることを理解するまでにしばらくかかった）。「三月二十一日に何があったかを突きとめることだ――あの『重大な嫌疑』に大統領を注目させたのは誰か」

　ジョン・ディーンか？

「誰であったかは、わたしから申しあげないが、きみの考え方は正しい。調べてみたまえ。あの日、何者かが大統領執務室にはいっていって、『もみ消し工作が行なわれて、それは大統領閣下がお考えになる以上に悪質なものです』という意味のことを言った。アーリックマンじゃないよ。もしきみが、たとえばHだとすれば、それが誰かをいけにえのヒツジにする立派な理由にならないかね？」

　ホールドマンか？

「ほかにもいる。六月十七日以後、ジョン・ディーンはHかほかの人間の指示がないかぎり、口止め料の手配も含めて、何もしなかった」

　ほかの誰か？

「まず、これから突きとめてもらいたい」

六月十七日以前はどうだったのか？

「ジョン・ディーンは大陪審でつぎのことを証言するだろう。盗聴工作が協議された会議に出席したこと、盗聴工作にかかわりを持つつもりはないと彼が言ったこと、また盗聴工作をした人物は頭がおかしいと言ったこと」

ジョン・ディーンは何から何まで知っているらしい。ディーンがその会議に出ていたとすれば、「ディーン報告書」をどのように説明するのか？　そしてまた、側近が盗聴を事前に知らなかったことを、ディーンと彼の報告書から大統領が確信したといわれるが？

「いわゆる調査報告書はなんとなく大ざっぱなものなんだ――考え方とか推論といったもので、それがPに伝えられた」

誰から？

「ディーンではない。八月二十九日現在では、ウォーターゲート事件についてPと協議した事実はなかった」

では、報告書は？

「きみたちは利口だということになっていたと思ったがなあ」と笑いだした。「報告書なんてなかったんだ。ディーンは事実を集めるように言われた。それらの事実は上層部の連中を救うためにねじまげられた。いま、その人たちがジョン・ミッチェルとジョン・ディーンを巻きこむことによって、被害を食いとめるはらだ。それでうまくいけばと彼らが考えるなら、彼らの希望的観測になる」

ディーンがそれほど真相に関心があるのなら、なぜいますぐに公表しないのか？

「一つには、彼が今日のこのこ出かけていって、知っていることを残らず語ったところで、誰も信用してくれないだろう。これはウォーターゲートにはじまったことじゃない。ホワイト・ハウスのありようなのだ。彼は、自分が信頼するに足ること、嘘をついていないことを徐々に実証していかなければならない。彼は、ほかの誰もすすんで話そうとしないようなことを知っているからだ。すべて間違っていないことがわかるはずだ。しかし、公表する前に、検察官や新聞、議会の調査委員会の面々といった人たちに一人残らず、真実を語っているのだということを信じさせなければならない。さもないと、ホワイト・ハウスが妨害に出て、彼の出る幕がなくなるだろう」

だから、ジョン・ディーンはワシントン・ポスト紙と取引したいというわけなのか？

「きみは適切な質問をしてくれたので、わたしはいくつかの手がかりを提供した。ワシントン・ポスト紙はジョン・ディーンを不利な立場に追いつめない。その点を確認したら、われわれは明日あらためて話をしよう」

バーンスタインはどう考えるべきかわからなかった。ウォーターゲート事件の主役のなかで、おそらくジョン・ディーンにいちばん敬意が持てなかったのである。少なくともジョン・ミッチェルは一国一城の主だ。コルスンの知性は一流であり、彼を内心どう思っていても、ポーカーの勝負では一目おく人物である。ホールドマンは怪人であり、ときに才気あふれ、しばしば気の毒なほど近視的で、酷薄であり、ときに人間くささを発揮する。しかし、ディーンは中身がないように思われた。出世コースの歩み方にあまり想像力を働かせなかったWASPのサミー・グリックなのだ。一方において、ディーンはホールドマンが信用したのち見棄ててしまうような型の人間だろう。いろんなことを知っていたにちがいない。

バーンスタインはまたディーンの友人に電話した。質問の内容は変わっているが、しかし相手がどの程度ざっくばらんになっているかを知る恰好のテストになるかもしれない。バーンスタインは、なぜ彼を信用しなければならないのかと訊いた。彼の友だちにどんな人間がいるか？　誰といっしょに仕事をしてきたのか？　政治に対する考えは？　ジョン・ディーンを知るようになったいきさつは？　なぜディーンが真実を語っていると確信するのか？　誰が彼に好意を持っていないか？　余暇には何をするか？

三十分以上も話し合っているうちに、バーンスタインのほうもいつのまにか自分のことを訊く相手の質問に答えていた。相手の男はバーンスタインが好きになりそうな人物に思われた。そして、共通の友人のいることがやがてわかった。バーンスタインはこの知人の判断を尊重していた。

その友人に電話した。ジョン・ディーンの友人は、とくに誠実と信頼性という点では非常に高く買われていた。

ボーイスカウトの隊長みたいなことをして、バーンスタインはちょっと阿呆らしい気もしたが、安心した。ウッドワードか自分のどちらかで、ディーンから同じ主張を聞いたべつの人物を見つけることができれば、記事が書ける。

ウッドワードはCRPの男に電話した。ディーンはその男に同じことをしゃべっていたばかりか、主張を裏づける情報を直接に入手していた。「あの日〔三月二十一日〕ジョン・ディーンがいっさいを話すまで、大統領による『調査』なんて絶対になかった」と彼は言った。ディーンはもみ消し工作の「たんなる走り使い」にすぎなかった。もみ消し工作については、犯人の口止め料も含めて、ホールドマンが承認しなかったということは、文字どおり一つもない。そして、ディーンは検察側と取引できるならば、大陪審にすべてを告白したいと言っている。

バーンスタインは、その日の午後早く、短い話をしたディーンの友人に電話した。ディーンは同じことを彼にも語っていた。

ブラッドリーは、ディーンが公表や個人的な確認をはばかっている主張を記事にするのを懸念した。両記者はローゼンフェルドとサスマンに応援してもらって、無視するにはもったいないことを納得させようと努力した。そうでなければディーンの「いけにえのヒツジ」説は意味をなさない。彼らはこれまでとってきた予防策をかぞえあげた。

しかし、ブラッドリーの最終決定は、二人がすっかり忘れていたものにもとづいていた。ウッドワードにかかったディープ・スロートの電話である。ブラッドリーは言った。もしホールドマンがくびなら、もはや大統領がかばいきれないほど、苦境に立っているにちがいない。

「オーケー」とブラッドリーは言った。

ポスト紙がジョン・ディーンの主張を報じた同じ日、ニューヨーク・タイムズ紙の見出しは、ジョン・ミッチェルが共犯関係から逃れられる幸福な日々の終わったことを報じた。つい二、三日前、ジェブ・マグルーダーの告白がポスト紙に掲載されたとき、ミッチェルは言った。

「少しばかばかしくなってきたんじゃないかね？ わたしは夜はぐっすり眠るし、こういうばかげた話なんか聞いたこともない」。ところが、タイムズ紙の報道によれば、ミッチェルは、一九七二年にひらかれた三回の会議で民主党盗聴の提案を聞き、そのつど計画を拒否した、と「知人たち」に語っている。ディーンもこの計画をしりぞけた、とミッチェルはこれらの「知人」に打ち明けた。しかし、ジェブ・マグルーダーには疑惑を抱いていた。

二人の記者にとって、ワシントンではじまった新しいゲームはウォーターゲート役者の「同僚」や「知人」を見つけることだった。「同僚」や「知人」は、知っている「役者」から見た事件の内容を匿名で語った。その朝、バーンスタインがミッチェルの「同僚」に電話したところ、相手はタイムズ紙の記事を確認した。ミッチェルは午後十二時三十分にウォーターゲート大陪審に出頭するはずだった。バーンスタインは彼の心境を訊いた。

「破滅した人間にしては、ずいぶん元気だよ」と同僚は言った。「監獄入りもやむをえないという諦めの心境にある。新聞がうるさくて、外出もできない。そこが困るところだ。来る日も来る日もアパートにこもりきりで、テレビジョンを見るか、護身の術を考えている。ときどき酒を飲むが、大したことではない。まだ頭はしっかりしている。マーサは、ニクソンをはじめ一人残らずなで斬りにしてやれと一日中わめいている。もっとも、彼が大統領について知っていることは、誰にも明かさない、いくら訊かれても答えない、と言っている。しかし、それが彼の回答なのだ。自尊心の強い男だから、ニクソンに電話するのも業腹で、まして援助や助言を求めるなどとてもできない。『それはホールドマンやアーリックマンのやることだ』と彼は言う。どんなに高価な犠牲を払おうとも、またほかに嫌いでたまらない人間がいても、彼は忠誠心を持ちつづけるだろう」

ほかの人間とは？

「なんといっても、アーリックマンだ。ホールドマン。それにコルスンもはいるが、これはちょっと違うな。コルスンは頭がおかしいと思っている。六時のニュースでニクソン批判をする奴を罠にかけようなどというお粗末な計画をたてる男だ。

「ミッチェルがアーリックマンとホールドマンを嫌うのはもっと違った理由からで、しかもコルスンなんかよりはげしく二人を憎んでいる。彼に言わせれば、あの二人が大統領を破滅させ、大統領に毒を盛った張本人だ。とくにアーリックマンがそうだ。これは私怨といってもいいので、二人が彼をニクソンに寄せつけなかったことが原因になっている。彼の主張によれば、二人は何カ月も前からミッチェルの失脚を狙っていて、ウォーターゲートとマーサは、二人が待ちかまえていた口実だったという。一月ごろ、なぜかパット〔ニクソン〕もこの追い出しに荷担したという。そのころ、何かのお祝いで、彼が酒くさかったのを彼女は気がついたんだ。ハンスとフリッツ〔ホールドマンとアーリックマン〕はこの噂を聞きつけ、この哀れな男の寝首をかこうとして、大統領に解任を進言した」

白髪がふえて、やつれのひどいミッチェルは三時少し過ぎに大陪審の法廷をあとにすると、連邦裁判所を出たところで、記者団に会った。はじめて彼は、司法長官在任中に、民主党盗聴計画が協議された会議に出席した事実を公式に認めた。「わたしはそうした計画の話を聞いていた。計画はわたしがいつもにぎりつぶしたし、いったい誰がなんどもしつこくこの計画を提案するのか、知りたいと思っていた。……盗聴計画はしりぞけられ、盗聴は禁止された」。ただし、「対立候補やその活動に関する情報を可能なかぎり」集めるねらいの「全体的な情報収集活動」をミッチェルは承認した。盗聴によってか、とミッチェルはまた訊かれた。「いやいや、とんでもない。ご承知のように、盗聴は違法であるから、われわれはいかなる違法活動も認めるつもりはなかった」

ウッドワードは信用できるミッチェルのもう一人の同僚に電話した。その人が語るところによれば、ミッチェルは、CRPの資金からウォーターゲートの七人の犯人に金を支払うことを認めた、と大陪審で証言した。しかし、その金は七人の沈黙を買うためのものではなく、裁判費用を払ってやるために出したことを主張した。彼は、キー・ビスケーンで行なわれたマグルーダーとの協議の席上、盗聴計画に反対した、と証言した。ミッチェルとしては三度目の反対であり、最終的な決定だった。マグルーダーが彼をとびこえて、ホワイト・ハウスの何者かからウォーターゲート盗聴の承認を得たのだ、とミッチェルは信じていた。

誰か？

「コルスンだと思っているが、大陪審では名前をあげなかった。確実な証拠がないんだよ」

バーンスタインはいぜんとしてディーンを追っていた。ディーンの同僚は、ディーンが「証拠書類」を始末した、と電話で語った。それらは、何よりもまず彼の上司たちが盗聴ともみ消しに関係していた事実を立証するはずである。「現在までジョン・ディーンはホワイト・ハウスに忠実な兵士だったので、ホワイト・ハウスは立派な一兵卒として彼を刑務所に送りこめると判断した。まあ、ディーンのほうは少尉や中尉や大尉を道連れにするつもりでいるがね」

事件に関係ある弁護士によれば、その日、金曜日の午後、連邦検事の部屋でチャック・コルスンを見かけたという。ウッドワードはつぎの事実を確認できた。コルスンは自分の資料のなかから、ジョン・ディーンがもみ消しに加わっていたことを示す記録を提出したのである。いろんなことがつぎつぎに起こっていた。バーンスタインはジャック・アンダースンの日曜日のコラムをわたされた。アンダースンは大陪審の記録を入手して、その一部をそのまま載せていた。ホールドマンの政治顧問だったゴードン・ストローンの証言によれば、大統領選挙直後、ホールドマンがCRPの資金から三十五万ドルをフレッド・ラルーにわたすことを命じたという。その金は四月以後、ヴァージニア州のある銀行の金庫室に保管されている。

ウッドワードはラルーの「同僚」を探しだした。その金は口止め料であり、ラルーがスローンから受けとって犯人たちにわたった八万ドルに加算されたのだ、と同僚は語った。司法省の役人は、百ドル紙幣の三十五万ドルと八万ドルの二束が犯人の口止めに使われたとの仮定のもとに大陪審が調査中であることをバーンスタインに確認した。

ホールドマンは自宅を出たところでABC・TVにつかまって、辞任の報道を認めるか否定するかと訊かれた。

「わたしは否定できる」とホールドマンは答えた。

はっきり？

「そうです、まあね」

前夜の電話の返事をくれたホワイト・ハウスの中堅どころの職員がウッドワードに情勢を説明してくれた。かつての忠誠心はくだけ散って、仕事がとどこおり、混乱を来たしつつある。誰が起訴されるか、誰が何を命じたか、誰が誰に命令したか、誰が辞任し、誰が助かるのか、といった話でもちきりである。「みんな自分のことしか考えない――弁護士を雇って、自分以外の者に罪をなすりつけているんだ」

大統領は閣僚会議をひらいた。「われわれの問題はカンボジアである」と語った。その後、ジーグラー一人をしたがえて、キー・ビスケーンに飛び去った。

バーンスタインとウッドワードは睡眠不足をとりもどしたかったので、日曜日は午後から出社した。編集局は静かで、十人ばかりの記者がいるだけである。のどかなものだった。二人は日曜版の各紙に眼を通した。ハーシュもまた、ホールドマン、ストローン、ラルーの三者を通じた金の流れに注目する大陪審の調査と、ホールドマンが盗聴記録を受けとっていた可能性を報じていた。二人はディーンの同僚の主張を記事にしていた。アーリックマンがもみ消しに関係していたという主張である（「HではなくEが戦闘隊長だった」と同僚は語っていた）。ホールドマンとアーリックマンは同じ弁護士をかかえていて、この弁護士は大統領とも会っていた。二、三週間前なら大きな見出しで扱われたニュースもいまや大きな記事に組み込まれるにすぎなかった。ゴードン・ストローンは、ホールドマンがドナルド・セグレッティの採用を許可したと証言した。二人はこれをたった一段落の文章で片づけた。

二人の記者は各所に電話をかけて、コルスン、ホールドマン、アーリックマンの消息不明の三主役の同僚を探した。ウッドワードは話をしたそうなコルスンの代理人を見つけた。心配していた。「ジョン・ディーンはローラー・スケートでサム・アーヴィンと検察官のところへかけつけて、われわれを売ろうとした。とにかく、免訴にしてくれるなら、コルスンを引き渡すと言った」

ディーンはコルスンについて何をしゃべったのか、とウッドワードは訊いた。

「さあね。ぼくはそれほど馬鹿じゃないから、チャック・コルスンが童貞だときみに信じてもらうつもりはない。彼は聖人じゃないし、あそこはシスティーナ礼拝堂でもない。しかし、彼は法律に違反していない」

ウォーターゲート事件のもみ消しどころか、コルスンは真相を追求した、と相手は主張した。それから、容易ならぬことを口にした。

「コルスンは早くも十二月に大統領のところに行って直言してる——一部の側近がウォーターゲート事件と抜きさしならない関係があり、組織的なもみ消し工作が行なわれているとリチャード・ニクソンに警告した。ディーンとミッチェルについて警告したのだ。大統領はこう言った。『あの男〔ミッチェル〕はわたしの前で否定した。証拠を見せてくれたまえ』と。そして、トリッキー〔大統領〕に進言した人物はほかにも二人いる。『ディーンとミッチェルを切れ』とね。トリッキーは動かなかった。……これが大統領の立場をまずくしたとすれば、まったく困ったことさ。ジョン・ディーンとジョン・ミッチェルが裏切っていると言われたのだからね」

ウッドワードはホワイト・ハウスのニュース・ソースに電話した。その冬少なくとも三回にわたって、コルスンは大統領に、ウォーターゲート事件に関係している「一部の人物を解任」すべきであると迫った。同調者はほかにもいた。そうした警告はディーンとミッチェルに関するものだった、とニュース・ソースは言った。

ウッドワードはコルスンに電話した。彼はディーンやミッチェル、もみ消し工作の件で大統領に「警告した」ことを否定した。

では、大統領に何を進言したのか？

「わたし自身と大統領の私的な会話を話すつもりはない」とコルスンは言った。「相手がきみだろうと、新聞だろうと、大陪審や上院委員会だろうと、しゃべるつもりはない」

数分後、ウッドワードはコルスンのもう一人の同僚から電話をもらった。「チャックが否定しても、気にするな」とその同僚は忠告した。二人が盗聴ともみ消しに関係した証拠があるとコルスンが、はっきり大統領に語ったことを彼もまた確認した。コルスンが否定する理由は二つある、と同僚は言った。大統領が事前に通告を受けていたと認めることを回避するためと、ジョン・ディーンが「報復」に大陪審でコルスンを連座させるのではないかと心配したためである。

ホワイト・ハウスはポスト紙月曜日の「ニクソン十二月にもみ消しを警告さる」という見出しのトップ記事をなんら論評しなかった。

翌四月二十六日木曜日、バーンスタインは午後にはいってまもなくジョン・ディーンの親しい同僚に日課の電話をかけた。三月二十一日のディーン、大統領の会談と四月十七日の大統領発表とのあいだに何があったのかとの問題をバーンスタインはあらためて持ちだした。

「われわれはワシントンの歴史で賭金が最高だったポーカーの勝負に負けたのだと思う」と相手は言った。

大統領がジョン・ディーンに借金の証文がわりとしてホールドマンとアーリックマンをわたしたのか、とバーンスタインは自分の解釈を言ってみた。

「そうらしい。しかし、誰も彼にはっきりしたことは言わないだろう。彼は囚人みたいなものだ。……当座はジョンも意気軒昂としていた。約束を果たしてもらえるという気持でいたからだ。合意に達したと彼は了解していた。ところが、それがこわれてしまった。ジャーマンシェパードたち（ホールドマンとアーリックマン）が、ジョン・ディーンと刑務所（ドッグハウス）にはいる必要などない、と言いだしたからだ」

ホールドマンとアーリックマンは……

「……この場を繕（つくろ）うために起訴されるのもやむをえないと考えたのではないか」

ディーンは三月二十一日、大統領に何を話したのか？

「ジョンは大統領を訪ねて、つぎのように言った。『大統領閣下、ホワイト・ハウスではガンがどんどん進行しているので、除去する必要があります。大統領職を守るために、ホールドマンとアーリックマンとわたしは検事にすべてを告白して、その結果投獄されることを覚悟しなければなりません』。そういう要旨だった。大統領は石で頭をなぐられたみたいに、呆然と椅子にすわったきりだった」

それから、何があったのか？

「ジョンは何もかも話した。刑務所にはいらざるをえないような人物のリストもわたした。長い、長いリストだった。ジョンは大統領に話したんだ。シェパードたちははじめからすべて承知していたこと、ジョンは報告すべきことは残らず二人に報告し、二人の命令を実行していたこと、はじめからあの二人がジョンに大統領に相談するなと釘をさしていたこと、二人がしまいまで見届けるといったことをだ」

大統領の反応は？

「もっぱら聞き役にまわっていた。そのあと、大統領はジョンに、きみはだいぶ疲れているにちがいない、と言った。そこで、大統領は彼をキャンプ・デーヴィッドに送りだして、考えをまとめた上で、報告書を提出させることにした。キャンプ・デーヴィッドからもどったジョンは、みんながいっせいに立ちあがって、こう言うものと思っていた。『われわれに責任があるので、大統領は関知しない。われわれはどんな結果も受けいれる心がまえであり、大陪審の調査に協力しよう』

「しかし、ジョンがホワイト・ハウスに戻ってみると、大統領がジャーマンシェパードたちに説得されて、被害を最小限に食いとめ、……ホールドマン、アーリックマンの起訴を阻止する間に、ジョン・ディーンを犠牲にしようとしていることが明らかになってきた。彼らは協力を承知するどころか、ジョンを解任すべきだとあいも変わらずPに進言していた。Pはジョンに引導を渡すつもりだよ」

バーンスタインは訊いた。大統領本人がみずからもみ消しに関係していた、とディーンは現在信じているのか？

「まずほかの人たちが何と言っているか、調べてくれ」と相手は答えた。「その上でまた話し合おうじゃないか」

ウッドワードはCRPの知り合いに電話した。「ディーンはこのことをぶちまけてやりたい、と三月に言っていた。ディーンは誠意をつくしたが、ホールドマンとアーリックマンから命令を受けていた。誠実をつくすことと命令にしたがうことは一致しないので、ディーンは落伍した」

両記者はあらためてホワイト・ハウスを電話で取材した。三月二十一日以後に関するディーン側の説明は確認が驚くほど容易だった。ホールドマンとアーリックマンがかつてほしいままにした恐るべき支配力も弱くなったらしい。ホールドマンとアーリックマンはホワイト・ハウスの一部の同僚に、広汎な地下工作を承認し、有罪となった七人に対する金の支払いを知っていたことを認めたが、違法行為を具体的に許可したり命令したことは断じてなかった、と主張した。

その夜七時四十五分ごろ、ウッドワードは議会のある筋から、さらに大きなニュースを電話でもらった。この消息通によれば、あと数分後に発表されるニューヨーク・デイリー・ニューズ紙は、グレイFBI長官代理がハワード・ハントのホワイト・ハウスの金庫から出た記録を破棄したと報じている。破棄されたといわれる記録は二冊分。その一冊には、一九六三年のゴ・ジン・ジエム南ベトナム大統領の暗殺におけるジョン・F・ケネディ大統領の関係をにおわせる、ハントが捏造した国務省の偽電報がはいっていた。もう一冊は、エドワード・ケネディ上院議員に関する、ハントの収集した情報が整理されていた。この消息通は、ニューズ紙の記事は正確であると言った。

ウッドワードはウォーターゲート委員会の上院議員の秘書役に電話した。彼はニューズ紙の報道を確認した。ジョン・ディーンが十日前にそのことをヘンリー・ピーターセン司法次官補に語ったのである。

九時半ごろ、ウッドワードの席の電話が鳴った。「きみに直通でかかる電話番号を教えてくれ」とディープ・スロートが言った。

ウッドワードは市報部デスクの直通電話の番号を教えた。電話はすぐにかかった。

「グレイの話は聞いたね？」とディープ・スロートが訊いた。「事実に間違いない。六月二十八日、アーリックマン、ディーンと会ったグレイは、ファイルは――引用するよ――『政治的ダイナマイト』であり、したがって――つぎも引用だ――『絶対に日の目を見てはいけない』ものだと言われた。引用するが、『これらの資料はウォーターゲート盗聴などより大きな打撃をあたえる可能性がある』とグレイは言われた。事実、アーリックマンはその日早くグレイに言った。『きみは毎日、河を渡っている。なぜあんなくだらんものを河に棄てないのかね』。グレイはファイルを一週間ばかり手もとにおいたのち、役所の焼却袋で焼却したと言う。グレイの語るところによれば、彼はファイルを破棄するように言われたわけではないのだが、しかしディーンとアーリックマンが何を望んでいたかは絶対に明らかであると理解した」*

＊上院ウォーターゲート委員会で、グレイはこの発言を訂正した。彼は六カ月近くコネティカット州の自宅にファイルを保管したのち、一九七二年の十二月、クリスマスのごみと一緒に焼却したと、述べたのである。

バーンスタインはディーンの同僚に連絡をとった。

「『ディープ・シックス』ということばを聞いたことがあるか？」と相手が訊いた。「アーリックマンがあのファイルを始末したいと言ったとき、このことばを使ったんだ」

ニューズ紙の記事は確実だった。ハワード・サイモンズは第二版から第一面のさし替えを命じた。

バーンスタインは六月十七日以来、何よりもこの事実に慄然とした。彼が理解に苦しんだのは、アーリックマンがディーンに語ったことばとその内容である。あたかもレストランで話し合うマフィアのメンバーであるかのように、大統領のナンバー2の補佐官が大統領の相談役に言ったのだ。「なあ、ジョー、ボスが怪我しないうちに、おれたちであんなブツは河に沈めちまおうよ」

椅子にうずくまり、煙草をぷかぷかと吸うハワード・サイモンズの顔から血の気が引いていった。「FBI長官、証拠湮滅か？　こんなことがあろうとは、おれは考えたこともなかった」と静かに言った。

四月二十七日の午後おそく、バーンスタインとウッドワードは編集者の一人に呼ばれて、AP電ではいったばかりの記事を見せられた。

またもウォーターゲートだった。ロサンゼルスでは、ダニエル・エルズバーグの裁判で、マシュー・バーン判事はウォーターゲート事件担当の検察官から知った事実を発表した。ハントとリディは、一九七一年、エルズバーグの精神科医の診療所不法侵入を指揮したのである。

バーンスタインはジョン・ディーンの同僚に日課の電話をかけた。

「カール、西海岸のあんなこそ泥の犯罪がどうしてわかったと思うかね？」と相手は訊いた。

また、ディーンか？

「誰がしゃべったか、検察官に訊いてごらん。……ジョンはまだネタをにぎっている。彼が信用できるかどうか、検察官に訊いてみることだ。彼がしゃべったことはすべて確認されたし……検察側が知りたいことで、ジョンがまだ話してないものもまだまだある。ジョン・ディーンは長いことホワイト・ハウスにいたし、その間いろんな計画があった。ジョンは、大昔にまでさかのぼる違法活動を知っている」

大昔とはいつごろか？

「大昔さ――最初のころまでだ」

まだ盗聴事件があるのか？

「その仮定は間違ってないと思うね」

こそ泥は？

「やってもらいたい仕事が一つか二つしかないのに、何年間もこそ泥の集団をきみは雇っておくかね？……HとEはこれまで判明した事実にあわてている。証拠になる記録もある……」

こそ泥についての？

「いろんなことだ。パトリック・グレイが記録を破棄したという話を考えてみればいい。この全貌を明らかにできるのは一人しかいない。……Eが検察官のところへかけつけて、わたしは法律に違反したなどと告白するわけがない。H は自首したか? P がペンシルヴァニア・アヴェニューを歩いて裁判所に行くなんて、わたしには考えられない。すると、残るは一人だ。またもジョン・ディーンだ。……われわれは自衛策を講じているんだ。

「ホールドマンとアーリックマンは、ジョンには諦めてもらい、P は彼らの無事をはかって、いっさいの罪をジョンにかぶせるべきだと P を懸命に説得した。P は承知したよ」

ディーンは P を巻きこむつもりか?

「なんども会議がひらかれた。……P はその場にいたんだ。もみ消し工作が協議された」

翌朝、ウッドワードはホワイト・ハウスに行った。ジョン・ディーンについて話し合うため、ある大統領側近の高官に会見を申し込んだ。ウッドワードは旧行政府ビルの色彩豊かな装飾の部屋で待ちながら、大統領の紋章のついたカップからコーヒーを飲んだ。

ホールドマンとアーリックマンはおしまいだよ、と高官は言った。

そう、来るべきものが来るのだ。ジョン・ディーンは、大統領がもみ消しに関係していたことを述べるはずだ。その高官の顔は苦渋の色が濃かった。

ディーンは何をにぎっているのか?

「わたしは知らない。証拠であるかどうかもわからない。……大統領の前法律顧問(ディーン)は、大統領は、その、重罪人だ、と言うつもりでいる」。顔がふるえていた。引きとってくれ、とウッドワードに言った。

16「わたしはポストをつぶしたかった」

バーンスタインとウッドワードは編集局で両者の発言を検討した。二人はディーンが大統領を巻きこむのは確実とみていた。ブラッドリーとサイモンズは、それを活字にするのは時期尚早ではないかと考えた。具体的な事実が欲しかった。ディーンが所持しているはずの記録を見たい。ディーンが大統領本人とかわした会話の記録——ディーンが真実を語っているか否かを判断できる材料があればよかった。

大統領を巻きこむディーンの記事にかわって、二人の記者は、ホワイト・ハウスの高官たちが達した結論を伝える日曜版の記事を書きあげた。ホールドマンとアーリックマンがもみ消し工作に関係していたという結論を高官たちがくだしたのだ。

翌四月三十日の朝、噂が徐々にはいってきた。議事堂から電話がかかってきた。そして、ホワイト・ハウス詰めの記者によるためらいがちな確認。ブラッドリーが部屋から出てきて、ウッドワードに言った。今日だ。四人ともやめる。ホールドマンとアーリックマンは辞任した。ディーンは解任。クラインディーンストも辞めた。エリオット・リチャードスンが国防省から横すべりして司法長官になる。バーンスタインが二、三分おくれてやってくると、サイモンズが彼にニュースを伝えた。彼は自分のデスクまで行って、椅子に腰をおろした。ポスト紙のことをコロンビア・ジャーナリズム・レビュー誌に書く予定で、たまたま編集局にいあわせていたナイト新聞系の政治記者ジェームズ・マッカートニーがバーンスタインのデスクまで行って、話を聞きたいと言った。バーンスタインは、いまは何も話したくないと答えた。

正午少し前にホワイト・ハウスの発表があり、辞表が社に届いてゼロックスされた。これで辞任は現実となった。ホールドマンの辞表は「さまざまの非難や誹謗」、「かかる状況のもとで私がホワイト・ハウスで政務の責任を全うすることを文字通り不可能」ならしめた「報道の洪水」に触れていた。アーリックマンは「事実にかかわりなく、わたしは露骨な攻撃……繰り返される噂、根拠のない非難、中傷などニュース・メディアの暴力の目標になってきた」と述べていた。

コロンビア・ジャーナリズム・レビュー誌の一九七三年七、八号に掲載されたマッカートニーの報告は、ブラッドリーがこのニュースに見せた反応を伝えている。

四月三十日午前十一時五十五分、ワシントン・ポスト紙編集主幹ベンジャミン・クラウニンシールド・ブラッドリー（五十一歳）は、デスクに両脚をのせて、来客と談笑し、十二フィートはなれた部屋の窓にとりつけたバスケットにプラスティックのおもちゃのボールを入れる遊びをのんびりつづけていた。話題はもちろんウォーターゲートだ。ポスト編集局長のハワード・サイモンズがそっと入ってきて、話に割りこむ。「ニクソンがアーリックマン、ホールドマン、ディーンの辞任を受理した」と言った。「クラインディーンストは辞任して、リチャードスンが新しい司法長官だ」

一瞬、ベン・ブラッドリーは口を大きくあけ、歓びをかくしきれない表情になった。すぐにそれから、デスクに片頬を寄せ、眼を閉じ、右の拳でデスクをなんども叩いた。

彼は元にもどった。「どうかね？」と笑顔のサイモンズに言った。「出だしは悪くない」

ブラッドリーは自分が抑えきれなかった。ポスト紙の広大な五階の編集局へはいっていき、何列も並んだデスクの向こうの……ウッドワードにむかってどなった。……「悪くないぞ、ボブ！　まんざら悪くもないな！」。ハワード・サイモンズは油断を戒めた。「喜ぶのはまだ早い」。ポスト紙の記者が集まってくると、低い声で言った。「喜んでなんかいられないんだ！」

ブラッドリーは歓声をあげて市報部を通り抜けた。「やった」と言いつづけていた。「やった、やった、やった、やった」。バーンスタインとウッドワードは席にいた。ウッドワードは、ちょっと歩いてこようか、と言った。

その夜の九時、大統領はテレビジョンで全国民に演説した。バーンスタインとウッドワードはサイモンズの部屋に行って、サイモンズやグレアム夫人といっしょにTVの演説を聞いた。

「合衆国大統領です」とアナウンサーが重々しく言った。デスクを前にしたニクソンの右側に家族の写真、左側にエブラハム・リンカーンの胸像がおいてある。

「なんとまあ」とグレアム夫人が言った。「これじゃやりすぎだわ」

大統領が演説をはじめた。「私は今晩、本心からみなさんに申しあげたい。……大衆から、みなさんから、そして私から事実を隠そうとする動きがありました。……私は公正でありたかった。……本日、私は大統領として最も困難な決断を下し、私の最も親密な同僚二人の辞表を受理しました。……ボブ・ホールドマンとジョン・アーリックマン――この二人は私が知りえた最も優秀な公僕です。……最も安易な方法は、私が選挙運動の指揮を一任した二人を非難することだ。しかし、それは卑怯者のやることである。……いかなる組織においても、最高の地位にある者は責任を負わなければならない。したがって、その責任がこの大統領職にある。私はその責任を認めます。……制度が、事実を暴露した……この場合の制度とは、決然たる態度を堅持した大陪審であり、硬骨漢ぞろいの検察陣であり、勇猛な判事ジョン・シリカであり、言論の自由を守った新聞である。……私は大統領職のさらに大きな数々の義務を果たすためにいまふたたび全力を尽くさなければなりません。私はこの大統領職に一身を捧げ、そしてみなさんに――わが祖国に一身を捧げます。

「……ホワイト・ハウスではごまかしはきかない。……二つの不正から一つの善は生まれません。……私はアメリカを愛する。……神のめぐみがアメリカにあらんことを、そしてみなさんの一人ひとりに神のみめぐみのあらんことを」

大統領演説のあった翌日の五月一日、バーンスタインは自分の席でニューヨーク・タイムズ、ワシントン・スターの両紙を読んでいた。こども（コピーボーイ）がUPIのテレタイプをおいていった。

ロナルド・ジーグラー大統領報道官は、ウォーターゲート事件の特別取材報道をさきに非難したことでワシントン・ポスト紙と同紙の二人の記者に公式に謝罪した。

ホワイト・ハウスの記者会見で、一記者が、ホワイト・ハウスはポスト紙に謝罪しなければならないのではないか、とジーグラーに質問した。

「現時点で考えれば、そうです」とジーグラーは言った。「わたしはポスト紙に陳謝したい。また、ウッドワード氏とバーンスタイン氏に陳謝したい。……論評に間違いがあったことを申しあげなければならない。ポスト紙に関するわたしの論評は、とくにその後の事態の発展を見れば、行き過ぎだった。……こんどの場合のように、やはり間違いは間違いである」

ジーグラーは言い終わると、またはじめた。「しかし……」。ある記者がそれをさえぎって言った。『「しかし」はないんだ、ロン』

バーンスタインはテレタイプの写しをウッドワードのデスクにおいた。後刻、ウッドワードはホワイト・ハウスのジーグラーに電話して、礼を言った。

「みんな自分の仕事があるからね」とジーグラーは答えた。

バーンスタインとウッドワードは一週間ディーンの記事をおさえていた。大統領がもみ消しに関係していたことについて、ディーンがどんな発言をするか、その情報をふやせなかったのである。五月五日土曜日、ホワイト・ハウスの浮足だったようすと沈滞した空気を伝える記事ができあがったとき、長いテレタイプの通信が通信室から届いた。ニューズウィーク誌のプレス・リリースだった。ウッドワードは最悪を予想した。ニュース・マガジンが土曜日の夜にプレス・リリースを出すのは、異例の重大ニュースを報道するときにかぎられる。

ニューズウィーク誌の報ずるところによれば、ニクソンがウォーターゲート事件もみ消しを知っていたとの結論を得るにいたった、昨年の二つの出来ごとをディーンは暴露するはずだという。一つは一九七二年九月のことだ。ウォーターゲート事件の被疑者の起訴が答申されて、上層部まで波及せずにすんだあとのことである。ディーンがホールドマンに呼ばれて大統領執務室に行ったところ、大統領とホールドマンが「満面に笑み」をうかべていた。ディーンは大統領のことばを引用している。「よくやった、ジョン、きみがじつによくやってくれていることをボブから聞いたよ」。第二の出来ごとは十二月だった、とディーンは主張していた。そのとき、アーリックマンは彼に、大統領が事実上ハワード・ハントの行政特赦を認めたと伝えた。

サイモンズ、ローゼンフェルド、サスマン、ウッドワードの四人がウッドワードのデスクのまわりに集まった。バーンスタインはワシントンにいなかった。この記事は簡単に確認できると思うとウッドワードは言った。ホワイト・ハウスのある高官に電話した。その高官は、ディーンから彼にも同じ趣旨の話があったことをしぶしぶ認めた。しばらくして、上院委員会関係者がウッドワードに言った。

「あれはディーンの発言だ。その一部だよ」

ハントとリディの指揮によるダニエル・エルズバーグがかかっていた精神科医診療所への押入りが暴露された結果、ウォーターゲートとロサンゼルスのエルズバーグ裁判に相関関係ができた。編集局では、二つの事件はよく「ウォーターゲート・イースト」、「ウォーターゲート・ウェスト」といわれた。五月上旬、バーンスタインとウッドワードは、ニューヨーク・タイムズ記者二人の電話が国防総省秘密文書調査の一環として傍受されていたことを伝える記事にとりかかった。何カ月か前、ディープ・スロートは二人の記者の名前――ニール・シーハンとヘドリック・スミス――をウッドワードに教えてくれたが、いまにいたるもバーンスタインとウッドワードは第二のニュース・ソースを発見できなかったので、二人の名前は出さなかった。しかし、エルズバーグが盗聴されていた可能性があることを突きとめた。エルズバーグが文書をシーハンに渡したので、当然といえば当然である。

エルズバーグ裁判で、検察側はエルズバーグに対する盗聴はなかったと主張していた。マシュー・バーン判事はエルズバーグが盗聴されていた証拠として、ふたたびその資料の提出を政府側に求めた。

新任のＦＢＩ長官代理ウィリアム・Ｄ・ラッケルズハウスは盗聴の事実を知った。盗聴記録は紛失していたが、ラッケルズハウスは、エルズバーグがシーハンの電話ではなく、モートン・ハルペリンの自宅の電話で少なくとも一回は盗聴されていたことを下僚から聞いたのだ。ハルペリンはヘンリー・キッシンジャー博士の国家安全保障会議にかつて加わっていた一人である。ハルペリンの電話が二十一カ月にわたって盗聴されていたというラッケルズハウスの発表は、政府が情報漏洩の調査のために盗聴を利用した事実をはじめて確認するものだった。さらに、政府側は不法にも、エルズバーグの弁護団にその盗聴の情報を全部明らかにしていなかったことも立証された。

数日後の五月十四日、政府の機密漏洩調査で合計十七人の盗聴が一九六九年から七一年にかけて指示された、とラッケルズハウスは発表した。紛失した盗聴記録の所在は判明した。ホワイト・ハウスのジョン・アーリックマンの部屋の金庫にあった。ラッケルズハウスは、電話を盗聴されていた十三人の政府職員と四人の新聞記者の名前を公表しなかった。問題は

――誰がそれを許可したのか？

ウッドワードはＦＢＩの高官に直接電話した。高官は曖昧なことを言わなかった。盗聴の許可はヘンリー・キッシンジャーから口頭ないし書面でＦＢＩに通知があったこともある。

ウッドワードは信じかねて、ＦＢＩの前職員に電話した。

「キッシンジャーが許可をあたえたことはわたしも知っている」と彼は言った。

ホワイト・ハウスの交換台はウッドワードの電話をキッシンジャーの部屋につないだ。午後六時ごろだった。

「もしもし」と重いドイツ語なまりの聞きなれた声が言った。

ウッドワードはFBIの二つのニュース・ソースから、キッシンジャーが部下の盗聴を許可したとの情報を得たと言った。

キッシンジャーは間をおいた。「盗聴を許可したのはホールドマン氏だったかもしれない」と言った。

キッシンジャーはどうなのか、とウッドワードが訊いた。

「わたしは、事実に反すると思う」

それは否定か？

沈黙。「正直に言って記憶していない」。外部に洩れたさまざまな記録を見たか取り扱った個人の名前をFBIに伝えたのかもしれない。「彼ら［FBI］がそれを許可と解釈したことも十分に考えられる。……個々のケースで、わたしが誰がどんな記録を扱ったかをわたしの代理［アレグザンダー・ヘイグ将軍］に知らせ、彼からFBIに伝えたという可能性もある」

ウッドワードは言った。二つのソースは、キッシンジャーがみずから盗聴を許可したと断定している。

短い沈黙。「そういうことは絶対になかったといっていい」とキッシンジャーが言った。

ウッドワードは、「絶対になかったといっていい」とは、そういうことも「ないではなかった」という意味か、と言った。すると、キッシンジャーはこのことを認めるのか？

キッシンジャーは憤然として声を荒らげた。「こんなことで警察の取調べみたいな質問を受けるいわれはない」。落ちつきをとりもどすと、彼は言った。「そういうことがありうるとすれば、そして実際にそういうことがあったとすれば、わたしはその責任をとらなければならない。……わたしはこの部屋の責任者なのだから」

あなたは許可したのか、とウッドワードは訊いた。

「わたしのことばを引用しないだろうね？」とキッシンジャーが訊いた。

いや、引用する、とウッドワードは答えた。

「なんだって！」とキッシンジャーが叫んだ。「わたしの言ったことは背景説明のはずじゃないか」

そんな合意はなかった、とウッドワードは言った。

「こちらは誠意をつくして話したつもりなのに、きみはわたしに罪をきせようとするのか」とキッシンジャーは言った。

べつに罪をきせるつもりはないが、過去にさかのぼってまで背景説明にするということが受けいれられないのだ、とウッドワードは言った。

「ワシントン生活の五年間に」とキッシンジャーは厳しい口調になった。「こんなふうにわたしをだましてまでしゃべらそうとした記者なんか一人もいなかった」

た。

キッシンジャーは記者たちからどんな扱いを受けていたのだろう、とウッドワードは思った。

キッシンジャーは怒りと冷静のあいだを往復する自在の術を身につけていた。「わたしは協力するつもりで話をした」とつぎに言った。それから、憤然として、「どんな動機から、わたしが取材に応じたと思うかね？」

ウッドワードは、ポスト紙の外交担当記者に問い合わせて、記事にする場合としない場合のルールが違うのかを確かめてみる、と言った。

「わたしが新聞記者諸君とつきあうときの手続きをきみはふみにじったのだ」。キッシンジャーはそう言って、これで失礼する、と電話を切った。

ウッドワードはポスト紙の外交担当記者のマレー・マーダーに相談した。記事にするか、オフレコにするか、それともたんに背景説明にするかを、記者たちは通常、取材後にキッシンジャーが決定することを認めているのか。

まあ、事情によりけりだね、とマーダーが言った。技術的にはウッドワードが正しいけれども、キッシンジャー番の記者は取材後「ヘンリー」の希望で彼の発言を背景説明にする。

三十分後、マーダーがウッドワードの席にやってきて、ヘンリーが電話をかけてきて、ウッドワードの取材に厳しい口調で不満を述べたと伝えた。マーダー、バーンスタイン、ウッドワードの三人はハワード・サイモンズの部屋に行って善後策を協議した。

マーダーは第三者の立場をとって、冗談を言った。「ヘンリーはパリ会談失敗の責任をわれわれに押しつけてくるかもしれない」

サイモンズの電話が鳴った。サイモンズは受話器をとり、何やらぶつぶつ言ってから、三人にも聞こえるように、電話をモニター移送に切り換えた。

「集まった大衆に話してくれ、ベニー」とサイモンズが言った。

ブラッドリーだった。固苦しいドイツ語なまりで自宅からかけてきたのだ。「諸君は何をしているのかね？」と訊いた。「たったいまヘンリーから電話をもらった。彼はものすごく怒ってたよ」

サイモンズは事情を説明した。

「どうするかはきみが決定したまえ」とブラッドリーが言った。「わたしが取材記者になって、ヘンリーが言ったことを読みあげる。役に立つようなら、使ってもかまわない」

サイモンズはにやにやした。「背景説明ですか？」

マーダーのあと、ブラッドリーに電話をかけたキッシンジャーは、外交の世界でいうところの「自分の立場を強固にする」工作をやっていた。自分が盗聴を許可したことは「ほとんど考えられない」とキッシンジャーはブラッドリーに言ったのである。

「ほとんど考えられない」とは否定ではないとウッドワードは言って、記事にすることを主張した。

しかし、そろそろ八時で、第一版には間に合わない。サイモンズは一日待つことにした。

ウッドワードは釈然としなかった。編集者たちがキッシンジャーの地位を気にして、愚にもつかないことを言っているような気がした。バーンスタインは記事の掲載に反対した。FBIからの情報があまりにも簡単にはいった。ホールドマンやアーリックマンからキッシンジャーに責任転嫁しようという動きがあったのではないか。その点をはっきりさせるために、一日待ったほうがいい。

しかし、結果は、記事を一日おさえるわけにいかなくなった。セイモア・ハーシュが抜いたのだ。次の日、ハーシュはタイムズ紙に、キッシンジャーが機密を洩らした容疑者として、部下を取り調べることに一役買ったと書いた。マーダーの記事はその翌日のポスト紙に掲載された。

ポスト紙でウォーターゲート報道にとりくんでいた者はほとんど例外なく疲労困憊していた。一晩かけて意見を調整しながら書いていく不明瞭な記事には、誰も熱意を見せなくなっていた。

五月十七日からウォーターゲート公聴会がはじまった。十七日までの一週間をかけて、二人の記者は、何カ月にもわたって集めてきた事実を盛りこんだ長い記事を書いた。十七人の盗聴とエルズバーグの精神科医診療所が荒らされた事実は、ディープ・スロートがウッドワードに語っていたホワイト・ハウスの自警団的な活動の典型的な二つの事件である。

秘密活動は一九六九年までさかのぼり、次のような地下工作が行なわれた。シークレット・サービスは民主党大統領候補の私生活に関する情報をホワイト・ハウスに提供した。イーグルトン上院議員の診断記録は新聞に洩れる前に、ジョン・アーリックマンのオフィスに届いていた。一九七一年、ホールドマンはCBSの放送記者ダニエル・ショーの調査をみずからFBIに命じた。これは広汎な違法活動や違反すれすれの活動の一例である。この記事は五月十七日に掲載された。

公聴会前日の五月十六日の夜、ウッドワードはディープ・スロートと会うことにした。ホールドマン、アーリックマンの辞任後はじめて会うので、ウッドワードは、この友人も上機嫌なのではないかと思った。最後に会ったとき、ディープ・スロートは、このつぎからは会う時間を早めて、午後十一時ごろにしようと言ったのだ。

この時刻ならタクシーも拾いやすく、駐車場まで行くのはいつもほど時間がかからなかった。しかし、ウッドワードが駐車場に着いたとき、ディープ・スロートはすでに来ていた。落ちつかなさそうにあたりを行ったり来たりしている。下顎が震えているように見えた。ディープ・スロートは独白のように話をはじめた。時間が数分しかないのだった。早口でしゃべった。ウッドワードはおとなしく聞いた。ディープ・スロートはまるで人が変わったようだった。ウッドワードは質問したいことがいくらでもあったのに、ディープ・スロートは手をあげて制した。

「これが現在の情勢だ」。話し終わると、そう言った。「すぐ帰らなければならない。わかったね。念を押すようだが——気をつけたまえ」

ディープ・スロートは急いで駐車場から去った。

ウッドワードは手帳をとりだして、話をすべて書きとめた。十二時少しすぎに、アパートに帰ると、バーンスタインに電話した。

「こちらへ来てもらえるか？」とウッドワードは訊いた。

バーンスタインは承知した。ウッドワードのアパートのビルまで来ると、入口のブザーを押した。ウッドワードはエレベーターの前で彼を迎えた。

どうしたのかね、とバーンスタインが訊いた。

ウッドワードは口に指をあてて黙らせた。

バーンスタインは、ウッドワードが狂ったか、それとも悪ふざけなのかと思った。二人はウッドワードの部屋まで廊下を歩いていった。部屋にはいると、ウッドワードは音楽を流した。ラフマニノフのピアノ協奏曲。バーンスタインは、ウッドワードがクラシックの熱烈な愛好家であることに気がついた。ウッドワードは、市の東部が見おろせる大きな窓にカーテンを引いた。食堂のテーブルで、タイプを打ち、そのメモをバーンスタインに渡した。

みんなの生命が危い。

バーンスタインは顔をあげた。きみの友人は気がちがったのか、と訊いた。

ウッドワードは、バーンスタインが口をきかないように忙しく首をふってみせた。またタイプライターを叩いた。

ディープ・スロートは、盗聴が行なわれているので、気をつけろ、と警告している。

バーンスタインは、何か書くものが欲しいと手真似で合図した。ウッドワードはペンを渡った。

誰が盗聴しているのか、とバーンスタインは書いた。

C—I—A、とウッドワードは声を出さずに口を動かした。

バーンスタインは信じられなかった。ラフマニノフのピアノ協奏曲がつづいているあいだ、バーンスタインはウッドワードのタイプライターから打ち出される文章を肩ごしに読んでいた。した。


ウォーターゲート委員会ができたのち、ディーンはベーカー上院議員と話した。ベーカーがホワイト・ハウスに直接その結果を確実に報告している。……

大統領本人がディーンをおどし、ディーンが国家安全保障会議の活動を暴露すれば、大統領は確実に彼を刑務所に送りこむだろうと言った。

ミッチェルは早くから国内及び海外の秘密工作をはじめて、あらゆる人間を巻きこんでしまった。その関係者は想像を絶するほど多数に及んでいる。

コールフィールド*はマッコードに会い、つぎのように言った。大統領は「われわれが会っていることを知っており、きみを行政特赦にするので、服役期間もせいぜい約十一カ月ですむだろう」


*ニューヨーク市の元警官ジョン・J・コールフィールドはホワイト・ハウスの地下工作員、捜査官だった。

コールフィールドはマッコードを脅迫した。「協力しなければ、この国できみが生きていくのはむずかしい。……」

秘密活動にはアメリカの全情報機関が関係していて、信じがたいほどである。ディープ・スロートは、法律違反になるため、具体的な事実を列挙することを拒んだ。もみ消し工作はウォーターゲートとほとんど関係なく、もっぱら秘密活動を守るためのものだった。

大統領自身も脅迫された。ハントは事件に連座すると、犯人たちは相当口止め料をもらえるものと判断した。ハントは最も悪辣な「恐喝」工作をはじめた。

もみ消しの費用は約百万ドル。全員が関係している。ホールドマン、アーリックマン、大統領、ディーン、マーディアン、コールフィールド、ミッチェル。彼らはいずれも金の工面に苦労し、他人を信用できなかったので、外部で金を集め、彼らの個人的な資金を吐きだしはじめた。ミッチェルがその割当額を分担できなかったため……彼らはミッチェルを見棄てた。

ＣＩＡの人間はつぎの事実を証言できる。大統領はきみたちにこの計画の実行を命じている、とホールドマン、アーリックマンの二人が言った。ウォーターゲート事件のもみ消し工作のことだ……きみたちとはウォルターズ、ヘルムズ[*]をさし、またほかの人間も含まれるだろう。

＊リチャード・M・ヘルムズとヴァーノン・A・ウォルターズはCIA長官、副長官だった。

これは確実ではないのだが、ホワイト・ハウスのこれらの者は金儲けにはげみ、あくどい手段に訴えた者も二、三人いる。ディーンはホールドマン、アーリックマン組とミッチェル、ラルー組の仲介役を演じた。

ディーンが所持する記録類は想像以上に大量であり、しかも詳細にわたっている。

リディはディーンに言った。われわれはあなたを射殺できるし、そうでなければ拳銃で自殺してもらうが、絶対に口を割らないで、つねに立派な兵士であってもらいたい。

ハントはこうした恐喝事件の鍵をにぎる人物であり、金欲しさにウォーターゲートの逮捕を利用した……はじめは十万ドル、そしてさらに多くの金を要求しつづけた。……

ホワイト・ハウスは異常な空気に包まれている——破滅を待つ一方で、その破滅を笑いとばし、仕事をつづけているようなものだ。大統領は「危険な」鬱病にとりつかれている。

バーンスタインは食卓にすわって、煙草を吸った。その週、司法省のニュース・ソースから「盗聴」に気をつけろと言われた。ウッドワードと手真似で話し、アパートを出て外を歩くことにした。玄関で足をとめ、誰かに知らせようということになった。

誰に、とウッドワードは訊いた。

ブラッドリーのところへ直行しよう、とバーンスタインが言った。いますぐだ。午前二時を過ぎている。

二人はウッドワードの車に乗りこんだ。車のなかでは口をきかないことにした。ブラッドリーの家の数ブロック手前で、公衆電話から電話した。来てくれと言ってる、とバーンスタインが言った。

二人の記者はブラッドリーの家に行ったことがなかったので、どんなところに住んでいるのか興味があった。街灯であたりが薄明るい。ポーチに近づくと、犬が吠えて出てきた。薄暗い物陰から男が姿を現わした。髪をなでつけたブラッドリーだった。声も眼も眠そうだった。

「はいりたまえ」とブラッドリーが言った。三人は本と素朴な古道具でいっぱいの快適そうな居間にはいった。

ウッドワードはブラッドリーにメモを渡した。ブラッドリーが読みはじめて、質問をしかけた。両記者はそれを制して、まずしまいまで読むようにたのんだ。

ブラッドリーは読み終えると、顔をあげた。

外を歩きましょう、とバーンスタインが提案した。

ブラッドリーはぼんやりと居間を見まわすと、立ちあがって玄関から外に出た。三人は小さな庭のまんなかあたりに行った。一人も上着やセーターを着ていなかった。

まさか前庭まで盗聴されてないだろう、とブラッドリーが自嘲的に言った。「どうするかね？」と訊いた。

バーンスタインは、記者を動員してメモの事項を一つひとつ調査してみてはどうかと提案した。ウッドワードは、ポスト紙が私立探偵に協力を依頼してはどうか、と言った。三人は暖をとるために身体を動かして、ディープ・スロートの発言を検討しながら、芝生に三十分ばかりいた。ブラッドリーは、こんなものを見たのは生まれてはじめてだ、と言った。半信半疑ではあるが、動揺を隠しきれないで、もはやジャーナリズムの問題ではないと言った。政府と国の将来にも触れた。明朝、編集幹部と記者たちの会議を召集しようと言った。

自分で同じことをなんども言い、二人の記者にも同じことを言わせて、話を引きのばしたのは、ほかならぬブラッドリーである。日ごろのせっかちなところがまるでなかった。

「オーケイ」ようやくそう言って、ウッドワードを見た。二人の記者は午前四時に辞去した。ブラッドリーが夜中の訪問をやむをえないと思ったかどうか、二人にはわからなかった。

翌朝出社したウッドワードとバーンスタインは、メモのコピーをサイモンズ、ローゼンフェルド、サスマンに渡し、社内でこの話をしてはいけないと手真似で言った。

正午少し前、ブラッドリーはグレアム夫人のオフィスの外のポスト紙のルーフ・ガーデンで会議をひらいた。ブラッドリー、サイモンズ、ローゼンフェルド、サスマン、内報部長のリチャード・ハーウッド、バーンスタイン、ウッドワードがビーチ・アンブレラの下の大きな鉄製のテーブルのまわりに集まった。ハーウッドには話そのものが信じられなかった。彼が発した質問は、ポスト紙のウォーターゲート報道が空想の域に近づきつつあるのではないかという不安をあらわしていた。

ブラッドリーは、事件の論理に関心がないと言った。「この一年、われわれはおそろしく非論理的なものを見てきた」。ただ、何が真実かを突きとめたいのだった。

会議は結論が出ないまま終わった。バーンスタインとウッドワードはディーンの同僚の一人と昼食の約束があった。この人物なら、二人が入手した情報について知っているのではないか、と思ったのだ。わりに遠いレストランで会い、のんびりと時間をかけた昼食のあいだに、その同僚はディープ・スロートのメモの重要な点をあらかた確認してくれた。

この取材をタイプしたメモによれば、そのニュース・ソースは、「RMN〔ニクソン〕が国家安全保障会議の件でディーンを恫喝（どうかつ）したとき、『刑務所』ということばを使わなかったと思うが、そうした話し合いが行なわれて、地下工作を暴露すれば、ディーンを擁護しない、と大統領が『最も強硬なことば』で断言したことを確認した。ディーンはこの会談のあと、非常に動揺していた。……」

しかし、ディーンは、ベーカー上院議員が確かにホワイト・ハウスに協力し、またハントがホワイト・ハウスを脅迫していたと信じていたことを彼は確認した。

「RMNは二月からディーンと直接交渉をはじめた。そのころ、脅迫も活発化して、要求額も大きくなる一方だった。RMNはある会談でディーンに、口止め料の総額はいくらになるか、その概算を訊いている。ディーンが百万ドルと答えたところ、大統領はそれなら都合できるし、金を用意するのは問題ないと言った……大統領はすでに百万ドルの金が出ていることを考えていない。百万ドルがウォーターゲート事件の経費の全額だったはずだと考えていない」

ブラッドリーはポスト紙のビルの改築した一劃の大きな空き部屋でふたたび会議を召集した。同じ面々がポスト紙の整理部のデスクが見えるガラス張りの部屋に集まった。バーンスタインとウッドワードが昼食時に知ったことを話すあいだ、みんな部屋のなかを行ったり来たりしていた。それは現在までのところ大統領がもみ消し工作を知り、積極的な共犯であった、最も具体的な証拠である。

ハーウッドは意見を変えた。ことは重大であり、報道すべきだと考えた。ブラッドリーとサイモンズは不安だった。「こんなことはわれわれにとってははじめてだ」とあとでサイモンズは言った。「わが社が盗聴されていて、生命が危いと聞かされた。そういうことのできる奴はわざとわれわれに記事を書かせて、罠にかけるかもしれない。急ぐ必要はないよ」

バーンスタインとウッドワードは、大統領が百万ドルと推定されるもみ消し料に関係していたとするディーンの主張について書くまでに二週間かかり、ハワード・ハントがホワイト・ハウスを脅迫していた事実を確認して記事にするまでに、さらに二週間かけた。しかし、その後、ディープ・スロートのメモにあったことがらはほとんどすべて、言論機関や上院委員会、ホワイト・ハウスの発言によって公表されてしまった。

ウッドワードがディープ・スロートと会ったあとの数日間は、バーンスタインもウッドワードも慎重に行動した。街角で相談し、社内でメモを交換し、電話連絡を避けた。しかし、ばかばかしい芝居じみたことに思われたので、まもなくふだんのやり方にもどった。二人の電話が盗聴されていた証拠や、ポスト紙の社員の生命が危険にさらされていたという証拠はついにあがらなかった。

一月の裁判で、司法省は、ゴードン・リディのような下部の職員たちがウォーターゲート事件の元凶であると主張していた。司法省が大統領と事件の関係を考慮中であるとの最初のヒントを得たのは、五月に同省の高官と昼食を共にしたときである。

四月十七日の大統領発表の一週間前、その高官がバーンスタインに語ったところによれば、検察側は、大統領に最も近い補佐役――現職と退職者を含めて――数人をまもなく起訴することをピーターセン司法次官補に知らせた。検察側は、起訴が間近いことを大統領本人に報告すべきであると主張した。ピーターセンはそうした。検察側は大統領がただちにアーリックマンとホールドマンの辞任を発表するかと期待した。ところが、大統領は二週間近くも抵抗した。検察側は、大統領が側近に協力を命じることを要請した。それもなかった。検察側は以後、大統領の措置に妨害されて混乱をきたした。

五月下旬、バーンスタインは司法省のある法律専門家とこの問題を話し合った。事実を把握する最良の方法は、司法省の捜査が容易になるのではないかと示唆することだと判断した。なぜ司法省は大統領の容疑に取組まないのか？

「どうしてわれわれが取組んでいないと思うんだ？」と法律専門家は腹を立てた。

この事件に関する司法省の見解は、ホールドマンまででけりのつく小規模の陰謀だという
ことをわれわれは知っている、とバーンスタインは言った。
「わかっていないんだな」と法律専門家は言った。間があった。「きみがノートをとるなら、
言えないね」
じゃあ、大統領を調べているのか?
「おいおい、わたしがそれに答えるのは困るよ」
バーンスタインは大統領に不利な証拠をいくつかあげた。
「きみは何も知らずに話している」と相手は苛立った。「証拠はそれと何の関係もない。法
律専門家と話してみたまえ。憲法には大統領について何と書いてあるか? それを考えてみ
るんだね。起訴できるか? 妨害で有罪だという事件だとしても、起訴できるかな?」
なぜ検察側は大統領を大陪審に召喚しようとしないのか、と質問した。
「召喚しようとしないなんて、誰が言った?」
召喚しなかったではないか、とバーンスタインが言った。
「ほかの法律専門家に話を聞くんだね」と相手はうんざりしたようすだった。
バーンスタインは法律専門家に相談して、話を終えたとき、事情がわかった。大統領と事
件との関係は司法省内で相当に突っ込んで論じられた。この問題を調査する法律専門家たち
は、憲法が現職大統領の起訴をはばんでいると考えるにいたった。大統領を起訴できないと
すれば、大陪審に召喚するわけにはいかない、と法律専門家たちは判断したのである。

バーンスタインが訪ねたある消息通は言った。「闇から闇に葬られた事件はないんだ。大統領の役割について疑惑を招く……証拠のパターンがある」

もし大統領以外の人物であったとすれば、そのような証拠のパターンは、この人物が大陪審に召喚されたことを意味するのではないか、とバーンスタインは司法省のもう一人の法律専門家に言ってみた。法律専門家もそれを認めた。

司法省の電話帳を調べていたウッドワードは、刑事部のある法律専門家からつぎの話を聞いた。「ウォーターゲート事件の捜査は憲法と正面衝突してしまった。こんどは大統領を取り調べることができるかどうかの問題にとりくまなければならない」

バーンスタインは、はじめに憲法問題を示唆した怒りっぽい法律専門家をふたたび取材した。「もちろん、大統領は召喚できないよ」と彼は言った。「そして、もちろんその根拠が、立派にある」。これも検察側の意見だ、と補足した。

記事はつぎのような見出しだった。「検察側ニクソン召喚可能と見る」。ホワイト・ハウスは激怒した。ジーグラーは、大統領が大陪審や上院調査委員会で証言することはないと語った。「それは憲法違反である」からであり、「三権分立を犯す」からというのがその理由である。ジーグラーによれば、ポスト紙が報じたのは、「検察陣の怖るべき、無責任な職権濫用」であり、「大陪審の審理は本来秘密である」。ホワイト・ハウスはリチャードスン司法長官と、五月に特別検察官に任命されたハーヴァードの法学者アーチボルド・コックスに記事のニュース・ソースの調査を要請した。その調査が行なわれたかどうかはともかく、ニュース・ソースは明らかにされなかった。

六月の第一週、バーンスタインは数週間電話しなかったニュース・ソースを取材していた。ほかに侵入窃盗事件があったのか、とバーンスタインは訊いた。

「一つ計画された……もっとも、実現しなかったと思うがね。ブルッキングズ研究所だ。ジョン・ディーンがにぎりつぶした」

バーンスタインはディーンの同僚に電話した。「その情報が正しいかどうかはわたしにはわからない」と言った。「人違いじゃないのかね。チャック・コルスンが火をつけたがっていたんだ」

たぶん、バーンスタインの早とちりだったのかもしれない。コルスンは火をつけたかったのか？

「そう言ってもいい」

それなら大したことじゃない、とバーンスタインは言った。

「大したことだったから、ジョン・コールフィールドが怖れをなしてコルスンのところから逃げだした。彼はまっすぐジョン・ディーンのところへ行って、コルスンは正気を失っているから、あんな男と口をききたくないと言った。それから、手おくれにならないうちに、ジョンはなんとか彼を抑えたほうがいい、と言った。ジョンはさっそくサン・クレメンテに飛んで、アーリックマンに会った。それだけ重大な問題だったんだ」

なぜアーリックマンに？

「あの時点で中止させる影響力を持っていたのは、彼しかいなかったからだ。しかも、彼はジョン・ディーンに会うのをよろこばなかった。ディーンは知らないことになっていたんだね。しかし、彼がこの件で有利な取引をしようと、サン・クレメンテに飛んでいけば、Eのほうは中止させるしかなかった。Eがコルスンに電話しているあいだ、ジョンは部屋にがんばって聞いていた。電話で話しているあいだ、Eは裏切者を見るような眼でジョンをにらみつけていた」

ディーンの同僚はこの計画の目的をバーンスタインに説明した。「キッシンジャー盗聴」の対象になっていたエルズバーグの友人モートン・ハルペリンは、キッシンジャーからはなれてブルッキングズ研究所（公共政策問題研究センター）の研究員になるとき、極秘文書を持ちだしたと信じられている。ホワイト・ハウスとしてはこれらの文書をとりもどしたいところで、研究所の警備が厳重をきわめ、侵入は危険すぎたため、放火でハルペリンの研究室への侵入を援護できるのではないかと考えた。

バーンスタインはコールフィールドからこの計画の全容を聞いた人物を探しあてた。「放火じゃない。焼夷弾を投下するんだ」とその男は言った。「これならうまくいく、とコルスンは思った。コールフィールドは言ったよ。『これではあまりにも行き過ぎだ』って。そこで、コルスンとは二度とつきあいたくないと思った」。ディーンもコールフィールドもこの計画を捜査当局に伝えた、と彼は言った。

ウッドワードは、でっちあげではないかと思った。

バーンスタインはもう一度ニュース・ソースにあたり、捜査当局を取材した。絶対に固いよ、とウッドワードに言った。焼夷弾だ。

ウッドワードはコルスンに電話した。

「そのとおりだ」とコルスンが言った。「一つ間違いがあるね。……ブルッキングズじゃなくて、ワシントン・ポストだった。クレーン車を使ってポストの建物とついでにニューズウィーク誌をたたきつぶしてしまえと言ったんだ」

ウッドワードは言った。こちらは真面目に話している、これは重大な容疑であり冗談ごとではない。

「だから、ワシントン・ポストだったと言ってるじゃないか。わたしにはワシントン・ポスト破壊というはっきりした任務があった」とコルスンは大真面目で答えた。「わたしはワシントン・ポストをつぶしたかったんだ」

ウッドワードはこの発言を疑わなかったが、ブルッキングズ研究所放火計画は新聞で報道するだろうと言った。

「嘘にきまってるじゃないか」とコルスンは言った。「わたしはそんな話をしたことも、ヒントをあたえたことも絶対にない。ばかばかしいことだよ。きみから聞いた話は妄想だね。別世界の話だ――これは行き過ぎだね」

数時間後コルスンは、ウッドワードに電話してきた。

「あの話は本気なのか？」

ウッドワードは、そうだと答えた。

コルスンの口調が変わった。「このことは連邦検事に訊かれた。極秘文書をどうやってとりもどすかについて相談があったことは、わたしも知っている。……わたしが口をすべらせたという可能性はある。……そこがわたしのわたしたるところだからね……でも、わたしは絶対に命令しなかったし、そんなつもりもなかった」

このニュースは六月九日に載った。

一九七三年の六月、ディーンが上院調査委員会で証言する一週間ほど前、ウッドワードは上院の法律専門家とハワード・ハントの件で話し合った。彼は、ハントがまだまだ地下工作の鍵を握っているのではないかとみていた。ハントは拘置所から上院に引きだされて、長時間の質問を受けた。そして、アラバマ州知事ウォーレス殺害未遂の約一時間後にコルスンから受けたと称する指示の内容を明らかにした。

「ハントの語ったところによると、コルスンは彼に、すぐミルウォーキーに飛んで、アーサー・ブリマーのアパートに忍びこんでもらいたいと言った」と法律専門家は言った。「そして、ブリマーを左翼の政治運動に結びつけるようなものを持ち帰ってもらいたいと指示した」

ウォーレスは一九七二年五月十五日の午後四時ごろ、メリーランドの商店街でブリマーに撃たれた。六時半ごろ、ポスト紙の編集者はホワイト・ハウス職員ケン・クロースンからこの犯人の名前を知った。暗殺者が左翼陣営、おそらくジョージ・S・マクガヴァン上院議員の選挙運動と関係があることは、ブリマーのミルウォーキーの薄汚れたアパートから発見された文書から明らかだ、とクロースンは語ったものである。この事件を取材していたウッドワードはクロースンの説をしりぞけた。事実、アパートには左翼と右翼の両方のビラがあったのだ。しかし、ミルウォーキーの数人の記者はウッドワードに、メリーランドの暗殺未遂事件直後の九十分間、ブリマーのアパートにはいることを許された、と語っている。書類などアパートにあったものを持ち去った記者が多数いる。ミルウォーキーの新聞の二人の記者は、FBI捜査官が一度来て去ったのち、ブリマーのアパートにはいった、とウッドワードに言った。捜査官は一時間半後にまたやってきて、アパートを立入り禁止にした。FBIは、なぜブリマーの所持品が持ち去られるのを黙認したのか、その理由をついに明らかにしなかった。

一九七二年の後半、ウォーターゲート事件の大陪審が起訴を答申する前に、ハワード・サイモンズは一部の編集者とバーンスタイン、ウッドワードを自室に集めた。「考えておかなければならないことが一つある」と彼は言った。「悪質きわまる計画のことだが」

バーンスタインとウッドワードは一度ならず、それを話題にしてきた。ウッドワードがもらった匿名の電話によれば、ウォーターゲート被疑者の一人がミルウォーキーに行って、アーサー・ブリマーに会ったという。また、ブリマーはウォーレスをつけまわしているあいだ、百ドル札を何枚も所持していたとの噂もある。サイモンズはこうした噂を調べておきたかった。

ウッドワードとバーンスタインは懐疑的だったし、サイモンズも二人に同調した。しかし、彼が指摘したように、かつては考えられなかったことがつぎつぎに起こっているのだった。二人の記者はブリマーとウォーターゲート事件被疑者との関係を裏づける証拠をなんら発見できなかった。何カ月か経過して、ポスト紙の記者はミルウォーキーに行ったが、やはり収穫はなかった。

いま、ウッドワードは、コルスンがブリマーのアパートに侵入するようハントに命じたことを聞いた。翌朝、ハントの弁護士ウィリアム・O・ビットマンに電話した。「確かにそれに関連する証言があった」とビットマンは言った。「コルスンは、ミルウォーキーにおもむき、ブリマーのアパートに潜入するよう、彼〔ハント〕に依頼した。……なぜそこへ行かされたのか、わたしははっきりおぼえていない。『侵入』ということばが使われたかどうかは記憶にないね」

その日、一九七三年六月十九日の午後四時ごろ、ウッドワードはコルスンのパートナーで、ウォーターゲート問題の法律顧問をつとめるデーヴィッド・シャピロに会おうと、コルスンの法律事務所に行った。コルスン&シャピロの新しい法律事務所はホワイト・ハウスから二、三ブロックはなれた近代的なビルのなかにある。シャピロは心からウッドワードを歓迎し、肉づきのいい手をさしのべ、ふわふわする薄茶の革張りの椅子をすすめた。コルスンがあんな途方もないことをすると考えるだけでばかばかしい、とシャピロが言った。この事務所のジューダ・ベスト*という眼鏡をかけた若い弁護士がシャピロに呼ばれて、ウッドワードに会った。彼は、根拠の薄弱なあんな容疑まで記事にするのは不当だ、と言った。ベストはものうげに手を動かし、顔をしかめながら、ハワード・ハントはノイローゼ気味で、明らかに冷静を欠いていたと主張した。シャピロとベストは四十五分にわたりウッドワードに働きかけて、考えを変えさせようとした。それから、シャピロはデスクまで行き、秘書を呼んで、「彼」にこちらへ来るよう伝えてくれと指示した。まもなくドアがあいて、ブルーのピンストライプのズボンにダーク・ブルーのシャツ、ブルーの水玉のタイを締めたコルスンがはいってきた。おそろしく腹が出ている。ウッドワードと握手をかわすとき、心身ともに疲労しているようなようすだった。口数は少なかったが、ウッドワードから眼をはなさなかった。

*二カ月たらずのうちに、ベストは新しい依頼者――スピロ・T・アグニュー副大統領をつかまえ、アグニューの辞任とひきかえに、首尾よく彼の刑務所行きを食いとめた。

「この男にあれはいかんよ」。シャピロはデスクのむこうに立って、そう言った。コルスンは無言である。いまにも泣きだしそうな顔だった。ふだんの高圧的な態度はどこにもなかった。「きみは彼を破滅させるつもりかね」とシャピロは言った。

ウッドワードは、誰も破滅させるつもりはない、と言った。

「さあ、認めたほうがいい」とシャピロが言った。

コルスンがブリマーのアパートに侵入することをハントに命じたとすれば、理屈にあわない、と二人の弁護士は主張した。その夜、コルスンはFBIと緊密な接触を保っていたからである。コルスンはFBIに迅速かつ徹底的な捜査を行なうようにすすめた、と二人は言った。

「わたしがFBIに干渉し、同時にハントをミルウォーキーまで行かせるのは、論理的だろうか？」とコルスンは反問した。

ウッドワードはテープ・レコーダーを使用していると思い、ことばを一つひとつ選んだ。ウォーターゲート事件には非論理的なことがいっぱいある、と彼は言った。

「この容疑は事実無根だし、わたしは誓って事実無根だと言いたい」とコルスンは言った。

コルスンは、ウッドワードがこの発言を決定的な証拠として認めようとしないことに傷つけられたらしい。

ウッドワードはコルスンの否定を手帳に書きとめた。

ついで、シャピロは、コルスンが自発的に受けた嘘発見機のテストに関する報告書の写しを出してきた。この結果、コルスンのウォーターゲート盗聴共犯の容疑がはれたという。ウッドワードはまた、ポスト紙がハワード・ハントを容疑者としてはじめて確認した一九七二年六月二十日付の「資料覚書」なるものを渡された。この資料覚書はよく「尻かくしメモ」と呼ばれていた。ウッドワードに渡った、「ハワード・ハント」という見出しのついているメモに、つぎの部分があった。「私は、ウォーレス州知事が撃たれた当夜、彼〔ハント〕がこの暗殺未遂の原因をどう思うか、ただ彼の意見を聞くために、電話で彼と話した。ハントはＣＩＡにいたころ、心理戦争や心理的誘因のちょっとした権威として有名だったからだ」。

しかし、コルスンはあるメモのなかで述べていた。「私の記憶がすべて正確であるかという点で自信はない」

シャピロはコルスン—ハント—ブリマーの情報と関係のない、さらに二通のメモをウッドワードに渡した。一通は一九七二年十月十一日付のメモ。バーンスタインとウッドワードが書いたスパイ妨害行為を大々的に報じた翌日の日付である。コルスンに宛てて、ケン・クロースンが書いたメモだ。クロースンはマスキーのカナック投書に関連して自分の名前があがったことに触れ、二期目のニクソン政権に協力して、「ワシントン・ポストに復讐する」と書いていた。もう一通のメモによれば、ホールドマンはクロースンではなく、コルスンをカナック投書の筆者にしたてようとしていた。

ウッドワードはカナック投書に触れたこの二通のメモの写しを欲しいと言った。

長い沈黙。

ウッドワードはもう一度、同じことを繰り返した。

また沈黙があった。やがて、弁護士の一人が、なんとかできるだろうから、ウッドワードに写しを近いうちに渡せるはずだと言った。

交換条件を申し出ているのか？　はっきり言ったわけではないが、取引くさい感じがあった。かりにウッドワードがブリマーに関することは記事にしないと言ったら、どうなるか？　そうすれば、メモの写しを提出できるだろう、と弁護士は言うか？　ウッドワードがそう聞いたのは、それがコルスンのやり方だという確信があったからかもしれない。ウッドワードはそういう話にのりたくなかった。彼は言った。取引しないかというふうに聞こえたが、そうではないことがわかった。

三人がいっせいに口をひらいた。もちろん、そんなことは考えていない、けっしてそれはやらないだろう。そう思ったり、そのように想像したりするのは失礼である。

ウッドワードは彼らの作戦がわかった。もし言外の意味を聞きとる耳を持たなければ、相手が取引を申し出たことをウッドワードは気がつかなかったことになる。こうして賄賂が物を言うようになるにちがいない、と思った。それはわかる人間にしかわからない。ためしにやってみるというわけにいかなかった。もし彼が取引に色気を見せれば、彼らはウッドワードを破滅に追いやることもできるのだ。

シャピロとコルスンはふたたびウッドワードをじわじわ攻めてきた。これは支払わねばならない代価なのだ、とウッドワードは思った。話を聞いてやらなければならない。たぶん、なんらかの根拠があるのだろう。もしかしたら、言いくるめられてしまうかもしれない。ウッドワードはときどき質問した。なぜFBIとそれほど密接な関係にあったのか、とコルスンに訊いた。

「大統領が動揺して、ブリマーの政治的な背景を知りたがった」とコルスンは答えた。暗殺未遂のニュースを知らされた大統領は深く憂慮して、暗殺者は共和党、いやまずいことに大統領再選委員会とつながりがあるのではないかとの懸念を表明した。そうであれば、大統領は選挙で負けることもありうる、とコルスンは言った。

シャピロ、コルスンとの話し合いは二時間近くかかり、その日は原稿を書く時間がなかった。翌晩の締切り直前に、ウッドワードはシャピロに電話して、記事にすることを伝えた。内容を知らせる約束もした。

その夜ふけに、コルスンがバーンスタインに抗議の電話をかけてきた。ポスト紙の記事は「まったく不合理なもの」であると主張し、「上院調査委員会で行なわれた証言の正確な報道になるとは思えない」と言った。

バーンスタインは、正確である、とコルスンに言った。かりにハントの証言を正確に伝えているとしても、それを活字にするのは無責任である、とコルスンは言った。ハントは上院調査委員会に出席したとき、「強要」されたからだ。

バーンスタインは、コルスンの発言も記事に入れよう、と言った。コルスンは市民の自由を尊重するバーンスタインの気持に訴えて、新聞に記事を載せないでくれと泣きついた。バーンスタインが断わると、コルスンは彼を「情け知らずの偽善者」と呼んだ。

一九七二年六月十七日以降、二人の記者はノートやメモを保存し、まだ手つかずの問題のリストを作成するために、定期的に検討してきた。そのリストにのった項目の多くは、有力な情報を持っていると思われるCRPやホワイト・ハウスの職員の名前だった。上院の公聴会がひらかれた一九七三年の五月十七日ごろには、バーンスタインもウッドワードも無精になっていた。夜間の取材はますます減り、比較的容易に近づける上院調査委員会の捜査員や法律専門家に依存することが多くなった。しかし、二人のリストにはまだあたっていない人物が一人いた。大統領副補佐官のアレグザンダー・P・バターフィールドである。ディープ・スロートとヒュー・スローンは彼の名前をあげたし、スローンはまるでつけたりのように、バターフィールドが「ホワイト・ハウス警備」担当であると言った。一月、ウッドワードはヴァージニア州の郊外都市にあるバターフィールドの家を訪問した。誰も出てこなかった。

五月にはいって、ウッドワードは委員会の職員に、バターフィールドは調べたのかと訊いた。

「いや、われわれは忙しすぎるんでね」

何週間かたって、ウッドワードはもう一人の職員に尋ねてみた。なぜホールドマンのオフィスでバターフィールドの仕事が「ホワイト・ハウス警備」と規定されているか、委員会はその理由を承知しているのか？

その職員は、委員会は知らないので、バターフィールドから事情を聴取するのは得策かもしれない、と言った。委員会の主任法律顧問サム・ダッシュに進言するつもりだった。ダッシュはとりあわなかった。その職員は、もう一度ダッシュに会うつもりだ、とウッドワードに語った。結局、ダッシュは一九七三年七月十三日金曜日にバターフィールドから事情聴取することを承知した。

十四日の土曜日、ウッドワードは委員会調査団の幹部から自宅へ電話をもらった。「おめでとう」と彼は言った。「バターフィールドから事情を聴取した。彼はすべて話してくれた」

すべてって、何の？

「ニクソンは自分の会話まで盗聴してたんだ」

ウッドワードが聞いたかぎりでは、この事情聴取には委員会の下部の職員しか立ち会わず、四月十五日のジョン・ディーンと大統領の会見に触れたディーンの証言の一部が読みあげられた。

「この会見で最も興味があるのは、終わりに近いころだった」とディーンは述べている。「行政府ビルのオフィスで、彼〔ニクソン〕は椅子から立ちあがり、椅子のうしろの、部屋のすみまで行くと、やっと聞きとれるほどの声で、コルスンとハントの行政特赦を協議したのは馬鹿げていたかもしれないと言った」。ディーンはそのとき、この部屋は盗聴されているとひそかに思ったのである。

バターフィールドは非協力的な証人だった。これはおそらく大統領としても知られたくないことだろう、と彼は言った。委員会側の追及は執拗だった――そして、大統領の世界をゆるがすような証言が生まれたのである。

大統領の会話を記録するテープ・システムの存在は大統領本人とホールドマン、ラリー・ヒグビー、アレグザンダー・ヘイグ、バターフィールド、そしてこのシステムを担当するシークレット・サービスの数名の捜査官にしか知られていなかった。この情報はさしあたって絶対に公表しないということになった。

二人の記者はまたホワイト・ハウスの罠ではないかと心配した。テープ・システムが暴露されたということになれば、大統領は本人と側近の無実を証明するように手を加えた、あるいは作り変えたテープを提出できる、と考えたのである。ないしは、テープがまわっていることを知っていた大統領がディーン――ほかの人間でもいい――に有罪の証拠となるようなことを言わせ、自分は無実を装う。二人はしばらく静観を決めた。

土曜日の夜じゅう、ウッドワードは、テープのことが気になった。バターフィールドは、キッシンジャーやアーリックマンすらテープ・システムを知らなかった、と証言したのだ。上院委員会や特別検察官は間違いなくテープを手に入れようとするだろう。いや、テープの提出を要求するかもしれない。

キッシンジャーが知らないとは、とウッドワードは思った。そして、こうも考えた。ほとんど何でも知っているキッシンジャーは、たとえ後世のためであろうと、大陪審のためであろうと、自分の冷静なことばや助言を録音していたテープ・システムが気に入らないだろう。外国の指導者たちは隠しマイクの存在を知ったら、どんな気持がするか？　ウッドワードはキッシンジャーが知らなかったものを知っているということについて考えた。ジーグラーも事情を知らされなかったのだろう。

ウッドワードはブラッドリーに電話した。午後九時半ごろだったのに、ブラッドリーはいままで眠っていたような声を出した。ウッドワードはバターフィールドの証言内容をざっと語った。メモを読みあげているとき、声が数回とぎれた。過剰反応なのかもしれない。ブラッドリーは無言だった。

「ちょっと報告しておきたかったんです」とウッドワードは言った。「重要に思われましたので。原稿を書きましょうか」

「さあ、どうしたものか」とブラッドリーはかすかな苛立ちを見せた。

「このネタを採点してください」とウッドワード。

「Bの上だな」とブラッドリーはたちまち採点した。

Bの上か、とウッドワードは思った。それじゃあ、大したことない。

「もっと突っこんでみるんだな。でも、わたしは大騒ぎしないだろうね」とブラッドリーが言った。

ウッドワードは土曜日の夜に電話したことをあやまった。

「いいんだ」とブラッドリーの口調は明るかった。「ニュースを聞くのはいつだってうれしいものだよ」

電話を切った。ウッドワードは、熱くなりすぎたと反省した。

上院委員会が打つ手は速かった。日曜日、全米のテレビジョン放送で、バターフィールドは上院委員会と国民の前にテープの全容をしぶしぶ暴露したのである。

「オーケイ」とブラッドリーは翌朝言った。「Bの上より上だね」

17 弾劾へ――

十一月の第一週にウッドワードは花瓶の位置を動かして、地下駐車場に行った。二週間前、大統領は、九本の大統領テープの提出を要求したウォーターゲート事件の特別検察官アーチボルド・コックスを解任した。エリオット・リチャードスン司法長官と副長官のウィリアム・ラッケルズハウスも辞任した。コックスから訴追されるのを怖れて、大統領はこの特別検察官のクビを切ったのだ、と。ホワイト・ハウスの内部では、職員たちは噂していた。コックスが去ると、大統領は世論と裁判所の命令に屈して、七本のテープを提供した。二本ははじめからなかった、と大統領の弁護士たちは言った。

ディープ・スロートのメッセージは簡潔だった。一本か二本のテープは故意に消した部分がある。

バーンスタインはホワイト・ハウスのいくつかのニュース・ソースを電話で取材した。四人は、テープの質が悪く、会話に「空白」があることを知っていると語った。しかし、それが故意に消されたものであるかどうかは彼らも知らなかった。ロン・ジーグラーはバーンスタインに、テープには空白も消した部分もないと言った。その反対を報道する記事は「不正確」である。バーンスタインは一つの案をジーグラーに示した。もしジーグラーが名誉にかけて、絶対に間違いないと誓ってくれるなら、記事をおさえよう。「われわれにとって問題なのは事実であって、名誉ではない」というのがジーグラーの回答だった。

記事は、テープには「疑わしい性質」の空白部分があり、「テープに手が加えられたと断定できるだろう」とディープ・スロートのことばを匿名で引用していた。

十一月二十一日の午後、ジーグラーがバーンスタインに電話をかけてきた。大統領の弁護士が、シリカ判事の法廷で、テープの一本に十八分三十秒の空白があると発表したのだ。

「われわれが先日話をしたとき、わたしは確かにそのことを知らなかった」

バーンスタインとウッドワードはジーグラーのことばを疑わなかった。大統領がホワイト・ハウス職員の誰にもテープを聞かせることを何カ月も拒否してきた事実を、多くのニュース・ソースから二人は知っていた。その間、大統領は、テープをすべて公開すれば、自分の無実が証明されるだろうと主張していたのである。

リチャード・ニクソンは自分の家で囚人になってしまった、と下僚たちは言っていた。秘密主義で、彼を弁護しようとする人たちまで信用せず、戦闘的になり、不眠症にかかっている。大統領就任以来、ニクソンの最も近くにいた側近の一人はウッドワードに力なく訴えた。「彼がウォーターゲートについて遠慮なく話す相手はベベ・レボーゾとボブ・アブプラナプしかいない」。どちらも、年来の親友である億万長者の実業家である。

フロリダ州のディズニーワールドで大統領は全米TV中継で、TVのニュース報道班を前にして言った。

「わたしは悪人ではない」

十二月二十八日、アレグザンダー・ヘイグ大統領補佐官がワシントンのレストランにいたキャサリン・グレアムに電話をかけてきた。その朝ポスト紙の第一面に載った両記者の二つの記事に抗議するため、サン・クレメンテからわざわざ電話してきたのだ。第一の記事は、大統領の自己防衛作戦、いわゆる「正直作戦」が中止され、ひたすら大統領の潔白を主張してきた、大統領の最も信頼する顧問のうち二人から見はなされてしまったことを報じていた。第二の記事は、大統領の弁護士団がH・R・ホールドマンとジョン・アーリックマンの弁護士に、ホワイト・ハウスが特別検察官に提出するはずの証拠書類のコピーを提供していると報じたのである。

ヘイグはこれらの記事を「言語道断」であると決めつけ、国家に対するポスト紙の「不正行為」と非難、こうした記事掲載の差止めをグレアム夫人に訴えた。

二人の記者はやがて知るのだが、ヘイグ自身は大統領の方針が賢明であったかどうかを疑うようになっていた。六カ月以上にわたって、ヘイグとヘンリー・キッシンジャーは、大統領と最も密接な関係にあった三人の前補佐官、すなわちホールドマン、アーリックマン、コルスンなど特別検察官の捜査の主目標との絆（きずな）を断ち切るよう、大統領に進言してきた。

ところが、大統領は三人と手を結んで法的な守りを固め、いぜんとして彼らと会い、電話で連絡をとりあってきた。一九七三年の夏のあいだ、キッシンジャーは、前補佐官たちと公式に絶縁し、ウォーターゲートの責任をある程度認めるよう、大統領に説得をつづけた。この説得工作はロン・ジーグラーに一蹴された。「懺悔(ざんげ)などとんでもない」とジーグラーは、キッシンジャーの進言をとりついだ大統領演説の起草者に言った。

一九七四年二月下旬、ウォーターゲート事件の特別検察陣はジェブ・マグルーダー、バート・ポーター、ドナルド・セグレッティ、ハーバート・カームバック、フレッド・ラルー、イーグル・クローグ、ジョン・ディーンの有罪答弁を得た。八社の企業とその幹部がCRPに対する不正献金で有罪を申し立てた。ワシントンでは、ドワイト・チェーピンが偽証罪で起訴された。ニューヨークでは、ジョン・ミッチェルとモーリス・スタンズが司法妨害、偽証の容疑で裁判中だった。

三月一日、一九七二年に民主党全国本部不法侵入犯人の起訴を答申したワシントンの大陪審は、ウォーターゲート事件もみ消し工作被疑者の起訴を決定した。司法妨害謀議で大統領の前補佐官と前選挙責任者の起訴を答申したのだ。ホールドマン、アーリックマン、コルスン、ミッチェル、ストローン、マーディアン、弁護士のケネス・パーキンスンの七名である。

一週間後、ワシントンの第二回の大陪審はダニエル・エルズバーグの精神科医診療所の不法侵入謀議で起訴を答申した。起訴されたのはアーリックマン、コルスン、リディのほか、ウォーターゲート不法侵入事件で被告となったバーナード・バーカー、ユージェニオ・マルティネスなど二人のキューバ系アメリカ人である。

憲法が「弾劾の唯一の権限」を認める下院を代表して、下院司法委員会はおよそ百年ぶりに、大統領の容疑事実の調査を開始した。ウォーターゲート事件大陪審の陪審長は、七名の起訴を答申したほかに、一通の報告書と、ディープ・スロートをはじめ何人かが大統領にとって決定的に不利だと主張する証拠のはいった書類鞄をシリカ判事に手渡した。検察側は、憲法が現職大統領の起訴の可能性を否定していると強硬に主張してきたので、陪審員は下院委員会にまわすことを勧告していた。

一月三十日、大統領は上下両院の合同会議、最高裁判所、各閣僚のほか、来賓、全国TV視聴者に年頭教書を発表した。「ウォーターゲートは一年で十分である」と大統領は教書のしめくくりに述べ、国家と議会がほかの緊急を要する課題に眼を転ずることを懇請した。

「最高権力者の犯罪と悪事」を審理すべきか否かを決定する人たち――下院――にもし下院が弾劾するならば、弾劾裁判で審理する人たち――上院――にそうした弾劾裁判の判事となる人――合衆国首席判事ウォーレン・バージャー――にそして、国民に……

大統領は述べた。「私は、合衆国国民のためになすべくアメリカ国民が私を選んだ職務からはなれる意志はまったくないことを、みなさんにお知らせしておきたい」

訳者あとがき

常盤新平

一冊の新刊がほとんどあらゆる新聞雑誌、ラジオ、TVから惜しみない賛辞をおくられるというのは、めったにない現象である。本書“All the President's Men”はそうした幸運にめぐまれて、すでに出版前から話題をさらっていた。しかし、いかなる讃辞も本書には当然の報酬ではなかろうか。

まず、著者であるボブ・ウッドワード、カール・バーンスタインという下積みの、しかし意欲的な二人の記者がいなかったら、またワシントン・ポスト紙が新聞の命運を賭けてまでこの二人の記者を支援しなかったら、ウォーターゲート事件は存在しなかったはずである。ウォーターゲート事件について、はじめから語ることのできる資格があるのは、ウッドワード、バーンスタインの二人の記者しかいない。本書の冒頭に「一九七二年六月十七日」と書けるのは、両記者の特権である。

本書に寄せられた讃辞をいろいろ引用していたら、それだけで一冊の本になるだろう。ニューヨーク・タイムズ書評誌（ブックレビュー）は本書を巻頭にとりあげて、書評子は本書の第一印象を「探偵小説」であると述べた。たぶん、多くの読者が本書から同じ印象を受けるにちがいない。これほどうまく出来た探偵小説はないのではないか。

しかし、本書は「フィクションではなく、歴史である」と書評子はいう。舞台はペリー・メースンの法廷ではなく、探偵はホームズでもワトスンでもなく、心ならずも主役を演じた二人の若い記者である。

おそらく、本書を一読すれば、ウォーターゲート事件の全貌がわかるだろう。民主党本部不法侵入という小さな事件に端を発したウォーターゲート・スキャンダルがまぎれもなく、大統領の陰謀であったことが明らかになるだろう。犯罪が発生して、探偵が活動し、犯人が突きとめられるわけだが、この場合の犯人は、ただ一人しかいないことがわかるはずだ。しかし、ウォーターゲート事件の報道はウッドワード、バーンスタインの両記者にとって、またワシントン・ポスト紙にとって、孤独な戦いだったのである。

「新聞の砲列」とよくいわれるが、ウォーターゲート事件の報道では、ポスト以外の他紙は事件から十カ月にわたりまったく沈黙していたといってもよかった。ポスト編集局長のハワード・サイモンズは、本書（五二六ページ）に引用されているマッカートニーに述懐している。

「われわれはこの報道では何カ月も孤立無援だった。私がこわいと思ったのは、ワシントンのジャーナリズムの正常な取材本能が働いているように思われないことだった。われわれはよく自問したものだった。ＡＰはどこにいるんだ？　ＵＰＩは？　ニューヨーク・タイムズは？　ニューズウィークは？　孤立無援の三百日だった」

ポスト紙がウォーターゲート事件を執拗に報道しつづけていたとき、ワシントンのほかの新聞は何をしていたのか？　ポスト紙に出来たことが、なぜ他紙に出来なかったのか？　本書はこの二つの疑問にも答えてくれるだろうが、あえて説明すれば、ワシントンのジャーナリズムには二つの世界があるということである。二種類の報道、二種類のアプローチがあるということである。一つはロナルド・ジーグラーによって伝えられる政府の公式発表、もう一つはポスト紙のウッドワードとバーンスタインの世界だ。経理内容をこつこつと調べてまわり、夜ごと関係者を訪ねては門前払いを食わされる記者たちの世界である。

一九七二年、ニクソンの再選を取材する記者たちは、「ホワイト・ハウス記者団」と呼ばれるエリートだった。年俸二万ドルから六万ドルの高給を食む記者たちだった。そして、彼らが取材する合衆国大統領の発言は最も重要な「ニュース」であり、したがって、大統領の発言を伝えるジーグラーは「帝王」だった。

ポスト紙の主幹ベンジャミン・ブラッドリーはいみじくも言う。「ヘンリー・キッシンジャーをファースト・ネームで呼べるような記者は、ウォーターゲート事件の報道では無用の長物だった」

ワシントン・ポスト紙の記者と編集者は総勢およそ二百三十名で、ニューヨーク・タイムズ紙につぐ陣容であり、その内報部（政治部）はタイムズ紙に比肩しうる優秀な人材をそろえている。この内報部がポスト紙ではいわば最も日のあたる場所であり、ワシントンのほかメリーランド、ヴァージニア両州の郊外都市を受け持つ「首都部」は内報部より格下であって、駆け出し記者はここで修業を積んで、内報部のスタッフに出世したいという夢を持っている。

ウォーターゲート事件に取り組んだのは、この首都部である。ハリー・ローゼンフェルドが一九七〇年、首都部長になったとき、スタッフは約八十名、みな若い記者だった。だから、ウォーターゲート事件の報道に対して、内報部からは「行き過ぎだ」との不満の声がだいぶあったらしい。ポスト編集局に一時は不穏な空気が流れたことも事実である。その間の事情については本書もちょっと触れているが、読者はそれを想像できるはずだ。その意味で、本書は一新聞の内幕物でもある。そしてまた、二人の無名の記者がインヴェスティゲーティング・レポーティング（追及する報道）によって成長していく記録でもある。

補足的なことを記せば、本書に「ラットファッキング」ということばが出てくる。調べたかぎりでは、サザーン・カリフォルニア大学（USC）で学内政治に使われたことばであり、対立候補の運動を妨害することである。「政敵（ラット）」を「混乱におとしいれる（ファック・アップ）」という意味である。ある書評を読んだところ、評者は二人の記者がこの続篇を書くことを期待し、「自由世界の指導者」であると同時に「ラット・ファッカーの主謀者」であるニクソンの仮面をはぐべきだと書いていた。

「ラットファッキング」とはじつにいまわしいことばである。

また、原題の“All the President's Men”はマザー・グースの“All the King's Men”からとったものだろう。王の家来たちが束になって王を守ろうとしても、だめだったという意味があると思われる。

『大統領の陰謀』は早くから話題になり第一刷十万部、そして出版前に第二刷の五万部が決定するほど前評判が高かった。タイム、ニューズウィークの両誌は出版前に大きく本書を紹介し、週刊のニューヨーカー誌も、ゲラ刷の段階でとりあげ、謎の人物ディープ・スロートについて巷間の噂を伝えた。ジェブ・マグルーダーかパトリック・グレイではないかという推測なのだが、同誌の書評子はジョン・ディーンの名前をあげている。あるいは、ディープ・スロートは複数の人物ではないかとの説もあった。

ペーパーバックの権利がワーナー・ペーパーバックスに百万ドルで売れた。映画化権はロバート・レッドフォードとワーナー・ブラザース社へ四十五万ドルでわたり、レッドフォードとダスティン・ホフマンが主演の映画は大成功だった。また三つのブック・クラブの選定図書に選ばれた。ブック・オブ・ザ・マンス・クラブ（七月）、プレイボーイ・ブック・クラブ（八月）、フォーチュン・ブック・クラブ（九月）である。英仏独伊のほかノルウェー、イスラエルで出版が決定した。

翻訳にあたっては、『ウォーターゲート――スパイと大統領の物語』（朝日新聞外報部　朝日新聞社刊）、『ウォーターゲート事件の背景』（渡辺恒雄氏　読売新聞社刊）、『ウォーターゲート事件』（大森実氏　潮出版社刊）を参考にした。

また、訳語については、『政府対新聞』(田中豊氏　中央公論社刊)、『ニューヨーク・タイムズの一日』(ルース・アドラー　山本晶訳　平凡社刊)に教えられるところが多かった。とくに『政府対新聞』のおかげで、校正の段階で術語のいくつかの誤りを訂正することができた。「文藝春秋」に掲載された大前正臣氏の抄訳も参考にした。

(一九七四年九月五日)

その後、『大統領の陰謀』から二年たって、ウッドワード、バーンスタインの二人はニクソンの没落を克明にたどる『最後の日々』を書いた。ウォーターゲート事件については多くの人が本を書いている。アーリックマンは事件の内幕を伝える小説、『ザ・カンパニー』を書いた。シリカ判事の回想録もある。そのなかでも、『大統領の陰謀』と『最後の日々』はウォーターゲート事件に関するかぎり、最高の記録であり、ノンフィクションの傑作である。『大統領の陰謀』がインヴェスティゲーティング・レポーティングであったとすれば、ニクソンのホワイト・ハウスの内側から描いた『最後の日々』はニュー・ジャーナリズムである。ベトナム戦争で、アメリカの言論の責任を追及する傾向が少しずつ現われてきた。蔣介石をあくまでも支持し、ベトナム戦争に肩入れしたヘンリー・ルースの、言論の指導者としての責任が問われるようになった。「タイム」、「フォーチュン」、「ライフ」をつぎつぎと創刊したルースはジャーナリストとしては確かに偉大ではあったけれども、権力者にのしあがってしまったのである。国家の外交政策に口出しするという傲慢なジャーナリストになったのが晩年のルースである。その間の事情はデーヴィッド・ハルバースタムが『力の存在』で明らかにしている。

ウォーターゲート事件もまたアメリカン・ジャーナリズムに深刻な反省の機会をあたえた。そのきっかけをつくったのが無名のウッドワードとバーンスタインである。二人は政治や権力と無縁のところで、ひたすら真実を追求した。それこそ、ジャーナリストのあるべき姿である。このことがあらためて認識されたのだった。『大統領の陰謀』と『最後の日々』は七〇年代アメリカン・ジャーナリズムの最大の収穫といっても過言ではない。めったにない興味津々の記録である。

（一九八〇年八月十五日）

新装版への訳者あとがき

本書が刊行されたとき、「ディープ・スロート」の存在が大きな話題になった。多くの人の名前があがり、大統領側近だったアレグザンダー・ヘイグではないかとも噂されて、ヘイグはもちろん否定した。はたして「ディープ・スロート」は実在するのかともいわれた。

噂は確認されないまま、ウォーターゲート事件そのものとともに「ディープ・スロート」も私たちの記憶からうすれていったが、あれから三十三年もたって、「ディープ・スロート」の正体が明らかになった。当時噂にもならなかったFBI副長官が「ディープ・スロート」本人であったことを認めたのだ。なぜいまごろになってと彼の告白は意外に思われたが、FBI副長官の回想録が出版されることから世に知られるところとなった。

このニュースにシーモア・ハーシュはウォーターゲート事件を回想した一文を週刊誌の「ニューヨーカー」に書いた。そのころハーシュはニューヨーク・タイムズ、ワシントン支局の記者として、バーンスタインやウッドワードと同じく事件を追っていたのである。しかし、つねにワシントン・ポスト紙の両記者の後塵を拝していた。このスキャンダルの取材にはニューヨーク・タイムズばかりでなく、他の有力紙もおくれをとっていたのだ。ハーシュはそのほろ苦い思い出を語っている。ポスト紙の両記者の徹底した取材ぶりに驚嘆しながら、やがてバーンスタインやウッドワードと親しくなった。

ハーシュはその後タイムズを辞めて「ニューヨーカー」のスタッフ・ライターになり、ホワイト・ハウスの内幕をレポートしながら、昨年の夏にはイラクの捕虜虐待事件をスクープして、いっそう名をあげた。ウォーターゲート事件ではハーシュもまたポスト紙の二人の記者と同じく下積みだったらしい。服装に無頓着だったのか、あるいはその余裕がなかったのか、上司が見かねてシャツやセーターを買ってくれたという。

バーンスタインとウッドワードも下積みの記者だったが、ハンバーガーで空腹をみたしながら、地道な取材によって大統領を辞任にまで追いこんだ。私は二人の行動に共感して、本書の翻訳を三か月で仕上げることができた。一九七四年の夏のことである。

バーンスタインとウッドワードは本書とその続編の『最後の日々』によってジャーナリズムのスターになった。けれども、二人のその後は大きく違った。ウッドワードはポスト紙に残って、いまや要職にあり、そのかたわらホワイト・ハウスやイラク戦争の大作を書いて、ジャーナリストとしてゆるぎない地位を築いた。

一方、バーンスタインはポスト紙を辞めて、目ぼしい仕事もせず、ウーマナイザー（女たらし）などと言われて浮名を流したにとどまって、久しく彼の消息を聞いていない。

ウォーターゲート事件は多くの人たちの人生を変えた。ただはっきり申しあげられるのは、

『大統領の陰謀』がノンフィクションの傑作であることだ。

シーモア・ハーシュはウォーターゲート事件のころを回想したのち、この事件から学ぶことを書きしるしている。それはひとことでいえば、アメリカの大統領はつねに高潔であらねばならないということだ。それが何よりも政治家に求められるモラルである、と。

（二〇〇五年七月二十五日）

著者あとがき　ウォーターゲート事件四〇年に寄せて

ボブ・ウッドワード＆カール・バーンスタイン
（早川書房編集部・訳）

サム・アーヴィン上院議員は、二〇年におよぶ議員としての務めを一九七四年にまっとうし、上院ウォーターゲート調査委員会の委員長として最後の報告書を提出するにあたり、こんな問いを発した。「ウォーターゲートとは何であったか？」

無数の答えが、一九七二年六月一七日以来、四〇年にわたって提出されつづけてきた。スーツを身につけ、ゴム手袋をはめた侵入犯の一団が、同日の午前二時三〇分にワシントンのウォーターゲート・ビル内にある民主党本部で逮捕された瞬間から。その四日後、ホワイト・ハウスは、自らの見解を発表した。「ある種の分子は事件を針小棒大にしようとするかもしれない」。報道官のロナルド・ジーグラーはこう嘲笑い、「三流のこそ泥」の仕業に過ぎないと退けた。

歴史は、事実がまったく異なるものであることを明らかにした。その二年後、リチャード・ニクソンは任期中に辞職した史上唯一のアメリカ大統領となり、捜査の妨害をもくろむ犯罪的な陰謀（ウォーターゲートもみ消し工作）において、大統領が果たした役割が最終的に立証されることになる。

それ以来、もうひとつの回答が、しばしば疑問視されぬまま、根強く生き残っている。もみ消し工作のほうが、犯罪事実そのものよりも悪質だとする意見である。この考えは、ニクソンの犯罪行為の規模と範囲を矮小化するものである。

自身の問いに対するアーヴィンの回答が、ウォーターゲート事件の重大さを暗示している。「一九七二年の大統領選挙に関する限り、この事件は、合衆国大統領が指名され、選挙で選ばれるというプロセスの無欠性を毀損するものであった」。だが、ウォーターゲート事件はそのような生易しいものではない。もっとも悪質なのは、アメリカの民主主義の心臓部に対して、ニクソン大統領自らがしかけた大胆不敵な攻撃だったという点だ。具体的には、合衆国憲法、自由選挙、法の支配に対する攻撃である。

今日では、私たちがワシントン・ポスト紙の若手記者としてはじめてこの事件を取材した頃よりもさらに多くの記録が明らかになっており、ウォーターゲート事件とそれが意味するものについて、疑問の余地のない回答とその根拠となる情報を提供してくれる。これらの記録は、数百時間におよぶニクソンの秘密録音テープの文字起こしとともども、数十年にわたり途切れることなく拡大を続けており、さらに詳しい前後関係を以下の記録に加えている。つまり、上下両院の公聴会の記録、刑務所行きとなった四十数人のニクソンの側近や部下たちに対する裁判と有罪宣告の記録、ニクソン自身と側近たちの回顧録である。こうした証拠資料によって、実際の政敵、もしくはそうと見なした人物に対する政治的諜報活動、妨害工作、その他の違法行為に関する、大統領の個人的な関与の実態を跡付けることができるのである。

一九六九年に始まる五年半の大統領在任期間中に、ニクソンは相互に関連し、重なり合う五つの戦争をしかけ、コントロールしてきた。すなわち、ベトナム反戦運動に対する戦争、ニュース・メディアに対する戦争、民主党に対する戦争、司法制度に対する戦争、そして、歴史に対する戦争である。これらすべてが、いかにもニクソンらしい物の見方と行動様式を反映していた。政治的な駆け引きで優位に立つために法を無視するのを厭わない姿勢、大統領としての地位を安泰に保つために、敵対者の知られたくないスキャンダルや秘密を嗅ぎ回ることなどである。

ウォーターゲート・ビル侵入事件のはるか以前から、内偵、不法侵入、盗聴、政治的妨害工作が、ニクソンのホワイト・ハウスによる常套手段と化していた。

ウォーターゲートとは何であったか？　それは、ニクソンがしかけた五つの戦争である。

一・ベトナム反戦運動に対する戦争

ニクソンの最初の戦争は、ベトナム反戦運動に対する戦争だった。この運動を社会の秩序を攪乱するものと考えた大統領は、自らの任期中に東南アジアで戦争を遂行する能力に対して、足かせとなる動きと見なした。一九七〇年に、ニクソンは最高機密のヒューストン計画を承認、この計画は「国内の安全保障上の脅威」と見なされた個人に対する電子監視を強化する権限を、ＣＩＡ、ＦＢＩ、軍のインテリジェンス・ユニットに付与するものだった。計画は、手紙の開封や「不正な侵入」についての規制を取り払うことをとくに要求していた――すなわち、不法侵入や「ブラック・バッグ・ジョブ（秘密情報収集活動）」といった活動である。

大統領補佐官で、この計画を立案したトーマス・チャールズ・ヒューストンは、ニクソンに計画の違法性を伝えたものの、大統領は構わずに承認した。FBI長官のJ・エドガー・フーヴァーが反対するまで、この計画が正式に撤回されることはなかった。FBIの反対は原理・原則論から出たものではなく、そのような活動はFBIの領分だとフーヴァーが考えていたからだった。諦めることを知らないニクソンは、作戦に執着しつづけた。

一九七〇年三月付のメモのなかで、大統領補佐官のパトリック・ブキャナンは、「民主党を支える基盤に集結している、左派の組織的な力」と彼が名づけたものについて、ニクソンに警告を発している。とくに注視していたのは、ワシントンのシンクタンクで、リベラル寄りのブルッキングス研究所だった。

一九七一年六月一七日、ウォーターゲート・ビル侵入事件のちょうど一年前、ニクソンはホワイト・ハウスの執務室で、大統領首席補佐官のH・R・〝ボブ〟・ホールドマン、安全保障問題担当補佐官のヘンリー・キッシンジャーの二人と会っている。用件は、前大統領リンドン・ジョンソンが一九六八年にベトナム空爆を中止した経緯に関するファイルのことだった。

「この件についてジョンソンを脅すことができますし、やる価値はあるでしょう」。会合を録音したテープによると、ホールドマンはそう述べている。
「ええ」。キッシンジャーも同調した。「ボブも私も、三年間ずっと、こいつをどうにかしようとしてきました」。二人はジョンソンの行動に関する完璧な証拠を求めていた。
「ヒューストンが、ブルッキングスにファイルがあると請け合っています」。ホールドマンが言う。

ニクソンはこう答えた。「ボブ、ヒューストンの計画を覚えているだろう？　そいつを実行するんだ。……つまり、窃盗まがいの手も辞さないということだよ。実にいまいましい。行ってファイルを押さえるんだ。警報装置を吹き飛ばして、そいつを取ってくるんだよ」

ニクソンは、そのままでは終わらせなかった。ホールドマン、キッシンジャーとの会話を録音した別のテープによると、それから一三日後に大統領は次のように語っている。「潜入して、取ってくるんだ。わかるだろう？」

翌朝、ニクソンはこう言った。「ボブ、ブルッキングスの例のものを今すぐ押さえるんだ。あそこの警備を破って、うまいこと持ってこようじゃないか」。その日の午前中には再び、この件にこだわりを見せている。「いったい誰が、ブルッキングス研究所に行くんだ？」

何らかの理由によって、この侵入計画は実行されなかったことが明らかである。

二・ニュース・メディアに対する戦争

悪化しつつあるベトナムの戦況と、成果を上げつつある反戦運動に関して、ますます執拗に報じるようになっていた報道機関に対し、ニクソンの第二の戦争が絶え間なくしかけられた。フーヴァーはヒューストン計画をお払い箱にしたと思い込んでいたものの、実はニクソンの高官らによってこの計画が密かに実行に移されていた。内政担当補佐官のジョン・アーリックマンと副補佐官のイーグル・クローグの指揮のもとに「鉛管工」グループと侵入班が組織され、のちにウォーターゲート・ビル侵入の現場指揮官となる元CIAエージェントのハワード・ハントと元FBIエージェントのG・ゴードン・リディによって率いられた。ハントは、ニクソンの政治上の盟友であるチャールズ・コルソンに顧問として雇われており、コルソンの断固たる性質は、大統領と肌があった。

初期の任務はダニエル・エルズバーグの評判を貶める(おとし)ことだった。ベトナム戦争の秘密の歴史が記された国防総省秘密文書(ペンタゴン・ペーパーズ)を、一九七一年にメディアに提供した人物である。ニューヨーク・タイムズ、ワシントン・ポスト、そして他の新聞各紙にこの文書が公開されたことで、ニクソンは激怒した。録音テープによると、怒りの矛先は、エルズバーグ、反戦運動、マスコミ、ユダヤ人、左翼、議会のリベラル勢力などを一緒くたにしたものに向けられていた。すでにエルズバーグは起訴され、スパイ行為で告発されていたにもかかわらず、ハントとリディに率いられたチームがエルズバーグが受診していた精神科医のオフィスに侵入し、彼の評判に泥を塗り、ベトナム反戦運動家たちの間での評判を貶めるような証拠を物色した。

「放ってはおけないぞ、ボブ」。一九七一年六月二九日に、ニクソンはホールドマンにこう述べている。「あのユダヤ人(ジュー)に例の書類を盗まれて、おいそれと逃がすわけにはいかない。

そうだろう？」。

ニクソンは続けた。「民衆は、ああした東部のエスタブリッシュメント連中を信用しない。やつはハーバード出だ。ユダヤ人だ。つまり、尊大なインテリだよ」。

反ユダヤ的なニクソンの怒りの発作は、彼に近い側近たちにはおなじみのもので、そのなかには、自らもユダヤ人である数名の補佐官も含まれていた。一九七六年に刊行した私たちの著書『最後の日々』（常盤新平訳、文藝春秋、一九七七年）でも書いたように、ニクソンはキッシンジャーを含む幹部たちに、「ユダヤ人の陰謀団が私に迫っている」と述べることがあった。一九七一年七月三日、ホールドマンとの会話のなかで、ニクソンはこう語っている。「政府はユダヤ人だらけだ。それに、ほとんどのユダヤ人は裏切り者だ。言いたいことはわかるだろ？　ガーメント［ホワイト・ハウス顧問のレナード・ガーメント］、キッシンジャー、それにサファイア［大統領スピーチ・ライターのウィリアム・サファイア］。幸いなことに、この三人は例外だよ。だが、ボブ、一般に、あのろくでなしどもは信用ならん。やつらは寝返るからな」。

エルズバーグのリークは、ニクソンの偏見とパラノイアに油を注いだようだった。

ベトナム情勢に関するメディアへのリークが疑われる事案に対して、キッシンジャーは一九六九年に裁判所の許可を得ぬまま、一七人のジャーナリストとホワイト・ハウス補佐官の電話の盗聴をFBIに命じた。リークとおぼしき情報に基づく多くのニュース記事が、アメリカの継戦努力に疑問を投げかけ、ベトナム反戦運動をさらに勢いづかせていた。一九七一年二月二二日の大統領執務室における録音テープのなかで、ニクソンはこう言っている。「短期的に見れば、実に簡単なことだよ。そうじゃないか？ 有無を言わせぬやり方でこの戦争を遂行するためにも、記者連中を皆殺しにして、戦いを続行するんだ」。「マスコミは君の敵だよ」。別のテープによると、その五日後に行なわれた統合参謀本部議長のトーマス・H・ムーア提督との会談のなかで、ニクソンはそう語っている。「敵だよ。おわかりかな？ ……ただし、そんな素振りはおくびにも出してはいけない……一杯振る舞ってやり、うまくあしらうんだ。さもマスコミ好きで、助力を惜しまないかのように。だが、あのろくでなしどもに手を貸してはいけないよ。決してね。やつらはわれわれの急所にナイフを突き立ててやろうと狙っているんだから」。

三．民主党に対する戦争

三番目の戦争において、ニクソンは、鉛管工グループ、盗聴、不法侵入犯などのスパイや武器を、自身の再選を阻もうとする民主党陣営に向けて展開した。

大統領再選委員会の委員長でニクソンの腹心の友であるジョン・N・ミッチェルは、司法長官時代の一九七二年前半にリディに会っている。リディはミッチェルに、来たる大統領選挙の期間中にスパイや妨業（サボタージュ）を行なう一〇〇万ドル規模の計画、コードネーム「ジェムストーン（原石）」を提案した。

上院のウォーターゲート調査報告書、および一九八〇年に出版されたリディの自伝によると、リディはCIAが準備した多色の図表を使って計画の詳細を説明した。ダイヤモンド計画では、襲撃チームや誘拐チームを使って、ベトナム反戦運動家たちを無力化する。石炭(コール)計画では、民主党の大統領候補を狙うブルックリン選出の黒人女性の下院議員シャーリー・チザムに現金を送り、人種・ジェンダーに関する不和の種を民主党内に撒く。オパール計画では、民主党の大統領候補であるエドマンド・マスキーやジョージ・マクガヴァンの事務所を含むさまざまな標的に対して電子監視を行なう。サファイア計画では、民主党の党大会期間中に、マイアミ・ビーチの沖に浮かべたヨットに売春婦を揃え、客との会話を盗聴する。

ミッチェルはこの案を却下し、リディに書類を焼却するように言った。三週間も経たぬうちに持たれた二回目の会合では、規模を縮小した五〇万ドルの計画をリディは提案した。ミッチェルは今度も却下した。だが、選挙対策副委員長のジェブ・マグルーダーの話によれば、その直後にミッチェルは二五万ドルの計画を了承した。この計画は、盗聴や不法侵入による民主党員の情報収集活動を含んでいた。

宣誓のもとで、のちにミッチェルは計画を了承したことを否定した。「われわれにこの計画は必要ない。もうたくさんだよ」とマグルーダーに対して述べたとミッチェルは証言した。彼自身の説明によれば、計画が違法であるという見地から拒絶したのではなかった。

一九七二年一〇月一〇日、私たちはポスト紙の記事で、ニクソン再選委員会とホワイト・ハウスが行なっていた民主党に対するスパイ行為、とくにマスキーに対する広範囲におよぶ妨業とスパイ活動の概略について書き、ウォーターゲート・ビルへの不法侵入は単独に発生した事件ではないと主張した。記事では、少なくとも五〇人以上のスパイが諜報と妨業に従事しており、その多くは、ドナルド・セグレッティという名のカリフォルニアの若き弁護士の指揮のもとにあると書いた。数日後には、セグレッティが、大統領副補佐官のドワイト・チェーピンに雇われていたことを報じた（上院ウォーターゲート調査委員会は、のちに、五〇人以上のスパイ要員を確認しており、うち二二人はセグレッティに雇われた人間だった）。ニクソンの顧問弁護士ハーバート・カームバックは、選挙基金の残額から、こうした秘密活動の資金としてセグレッティに四万三〇〇〇ドル以上を支払っている。作戦全体を通じて、セグレッティはハワード・ハントから定期的に接触を受けていた。

上院の調査によって、一九七一年および七二年初頭に、ニクソンを打ち負かす可能性がもっとも高い民主党の候補とホワイト・ハウスから目されていた、マスキーに対する強力な秘密作戦のさらなる詳細が明らかになっている。大統領の陣営は、エルマー・ワイアットというボランティアの運動員だったマスキーの運転手に毎月一〇〇〇ドルの金を握らせ、内部のメモ類、政策方針書、予定表、戦略文書を撮影させ、それらのコピーをミッチェルおよびニクソンの選挙スタッフに届けさせていた。

マスキーに向けられたその他の妨業のなかには、偽ニュースの発表や他の民主党候補者に対する性的不品行の虚偽の申し立ても含まれており、それらは偽造したマスキーの便箋を使って行なわれた。各地の選挙事務所で大混乱を引き起こした汚い常套手段には、マスキーの支援者たちが磨いてもらうためにホテルの玄関に脱いでおいた靴を掃き集め、ゴミ容器に投じるというものも含まれていた。

大統領の録音テープによると、首席補佐官のホールドマンは、一九七一年五月に、チェーピン－セグレッティの妨業計画についてニクソンに報告している。一九七二年四月一二日付でホールドマンとミッチェルに宛てたメモのなかで、パトリック・ブキャナンともう一人のニクソンの補佐官は次のように書いている。「マスキー上院議員が初期の予備選挙を制するのを阻止すること、四月の党大会での勝利を確実なものにすること、マスキーを排除して、秋までに民主党の結束を固めさせること。こうしたわれわれの主要な目的は達成された」

録音テープは、もう一人の民主党員に対するニクソンの執心ぶりも明らかにしている。エドワード・ケネディ上院議員である。ハントがホワイト・ハウスのために引き受けた最初の仕事のひとつが、ケネディの性生活にまつわる醜聞を探ることであり、それは、一九六九年にマサチューセッツ州チャパクィディックで起きた自動車事故により、ケネディの若き秘書メアリー・ジョー・コペクニーが死亡した事件に端を発するものだった。ケネディは一九七二年の大統領選に出馬しないと宣言していたものの、選挙戦において大きな役割を果たすことは確実であり、一九七六年の選挙への出馬は否定していなかった。

「ケネディの会話を何としても録音してもらいたい」。一九七一年四月に、ニクソンはホールドマンにこう言った。一九九四年に出版されたホールドマンの著書 *The Haldeman Diaries*（『ホールドマン日記』）によると、大統領は、ケネディの評判を貶めるような場面を写真に撮り、マスコミに流すことも望んでいた。

民主党の大統領候補であるマクガヴァンの選挙運動を手伝うために、ケネディがシークレット・サービスの警護を受けるようになると、ニクソンとホールドマンはケネディを監視下に置くための新たな計画について話し合った。ニクソンの副大統領時代に警護班の一員だった元シークレット・サービスのロバート・ニューブランドを、ケネディの警護チームに潜入させる計画である。

「私がニューブランドに話し、どのように近づくかを伝えます」。ホールドマンは語っている。「ニューブランドは、私が言えばどんなことでもやりますから」

「うまいことやって、あのろくでなしの尻尾を掴み、七六年の選挙に出馬できないようにしてやろう」。大統領はこう付け加えた。「こいつは面白くなるぞ」。

一九七一年九月八日、ニクソンはアーリックマンに命じ、内国歳入庁に、ケネディをはじめとする民主党の大統領候補予定者たち全員の納税申告書を調査させるように伝えた。「われわれは、やつらの納税申告書を追いかけているか?」大統領は訊ねた。「言いたいことはわかるだろう。きっと、ものすごい宝の山だぞ」。

四・司法制度に対する戦争

ウォーターゲート不法侵入犯たちの逮捕により、ニクソンは第四の戦争、すなわちアメリカの司法制度に対する戦争をしかけた。これは嘘と口止め料の戦争であり、高官らの関与を覆い隠し、違法な諜報活動と政治的妨業における大統領の策動を隠すために不可欠な陰謀であり、ウォーターゲート事件の公聴会でミッチェルが述べた「ホワイト・ハウスの恐怖」と呼ぶ秘密工作を含むものだった。すなわち、ヒューストン計画、鉛管工グループ、エルズバーグの担当医オフィスへの侵入、リディのジェムストーン計画、ブルッキングス研究所への侵入の提案などである。

録音テープによると、一九七二年六月二三日、ウォーターゲート不法侵入犯たちの逮捕から六日後、ホールドマンはニクソンにこう警告している。「捜査において、その、民主党本部侵入の件ですが、われわれの背後に迫っている問題があります。FBIにはこちらの息がかかっていませんから……現在、FBIの捜査は際どい域に入りつつあります。彼らはカネの流れをたどることができます」。

もしFBIがウォーターゲート事件の捜査を中止しなければ、国家の安全保障が危機にさらされることになるとCIAに警告させるという新たな計画を、ミッチェルが考案したとホールドマンは述べた。

ニクソンはこの計画を了承し、CIA長官のリチャード・ヘルムズと副長官のヴァーノン・ウォルターズにこう伝えるよう、ホールドマンに命じた。「厳しく当たるように」。大統領は指示した。「それが彼らの仕事であり、われわれがこれから行なうことでもある」。

テープの内容は、一九七四年八月五日に明らかになった。ニクソンが辞任してから四日後のことだった。

もう一本のテープが、一九七二年八月一日の大統領執務室での会話を録音している。不法侵入犯の逮捕から六週間後、ニクソンの選挙資金が、侵入犯のうち一人の銀行口座に振り込まれていることを明かした私たちの最初の記事が、ポスト紙に掲載された日である。

ニクソンとホールドマンは、侵入犯とその指示者たちが連邦捜査官に供述しないよう、口止め料を払う件について話し合っていた。「彼らにはカネを払う必要がある」。ニクソンは語っている。「それで済むことだ」。

一九七三年三月二一日、侵入事件以来、もみ消し工作を任務としてきた大統領法律顧問のジョン・W・ディーンとニクソンとの会合は、ウォーターゲート事件の渦中に録音されたもっとも印象的な会話のひとつとなった。

ハントと不法侵入犯たちによって、「われわれは脅迫されています」とディーンは報告し、さらに多くの人間が「偽証しはじめています」と述べた。

「いくら必要なんだ?」ニクソンは訊ねた。

「おそらく、こうした連中には、今後二年間で一〇〇万ドルはかかるでしょう」。ディーンは答えた。

「現金で用立てよう」。大統領は応じた。「私は、どこにいけば手に入るか知っている。その、簡単ではないんだよ、だが何とかしよう」

ハントは一二万ドルを直ちに支払うよう要求していた。二人は、ハントと侵入犯たちに対する大統領特別恩赦について話し合った。

「大統領が恩赦を与えられるかどうか、定かではありません」。ディーンは述べた。「危険すぎるかもしれません」。

「七四年の選挙が終わるまではダメだ。それははっきりしている」。ニクソンはきっぱりと述べた。

ホールドマンが部屋に入ってきて、ニクソンは「刑務所にいるバカどもの面倒を見るための」方法について話を続けた。

三人は、次のことを話し合った。ホワイト・ハウスに保管してある三五万ドルの秘密資金、聖職者を使って侵入犯たちに密かにカネを支払うことができるか、ラスヴェガス、あるいはニューヨークのブックメーカー（賭屋）を使った資金「洗浄」、新しく大陪審の陪審員を選出し、関係者全員が合衆国憲法修正第五条に訴えたり、記憶違いを主張したりできるようにする案などである。最終的に、彼らはミッチェルを緊急の資金調達任務のために派遣することに決めた。

大統領はディーンの働きを称えてこう言った。「君はことを適切に処理した。うまく封じ込めたんだよ。選挙が済んだら、新しい計画について話そうじゃないか」。

五．歴史に対する戦争

ニクソンのしかけた最後の戦争は、ウォーターゲート事件の深刻さを過少に見せ、大統領の事績のなかの些細な出来事にしてしまおうとするものである。大統領のかつての側近や歴史修正主義者らによって、この戦いは今日なお続けられている。ニクソンは辞任後も二〇年を生き、倦むことなくこのスキャンダルの矮小化に努めた。

ジェラルド・フォード大統領による完全赦免を受けたにもかかわらず、ニクソンはいかなる犯罪にも関与していないと主張した。英国人のジャーナリスト、デイヴィッド・フロストによる一九七七年のテレビ・インタビューのなかで、ニクソンは自身が「アメリカの人びとの気分を害した」ものの、司法手続きを妨害したことはないと述べた。「もみ消し工作などとは考えませんでした。もみ消しを企図したことはありません。そうです、もしもみ消し工作が念頭にあれば、それを実行していたでしょうから」

一九七八年に出版した回想録 *RN* のなかで、ニクソンはウォーターゲート事件における自身の役割を明らかにした。「私の行為と不作為は、遺憾なものであり、もはや弁解は効かないかもしれないが、弾劾に値するものではなかった」。一二年後、その著書『ニクソンわが生涯の戦い』(福島正光訳、文藝春秋、一九九一年)のなかでは、ウォーターゲートに関する数々の「でっち上げ」を公然と非難し、自身に対する告発の多くについては無実であると主張した。あるでっち上げは、ハントと他の人間への口止め料の支払いを彼が命じたとするものであると述べている。しかし、一九七三年三月二一日に、金を調達せよとディーンに対して一二回命じていることが、録音テープから明らかである。

今日なお、ニクソン派の残党や擁護者が存在しており、ウォーターゲートの重大性を忘れさせようとしたり、重要な疑問の答えが出ていないままだと主張したりしている。二〇一二年に、ジョージ・ワシントン大学創作講座部長のトーマス・マロンが、*Watergate* という小説を発表した。ところどころウィットに富み、多くの実在の人物が登場するものの、全体としてはフィクションである。ホワイト・ハウスにおけるニクソンのかつての側近であり、現在はニクソン財団で働くフランク・ギャノンが、ウォール・ストリート・ジャーナル紙で、この本を書評した。

「本書を読んで浮かび上がってくるのは、一九七二年六月一七日に起きた出来事について、私たちが未だにどれほど多くのことを知らないか、という深刻な思いである」。ギャノンはこう書いている。「誰が侵入を指示したのか？……真の目的は何だったのか？　わざとしくじったのか？　ＣＩＡはどの程度、関与していたのか？……そして、ニクソンほどタフで抜け目のない政治家が、〝三流のこそ泥〟によってやすやすと引き摺り下ろされたのはどうしてなのか？」

「私にも謎である」

もちろん、ギャノンが、まだ答えの出ていない問いがいくつか残っているとしたのは正しい――もっとも、それらは大きいものではない。ギャノンは、一九七二年六月一七日の侵入事件に関わる事実の些細とされる点に注意を向けさせることで、私たちの目をもっと大きな構図からどうにか逸らそうとしたのである。

この話に関して言えば、推測が必要な「謎」はない。

一九七四年の夏、ニクソンの前に立ちはだかったのは、マスコミでもなければ民主党でもなく、大統領が属する与党・共和党だった。

七月二四日、合衆国最高裁は、ニクソンがウォーターゲート事件特別検察官から要求された秘密録音テープを提出するよう、八対〇で裁決を下した。大統領によって任命された判事のうちの三人、ウォーレン・E・バーガー裁判長、ハリー・ブラックマン判事、ルイス・パウエル判事が賛成した。ニクソンに任命されたもう一人の判事ウィリアム・レンクイストは、裁決を辞退した。

三日後、下院の司法委員会が、ウォーターゲートもみ消し工作において司法手続きを妨害した九つの行為に関して、ニクソンに対する弾劾勧告を決議するにあたり、六人の共和党議員が民主党議員に加わって賛成に回り、二七対一一で決議案は採択された。

八月には、議会におけるニクソンの弾劾が差し迫っていることが確実になり、バリー・ゴールドウォーター上院議員を筆頭とする共和党議員の一派が一致結束して、ニクソン時代の終わりを宣言した。「あまりにも多くの嘘がつかれ、あまりにも多くの犯罪行為が行なわれた」と、ゴールドウォーターは述べた。

八月七日、この一団がホワイト・ハウスのニクソンを訪れた。

上院で弾劾裁判となった場合、何票握っているのかと大統領は訊ねた。

「今日、ちょっと票読みをしました」。ゴールドウォーターは答えた。「非常に堅い四票より上の数は見込めません。それらは南部選出の古株の議員たちです。一部は、事態の推移を非常に憂慮しており、態度を決めかねています。私もその一人です」。

翌日、ニクソンは全国放送のテレビに出演し、辞任を発表する。

立憲主義者として両党から一目置かれていた七七歳のサム・アーヴィンは、上院議員としてウォーターゲートに最後に言及した際に、次の問いを発した。「なぜ、ウォーターゲート事件は起きたのか？」

大統領と側近たちに「政治権力に対する渇望」があったからだ、とアーヴィンは自らの問いに答えた。その渇望が「倫理的な顧慮や法的要求に関して彼らを盲目にした。すなわち、アリストテレスの警句にあるように、『人間の善性こそが、政治の目的でなければならない』という点についてである」。

ニクソンは大統領としての道徳的正当性を失った。彼の秘密録音テープとそれらが明らかにしたものが、おそらく、もっとも永続的な政治的遺産となった。これらのテープのなかで、ニクソンは、自らにとって何が善か、自身の歴史的位置付けについて、そして何よりも、恨み、敵意、復讐の企みについて、ほぼ止むことなく語っている。決して吠えないように見える犬が、いかなる点からも、国家の安寧のためには善であり、必要なのだ。

一九七二年から七四年にかけて、私たちがワシントン・ポスト紙で報じたウォーターゲート事件は、今日明らかになっているウォーターゲート事件ではない。私たちの報道は、もっと悪質なもののほんの一端を垣間見ていたに過ぎなかった。ニクソンが辞任に追い込まれる頃には、ホワイト・ハウスは、驚異的な規模の一大犯罪結社に変えられてしまっていた。

一九七四年八月九日、ホワイト・ハウスを去る日に、ニクソンは東棟で、スタッフ、友人、閣僚たちに向けて感動的な離任演説を行なった。家族がそばに付き添っていた。演説の終盤で、いちばん肝心なくだりを強調するかのように、大統領は腕を振った。

「いつもこのことを覚えておいてください。人はあなた方を憎むかもしれません。しかし、あなた方がその人たちに憎しみを抱かない限り、彼らが勝利することはありません。さもなければ、あなた方は自らを破滅させてしまうのです」。

彼の憎しみは、自らの転落を招いた。ニクソンはこのことをはっきりと認識していたものの、遅きに失した。大統領はすでに破滅していたのである。


（二〇一二年六月八日、ワシントン・ポスト紙掲載）

解 説

今なお古びない調査報道のリアル

TBSキャスター
松原耕二

調査報道という言葉を聞いて、みなさんはどんなイメージを抱くだろうか。優秀なベテラン記者たちで構成される特別なチームが、隠された事実を暴いていく。そんな場面を想像する人もいるのではないかと思う。しかし実際にはそんなことはまれだ。大手と呼ばれるメディアでもたいていは日々のニュースに追われ、調査報道に力を入れる余裕はない。

それでは調査報道と呼ばれるものはどうやって生まれるのか。

本書『大統領の陰謀』を読み返して驚いたのは、四十年以上前の出来事にもかかわらず、少しも古く感じられなかったことだ。そこに描かれている「調査報道のリアル」は、今の時代でも変わらない。いや調査報道が失われているという嘆きが聞こえてくる今だからこそ、もっと言えばロシア疑惑を抱え、記者たちと敵対するトランプ大統領の時代だからこそ、その重要性が身にしみるのかもしれない。

当時のニクソン大統領を追い詰めていくのは、ベテランの記者ではない。それどころか新人のボブ・ウッドワード記者と、六年目のカール・バーンスタイン記者。ともに二十代で市報部という部署に所属、要はローカルニュース担当だったのだ。しかしもし、ホワイト・ハウス詰めのエリート記者がウォーターゲート事件を担当していたとしたら、権力に近すぎておそらく大統領の陰謀を暴くことはできなかっただろう。

きっかけが決して大きいとは言えない事件だったことも、調査報道のリアルを感じさせる。ワシントンDCのウォーターゲート・ビルにある民主党本部に、盗聴装置を持った五人の男が不法侵入して逮捕された。ちんけな事件として片付けられてもおかしくなかったこの出来事を取材し続けたのは、記者の嗅覚と言っていいだろう。五人のうちのひとりが元CIA職員であることを知ったウッドワードは、その背後にある何かを感じとったのだ。偉大な調査報道も多くの場合、小さなほころびを見逃さないことから始まるのだ。

かくしてウッドワードとバーンスタインの取材が始まるのだが、意外にも、ふたりの関係は当初は悪かったと言ってもいい。イェール大学を出たインテリのウッドワードと、たたき上げで他人を押しのけてでも自分の署名記事にしてしまうバーンスタインは、警戒し合っていたのだ。手柄を独り占めにされるのではないか。ふたりが相手に抱いていたそうした疑心暗鬼を溶解させたのは、記事にふたりの名前を入れるというルール、つまり新たなネタをどちらかが取ってこようと、ふたりの署名記事にすることだった。

それは魔法のような効果を生み出す。それならば協力していいものを出した方が得だという気持ちが、ふたりのなかに芽生えていく。しかも、それまで疑心暗鬼の原因となっていた性格や手法の違いは、互いの足りないところを補う武器になっていくのだ。それがふたりをジャーナリズムの歴史に残る名コンビにするのだけれど、こうした人間くさいエピソードが、本書を単なる取材記録にとどまらないドラマに仕立て上げている。

もうひとつ驚かされたのは、彼らはウォーターゲート事件に専念するよう正式に命じられたことが一度もないという事実だ。専念するチームになると、記事が出ないときなど、社内から「あいつらは遊んでいられていいよな」とか、「俺たちは日々のニュースを追うのにこんなに忙しいのに」といった不満や嫉妬の声が出るようになる。要は組織が微妙にぎくしゃくしてくるのだ。ところがウッドワードとバーンスタインは記事を出し続けることで、専念しているのと同じ環境を自ら獲得していく。これもまた調査報道のリアルのひとつだろう。

さらに上司の役割が決定的に重要であることは、今の時代もまったく変わらない。取材が権力の中枢に近づけば近づくほど、報道の幹部、いや報道にとどまらず社の幹部は神経質になっていく。一歩間違うと自分たちの首が飛ぶかもしれないのだ。そうしてメディアの腰が引けてしまうケースはいくらでもある。もちろん今の日本も例外ではない。

ところがウッドワードとバーンスタインの上司であるベン・ブラッドリー編集主幹は、権力側からの圧力にも決して屈しない。ふたりが大統領再選委員会のメンバーひとりひとりの家に夜な夜な取材をかけたことに対して、委員長から「女性のアパートを訪ねたり、ロビーから電話をかける」のは嫌がらせだと抗議されると、ブラッドリー主幹はこう言ってのける。

「その二人について、そんなお褒めのことばをいただいたのは久しぶりだ」

その姿勢はホワイト・ハウスがワシントン・ポスト紙をあからさまに攻撃し始めても変わらない。ふたりの記者に記事の正確さを厳しく要求する一方で、確証さえ持てれば迷わず掲載を認める。もし当時、記者たちに理想の上司を尋ねるアンケートがあったら、ブラッドリー主幹がトップになっただろうと思わせるほどの、格好良さなのだ。
取材方法については、時代が映し出されている。インターネットやメールがないから、彼らが積極的に使うのは電話だ。もちろん携帯電話などない。彼らは職場の固定電話をフル活用する。個人情報への意識がまだ薄い時代だからだろう、自宅の電話番号は電話帳をめくれば載っているし、ホワイト・ハウスにかけると、電話交換手がつないでくれて、いきなり高官本人が電話に出たりする。もちろん署名記事によってふたりの名前が知られるにつれ、相手が応じてくれるようになるという要素はあるにしても、固定電話が大活躍するさまはなんだか妙に新鮮に感じられた。

そしてもうひとつ、忘れてはいけないのが「ディープ・スロート」の存在だ。この調査報道がここまで人々の記憶に残ることになったのは、大統領を追い詰めたということだけではない。「ディープ・スロート」と彼らが呼ぶ、謎めいた情報提供者がいたことだ。取材源は明かさないという記者のルールに従って、ウッドワードとバーンスタインが口をつぐんだため、ディープ・スロートは誰なのか、否応なく人々の想像力をかきたてた。ウッドワードをロバート・レッドフォード、バーンスタインをダスティン・ホフマンが演じた映画「大統領の陰謀」でも、ディープ・スロートはとても印象深く描かれている。節目、節目に登場し、夜中の地下駐車場でウッドワードに取材の方向性を示す。それでいて顔は闇に沈んでよくわからない。

その正体がわかったのは、それからほぼ三十年たった二〇〇五年のこと。なんとディープ・スロートはFBIのナンバー2だったのだ。その名はマーク・フェルト。認知症を患っていた本人に代わって家族が公にしたため、ワシントン・ポスト紙もその事実を追認する。当時、私はニューヨークに赴任していたのだけれど、そのニュースは全米をかけめぐり、議論を巻き起こした。記者に情報を流したマーク・フェルトは愛国者か、それとも売国奴なのか。

その騒動のころ、私はひょんなことからバーンスタインにインタビューする機会を得た。バーンスタインはニクソン大統領が辞任した二年後にワシントン・ポストを退職、その後はテレビのリポーターをつとめたり、大学で教えたりしていた。そのバーンスタインがディープ・スロートのことをどう考えているのか、さらにはウォーターゲート事件が彼の人生にどんな影響を与えたのか、聞いてみようと思ったのだ。

ホテルの一室に現れたバーンスタインは、映画で彼の役を演じたダスティン・ホフマンを横にふた回り大きくしたような体つきになっていた。若き伝説の記者もすでに六十一歳だった。

「マーク・フェルトは国を裏切ってなんかいない」とバーンスタインは断固とした口調で言った。「国を裏切ったのはニクソンだ。大統領が罪を犯し、合衆国憲法を傷つけた。フェルトは大統領が国を裏切るのを止めようとしたんだ」

当時の日々について尋ねると、彼はとたんに頬を緩めた。

「私はボブ（ウッドワード）より事実が持つ意味合い、それを推理によって描き出すという記事を書く。ボブはもっと事実を積み重ねて細部をつめていく手法をとるんだ。それらは同じくらい重要なんだ。ウォーターゲート事件の追及がうまくいったのは、ふたりのコンビネーションがよかったからだ」

「あらためて事件を振り返って、いま何を感じますか？」と私は尋ねた。

「もう遠い昔だねえ」

バーンスタインは目を細めた。「明らかに私の人生でもっとも輝かしい経験だ。ウォーターゲート事件は私の人生を変えた。素晴らしい機会を与えてくれた。ただ記者としてだけでなく、一人の人間としての私にも注目が集まるとは思ってもみなかったけれどね」

ウォーターゲート事件について話しているときは穏やかな笑顔を見せたバーンスタインも、その後のメディアの状況について尋ねると厳しい顔つきに変わった。利益を出すことに汲々として、調査報道に取り組むメディアが少なくなっていると嘆いた。

そんな彼もニクソン大統領に続く、新たな敵を見つけたように見える。トランプ大統領だ。CNNにコメンテーターとして頻繁に登場し、トランプ大統領の政治手法や、ロシアと組んで大統領選に影響を及ぼしたとささやかれているロシア疑惑を、厳しく批判している。

「ロシア疑惑（ゲート）をめぐる状況は、ウォーターゲート事件の時より悪い」

バーンスタインはこう断じる。

一方のウッドワードはウォーターゲート事件後もワシントン・ポスト紙に籍を置いたまま、良質なノンフィクションを次々と発表し、アメリカを代表するジャーナリストとしての地位を確固たるものにしている。

ディープ・スロートはもともとウッドワードのネタ元だった。ふたりの出会いから、認知症になったマーク・フェルトとの再会までを描いた『ディープ・スロート 大統領を葬った男』（伏見威蕃訳、文藝春秋）は感動的な作品なので、本書と合わせて読むことをお薦めしたい。

そのウッドワードも今年、トランプ大統領についてのノンフィクション*Fear*を発表する。九月十一日に出版と伝えられているから、本書が出る頃にはアメリカですでに話題になっているかもしれない。そこにはトランプ大統領率いるホワイト・ハウスの生々しい内幕が描かれているという。

ニクソン大統領の辞任から四十四年。いまでは七十代半ばになるふたりの記者は、今度は別々に、トランプ大統領と闘おうとしている。

二〇一八年八月

訳者略歴　1931年生，2013年没，翻訳家，作家　訳書にウッドワード＆バーンスタイン『最後の日々』，タリーズ『汝の父を敬え』，ショー『夏服を着た女たち』他多数　著書『遠いアメリカ』で1987年に直木賞受賞

HM=Hayakawa Mystery
SF=Science Fiction
JA=Japanese Author
NV=Novel
NF=Nonfiction
FT=Fantasy

大統領の陰謀〔新版〕

〈NF529〉

二〇一八年九月十日　印刷
二〇一八年九月十五日　発行

（定価はカバーに表示してあります）

著者　ボブ・ウッドワード　カール・バーンスタイン
訳者　常盤新平
発行者　早川浩
発行所　株式会社早川書房
郵便番号　一〇一 - 〇〇四六
東京都千代田区神田多町二ノ二
電話　〇三 - 三二五二 - 三一一一（大代表）
振替　〇〇一六〇 - 三 - 四七七九九
http://www.hayakawa-online.co.jp

乱丁・落丁本は小社制作部宛お送り下さい。
送料小社負担にてお取りかえいたします。

印刷・中央精版印刷株式会社　製本・株式会社明光社
Printed and bound in Japan
ISBN978-4-15-050529-5 C0198

本書は活字が大きく読みやすい〈トールサイズ〉です。